Edgar Rai
Im Licht der Zeit

EDGAR RAI

IM LICHT DER ZEIT

ROMAN

Mit 3 Schwarz-Weiß-Abbildungen

PIPER

Mehr über unsere Autoren und Bücher:
www.piper.de/literatur

Von Edgar Rai liegen im Piper Verlag vor:
Die Gottespartitur
Etwas bleibt immer
Halbschwergewicht
Im Licht der Zeit

ISBN 978-3-492-05886-5
2. Auflage 2019
© Piper Verlag GmbH, München 2019
Satz: KöselMedia GmbH, Krugzell
Gesetzt aus der Weiß, Century 731 und Gill Sans
Druck und Bindung: GGP Media GmbH, Pößneck
Printed in the EU

I

Berliner Volkszeitung
2. Februar 1917

Der K. u. K. Heeresbericht
Amtlich wird verlautbart:
Außergewöhnlich strenges Winterwetter unterbindet auf der gesamten Ostfront jedwede stärkere Kampftätigkeit. Auch vom italienischen Kriegsschauplatz und aus Albanien ist nichts Wesentliches zu melden.

Der mannshohe Spiegel aus besseren Tagen lehnte an der Wand und schien sie von unten herauf anzublicken. So wirkten ihre Beine noch länger, als sie es ohnehin waren. Marlene legte eine Hand in den Nacken, die andere in die Taille, schob kokett ihr Becken vor. Kindchen, hatte Tante Vally letzten Sommer zu ihr gesagt, diese Beine werden es noch mal weit bringen. Marlene liebte ihren Spiegel, und der Spiegel liebte ihre Beine.

Marlene liebte auch Tante Vally, die immer so fesch gekleidet war und sich so damenhaft zu bewegen wusste. Allein die Art, wie sie ihre Handschuhe auszog, hatte etwas kolossal Mondänes. Eigentlich war sie auch noch nicht alt, gerade einmal dreißig. Selbst Mutter war noch nicht alt, nur zehn Jahre älter als Vally, aber im Gegensatz zur Tante wirkte Josephine verbissen, wie eine alte Hündin, die ihren Knochen verteidigte, obwohl der längst abgenagt war. Dabei war auch Tante Vally bereits verwitwet. Bis auf die ganz alten waren bald alle verwitwet. Man fragte sich, wer an den vielen Fronten überhaupt noch kämpfte.

Marlene versuchte es sitzend, auf der Bettkante, ein Bein ausgestreckt, den Kopf zur Seite gedreht. Nein. Ihre Beine, ja, die waren über jeden Zweifel erhaben, auch an den Schultern gab es wenig auszusetzen. Doch wenn das Licht sie von der Seite traf, so wie jetzt, warf ihre Nase einen grotesken Schatten auf die Wange. Unmöglich sah das aus.

Als Tante Vally ihr sagte, dass ihre Beine es noch weit bringen würden, hatte sie einen ähnlichen Blick auf Marlenes Beine gehabt wie jetzt der Spiegel. Allerdings war Marlene nicht gänzlich nackt gewesen. So weit hatte Tante Vally sich nicht gehen lassen. Immerhin hatte sie erlaubt, dass Marlene sie küsste, während Elisabeth und Mutter unten in der Schlange vor dem Bäcker standen und darauf warteten, ihre Brotkarten gegen etwas Essbares einzutauschen. Das dauerte für gewöhnlich.

Tante Vally zu küssen hatte Marlene heißkalte Schauer über den Rücken laufen lassen, mehr noch als das Küssen selbst aber erregte sie, dass Tante Vally so sehr versuchte, es nicht zu wollen. Dass diese weltgewandte und selbstsichere Frau so hilflos und zugleich berauscht war angesichts von Marlenes leidenschaftlichem Drängen. Bei Vallys nächstem Besuch, das hatte Marlene sich fest vorgenommen, würde sie es nicht bei Küssen belassen. Sie erhob sich und stellte ihr linkes Bein aus. Wohlwollend betrachtete sie die sanfte Erhebung ihres Venushügels. Ihrer Figur hatte der Krieg nicht geschadet. Noch dünner allerdings durfte sie nicht werden. Magere Frauen waren ein Graus.

Die Tür schwang auf. »Um Himmels willen!« Auf halber Höhe – Marlenes Kammer war der Hängeboden über dem Badezimmer, und Josephine stand auf der Treppe – erschien Mutters Kopf. »Was ist das bloß mit dir?«

Marlene sah sie von oben herab an, von Scham keine Spur. Nicht einmal die Knie nahm sie zusammen. Das war es, was Josephine am meisten Sorgen bereitete: diese Schamlosigkeit. Jeder hatte von Zeit zu Zeit unzüchtige Gedanken, Begierden und Sehnsüchte. Aber wenn die sich schon nicht unterdrücken ließen, dann doch bitte im Geheimen!

»Wieso hast du nicht geklopft?«, fragte Marlene.

»Ich habe sehr wohl geklopft, zweimal!«

Endlich lupfte Marlene ihren Büstenhalter vom Spiegel und begann sich anzukleiden. »Und *warum* hast du geklopft? Geübt hab ich schon – zwei Stunden.«

»Becce ist da. Er möchte dich sprechen.«

Marlene fuhr herum. »Becce? Hier, bei uns?«

»Er steht im Flur wie ein begossener Pudel, offenbar ist er sehr in Eile.« Josephine konnte nicht verhindern, dass ihr Blick auf Marlenes unverhüllte Scham fiel. »Aber einerlei, wie eilig er es haben mag, er wird warten müssen, bis du dir etwas angezogen hast, und zwar etwas mehr als diese neumodische Topflappenkonstruktion.«

Giuseppe Becce stand im Flur mit gewienerten Schuhen, glänzendem Haar, eingefallenen Wangen und sorgenzerfurchter Stirn. Sein Hut klopfte einen unhörbaren Takt gegen den Oberschenkel. Er trug bereits Frack und Fliege für den Abend, fehlte nur der Taktstock. Elisabeth, neugierig wie immer, war aus ihrem Zimmer gekommen, Josephine, in ihrem vergeblichen Bemühen, die Zügel nicht aus der Hand zu geben, wich Marlene nicht von der Seite. Manchmal konnte sie einem direkt leidtun. Ihr Bestreben, den Werdegang ihrer Töchter in vorgezeichnete Bahnen zu lenken, war schon immer ausgeprägt gewesen, aber seit Eduard gestorben war, hatte dieses Bestreben obsessive Züge angenommen.

»Sie müssen sich ein schwarzes Kleid anziehen, Fräulein Dietrich«, sagte Becce unumwunden. »Ich brauche Sie.«

Natürlich witterte Josephine sofort das nächste Liebesdrama im Hause von Losch. Bei Marlene köchelte immer etwas. Dieses Kind war wie ein Wildpferd mit Federboa, das steckte in ihr drin. Vorletztes Jahr, als sie den Sommer in Bad Harzburg verbracht hatten, war es Josephine gelungen, heimlich einen Blick in Marlenes Tagebuch zu werfen. Die Zeilen standen ihr noch immer vor Augen: *Ich hab solche Sehnsucht! HH ist 14, aber wie 17. Abküssen im Hausflur. Danach enttäuscht.* Nicht einmal die 14-jährigen Buben in Bad Harzburg waren vor Josephines jüngster Tochter sicher. Und woher bitte wusste Marlene, wie die mit siebzehn waren? Und jetzt Becce. Dabei hätte der Dirigent, der ihre Tochter im Geigenspiel unterrichtete, Marlenes Vater sein können! Unwillkürlich strafften sich Josephines Schultern.

»Die zweite Geige ist ausgefallen«, erklärte Becce. »Lörsch und Rosenberg haben beide Fleckfieber.«

Beinahe schien Josephine enttäuscht, dass es keinen Anlass geben sollte, sich zu echauffieren. Seit die Polonaisen vor den Geschäften länger und länger wurden, ging die Kriegspest um. Lörsch und Rosenberg waren nicht die Einzigen aus Becces Orchester, die es getroffen hatte.

Marlene spürte den Boden unter den Füßen nachgeben. »Ich soll in Ihrem Orchester spielen – bei der Premiere?«

»Die zweite Geige können Sie mühelos vom Blatt spielen«, versicherte Becce.

Elisabeth von links, Becce von vorn, Josephine von rechts. Alle sahen Marlene an. Als gebe es da eine Entscheidung zu treffen. Ihre Hand schloss sich um das Medaillon mit der Fotografie des einen, einzigen Menschen, für den sich Marlene ohne zu zögern in jede Gewehrkugel gestürzt hätte, dem sie Autogrammkarten geschickt, Blumen vor die Garderobe gelegt und vor dessen Haus sie heimlich gewartet hatte, ohne zu wissen worauf.

Lange Zeit hatte Josephine versucht, Marlenes Verehrung

für die Schauspielerin als vorübergehende Schwärmerei abzutun, doch von Elisabeth wusste sie, dass Marlene sich jeden Film mit der Diva mindestens ein halbes Dutzend Mal ansah, dass sie ihretwegen seit Jahren Woche für Woche ins Marmorhaus am Ku'damm pilgerte und dass ihr Tagebuch vor Liebesschwüren überquoll.

Marlene glühte vor Aufregung.

»Wird sie da sein?«

»Die Porten?«, erwiderte Becce. »Natürlich wird sie da sein. Ist schließlich die Premiere. Jannings ebenfalls, Trautmann, Biebrach ... Alle werden da sein!«

Selbst Josephine wurde ganz ehrfürchtig, als sie die Namen hörte. Da konnte Marlenes Leidenschaft für das Kino ihr noch so sehr ein Dorn im Auge sein. Andererseits: Wer wollte dem Proletariat vorwerfen, sich in Zeiten wie diesen nach Zerstreuung zu sehnen, nach Herzeleid und Liebesglück? Es gab kaum noch etwas zu essen oder zu heizen, die Menschen erfroren und verhungerten in den eigenen vier Wänden, in den Straßen, verbluteten an der Front, und doch eröffnete jede Woche ein neues Kino.

»Dein Kleid!«, rief Marlene.

Elisabeth, die direkt neben ihr stand, wurde von einem Peitschenhieb getroffen. »Was?«

»Dein schwarzes Kleid – das du bei Vatels Beerdigung getragen hast. Schnell!«

Im nächsten Augenblick waren Marlene und ihre Schwester in Elisabeths Zimmer verschwunden. Josephine von Losch stand vor Giuseppe Becce und fühlte sich übergangen.

»Seit wann spielen Frauen in Filmorchestern?«, wollte sie wissen. Vielleicht ließ sich wenigstens ein kleiner Anlass für Protest finden.

»Seit heute«, erwiderte Becce.

»Heißt das, meine Tochter wird als einzige Frau zwischen lauter Männern im Orchestergraben sitzen?«

»Sofern mir nicht noch die Klarinette ausfällt ...«

Josephines Hände rangen miteinander. Einerseits war das Kino ein für gebildete Menschen unwürdiger Zeitvertreib und konnte der Karriere einer klassischen Geigerin kaum zuträglich sein. Andererseits hatte Josephine inzwischen so viel Zeit, Geld und Nerven in die Ausbildung ihrer Tochter investiert – ein halbes Dutzend Lehrer hatte Marlene bereits verschlissen –, da hatte man für eine Gelegenheit wie diese wahrscheinlich dankbar zu sein.

Josephine erhob einen letzten Einspruch, und auch den nur pro forma.

»Ist sie nicht viel zu jung?«

Giuseppe Becce gab die Antwort aller Fragen. »Es ist Krieg, Madame.«

Schwungvoll kehrten die Töchter in den Flur zurück, Marlene präsentierte sich mit einer eleganten Drehung in Elisabeths schwarzem, knöchellangem Kleid.

Josephine hätte sich gerne großmütig gezeigt und mit einem Lächeln ihr Einverständnis signalisiert, wurde aber beim Anblick des Kleides von einer lähmenden Erinnerung an Eduards Beerdigung überrascht. Trotz des kalten Luftzugs im Flur spürte sie plötzlich wieder die Hitze, die im Abteil geherrscht hatte, als sie vergangenen Sommer nach Galizien aufgebrochen war, um ein letztes Mal bei ihrem Mann zu sein – was um alles in der Welt hatten die Deutschen in Kowel zu suchen! –, der sterben würde, sofern er nicht schon gestorben war und dessen einziger Wunsch, seine Frau noch einmal zu sehen, sie in Form eines Telegramms erreicht hatte. Im Lazarett drangen von allen Seiten die Schmerzenslaute der Verletzten auf sie ein, die gesamte Baracke ein einziger, riesiger, qualvoll sterbender Organismus. Sie roch die Fäulnis, das Blut, den Eiter, die todbringenden Infektionen. Eduard war kaum noch bei Bewusstsein. Ob er begriff, dass Josephine in seinen letzten Stunden bei ihm war, würde immer eine Hoffnung bleiben müssen. Die Amputation seines zerfetzten Arms hatte er verweigert, wohl wissend, was das bedeutete, er erlebte es tagein tagaus.

Etwas in ihm hatte sterben *wollen*. Dieser Gedanke war Josephine geradezu erschienen, als sie auf der Rückfahrt durch ein weiteres menschenleeres Dorf mit zerlöcherten Fassaden und von Fliegen umschwirrten Hundekadavern fuhr. Zum ersten Mal, seit das Telegramm sie erreicht hatte, brach sie in Tränen aus. Es war nicht zu begreifen. Wie grausam musste dieser Krieg sein, wenn nicht einmal die Aussicht darauf, zu deiner Frau und deinen Kindern zurückzukehren, den Wunsch besiegen konnten, diesem sinnlosen Leiden ein Ende zu setzen?

»Mutter?«

Marlene stand vor ihrer Mutter wie ein Rennpferd in der Startbox. Den Glanz in Josephines Augen hielt sie offenbar für einen Ausdruck freudiger Rührung.

»Durchaus präsentabel«, entschied Josephine. Danach hatte sie sich wieder im Griff. In Zeiten wie diesen war kein Platz für Sentimentalitäten. An Marlene vorbei blickte sie den Kapellmeister an. »Ich verlasse mich darauf, dass meine Tochter im Anschluss an die Premiere wieder wohlbehalten hier abgeliefert wird.«

»Ich werde sie persönlich nach Hause geleiten«, versprach Becce, Betonung auf »ö«.

Beinahe hätte Josephine erwidert, dass dieser Umstand wenig zu ihrer Beruhigung beitrage, doch das hätte ihr etwas Gouvernantenhaftes verliehen. Den Rücken Becce zugewandt, rollte Marlene für ihre Mutter mit den Augen.

»Mir ist lediglich daran gelegen, deinen guten Ruf zu wahren«, sagte Josephine streng.

Marlene beugte sich vor, wie um ihrer Mutter die Wange zu küssen. »Dir war noch nie an etwas anderem gelegen, als *deinen* guten Ruf zu wahren«, flüsterte sie und drückte ihre Hand. »Aber ich danke dir trotzdem.«

Becce hatte bereits eine Verbeugung angedeutet und sich zur Tür gewandt, als Josephine ausrief: »Marlenchen!«

Marlene drehte sich um. Selbst diese einfache Bewegung hatte etwas Aufreizendes an sich, wie Josephine bemerkte. Wenn die einmal aus der Box war, würde sie nicht mehr einzufangen sein.

Im Laufschritt eilte die Mutter in den Salon und kehrte mit dem neuen, glänzenden Geigenkasten zurück. »Wolltest du ohne die spielen?«

2

Becce war mit einem eigenen Automobil vorgefahren, einem grünen Wanderer, allerdings keinem von der Sorte, die man Puppchen nannte, sondern einem neuen, bei dem die Sitze nebeneinander angeordnet waren. Die Messingeinfassungen der Lampen glänzten wie verbotene Wünsche.

Marlene fragte sich, woher Becce das Benzin bekommen hatte. Diesen Winter waren sogar Kartoffeln knapp. Aber Becce hatte Beziehungen, und wer Beziehungen hatte, für den gab es alles. Solche Menschen musste man sich warmhalten, wie Mutter meinte. Der Dirigent schlang seinen Schal um den Hals, zog die Handschuhe aus dem Hut und öffnete Marlene die Tür. Als sie ihren Fuß auf das vereiste Trittbrett setzte und er sie unnötigerweise am Arm fasste, um ihr in den Wagen zu helfen, spürte sie bereits am Druck seiner Finger und durch ihren Mantel hindurch, weshalb er ausgerechnet sie als Ersatz für Lörsch und Rosenberg ausgewählt hatte.

Er stellte sich vor den Wagen, verschwand kurz aus Marlenes Sichtfeld und kurbelte den Motor an. Als er wieder auftauchte, wölbten sich die Enden seines Schnauzbarts nach oben und etwas Jungenhaftes lag in seinem Blick. Männer. Gib ihnen ein Spielzeug, und sie werden zu Kindern, ganz gleich wie alt sie sind. Behände stieg er in den Wagen und schloss die Tür.

»Festhalten, junges Fräulein. Dieses Ungetüm verfügt über nicht weniger als zwanzig Pferdestärken.« Becce hob den Arm, als gebe er einen Einsatz. Offenbar glaubte er, das Automobil dirigieren zu können, jedes der Pferde unter der Haube ein Mitglied seines Orchesters.

Marlene erwiderte sein Lächeln. Sie wusste, es waren nur

fünfzehn Pferdestärken – sie kannte sich aus mit Automobilen –, doch es schmeichelte ihr, dass er sie zu beeindrucken versuchte. Sie drückte ihre Hände auf den Geigenkasten, der quer auf ihren Knien lag, während die Reifen sich knirschend durch den Schnee gruben.

Becce fuhr auf dem schnurgeraden Kaiserdamm Richtung Zoologischer Garten. Auf die Straße wagte sich nur noch, wer musste. Oder keinen anderen Ort mehr hatte. Dabei war Freitagnachmittag. Erst vor wenigen Jahren war die Nord-Süd-Achse in die Berliner Landschaft gewalzt worden, jetzt waren die Läden verrammelt und aller Glanz erloschen. Ecke Trautenaustraße steckte ein Dampftriebwagen in einer Schneeverwehung fest, zwei Männer versuchten, die Schienen freizuschaufeln. Als Becce den Wanderer mit geübtem Schwung durch die Wehe steuerte, warfen einige der Fahrgäste Marlene durch die vereisten Scheiben leere Blicke zu. Sie wandte den Kopf ab und sah einen Einbeinigen mit Krücken durch den Schnee stapfen. Er hatte einen Strick um die Hüfte gebunden, an dem er ein Wägelchen hinter sich herzog, in dem er abgebrochene Zweige sammelte.

»Man fragt sich, wie lange er sich noch halten wird«, sagte Becce, der den Einbeinigen ebenfalls gesehen hatte.

»Wer?«

»Der Kaiser.« Der Dirigent sah sie aus seinen schwarzen Augen an. Die waren das Schönste an ihm. Marlene konnte sich darin spiegeln. »Du kannst einen Kriegskredit von zehn Milliarden bewilligen, aber dann darfst du nicht gleichzeitig den kleinen Mann verhungern lassen«, erklärte er. »Ein Volk ohne Kaiser, das geht. Ein Kaiser ohne Volk …«

Er drückte die Hupe und überholte einen Pferdewagen. Der arbeitsmüde Haflinger, der vor den Wagen gespannt war, stieß in asthmatischen Abständen Dampfwolken aus den Nüstern.

Marlene verstand den Krieg nicht. Er war ein monströses,

gefräßiges, bösartiges Wesen, das scheinbar von allen gehasst und das dennoch beständig gefüttert wurde. Als hätten die Herren da oben Angst davor, es könnte sich von ihnen abwenden.

Sie schloss die Augen und sah den Mozartsaal vor sich, die riesigen, elektrisch betriebenen Kronleuchter, die Flügeltüren, das Fresko über dem Mittelbalkon, roch das Holz und den Samt.

Seit Jahren fanden die Porten-Premieren im Mozartsaal statt, mit Becces Orchester als festem Bestandteil. Dutzende Male war Marlene zu diesen Gelegenheiten an den Nollendorfplatz gepilgert, um einen der Stehplätze oberhalb der Seitenbalkone zu ergattern – mit Blick hinunter in den Saal –, und zu beobachten, wie die Zuschauer sich verstohlen die Tränen aus den Augenwinkeln wischten, wenn Henny endlich ihr Glück an der Seite eines ehrenhaften Mannes gefunden hatte. Niemand herrschte über die Emotionen des Publikums so virtuos wie die Porten.

Marlenes Herz entflammte bei jedem Kinobesuch aufs Neue. Henny war so nahbar und zugleich so märchenhaft entrückt. In Marlenes Leben gab es nichts, das sie stärker berührt hätte als die tränenreiche Erfüllung, die sie dort erlebte. In Henny Portens geheimnisvollem Körper versammelte sich die ganze Macht des Kinos, durch sie erlebte Marlene eine Liebe, die einem keine andere Wahl ließ, als an ihr zu leiden, schön, rein und bedingungslos.

Heute würde sie ihrer Henny ganz nah sein, würde von ihrem Platz aus zu ihr emporsehen, wenn die, wie sollte es anders sein, sich einmal mehr mit unnachahmlichem Pathos für die Liebe opferte. Ohne Liebe, das hatte Marlene schon vor Jahren entschieden, ohne das schmerzliche Verlangen des Herzens, waren die Tage, war das ganze Leben öd.

»Hast du geübt?« Offenbar wollte Becce Konversation machen.

»Den ganzen Vormittag.«

»Hättest du nicht in der Schule sein müssen?«

»Die Schulen sind geschlossen«, erklärte Marlene, deren Finger steif gefroren waren. »Weil doch nicht mehr geheizt wird. Wenn es wieder warm wird, soll ich auf die Viktoria-Luisen-Schule gehen. Mutter will, dass ich Abitur mache.«

Sie fuhren an einem Metzger vorbei. In der Auslage erkannte Marlene zwei Eichhörnchen, einen Specht und etwas, das nach Bussard oder Habicht aussah. Sie dachte an den Druck von Becces Fingern, als der ihr in den Wagen geholfen hatte.

»Warum ich?«, fragte sie.

Becce hielt seinen Blick auf die verschneite, nur notdürftig beleuchtete Straße gerichtet. »Wie ich sagte: Lörsch und Rosenberg haben die Kriegspest.«

»Sie hätten Silbermann fragen können, der ist mindestens genauso gut wie ich. Und älter. Und ein Mann.«

Becce tat, als nehme es seine ganze Konzentration in Anspruch, das Lenkrad festzuhalten.

»Also?«, insistierte Marlene. Sie kannte die Antwort, aber sie wollte sie aus Becces Mund hören.

Er sog die Luft ein wie vor einem Fortissimo. Vielleicht machte das seine besondere Qualität aus. Wenn er dirigierte, dann mit jeder Faser seines Körpers. Für Marlene würde Musik niemals das sein, was sie für Becce war.

»Du bringst mich um den Verstand, Mädchen!«

Marlene sah Becce herausfordernd an, der jedoch schien noch immer ganz von dem Festhalten des Lenkrads in Anspruch genommen. Wie er sie Mädchen genannt hatte. Als gehöre sie bestraft. Männer waren wirklich einfach zu durchschauen. Selbst im Moment der Kapitulation mussten sie sich das Gefühl der Überlegenheit erhalten. Und Schuld hatten grundsätzlich die anderen.

»Das bezweifle ich doch sehr«, erwiderte Marlene.

Sie hatten den Nollendorfplatz erreicht. Becce lenkte den Wanderer auf die Freifläche hinter dem Mozartsaal. Er wartete, bis der Motor Ruhe gab, bevor er sagte:

»Lenchen, ich liebe dich.«

Das, befand Marlene, war eines reifen Mannes nun wirklich unwürdig. Becce war fast vierzig, und eine Berühmtheit noch dazu. Da wäre etwas mehr Souveränität angezeigt. Sie mochte die Sicherheit, die sich über das Orchester legte, wenn er dirigierte. Sobald er das Pult betrat, hatte man das Gefühl, es könne nichts mehr schiefgehen. Ihn jetzt neben sich sitzen zu haben wie einen Unterprimaner, diese Verlegenheit ... Das war nicht, wonach Marlene sich sehnte. Wären diese Worte von Henny Portens Lippen geformt worden ...

»Sie begehren mich«, erwiderte Marlene. »Das sind zwei Paar Schuhe.«

Becce legte eine Hand auf ihren Muff. »Sechzehn Jahre und weiß mehr über die Liebe als ich.« Er beugte sich zu ihr hinüber.

»Sie wollen mich jetzt aber nicht küssen – hier draußen im Wagen.«

»Ich muss.«

Marlene stand im Foyer und blickte durch die noch verschlossenen Türen auf den Platz hinaus. In ihrem Rücken bereiteten sich die Garderobieren auf den Ansturm vor, Kleiderbügel klackerten gegeneinander. Ansonsten herrschte gespannte Stille, die Ruhe vor dem Sturm. Messter, Produzent sämtlicher Porten-Filme, war auf die Idee verfallen, die gesamte Fassade des riesigen Gebäudes für die Premiere in gleißendem Licht erstrahlen zu lassen – mitten im schlimmsten Kriegswinter. Und das tat sie jetzt, natürlich, leuchtete im dunklen Häusermeer wie eine Fackel.

Der Mann mit der Fliege und dem Einstecktuch wirkte

nach außen hin stets besonnen, ruhig, wurde niemals laut. Doch wenn sich eine Idee einmal in seinem Kopf eingenistet hatte, dann bearbeitete er sie mit stoischer Beharrlichkeit so lange, bis er einen Weg gefunden hatte, sie umzusetzen. Man erzählte sich, dass, wann immer in Messters Atelier in der Blücherstraße ein technisches Problem auftauchte, er seine Freude darüber kaum zu unterdrücken vermochte, denn das bedeutete, dass er sich wieder auf die Suche nach einer neuen Lösung begeben musste. Die Arbeit an einem Problem befriedigte ihn mehr als dessen Lösung.

Jetzt also erstrahlte die Fassade des Mozartsaals, und zwar derart, dass die Reflexion des Lichts ausreichte, ein großzügiges Oval des davor liegenden Platzes verheißungsvoll erglänzen zu lassen. Eine geniale Inszenierung, denn in diesem Oval hatten sich etwa 3000 Menschen eingefunden – der Verkehr musste umgeleitet werden –, die sich die Beine in den Bauch standen, um bei klirrender Kälte das Eintreffen ihrer Stars zu erwarten. Der Rest des Platzes versank in Dunkelheit, es hätten also ebenso gut 100 000 sein können. *Die Ehe der Luise Rohrbach* war ein Triumph, bevor die erste Filmrolle eingelegt war.

Becce hatte recht behalten, die Partien für die zweite Geige stellten Marlene vor keine nennenswerten Herausforderungen. Einige Passagen kannte sie bereits, die übrigen schienen, auch wenn Marlene sie noch nie gespielt hatte, so vertraut, dass sie nach dem Probedurchlauf mit dem Orchester sicher war, während der Aufführung nirgends ins Stolpern zu geraten.

Als der Saal sich zu füllen begann, wuchs dennoch ihre Nervosität. 1500 Menschen nahmen ihre Plätze ein, redeten, grüßten einander, zeigten vor, was sie hatten oder was ihnen geblieben war. Die zahllosen geflüsterten Stimmen vereinigten sich unter der Saaldecke zu einem Rauschen, sichtbar beinahe, das anschwoll, als die Stars in der von Blumen umkränzten Privatloge Einzug hielten, Trautmann, sich höflich verneigend, Jannings, der gebieterisch die wohlverdiente Huldigung des Publikums entgegennahm, und schließlich Henny Porten, ganz in weiß und dankbar lächelnd, während der Saal die Contenance verlor, das Publikum sich geschlossen erhob und ihr zujubelte, bis sie sich endlich setzen durfte, das Saallicht erlosch, Ruhe einkehrte.

Sie stimmten sich ein, Marlene genoss den Moment, in dem die Instrumente zueinanderfanden, den Moment davor. War der nicht immer der eigentliche Glücksmoment – wenn man wusste, dass es geschehen würde, es aber noch nicht geschehen war? Entfernt hörte sie, wie der Vorhang zur Seite gezogen wurde.

3

»Du warst wunderbar, ganz wunderbar.« Becce nun wieder.

Die Kälte hatte noch einmal angezogen, unmöglich, ihr Widerstand zu leisten. Man konnte sie nur aushalten, in eine Starre verfallen und darauf warten, dass es vorbei war. Sogar das Knirschen des Schnees unter den Rädern war harscher geworden. Marlene antwortete nicht. Sie war noch bei Henny, ganz und gar bei ihrer Henny.

Heute hatte Deutschlands beliebteste Schauspielerin den Olymp ihrer noch jungen Karriere erklommen. Und sie hatte es gespürt, jeder im Saal spürte es – als sie nach der Aufführung auf die Bühne kam und sich verneigte, noch mal und noch mal. Marlene, nur zwei Armlängen entfernt, merkte, wie mit jeder weiteren Verbeugung die Anspannung von der Schauspielerin abfiel, wie Hennys Körper, der vor der Aufführung hart und sehnig gewesen war, weich und biegsam wurde.

»So wie heute habe ich dich noch nie spielen hören.«

Becce konnte es einfach nicht lassen. Und plötzlich sprach er auch noch mit diesem italienischen Akzent, den er längst abgelegt hatte. Marlene hörte ihn, mochte sich aber noch nicht von ihrer Erinnerung verabschieden.

Vergangenes Jahr, nachdem Portens Mann an der Siebenbürger Front gefallen war, hatte Ludendorff, dieser Brummbart, den noch niemals jemand hatte lachen sehen, die Schauspielerin zur größten deutschen Kriegsheldin erklärt. Der Verlust ihres Mannes adelte Henny, mehr noch, es war, als hätte sie durch seinen Tod erst ihre eigentliche Bestimmung gefunden: die sich tapfer aufopfernde Frau. Und heute, an der Seite von Jannings, hatte sie sich tapferer und standhafter gezeigt als jemals zuvor.

Vor der Premiere war viel darüber spekuliert worden, ob Porten dieser Urgewalt, die auf der Leinwand wie im Leben die Verdrängung eines Riesendampfers entfaltete, standhalten könnte. Schließlich war es das erste Mal, dass sie und Jannings gemeinsam vor der Kamera standen. Gut, es gab auch noch Trautmann, aber an den würde sich nach dem Film ohnehin kaum einer erinnern. Und Jannings, in der Rolle des jähzornigen, groben und rücksichtslosen Fabrikanten Rohrbach, zürnte und schäumte und walzte durch diesen Film, dass man fürchten musste, er würde nicht nur den Mann erschlagen, der im Film seine Frau ansprach, sondern alle, die es wagten, neben ihm einen Platz auf der Leinwand für sich in Anspruch zu nehmen.

Und was machte Henny Porten? Sie hielt Jannings nicht nur stand, sie nahm seinen Groll und seine wütende Verzweiflung und verwandelte sie in das Leid aller zu Unrecht misshandelten Ehefrauen. Ihre moralische Überlegenheit war unanfechtbar. Neben Jannings wurde ihr Leid noch tragischer, das dargebrachte Opfer noch größer und das schließlich errungene Glück noch wertvoller.

»Ich engagiere dich hiermit als festes Ensemblemitglied. Was sagst du?«

Wenn sie ihm nicht bald ein paar Brocken hinwarf, würde Becce noch vor lauter Verzweiflung um ihre Hand anhalten. Nein, würde er nicht. Er war schon verheiratet, ein Glück. Der Wanderer arbeitete sich den Kaiserdamm hinunter, gleich würde ihr Haus ins Blickfeld kommen.

»Das wäre wunderbar«, erwiderte Marlene.

»Ich wusste, du würdest ›Ja‹ sagen!«

Jetzt klang er wirklich, als hätte er ihr einen Antrag gemacht. »Das mit dem ›Ja-Sagen‹ hat bereits Ihre Frau übernommen«, erinnerte sie ihn. »*Ich* spiele lediglich die zweite Geige in Ihrem Orchester.«

Umständlich steuerte Becce den Wagen dahin, wo er in

etwa den Straßenrand vermutete. Seit Tagen waren Schülerbrigaden damit beschäftigt, die Bürgersteige von Eisplatten zu befreien und Schnee aufzutürmen. So waren zwar Hunderte provisorischer Rodelbahnen entstanden, aber der Straßenverlauf war vielerorts nur noch an den Laternenpfählen auszumachen.

»Ich bin verrückt nach dir!« Was sollte man von einem Vollblutmusiker mit italienischen Wurzeln anderes erwarten?

»Ich fürchte, Sie verwechseln da schon wieder etwas«, parierte Marlene. »Und versuchen Sie erst gar nicht, mich zu küssen. Sie können sicher sein, dass meine Mutter in diesem Moment am Fenster steht und uns beobachtet – nicht hinaufsehen! Benehmen Sie sich doch nicht so tölpelhaft.«

Becce wusste offenbar nicht, wie es jetzt weitergehen sollte. Und offenbar hatte er vergessen, dass der Wanderer nur über eine Tür verfügte – auf der Fahrerseite.

»Ich werde nicht über Sie hinwegsteigen«, sagte Marlene.

Das brachte ihn in die Gegenwart zurück. »Selbstverständlich.« Eilig stieg er aus. »Wertes Fräulein ...« Er reichte ihr die Hand und verneigte sich so tief, dass es auch vom dritten Stock aus zu sehen sein musste.

Natürlich gab sich Josephine den Anschein, nicht am Fenster gestanden und die Rückkehr ihrer Tochter erwartet zu haben. Ein kurzer Blickwechsel mit ihrer Schwester allerdings reichte Marlene aus, um bestätigt zu finden, was sie ohnehin wusste.

»Irgendwelche interessanten Beobachtungen gemacht?«, fragte sie im Vorbeigehen.

Josephine strich sich den Rock glatt und wandte sich ab, ohne zu antworten. Marlene stieg in ihre Kammer hinauf.

Allein auf dem Bett, die Tür geschlossen und den Geigenkasten neben sich, erlaubte sie den emotionalen Erschütterungen des Tages, ungestört von ihr Besitz zu ergreifen. Was war das nur, das sie mit solcher Macht zu Henny Porten hinzog? War es Liebe? Fühlte sich so wahre Liebe an – unbezwingbar? Wonach genau sehnte sich ihr Herz eigentlich? Sie wollte so sein wie Henny – rein, überlegen, unantastbar, makellos – und ahnte doch, dass sie all das niemals sein würde.

Sie öffnete den mit rotem Samt gefütterten Koffer. 2100 Reichsmark hatte Josephine sich die Geige kosten lassen, hatte nach Vaters Tod sämtliche Ersparnisse in ihre Jüngste »investiert«, wie sie das nannte. Seither ließ sie kaum eine Gelegenheit verstreichen, Marlene in Erinnerung zu rufen, wie unendlich groß das Opfer gewesen war, das sie ihrer Tochter mitten im Krieg dargebracht hatte. Die Rechnung war einfach: Die Geige war zugleich Versprechen und Verpflichtung, und je höher der Preis, desto größer die Verpflichtung, an die Marlene sich gebunden fühlen sollte. Folglich hatte Josephine das Instrument gar nicht teuer genug sein können.

Was Josephine gerne unerwähnt ließ, war die Tatsache, dass mit Kriegsbeginn die Mark vom Goldstandard entkoppelt und durch die Papiermark ersetzt worden war. Auch die in Umlauf befindlichen Münzen waren nicht länger aus Gold, Silber oder Kupfer, sondern aus Eisen, Zink und Aluminium. Die Inflation, die lange wie ein unsichtbarer Bazillus durch die Straßen gestrichen war, hatte längst für alle sichtbar die Wirtschaft infiziert. Keiner konnte mehr sagen, was die Reichsmark morgen noch wert sein würde. Eine gute Geige war also auch ohne die damit erkaufte Verpflichtung eine sinnvolle Investition.

»Für diese Geige wirst du mir noch dein Leben lang dankbar sein.« So, wie Josephine diesen Satz aussprach, war er zur Hälfte Anklage, zur Hälfte Drohung. Und um zu unterstreichen, dass er genau das tatsächlich war, fügte sie gerne hinzu: »Auch wenn ich wohl kaum das Glück haben werde, diese Dankbarkeit noch zu erleben.«

Insgeheim hatte Marlene längst andere Pläne. Sie war eine passable Geigerin, aber sie war keine gute Musikerin. Die Musik erfüllte sie nicht. Nicht auf dieselbe Art, wie ihre Liebe zu Henny es tat. Auf Musik hätte sie verzichten können, ungern zwar und mit dem Gefühl, einen Verlust zu erleiden. Am Ende aber eben doch. Auf das wilde Schlagen des Herzens niemals. Leider war das Vorhaben, Marlene zu einer klassischen Konzertgeigerin ausbilden zu lassen, für ihre Mutter zu einer fixen Idee geworden. Sie zu desillusionieren, würde unweigerlich endlose Vorträge und Diskussionen nach sich ziehen. Warum also früher als notwendig?

Ein Gedanke, den sie zuvor erfolgreich verscheucht hatte, nahm erneut Gestalt an: Liebte sie Henny so sehr, weil die so rein war, wie Marlene selbst es niemals sein würde? Weinte Marlene in jedem ihrer Filme, weil etwas in ihr schon lange ahnte, dass ihr das glückliche Finale niemals beschieden sein würde, weil ihr Herz niemals aufhören würde, sich zu sehnen? Hatte sie immer nur um ihrer selbst willen geweint? Auch, und das trat ihr jetzt klar vor Augen, würde Marlene niemals die dankbare Rolle des Opfers zufallen. Frauen hatten sich aufzuopfern, für was auch immer, am besten für einen Mann. Das war nicht sie, würde es niemals sein. Henny Porten würde für Marlene immer unerreichbar bleiben. Sicher konnten Entsagung und Hingabe einer Frau Erfüllung geben und sollten es vielleicht auch. Nicht aber ihr.

4

Berliner Tagblatt
3. Februar 1917

Endgültige Einführung des Einheitsbrotes
In der gestrigen Vollsitzung der Groß-Berliner Brotkartengemeinschaft trat die Versammlung den Beschlüssen über die Herstellung des Großgebäcks von 1000 Gramm und von 1900 Gramm unter Verbot des kleineren Gebäcks mit allen gegen eine Stimme bei.
Ferner billigte die Versammlung einstimmig das Kuchenbackverbot. Der Tag der Ausgabe des Einheitsbrotes ist noch nicht festgelegt, doch sind die Vorbereitungen hierfür bereits im Gange.

Die Tage, an denen kein Wagen vorfuhr, um Henny für die anstehenden Aufnahmen in Messters Studio abzuholen, waren gefährlich. Dann rückten die Wände ihres Hauses enger zusammen, und eine ungute Schwere befiel sie. Gegen die musste sie angehen. Ihr gesamtes Leben – ihre Kindheit und ihre Jugend hindurch, ungebrochen – war sie stets ein positiver Mensch gewesen. Jetzt zu erleben, dass es Tage gab, an denen sie nicht aufstehen mochte, besser noch nicht einmal aufgewacht wäre, an denen ihr jede Zuversicht abhandengekommen war, machte ihr Angst.

Nach einem Erfolg wie dem gestrigen war es besonders schlimm. Sie erwachte mit bleischweren Gliedern, ihre Gelenke schmerzten, ohne dass sie sie bewegte. Rheuma?

Unsinn. Oder doch? Sie wusste, dass es kein Rheuma war. Rheuma verging nicht. Aber was, wenn auch diese Schwere nicht verging? Was, wenn von nun an jeder neue Tag so sein würde wie dieser, wenn jede noch so kleine Bewegung eine Überwindung bedeutete, ihr Schmerzen bereitete? Henny öffnete die Augen, sah dicke Flocken am Fenster vorbeiwehen. An anderen Tagen hätte sie das schön gefunden, hätte sich daran erfreut. Doch diese Tage waren vergangen. Nicht heute. Nicht morgen. Vielleicht nie mehr. Sie schloss die Augen, drehte dem Fenster den Rücken zu.

Gestern Abend hatte sie noch einmal vom großen Glück kosten dürfen. Einen Applaus wie nach der Premiere von *Die Ehe der Louise Rohrbach* hatte sie noch nie erlebt. Und der Applaus hatte vor allem ihr gegolten. Das hatte auch Jannings gemerkt, der neben ihr gestanden und es dennoch fertiggebracht hatte, in der Mitte zu stehen – jeder Raum schien sich nach ihm auszurichten –, der große Jannings, wie er sich hundertmal verbeugte, als klatschten sie alle ausschließlich für ihn, dabei wurde für Henny anhaltender und lauter applaudiert. Der arme Mann. Sein Ego war wie dieses neue Woolworth-Building in New York – so groß, dass man die Spitze kaum sah. Aber eben auch leicht zu erschüttern. Henny hatte Jannings Verunsicherung gespürt, als würde die U-Bahn unter ihren Füßen hindurchfahren, hatte ihm kollegial die Hand gedrückt. Vielleicht hatte es das für ihn nur noch schlimmer gemacht.

Sie hörte Otto durchs Haus geistern, verfolgte mit geschlossenen Augen, wie er sich im Erdgeschoss durch die Räume bewegte. Jetzt gerade war er im Esszimmer, deckte den Tisch für ihr Frühstück ein – mit seinem linken Arm. Der rechte lag noch in Siebenbürgen. Curt und er waren Freunde gewesen, im Schützengraben. Jetzt hatte sie einen einarmigen Diener, dem sie ständig zu Hilfe eilen wollte. Unmöglich, ihm zu kündigen.

Gleich würde die Haustür gehen, und Otto würde die Zeitung und frische Schrippen holen, mit besten Grüßen des Bäckermeisters. Henny hatte ihm ausrichten lassen, sie wolle keine Sonderbehandlung – fürs Fußvolk gab es auch nur noch das Einheitsbrot –, doch der Bäcker hatte Otto mit der Antwort zurückgeschickt, das möge sie ihm bitte nicht antun, keine Brötchen mehr für sie backen zu dürfen.

Neben dem Tisch, an dem zwölf Menschen Platz gehabt hätten und der doch nur für einen gedeckt war, würde der Korb mit der Feldpost auf sie warten. Seit Curt gefallen war, schienen die ledigen Soldaten an der Front alle eine Autogrammkarte von Henny bei sich tragen zu wollen, bevor sie sich in den Kugelhagel stürzten. Als ließe es sich mit ihr an der Seite leichter sterben. Sie musste Otto bitten, den Korb wegzuräumen, sonst bekäme sie heute keinen Bissen hinunter, und das wiederum würde ihr die missbilligenden Blicke des Dieners eintragen. Wie kochte man ein Ei und schreckte es ab – mit einem Arm? Was machte das mit einem Mann, als Held in den Krieg zu ziehen und dann heimzukehren und sich jeden Morgen von seiner Mutter das Hemd zuknöpfen lassen zu müssen? Henny drehte sich auf die linke Seite zurück, sah das Fenster, den von Schneeflocken umwirbelten Kirchturm und schloss die Augen.

Der Kaffeeduft zog durchs Haus und hinauf bis ins Schlafzimmer. Otto hatte eingeheizt. Schwerfällig richtete Henny sich auf, bewegte eins nach dem anderen die Beine aus dem Bett, spürte den angewärmten Teppich unter den Fußsohlen. Sie musste aufstehen. Seit drei Stunden werkelte Otto im Haus herum, war über vereiste Bürgersteige balanciert, hatte sich die Kälte aus den Schuhen gestampft – einzig und allein zu dem Zweck, dass, wenn Henny aufstand, alles perfekt war. Henny streifte sich den Morgenmantel über. Sie konnte nicht liegen bleiben, das konnte sie Otto unmöglich antun. Gut, dass er da war. Er sorgte dafür, dass sie funktionierte.

Der erste Brief, den Henny aus dem Korb zog, war aus einem Lazarett bei Lemberg. Ein Fähnrich namens Hartmann vererbte ihr, auf dem Sterbebett liegend, sein Eisernes Kreuz zweiter Klasse. Ihre Hände seien der schönste Ort, den er sich dafür vorstellen könne. Sie brauche ihm nicht zu antworten. Bis dieser Brief sie erreiche, »bin ich nicht länger«. Henny blickte auf die frischen Schrippen, das Frühstücksei, das glänzende Silberbesteck, den Porzellanteller.

Vorsichtig bettete sie das Kreuz in die Schachtel zurück, schloss den Deckel. »Bitte, Otto – würde es Ihnen etwas ausmachen, den Korb aus dem Esszimmer zu entfernen. Ich ...«

»Ich bitte Sie, Frau Porten. Das müssen Sie doch nicht erklären.«

Der geflochtene Korb war zu groß, um ihn unter den Arm zu klemmen oder mit einer Hand zu tragen. Otto zog ihn möglichst lautlos hinter sich her aus dem Raum. Dann stand er wieder neben ihr und fingerte an seiner imaginären Koppeltasche herum, die er schon längst nicht mehr trug.

»Ja, Otto?«

Er nahm Haltung an. »Sie ist wieder da, Frau Porten.«

Henny schloss die Augen. »Seit wann?«

»Ich kann es nicht mit Bestimmtheit sagen, gnädige Frau. Als ich ging, die Schrippen zu holen, stand sie bereits unter ihrem Baum.«

Jetzt war es schon *ihr Baum*. »Bei dieser Kälte? Und steht sie immer noch da?«

Otto trat seitlich ans Fenster und blickte zur Kirche hinüber. »Ja.«

»Warum macht sie das nur?«

»Ich weiß es nicht, gnädige Frau. Aber sie hat, glaube ich, einen Geigenkasten bei sich.«

Henny stand auf und schob sich ebenfalls an das Fenster heran.

Unter einem der Bäume, die die Seiten der Matthäikirche

säumten, stand eine gertenschlanke, ungewöhnlich groß gewachsene Frau, die zugleich stolz und verloren wirkte, selbstsicher und schüchtern. Und jung! Henny betrachtete sie interessiert. Das war keine, vor der man Angst haben musste. Und doch standen sie hier, Otto und sie, und versteckten sich hinter dem Vorhang.

»Otto, würden Sie bitte gehen und die junge Dame fragen, was ihr Ansinnen ist – sofern sie eines hat.«

»Sehr wohl, gnädige Frau.«

Von ihrem Platz hinter dem Vorhang aus verfolgte Henny, wie ihr Diener mit tastenden Schritten die Straße überquerte und auf die junge Frau zusteuerte, die ihren Geigenkasten an den Körper gedrückt hielt, wie um ihn zu wärmen. Als Otto sie ansprach, wechselte sie Stand- und Spielbein, schien plötzlich größer als er. Fasziniert beobachtete Henny die Szene. Einen Körper zu lesen, war ihr Beruf, ihre Leidenschaft. Beim Film war jede noch so kleine Geste wichtig, jeder Ausdruck, jede Haltung. Und die Haltung dieser Frau hatte etwas ... Herausforderndes? Als Otto zurückkam und mit seinen Schuhen eine zweite Spur in den frischen Schnee drückte, klemmte etwas unter seiner Achsel, das Henny nicht identifizieren konnte. Die Frau stand unverändert, wartend.

Henny ging ihrem Diener entgegen, im Flur trafen sie aufeinander. Er zog das Päckchen unter seinem Arm hervor.

»Sie hat Ihnen ein Kissen bestickt.«

Mit einem seidigen Faden hatte die junge Frau ein großes rotes Herz auf das Kissen gestickt, in dessen Mitte schräg und schwungvoll »für Henny Porten« zu lesen war. Henny befühlte die Stickerei. Sehr gleichmäßig. Da hatte sich jemand viel Mühe gegeben.

»Reizend, finden Sie nicht?«

Otto schien von der Begegnung mit der jungen Frau noch ganz in Anspruch genommen zu sein. »Sicher.«

»Hat sie sonst noch etwas gesagt?«

»Nur, ob ich Ihnen wohl das Kissen überbringen würde.«
»Sonst nichts?«
»Sonst nichts.«

Henny kehrte ins Esszimmer zurück. Da stand sie, noch immer, unter *ihrem* Baum, und wärmte ihren Geigenkasten.

»Die Ärmste muss ja schon halb erfroren sein.« Henny wandte sich an ihren Diener. »Warum gehen Sie nicht und bitten sie herein? Ich decke derweil einen zweiten Teller auf.«

5

»Das warst du?«

Henny war zum Du übergegangen, ohne es zu bemerken. Plötzlich sah sie Marlene mit anderen Augen. Bereits während der Vorführung gestern Abend hatte sie die aufrecht sitzende Geigerin mit den auffallend ebenmäßigen Gesichtszügen in Becces Orchester bemerkt.

»Die andern haben Fleckfieber«, erklärte Marlene. »Aber künftig soll ich festes Ensemblemitglied sein.«

Wie froh Henny war, die junge Frau von der Straße geholt zu haben! Alleine ihr beim Essen zuzusehen machte, dass man selbst Appetit bekam. Noch vor einer Stunde hätte Henny keinen Bissen schlucken können. Jetzt saß sie hier mit dieser unbefangenen Frau, einem halben Mädchen noch, lachte sogar, und beschmierte ihr Brötchen lustvoll mit Marmelade. Otto hatte inzwischen eine zweite Fuhre Schrippen vom Bäcker geholt und schien sehr zufrieden mit seiner Herrin.

»Und hat dir der Film gefallen?«

»Na, viel hab ich ja nicht sehen können, weil ich doch mit Geigen beschäftigt war.« Marlene klang überraschend ernst. »Am Ende war ich aber trotzdem verliebt.«

»Das verstehe ich gut. Der Trautmann hat so etwas ganz und gar Galantes, nicht?«

»Nicht in Trautmann.«

Marlene blickte Henny auf eine Weise an, die keinen Zweifel daran ließ, wer die Person war, in die sie sich letzte Nacht verliebt hatte.

Henny lachte hell auf. Wie über einen Scherz. Die junge Frau war so erfrischend direkt. Marlene hob den Kopf. Sie hatte wirklich ein erstaunlich ebenmäßiges Gesicht, wie gemalt.

»Sie waren wunderbar«, sagte sie, »ganz wunderbar. Noch besser als in *Gefangene Seele* oder *der Ruf der Liebe.*«

»Dann kennst du also noch mehr Filme von mir?«

»Ich kenne alle Ihre Filme.« Marlene blickte Henny offen ins Gesicht. Dann schlug sie die Beine übereinander, anschließend nahm sie die Schultern zurück. Eines nach dem anderen. Anschließend sagte sie: »Ich habe mich schon oft verliebt.«

Henny versuchte, das Gespräch in sicheres Fahrwasser zu steuern. Marlene war so offensiv. Und hübsch! Meine Güte, Henny war tatsächlich ... verwirrt.

»Ach so? Und für Männer schwärmst du wohl gar nicht?«

»Doch, schon, aber es sind ja kaum noch welche übrig. Nur noch die alten und kranken und die« – sie vergewisserte sich, dass Otto außer Hörweite war, bevor sie flüsterte – »einarmigen. Die feschen sind entweder an der Front oder schon tot.«

»Sag, wie alt bist du?«

»Sechzehn.«

Sechzehn. Und kannte alle ihre Filme. Und hatte sich schon wer weiß wie oft in sie verliebt. Und die feschen Männer waren entweder an der Front oder schon tot. Was sollte man von so einer halten?

Henny lehnte sich zurück, betrachtete ihr Gegenüber, schlug ebenfalls ein Bein über das andere. Dabei glitten die Schöße ihres Morgenmantels auseinander und gaben den Blick auf ihre Oberschenkel frei. Marlene bemerkte es, und damit Henny nicht entging, dass sie es bemerkte, kräuselte sie ihre Lippen. Herausfordernd war das Wort, das Henny in den Sinn kam. Sie beeilte sich, den entflohenen Stoff wieder über ihre Knie zu schieben. Warum hatte sie das getan – die Beine so keck übereinandergeschlagen –, wo sie doch nur ihr

Nachthemd unter dem Mantel trug? Sie hatte richtiggehend Herzklopfen.

Otto brachte unaufgefordert zwei Gläser mit frisch gepresstem Orangensaft. Was der alles auftrieb.

Marlene traute ihren Augen nicht.

Henny führte aufmunternd ihr Glas an die Lippen. »Trink ruhig.«

Marlene trank, als fürchtete sie, ein anderer könne ihr sonst den Saft wegtrinken. Etwas daran kam Henny bekannt vor. Dann wusste sie es:

»Hast du ältere Geschwister?«, fragte sie.

»So etwas hab ich seit Jahren nicht getrunken.« Marlene stellte das Glas ab. »Ja, eine Schwester. Elisabeth.«

»Genau wie ich!«

»Ja, aber meine ist nur *ein* Jahr älter.«

Die war ja wirklich bestens informiert. Henny spürte eine Schieflage. Vor ihr saß dieses rätselhafte Wesen, sie selbst jedoch schien für Marlene ein offenes Buch zu sein oder eher noch: ein ausgelesenes.

»Na, wenn du so viel über mich weißt, dann weißt du ja sicher auch, dass meine Schwester Rosa ebenfalls Schauspielerin ist.«

Marlene zog beiläufig die Schultern hoch. »Ich hab sie in *Die Wäscher-Resl* gesehen und in« – sie zupfte an der Unterlippe – »*Die nicht lieben dürfen*. Sie ist gut, aber ...«

»Ja?«

»Na, verliebt hab ich mich nicht.«

»Interessant. Und kannst du mir auch sagen, was an ihr so anders ist?«

»In Ihrer Schwester ist nicht dieselbe Sehnsucht. Bei Rosa geht es um Ja oder Nein, bei Ihnen geht es um Leben oder Tod.«

Henny spürte, wie ihr die Röte in die Wangen stieg, ein heißes Prickeln in den Handflächen und ... ein Spannen in den Brüsten? Grundgütiger! Vor zwei Stunden hatte sie nicht gewusst, wie sie aus dem Bett kommen, geschweige denn, die Stufen ins Erdgeschoss hinabsteigen sollte.

Marlene hatte sich vorgebeugt und strich mit ihren Violinenfingern über die Borte von Hennys cremefarbenem Morgenmantel. Durch ihr Kleid zeichneten sich die Wirbel ihres Rückgrats ab. So verletzlich. Henny wäre gerne mit dem Finger daran entlanggefahren.

»Der ist schön«, sagte Marlene, als sie sich wieder aufrichtete. Zwei Locken waren ihr in die Stirn gefallen.

»Ja?«, erwiderte Henny. Als sei ihr das selbst noch nie aufgefallen. »Curt hat ihn mir letztes Jahr zum Geburtstag geschenkt«, erklärte sie. »Mein Mann. Mein verstorbener Mann.«

»Ich weiß. Er ist gefallen, nicht? An der Front. Komisch, dass man das so sagt – gefallen. Als wäre man gestolpert. Bei mir war's der Vater.«

Sie blickten gemeinsam zum selben Fenster hinüber. Noch immer wirbelten Flocken vorüber. Seit einiger Zeit war der Tod allgegenwärtig. An jeder zweiten Straßenecke traf man auf ihn. Erst denkt man, daran wirst du dich nie gewöhnen, aber so unbegreiflich er ist: Man gewöhnt sich sogar an den Tod.

»Mutter ist noch einmal an die Front gefahren, als es zu Ende ging«, erzählte Marlene. »Sie hatte eine Sondergenehmigung bekommen. Mit uns darüber gesprochen hat sie nicht. Aber als sie zurückkam, waren ihre Haare plötzlich grau.«

Mittlerweile wusste Henny, was zu tun war, wenn der Tod das Haus betrat. Man musste ihm einen Ort zuweisen, streng sein mit ihm, ihn domestizieren. Ließ man ihm seinen Willen, dann verpestete er das ganze Haus und nahm einem die Luft zum Atmen.

Sie wandte sich ihrem Gast zu: »Sag: Wie kommt es, dass du deine Geige dabeihast? Musst du heute noch proben?«

»Schon, aber erst am Nachmittag. Ich ... Ich weiß nicht.«
»Möchtest du mir vielleicht etwas vorspielen?«
»Soll ich?«

»Kalt«, diagnostizierte Marlene, als sie die Geige aus dem Koffer nahm. Die Wirbel ließen sich nur unwillig drehen. »Die mag noch nicht.«

Sie war vom Tisch zurückgetreten, was sie seltsamerweise noch größer machte. Henny wandte sich ihr zu.

Marlene setzte den Bogen an: »Also dann.«

Den ersten lang gezogenen Tönen haftete etwas Sprödes an, das Instrument gab sie nur unwillig preis. Nach einigen Takten jedoch schien die Geige ihren Widerstand aufzugeben. Was danach geschah, hätte Henny selbst nur schwer in Worte fassen können. Da saß sie in ihrem goldbestickten Morgenmantel an der polierten Tafel und ließ sich etwas vorspielen, so wie man es von einer Tante und ihrer Nichte erwarten würde. Doch hier war nach wenigen Minuten klar: Das lief andersherum. Nicht Marlene war nervös, sondern Henny. Sie wusste nicht, was sie erwartet hatte, auf jeden Fall aber nicht diese ... Tiefe! Natürlich hätte sie sich denken müssen, dass Marlene mehr als ein paar Volksweisen fiedeln konnte, schließlich hatte sie gestern in Becces Orchester gesessen. Aber dass diese zarten, langgliedrigen Finger der schlanken Geige derart kraftvolle Töne entlocken würden, das hatte sie nicht geahnt. Der gesamte Raum füllte sich mit Musik, warm und traurig, fremd und vertraut.

Henny wurde von einem Unbehagen erfasst. Sie fühlte sich zunehmend ausgeliefert. Ohnmacht war ein Zustand, gegen den sie sich instinktiv zur Wehr setzte. Wer sich in diesen Zeiten gehen ließ, die Kontrolle verlor, der fand sich schnell an einem Ort wieder, der keine Türen mehr hatte. Sie wusste das, kannte den Ort, hatte ihn erlebt. Sie blickte auf ihre Hände herab, die nervös über das Kissen strichen, das Marlene ihr bestickt hatte und das jetzt in ihrem Schoß lag, und dann spürte sie, wie etwas in ihr nachgab, wie ihr Rückgrat zum Resonanzboden wurde. Sämtliche Härchen an ihren Unterarmen richteten sich auf, und dann, plötzlich, war ein dunkler Fleck auf dem Kissen, ein Tropfen, dann noch einer und noch einer.

Hennys Blick verschleierte sich. Was da gerade mit ihr geschah, hatte darauf gewartet zu geschehen – seit Curt gestorben war, hatte es darauf gewartet zu geschehen –, und jetzt löste es sich und strömte aus ihr heraus, schmerzhaft und unsagbar traurig, wie es nur der Abschied von einem geliebten Menschen sein konnte, aber eben auch kostbar und glänzend und wunderschön.

Undeutlich nahm sie wahr, wie in Marlenes Rücken die Tür aufschwang und Otto erschien. Den gesamten Türrahmen füllte er aus, stocksteif. Und wie Henny ihn so in der Tür stehen sah, eine alte knorrige Eiche, bereit, gefällt zu werden, um irgendetwas Neuem Platz zu machen, da wurde ihr klar, dass er sich nachts, allein in seiner Kammer, wünschte, die Granate hätte nicht nur seinen Arm erwischt.

»Sie bluten ja!«

Mitten im Spiel hatte Marlene den Bogen abgesetzt.

Henny war zu konsterniert für eine brauchbare Antwort: »Ich blute?«

»Da!« Marlene deutete mit dem Bogen auf ihren Morgenmantel.

Henny blickte an sich herab. Tatsächlich, da war Blut. Sie nahm die Serviette und presste sie sich unter die Nase.

»Und Sie weinen!«, stellte Marlene fest.

»Ist nicht schlimm«, versicherte Henny, »ist nicht schlimm, wirklich.«

Sie senkte den Blick und musste lachen, während ihr die Tränen über die Wangen kullerten. Und dann musste sie lachen, weil es so absurd war, dass sie lachen musste, wo sie doch Nasenbluten hatte und die Tränen nicht aufhören wollten zu fließen.

Sie streckte eine Hand nach Marlene aus, die Finger gespreizt, den Kopf gesenkt, und dann sah sie Marlene auf sich zukommen, die Geige neben ihrem Oberschenkel, und dann spürte sie, wie kühle Finger nach ihrer Hand griffen.

Endlich, es war wirklich zu albern, gelang es ihr, Marlene ins Gesicht zu sehen. »Deine Hände sind ja immer noch ganz kalt.«

»Geht schon«, sagte Marlene.

»Otto, wären Sie so freundlich, oben im Bad den Boiler einzuheizen? Dieses junge Fräulein hier benötigt dringend ein heißes Bad.«

6

Ein blauer Frauenkopf mit halb geschlossenen Lidern und Blumen im Haar, schön und geheimnisvoll. Luxus. Mit dem Zeigefinger fuhr Marlene die Ränder des Reliefs entlang, erforschte das Gesicht, strich über den Nasenrücken und hinterließ eine glänzende Spur auf den beschlagenen Lippen. Jede einzelne der Bordürenfliesen war ein Kunstwerk. Ebenso die Badewanne mit den geschwungenen Goldfüßen, die auf einer Seite erhöht war, um sich besser anlehnen zu können. Und die *zwei* Armaturen hatte, eine für kaltes und eine für heißes Wasser.

Otto hatte sich alle erdenkliche Mühe gegeben, den Raum in eine Dampfsauna zu verwandeln. Dabei musste dieses Badezimmer unmöglich zu heizen sein – bei dieser Größe.

»Gefällt sie dir?«, fragte Henny.

Sie hatte aus einer Ansammlung von Flakons einen ausgewählt und goss etwas von dessen Inhalt ins Badewasser. Nur Augenblicke später breitete sich der Duft von Rosenblüten aus. Zu diesem Zeitpunkt konnte Marlene es noch nicht wissen, doch von nun an und für den Rest ihres Lebens sollte dieser Geruch ihr mehr als jeder andere das Gefühl von Luxus vermitteln.

Sie wandte sich von dem blauen Frauenkopf ab und betrachtete die über die Wanne gebeugte Henny. »Das ist Jugendstil, nicht?«

Die Schauspielerin richtete sich auf. »Findest du sie schön?«, wiederholte sie ihre Frage.

Nicht halb so schön wie dich, dachte Marlene, sagte es aber nicht. Nicht, weil sie sich geschämt hätte, sondern weil es überflüssig war. Henny konnte sehen, was Marlene dachte.

Marlenes Blick ruhte weiter auf der berühmten Schauspielerin. Niemals hätte sie gedacht, dass sie ihrem Idol einmal so nah sein würde, doch jetzt, da sich der Traum erfüllt hatte, würde sie an ihm festhalten, so lange es ging.

»Wer würde sie nicht schön finden?«, antwortete sie und ließ offen, ob damit die Fliesen oder Henny gemeint waren.

»Es war Curts Idee«, sagte Henny, »ein Badezimmer ganz in Jugendstil.«

Sie stellte den Flakon auf den Servierwagen zurück – ein ganzer Servierwagen eigens für Badezusätze! – und wollte Marlene das Badezimmer überlassen, als die vor dem Spiegel stehend ihr Kleid über die Schultern und zu Boden gleiten ließ. Prüfend betrachtete Marlene ihre verschwommenen Umrisse im beschlagenen Glas, brachte schwungvoll ihre Haare in Unordnung, knöpfte ihren Büstenhalter auf und ließ ihn neben ihr Kleid auf die Fliesen fallen.

Marlene nahm die Hände über Kopf, drehte Henny brüsk den Oberkörper zu und lachte sie an. Ertappt. Henny war zu überrascht, um irgendetwas anderes zu tun, als ihrem Blick standzuhalten.

»Im Spiegel sehe ich aus wie von einem Impressionisten gemalt, finden Sie nicht?«

Als sei es das Normalste von der Welt, sich in fremden Badezimmern zu entkleiden und in Anwesenheit der Hausherrin im Spiegel zu betrachten. Noch immer lächelnd streifte Marlene ihren Schlüpfer ab. Henny stockte der Atem. Wenn sie jetzt das Bad verließ, würde es nach Flucht aussehen. Marlene drehte sich ihr zu, präsentierte sich ihr, stemmte eine Hand in die Hüfte, schob das Becken vor.

»Gefalle ich Ihnen?«

Henny rang nach Luft. Wen hatte sie sich da ins Haus geholt? Eine Lilith mit einem Engelsgesicht? Eine Artemis mit Geige und Bogen statt Pfeilen und Köcher?

»Du solltest schleunigst in die Wanne steigen, junges

Fräulein«, erwiderte sie. »Wir wollen doch nicht, dass Otto den Badeofen ganz umsonst eingeheizt hat.«

»Bleiben Sie nicht?«, hatte Marlene gefragt, als Henny das Bad verlassen wollte.

Also war sie geblieben, umschleiert von Wasserdampf und Rosenduft, und hatte sich auf den samtbezogenen Hocker neben der Tür gesetzt. Mehr Abstand konnte sie zwischen sich und die Badewanne nicht bringen, außer sie wäre durch die Tür geschlüpft. Doch das hatte sie offenbar auch nicht gewollt, sonst säße sie jetzt nicht immer noch hier. Sorgsam achtete Henny darauf, die Flügel ihres Morgenmantels nicht wieder über die Knie rutschen zu lassen.

»Was war das«, fragte sie, »das du vorhin gespielt hast?«

Marlene streckte ein Bein in die Luft, seifte es ein. »Das Adagio aus Torellis Violinkonzert. Ist eins von meinen Lieblingsstücken.«

»Ich wünschte, ich könnte das auch – ein Instrument spielen.«

»Wünschen Sie sich das lieber nicht. Jeden Tag üben, stundenlang ... Meine Mama hat sich in den Kopf gesetzt, mich zur Konzertgeigerin ausbilden zu lassen.«

»Das klingt, als wollten deine Mutter und du nicht dasselbe.«

Marlene hob ihr Bein noch weiter an, streckte es über den Kopf, bis die Zehen zur Decke zeigten. »Mama weiß es noch nicht«, sagte sie, »aber ich werde auch Schauspielerin – so wie Sie. Nein, nicht wie Sie. Anders.«

»Täusch dich nicht. Auch die Schauspielerei erfordert viel Arbeit, wie jede Kunst. Mit deinen Beinen solltest du ohnehin lieber Tänzerin werden. Die hören ja gar nicht mehr auf.«

»Meine Tante meint auch, dass meine Beine es noch weit bringen werden. Ich werde aber trotzdem Schauspielerin.«

»Obwohl du so schön geigen kannst?«
»Hat Ihnen der Torelli denn gefallen?«
»Sehr. Aber er hat auch etwas ...«
Marlenes Bein tauchte wieder ins Wasser ein. »Ich weiß. Deshalb spiele ich das Adagio auch am liebsten, wenn ich Sehnsucht hab.«
»Und was passiert dann?«
»Dann habe ich noch mehr Sehnsucht.«
»Dann hattest du vorhin also Sehnsucht.«
»Nein, aber da hab ich es ja auch nicht für mich gespielt.«
Statt zu antworten, strich Henny mit dem Daumen über die dunklen Flecken, die das Blut auf ihrem Morgenmantel hinterlassen hatte. Die Leichtigkeit, die sich gerade zwischen ihnen eingestellt hatte, versank.
»Es ist wegen Ihrem Mann, nicht?«, sagte Marlene. Und weil Henny nur weiter an den Flecken rieb: »Wegen Curt.«
Plötzlich also sprachen sie über Curt. Das war Henny zwar nicht angenehm, aber auch nicht unangenehm. Sieben Monate war es her, dass sie die Nachricht von seinem Tod erhalten hatte, und in der gesamten Zeit war sie mit ihrer Trauer allein geblieben, hatte sie ignoriert, oder, wie es ihr jetzt schien, sie vernachlässigt. Konnte man das – seine Trauer vernachlässigen? Nicht einmal mit Rosa hatte sie wirklich darüber gesprochen, hatte nur immer weiter Filme gedreht, wie besessen.
»Wir hatten es gut zusammen, weißt du«, erklärte Henny. »Wir hatten es wirklich gut. Es war nur so furchtbar kurz.« Ihr Blick verlor sich zwischen den kompliziert gemusterten Bodenfliesen. »Wir waren ja kaum verheiratet, bevor der Krieg ausbrach. Und Curtchen ist dann auch gleich eingezogen worden. Wie waren wir alle so stolz auf diesen Krieg. Als wäre er eine Belohnung.«
»Er war schön, nicht?«, sagt Marlene, während sie ihren Brüsten dabei zusah, wie sie von Wasser umspült wurden.

Henny löste ihren Blick von den Fliesen. »Findest du?«

»Oh ja! Er hatte etwas kolossal Weltgewandtes. Als wäre er überall zu Hause.«

»Das stimmt.«

Henny sah ihren Mann, wie sie ihn lange nicht gesehen hatte, aufrecht und glücklich, im Hintergrund den Golf von Neapel – mit diesem italienischen Hut, den er sich damals gekauft hatte, und angewinkelten Armen. Als blicke er auf sein Reich, im Scherz natürlich, aber ein bisschen auch im Ernst.

»Bevor der Krieg kam, haben wir eine Filmreise unternommen, das ganze Team. Wir sind raus aus dem Studio und die Mittelmeerküste entlanggefahren, bis hinunter nach Sizilien, haben überall die Kamera aufgebaut.«

»Ich weiß«, sagte Marlene, »*Das Tal des Traumes.*«

Die Essenz hatte das Badewasser weich gemacht, wie Milch. Marlene ließ heißes Wasser nachlaufen. Verstohlen betrachtete sie ihre Hand, wie sie unter der Oberfläche ihre Leiste entlangfuhr, um langsam zwischen ihre Schenkel zu gleiten. Wie um sich zu testen, jagte Marlene sich ein, zwei kleine Stromstöße durch den Körper. Das war aufregend. Schon die geringste Berührung brachte ihre Schenkel zum Zittern.

»Langsam frage ich mich«, erwiderte Henny, »ob es etwas gibt, das du nicht über mich weißt.«

Marlene wandte ihr den Kopf zu, während sie heimlich einen weiteren Stromstoß durch ihren Körper schickte, einen, der sie heimlich nach Luft schnappen und kleine Wellen den Wannenrand entlanglaufen ließ.

»Ich weiß nicht, wovon Sie träumen«, sagte sie.

»Wie beruhigend«, lachte Henny. »Dann habe ich wenigstens noch *ein* Geheimnis vor dir. Curtchen jedenfalls, der wusste immer, was zu tun war. Wenn es ein Problem gab, wir nicht weiter kamen ... Curt war da. ›Henny, Liebes‹, sagte er dann zu mir, ›das kriegen wir schon hin.‹ Und er kriegte es hin. Im Zweifelsfall gab er vor, ein amerikanischer Geschäftsmann zu sein. Er sprach fließend Englisch, weißt du, weil er zwei Jahre in Amerika gelebt hatte. Und im Handumdrehen hatten alle ein Hotelzimmer.« Ihr Blick wandte sich nach innen. »Er war ein guter Mann, mein Curt. Ein durch und durch guter Mann.«

Ein guter Mann, dachte Marlene, war im Grunde genauso langweilig wie ein gutbürgerlicher Haushalt. Und während sie im heißen Wasser lag, saß Henny auf dem Hocker neben der Tür, tragisch und dadurch noch begehrenswerter, als Marlene sie je im Film erlebt hatte. Sie erhöhte den Druck ihrer Hand, indem sie die Oberschenkel zusammenpresste. Jede Faser ihres Körpers war bereit. Ein anderes Wort fiel ihr nicht ein. Ich bin so sehr *bereit*.

Plötzlich stand sie in der Wanne, aufrecht, überragte Henny um einen guten Kopf, von ihren Brüsten tropfte Wasser, und ihr Körper glühte. Dampf stieg auf. »Darf ich mir Ihren Morgenmantel leihen?«

Vor Schreck fuhr Henny vom Hocker auf. »Gute Güte, du bist aber wirklich ...«

»Ich bin was?«, fragte Marlene.

Impulsiv, dachte Henny. Und das war ihre geringste Sorge. »Aber ich hab nur mein Nachthemd darunter an.«

»Ich verrate es auch keinem.«

Unschlüssig stand Henny neben der Tür. »Warte, ich hab ...« Sie schlüpfte aus dem Bad, ließ die Tür angelehnt und kehrte kurz darauf mit einem zusammengefalteten Morgenmantel über dem Arm zurück. Marlene war aus der Wanne gestiegen und dampfte und tropfte und glühte noch immer. Ihre Nacktheit schien sie gar nicht wahrzunehmen.

Henny hielt ihr den Arm hin. »Der ist von ...«

Erst in diesem Moment schien ihr klar zu werden, dass sie im Begriff war, das Andenken ihres verstorbenen Ehemanns zu entehren. Sie wollte die Hand zurückziehen, doch Marlene hatte den Mantel bereits von ihrem Arm gelupft und strich über die geschwungenen Initialen.

»Curt«, stellte sie fest, entfaltete ihn und schlüpfte hinein, machte aber keinerlei Anstalten, den Gürtel zu schließen. »Wie für mich gemacht«, stellte sie fest.

Henny stand vor ihr, hilflos und unerlöst. Beinahe hätte Marlene Mitleid mit ihr gehabt. Blind griff sie nach Hennys Gürtel, der sich praktisch von alleine löste.

Ihre Lippen kräuselten sich zu einem Lächeln. »Die sind ja ganz hart.«

Entsetzt blickte Henny an sich herab, sah ihre Brustwarzen, die sich durch den Stoff abzeichneten, und verfolgte stumm, wie Marlenes Hand ihre Brust umschloss. Das geschieht nicht, dachte sie, doch Marlene saß bereits auf dem Wannenrand, hatte die Schöße von Curts Morgenmantel zur Seite geschoben und zog sie zu sich heran.

Henny spürte das Blut durch ihren Körper pulsieren, hörte sich selbst atmen. Lass das nicht zu, dachte sie, aber die Worte schienen an eine andere gerichtet zu sein, und wer auch immer das sein mochte – sie war nicht hier.

Marlenes geöffnete Lippen erschienen vor ihrem Gesicht, voll und rot. Henny schmeckte ihren Atem.

»Was machst du denn?«

Marlene lächelte nur.

»Du bist doch noch ein halbes Kind!«, protestierte Henny.

»Nicht mit dir«, flüsterte Marlene, und bevor Henny noch etwas erwidern konnte, hatten sich Marlenes Lippen bereits auf ihre gelegt und nahmen sie in Besitz.

Ungläubig wurde Henny bewusst, wie Marlene ihr Nachthemd hochschob, bis über die Hüfte, ihre Pobacken umfasste und Henny zu sich heranzog. Und Henny gab nach, vielmehr gab ihr Körper nach – wie war das möglich? –, sie spürte Marlenes Oberschenkel zwischen ihren Beinen, die sich öffneten, ganz ohne Hennys Zutun, dann der Schrecken, als sie merkte, wie eine heiße Hand zwischen ihre Schenkel glitt, doch statt die Knie zusammenzupressen, öffneten die sich nur noch weiter, gaben den Weg frei. Henny spürte einen heißen Finger in sich eindringen und gab ein lang gezogenes Stöhnen von sich, ein Stöhnen, das sie gerne unterdrückt hätte. Doch dafür war es zu spät.

I

7

> **Gegen den Tonfilm!**   **Für lebende Künstler!**
>
> ## An das Publikum!
>
> **Achtung!**   **Gefahren des Tonfilms!**
>
> Viele Kinos müssen wegen Einführung des Tonfilms und Mangel an vielseitigen Programmen schließen!
>
> ### Tonfilm ist Kitsch!
>
> Wer Kunst und Künstler liebt, lehnt den Tonfilm ab!
>
> ### Tonfilm ist Einseitigkeit!
>
> 100% Tonfilm = 100% Verflachung!
>
> ### Tonfilm ist wirtschaftlicher und geistiger Mord!
>
> Seine Konservenbüchsen-Apparatur klingt kellerhaft, quietscht, verdirbt das Gehör und ruiniert die Existenzen der Musiker und Artisten!
>
> Tonfilm ist schlecht konserviertes Theater bei erhöhten Preisen!
>
> ### Darum:
>
> Fordert gute stumme Filme!
> Fordert Orchesterbegleitung durch Musiker!
> Fordert Bühnenschau mit Artisten!
>
> ### Lehnt den Tonfilm ab!
>
> Wo kein Kino mit Musikern oder Bühnenschau: Besucht die Varietés!
>
> **Internationale Artisten-Loge E. V.**   **Deutscher Musiker-Verband.**
> Fossil   Karl Schiementz
>
> Druck: Gebr. Unger, Berlin SW 11.

Als das Licht im Vorführraum erlosch und die Gespräche verstummten, setzte sich Vollmöller, der immer ein bisschen verloren aussah – schwindsüchtig, wie Hugenberg meinte –, in die letzte Reihe. Schwindsüchtig. Typisch Hugenberg.

Der würde nie in der Lage sein, Feinnervigkeit von Schwindsucht zu unterscheiden. Der wusste ja nicht einmal, was das war.

Fünf Tage hatte alleine die Schiffspassage von Hamburg nach New York in Anspruch genommen. Und das war noch der angenehmere Teil der Reise gewesen. Karl war Hugenberg aus dem Weg gegangen, wo er konnte, hatte von Arbeit gesprochen, die in der Kabine auf ihn warte. Bis an die Grenze der Unhöflichkeit. Doch kaum wagte er sich einmal aufs Promenadendeck hinaus, konnte er sicher sein, keine zwanzig Meter weit zu kommen, ohne von Hugenberg gestellt zu werden, der nie den richtigen Ton traf, immer zu laut redete und selbst in den teuersten Anzügen stillos aussah.

»Leiden Sie an Schwindsucht, mein Bester?!«

Es hatte wie ein Befehl geklungen. Und dann diese Uhrenkette, die sich immer über seinen Bauch spannte, als müsste sie ihn zusammenhalten. Dieser Mann hing der Monarchie nach wie einer verflossenen Geliebten. Vergangenes Jahr, nach der Niederlage bei der Reichstagswahl, hatte er sogar den Vorsitz der Deutschnationalen übernommen. Dazu war er Mitglied des Stahlhelm-Bundes sowie des Bundes der Frontsoldaten. Dabei hatte er selbst gar nicht gedient. Und jetzt waren ausgerechnet er und Vollmöller aufeinander angewiesen: Hugenberg, der nichts von Kunst verstand, aber alles von Macht, und Vollmöller, der in der Kunst seinen Lebenszweck sah und den Macht nicht interessierte.

Auf der Leinwand am anderen Ende des Raums erschien ein leuchtendes Rechteck. Vollmöller sah bläuliche Rauchsäulen aufsteigen. Die Luft war zum Schneiden und zitterte vor Nervosität. Etwa zwanzig Leute waren zum Screening geladen worden. Vollmöller kannte beinahe jeden. Hugenberg dagegen nahm sich aus wie ein Kampfstier bei einer Versammlung von Springpferden. Über Vollmöllers Kopf begann der Projektor zu surren.

Gleich mit dem ersten Bild drang in ohrenbetäubender Lautstärke Orchestermusik aus unsichtbaren, in die Decke eingelassenen Lautsprechern. Die Musik war überall zugleich, vor allem aber war sie perfekt mit dem Film synchronisiert. Vollmöller richtete sich in seinem Sessel auf und zündete sich die nächste Zigarette an. Wie sehr er Kino liebte! Vergessen waren die Strapazen der Reise, vergessen war Hugenberg mit seinem Gerede über die Verjudung der Filmbranche. Das hier – und da konnten sie in Berlin vor den Kinos noch so viele Flugblätter verteilen –, das hier war die Zukunft! Die ließ sich nicht aufhalten. Und er, Vollmöller, würde seinen Anteil daran haben.

Die Paramount Famous Lasky Corporation hatte für *Betrayal* erhebliche Risiken auf sich genommen. Und immense Kosten. Im Januar erst war das neue, dreitausend Quadratmeter große Tonfilmstudio in Flammen aufgegangen. Fünfhunderttausend Dollar, einfach weg, zwei Millionen Reichsmark! Drei Monate später stand ein neues da. Wenn es etwas gab, das Vollmöller an den Amerikanern bewunderte, dann war es die Verbindung aus Pioniergeist und Wagemut. Dreitausend Meilen Eisenbahnschienen verlegen? Worauf warten wir noch! Die Halle ist abgebrannt? Dann bauen wir sie neu, nur besser!

Heute Mittag hatten Hugenberg und Vollmöller gemeinsam das neue Studio inspiziert, nachdem sie sich im Cabriolet über das Filmgelände an der Melrose Avenue hatten chauffieren lassen. Hugenberg hatte ungläubig seine Nickelbrille abgenommen und zur Hallendecke emporgeblickt. Sein fleischiger Nacken quoll über den Hemdkragen. Alles schien sich elektrisch zu bewegen, überall sprossen Kabel hervor, sogar die Leuchten wanderten wie von Geisterhand gesteuert unter der Decke entlang – und dazu völlig geräuschlos. Das Studio erschien Hugenberg wie ein riesiger, autonomer Organismus. Außerdem musste er dringend in Erfahrung bringen, welches Material sie für die Dämmung verwendeten. Es drang nicht nur von außen kein Laut herein, auch die eigenen Worte waren verschwunden, kaum dass man sie ausgesprochen hatte.

Vollmöller nutzte die Gelegenheit, dem Ufa-Chef gehörig den Mund wässrig zu machen und gleichzeitig ein bisschen Angst zu verbreiten. Wenn sie in Potsdam nicht schleunigst etwas Ähnliches auf die Beine stellten, würden die Deutschen sehr bald den Anschluss verlieren. Für die Amerikaner hieß Technik Fortschritt, die Deutschen dagegen erstarrten vor jeder Neuerung wie das Kaninchen vor der Schlange. Danach hatte Vollmöller ihn da, wo er ihn haben wollte. Hugenberg setzte die Brille wieder auf, von der er hoffte, dass sie ihm einen intellektuellen Anstrich verlieh. Sein Nacken entspannte sich und kroch zurück unter den Hemdkragen. Die Frage war so klar wie die Antwort: Als was wollte Hugenberg in die Geschichte eingehen – Kaninchen oder Schlange?

»Mein lieber Herr Vollmöller«, hob er an, »*Sie* besorgen mir Jannings und garantieren mir einen Stoff, der sich gewaschen hat, und *ich* ...« – wie immer, wenn er unerwartet vom Bewusstsein seiner eigenen Bedeutung durchströmt wurde, strich Hugenberg über seinen Kaiser-Wilhelm-Bart –, »*ich* stelle Ihnen in Babelsberg eine Halle hin, in die Sie diese hier hineinschieben können!«

»Und besorgen das Geld«, sagte Vollmöller.

»Geld spielt keine Rolle«, entgegnete Hugenberg und ließ es nach Kinderkram klingen.

Wenn du wüsstest, dachte Vollmöller und verzog seine schmalen Lippen zu einem freundlichen Lächeln.

Bei der Begrüßung im Vorführraum hatte Jannings seinen Freund Vollmöller beinahe erdrückt. Er war der größte lebende Schauspieler, da hätten nur wenige widersprochen. Geadelt und sozusagen zertifiziert durch den Oscar, den er vor sechs Wochen in Empfang genommen hatte. Gleich, wie viele ihm noch auf den Olymp folgen würden: Er war der Erste, der ihn erhalten hatte – er war Zeus! – und würde es immer bleiben. In seinen weniger glorreichen Stunden allerdings, und die gab es, wusste Jannings sehr genau, was er Vollmöller zu verdanken hatte und dass er ohne seinen Förderer den Olymp wohl kaum jemals erklommen hätte. Die Karriere in Amerika? Ohne den Zauberer undenkbar.

Jetzt saß Jannings vor der Leinwand, den Kopf erhoben, zu seiner Linken seine Filmpartnerin Esther Ralston, die die weibliche Hauptrolle spielte, zu seiner Rechten dieser unverschämt gut aussehende Cooper, das junge, vielversprechende Talent. Während Jannings auf seine erste Szene wartete und die neuen technischen Möglichkeiten bestaunte – man *hörte* tatsächlich die Autos fahren, *während* sie sich über die Leinwand bewegten, Türen knarrten, Schritte hallten! –, ließ Vollmöller sich in seinem Sessel davontreiben.

Er hatte bereits Erfahrungen in puncto Tonfilm gesammelt, hatte David Griffith bei dessen erstem Tonfilm zur Seite gestanden, um anschließend, vor wenigen Monaten erst, gemeinsam mit dem Mann, den er seit Jahren ganz nach oben zu bringen versuchte, dessen ersten Tonfilm zu realisieren: Josef von Sternberg. Der war nach wie vor völlig unterschätzt und würde nicht mehr viele Gelegenheiten bekommen, sich als Regisseur in die erste Riege aufzuschwingen. Nicht bei der Paramount jedenfalls. Dabei war es sein Film gewesen – *The Last Command* –, für den Jannings den Oscar erhalten hatte. Doch so war das mit Jannings: Wo er auftauchte, trat alles um ihn herum in den Hintergrund.

Während sich also vorne auf der Leinwand Esther Ralston und Gary Cooper unter körperlichen Qualen, aber in bester Tonqualität, ihre heimliche Liebe gestanden – dieser Cooper war ein Juwel! –, gestattete sich Vollmöller einen Blick in die Zukunft. Der Tonfilm war nicht nur unausweichlich, er würde auch ebenso unausweichlich eine neue Ära herbeiführen. Man würde – und das war den Herren in den Reihen vor ihm sämtlich noch gar nicht klar, oder es begann bestenfalls, ihnen zu dämmern – den Film als etwas völlig Neues denken müssen. Der Tonfilm der Zukunft würde kein Stummfilm mit Ton sein, wie alle glaubten. Die Anforderungen an die Schauspieler würden gänzlich andere sein als heute, die Drehbücher würden Szenen und Konflikte in Dialoge übersetzen, das ganze Pathos würde in etwas viel Subtileres überführt werden. Wenn die Zuschauer erst aufhörten, die neue Technik zu bestaunen, würde es darauf ankommen, was die Akteure zu sagen hatten. Jedes Wort würde Gewicht bekommen. Und zwei Drittel der Gesten wären ersatzlos zu streichen. Vollmöllers Puls beschleunigte sich. Im Tonfilm der Zukunft würden Film und Theater zu etwas verschmelzen, das größer war als die Summe seiner Bestandteile. Zwei Reihen vor ihm saß Hugenberg in seiner ganzen Ausdehnung. Der merkte noch nichts davon, wie sollte er auch, doch vor wenigen Minuten hatten sie die Besteigung eines Berges begonnen, den noch niemand vor ihnen betreten hatte und dessen Gipfel sich in Wolken hüllte.

Bereits vorhin, als sie einander die Hand gegeben hatten, war Vollmöllers erster Gedanke gewesen: Wenn der auf der Leinwand dieselbe Wirkung entfaltet wie im wahren Leben, dann hält diesen Cooper nichts mehr. Nicht allein, dass er blendend aussah, mit den selbst im Halbdunkel leuchtenden Augen und den geschwungenen Lippen. Da war noch etwas anderes, das Vollmöller nur schlecht hätte benennen können. Bescheidenheit? Ehrlichkeit? Sehnsucht? Wer weiß, vielleicht hatte sich die Paramount mit ihm den nächsten Valentino geangelt, nur moderner.

Jetzt begegneten sich die Ralston und er auf der Leinwand

und ... Von der ersten Sekunde an stoben die Funken! Der Künstler aus Venedig und die Schweizer Bäuerin. Es war zum Niederknien. Im Wortsinn. »I don't know, what to do«, klagte Ralston alias Vroni, in Faltenrock und mit geflochtenen Zöpfen, und dann zog es das heimliche Liebespaar auf den bemoosten Waldboden, Cooper küsste sie – »we mustn't!« –, und was noch vor einem halben Jahr blechern und wie von Ferne geklungen hatte, das glaubte man jetzt direkt im Ohr zu haben. Wenn sich diese Unmittelbarkeit im großen Kinosaal herstellen ließ, würden sich, noch bevor die zweite Filmrolle eingelegt war, binnen einer Woche eine Millionen Kinobesucher in die beiden verliebt haben.

Auftritt »Burgomeister« Poldi Moser. Jannings, endlich. Der große Star – größer noch, seit er unter tosendem Applaus den Oscar in Empfang genommen hatte. Und nun sein erster Tonfilm! Seinetwegen hatten Hugenberg und Vollmöller die Reise überhaupt auf sich genommen. Gut, Vollmöller verfolgte wie immer noch andere Interessen, doch von denen musste Hugenberg nichts wissen.

Am Vormittag, in Zukors Büro, hatte der Chef und Gründer der Paramount Vollmöller stolz das Filmplakat präsentiert: In Blutrot auf schwarzem Grund spannte sich in riesigen Lettern Jannings' Name darüber, im Zentrum sein Kopf, vom drohenden Wahnsinn gezeichnet, rechts unten in der Ecke die Namen Esther Ralston und Gary Cooper.

Durch den Vorführraum schwappte ein gefälliges Raunen. Auch Vollmöller blieb nicht unbeeindruckt. Jannings hatte eine Energie, die ihresgleichen suchte. Ein Seitenblick von ihm genügte, und man war auf der Hut, wusste, dass, egal was er tat, er jederzeit kippen konnte, und dann blieb nur noch die Flucht. Hugenberg hatte noch keine Vorstellung davon, wie viel er Jannings würde zahlen müssen, um ihn nach Deutschland zurückzulocken, aber Jannings war jeden

Cent wert. Und hatte Hugenberg nicht am Nachmittag erst versichert, Geld spiele keine Rolle?

Burgomeister Moser hatte derweil das Objekt seiner Begierde ausgemacht – die arglose Vroni –, hatte unbemerkt sein Lasso um sie geschlungen, während er sich ihr von hinten näherte, spitzbübisch geradezu, und doch seiner selbst völlig sicher. Sie wandte sich ihm zu, erschrocken und geschmeichelt zugleich, legte den Kopf in den Nacken ...

Jannings ruckelte in seinem Sessel hin und her wie ein Sextaner. Auch nach Dutzenden Filmen erregte ihn nichts so sehr wie sein eigener Anblick auf der Leinwand.

Burgomeister Moser ergriff zärtlich und entschlossen zugleich Vronis Arm, straffte sich, öffnete seinen Mund und entließ einen Schwall rostiger Nägel.

8

Für eine Handvoll atemloser Sekunden hofften alle auf einen technischen Fehler. Selbst die Rauchsäulen der Zigaretten erstarrten. Dann öffnete Jannings erneut den Mund und ließ eine weitere Salve rostiger Nägel auf die Anwesenden herabregnen. Selbst, wenn man die Worte verstanden hätte, wäre es kein Gewinn gewesen. Jannings klang wie eine Tuba voller Altmetall. Die Zuschauer würden nach drei Sätzen vor Lachen in Tränen ausbrechen, niemanden würde interessieren, was Poldi Moser seiner Angebeteten zu sagen hätte.

Langsam stieß Vollmöller Zigarettenrauch aus. Wie war das möglich? Seit drei Jahren war Jannings jetzt in Amerika – und sprach noch immer wie der Befehlshaber eines Kavalleriepanzers? Er schien zu glauben, nicht *er* hätte die Sprache zu erlernen, sondern die Sprache hätte sich *ihm* zu unterwerfen.

Als einzige im Raum sichtlich nicht geschockt waren Jannings und möglicherweise Hugenberg. Mit ungebrochener Begeisterung verfolgte der Schauspieler das Werben von Burgomeister Moser um die Bäuerin mit dem einladenden Dekolleté und der spitzen Nase. Vollmöller erkannte aus der letzten Reihe heraus, wie Ralston und Cooper jedes Mal zusammenzuckten, sobald der Burgomeister auf der Leinwand den Mund öffnete. Jannings hatte nur Augen für sich selbst.

In der Reihe vor Vollmöller saßen rechts und links der Mittelgasse Adolph Zukor und sein Vertrauter DeMille. Niemand in Hollywood traf den Geschmack des Publikums sicherer als der Paramount-Chef, seit Jahren reihte er einen Erfolg an den nächsten. Mehr als einmal hatte Vollmöller geunkt, Adolph kenne das Publikum besser als das Publikum sich selbst. Und etwas anderes als Erfolg zählte für Zukor nicht. »The public is never wrong«, pflegte er zu sagen. Jetzt lehnte sich Zukor unauffällig in Richtung seines Geschäftspartners.

»We need to talk.«

»We do«, antwortete DeMille.

Den Rest des Films verbrachte Vollmöller damit, seinen Schock zu verdauen und gleichzeitig zu überlegen, welche Konsequenzen aus dem Desaster zu ziehen waren. Er würde mit Zukor und DeMille reden – wenn nicht heute noch, dann morgen –, ihnen sagen, wie leid es ihm tat. Auch wenn er die Katastrophe nicht verschuldet hatte, so war doch er es gewesen, der Jannings bei der Paramount untergebracht hatte. Er fühlte eine gewisse Verantwortung, zumal die Paramount seit einiger Zeit unter Druck stand. Und das war eine ungewohnte Situation für das Studio.

Über mehr als ein Jahrzehnt hatte die Paramount den amerikanischen Filmmarkt praktisch alleine beherrscht, hatte alle großen Stars an sich gebunden – »we got'em all!«, wie Adolph zu sagen pflegte –, Swanson, Negri, Reid, you name it! Doch seit der Gründung von MGM vor einigen Jahren war der Paramount ein Konkurrent erwachsen, der inzwischen auf Augenhöhe agierte und im vergangenen Jahr, wie Vollmöller wusste, erstmals mehr Profit erwirtschaftet hatte als die Paramount. Und jetzt dieses Desaster.

Die letzte Filmrolle war abgelaufen, Poldi Moser verstummt. Die Lichter im Raum gingen an. Der Zigarettenrauch hing schwer unter der Decke. Lähmende Ratlosigkeit drückte die Anwesenden in ihre Sessel. Niemand wagte aufzustehen, niemand applaudierte. Jannings war der Erste, erhob sich, rieb sich die Hände.

»Well …« Er legte eine Pranke auf die Schulter seines jungen Schauspielkollegen. »Mistrrr Cooperrr, that was not bad. Not bad. Maybe someday you will become a strrr, too.«

Er drehte sich um, das Gesicht vom leer gelaufenen Projektor angestrahlt, schirmte die Augen ab. Im Gegenlicht waren die anderen für ihn nicht zu erkennen, doch er spürte, dass etwas nicht stimmte. Waren die alle in Ehrfurcht erstarrt? Er versuchte sich an einem Lachen.

»He was not bad, was he – this Mistrrrr Cooprrr hierrr?«

Sie saßen einander gegenüber im Speisewagen unterwegs durch Arizona. Möglich auch, dass sie sich bereits auf dem Gebiet von New Mexico befanden. Seit Stunden hatte sich die Landschaft nicht verändert: rote Erde, verkrüppelte Sträucher, trockene Hitze. Ab und an konnte Vollmöller einen Roadrunner ausmachen. Offenbar warteten die langbeinigen Vögel darauf, dass etwas Essbares unter die Räder der Southern Pacific Railroad geriet.

Hugenberg beim Essen zuzusehen, war eine Herausforderung. Mashed Potatoes und Steaks. Der Ufa-Chef trug Berge davon ab. Vollmöller zündete sich die nächste Zigarette an, blickte aus dem Fenster und hoffte darauf, dass sich die Schlacht auf Hugenbergs Teller dem Ende entgegenneigte.

Der Ufa-Chef wedelte mit dem Messer: »Indianerland,

oder?« Wenn er sprach, konnte Vollmöller das Essen in seinem Mund sehen.

»War es mal.«

Hugenberg spülte mit Wein nach. »Ich kann mir gar nicht erklären, warum die Amerikaner so wild darauf waren, es den Mexikanern abzunehmen. Und bezahlt haben sie auch noch dafür. Ich gewinne doch keinen Krieg, um anschließend für das Land zu bezahlen, das ich erobert habe!« Wieder mashed potatoes, Steak, Wein. Er tupfte sich die Stirn. Sein Messer flatterte über den Tisch. »Ich würde dieses Land nicht geschenkt nehmen. Versuchen Sie hier mal, einen Kartoffelacker anzulegen!«

»Die Navajo schon.«

»Wie meinen?«

»Die Navajo würden es gerne geschenkt nehmen. Oder es zurückerhalten. Eine Frage der Sichtweise.«

»Diese Luft!« Hugenberg legte das Besteck ab und ruckelte an seinem Krawattenknoten. »Trocknet einen völlig aus. Also: Was machen wir jetzt?«

»Sie meinen Jannings?«

»Natürlich meine ich Jannings.«

»Sie werden ihm ein Angebot zu amerikanischen Konditionen unterbreiten, und dieses Angebot wird ihn nach Deutschland zurückbringen. Wie geplant.«

»Fünfzigtausend.«

»Dollar.«

»Zweihunderttausend Reichsmark.«

»Korrekt.«

Hugenberg nahm sein Besteck wieder auf. Es war, als könne er ohne zu essen nicht denken. »Aber er weigert sich!«

»Er weigerte sich. Bis gestern. Ich denke, seine Einstellung zu diesem Thema ändert sich gerade.«

»Und welches Wunder soll diesen Sinneswandel herbeiführen?«

»Zukor ist der Ansicht, dass der Stummfilm keine Zukunft mehr hat. Und da Zukor derjenige ist, der entscheidet, was Zukunft hat und was nicht, wird es, zumindest in Amerika, so kommen.«

»Und?«

»Sie waren bei der Voraufführung von *Betrayal* zugegen.«

Vollmöller erinnerte sich an die ungelenke Art, mit der Hugenberg seinem Lieblingsschauspieler nach der Aufführung die Hand gedrückt und gar nicht mehr losgelassen hatte.

»In der Tat. Ein großartiger Film! Jannings war, wie immer, unvergleichlich.«

»Stimmt. Und dennoch war die Aufführung ein Reinfall. Jannings' Akzent ist unmöglich zu verstehen. Sein Englisch klingt grauenvoll.«

»Ach so?«

Großer Gott. Kein Wunder, saß Hugenberg doch mit dem Rücken zur Fahrtrichtung. Alles an ihm war rückwärts gewandt. Seine Weigerung, Englisch zu lernen, eingeschlossen.

»Ich habe mit Zukor und DeMille gesprochen. Der Film ist in dieser Fassung unmöglich in die Kinos zu bringen. Sie haben Jannings vorgeschlagen, seine Stimme durch eine andere zu ersetzen.«

»Eine andere Stimme? Wäre das denn technisch überhaupt möglich?«

»Kein Problem.«

»Dann würde Jannings im Film mit fremder Stimme reden?«

»Genau.« Und auf Englisch. Vollmöller zündete sich die nächste Zigarette an. In Gegenwart von Hugenberg konnte er nicht genug rauchen. »Bedauerlicherweise hat Emil abgelehnt. Ich habe ihn zu überzeugen versucht, doch er hat sich strikt geweigert. Seine Stimme sei einzigartig.« Vollmöller

zog ausgiebig. »Da hat er recht – leider, wie man in diesem Fall sagen muss. Um den Schaden zu begrenzen, hat die Paramount daher beschlossen, den Film als Stummfilm in die Kinos zu bringen, nur mit Musik.«
»Und das bedeutet?«
»Das bedeutet, Emils Zukunft als Schauspieler – so sehr ich ihm das als Freund gewünscht hätte – wird nicht in Hollywood stattfinden.«
»Und weiß er das auch?«
Vollmöller blickte auf seine Uhr. »Ich nehme an, er erfährt es in diesem Moment.«
»Das ist ja großartig!«
»Wie man es nimmt.«
Vollmöller kannte Jannings seit vielen Jahren. Und er wusste, dass dessen Stadion füllendes Ego auf tönernen Füßen stand. Es würde viel Feingefühl und noch mehr Langmut erfordern, ihn wieder aufzurichten und ihm dann auch noch den Rasputin auszureden, den er um jeden Preis spielen wollte. »Wenn ich je wieder nach Deutschland zurückkomme, dann nur, um den Rasputin zu spielen!« Das hatte er Vollmöller schon vor Monaten verkündet.
Eine schöne Idee eigentlich: Jannings als trunksüchtiger, religiöser Fanatiker inklusive Marienerscheinungen, Wunderheilungen, gesellschaftlichem Aufstieg und Ermordung. Größenwahnsinnig, beide, diabolisch, rücksichtslos. Eine Paraderolle für Jannings. Leider saß Fürst Jussupow, der Mörder Rasputins, seit Jahren mit seiner geheimnisvollen Frau Irina im Pariser Exil und wartete nur darauf, irgendjemanden wegen Verleumdung verklagen zu können. Vollmöller würde sich etwas einfallen lassen müssen, wie immer. Den Stoff, der sich gewaschen hatte, wie Hugenberg das nannte, den hatte er nämlich schon. Das heißt, noch hatte er ihn nicht. Aber er würde ihn bekommen.
Hugenberg hatte sich einen weiteren Teller mashed pota-

toes bringen lassen. Und neuen Wein. Offenbar hatte die Aussicht, Jannings demnächst in Berlin in Empfang zu nehmen, seinen Appetit neu angefacht. Vollmöller unterdrückte einen Würgereiz.

»Aber eins, mein Lieber, muss klar sein!« Der Kartoffelbrei in Hugenbergs Mund färbte sich rot. Man hätte meinen können, er verspeise ein Gehirn am Stück. »In Deutschland darf niemand – absolut niemand! – von dieser Sache mit diesem Hollywood-Film erfahren.«

»*Betrayal.*«

»Wie auch immer. Wir können nicht zulassen, dass auch nur der geringste Schatten Jannings' Strahlkraft trübt.« Er ließ seinen Blick aus dem Fenster und in die Ferne schweifen. »Kein Schauspieler hat je die Seele des deutschen Mannes so verkörpert wie Jannings.«

»Wenn Sie vermeiden wollen, dass in Deutschland bekannt wird, dass Jannings in den USA gescheitert ist, dann müssen Sie nur eines tun.«

Hugenberg schob seine Brille den schweißnassen Nasenrücken hinauf. »Und das wäre?«

»Erzählen Sie niemandem davon.«

9

Berliner Film-Zeitung
1. Mai 1929

Um den deutschen Tonfilm
Einberufen vom Verband der Filmregisseure Deutschlands, befassten sich am vergangenen Freitag alle am Film Schaffenden in einer viele Stunden dauernden Aussprache mit dem Tonfilm. Leider erfuhren die überaus zahlreich erschienenen Kameramänner, Regisseure, Techniker, Theaterleiter und Schauspieler nur, was sie bereits seit Langem wussten. Nämlich, dass wir in Deutschland nicht wissen, was überhaupt ein Tonfilm ist.

Henny warf ihrem Mann einen entschuldigenden Blick zu, legte die Serviette neben den Teller und stand auf.

»Ich ...«, setzte sie an.

Wilhelm versuchte, so unvoreingenommen wie möglich auszusehen.

»... gehe den Hund ausführen«, brachte sie den Satz zu Ende.

Geräuschlos legte Wilhelm das Besteck ab. »Du weißt, dass ich Roland *vor* dem Frühstück bereits ausgeführt habe.«

Mit beiden Händen strich sie die Falten ihres Rocks glatt, dabei gab es da nichts glatt zu streichen. Anna hatte ihn, wie immer, akkurat gebügelt.

»Ach, Helmi ...«

Er wusste, wann es an der Zeit war, sich um seine Henny zu sorgen. So weit war es noch nicht. Allerdings ... Er wusste auch die Vorboten zu deuten. Schließlich war er noch immer Arzt, auch wenn er den Beruf nicht länger ausübte. Nervenarzt. So hatten sie sich kennengelernt – sie als seine Patientin.

»Möchtest du, dass ich dich begleite?«
»Würdest du?«
»Muss ich darauf antworten?«

Sie traten unter den Portikus, den Schäferhund an der Leine. Die Sonne war noch nicht ums Haus gekommen, die Wärme aber staute sich bereits unter dem von Rosen umrankten Vordach. Wenn es nach Wilhelm ginge, hätten sie die Rosen längst zurückschneiden lassen – inzwischen mutete der Eingang der Villa wie ein märchenhaftes Mausoleum an –, aber Henny konnte sich nicht dazu durchringen.

Der möglicherweise heißeste Tag des Jahres stand bevor. Sie hatten ihn zur freien Verfügung. Und doch wünschte sich Henny nichts sehnlicher, als von ihrem Fahrer abgeholt und nach Staaken gebracht zu werden, um weiter in diesem gigantischen Brutkasten an ihrem aktuellen Film zu drehen. *Mutterliebe.* Die Idee für das Drehbuch stammte von Henny selbst: Ein Kinderfräulein, das seinen Schützling so sehr ins Herz schließt, dass, als sie entlassen wird, sie ihn entführt.

Wilhelm und sie waren von Beginn an große Risiken für dieses Projekt eingegangen, hatten in Form der Henny Porten Film-Produktion nahezu ihr gesamtes Vermögen in das Projekt investiert. Es hatte sich richtig und gut angefühlt und, um mit Wilhelm zu sprechen, nach einer Investition, die nicht zu tätigen fahrlässig gewesen wäre. Dann aber waren Henny, unbemerkt zunächst, Zweifel erwachsen. Sie spürte ihn zuerst nicht bei sich selbst, sondern bei Gustav, ihrem Filmpartner. Da war eine Unsicherheit, die sie von ihm nicht gewohnt war. Plötzlich bewegte er sich durch die Aufbauten, als sei die Halle auf Sand gebaut. Inzwischen waren alle infiziert, von Georg, dem Regisseur, bis hin zu Jacob, dem Beleuchter. Der Zweifel hing als riesiges, für jeden sichtbares Damoklesschwert von der Hallendecke herab. Und an Tagen wie diesen, die sie zum Nichtstun verdammten, glaubte sie zu spüren, wie das Schwert schwerer und schwerer wurde.

Wilhelm und sie standen unter dem Vordach, als wagten sie sich nicht hinaus, Roland saß neben Henny und lauerte auf ein Signal. Henny blickte Richtung Potsdam, als könnte sie von ihrer Warte aus das Ufa-Gelände sehen. Dabei trennten sie gut zehn Kilometer Luftlinie von Babelsberg. Ursprünglich hatten sie *Mutterliebe* auf dem Ufa-Gelände drehen wollen, doch das Atelier, dessen Bau Henny keine zehn Jahre zuvor noch begeistert verfolgt hatte, war über Nacht abgerissen worden. Eigenartige Zeiten waren das. Nichts schien mehr Bestand zu haben. Und alles ging so schnell vorbei! Alle schienen fieberhaft daran zu arbeiten, sich selbst vergessen zu machen – rannten um ihr Leben und verwischten doch nur die Spuren, die sie eben erst in den Sand getreten hatten.

Also Staaken. Produktionstechnisch nicht die schlechteste Wahl. Genau genommen hatte der Drehort sogar Vorzüge. In Babelsberg waren sie mit den Aufbauten in der Höhe nie über zehn, elf Meter hinausgekommen, die ehemalige Luftschiffhalle in Staaken dagegen war dreißig Meter hoch, hier war praktisch alles möglich. Nur kein Tonfilm.

»Wollen wir?«, fragte Wilhelm.

Henny nahm seine Hand, drückte sie.

Hätte sie aus allen Worten, die es gab, eines herauspicken müssen, um zu beschreiben, was sie für ihren Mann empfand, wäre es »Dankbarkeit« gewesen. Als sie Wilhelm das erste Mal gegenübertrat, war er noch Leiter von Doktor Wiggers Kurheim in Partenkirchen gewesen. Und sie ein Nervenbündel. Ein kleiner Mann, kleiner als sie selbst, so war es ihr vorgekommen, mit einem runden Kopf und einem mächtigen Rumpf, der seine Arme und Beine noch kürzer wirken ließ, als sie es ohnehin waren. Und doch hatte er eine Ruhe und Zuversicht ausgestrahlt, wie sie ihr noch nie begegnet waren.

Fahrig war sie gewesen bei diesem Vorstellungsgespräch, hatte nervös und grundlos gelacht – und war nach zwei Minuten in Tränen ausgebrochen. Anschließend hatte Wilhelm sie zu ihrem Zimmer begleitet, einer Suite mit eigenem Balkon und Postkartenblick auf die Berge. »Wir sehen uns vor dem Abendessen«, hatte er zum Abschied gesagt. An das, was er im Behandlungszimmer zu ihr gesagt hatte, hatte Henny keinerlei Erinnerung. Nichts. Hatte er überhaupt mit ihr gesprochen? An diese Worte aber würde sie sich immer erinnern: »Wir sehen uns vor dem Abendessen.« Ein Versprechen, so schien ihr bereits damals. Sehr viel später gestand ihr Wilhelm, dass er ihr dort, vor der Tür, sein Herz bereits verschrieben hatte.

Henny ließ Roland von der Leine, der weiter wohlerzogen neben ihnen her trabte – trotz der Verlockungen, die der Messelpark ihm bot. In jedem Gebüsch konnte hier einer der Hasen stecken, die sich allabendlich auf der Wiese versammelten.

»Du warst ein guter Arzt«, sagte Henny.

»Ich hoffe, das bin ich noch immer.«

»Ganz sicher bist du das. Nur praktizierst du seit acht Jahren nicht mehr.«

»Acht Jahre – so lange ist das schon her?«

Sie rang sich ein Lächeln ab: »Du weißt sehr genau, wie lange das her ist, denn du hast mir erst neulich anlässlich unseres Hochzeitstages die Kette geschenkt, die ich gerade trage.«

»Ist das wahr?« Er gab vor, die Kette zu inspizieren. »Die ist tatsächlich sehr schön«, stellte er fest.

Henny hätte das Spielerische dieser Unterhaltung gerne beibehalten, die Leichtigkeit. Doch es gelang ihr nicht.

»Hast du nie bereut, das alles für mich aufgegeben zu haben – das Sanatorium, deine Tätigkeit als Arzt, die Berge ...«

»Ich habe es nicht für dich aufgegeben, ich habe es für *uns* aufgegeben. Und damit habe ich sehr viel mehr erhalten, als ich jemals hätte aufgeben können. Außerdem stellt sich diese Frage für mich nicht.«

»Ach so?«

»Ja, denn es handelt sich in meinem Fall eindeutig um höhere Gewalt, und gegen die ist man bekanntlich machtlos. Andererseits, und das ist der Vorteil, kann man für sie auch nicht haftbar gemacht werden.«

Sie waren an der Pücklerstraße angelangt, die quer durch den Park führte. Ihre Wendemarke. Im flirrenden Licht knatterte ein weißes Cabriolet mit heruntergelassenem Verdeck heran. Es war das gleiche Auto, wie Wilhelm es vor einigen Monaten erworben hatte, und da außer ihnen nur ein anderes Paar in Dahlem einen Renault Reinastella fuhr, wussten sie bereits, wer darin saß, bevor man sie richtig erkennen konnte. Otto Hahn drückte mächtig auf die Hupe, als er den Wagen an ihnen vorbeilenkte, Roland zuckte vor Schreck zusammen. Hahns Frau Edith winkte herüber. Henny und Wilhelm grüßten ebenfalls, dann kehrte Ruhe ein.

Roland schlug in vorauseilendem Gehorsam den Weg ein, der sie sonst zurückführte, doch Henny blieb stehen und rief ihn zu sich. Jetzt kommt's, dachte Wilhelm. An der Wendemarke.

»Hast du gar keine Angst?«, fragte sie. Dabei kannte sie die Antwort.

»Wovor?«

»Wir haben unser gesamtes Vermögen in diesen Film investiert.«

Das Licht brach sich in den Baumkronen, die Schatten tanzten auf Wilhelms Halbglatze. Er lächelte sein Spitzbubenlächeln.

»Alle Welt redet nur noch vom Tonfilm«, fuhr Henny fort. »Da, wo wir *Mutterliebe* drehen wollten, bauen sie jetzt das ›Tonkreuz‹: vier Studios, auf 4000 Quadratmetern! Ich habe mir die Mauern angesehen, Wilhelm, die sind so dick wie Kirchturmmauern! Und innen kommt eine Aphononbekleidung dran – mein Gott, ich weiß nicht einmal, was das ist. Die sind wie riesige Bunker, da kannst du ein Flugzeug drauf landen, und drinnen hörst du nichts. Die stellen alles um!«

»Ich weiß, Liebes.«

»Und das macht dir keine Angst?«

»Sollte es?«

Henny geriet ganz durcheinander. »Ich weiß es nicht«, entgegnete sie. »Ja, vermutlich!«

»Wem wäre damit geholfen?«

Stand da und fragte, wem damit geholfen wäre. Die Ruhe selbst. Dieser Mann war nicht von dieser Welt.

»Aber was, wenn unseren Film keiner mehr sehen will. Dann sind wir ruiniert!«

»Nein, dann ist unsere Firma ruiniert.«

»Und unser Vermögen ist futsch.«

»Unser Vermögen war schon einmal futsch. Schon zweimal, wenn man die Währungsreform mitrechnet. Erinnere dich: Vor fünf Jahren haben wir um diese Zeit überlegt, wie viele Milliarden das Brot wohl heute kosten wird. Und auch das haben wir überstanden.«

»Aber schau, Wilhelm: Ich stehe jetzt seit zwanzig Jahren vor der Kamera, ich kann doch auch nichts anderes. Und diese neue Technik ...«

»Hast du nicht erst letzte Woche in einem Radiointerview gesagt, der Tonfilm sei ein Rückschritt?«

»Ja, aber wen interessiert denn, wie *ich* darüber denke. Für mich als Schauspielerin ist er natürlich ein Rückschritt. Ich hab so für den stummen Film gekämpft, und gerade erst ist er an dem Punkt angelangt, wo ich als Schauspielerin vollkommene Freiheit habe. Und dabei ist er doch selbst noch ganz neu. Und jetzt soll ich mich im Studio vor irgendeinen Kasten stellen und Dialoge sprechen, und im Kino auf der Leinwand reiße ich dann den Mund auf, damit aus irgendeiner anderen Ecke meine Stimme kommt, die noch dazu klingt, als würde ich auf einer Gießkanne blasen?«

Roland saß geduldig auf den Hinterbeinen und wartete auf die Erlaubnis, den Rückweg antreten zu dürfen. Helmi stand mit derselben Geduld daneben. Man wusste gar nicht, wer von den beiden neben wem stand.

»Du hast recht«, fuhr Henny fort, »natürlich habe ich *auch* Sorge, dass der Tonfilm mein Ende als Schauspielerin bedeuten könnte. Wer wird in drei Jahren noch wissen, wer ich mal gewesen bin, wenn sie ab nächstes Jahr nur noch Tonfilme drehen?«

»*Ich* werde es wissen. Henny, Liebste …« Er nahm ihre Hände in seine. »Du bist nicht nur die größte lebende deutsche Schauspielerin, du bist auch die größte lebende deutsche Ehefrau. Und für mich wirst du nie etwas anderes sein. Erfolg hin oder her.«

»Aber was mache ich denn, wenn …« Sie entzog ihm ihre Hände und legte sie seitlich an ihre Wangen. Ein Ausdruck, den sie für die Kamera perfektioniert hatte und der ihr in Fleisch und Blut übergegangen war. »*Jetzt*, Wilhelm, jetzt ist es so weit, dass ich im stummen Film die größtmögliche Freiheit im Ausdruck erlangt habe. Es geht überhaupt nicht mehr um den künstlerischen Ausdruck, es geht nur noch um diese Technik. Alles dreht sich nur noch um Technik!«

»Also bist du nach wie vor überzeugt von der künstlerischen Überlegenheit des stummen Films.«

»Vollkommen.«

»Und du bist nach wie vor überzeugt von der Geschichte.«

»Natürlich! Die Geschichte ist großartig.«

»Dann tue das, was du immer getan hast: Überzeuge das Publikum durch dein Spiel. Vertraue auf deine Fähigkeiten und dein Talent. Und mach das Beste daraus.«

10

Lichtbild-Bühne
Filmbesprechung nach der Uraufführung 1929

Wenn ein Weib den Weg verliert (Café Elektric)
Die Regie Gustav Ucickys gibt sich redliche Mühe, die Szenen zu beleben, wenn auch vieles noch sehr gestellt wirkt. Nina Vanna als Hansi regt uns weder an, noch auch nur auf. Marlene Dietrich wenigstens das letztere. Wenn sie auch ihre muskulösen Schultern besser nicht entblößte. Sie sieht im Dekolleté erschreckend vierschrötig aus.
Der Ferdi von Willi Forst ist etwas zu stark auf »kesser Junge« angelegt. Er ist vielleicht in der richtigen Führung, die zu bremsen und zu dämpfen versteht, ein nicht unbrauchbarer Darsteller.

Sie stand im Flur, die Spitzen ihrer gespreizten Finger auf die Tür gelegt. Der Nagellack war noch nicht vollständig getrocknet. Schwarz. Die Königin der Nacht. Da durfte nichts verschmieren. Als würde ihr, wenn sie nachher auf der Bühne stand, irgendjemand auf die Finger gucken.
　Vorne aus dem Salon waren die undeutlichen Stimmen von Rudi und Tamara zu hören. In Marlenes Gegenwart agierten sie stets, als seien sie in der Kirche, gingen auf leisen Sohlen, bewegten sich mit besonderer Umsicht, unterhielten sich im Flüsterton. Dabei hatte jede und jeder in ihrem Beziehungsdreieck längst seinen Platz gefunden. Natürlich war nicht

alles ausgesprochen, nicht jede Wahrheit auf dem Tisch ausgebreitet worden, aber warum auch den anderen verletzen, wo man ihn doch mochte und schätzte und gelegentlich auch liebte. Auf jeden Fall zogen alle ihre Vorteile daraus.

Einzig vor Maria hielten sie die Lüge von der »normalen« Familie mit Kindermädchen aufrecht. Zu Marias Schutz, wie Rudi und Marlene sich gegenseitig versicherten. Noch so etwas: zu glauben, man beschütze sein Kind, indem man es belog. Da belog man sich doch nur selbst. Früher oder später würde Maria verstehen – sofern sie es nicht schon tat –, würde Antworten einfordern, oder auch nicht. In jedem Fall würde sie verstehen. Und dann würde sie wissen, dass ihre Eltern und ihr Kindermädchen, dass alle ihr etwas vorgemacht hatten. Die Wahrheit war: Maria zu belügen war die einfachste Lösung, weil sie keine Erklärungen von der einen Seite erforderte und kein Verständnis von der anderen. Nichtsdestotrotz lebten sie eine Lüge, und Marlene ahnte, dass sich diese Lüge rächen würde.

Durch die geschlossene Tür drang Marias Kinderstimme, doch Marlene konnte sie nicht verstehen. Mit wem redete sie da? Führte sie Selbstgespräche? Marlene dachte an ihre Negerpuppe, die sie als Kind von Tante Vally geschenkt bekommen hatte und die bis heute ihr ständiger Begleiter war. Was sie der schon alles erzählt hatte ... Noch immer wagte sie nicht, die Tür zu öffnen. Mit jeder weiteren Minute wuchs die Scham. Das war doch wirklich zu albern. Wie vor dem Gang auf die Bühne prüfte Marlene den Sitz ihrer angeklebten Wimpern und straffte sich, dann drückte sie lautlos die Klinke.

Maria hatte ihrer Mutter den Rücken zugewandt und kniete vor ihrem Puppenhaus. Sie hatte es unter die elektrische Lampe geschoben, um mehr Licht zu haben. Ihr Haar glänzte auf eine Weise, die verriet, dass Tamara es ausgiebig gebürstet hatte. Im Grunde sah Maria in ihrem weißen Spitzennachthemd und den weißen Schnürsöckchen mit den haselnussgroßen Bommeln am Zug selbst wie eine Puppe aus. Dabei war sie inzwischen viereinhalb. Marlene fand, ein paar aufgeschürfte Knie ab und zu hätten ihrer Tochter ganz gut zu Gesicht gestanden, etwas mehr Abenteuerlust. Doch Tamara staffierte sie am liebsten so aus, dass man das Kind bei Tietz ins Schaufenster hätte stellen mögen.

Maria tat, als hätte sie nicht gemerkt, dass die Tür geöffnet worden war. Dabei hatte sie es natürlich bemerkt. Und ganz sicher wusste sie auch, wer da hinter ihr stand, hatte es bereits gewusst, bevor Marlene die Klinke gedrückt hatte.

In einem Singsang, der möglicherweise nicht so unschuldig war, wie er zu sein vorgab, flötete sie: »Komm, setz dich zu mir.«

Damit war allerdings nicht, wie Marlene fälschlicherweise annahm, sie gemeint, sondern die handbreitgroße Puppe mit dem weißen Kleid und den zu einem Zopf geflochtenen Haaren. Und derjenige, der die Aufforderung aussprach, war die männliche Puppe, die mit angewinkelten Beinen im Schatten der Veranda auf der Bank saß und sich offenbar ausruhte. Als Kontrast zum weißen Kleid seiner Frau trug der Mann einen schwarzen Anzug – mit Einstecktuch! –, schwarze Schuhe und einen schwarzen Schnurrbart. Nur seine Augen waren so blau wie die seiner Frau.

»Erst gieß ich noch die Blumen«, erwiderte die Frau, die auf dem Balkon im ersten Stock mit einer fingerhutgroßen Gießkanne hantierte. »Dann komm' ich.«

Marlene trat ins Zimmer, schloss die Tür. Noch immer keine Reaktion von Maria. Vielleicht war es ein Spiel, aber es war keines, das Marlene gefiel. Etwas an der Art, wie Maria sie ignorierte, schnürte ihr die Kehle zu. Es war ein Spiel, aber es war auch kein Spiel.

Sie erinnerte sich an Heinrich, den Nachbarsjungen von

damals, der die unangenehme Eigenschaft besessen hatte, unerwartet neben ihr aufzutauchen. Einmal – Marlene konnte kaum älter gewesen sein als Maria jetzt – hatte er ihr stolz sein neues Solinger Taschenmesser präsentiert, hatte es auf- und zugeklappt, ihr den Hirschhorngriff gezeigt, die gravierte Klinge, hatte es in der Sonne funkeln lassen – und ihr urplötzlich an den Hals gehalten. »Wärst ein Franzos'«, seine Augen sprühten vor Mordlust, »dann würd' ich dir jetzt die Kehle aufschlitzen.«

Marlene spielte Marias Spiel mit – was blieb ihr übrig? –, hockte sich hinter sie und sah ihr beim Spiel mit den Puppen zu. Das Haus hatten Rudi und Marlene ihr zum dritten Geburtstag geschenkt, Marlene hatte es im KaDeWe erworben. Das prächtigste Puppenhaus in der gesamten Spielwarenabteilung, von einer Manufaktur in Marienberg: eine Villa mit säulenumstandener Veranda, einem üppigen Balkon im ersten Stock und einem Dienstmädchenzimmer unter dem aufklappbaren Dach.

Am Schornstein klebte eine Rauchwolke aus Watte, der Maria einen kleinen schwarzen Zylinder aufgesetzt hatte, was lustig aussah, winzige Blumenkästen zierten die Balustraden, es gab Palmen in dekorativen Töpfen, drei Stufen führten hinunter in einen imaginären Garten oder Park. Alles sehr herrschaftlich. Am bemerkenswertesten aber war, dass sich die Fassade nach vorne hin öffnen ließ und dahinter acht voll ausgestattete Zimmer zum Vorschein kamen. Die Puppen konnten baden, kochen, in der Bibliothek Miniaturbücher lesen, essen, schlafen, eine gutbürgerliche Familie sein.

»Schläft sie?«, rief der Mann auf der Bank.

Die Frau auf dem Balkon beugte sich über die Balustrade. »Ruf nicht so laut, Rudi. Ich seh' gleich nach ihr.«

Sie stellte die Gießkanne ab, verschwand im Haus, und jetzt sah Marlene, was ihr zuvor nicht aufgefallen war, nämlich das kleine Puppenmädchen, das in seinem Kinderbettchen lag, ganz in Weiß, wie Maria. Die Mutter deckte sie liebevoll zu und schloss die Kinderzimmertür. Anschließend trippelte sie summend ins Erdgeschoss und setzte sich zu ihrem Mann auf die Bank.

»Da bist du ja endlich«, sagte der Mann.

»Da bin ich«, erwiderte die Frau.

Wie groß dieses Puppenhaus war! Es nahm das halbe Kinderzimmer ein. Mein Gott, beinahe hätte Maria selbst hineinkriechen können. Wie war Marlene nur auf die Idee verfallen, ihrer Tochter ein derartiges Monstrum zu kaufen? Dumme Frage. Das Haus war exakt so groß wie Marlenes schlechtes Gewissen. Sie wäre Maria so gerne eine gute Mutter gewesen, eine liebende Mutter, eine, die sie im Geigenspiel unterrichtete, mit ihr tanzte, die mit ihr fremde Länder bereiste. Eine Mutter, die alles mit ihrer Tochter teilte und später ihre beste Freundin sein würde.

Doch diese Mutter zu sein, diese Frau zu sein, war ihr bestenfalls ein Jahr lang geglückt – die letzten sechs Monate vor Marias Geburt und die ersten sechs danach. Sie erinnerte sich an das Weihnachten 1924, Maria kaum zwei Wochen alt, an das vollendete Glück, den Moment, wo du vor Liebe gar nicht weißt, wohin mit dir. Diese unerhörte Fürsorge, diese köstliche Zumutung – dass man so etwas überhaupt empfinden konnte! –, ganz Marlene ein einziges, hilfloses Liebesbündel.

Sie war verrückt nach Maria gewesen, hatte sie rund um die Uhr im Arm gehalten, sie selbst im Schlaf an sich gedrückt. Diese Bedingungslosigkeit! Selbst in Marlenes Erinnerung waren Rudi, Maria und sie in dieser Zeit ein einziger leuchtender Glücksball, und dieser Ball strahlte so hell, dass er noch heute, in der Erinnerung, die Augen blendete. Und doch saß Marlene jetzt, vier Jahre später, sprachlos vor diesem Ungetüm, das nichts weiter war als ein barockes Schuldeingeständnis, und rang um die Aufmerksamkeit ihrer Tochter.

Vorsichtig streckte sie ihre Hand aus und berührte Marias Haar, strich ihr behutsam über den Kopf. »Soll ich dich ins Bett bringen, mein kleiner Schatz?«

Zum ersten Mal, seit sie das Zimmer betreten hatte, wandte Maria ihr den Kopf zu. Unmöglich zu sagen, was in diesem Kind vorging. Tamara hatte ihr die Haare gescheitelt, was den puppenhaften Eindruck noch verstärkte. Eine Puppe aus Meissner Porzellan.

Beinahe höflich sagte Maria: »Das musst du nicht.«

»Und wenn ich es aber möchte?«

»Nicht nötig, Mutti.«

»Du magst nicht?«

Marlene dachte an den Abend, der vor ihr lag: Erst würde sie die Revue in der Scala tanzen, anschließend die Nacht durchstreifen, auf der uneingestandenen Suche nach Willi Forst im Palmenhaus und wer weiß wo noch vorbeischauen, Champagner trinken, nicht zu viel, lachen und so tun, als hätte es die Kritik in der Lichtbild-Bühne nie gegeben. Schließlich würde sie ihn finden, wie zufällig, diesen schicksalhaften Mann, an dessen Seite sie in *Café Elektric* gespielt hatte, würde in seiner Sängerstimme baden, sich seine Weltgewandtheit um die Schultern legen, von seinem scharfsinnigen Witz kosten und vielleicht mit ihm ins Bett gehen, vielleicht auch nicht. So oder so: Den Rest der Nacht würde sie damit zubringen, wieder von ihm loszukommen. Sie würde erst in die Dunkelheit fliehen, dann ins Licht, dann wieder in die Dunkelheit, sich im Eldorado eine Frau angeln und mit ihr vergnügen, schnell und heftig, um Willis Bild auszulöschen, was nicht gelingen würde, weshalb sie weiterziehen, Freunde treffen und sich von Fremden anhimmeln lassen würde, bis sie sicher wäre, Tamara nicht mehr in der Wohnung anzutreffen, und, einmal im Bett, nach drei Minuten in einen traumlosen Schlaf sinken. Am Vormittag dann wieder an irgendeinem Filmset, Rudi, loyal wie immer, hatte einen Produzenten davon überzeugen können – bekniet träfe es besser –, seiner talentlosen Frau eine Nebenrolle zuzuschustern, eine von der Sorte, die im Drehbuch mit »eine« vermerkt war: eine Zofe, eine Witwe, ein Modell. Morgen würde es eine Lebedame sein. Und abends zurück auf die Bühne.

»Wenn du magst, leg' ich mich noch kurz zu dir«, sagte Marlene, »ausnahmsweise. Du hast doch jetzt das neue Bett. Wenn wir uns klein machen, passen wir da beide rein.«

»Aber Frau Mama, du bist doch auf dem Sprung.«

Das waren sonst Marlenes Worte: Ich bin auf dem Sprung. Sie war immer auf dem Sprung. In Marias Mund wurden sie plötzlich zu einem scharfen Schwert.

»Wieso glaubst du, ich sei auf dem Sprung?«

»Du hast die Absatzschuhe mit den Schnallen an. Also gehst du ins Theater.«

»Ich gehe nicht einfach nur ins Theater, ich arbeite dort.«

»Einerlei. Du bist auf dem Sprung.«

Dieses »Einerlei« hatte Maria von ihrer Großmutter übernommen. Es war eines von Josephines Lieblingsworten – ihre Art, Einwände vom Tisch zu wischen und Diskussionen abzuwenden. Marlene hasste es, und Maria wusste, dass sie es hasste. Doch sie wollte ihrer Tochter jetzt nicht den Rücken kehren.

»Magst du dein neues Bett?«

»Schon.«

»Das klingt aber nicht begeistert. Für das Kinderbettchen warst du doch viel zu groß, außerdem hat es immer so furchtbar gequietscht, wenn du darauf herumgehopst bist, weißt du das nicht mehr?«

»Ich mochte, wie es gequietscht hat. Es hat sich gefreut.«

»Und das neue freut sich nicht, wenn du darauf herumhopst?«

»Woher soll ich das wissen, es quietscht ja nicht.«

»Soll ich dir vorlesen?«

»Das macht Tamara gleich.«

»Warum nicht ich?«

»Weil du immer nur vorliest, damit du es hinter dir hast.«

Eine Chance, dachte Marlene, gib mir *eine* Chance, mehr verlange ich doch gar nicht.

»Schenkst du mir ein Lächeln?«, fragte sie.

Als Maria ihr die Zähne zeigte, sah sie endgültig aus wie eine Porzellanpuppe.

»Bekomme ich auch ein echtes?«, bat Marlene.

»Das war ein echtes.«

Marlene war kurz davor, ihre Fassung zu verlieren. »Andere Kinder lieben ihre Mütter«, sagte sie.

Maria zuckte die Schultern. Einerlei.

Marlene kapitulierte. Sie wollte auf die Bühne, schnell, einen anderen Menschen aus sich machen. Um wenigstens ihren Versöhnungswillen demonstriert zu haben, beugte sie sich vor, um ihrer Tochter die Stirn zu küssen. Maria aber drehte brüsk den Kopf weg. Marlene war zu überrascht für eine Reaktion. So weit hatte es Maria noch nie kommen lassen.

»Also schön.« Die Härte in Marlenes Stimme war unüberhörbar. Mein Gott, sie klang wie ihre eigene Mutter. »Dann sag ich wenigstens deiner Puppe noch Gute Nacht.« Sie nahm die Puppe mit dem weißen Kleid von der Bank und ließ sie in den ersten Stock hinauftrippeln.

»Was machst du da, Mutti?«

»Na, ich gehe und geb' dir einen Gute-Nacht-Kuss.«

Maria sah sie an. Marlene hatte das Gefühl, einen furchtbaren Fehler begangen zu haben.

»Was ist?«, fragte sie.

»Aber Mutti, das bist nicht du?«

»Nein?«

»Das ist Tamara.« Maria nahm ihr die Puppe aus der Hand

und setzte sie auf die Bank, neben den Mann. Zurück zu Rudi.

»Und ich?« Marlenes Kragen schloss sich um ihren Hals. »Wo bin ich?«

»Na da.« Maria zeigte mit ausgestrecktem Arm auf das Dach. »Da!«

Der Rauch, der aus dem Schornstein quoll: Die Rauchwolke mit dem schwarzen Zylinder, den Marlene manchmal aufsetzte.

»Du bist ein Geist, Mutti. Weißt du das nicht?«

Marlene starrte die aufgebauschte Watte an, den Hut, und dann traf sie die Erkenntnis: Sie hätte Maria gar nicht die Mutter ohne Fehl und Tadel sein müssen. Es hätte völlig gereicht, Maria irgendeine Mutter zu sein, einfach nur eine Mutter, die ihr Kind liebte. Mehr brauchte es nicht. Marlene, du taugst nicht zur Mutter, und du taugst nicht zur Ehefrau, wirst es nie tun. Denn du wirst immer nur auf dem Sprung sein.

11

Das Gespräch zwischen Tamara und Rudi verstummte, bevor Marlene – die Augenbrauen nachgezogen und die Wimpern frisch geklebt – die Tür zum Salon öffnete. Tamara erhob sich vom Kanapee, hielt den Blick gesenkt, flüsterte mit ihrem unnachahmlichen Akzent, »ich bringe sie ins Bett«, und verschwand an Marlene vorbei im Flur.

Die arme Tamara. Die konnte am wenigsten dafür. So, wie sie aus dem Zimmer floh, musste Marlene ihren Groll vor sich herschieben wie eine Bugwelle. Dabei verspürte Marlene in Tamaras Gegenwart stets den Impuls, sie zu beschützen. Das zarte Ding war nicht gemacht für ein Tänzerleben in Berlin. Wenn nicht jemand sie in seine Obhut nahm, würde die Stadt sie innerhalb von zwei Jahren niedergewalzt und unter sich begraben haben, wie sie das in den vergangenen Jahren mit ungezählten Existenzen getan hatte, solchen wie Tamara, Tänzerinnen aus Russland, die nach Berlin kamen mit nichts als hochfliegenden Hoffnungen und der Bereitschaft, alles zu tun, solchen, die im besten Falle kurz aufblitzten – als Foto in einer der zahllosen Gazetten –, die im Vorbeigehen bemerkt wurden, an einem der Tische im Romanischen, die glaubten, einen ersten Fuß auf die Karriereleiter gesetzt zu haben und die doch verschwanden, ohne ein Geräusch zu verursachen, namenlos und unerinnert.

»Wirst mir doch nicht krank werden«, sagte Rudi.

Nein, würde sie nicht. Marlene wurde niemals krank. Sie war das zuverlässigste Zirkuspferd der Stadt.

Rudi stand an der Hausbar und schenkte sich einen Whisky ein. Seine neueste Errungenschaft – nicht der Whisky, sondern die Hausbar. Vogelaugenahorn, Messingscharniere. Von

Marlenes Geld, versteht sich, aber mit Marlenes Geld ging er immer recht großzügig um. Sobald man sie aufklappte, wurde man von cognacfarbenem Licht übergossen. Die Spiegel waren so angebracht, dass sie selbst ein halbes Dutzend Flaschen in ein Bataillon verwandelten. Rudi war ganz verliebt in das Bild von sich selbst vor dieser Hausbar, wie er sich einen Whisky einschenkte. Seit sie neben dem Fenster des Berliner Zimmers an der Wand stand, hatte sich sein heimischer Whiskykonsum verdoppelt. Auch jetzt gefiel er sich wieder sehr.

»Ich bin eine Rabenmutter«, sagte Marlene.

Es war eine simple Feststellung. Rudi rückte seine Manschetten zurecht. Er würde noch ausgehen, tanzen, ins Femina oder das Delphi, nach der Seidenkrawatte zu urteilen auf jedem Fall in einen der glamourösen Tanzpaläste, die bereits beim Betreten das Flair mondänen Lasters verströmten. Womöglich sogar ins Casanova, wo schon der Griff zur Weinkarte das Selbstbewusstsein der Herren zu heben vermochte. Dann würde es wieder einer der teureren Abende werden. Auch in der Rolle des Tänzers gefiel er sich. Und während er seine glänzenden Schuhe über das Parkett kreisen ließe und beim Blick in wechselnde Dekolletés seinen Appetit stärkte, würde Tamara ihn hier erwarten. Im Grunde hätte man sie auch vor Rudi schützen müssen.

Er setzte zu einer Erwiderung an, doch Marlene war schneller. »Nein, du hast recht«, nahm sie ihm die Worte aus dem Mund. »Ich bin keine Rabenmutter, ich bin eine talentlose Mutter. Und eine talentlose Schauspielerin. Schon wieder falsch. Ich bin gar keine Schauspielerin. Ich kann meine Beine schwingen, mit dem Hintern wackeln, auf einer Säge fiedeln ...«

»Vergiss nicht, du kannst auch singen.«

»Ja, singen kann ich auch. So wollen die Leute mich sehen: Eine langbeinige Powacklerin, die von Liebe und Vergeblichkeit singt und dabei so gelangweilt dreinschaut, als gäbe es nichts, was sie nicht schon erlebt hätte.« Nur der Groll auf sich selbst hielt Marlene davon ab, in Tränen auszubrechen. »In zwei Jahren werde ich dreißig, Rudi. Was machen wir dann? Wovon sollen wir leben? Ich kann nicht noch fünf Jahre jeden Abend auf der Bühne stehen, mit dem Po wackeln und meine Beine in die Luft werfen. Irgendwann will das auch keiner mehr sehen. Aber zu etwas anderem tauge ich nicht.« Sie blickte auf ihre schwarz lackierten Nägel und stellte fest, dass ihre Hände zitterten. »Wenn ich wirklich das Zeug zur Schauspielerin hätte, dann wäre ich doch längst entdeckt worden. Seit zehn Jahren nehme ich alles, was mir angeboten wird, spiele jede noch so undankbare Rolle, schlüpfe in jedes noch so alberne Kostüm, singe jeden noch so kindischen Refrain.«

Rudi schaute nachdenklich den Whisky in seinem Glas an. »Ich glaube an dich.«

Das stimmte. Beinahe hatte sie mit ihm Mitleid deswegen. Das Sexuelle hatten sie hinter sich, hatten es verlassen, wie andere eine Stadt verließen und aufs Land zogen, an einen Ort voller Respekt, aber ohne Begehren. Dennoch hielt er zu ihr, und er glaubte an sie, als Schauspielerin. Nur nahm dieser Glaube mittlerweile absurde Dimensionen an. Ohne seine Mappe mit Marlenes Fotos verließ Rudi tagsüber praktisch nicht das Haus. Wann immer er einen Produzenten traf, einen Regisseur oder auch nur einen Journalisten, zeigte er ihre Fotos herum und versicherte wem auch immer, was für eine großartige Schauspielerin sie sei. In der Branche verdrehten einige inzwischen nur noch die Augen, sobald Rudi seine berüchtigte Mappe hervorzog.

»Ich weiß, Rudi. Und ich weiß auch, dass ich auf dich zählen kann. Aber du weißt selbst am besten, dass mich niemand mehr besetzen wird, nicht für eine große Rolle. Und schon gar nicht nach *Café Elektric*!«

»Es war einfach die falsche Rolle für dich.«

»Es war ein schlechter Film, und das schlechteste daran war ich. Nein, die Vanna war tatsächlich noch schlechter. Aber wenigstens sah sie im Dekolleté nicht ›erschreckend vierschrötig‹ aus.«

Rudi wagte nicht zu widersprechen. Schlechter als mit *Café Elektric* konnte es in der Tat kaum laufen. Und natürlich hatte sie recht: Der Film, in dem Marlene ihre erste und möglicherweise letzte große Rolle gespielt hatte, war kein guter Film, und er war nicht besser geworden, nachdem man ihn zweimal gekürzt hatte, weil die Zensur ihn wegen seiner »entsittlichenden Wirkung« verboten hatte. Am Ende waren von 2400 Metern Film gerade einmal 2000 übrig geblieben – ein Fragment eher als ein Film. Und ja, sie hatte vierschrötig ausgesehen.

»Das war *ein* Kritiker«, sagte Rudi, »noch dazu in der *Lichtbild-Bühne*.«

»Und er hatte recht! Auch wenn ich den Kopf des wohlfeilen Herrn gerne zwischen meine wohlgeformten Schenkel klemmen und ihm die Luft abdrücken würde. Auf der Bühne hab ich meine Qualitäten, aber im Film bin ich fehl am Platz.«

»Es ist wie mit der Rolle: Du brauchst jemanden, der dich richtig in Szene zu setzen versteht.«

»Da solltest du mal Rittau hören. Der meint, ich hätte eine Entennase und sei so oder so nicht filmbar, ganz gleich wer mich in Szene setzt. ›Unfotografierbar‹ hat er mich genannt!«

»Ich weiß, was Rittau denkt, aber der ist auch nur einer von vielen.«

»Er ist der begehrteste Kameramann der Ufa!«

»Und offenbar nicht der richtige für dich.«

»Aber wer soll das denn sein – der richtige!«

Rudi nahm einen Schluck, ließ ihn kreisen, zählte langsam

von zehn rückwärts. Den Deckel vom Topf nehmen, nannte er das. »Ich tue, was ich kann«, versicherte er.

»Das weiß ich, Rudi. Und du weißt, wie dankbar ich dir bin. Aber ...«

Die Luft war raus. Jetzt konnte sie auch wieder nett zu ihm sein. Diese Gespräche waren ohnehin müßig, doch Rudi war rücksichtsvoll genug, sie durchzustehen, weil er wusste, wie notwendig sie für Marlenes Seelenhygiene waren.

Sie ging zu ihm, durchquerte den Raum, die Absätze hart auf dem Parkett. Ihre Laszivität hatte etwas Herausforderndes. In seiner Frau lauerte ein tief sitzender und genau deshalb faszinierender Widerspruch. Sie hatte recht, *Café Elektric* war ein schlechter Film, und sie hatte schlecht gespielt. Aber auch Rudi hatte recht: Es war die falsche Rolle gewesen. Die Unschuldstochter aus gutem Hause hätte nicht weiter weg von ihr sein können.

»Mach das, was du kannst«, sagte er in einem Moment unreflektierter Erkentnnis, »und sei die, die du bist.«

Sie nahm ihm das Glas aus der Hand, trank einen Schluck. Das machte sie sonst nie – trinken, bevor sie auf die Bühne ging. Für einen Augenblick dachte er, sie werde ihn verführen.

»Und wer bin ich?«, fragte sie.

»Ich glaube, was ich meine, ist: Versuch nicht, wie eine andere zu sein, nur besser. Du bist nicht keck wie die Waldoff, deine Stimme wird nie so seidig sein wie die von Fritzi und dein Mund nie so kirschig wie der von Carola. Verlass dich darauf, die zu sein, die du bist.«

Sie gab ihm das Glas zurück. »Und dann?«

»Dann wird jemand dich erkennen.«

»... und sich sagen: Was soll ich denn mit *der*?«

»Das ist das Risiko, das du als Künstler immer eingehst. Sonst bist du kein Künstler.«

Sie fasste Rudi am Arm und ließ ihren Kopf sinken, bis er

auf seiner Schulter ruhte, was vermutlich albern aussah, denn bereits ohne Schuhe waren sie beinahe gleich groß, wenn sie jedoch, wie jetzt, Absatzschuhe trug, überragte sie ihn um zwei Fingerbreit.

»Wir haben uns lieb oder, Rudi?«, flüsterte sie seinem Schlüsselbein zu.

Er stellte den Whisky ab und nahm sie in die Arme. »Natürlich«, bestätigte er, »wir haben uns lieb.«

»Auch wenn wir keine normale Ehe führen.«

»Was ist schon normal?«

»Und du glaubst an mich.«

»Deine Rolle hat dich einfach noch nicht gefunden.«

Sie drückte sich von ihm ab, strich ihm über die Wange wie einem kranken Vater. Dann kam ihr Lächeln zurück, von sehr weit her. Sie straffte sich, und beide wussten: Das Zirkuspferd hatte sich wieder die Zügel angelegt.

»Jetzt ist es ganz aus«, stellte sie fest. »Wenn mein Rudi philosophisch wird, dann ist Polen verloren.«

Sie küsste ihn, mit spitzen Lippen, bloß nichts verschmieren.

»Das ist mein Mädchen«, sagte Rudi.

Sie beugte sich vor, hielt ihm ihr Dekolleté unter die Nase, kokettierte, was das Zeug hielt. »Dreimal über die linke Schulter gespuckt«, forderte sie ihn auf.

Er tat es. »Hals- und Beinbruch.«

Marlene schlug sich mit der flachen Hand selbst auf den Po. »Und ab dafür!«, rief sie.

12

Berliner Lokalanzeiger
17. Mai 1929

... Menschenmassen am Pier, an dem die »Hamburg« anlegte. Hunderte, die die ersten Worte hörten, als er den Fuß auf deutschen Boden setzte: »Ich grüße Deutschland und die deutsche Zunft!«
Als ein noch größerer, als er schon war, ist Jannings heimgekehrt. Wohl war es im Ausland, in Amerika, wo sein Stern noch strahlender zu glänzen begann. Aber dieser Ruhm, der die Welt überzog, war verdient durch seine Treue, durch die Liebe und unerschütterliche Achtung, die Jannings für deutsches Wesen und die deutsche Zunft fühlt.
Die heutige Nachtvorstellung im Ufa-Palast wird eine Ehrenstunde für Emil Jannings, eine Feierstunde freudigen Wiedersehens für seine zahllosen Verehrer, aber auch eine begeisterte Kundgebung für den Welterfolg deutscher Zunft sein. Als ihr überzeugter und hervorragender Schüler hat Jannings den Reinertrag des Abends für notleidende Berliner Schauspieler bestimmt. Jannings' Treue hält auch den Begriff Kameradschaft heilig.

Zwei Dutzend Polizisten hatten alle Hände voll damit zu tun, den Mittelbahnsteig abzusperren. Seit sechs Uhr früh pilgerten Schaulustige zum Lehrter Bahnhof, um das Eintreffen ihres Stars mitzuerleben. Draußen auf dem Vorplatz bemühten sich die Ordnungshüter vergeblich, den Verkehr nicht kollabieren zu lassen. Hugenberg schien angesichts des Chaos ausgesprochen zufrieden zu sein. Vollmöller sah es an der Haltung, mit der der Ufa-Chef beim Betreten der Halle den Eindruck erweckte, er, Hugenberg, habe sie eigens für diesen Anlass erbauen lassen.

Der Mann, der die Medien in Deutschland kontrollierte wie kein zweiter, hatte sämtliche Hebel in Bewegung gesetzt, Jannings' Rückkehr zu einem Spektakel aufzublasen. Und da allein sein Hugenberg-Konzern Beteiligungen an mehr als zwanzig Zeitungen hielt, waren die Hebel zahlreich gewesen. So wurde das Eintreffen des Expresszugs aus Hamburg schon dadurch zu einem Großereignis, dass so viele es verfolgen zu müssen meinten. Und kein Ort hätte geeigneter sein können als das »Schloss unter den Bahnhöfen«. Der einschiffige Bau überspannte die Gleise wie eine Kathedrale, und Jannings würde dem Zug entsteigen wie der Messias. So hatte es Hugenberg bestellt, und so wurde es geliefert.

»Mein lieber Vollmöller ...« Wie immer sprach er mit Karl, als rede er mit einem Primaner. Vollmöller hatte gelernt, es nicht persönlich zu nehmen. »Wenn es einen gibt, der sich darauf versteht, die Massen zu mobilisieren, dann bin ich das.«

»Und Goebbels.«

Die Erwiderung war Vollmöller entwischt, bevor er sie hatte einfangen können. Zum Glück erwies sich der Ufa-Chef als gewohnt ironiebeständig.

Hugenberg hielt inne. »Kein Zweifel.« Er strich über seinen Kaiser-Wilhelm-Bart. »Der weiß auch, wie's geht.«

Als hätte er in diesem Trubel den Namen »Goebbels« aufgefangen, bellte einer der Polizisten seine Kollegen an: »Die Reihe geschlossen halten!«

Er selbst kurbelte seinen ausgestreckten Arm wie eine Schranke nach oben, um Vollmöller und Hugenberg durchzulassen. Als sie an ihm vorbeigingen, tippte er sich mit zwei Fingern an den Helm, schlug die Hacken zusammen und legte anschließend die Hand um den Griff des Säbels, der von seinem Gürtel herabhing.

»Guter Mann«, nuschelte Hugenberg.

Vollmöller blickte zurück, sah den blank polierten Stern am Helm des Polizisten, die hohen Stiefel mit den darin steckenden Hosenbeinen.

»Zuuu-rücktreten, hab ich gesagt!«, brüllte er jetzt und trat der Menge drohend entgegen.

Es war nicht ersichtlich, was diesen Polizisten von seinen Kollegen unterschied, weshalb Vollmöller annahm, dass er sich selbst zum Befehlshaber auserkoren hatte. Gib ihnen eine Uniform und einen Säbel, dachte er, und du bist vor nichts mehr sicher.

Dann kam er: der Expresszug aus Hamburg. Sehr langsam und von Ferne rollte er in die knapp zweihundert Meter lange Halle ein. Die Fotografen, die sich hinter einer von dem Polizisten mit dem Schrankenarm willkürlich auf den Bahnsteig gezogenen Kreidelinie drängten, kamen in Schwung. Mit ihnen erwachte die Menge, Hälse wurden gereckt. Hüte geschwenkt. Als die mächtige Dampflokomotive in die Halle einfuhr, ließ der Lockführer endlos lang die Pfeife gellen, während der Heizer mit seiner Mütze winkte. Jeder wollte seinen Anteil an dem Ereignis.

Hugenberg zog seine goldene Taschenuhr aus der Weste, ließ den Deckel aufspringen. »Auf die Minute«, stellte er fest.

Wen interessiert's, lag es Vollmöller auf der Zunge, der sich eine Zigarette anzündete und überlegte, wie er Jannings davon abhalten könnte, bei der für elf Uhr anberaumten

Pressekonferenz im Esplanade auszuposaunen, dass er nach Deutschland zurückgekehrt war, um den Rasputin zu spielen.

»Der große Jannings«, brummte Hugenberg, »zurück in den Armen der Ufa.«

Kunststück, dachte Vollmöller, so weit, wie die Ufa ihre Arme ausgebreitet hatte, in der einen Hand 50000 Dollar, in der anderen den von Vollmöller selbst verfassten Drehbuchentwurf zu Rasputin, den er allerdings nicht spielen würde. Nur wusste das außer Vollmöller noch niemand.

Hugenbergs Kopf ruckelte hin und her. Sein Kinn zermalmte praktisch den Kläppchenkragen seines Hemdes. Schließlich hielt es ihn nicht länger an Ort und Stelle. Er wackelte dem Zug entgegen, was zur Folge hatte, dass das Abteil, in dem Jannings und seine Frau Gussy Holl saßen, an ihm vorbeirollte, Hugenberg eine Kehrtwende vollziehen und zurücklaufen musste.

Mit einem finalen Schnaufen kam der Zug zum Stillstand, die Tür des Waggons öffnete sich, Jannings erschien, setzte einen Fuß auf die Trittleiter, lehnte sich aus dem Zug, nahm den Hut ab und riss seinen Arm empor, noch bevor er den Bahnsteig betreten hatte. Die Menge jubelte, Einstecktücher wurden geschwenkt, die Fotografen hantierten mit ihren Balgenkameras, eilig wurden erste Filmrollen gewechselt.

Kaum stand Jannings mit beiden Beinen fest auf Berliner Boden und atmete demonstrativ die Berliner Luft ein, da war Hugenberg bei ihm, schüttelte ihm die Hand, als wolle er sie ihm entreißen, und verbeugte sich so tief wie vor sonst niemandem. Vollmöller verfolgte die Szene aus einigen Metern Sicherheitsabstand.

»Herr Jannings!« Hugenberg versuchte, zugleich zu Jannings und zur Menge zu sprechen, die ihn allerdings nicht hören konnte. »Ich heiße Sie in Ihrer Heimat herzlich willkommen!«

»Ich danke Ihnen ebenso herzlich«, erwiderte Jannings.

Sie hätten einander noch weitere fünf Minuten die Hände geschüttelt und in die Kameras gelächelt, wenn Gussy nicht halb dem Zug entstiegen hinter ihrem Mann in der Luft gehangen hätte, ihren Schoßhund auf dem Arm. Jannings trat zur Seite und überließ es Hugenberg, seiner Frau die Hand zu reichen.

Auf den ersten Blick war Jannings ganz der alte: siegesgewiss, unverwüstlich, ein lächelnder, stolzer Fels. So, wie Hugenberg ihn am liebsten hatte. Nicht einmal seine Kleidung schien er in den drei Jahren in Amerika gewechselt zu haben: Derselbe zweireihige Mantel wie bei der Abfahrt – eine Nummer größer vielleicht –, das gleiche Hemd, die gleiche gestreifte Krawatte. Einzig die Schirmmütze von damals hatte er gegen einen dieser weichen Hüte getauscht, die er in Amerika so lieben gelernt hatte.

Vollmöller aber wusste um die Abgründe hinter dem Siegerlächeln, hatte die Telegramme, die ihn in den vergangenen Monaten aus Hollywood erreicht hatten, fein säuberlich abgeheftet. Vom Undank der Welt im Allgemeinen und dem Amerikas im Besonderen war da zu lesen gewesen, von Verrat, Intrigen, dem eigenen Ende, das er, Jannings, wenn nötig, nicht zögern werde, selbst herbeizuführen, Geständnisse, sich selbst gestraft zu haben, mit dem Gürtel, bis der Rücken so voller Striemen gewesen sei, dass »der dumme Emil« sich nicht mehr alleine habe ankleiden können.

Anders als ihrem Mann sah man Gussy die Veränderungen der vergangenen Jahre durchaus an. Ihr vormals pausbäckiges Gesicht war schmaler geworden, ihr Lächeln verriet, dass die Enttäuschungen des Lebens sie Demut gelehrt hatten.

Natürlich verband auch Gussy die Rückkehr nach Deutschland mit der Hoffnung auf einen Neuanfang, wenigstens aber eine Veränderung. Sie war eine erfolgreiche Diseuse und eine erfolglose Schauspielerin gewesen, hatte nach dem Krieg in einem halben Dutzend Filmen gespielt, die allerdings schon niemand mehr kannte. Ihr letzter Dreh lag inzwischen acht Jahre zurück, und das Beste, was sich über *Sehnsucht* sagen ließ, war, dass die Zensur ihn damals mit einem Jugendverbot belegt hatte.

Niemand hatte in Amerika Interesse an ihr gezeigt, die vergangenen drei Jahre war sie ausschließlich die Frau an der Seite des deutschen Exportschlagers gewesen. Ein Niemand. Jetzt war sie einundvierzig und eine arbeitslose ehemalige Diseuse und Schauspielerin. Ihr Lachen war ein Balanceakt. Vollmöller fand, es gereichte ihr zum Vorteil.

Jannings drückte Vollmöller in tief empfundener Dankbarkeit an seinen tonnenförmigen Torso. Der Oscar-Preisträger wusste sehr genau, was er seinem Freund alles zu verdanken hatte. Vollmöller hatte ihm den Aufstieg in Amerika ermöglicht, seine größten Erfolge, und nun hatte er alle Weichen für sein Comeback in Deutschland gestellt. Kurzzeitig blieb Karl die Luft weg, er hustete den letzten Rauch aus seiner Lunge und schnippte unauffällig seine Zigarette ins Gleisbett. Der Duft von schlecht parfümierter Expresszug-Seife stieg ihm in die Nase.

Schließlich legte Jannings Vollmöller die Hände auf die Schultern, hielt ihn auf Armeslänge von sich weg, lächelte ihn glückselig an und sagte: »Jedem anderen, das weißt du, hätte er die Bitte abgeschlagen. Aber dir, mein lieber Karl, kann er einfach nichts abschlagen.«

Er, Jannings, war es also gewesen, der Vollmöller einen Dienst erwiesen hatte. Was sollte man da sagen?

»Danke, Emil«, erwiderte Vollmöller, »ich weiß es zu schätzen.«

Man musste ihn nehmen, wie er war, oder gar nicht.

Der große Saal im Esplanade war voll besetzt. Es roch nach Journalistentabak, Mottenkugeln, dünnem Kaffee und Männerschweiß. Vollmöller hatte Jannings und Hugenberg eindringlich gebeten, das Filmprojekt, dessentwegen die Ufa Jannings nach Deutschland geholt hatte, noch nicht konkret zu benennen. Es sei zu früh, die Katze aus dem Sack zu lassen. Sie würden sich einen Aufmacher vergeben. Die Schlagzeile heute lautete: »Jannings ist zurück und dreht mit der Ufa den ersten großen deutschen Tonfilm.« Alles Weitere wurde noch nicht preisgegeben.

Die Flügeltür war geschlossen worden, der Saal hatte sich beruhigt, dann hatte man von der anderen Seite Hugenberg und Jannings hereingeführt, und die Journalisten applaudierten lautstark und gegen jede Gewohnheit. Vollmöller stand in einer der Fensternischen an der Längswand und hoffte, sein Plan würde aufgehen. Um Jannings machte er sich wenig Sorgen. Der war erfahren im Umgang mit Journalisten und liebte es, Geheimnisse zu haben. Und andere davon wissen zu lassen, dass er welche hatte. Sie steigerten das Gefühl der eigenen Bedeutsamkeit, verliehen ihm Macht. Bei Hugenberg konnte Karl sich nicht so sicher sein. Der neigte dazu, selbst eine Essensbestellung im Restaurant zu einer Kampfesrede anschwellen zu lassen, und wenn er erst vom Sog seiner eigenen Worte mitgerissen wurde, dann konnte jeder zuvor gefasste Vorsatz schnell hinweggespült werden.

So auch jetzt. Hugenberg wollte keine Fragen beantworten, er wollte eine Rede halten. Er erhob sich, rieb sich die Hände, blickte über den Rand seiner Nickelbrille hinweg die Journalisten an, wie um mit sicherem Gespür den Missetäter unter ihnen seiner Schandtat zu überführen, seine Haare standen wie immer stramm zu Berge, er räusperte sich, bellte »Meine Herren!«, und alle im Saal kuschten.

Gleich erklärt er Frankreich den Krieg, dachte Vollmöller, doch so schlimm kam es nicht. Hugenberg erging sich in schwer nachvollziehbaren Erläuterungen zur allgemeinen Lage Deutschlands und des Films und verkündete, was jeder im Saal bereits wusste, nämlich dass »der größte lebende

Schauspieler nunmehr in seine Heimat zurückgekehrt« sei, um für die Ufa-Filmproduktion in einem Tonfilm zu spielen.

»Filmbegeisterte hierzulande und in aller Welt dürfen sich auf ein Filmerlebnis gefasst machen, welches es so noch nicht gegeben hat. Zu lange haben wir tatenlos mit angesehen, wie andernorts die Weiterentwicklung des Films vorangetrieben wurde, während wir mit unseren technischen Möglichkeiten auf der Stelle getreten sind. Mit diesem Film allerdings«, er legte dem neben ihm sitzenden Jannings eine Hand auf die Schulter, »und Emil Jannings als Gallionsfigur wird Deutschland den Führungsanspruch auf dem Filmsektor zurückerobern!«

Es war also keine Kriegserklärung an Frankreich, sondern an Amerika. Es blieb zu hoffen, dass es nur wenige Tote geben würde, womöglich gar keine. Das war traurig für Hugenberg, der als ordentlicher Deutscher kaum etwas mehr liebte als Männer, die sich begeistert für ihr Vaterland in den Tod stürzten, aber gut für alle, die sich nicht in den Tod stürzen mussten.

Vollmöller ließ sein Etui aufschnappen und zog eine Zigarette heraus. Hugenberg war ein hoffnungsloser Fall. Aber solange er nach Vollmöllers Pfeife tanzte, konnte sich Karl kaum beschweren. Er würde nur immer wieder das Kunststück fertigbringen müssen, dem Ufa-Chef das Gefühl zu geben, Vollmöllers Ideen seien seine eigenen.

13

Was ist heute in der Luft los?
Was liegt heute in der Luft bloß?
Durch die Lüfte sausen schon
Bilder, Radio, Telefon
Durch die Luft geht alles drahtlos
Und die Luft wird schon ganz ratlos
Flugzeug, Luftschiff, alles schon
Hört, wie's in den Lüften schwillt
Ferngespräch und Wagnerton
Und dazwischen saust ein Bild

»Es liegt in der Luft«
Spoliansky/Schiffer, 1928

Lubinski umklammerte stoisch das Lenkrad. Der Arme wurde von Minute zu Minute nervöser. Marlene hatte ihren Chauffeur vor der Kreuzung Augsburger Ecke Lutherstraße halten lassen, und jetzt saßen sie hier, Marlene im Fond, er am Steuer, der Regen pladderte auf das Verdeck, und nichts geschah. Das kannte er nicht von ihr. Schräg gegenüber die *Scala*. Die Dämmerung setzte eben erst ein, doch die Neonleuchtschrift strahlte bereits in sämtliche Himmelsrichtungen, und die tausend Glühlampen unter dem Vordach verwandelten den nassen Asphalt in flüssige Glut.

Sie hätte zufrieden sein können. Auf jeden Fall hätte sie zufrieden sein *sollen*. Sie war gut im Geschäft, zu gut fast, ein gefragtes Revuegirl, das sich wie ungezählte andere auch die Beine in den Bauch spielte, nicht selten in zwei oder drei Produktionen parallel. Im Gegensatz zu den meisten anderen jedoch trat sie nicht auf irgendeiner Kleinkunstbühne, der *Weißen Maus* oder einer Kaschemme am Alexanderplatz auf – noch nicht, zumindest –, sondern in der *Scala*, dem renommiertesten Varieté-Theater neben dem *Wintergarten*. Die Leute zahlten ordentliches Geld, um sie über die breite Bühne stolzieren zu sehen. *... und abends in die Scala!* hieß es seit Jahren. Man ließ sich sehen. Tante Vally hatte es schon damals gewusst: *Diese Beine werden es noch mal weit bringen.* Das hatten sie getan. Marlenes großem Traum vom Schauspieler-Dasein aber hatten sie eher im Wege gestanden.

Die aktuelle Revue war ein gut kalkulierter Erfolg. Sie bot dem Publikum, wonach es gierte: Zerstreuung, Leichtfertigkeit, Unterhaltung. Und viel nacktes Fleisch. Um jeden Preis. In einer der Tanznummern trug Marlene praktisch nichts außer einem paar Schuhe und drei handtellergroßen Orchideenblüten.

Den Zuschlag als eins der zehn Revuegirls zu erhalten hatte ihr nichts abverlangt, was sie nicht ohnehin im Repertoire gehabt hätte. Bei den Gesangsnummern war das schwieriger gewesen. Zum Glück hatte Spoliansky sie begleitet, den kannte Marlene schon ewig. Als sie noch in Becces Orchester spielte, hatte er dort bereits am Klavier gesessen. Beim ersten Versuch patzte sie, doch Spoliansky brachte nichts aus der Ruhe. Er kannte Marlenes Stärken und, noch wichtiger, ihre Schwächen, zwinkerte ihr zu, zog einmal an seinen Segelohren, wie um sie neu zu justieren, und sagte, »wir versuchen es mal eine kleine Terz tiefer«, womit er exakt ihre Tonlage und zugleich den Geschmack des Regisseurs traf. Am Ende hatte sie vier Nummern mit den Revue-Girls in der Tasche, davon zwei mit Soloeinlage, eine Gesangsnummer im Duett mit Margo Lion sowie eine Solo-Gesangsnummer.

Und doch ...

Die Tropfen trommelten auf das Verdeck, spritzten vom Asphalt auf. Wo sie von den Lichtern der *Scala* eingefangen wurden, verwandelten sie sich in Funken.

»Soll ich ...«, setzte Lubinski an.

»Nein«, schnitt Marlene ihm das Wort ab.

Sie zog eine Zigarette aus dem Silberetui, beugte sich vor und ließ sich von ihm Feuer geben. Zu Weihnachten hatte sie ihm ein schickes Feuerzeug geschenkt, das er hütete wie seinen Augapfel. Immer trug er es bei sich. Seitdem ließ sich Marlene, wann immer sie im Auto rauchte, von ihm Feuer geben. Sie hatte das Gefühl, es erfülle ihn mit Stolz, aber das konnte auch nur Einbildung sein, und in Wirklichkeit war es ihm lästig. Vielleicht war ihm sogar Marlene lästig, und er schämte sich dafür, eine Frau mit ihrem Ruf durch die Stadt zu kutschieren. Was wusste sie schon von ihm?

Nicht viel. Er wohnte in Pankow, mit Frau und Kindern, zwei, wenn sie sich richtig erinnerte, und so, wie er aussah, ernährte er sich ausschließlich von Spreegurken und getrocknetem Gras. Wie dünn der war. Wenn er seinen Kopf drehte, blieb der Hemdkragen völlig unbewegt. Selbst seine Chauffeurmütze wirkte, als müsse sie ihm bei der nächsten Bremsung auf die Nase rutschen.

Marlene stieß den Rauch aus. »Danke.«

Lubinski deutete ein Nicken an, ließ den Deckel zuschnappen und verstaute das Feuerzeug in seiner Tasche.

»Auch eine?«, fragte Marlene.

»Ich rauche nicht.«

Hatte sie ganz vergessen. »Aber das Feuerzeug immer griffbereit.«

Der Chauffeur wusste nicht, worauf sie anspielte. Dieses Gespräch verunsicherte ihn noch mehr als das Warten. Marlene lehnte sich zurück, blickte aus dem Fenster. Die Abendvorstellung würde erst in einer halben Stunde beginnen, doch unter dem Vordach herrschte bereits mächtig Andrang.

In zwei Reihen stauten sich die Autos, jeder wollte seinen neuen Wagen präsentieren, ließ sich vom Chauffeur die Türe öffnen, benötigte Minuten, um aus dem Fond zu steigen.

Das imposante Vordach mit seinen tausend Lichtern war Jules' Idee gewesen – Jules Marx, der Betreiber der *Scala*. Es überspannte den Gehsteig und reichte bis auf die Straße hinaus, sodass die Besucher aus ihren Autos steigen konnten, ohne nass zu werden. Allerdings nicht die in zweiter Reihe. Es hieß, die Genehmigung habe Jules mehr Schmiergeld gekostet als die gesamte Konstruktion, doch das war ihm gleichgültig gewesen, er wusste, die Investition würde sich auszahlen.

... *und abends in die Scala!* So verheißungsvoll die Fassade auch leuchten mochte, wenn sie ehrlich zu sich selbst war, wusste Marlene, dass dies hier das Ende ihrer Karriereleiter bedeutete: als zuverlässig verrufenes Revuegirl mit sehr langen Beinen. Für den Film war sie nicht zu gebrauchen, und für Produktionen wie die *Dreigroschenoper*, die seit letztem Jahr ununterbrochen am Schiffbauerdamm gespielt wurde, besetzte man lieber die Neher und die Valetti. Und vermutlich zu Recht. In anspruchsvolleren Produktionen wollte man Marlene nicht sehen. Dabei hatte sie alles versucht, in der *Dreigroschenoper* eine Rolle zu bekommen.

Sie mokierte sich über Rudis Hang zur Selbstdarstellung, nannte ihn im Stillen einen Gernegroß. Im Grunde aber hatten sie beide mehr sein wollen, als sie waren, hatten hochfliegende Pläne gehabt, sich jahrelang pausenlos abgestrampelt und doch nie den Punkt erreicht, von dem aus man auf einen gewundenen, steinigen, aber schlussendlich doch zum Gipfel führenden Weg hätte zurückblicken können. Marlenes Weg hatte sich als Sackgasse erwiesen, auf halbem Weg war sie im Berg stecken geblieben, und jetzt mühte sie sich Tag für Tag wie besessen, nur um nicht zu fallen. Wie lange würde sie sich noch halten können? Ein Jahr, zwei, drei?

Marlene zuckte derart zusammen, dass die Asche von ihrer Zigarette herabfiel. Nur durch die Scheibe von ihr getrennt standen zwei Männer neben dem Wagen und starrten sie unverhohlen an. Sich nassregnen zu lassen schien ihnen nichts auszumachen, von der Hutkrempe des einen tropfte bereits Wasser herab. Im Gegenteil: Sie amüsierten sich offenbar prächtig. Ihre Blicke anzüglich zu nennen wäre eine Untertreibung gewesen.

Marlene kam das Gespräch in den Sinn, das sie letzte Woche mit ihrer Freundin Claire Waldoff geführt hatte, ihrer verlässlichen Ratgeberin in allen Lebenslagen. »Gib ihnen nur nicht zu viel«, hatte die gemahnt. »Sobald sie glauben, du gehörst ihnen, verlieren sie entweder das Interesse an dir, oder sie fressen dich mit Haut und Haar.« Marlene hielt ihren Blicken stand, ohne mit der Wimper zu zucken, zog an ihrer Zigarette. Das Grinsen der Herren wurde breiter. Der Rechte entblößte zwei bräunliche Zahnstümpfe. Seine Hände hielt er in den Taschen verborgen. Wie die aussahen, mochte sich Marlene gar nicht vorstellen.

Sie drückte das Ausstellfenster auf: »Meine Herren, wenn Sie meine Beine zu sehen wünschen, dann besorgen Sie sich Karten für die *Scala*.«

Der Linke, der etwas weniger ungepflegt aussah, griff in die Innentasche seines Jacketts und zog zwei Eintrittskarten hervor: »Haben wir«, grinste er.

Ganz klar die Haut-und-Haar-Fraktion.

Sie warf einen Seitenblick zur *Scala* hinüber. »Na dann sehen Sie mal zu, dass Sie schnell ins Trockene kommen.«

Sie war im Begriff, das Fenster wieder zu schließen, als der Rechte sagte: »Wir hätten auch nichts dagegen, ein bisschen mehr als nur die Beine zu sehen.«

Marlene mischte der Gleichgültigkeit ihres Blicks einen Schuss Verachtung bei: »Dann strengen Sie während der Vorstellung mal ordentlich die Augen an. Vielleicht stellen

Sie am Ende sogar fest, dass es zu den Beinen ein Gesicht gibt.« Sie schnippte ihm den glühenden Zigarettenstumpf vor die Schuhe und schloss das Fenster. Zu Lubinski sagte sie: »Fahren Sie mich zum Künstlereingang, bitte.«

Während der Chauffeur den Anlasser drückte und der Motor stotternd in Gang kam, sah Marlene aus dem Augenwinkel, wie der Linke dem Rechten freudig den Ellbogen in die Rippen stieß und die beiden, sichtlich zufrieden mit der Abfuhr, im Laufschritt über die Straße und unter das Vordach der *Scala* eilten.

»Mach die Tür gerade so weit auf, dass sie einen Blick erhaschen können, den Rest behältst du für dich.« Auch das hatte Claire ihr geraten. Die wusste, wie man ein Publikum bei der Stange hielt. »So werden sie sich immer beschenkt fühlen, aber immer hungrig bleiben. Und, Kindchen – ganz wichtig! –, gib ihnen *nicht* das Gefühl, du seist für *ihr* Amüsemang auf der Bühne – und wenn es hundert Mal wahr ist –, gib ihnen das Gefühl, sie seien zu *deinem* Vergnügen da. Die Männer werden vor dir knien, wenn du sie von oben herab behandelst, und die Frauen werden dich lieben, weil du ihre Männer knien lässt.«

Sie standen vor dem Künstlereingang, Lubinski ließ den Motor laufen. Marlene lehnte sich ins Polster, schloss die Augen und versuchte, ihrer Unruhe Herr zu werden. Vor dem Haupteingang herrschte inzwischen ein einziges Hupen und Drängen. Niemand wollte einen einmal eroberten Meter Straße kampflos wieder preisgeben.

»Finden Sie, ich sehe vierschrötig aus?«

Lubinski drehte sich um, vermied den Blick auf ihr Dekolleté, sah sie an wie eine Fremde.

»Mein Dekolleté«, sie drückte den Rücken durch, »finden Sie, ich sehe im Dekolleté vierschrötig aus?«

Sein Adamsapfel machte einen Hüpfer. »Würde ich nicht sagen.«

»Wissen Sie eigentlich, was ich mache, wenn ich da reingehe?«

»Tanzen und Singen, soweit ich weiß.«

»Haben Sie mich je auf der Bühne erlebt?«

»Wie denn, ich bin doch Chauffeur. Da hab ich beim Wagen zu bleiben.«

»Und an Ihrem freien Tag?«

Lubinski nahm seine Mütze ab, strich sich die Haare glatt, setzte sie wieder auf. Zwischen seinem Hals und seinem Kragen waren zwei Fingerbreit Luft. »Wenn ich frei hab«, erwiderte er, »denn geh ich mit meinen Lütten zum Boxen. Da gibt's ordentlich Remmidemmi. Außerdem kostet mich in der *Scala* die Nachmittagsvorstellung schon vier Reichsmark.«

»Ich könnte Ihnen Freikarten besorgen.«

»Ist gut gemeint, aber meine Frau wär da wenig begeistert.«

Marlene beugte sich vor. »Aber wenn Sie zum Boxen gehen, da hat Ihre Frau keine Einwände?«

»Da kommt die mit! Ist ein ehrlicher Sport – Boxen. Einer fällt um, der andere bleibt stehen. Klare Sache.«

»Ich boxe auch!«, sagte Marlene. »Im Studio von Sabri Mahir, gemeinsam mit Carola Neher und Vicki Baum. Das ist gerade sehr in Mode, auch bei Frauen.«

»Ansehen tut man's Ihnen nicht«, erwiderte Lubinski, was vermutlich als Kompliment gemeint war.

»Um die Kondition zu trainieren, gibt es nichts Besseres!«

Der Chauffeur kratzte sich im Nacken. »Und was sagt Ihr Mann dazu?«

Darauf hatte Marlene keine Antwort. Was Rudi dazu sagte? Sie wusste es nicht. Und sie wäre auch nie auf die Idee gekommen, ihn zu fragen.

Ohne ihre Antwort abzuwarten, stieg Lubinski aus, spannte den Schirm auf und ging um den Wagen herum auf ihre

Seite. Der Künstlereingang hatte kein Vordach, und statt der tausend Glühlampen leuchtete lediglich ein weißer Strich über der Tür, der die Großgewachsenen davon abhalten sollte, sich den Kopf zu stoßen.

Während Marlene die Klingel drückte und darauf wartete, dass Margot ihr die Tür öffnete, hielt Lubinski den Schirm über sie gebreitet. »Also meiner Frau würd ich das nicht erlauben«, sagte er.

Marlene sah ihn an und begriff, dass sie ihm völlig gleichgültig war. Was sie nicht begriff, war, weshalb ihr das einen Stich versetzte.

»Endlich!« Margot sah alarmiert aus, aber das tat sie immer. »Wir dachten schon, Sie seien abgesoffen. Schnell.«

Marlene witschte an Margot vorbei, hinein in den vertrauten Geruch nach Holz und Staffage, in das Licht dämmriger Wandlampen, die trockene, elektrisierte Luft. Hinter ihr fiel die Tür ins Schloss.

14

Sie hatte im Spiegel ein widerspenstiges Haar in ihrer Augenbraue entdeckt und wollte es mit der Pinzette ausreißen, bekam es aber nicht zu fassen. Als hätte sie kein Gefühl in den Fingern. Gleich würde Margot gegen die Garderobentür klopfen, dann wäre sie dran. Jede Zeile hundertmal gesungen, jede Bewegung hundertmal vollführt. Sie hätte die Revue wie eine Schallplatte abspielen können. Die Augenbraue jedoch bekam sie nicht in den Griff.

Da sie nicht nur Revue-Girl war, sondern auch Gesangsnummern hatte, stand Marlene eine eigene Garderobe zu. Ihre war Tür an Tür mit der von Lia Eibenschütz, die bereits auf der Bühne stand und züchtig wie immer »Warum liebt der Wladimir g'rade mir?« zum Besten gab. Marlene kapitulierte, vor einer Augenbraue.

»Was liegt heut in der Luft bloß?«, brummte sie, stopfte die Pinzette ins überquellende Etui zurück und sah ihre Lenci-Puppe an, die wie üblich gegen den Spiegel gelehnt vor ihr saß. »Du weißt es auch nicht?« Marlene nahm die Puppe, strich deren Baströckchen zurecht und streckte ihr anschließend die Zunge heraus. »So bist du mir aber keine Hilfe.«

Das Gespräch mit Rudi wollte ihr nicht aus dem Kopf. Und Tamara ebenfalls nicht. Dieses zarte Geschöpf war viel zu lieb für ihre Abgründe. Sie hatte einfach nicht die Konstitution, um in dieser Stadt ihren eigenen Süchten standzuhalten.

Marlene musste sich nur Tamaras schlechtes Gewissen vor Augen halten, um zu wissen, was für Hoffnungen sie sich machte – auf ein Leben mit Rudi. Die Ärmste wusste nicht, dass sein Geld – das Tamaras Spielsucht zum Opfer fiel – vor allem Marlenes Geld war und dass Rudi, im Falle einer Scheidung, ohne Hemd dastehen würde. Marlene verdiente das Geld, Rudi nahm in Besitz, so lief das.

Er hatte eine gewisse Meisterschaft darin erlangt, die Unbedarften zu beeindrucken. Das war damals bei Marlene nicht anders gewesen als jetzt bei Tamara: die große Geste, die Maßanzüge, die Accessoires des Erfolgs. Eines Erfolgs, der zwar nicht seiner war, den er jedoch so überzeugend nach außen trug, dass sogar er selbst sich seine Rolle abnahm. Es hatte nicht lange gedauert, bis Marlene bemerkte, wie bemüht sich Rudi in Gegenwart des neuen Kindermädchens unbemüht gab. Für Derartiges besaß sie bessere Antennen als jedes Loewe-Radio. Was will er denn mit der, hatte sie gedacht. Dieses dünne Ding, ohne Busen und ohne Po. Die Antwort war einfach: angehimmelt werden.

Komplizierter wurde es bei der Frage, was so schlimm daran gewesen wäre, sich von Rudi zu trennen. Ihre Ehe war Makulatur, den letzten Hochzeitstag hatten sie nicht mehr gefeiert. Natürlich, da war Maria, aber auch das ließe sich regeln. Die Wahrheit war: Rudi war ihr Anker. Sie waren einander zugetan, standen füreinander ein, und das war doch schon sehr viel, oder? Loyalität. Das war doch was. Marlenes Leben glich einem Strudel, und Rudi war das Seil, das sie am Untergehen hinderte. Möglich, dass dieses Seil sich eines Tages als Illusion erwies, aber sich eine Illusion zu erhalten konnte einen auch schon am Untergehen hindern. Ohne Illusionen, ohne die Illusion von dir selbst als einem anderen Menschen, konntest du das Leben, das sie führten, nicht durchhalten.

Margots Stechschritt näherte sich, dann das unvermeidliche preußische Klopfen. Irgendwann würde Margot aus Versehen die Tür einschlagen. Bei der bekam das Wort »vierschrötig« eine ganz neue Bedeutung.

»Zwei Minuten, Frau Dietrich!«

Marlenes Unruhe steigerte sich noch, als sie in den Gang trat, der hinter die Bühne führte. Die anderen Revue-Tänzerinnen warteten bereits, befangener als sonst, schwiegen, streckten ihre Beine über Kopf, zogen ihre Strümpfe nach. Küsschen links, Küsschen rechts, Konzentration. Bereits die Nachmittagsvorstellung hatte Marlene einiges abverlangt. Jetzt war die Spannung sogar hinter der Bühne zum Greifen. Vielleicht hatte es mit dem Regen zu tun, mit dem Kampf um die besten Plätze, dem Gehupe und Gedränge? Außerdem war Freitagabend. Das waren immer die schwierigsten Vorstellungen – wenn das Publikum den Jammer der zurückliegenden Woche abschütteln wollte und die Männer ohne Frauenbegleitung um acht Uhr bereits Schlagseite hatten.

»Warum liebt der Wladimir jrade mir, jrade mir? Weil er Häuser baun kann – auf miiir!«, sang Lia den letzten Refrain geübt unschuldig, das Orchester garnierte den Schlussakkord mit einem Blechbläser-Forte, dann setzte der Applaus ein und schwoll an wie eine Welle, die überraschend immer größer wurde, Pfiffe ertönten, Rufe hallten durch den Saal. So klang die *Scala* nur bei ausverkauftem Haus und nur an einem Freitagabend.

Lia kam hinter die Bühne, kurze Umarmung. Marlene spürte den Herzschlag ihrer Kollegin an ihrer Brust. »Ein Löwenkäfig«, sagte sie atemlos. »Du hast den ersten Refrain noch nicht fertig, da wollen sie schon die nächste Nummer.«

Dabei benahmen sich die Zuschauer bei Lia sonst artig wie dressierte Mäuse. Ihre Natürlichkeit war entwaffnend. Wenn sie über ihr Glück sang, dass ausgerechnet der Wladimir sie so lieb hatte, dann wollten alle im Saal Wladimir sein.

Diese Natürlichkeit – in Kombination mit ihrem Engelsgesicht – war auch der Grund dafür, weshalb sie, anders als Marlene, seit zehn Jahren eine gefragte Schauspielerin war. Zwei Dutzend Filme hatte Lia schon gedreht. Neulich erst war sie in *Die keusche Kokotte* zu sehen gewesen. Kein guter Film, aber im Gegensatz zu Marlene hatte man Lia ihre Keuschheit abgenommen. Dieser Liebreiz! Marlene biss sich auf die Lippe. Sie hasste sich dafür, wenn sie eifersüchtig war. Wieder dachte sie an das Gespräch mit Rudi. *Deine Rolle hat dich einfach noch nicht gefunden.* Der war wirklich liebenswert naiv. Was für eine Rolle hätte das denn sein sollen, bitte schön?

»Marlene!«

Margot stand neben ihr und blickte noch alarmierter als gewöhnlich. Sie schob den Vorhang beiseite. Du lieber Himmel! Die Girls waren bereits auf der Bühne, und das Orchester hatte längst eingesetzt. Unvermittelt musste Marlene daran denken, wie sie damals in Henny Portens Badewanne gelegen und ihr Bein zur Decke gestreckt hatte. »Ich werde auch Schauspielerin«, hatte sie behauptet, »so wie Sie. Nein, nicht wie Sie. Anders.« Auch Hennys Antwort hatte Marlene noch im Ohr. »Mit deinen Beinen solltest du lieber Tänzerin werden.«

»Nicht zu viel«, nuschelte Marlene und trat ins Scheinwerferlicht.

Ihre Aufgabe bei dieser Tanznummer bestand im Wesentlichen darin, synchron mit den Girls die Beine zu schwingen und ihre Soloeinlage dafür zu nutzen, die Männer im Saal aus der Fassung zu bringen. Heute allerdings sorgte bereits ihr verspäteter Auftritt für anhaltendes Gegröle. Unter der Saaldecke staute sich eine Energie, die nach Entladung verlangte. Selbst Spoliansky blickte beim Dirigieren unauffällig über die Schulter. An guten Tagen konnte Marlene damit spielen, die Dompteuse sein. Heute, das spürte sie nach den ersten drei Tanzschritten, musste sie froh sein, heil von der Bühne zu kommen.

Ihre Soloeinlage war streng genommen keine Tanzeinlage, sondern eine akrobatische Provokation. Zwei der Girls umfassten ihre Beine, hoben sie hoch über Kopf, und dann, langsam und mit gelangweiltem Blick, spreizte Marlene ihre Schenkel, bis sie auf den Schultern ihrer Kolleginnen einen Spagat vollführte. So setzen die anderen sie auf der Bühne ab – im Spagat –, wo Marlene sich wie in Trance auf den Rücken drehte und mit den Beinen in der Luft Fahrrad fuhr, erst schnell und dann, im Takt der Musik, langsamer und langsamer, bis ihre scheinbare Gleichgültigkeit dem Publikum gegenüber kaum noch auszuhalten war.

»Schneller!«, kam es aus dem Publikum. Gelächter im Saal. Marlene machte, was sie in diesem Fall immer tat: Wurde noch langsamer. »Los, schneller!«

Sie drehte überlegen den Kopf Richtung Saal, blickte dahin, wo sie den Rufer verortete, linkes Parkett, Mitte. Natürlich konnte sie ihn nicht ausmachen, nach den ersten drei, vier Reihen verschmolzen das Publikum und der Raum zu einem dunklen, uferlosen Wesen. Doch sie hatte eine Ahnung, dass er einer der beiden Männer war, die vorhin neben dem Wagen gestanden hatten. *Sobald sie glauben, du gehörst ihnen ...*

Der Mann pfiff auf den Fingern. Inzwischen lachte niemand mehr. Hier war etwas anderes im Gange. Marlenes Bewegungen wurden so langsam, dass sie schließlich gemeinsam mit der Musik erstarben. Erwartungsvolle Stille.

Marlene wollte wieder zu strampeln anfangen, als der Mann rief: »Ausziehen!« Spoliansky hatte gerade den Einsatz geben wollen und hielt mit nervöser Hand seinen Taktstock umklammert. Marlene drehte sich auf die Seite, Gesicht zum Publikum. Sie war ganz da und zugleich ganz weit weg. Versonnen fuhr sie mit zwei Fingern die Innenseite ihres Oberschenkels hinauf, dann, als habe sie sich kurzfristig umentschieden, stand sie auf.

»AUS-ZIEH'N!«, rief der Mann und wurde angezischt.

Marlene wartete, alle warteten, auch die Revue-Girls fragten sich, was wohl als Nächstes passierte. Jeder im Saal spürte, dass Marlene den vorgeschriebenen Pfad verlassen hatte, dünnes Eis. Sie stolzierte vor bis zum Bühnenrand, jeder Schritt eine Manifestation ihrer Überlegenheit. Eine Handbreit weiter, und sie hätte im Schlagzeug gelegen. Sie schob ihr Becken vor, Standbein, Spielbein, stemmte eine Hand in die Taille.

»Deine Mami hat angerufen«, sagte sie gelangweilt. »Du sollst nach Hause kommen, aber dalli!«

Unter großem Getöse setzte die Musik wieder ein, die Girls fanden in ihre Choreografie zurück, das Publikum johlte. In der ersten Reihe rief ein Mann: »Berliner Schnauze, weltklasse Beene! Det is ne Kombi!«

Der Moment, in dem alles auseinanderfiel, kam, als Marlene dem Publikum den Rücken zuwandte. Der Raum zersplitterte in lose Einzelteile. Sie sah ihre Kolleginnen über die Bühne wackeln wie aus einer Zeitung geschnitten, wusste nicht, was sie tun sollte. Nein, das stimmte nicht. Natürlich wusste sie, was sie *hätte* tun sollen – ihren Platz in der Choreografie einnehmen und die Nummer zu Ende tanzen. Mein Gott, sie kannte die Schrittfolge besser als ihre Handrücken! Sie hörte die Musik wie unter Wasser, schien auf einer schrägen Ebene zu stehen. Plötzlich drehte sich die Bühne, sie hatte wieder das Publikum vor sich, ein Scheinwerfer blendete sie, nichts als gleißendes Weiß auf der Netzhaut, der Boden rutschte unter ihr weg, sie fiel, das Publikum hielt den Atem an, sie fiel tiefer, erwartete den Aufprall.

Zwei Hände fingen ihren Sturz auf, fassten sie unter den Achseln, rissen sie auf die Beine und katapultierten sie in die Höhe. Applaus, Aufatmen. Das Gesicht einer Tänzerin glitt an ihr vorbei, besorgter Blick, weiße Zähne, sehr weiß und sehr gerade – Marie –, nicht so wie die braunen Hauer des Mannes auf der Straße. Hände auf ihrer Hüfte, sie wurde gedreht wie ein Kreisel, Pause. Jetzt wusste sie wieder, wo sie war, Blick ins Publikum, sechzehn Takte vor Schluss, Einsatz. Drehung auf dem linken Bein – nein, rechts! –, ihr Knie stieß mit dem von Marie zusammen, die ihre Augen aufriss, dann spürte Marlene ihren Schuh unter sich wegknicken. Noch im Sturz breitete sie die Arme aus wie zu einem Flugversuch, hoffte, im letzten Moment aufgefangen zu werden, dann wurde ihr Arm nach hinten gerissen, sie knallte auf die Hüfte, den Arm unter sich, ein heißer Schmerz stach ihr in die Schulter, sie rang nach Luft, um sie herum nur noch leuchtendes Weiß, unmöglich, noch einmal auf die Beine zu kommen.

Lachen im Saal, grandiose Einlage, ihre Kolleginnen umtanzten sie, als wollten sie eine Schleife dranmachen, tapptapp, tapptapp, der Boden vibrierte, forte, fortissimo, Schlussbild, Applaus, Vorhang.

Erst beim dritten Mal hörte Marlene das Klopfen an der Garderobentür. Margot konnte das nicht sein – so zaghaft, wie da geklopft wurde. Sie reagierte nicht.

»Marlene?«, kam Lias Stimme durch die Tür.

Reflexartig griff Marlene nach einem Tuch und wischte über ihre tränenverschmierten Wangen. Die andere Hand lag unbeweglich in ihrem Schoß. Sie hörte, wie die Tür vorsichtig geöffnet und wieder geschlossen wurde, dann stand Lia in ihrer Garderobe.

»Marie hat mir gesagt, was passiert ist. Dass du gestürzt ... Was ist denn mit dem Spiegel?«

Marlene blickte dahin, wo vor fünf Minuten noch ihr Spiegel gestanden hatte. Jetzt war dort ein Stück gerahmter Wand zu sehen, und auf dem Tisch lag ein Scherbenhäufchen. Ihre Puppe, die sonst am Spiegel lehnte, saß unverändert, hatte aber funkelnde Splitter auf der Schulter.

Sie sah Lia an: »Zerbrochen, würde ich sagen.«

Bei Marlenes Anblick zerfloss Lia augenblicklich vor Mitgefühl. »Du siehst aber gar nicht gut aus«, stellte sie fest. »Tut es sehr weh? Lass mich mal ... Ach du dickes Ei!«

Das war nicht übertrieben. An Marlenes Oberarm hatte sich ein Hämatom gebildet, das den Arm wie eine Manschette umspannte.

»Was machen wir denn jetzt?« Lia sah ganz verzweifelt aus. In fünf Minuten sollten sie als Gesangsduo auf der Bühne stehen.

Im Gegensatz zu ihrer Kollegin war Marlene selbst bedenklich ruhig.

»Kannst du ihn bewegen?«, fragte Lia.

Marlene schüttelte den Kopf.

»Lass mich mal sehen.«

Vorsichtig schob Lia ihre linke Hand unter Marlenes Oberarm, die rechte unter den Ellbogen. Als sie den Arm anheben wollte, gab er ein Knirschen von sich. Im selben Moment spürte Lia, wie sich unter der Haut Dinge gegeneinander verschoben. Marlene zuckte zusammen, Lia stieß einen Schrei aus.

»Marlene, der ist gebrochen! Du musst sofort in ein Krankenhaus!«

Damit sagte sie Marlene nichts Neues. Die hatte sofort gewusst, dass ihr Arm gebrochen war, hatte an ihren Rippen gespürt, wie er in zwei Teile barst, als sie auf ihn gefallen war.

Sie schüttelte den Kopf. »Wir müssen gleich auf die Bühne.«

Lia wich zurück. Ihr Entsetzensausdruck wäre einer Porten würdig gewesen. »Du willst mit einem gebrochenen Arm auf die Bühne?«

Marlene rang sich ein Lächeln ab. Lia war einfach zu zart besaitet. Aber ein Herz aus Gold.

Dass aus ihnen noch Freundinnen geworden waren, lag vor allem an der Großherzigkeit ihrer Kollegin. Marlene hatte Lia Offerten gemacht – um es vorsichtig auszudrücken. Dabei war Lia gar nicht ihr Typ. Eines Abends war Marlene nach der Vorstellung einfach unangekündigt in ihrer Garderobe aufgetaucht und hatte sich mit dem Rücken gegen die Tür gelehnt. Ihre Blicke trafen sich im Garderobenspiegel.

»Nicht, Marlene«, sagte Lia zu ihrem Spiegel.

Marlene rührte sich nicht. Sie wollte Lia, jetzt, wollte spüren, wie sie nachgab, um Marlene anschließend Dinge mit sich tun zu lassen, die ihr später, bei der heimlichen Erinnerung daran, die Schamesröte ins Gesicht treiben würden. Marlene verstand es selbst nicht, aber es *musste jetzt sein*.

»Marlene«, mahnte Lia ihren Spiegel. »Das ist wirklich nicht in meinem Sinn.«

Aber in meinem! Schon der mitfühlende Tonfall ihrer Kollegin reizte Marlene. Was war das nur? Lia hatte einen Sohn, Gerd, anderthalb Jahre jünger als Maria, der an ihr hing wie eine Klette. Die beiden waren praktisch unzertrennlich. Die drei, besser gesagt. Vor zwei Jahren nämlich hatten Kurt – der dazugehörige Vater – und Lia geheiratet. Seitdem waren die Vespermanns, wo immer sie gemeinsam auftauchten, eine Einheit mit drei Herzen. »Eine Harmonie zum Fürchten«, wie Marlene einmal zu Rudi gesagt hatte.

Lia also war ebenso wie Marlene verheiratet und hatte ein Kind. Nach außen hin sah das ähnlich aus, im Unterschied zu Marlene aber war Lia zufrieden. Sie hatte schon angekündigt, sich von der Bühne zurückziehen zu wollen und auch vom Film, weniger Engagements anzunehmen, vielleicht ganz aufzuhören, vorübergehend zumindest. »Ich möchte meinem Kind eine gute Mutter sein«, hatte sie Marlene erklärt, »und meinem Mann eine gute Frau.« Es gab Menschen, die konnten das.

Marlene hatte Lia an den Schultern gefasst und ihren Stuhl

so gedreht, dass sie einander zugewandt waren. Sie stieg über Lias Beine, setzte sich auf ihre Oberschenkel und küsste sie auf den Mund. Macht, ging es ihr durch den Kopf.

Lia hatte Marlene von sich weggedrückt und sie angesehen wie ein flegelhaftes Kind: »Jetzt ist es aber genug!«

Marlene blickte an ihrer Freundin vorbei zur Garderobentür. »Gib mir mal den Chiffonschal.«

»Was willst du denn ... Marlene, du musst ins Krankenhaus!«

»Gib schon.«

Lia zog den Schal vom Haken.

Marlene führte ihn unter dem Arm durch und streckte Lia das Ende hin. »Hier, mach einen Knoten rein.«

»Was? Nein!«

»Jetzt mach schon!«

Lia verknotete die beiden Enden.

»Nicht so. Mach einen halben Schlag – wie bei einem Seemannsknoten.« Sie beschrieb ihr, was sie zu tun hatte. Lia gehorchte. »Und jetzt: zieh!«

»Ich glaub' nicht, dass ich das wirklich tue.«

»Ziehen!«

Lia zog. Marlene gab ein Stöhnen von sich, das an das Muhen einer Kuh erinnerte.

»Jetzt umwickeln!«

Lia musste einen Würgereiz unterdrücken, aber sie tat es.

»Fester!«

Lia zog fester.

»Noch fester!«

Wieder das Stöhnen. Beinahe musste sie über sich selbst lachen. Sie zeigte Lia, wie sie das Ende verknoten sollte. Lia gehorchte. Anschließend sah sie Marlene an.

»Ich kann nicht glauben, dass du damit auf die Bühne willst. Das ist doch Irrsinn!«

»Ich muss.«

»Nein, musst du nicht. Ich kann das Duo auch als Solo singen.«

»Du verstehst nicht, Lia. Alles, was ich kann, alles, was ich bin!, ist Singen und Tanzen. Mehr kann ich nicht. Ich bin nicht wie du. Und wenn ich nicht auf die Bühne kann, kann ich nirgends mehr hin. Dann bin ich tot!«

15

Berliner Volkszeitung
9. August 1929

Der Polizeipräsident teilt mit: Mehrfache Eingaben und Beschwerden geben Veranlassung, die in der Berliner Strassenordnung vom 15. Januar 1929 enthaltenen Bestimmungen über »die Erhaltung der Ruhe« nochmals besonders bekannt zu geben.
§ 77 der Berliner Strassenordnung sagt:
1. Das Musizieren auf der Strasse ist verboten. Dies gilt nicht für geschlossen marschierende Abteilungen der Reichswehr.
2. Es ist ferner verboten, in Gärten, Vorgärten und auf anderen Grundstücken, in offenen Hallen, Veranden, auf Balkonen usw. Musik zu machen, laut zu singen oder in anderer Art lautes Geräusch zu verursachen.

Die lederne Aktenmappe unterm Arm, trat Vollmöller aus dem Strom der Nachtschwärmer heraus, zündete sich eine Zigarette an und genoss die fiebrige Ausgelassenheit. Unablässig strömten Grüppchen an ihm vorbei, lachend, lallend, ein Dutzend Sprachen sprechend, getrieben und ziellos zugleich. Die Autos schienen im Kreis zu fahren oder machten es tatsächlich, reihten sich aneinander, Stoßstange an Stoßstange, nachts um eins. Karl sah lange, schlanke Beine auf noch schlankeren Absätzen, wehende Seidenschals, Gelächter wie tanzende Perlen auf dem Trottoir. Und alle auf der Suche nach der einen Sensation, die diesen Abend unvergesslich machen würde, noch unvergesslicher. Jeden Abend.

Sie hatten bei *Horcher* zu Abend gegessen, Ruth und er. Und natürlich hatte es niemanden gegeben, der bei ihrem Eintreffen nicht den Kopf gewendet hätte. Auf Ruth war Verlass. Allein die Erwähnung des Restaurants, das wie kein zweites die besseren Kreise anzog, löste bei ihr den Reflex aus, sich noch zügelloser zu kleiden, noch mehr Haut zu zeigen. Im Grunde hatte man kaum noch von einem Kleid sprechen können.

Vollmöller liebte alles an Ruth: den scharfen Verstand, die scharfe Zunge, die spitze Feder, ihre herausfordernde Art, ihre Unabhängigkeit, ihre Jugend, die Schlangenhaftigkeit ihres mädchenhaften Körpers auf seinem, der gelegentliche Wunsch nach Unterwerfung. Jede Nacht mit ihr war ein Geschenk. Und ein Abschied.

Seit einiger Zeit stimmte sie Karl sentimental. Nach jedem Treffen mit ihr fühlte er sich sterblicher, als träufele sie ihm ein langsam wirkendes Gift ein. Vier Jahre währte ihre Verbindung jetzt, und Karl vermutete – zu Recht, wie sich herausstellen würde –, dass, wenn er einmal auf sein Leben zurückblickte, diese Liaison die Liaison seines Lebens gewesen sein würde. So weit war es gekommen: Ruth brachte ihn dazu, auf ein Leben zurückzublicken, das noch gar nicht gelebt war.

Karl hatte erwartet – oder erhofft? –, dass sie davon ausging, er werde sie nach dem Essen mit zu sich nach Hause nehmen. Doch sie schien nicht überrascht, als er sagte, er habe noch eine Verabredung. Sie fragte nicht nach. Stattdessen taxierte sie die mitgebrachte Aktenmappe, nahm Vollmöller die Zigarette aus den Fingern, schob sie sich zwischen die Lippen und zog einen Mundwinkel nach oben.

»Du hast wieder dieses Gesicht.« Von ihren roten Lippen stieg Rauch auf. Sie liebte Lippenstift, ihre Lippen gierten danach.

»Welches?«, fragte Vollmöller.

Sie inhalierte, blies den Rauch aus, beugte sich über den Tisch und steckte jetzt ihm die Zigarette zwischen die Lippen. »Du brütest wieder etwas aus.«

Statt zu antworten, lächelte er nur.

»Sagst du es mir?«

»Ja, aber erst, wenn es geschlüpft ist. Ich möchte nämlich, dass du mir bei der Aufzucht behilflich bist.«

Anschließend hatte Ruth ihn in ihrem weißen Adler Cabriolet den Tauentzien hinunterchauffiert und an der Joachimsthaler abgesetzt. Er genoss es, von ihr chauffiert zu werden.

»Es kann sein«, sagte er zum Abschied, »dass die Besprechung nicht länger als eine Stunde dauert. Wo finde ich dich?«

Ruth machte einen Schmollmund: »In einer Stunde?«, überlegte sie. »Vielleicht in Paris? Ich weiß noch nicht.« Sie lehnte sich hinüber, küsste ihn, auf offener Straße, im offenen Wagen, schob seine Hand unter ihr Kleid, um ihn spüren zu lassen, wie der Nachtwind ihre Brustwarzen erigiert hatte. Dann langte sie an ihm vorbei und öffnete die Tür. »Aber ich werde immer gerne von dir gefunden.«

Vollmöller trat seine Zigarette aus. Die Spiegelung der Neonröhren färbte den Asphalt. Wie jede Nacht verwandelten Millionen Glühlampen den Kurfürstendamm in ein Feuerwerk. Doch selbst inmitten dieses Feuerwerks leuchtete eine Häuserfront besonders hell. Denn selbstverständlich verfügte die größte Bar Berlins auch über die üppigste Fassadenbeleuchtung. Jedes Schaufenster war eigens von Neonröhren umrahmt, und die Leuchtschrift über dem Eingang brannte sich direkt in die Netzhaut ein. Den *KAKADU* musstest du nicht suchen. Er fand dich.

Vollmöller hätte einen diskreteren Ort vorgezogen. Und eine diskretere Zeit. Um ein Uhr morgens und nach zwei Flaschen Champagner erforderte das anstehende Gespräch möglicherweise mehr Suggestionskraft, als er aufzubringen imstande war. Außerdem traf er im *KAKADU* unter Garantie auf Dutzende bekannter Gesichter, denn die Bezeichnung »Bar« war irreführend. Der *KAKADU* war zugleich Tanzpalast, Kabarett, Diele sowie Vergnügungstempel. Ja, eine Bar gab es, und noch dazu die längste der Stadt, doch sie machte nur einen Teil des Etablissements aus. Alle Welt fand sich hier ein, und das war nicht untertrieben. Künstler saßen hier neben Börsenhändlern, Huren neben Journalisten. Es gab ein Sprichwort: Sag mir, wann deine Aufsichtsratssitzung vorbei ist, und ich sage dir, wann du in den *KAKADU* kommst. Mit anderen Worten: Es würde Gerede geben, aber das gab es immer.

Über der Bar hingen Rauchschwaden. Der Geräuschpegel war beträchtlich. Aus dem benachbarten Salon drang Jazzmusik und eine auf Englisch singende Frauenstimme. Sämtliche Hocker der sich im hinteren Teil des Raums verlierenden Bar waren besetzt. Nelly, die halb auf dem Schoß eines dickbäuchigen Herrn Platz genommen hatte, erkannte Karl, löste sich von ihrem Verehrer und glitt gekonnt entlang der Theke auf ihn zu. Sie war größer als Karl, überragte ihn um einen halben Kopf, genoss es, stemmte eine Hand in die Hüfte.

»Je später der Abend ...«, sagte sie mit ihrer rauchigen Stimme.

Wie immer war sie ganz schnoddrige Unnahbarkeit und hintergründiges Lächeln. Zu den wenigen Kleidungsstücken an ihrem groß gewachsenen Körper gehörte das Sternenbanner in ihrem Haar, das alle legitimierten Animierdamen im *KAKADU* trugen.

Ihr Blick sagte: Na, interessiert?
Sein Blick sagte: Such dir lieber einen anderen.
»Er erwartet Sie schon.«
Sie drehte Karl ihre Rückansicht zu und ging voraus in die »kleine Bar« im hinteren Bereich des KAKADU. Ihre extravaganten Hüfthalter, an denen die Strümpfe befestigt waren, schienen zu tanzen.

Für Karls Geschmack war Nelly zu sehr Deutsche Mutter: zu rund, zu weich. Zudem schien sie sich insgeheim ein biedermeierliches Heim nebst Gatten und zwei Töchtern mit Schleifchen im Haar zu wünschen. Das war ihre Masche: praktisch nackt noch wie eine aus gutem Hause auszusehen. So gab sie den Männern zuverlässig das Gefühl, mit ihr eine echte Eroberung zu machen. Karl verstand, weshalb Heinrich ihr verfallen war: Bei den anderen, schien sie zu sagen, werde ich zur Hure. Dich aber liebe ich von Herzen.

Nelly zog den blau-goldenen Vorhang vor einer der »Knutschecken« zurück. Trotz Anzug und Binder sah Heinrich aus wie ein Verurteilter, der sich lange schon in sein Schicksal gefügt hatte und jetzt nur noch darauf wartete, zum Schafott geführt zu werden. Er teilte sich die Loge mit einer Flasche zur Neige gegangenen Weißweins, einem Notizblock sowie einem Füllfederhalter.

Nelly strich ihm über die Wange, nahm den Kübel, sagte, »ich bring euch Nachschub« und schloss lautlos den Vorhang hinter sich. Der Blick, den Heinrich ihr dabei an den Hintern heftete, hätte Granit geschmolzen.

Heinrich rang sich ein Lächeln ab. Er war betrunken. »Der Zauberer ...«

Karl deutete eine Verneigung an. Diesem Mann musste man einfach Respekt zollen. »Herr Mann ...«

Womöglich tue ich ihr unrecht, dachte Vollmöller. Vielleicht hegt sie wirklich sentimentale Gefühle für ihn. Dann wäre die eigentliche Tragik dieser Liaison diese: *Ich liebe dich,*

Heinrich, zumindest ein bisschen. Aber ich bin auch eine Hure und werde es immer bleiben. Die Geschichte der beiden wäre einen eigenen Roman wert. Den allerdings würde ein anderer schreiben müssen. In Vollmöllers Kopf war im Augenblick nur Platz für eine Geschichte – auch wenn die große Ähnlichkeit mit der ihres Verfassers hatte.

»Sie haben recht ...« Heinrich starrte den Vorhang an. Er schien Vollmöllers Gedanken lesen zu können. »Ich bin ein Narr. Sie saugt mir bei lebendigem Leibe das Blut aus, und ich genieße jeden Tropfen.«

Die Beklommenheit in der Loge hing in bläulichen Schlieren über dem Tisch. Unmöglich, sie nicht einzuatmen. Seit Wochen pilgerte dieser große Geist und große Mann Nacht für Nacht in den KAKADU, um sich seinem Liebesschmerz hinzugeben, den er brauchte wie andere das Kokain.

Mann hob seinen Blick: »Sie sind hartnäckig. Aber bitte: Setzen Sie sich doch.«

Sie warteten, bis Nelly den mit frischem Eis und einer frischen Flasche gefüllten Kübel zurückbrachte, Heinrich ein Lächeln in den Schoß legte und verschwand. In der Nachbarloge wurde lauthals darüber gestritten, ob Stresemann noch die Kraft habe, die Lösung der Saarfrage im Interesse Deutschlands durchzufechten.

Vollmöller schob die Aktenmappe unter den Tisch, schenkte ihnen ein, reichte Heinrich ein Glas. In Manns Blick lag die Traurigkeit eines Mannes, der die Welt schon vor langer Zeit durchschaut hatte. Er war an einem Ort angelangt, den Vollmöller niemals erreichen würde: jenseits aller Eitelkeiten und jenseits der Korrumpierbarkeit. Er hatte Moral, Haltung und sein Herz. Etwas anderem zu folgen würde für ihn nie infrage kommen. Und wenn das seinen Untergang bedeutete, dann war das eben so. Insofern bewunderte Vollmöller sogar die Gnadenlosigkeit, mit der Mann sich selbst zur Ader ließ.

Nelly hatte einen Geliebten, einen Kommunisten namens Carius, der in der KPD aktiv war und bei den Mai-Unruhen arge Prügel bezogen hatte. Inzwischen wusste auch Heinrich davon, nahm es hin. Was blieb ihm übrig? Und er wusste auch, dass Nelly jeden Ring und jedes Armband, das er ihr schenkte, postwendend bei Ritoff & Co. zu Geld machte und damit Carius durchfütterte. Die Folge davon war, dass Heinrich ihr noch mehr und noch teurere Ringe und Armbänder schenkte, sie damit behängte wie einen Weihnachtsbaum. Niemals hätte Vollmöller sich in dieser Weise aufgeben können, er fühlte nicht so tief. Heinrich Mann war ein Mensch von unglaublich bemitleidenswertem Reichtum.

Heinrich, höflich wie immer, hielt seinem Gegenüber den Steigbügel: »Sie ließen mich wissen, es gebe Neuigkeiten.«

Ja, dachte Vollmöller. Die Neuigkeit ist, Sie stehen vor dem finanziellen Ruin, haben sich für Nelly verschuldet, zehntausend Reichsmark, und jetzt brauchen Sie dringend Bares.

»Sie wissen, wie sehr ich Ihre Arbeit bewundere.«

Mann stellte sein Glas ab, wartete.

»*Der Untertan* war ein Meilenstein«, fuhr Karl fort, »und *Professor Unrat* ... Nun, ich bin als ein anderer aus dem Buch herausgekommen, als der ich hineingegangen bin.«

»Also gibt es keine Neuigkeiten«, stellte Mann fest. »Sie wollen die Filmrechte von *Professor Unrat* – obwohl ich Ihnen seit zehn Jahren gebetsmühlenartig wiederhole, dass die nicht zum Verkauf stehen. Aber Sie dachten ...«

»... die Sie *bislang* nicht veräußern wollten, weil ...«

»... und da dachten Sie, jetzt, wo dem guten Heinrich das Geld ausgeht, da werde ich mein Glück noch mal versuchen.«

»Das Geld ist eine Sache«, wandte Vollmöller ein, »die Kunst eine andere.« Er trank einen Schluck, jetzt kam es darauf an. »Sie haben sich immer geweigert, die Rechte an

Professor Unrat zu veräußern, weil Sie der Ansicht waren, dass niemand in der Lage sein würde, den Roman angemessen zu verfilmen, dass der Film die Möglichkeiten dafür nicht böte.«

Von Ferne erschein so etwas wie ein Lächeln auf Heinrichs Lippen. Er hatte eine Schwäche für diesen extravaganten und manischen Industriellensohn, der am liebsten alles sein wollte: Schriftsteller, Rennfahrer, Archäologe, Flugzeugkonstrukteur, Dramatiker. Einzig der Politik war er bislang ferngeblieben.

»Noch immer keine Neuigkeit«, stellte er fest. Er würde nicht verkaufen, ganz sicher nicht, doch ihm gefiel der Tanz.

Vollmöller lehnte sich vor, stellte bedächtig sein Glas ab und setzte sämtliche Schaltkreise unter Strom. »Also dann: Hier kommen die Neuigkeiten.«

16

»Einen Tonfilm also«, bemerkte Mann.

»Nicht *einen* Tonfilm«, widersprach Vollmöller. »*Den* Tonfilm. Der Beginn eines neuen Zeitalters. In Babelsberg werden gerade die Studios dafür gebaut. Es wird *der große deutsche Tonfilm*. Und wir werden ihn international vermarkten. *Professor Unrat* wird in Amerika in den Kinos laufen.«

Mann schien belustigt von Vollmöllers Eifer, seine Vision in möglichst schillernde Farben zu kleiden. »Sie wollen einen deutschen Tonfilm in Amerika in die Kinos bringen?«

»Es wird eine deutsche Fassung *und* eine englische Fassung geben!«

Um Manns Augen bildeten sich Lachfalten: »Absurd.«

»Nicht im Geringsten. Es wird die größte Produktion, die die Ufa je auf die Beine gestellt hat. Was mich, nebenbei bemerkt, in die Lage versetzt, Ihnen einen Vertrag anzubieten, der eine gesonderte Zahlung vorsieht, sobald der Film in den USA anläuft.«

Heinrich sagte lange Zeit nichts, forschte in Vollmöllers Gesicht. »Sie machen ernst.«

»Dieser Film wird eine Revolution, etwas völlig Neues!«

»Und für diese Revolution wollen Sie *Professor Unrat* vor den Karren spannen?«

»Er ist geschaffen dafür!«

»Wenn Sie sagen, die Ufa finanziert den Film, dann bedeutet das doch, Hugenberg und dieser Klitzsch stecken mit drin. Wissen die von Ihren Plänen?«

Klitzsch, ein alter Weggefährte und zugleich enger Vertrauter Hugenbergs, war von diesem zum Generaldirektor berufen worden.

»Hugenberg hat mir bereits Zustimmung signalisiert. Um den müssen Sie sich nicht sorgen.«

Das war gelogen. Ebenso wie Jannings ging Hugenberg davon aus, dass der erste große deutsche Tonfilm *Rasputin* heißen würde.

Heinrich blickte in Vollmöllers Augen, er wusste es. Heinrich Mann ins Gesicht zu lügen war praktisch unmöglich. »Um einen wie Hugenberg sollte man sich immer Sorgen machen«, erwiderte Heinrich Mann. »Und wer soll ihn spielen – den Professor?«

»Jannings.«

»Jannings ...« Mann versuchte, sich den Weltstar in der Rolle des tragischen Gymnasiallehrers vorzustellen. »Weiß wenigstens der bereits von seinem Glück?«

»Dafür habe ich ihn nach Deutschland zurückgeholt.«

Das war zwar nicht gelogen, war aber keine Antwort auf die Frage. Auch das entging Heinrich nicht.

»Und die Regie?«

»Sternberg.«

Heinrich lachte tatsächlich auf, eine plötzliche Eruption: »Sternberg und Jannings? Ich denke, die haben sich ewige Feindschaft geschworen.«

Mann war gut unterrichtet. Doch unter all den Widrigkeiten, die dieses Projekt noch würde überwinden müssen, rangierte die Zusammenarbeit von Jannings und Sternberg nach Vollmöllers Gefühl eher im Mittelfeld. Ihren größten Erfolg – *The Last Command* – hatten die beiden gemeinsam erreicht. Auch wenn Sternberg Jannings anschließend mitgeteilt hatte, dass er nie wieder einen Film mit ihm drehen werde. Inzwischen allerdings war Jannings' Karriere in den USA beendet, und Zukor würde Sternberg dankbar für ein halbes Jahr beurlauben. So hoch Vollmöller die Fähigkeiten des Regisseurs auch einschätzte: Bei der Paramount war er im Moment nicht erste Wahl. Sternberg wartete also noch immer auf den großen Durchbruch, und Jannings gierte verzweifelt nach einem Projekt, mit dem der Oscar-Preisträger an seine Erfolge in Amerika anknüpfen konnte. Und Karl hielt sämtliche Fäden in der Hand. Ob sie wollten oder nicht: Die beiden würden sich von ihm verknoten lassen müssen.

Vollmöller verzog die schmalen Lippen unter seinem Stutzbart zu einem diabolischen Lächeln: »Unterschätzen Sie niemals den Willen zum Erfolg bei Menschen, die von sich selbst in der dritten Person reden.«

»Und wer soll die Fröhlich spielen?«, fragte Mann.

»Ist noch nicht entschieden. 25 000 Reichsmark.«

Mann gab vor, den letzten Satz nicht gehört zu haben. Doch er bewegte den Kiefer, als prüfe er die Güte des Weins. »Die Ärmste tut mir jetzt schon leid. Zwischen Jannings und Sternberg wird sie zu Staub zerrieben werden – ganz gleich, wer es ist.«

»Plus 10 000, wenn der Film in Amerika anläuft.«

Heinrich konnte nicht anders, als am Knochen zu schnuppern. »Wofür Sie keine Gewähr übernehmen können.«

»Der Film *wird* in den USA laufen – und ein Erfolg werden! Das garantiere ich.«

»Können Sie nicht.«

»Ich weiß es!«

Mann lehnte sich in die Polster, studierte Karl, der von vielen, halb spöttisch, halb bewundernd, der Alchemist genannt wurde.

»Eines frage ich mich ja. Was für eine Rolle spielen Sie in dem Ganzen?«

»Ich bin der, der den Film möglich macht.«

»Warum?«

»Weil ich weiß, dass er großartig werden kann.«

»Das ist alles? Mehr springt für Sie nicht dabei heraus?«

»Reicht das nicht?«

Mann überlegte, ob einer wie Vollmöller Fluch war oder

Segen. Beides vermutlich, je nachdem, in welchem Sinne er seine Fähigkeiten einsetzte.

»Wenn mir auch nur ein Funken Ihrer Selbstüberzeugung innewohnte, dann säße ich längst in Princeton und würde der Welt erklären, wie Schreiben funktioniert.«

»Aber ein anderer als Sie hätte niemals den *Untertan* schreiben können, von *Professor Unrat* ganz zu schweigen.«

An Vollmöllers Schulter vorbei verlor sich Manns Blick in den Falten des üppigen Vorhangs. So war es die ganze Zeit: Kaum hatte Heinrich sein Gegenüber ins Visier genommen, glitt sein Blick wieder ab ins Ungefähre.

»Müßige Überlegungen«, sagte er zu sich selbst.

Vollmöller war kurz davor, Mann zu sagen, dass sich in diesem Land kein zweiter Schriftsteller finden würde, der nicht vor Begeisterung auf der Bar getanzt hätte, wenn ihm ein solches Angebot unterbreitet worden wäre, doch dann hätte Mann lediglich geantwortet, er solle doch einen von den anderen fragen. Also besann sich Vollmöller auf das einzige schlagkräftige Argument, das er im Gepäck hatte:

»25 000 für die Rechte, 10 000 extra bei Kinostart in den USA. Und er wird in den USA starten, vertrauen Sie mir!«

»Entweder Sie sind ein Hochstapler, oder Sie sind ein Genie.«

»Beides natürlich!«

Je weiter Vollmöller sich nach vorne lehnte, desto tiefer sank Heinrich in die Polster. »Wen hatten Sie denn für das Drehbuch vorgesehen?«

»Zuckmayer.«

»Lassen Sie mich raten: Auch der weiß noch nichts von seinem Glück.«

»Er wird den Auftrag begeistert annehmen.«

»Das will ich glauben, wenn Sie ihn ebenfalls derart mit Geld bewerfen ...«

Statt zu antworten, goss Vollmöller Wein nach. Es widerstrebte ihm, sich dafür zu rechtfertigen, dass er Künstlern gute Angebote unterbreitete.

»Der hat doch gerade erst zwei Filme in den Sand gesetzt«, wandte Mann ein.

»Deshalb werde ich das Drehbuch auch gemeinsam mit ihm schreiben.«

Diese Information schien etwas bei Heinrich in Gang zu setzen. Tatsächlich sagte er als Nächstes: »Wann könnte der Vertrag fertig sein?«

Vollmöller zog seine Aktenmappe unter dem Tisch hervor, legte sie quer über seine Oberschenkel, drückte den Verschluss.

»Sie sind wahrlich ein Zauberer«, sagte Mann.

Vollmöller nahm einen Umschlag aus der Tasche und zog die fertigen Verträge heraus. »In dreifacher Ausfertigung.«

Er legte sie Mann vor.

Die Details schienen Heinrich nicht zu interessieren. Er sah den Vertrag an wie ein giftiges Insekt. Dann, abrupt, schnellte er vor, griff sich ein Exemplar und blätterte vor bis zur letzten Seite. Er betrachtete den Strich, auf dem er unterschreiben sollte.

»Ich weiß, Sie sind ein Hochstapler«, sagte er. »Ob Sie auch ein Genie sind, wird sich noch zu erweisen haben. Ich weiß aber auch: Sie sind Künstler, und als solcher achten und ehren Sie die Kunst.«

Vollmöller verstand, dass ein Schwur von ihm verlangt wurde: »Das tue ich.«

Mann beugte sich vor. »Sie garantieren mir für den seriösen, angemessenen Umgang mit meinem Stoff!«

»Nichts könnte mir wichtiger sein.«

»Das will ich schriftlich.«

»Bekommen Sie.«

Wieder der Strich. Mann gingen die Argumente aus. »Wie sieht es mit einem Vorschuss aus?« Als hoffte er, Vollmöller werde ihm einen letzten Grund geben, die Unterschrift zu verweigern.

Vollmöller langte in die Aktenmappe, zog seinen Lieblingsfüller hervor und hielt ihn Mann hin: erst den Vertrag.

Mann schraubte die Kappe vom Füller. »Eins noch ...«

Vollmöller sah ihn an. Er liebte diesen großen, traurigen Mann. Was immer Heinrich jetzt noch fordern würde – Karl würde es ermöglichen.

»Ich werde weder Hugenberg noch Klitzsch jemals die Hand reichen, niemals. Wenn Sie also einen Eklat vermeiden wollen, sorgen Sie besser dafür, dass wir uns nicht über den Weg laufen.«

Will ich das?, überlegte Vollmöller, der wie immer zwei Schritte weiter war. Oder würde dem Film ein kleiner Eklat zur rechten Zeit ganz guttun? »Wird sich machen lassen.«

Heinrich hatte die Kappe noch nicht wieder auf den Füller geschraubt, da wurde der Vorhang zurückgeschoben. Als hätte sie nur die Unterzeichnung des Vertrages abgewartet, erschien Nelly. Auf ihren Strumpfbändern tummelten sich kleine bunte Seidenschmetterlinge. Als wären ihre Beine nicht Blickfang genug.

»Sind die Herren noch versorgt?«, fragte sie.

»Fräulein Kröger«, Karl rieb sich die Oberschenkel, »bringen Sie uns eine Flasche 28er *Krug*, bitte schön!«

Nelly bemerkte die Verträge, den Füller. Wenn es etwas gab, das sie aus dem ff beherrschte, dann eins und eins zusammenzuzählen.

»Sehr wohl, die Herren!«

Nachdem sich der Vorhang wieder geschlossen hatte, schob Heinrich die unterzeichneten Verträge von sich weg auf Vollmöllers Seite. »Um noch einmal auf den Vorschuss zurückzukommen ...«

Vollmöller steckte die Verträge in den Umschlag, verstaute ihn in der Aktenmappe. Als seine Hand wieder zum

Vorschein kam, hielt sie ein von einer Banderole zusammengehaltenes Banknotenbündel zwischen den Fingern. Karl legte es auf den Tisch. Von der oberen 20-Reichsmark-Banknote blickte Werner von Siemens mit ernster Denkerfalte zwischen den Brauen. Der Erfinder des Elektromotors als Wegbereiter eines Films, der die neuesten technischen Innovationen zur Perfektion brächte. Wenn das kein gutes Omen war.

»Werden tausend erst einmal genügen?«

Heinrich blickte das Geldbündel an. Er hatte soeben die Rechte an seinem Roman verkauft. Der nächste Offenbarungseid. Er nickte traurig. Als Nelly mit dem Champagner kam, verstaute er das Bündel in seiner Innentasche, bevor sie es sehen konnte.

17

Berliner Film-Zeitung
28. August 1929

Noch immer stumme Filme
Auch diese Woche gehörte ganz dem stummen Film. Wie lange noch?, fragt man sich, wenn die Blätter von neuen, unerhörten Tonfilmerfolgen im Ausland berichten. Im Universum am Lehniner Platz will man es in der kommenden Woche endlich mit einem englischen Tonfilm versuchen, der auf deutscher Apparatur vorgeführt werden soll.
Die Wiedereröffnung des Atrium-Palastes geschah mit einem Aufgebot prominenter Künstler. Henny Porten höchstpersönlich sprach einen Prolog einleitend zu ihrem Film *Mutterliebe*.
Man hat die Porten lange nicht mehr so gut und lebenswahr gesehen. Porten ist die mütterlichste aller Filmschauspielerinnen. Sie ist fraulich und gütig. Ein verheißungsvoller Auftakt der Saison!

Wie viele Kinos sich im Sommer 29 über die Stadt verteilten? 500? Mehr? Genau wusste das keiner, die Zahl wuchs ständig. Wie alles in der Stadt. Seit Jahren war Berlin ein einziges, unablässiges Hämmern und Bohren. Kaum hatte man einen Krater verschlossen, wurde der nächste aufgerissen.
Vergangene Woche war Henny am Alexanderplatz gewesen, wo seit Wochen mit Hochdruck an den beiden U-Bahn-

Linien gebaut wurde, die sich dort kreuzten. Ein Kreuzbahnhof, unterirdisch! Überirdisch gab es neuerdings eine elektrische Ampel zu bestaunen, die den Verkehr regelte. Wie in Amerika. Jedenfalls hatte Henny vor lauter Bauzäunen den Weg zu Tietz nicht gefunden. Dazu der Lärm der sich in die Eingeweide bohrenden Dampframmen, die Fuhrwerke, Autos, Straßenbahnen, und alles getränkt mit einem aus dem Untergrund aufsteigenden, fauligen Kellergeruch. Berlin war eine Stadt mit offenem Gedärm. Bis sich Henny endlich zu Tietz vorgearbeitet hatte, war ihr längst übel geworden. Und überall Menschen, die sie erkannten, sich nach ihr umdrehten und ihren Kindern »die Porten« zuflüsterten. Am Ende war Henny in ein Taxi geflüchtet und hatte sich nach Hause bringen lassen, ohne das Kaufhaus betreten zu haben.

Draußen, in ihrer Zehlendorfer Villa, bekamen Wilhelm und sie nicht viel von alldem mit. Um ehrlich zu sein, bekam in Zehlendorf kaum einer etwas mit. Das war der Grund, weshalb es so begehrt war: Man konnte sich hemmungslos der Illusion hingeben, in einer Welt wohlhabender, gut situierter Menschen, akkurat gepflegter Vorgärten und wohlerzogener Hunde zu leben. Solchen wie ihrem Schäferhund Roland, dessen Fell in einer Weise glänzte, wie das nur bei Hunden der Fall war, denen man regelmäßig rohe Eier ins Futter mischte. Ein wenig dekadent war das schon, seinen Hund mit rohen Eiern zu füttern. Henny verspürte immer einen kleinen, schamhaften Stich, wenn sie es tat. Andererseits war der Krieg seit zehn Jahren vorbei, und wenn noch irgendwo jemand Hunger litt, dann nicht in Zehlendorf. Also rührte man seinem Hund rohe Eier ins Essen.

Was die Kinos betraf: Kaum war man vier Wochen lang nicht die Kaiserallee hinunter oder den Kurfürstendamm hinaufgefahren, konnte man sicher sein, an irgendeiner Ecke ein neues zu entdecken. Zumindest im Westen, wo das Geld saß, gab es inzwischen mehr Kinos als Bäcker. Wilhelm meinte, mit den Kinos in Berlin sei es wie auf der »Bremen«: Es gab die Touristenklasse, das waren die ungezählten kleinen Häuser, die Zweite Klasse, bestehend aus den mittelgroßen Kinos mit 500 bis 1000 Plätzen, auf dem Oberdeck schließlich war die Erste Klasse untergebracht, die 22 Filmpaläste, die als Billett mehr als 1000 Plätze vorweisen mussten.

Die unbestrittene Königin der Ersten Klasse war der Ufa-Palast. Wobei »Königin« irreführend war. Von außen mutete der Bau am Zoo wie eine Trutzburg an, uneinnehmbar, germanisch, die Mauern dick wie Vierungspfeiler. Kaum aber hatte man das Burgtor passiert, eröffnete sich dem staunenden Besucher eine Welt aus Rot und Gold, der Boden ein purpurnes Moos. Für den Umbau hatte man Stahl-Urach verpflichtet, der liebte es pompös. Vorletztes Jahr hatte er mit der neuen Halle in Babelsberg das größte Filmatelier Europas aus dem Boden gestampft. Kein Wunder also, dass der Ufa-Palast seinem Namen alle Ehre machte.

Henny konnte sich nicht erinnern, vor einer Premiere jemals nervöser gewesen zu sein.

»Tut es nicht auch der Mozartsaal?«, hatte sie Wilhelm gefragt, nachdem sie den fertig geschnittenen Film gesehen hatten.

Wilhelm wusste natürlich, woher der Wind wehte: »Gefällt dir dein Film nicht?«

»Doch, ja, natürlich.«

Sie sah ihn an, von unten herauf. Das große Flehen. So nannte Wilhelm diesen Blick. Keine andere Schauspielerin flehte so überzeugend wie Henny.

»Ich weiß nicht«, gestand sie. Vor Wilhelm die Fassade aufrechtzuerhalten war ein Ding der Unmöglichkeit. »Sag du doch mal was. Du hast ihn doch auch gesehen!«

»Ich sage, du kannst dich vor tausend Menschen im Mozartsaal ebenso wenig verstecken wie vor zweitausend im Ufa-Palast.«

»Du hast leicht reden«, erwiderte Henny. »Du sollst dich ja auch nicht vor dem gesamten Saal präsentieren und noch dazu einen Prolog verlesen.«

Sie wusste nicht einmal mehr, wessen Idee es gewesen war, sie vor der Uraufführung einen Prolog verlesen zu lassen: dass dem Drehbuch eine Idee von ihr, Henny, zugrunde lag; die vielen Widrigkeiten, die zu überwinden gewesen waren; die besonderen emotionalen Anforderungen an die Rolle.

»Der Mozartsaal«, sagte Wilhelm, »war zehn Jahre lang dein Premierenkino. Der Ufa-Palast ist das Kino der Stunde.«

Damit hatte er den Finger in die Wunde gelegt. Zehn gute, zehn erfolgreiche Jahre, mehr sogar. Mit Tiefen, ja, aber auch mit viel Glanz und Ruhm und Ehre. War es das, was am Ende übrig blieb: zehn gute Jahre? War ihre Zeit bereits vergangen und nur sie selbst und vielleicht Wilhelm wussten es noch nicht?

Wieder dieser Blick, das große Flehen. »In Babelsberg bauen sie gerade das halbe Filmgelände für *den* großen deutschen Tonfilm um!«

»Das Thema hatten wir bereits«, erwiderte Wilhelm mit warmer Ruhe in der Stimme, »mehrfach.«

»Mit Jannings in der Hauptrolle«, fuhr Henny unbeirrt fort. »Fünfzigtausend haben sie ihm gezahlt – Dollar wohlgemerkt! – , dabei ist noch gar nicht entschieden, was für einen Stoff sie drehen. Und Lubitsch soll Regie führen. Von dem, was man sich erzählt, kann es den Herren Hugenberg und Klitzsch gar nicht teuer genug werden. Pommer soll produzieren, hab' ich gehört, da weißt du doch schon alles! Für *Metropolis* hat der so viel Geld ausgegeben, dass die Ufa anschließend vor dem Ruin stand. Mit Schimpf und Schande haben sie ihn vom Hof gejagt, kaum zwei Jahre ist das her. Aber jetzt, da es gilt, *den epochalen deutschen* Tonfilm zu drehen, da zieht Klitzsch ihn wieder aus dem Hut. Wie der schon redet: ›der Start in ein neues Zeitalter‹. Ich kann es nicht mehr hören!«

Wilhelm, diese einmalige Kombination aus Empfindsamkeit und analytischem Verstand, hatte die Quelle von Hennys Angst ausgemacht. »Und das ärgert dich.«

»Das ärgert mich, jawohl!«

»Und warum?«

»Weil ... Glaubst du, mich hätte irgendwer gefragt? Niemand. Niemand ist bislang auf die Idee verfallen, die erfolgreichste deutsche Filmschauspielerin der vergangenen fünfzehn Jahre zu fragen, ob sie in *dem* epochalen deutschen Tonfilm mitzuspielen gedenkt. Niemand, nicht einmal die Presse.«

»Liebes ...« Wilhelms Ton wurde strenger jetzt. Er wusste, wann er seine Frau einzufangen hatte. »Sagtest du nicht vor zwei Minuten, dass Pommer noch gar nicht weiß, was für einen Stoff er produzieren soll?«

»Na und?«

»Wie kann er dich da besetzen?«

»Aber dass Jannings die männliche Hauptrolle übernimmt – das ist bereits ausgemacht!«

Glaubst du, ich bin zu alt, hätte sie Wilhelm gerne gefragt, glaubst du, meine Zeit ist vorbei? Glaubst du, der Tonfilm wird mein Ende sein? Doch Henny wusste, dass diese Fragen nirgendwo hinführten, weil niemand eine Antwort auf sie hatte, auch Wilhelm nicht, und dass sie nur ihr Nervenkleid ruinierten, bis es ganz fadenscheinig wäre und die Fratzen ihrer Dämonen dahinter sichtbar würden.

Im Grunde hatte Henny also ihrem Mann diesen Schlamassel zu verdanken. Seinetwegen war die Wahl auf den Ufa-Palast gefallen. Und Henny war ihm dankbar gewesen, wie sie ihm immer dankbar war, wenn er ihr Entscheidungen abnahm. Deshalb war er so ein guter Arzt. Denn das war es doch, was ein guter Arzt machte: Er nahm die Verantwortung in seine Hände.

Doch nun stand Henny auf der Bühne hinter diesem Vorhang, dessen Faltenarchitektur den Anschein erweckte, dass er ständig in Bewegung sei und der so hoch hinauf reichte, dass Henny sein Ende lediglich erahnen konnte. Sie spürte, wie das Licht im Saal erlosch, hörte das Verstummen der Zuschauer. Der elektrische Zeppelin, der als mobiler Ventilator in den Pausen unter der Decke kreiste und Eau de Cologne zerstäubte, war bereits aus dem Saal geschwebt. Nur eine plötzliche Ohnmacht konnte sie jetzt noch vor ihrer eigenen Premiere retten.

Über die Goldvorhänge flossen farbige Lichtkaskaden. An keinem anderen Ort wurde die Theatralisierung des Lichts so inszeniert wie hier, nirgends die Überwältigung der Sinne derart auf die Spitze getrieben. Selbst auf der Rückseite des Vorhangs, in der Dunkelheit, auf Hennys Gesicht, flossen orangefarbene und bläuliche Schatten ineinander. Ein Gesicht wie aus einem Fiebertraum.

Ein einzelner Spot schnitt einen leuchtenden Kreis aus dem Vorhang, tastete sich über die Falten, als suche er nach Henny, und dann fand er sie tatsächlich – sie stand auf dem vorgezeichneten Kreidekreuz – und tauchte sie hinter dem Vorhang in flüssiges Gold.

Sie zwang sich zu atmen. Das Blatt mit dem zu verlesenden Prolog in ihrer Hand zitterte wie ein frierender Welpe. Dieser Ort verlangte nach historischer Größe, nach monumentalen Geschichten, nach Zügellosigkeit, Ausschweifung, Skandal, nach mehr, mehr, mehr. Ganz sicher verlangte er nicht nach einem Kinderfräulein, das aus Fürsorge das ihr anvertraute Mädchen entführt.

Das Summen eines elektrischen Motors neben ihrem Ohr. Der Vorhang begann sich zu teilen. Du bist zu weich, dachte

Henny, ohne dass sie es hätte erklären können. Du bist zu weich. Diese Stadt brennt einem unter den Fußsohlen, man muss auf ihr tanzen wollen, über sie hinwegrennen. Und du gibst ihnen *Mutterliebe*.

»Zehn gute Jahre«, flüsterte sie zu sich selbst, »du hattest zehn gute Jahre.« Im nächsten Moment fing der Spot sie ein, Licht, nichts als Licht, Applaus brandete auf, stehende Ovationen, bevor die erste Rolle eingelegt war – Grundgütiger –, die Bühne, uferlos, der Spot. Sie setzte die Schritte blind, erreichte die Mitte, das Mikrofon, hatte kein Gefühl mehr in den Fingern.

Der Applaus drohte sie unter sich zu begraben, sie verbeugte sich, Lächeln, Jubelrufe aus sämtlichen Himmelsrichtungen. Sie wünschte, es würde aufhören. Was für ein Druck. Und ausgerechnet ein Film wie *Mutterliebe* sollte den einlösen? Höher als von dieser Bühne konnte sie nicht stürzen.

Vor ihr, im Orchestergraben, die Musiker, ein Fünfundachtzig-Mann-Orchester, der schiere Größenwahn. Was sollten die machen – die Mauern zum Einsturz bringen? Ein Cellist, in einer Hand den Geigenbogen, war aufgestanden und streckte ihr lächelnd ein Blatt entgegen. Sollte sie jetzt auch noch singen? Sie konnte doch nicht einmal Noten lesen. Es war ihr Prolog. Henny blickte auf ihre Hand, weg, er war ihr entglitten, ohne dass sie es bemerkt hatte. Sie nahm das Blatt wieder an sich. Ihr Blick tastete sich durchs Orchester, kein Musiker, der sie nicht ansah. Die Erkenntnis traf sie ins Rückenmark wie ein Stromstoß. Sie war tatsächlich auf der Suche. Sie suchte nach Marlenes Gesicht, dem von damals, mein Gott, wie lange war das her! Wie kam sie ausgerechnet jetzt auf das Mädchen mit dem Geigenbogen, das damals im Schnee vor ihrer Haustür ausgeharrt hatte und mit dem sie ... Henny keuchte. Reiß dich zusammen, Kind! Sie richtete sich auf, lächelte.

Natürlich wusste sie, was aus dem Geigenmädchen geworden war, hatte ihre Karriere verfolgt – sofern man von Karriere sprechen konnte. Das Mädchen vom Ku'damm wurde sie genannt, eine, die sich für nichts zu schade war und mit jedem ins Bett stieg von dem sie sich beruflich etwas erhoffen konnte. Inzwischen spielte sie in allerhand Revuen und fiedelte nicht länger auf der Geige, sondern auf einer Säge, als Attraktion, wie andere vier Bälle in der Luft hielten. Sie trage keine Unterwäsche, hieß es und dass, wenn es sie überkam, sie einfach die Hand ihres Gegenübers nahm und sie zwischen ihre Schenkel schob. Gut, geredet wurde immer viel. Ein Kind hatte sie auch, eine Tochter, soweit Henny sich erinnerte, von der aber niemand wissen sollte. Beinahe wie das Mädi in Hennys Film. Das arme Kind.

Henny begegnete dem durchdringenden Blick von Ernö Rapée, dem Dirigenten. Schwarze Augen, dichte Brauen, kaum zu bändigendes Haar. Und immer von einer Wolke aus Schwermut umgeben. Ungar durch und durch, da hatte er noch so lange in Amerika dirigieren können. Jetzt aber blickte er höchst alarmiert. Was ...

Der Applaus war verebbt. Verborgen in der Dunkelheit saßen 2000 Menschen und erwarteten ein Wunder. Henny glaubte die Präsenz jedes Einzelnen von ihnen wahrzunehmen. Es tut mir leid, wollte sie sagen, sich entschuldigen für den Film, den sie gleich sehen würden. Das Drama einer verzweifelt liebenden Frau. Die Stille im Saal nahm ihr den Atem. Das perlmuttfarbene Prinzesskleid – eigens für die Premiere angefertigt – brannte auf der Haut, der Gürtel schnitt ihr ins Fleisch bis auf die Knochen.

Die erhoffte Ohnmacht blieb aus. Henny lächelte orientierungslos ins schwarze Nichts, warf einen Blick auf das Blatt, die zitternden Buchstaben.

»Meine Damen und Herren: Guten Abend. Mein Name ist Henny Porten ...«

Tosender Applaus.

Sie sprachen kein Wort – bis sie in die Parkstraße einbogen und im Lichtkegel der Scheinwerfer zwei aufgeschreckte Hasen hintereinander her über die Wiese des Messelparks flohen. Es war weit nach Mitternacht. Wann immer Henny versucht hatte, sich von ihrem eigenen Premierenempfang davonzustehlen, hatte ihr ein weiterer Herr seine Aufwartung gemacht, war sie noch einer Persönlichkeit vorgestellt worden. Dieser Goebbels mit seiner krankhaften Schwärmerei war auch wieder mit von der Partie gewesen. Sie hätte es sich denken können. Eine Gelegenheit wie diese ließ der sich nicht entgehen. Ihn abzustreifen wurde jedes Mal schwieriger. Und wie immer ohne die geringste Fähigkeit, Henny von ihrer Rolle zu trennen.

In ihr habe Deutschland die wahrhaftigste lebende Schauspielerin gefunden, hatte er verkündet. Als ob dieser Goebbels dazu berufen worden wäre, sich über Hennys schauspielerische Qualitäten auszulassen. Ihre Opferbereitschaft sei beispiellos. Und diese Hingabe! Er hatte ihre Hand geküsst und sie anschließend gar nicht mehr loslassen wollen, hatte sich gebärdet, als hätten Henny und er eine geheime Vereinbarung. Deutschland brauche mehr Frauen mit ihrer Opferbereitschaft. Und diese Hingabe!

Seit er als Abgeordneter im Reichstag saß, wurde es nur immer schlimmer. Wenn Henny sich nicht täuschte, hatte er sich sogar mit einem Seitenblick versichert, dass Wilhelm auch ja nicht entging, wie er sich weigerte, ihre Hand loszulassen. Eine ganz und gar ungute Mixtur aus Herrscherwille und Unterwerfungsdrang.

Der Motor war verstummt, die Scheinwerfer waren erloschen. Henny sah ihren Mann an, als habe sie vergessen, was jetzt zu tun war, zu Hause, vor ihrer Villa.

»Noch immer nicht überzeugt?«, fragte Wilhelm.

Henny dachte an die Erleichterung zurück, an die Ovationen, an die Leichtfüßigkeit, mit der sie nach der Uraufführung auf die Bühne getreten, sie gefüllt hatte. An die Verbeugungen, die Dankbarkeit, den Atem, den Rausch, den Applaus, der sie aus dem Saal und ins Foyer begleitet hatte.

»Doch«, erwiderte Henny.

»Da war nicht eine Frau im Saal, die sich nicht gewünscht hätte, die Maria in deinem Film zu sein«, fuhr Wilhelm fort. Er wollte, dass sie es sah. »Die nicht ihren kleinen Finger gegeben hätte, um Marias Verlust erleiden zu dürfen und ihre Erlösung zu erfahren ...«

»Das hast du sehr schön gesagt.«

»... und kein Mann, der nicht gerne der Herr Vogt gewesen wäre und dich erlöst hätte.«

»Ich weiß«, sagte sie. »Mach dir keine Sorgen.«

Doch insgeheim dachte sie: Nächstes Jahr zur selben Zeit werden mich alle vergessen haben. Sie schalt sich dafür, aber es half nichts.

Vorhin, während der Premiere, waren ihr plötzlich Tränen in die Augen gestiegen. Dabei war die Szene gar nicht dramatisch gewesen. Die von ihr gespielte Maria hatte nach ihrer Scheidung beim Ehepaar Vogt die Stellung als Kinderfräulein angetreten und war zum ersten Mal dem Mädi begegnet, das sie später entführen würde. Henny hatte sofort gespürt, dass sie gegen diese Tränen machtlos war. Sie starrte auf die Leinwand, konzentrierte sich auf den Film, versuchte die Tränen wegzublinzeln, ohne ihre Schminke zu verwischen.

Lag es an Mädi, die ihr in der Szene so unbefangen entgegentrat, an dem Kind, das sie im wahren Leben nicht hatte und auch nicht mehr haben würde? Plötzlich jedenfalls war ihr der Film wie ein Abgesang erschienen, und sie sah auf der Leinwand nicht Maria, das liebende Kinderfräulein, sondern sie erblickte sich selbst und mit ihr alles, was hinter ihr lag. Das war es, was sie so schockiert hatte. Ihr Blick war immer in die Zukunft gerichtet gewesen, und dann, aus heiterem Himmel, in dieser einen Szene, hatte sich ihre Wahrnehmung um 180 Grad gedreht und ihr Blick sich plötzlich in die Vergangenheit gerichtet. Wie hätte sie das Wilhelm erklären sollen?

Sie nahm seine Hand: »Du hast recht«, sagte sie. »Es ist nur ... Dieser Goebbels ist eine schreckliche Schmeißfliege. Es ist alles gut. Lass uns ins Haus gehen.«

18

Berliner Volkszeitung
5. August 1929

Schwere Ausschreitungen beim nationalsozialistischen Parteitag
... Die Bewohner Nürnbergs werden wohl heute aufatmen, wenn die Hitler-Banditen, von deren »Geist« sie fühlbare Beweise bekommen haben, ihre Stadt wieder verlassen. Schlimmer als die sprichwörtlichen Vandalen haben sich die »Erretter Deutschlands« benommen. Zahlenmäßig war der Aufmarsch ein grosser Reinfall; nach zuverlässigen Meldungen beteiligten sich daran nicht annähernd 20 000 Mann. Das hindert aber Herrn Hugenbergs »Montag« nicht, der in treuer Volksbegehren-Brüderschaft dem Nürnberger Aufmarsch eine begeisterte halbe Spalte widmet, von »Zehntausenden« zu sprechen. Immerhin beweist das rege Interesse dieses Organs an dem Hitler-Klimbim, wie sehr sich die angeblich so antikapitalistischen Braunhemden schon in das Schlepptau des Konzerniers und Inflationsgewinners Hugenberg haben nehmen lassen.

Sein ganzes 50-jähriges Leben war Vollmöller bereits von Menschen mit saalfüllenden Egos umgeben, jeder von ihnen sein eigener Fixstern und jeder von dem Verlangen getrieben, möglichst viele Planeten in sein Gravitationsfeld zu ziehen.

Denen musste Karl ihren Platz nicht streitig machen. Er wollte lieber der Kleber sein, der alles zusammenhielt, Otto Rings »Syndetikon«: klebt, leimt, kittet alles, die unsichtbare Macht, ohne die alles auseinanderfiel. Sicher, auch das war eitel. Nicht als eitel gelten zu wollen, war bereits eitel. Warum auch nicht? Eitelkeit und Egomanie waren zwei Paar Schuhe.

Mit der Unsichtbarkeit war es allerdings vorbei, sobald Automobile ins Spiel kamen. Überhaupt pflegte Vollmöller eine ausgeprägte Leidenschaft für Luxus: teure Anzüge, edle Uhren, Zigaretten, die er sich aus Amerika kommen ließ – und eben Autos. Die konnten ihm nicht fixsternartig genug sein. Im Moment war es die frisch entflammte Liebe zu seinem cremeweißen Austro Daimler Cabriolet. Sechs Zylinder, hundert PS, schöner noch war nur, dass Ruth diese selten geglückte Verbindung aus Ästhetik und technischer Leistungsfähigkeit ebenso sehr liebte wie Karl.

Die Höchstgeschwindigkeit war mit einhundertdreißig Stundenkilometern angegeben, und falls der Tachometer nicht trog, hatte Vollmöller soeben noch ein paar mehr herausgeholt. Die Avus war zwar nicht für den öffentlichen Verkehr freigegeben, doch Vollmöller hatte seine Verbindungen – schließlich war er das Syndetikon –, und so war er insgeheim für jede Fahrt dankbar, die ihn auf das Filmgelände nach Babelsberg führte.

Dank der neuen Schwingachsen-Konstruktion glitt der Wagen über die spiegelglatte Rennstrecke wie ein Luftkissenboot. Wenn er da an seine Zeiten als Rennfahrer und den roten Züst zurückdachte, mit dem er 1908 die erste Tourenwagenrallye um die Welt bestritten hatte ... Als Dritter war er in Paris durchs Ziel gegangen, hatte auf dem Treppchen gestanden, allerdings ohne seine Beine zu spüren. Danach hatte er die Rennfahrerei aufgegeben. Autorennen waren ein aufregender Zeitvertreib, aber im Grunde auch ein kindischer. Sie machten die Welt nicht zu einem anderen Ort. Es gab Spannenderes zu tun. Außerdem verhielt es sich mit der Rennfahrerei wie mit allen aufregenden Zeitvertreiben: Sie verlangten nach Steigerung. Früher oder später wäre Karl dem Rausch der Geschwindigkeit erlegen und hätte sich in infantiler Blasiertheit eine Klippe hinuntergestürzt. Nichts gegen einen frühen Tod, aber bitte nicht den eines Halbstarken. Zwanzig Jahre war das her. Inzwischen war es für einen frühen Tod zu spät, und Karl war dankbar, dass er ihn versäumt hatte.

Karl musste mächtig in die Eisen steigen, um mit seinem Austro-Daimler nicht unversehens an der Einfahrt des Filmgeländes vorbeizugaloppieren. Wie immer, wenn er über die Avus fuhr, hatte er seine weißen Handschuhe, seinen Lederhelm und seine Rennbrille aufgesetzt. Von seinem Gesicht war daher nicht viel zu sehen. Der Grüßaugust an der Pforte hatte ihn dennoch längst erkannt, an seinem Daimler und mehr noch an seinem Fahrstil. Bevor er die Durchfahrt freigab, tippte der Mann mit den zu kurzen Hosen – vermutlich trug er die Uniform eines Kollegen oder sie hatten einfach keine größere auftreiben können – erst an seine Mütze, anschließend gegen das dreieckige Blechschild, das auf den Torpfosten montiert war. 15 km war darauf zu lesen, rot umrandet.

»Sie wissen ja«, sagte er.

»Ich weiß«, entgegnete Karl.

Der Pförtner schwang umständlich das Tor auf, und Karl schlingerte eine Staubwolke hinter sich herziehend den planierten Feldweg hinunter.

Er parkte den Wagen vor dem eigenwilligen Klinkerbau, der vor dem Krieg einmal zur Produktion von Kunstblumen und Tierfutter gedient hatte, der aber bald nach Errichtung des angrenzenden Glashauses zum Verwaltungsgebäude umfunktioniert worden war. Das Glashaus hatten sie extra für

Asta Nielsen gebaut, um darin den *Totentanz* zu drehen. Vielen war das seinerzeit unverhältnismäßig erschienen. Heute, 15 Jahre danach, wirkte das Glashaus bereits wie ein Relikt, als ziehe der Pförtner seine Rüben darin.

Die Vorzimmerdame im zweiten Stock empfing Vollmöller mit einem koketten Augenaufschlag und einem Lächeln, das einem Orkan standgehalten hätte. »Herr Vollmöller!«

Karl schmunzelte.

Sie erhob sich von ihrem Stuhl. »Ich bring sie zu ihm.«

Sie ging vier aufreizende Schritte zur angrenzenden Tür, klopfte. »Ja, bitte!«, erscholl Hugenbergs durchdringende Stimme. Sie zwinkerte Karl zu und öffnete die Tür, als hätte sie ein kleines Wunder vollbracht. Zu viele Esther-Ralston-Filme gesehen, dachte Karl und trat ein.

Hugenberg hatte diverse Büros, und alle waren auf die mehr oder weniger gleiche Art eingerichtet. Was in keinem seiner Büros fehlen durfte, waren ein Bild des alten Fritz und ein Globus mit dem Durchmesser eines Waschzubers. Die Aussage war so einfach wie unmissverständlich: Demokratie war ein Irrweg, und kein Vorhaben konnte groß genug sein. Die Besuchersessel hatten überdimensionierte, lederbespannte Rücklehnen, die einem, wie Vollmöller wusste, das Gefühl geben sollten, klein und unbedeutend zu sein. Ein Herrscher musste wissen, wie man seine Untergebenen kleinhielt. Und mit so einem machte Vollmöller gemeinsame Sache. Nun denn.

Erich Pommer saß vor Hugenbergs Schreibtisch, der Konzernchef dahinter. Als Vollmöller das Büro betrat, erhob sich Erich, Hugenberg blieb sitzen. Pommer, der stets etwas Zerknittertes an sich hatte, unter dessen schweren Lidern jedoch hellwache Augen auf der Lauer lagen, begriff augenblicklich, dass die Kooperation von Hugenberg und Vollmöller alles andere als eine Liebesheirat war, und weil er außerdem gut darin war, eins und eins zusammenzuzählen, begriff er auch, weshalb Vollmöller ihn, Pommer, als Wunschproduzenten vorgeschlagen hatte: Erich sollte als Puffer dienen, sollte dafür sorgen, dass Vollmöller möglichst unbehelligt an dem Film arbeiten konnte, während er selbst Hugenberg auf Abstand halten und ihm zugleich die Finanzierung aus dem Kreuz leiern sollte. Unwillkürlich schnalzte Pommer mit der Zunge. Die Sache begann Spaß zu machen.

»Grüß dich, Karl«, sagte er, und sein Händedruck verriet Vollmöller, dass er einen Verbündeten hatte.

Unter Vollmöllers schmalem Oberlippenbärtchen zeichnete sich ein noch schmaleres Lächeln ab. »Immer gut, dich zu sehen, Erich.«

In dem Moment, da Pommer und Vollmöller sich die Hand reichten, wusste Karl, dass Pommer verstanden und dass er mit ihm die richtige Wahl getroffen hatte. Pommer war ein Schlitzohr, er machte Dinge möglich, und, ebenso wichtig: Pommer war schon immer der Ansicht gewesen, dass von einer Kaschemme ebenso viel Kunst ausgehen könne wie von einer gotischen Kathedrale, und dass es nicht entscheidend war, welchen Stoff man wählt, solange die Künstler dasselbe wollten wie das Publikum.

Außerdem war er ein Schwergewicht, wusste zehnmal mehr über das Filmemachen als Hugenberg jemals wissen würde, hatte in Amerika für die Paramount und MGM produziert. Ganz gleich, worum es ging, Pommer würde stets die besseren Argumente auf seiner Seite haben. Ja, er hatte damals die Kosten für *Metropolis* auf schwindelerregende fünf Millionen Reichsmark hochgeschraubt, wodurch er die Ufa in den finanziellen Ruin geführt und sich selbst aus der Firma katapultiert hatte, noch bevor der Film überhaupt abgedreht war – 600 Kilometer belichteter Film, 350 Stunden! –, dafür aber hatte Metropolis national wie international neue Maßstäbe gesetzt. Und das war es, was Hugenberg noch dringender wollte als Pommer: Maßstäbe setzen.

Vollmöller und Hugenberg gaben sich über den Schreibtisch hinweg die Hand, was nicht ganz einfach war, denn Hugenbergs Arbeitsfläche war raumgreifender als ein Billardtisch.

»Sie haben ja zur Abwechslung mal Farbe im Gesicht!«, bemerkte der Ufa-Chef.

Karl erlaubte sich einen schwachen Moment, in dem er sich vorstellte, wie er mit Hugenberg auf dem Beifahrersitz bei 130 Stundenkilometern über die Avus fuhr, um zu sehen, wie sich diese Erfahrung auf dessen Teint auswirkte. Dann nahm er sich zusammen. Es würde noch reichlich Gelegenheit geben, die Geduld mit dem Konzernchef zu verlieren. Er setzte sich in den freien Besuchersessel, zündete sich eine Zigarette an, lächelte versonnen durch den Rauch und dachte: Ich werde dir gleich zwei Zähne ziehen. Und das wird wehtun.

»Und was ist dann die gute Nachricht?«, wollte Hugenberg wissen.

Vollmöller hatte ihm soeben den ersten Zahn gezogen: Lubitsch würde nicht Regie führen. Er stand bei der Paramount unter Vertrag, und die würde ihn nicht von der Leine lassen, auch nicht vorübergehend. Er, Vollmöller, habe alles versucht, doch trotz bester Beziehungen ... Da sei nichts zu machen, aussichtslos, leider.

Das war nicht die ganze Wahrheit, genau genommen war es nicht einmal die halbe. Denn Vollmöller hatte von Anfang an einen anderen im Visier gehabt, einen Mann, in dem er einen genialen Regisseur erblickt zu haben meinte.

»Die gute Nachricht ist«, sagte Vollmöller, »von Sternberg wird es machen.«

Er sagte »von« Sternberg, weil er wusste, dass vererbte Privilegien bei Hugenberg, dessen Vater königlicher Schatzrat gewesen war, wider Willen einen Unterwerfungsreflex auslösten. Dabei hieß Josef von Sternberg mit bürgerlichem Namen einfach Jonas Sternberg, nichts weiter. Irgendwer hatte in Amerika über ihn als Josef von Sternberg berichtet, ein Missverständnis, das Jonas nicht aufgeklärt hatte. Doch davon wusste Hugenberg nichts, wie er überhaupt – Karl sah es an der Art, wie der Konzernlenker seine Brille zurechtrückte – zu Sternberg praktisch keinen Eintrag hatte.

Die Nachricht schmeckte Hugenberg nicht. Er war Kontrollmensch, durch und durch. Kurzfristige Änderungen erregten seinen Argwohn, schon aus Prinzip, weil ein Plan sich nicht einfach so gegen ihn zu stellen hatte, das nahm er persönlich. Und der Plan hatte Lubitsch vorgesehen, den großen Lubitsch, ein Kind Berlins, das die Welt erobert, mehr Filme gedreht, mehr Drehbücher geschrieben und mehr Erfolge eingefahren hatte, als Göring Geweihe in seinem Jagdhaus ausstellte.

Hugenberg suchte nach etwas, das er gegen Sternberg ins Feld führen konnte. Schließlich sagte er: »Ist dieser von Sternberg nicht ebenfalls bei der Paramount unter Vertrag?«

»Sehr richtig«, lobte Vollmöller. Lob war wichtig. Für einen wie Hugenberg war Selbstbestätigung die Luft zum Atmen. »Daher musste ich auch bei Zukor alles in die Waagschale legen, was ich aufbieten konnte, um seine Freistellung zu erreichen.«

Schon wieder eine Lüge. Pommer wusste es besser, hielt aber die Füße still. Die Wahrheit war: Zukor, der Chef der Paramount, hatte derzeit keine Verwendung für Sternberg. Unter vier Augen hatte er Vollmöller gestanden, dass er dankbar wäre, ihn aus seinem Vertrag zu entlassen. Vollmöller zog die nächste Zigarette aus dem Etui.

»Schließlich hat Zukor schweren Herzens eingewilligt«, sagte er. »Aber wir bekommen ihn nur für vier Monate, keinen Tag länger. September bis Januar. In dieser Zeit müssen wir drehen.«

Hugenberg war nach wie vor nicht überzeugt, wollte sich nicht überzeugen lassen. Auf der anderen Seite: Welche Alternativen hatte er? Und wenn Vollmöller und Pommer diesen von Sternberg für geeignet hielten und Jannings keine Einwände hatte ...

»Ist der Jude?«, fragte Hugenberg.

Pommer und Vollmöller wechselten einen Blick. Karl zog an seiner Zigarette, sah die Glut vorrücken.

»Genau wie Lubitsch«, bemerkte er.

»Schlimm genug«, erwiderte Hugenberg.

Auch Pommer hatte sich eine weitere Zigarette angezündet. Der war übrigens ebenfalls Jude. Doch entweder Hugenberg wusste es nicht, oder der Umstand, dass Pommer im Krieg verwundet und mit einem Eisernen Kreuz behängt worden war, während Hugenberg selbst allenfalls mit Zahlen gekämpft hatte, schien Pommers jüdische Wurzeln wettzumachen. Möglich auch, dass er entschuldigt war, weil die Idee, den Produzenten aus den USA zurückzuholen und wieder für die Ufa arbeiten zu lassen, von Ufa-Geschäftsführer Klitzsch unterstützt worden war.

Von draußen drangen Baugeräusche herein, die Rufe von Arbeitern, die Kanthölzer aufeinanderschichteten.

»Jude und adelig noch dazu«, sagte Hugenberg, und wie um sich selbst zu überzeugen, »adeliger Jude. Na, da kann man wohl nichts machen.«

Damit schien das Thema von seinem blank polierten Tisch zu sein. Er legte zur Beruhigung drei Finger auf den Globus.

»Wie ist denn Ihre Meinung zu diesem von Sternberg?«, wandte er sich an Pommer. »Kann der was?«

Pommer tat, als wäge er Für und Wider ab. Er nickte: »Talent hat er.«

»Talent?«, knurrte Hugenberg. »Na, das ist ja wunderbar. Wir reden hier über den ersten deutschen Tonfilm, der internationale Maßstäbe setzen soll« – da, jetzt hatte er selbst es gesagt: internationale Maßstäbe –, »und Sie bieten mir als Regisseur ein aufstrebendes Talent. Wie herzig! Wie alt ist es denn, wenn ich fragen darf, Ihr Talent?«

»Fünfunddreißig«, sprang Vollmöller ein.

»Fünfunddreißig – und noch immer ein Talent! Wäre es da nicht langsam an der Zeit, ein paar Erfolge vorzuweisen? Lubitsch ist was – sechsunddreißig? – und hat bereits Dutzende Filme gedreht.«

»Von Sternberg hat mit Jannings in Amerika gedreht – *The Last Command*. Das war ein ungemein erfolgreicher Film, für den Jannings, wie ich Ihnen nicht sagen muss, den Oscar erhalten hat. Ohne von Sternberg wäre dieser Erfolg wohl kaum zustande gekommen. Ich weiß, wie von Sternberg arbeitet, und ich versichere Ihnen: Wenn einer weiß, wie das Beste aus Jannings herauszuholen ist, dann er.«

Vollmöller reihte eine Lüge an die nächste. Von einem »ungemeinen Erfolg« konnte nämlich in Bezug auf *The Last Command* kaum die Rede sein. Der Film hatte zwar Jannings den Oscar beschert, aber ein Publikumserfolg war er nicht gewesen. Wenig verwunderlich also, dass Zukor eingewilligt hatte, Sternberg zu beurlauben.

»Ein adliger Jude«, murmelte Hugenberg.

Vollmöller drückte seine Zigarette fester aus, als notwendig gewesen wäre. Er lockerte seine Krawatte. Falls das Gespräch weiter in diese Richtung lief, würde er seine Contenance verlieren, und zwar sehr bald. Für ihn stand und fiel dieses Projekt mit Sternberg, und dieses Gerede vom adeligen Juden ... Da schwoll einem doch der Kamm! Dabei hatte er für den zweiten Zahn noch nicht einmal die Zange angesetzt.

»Wenn Sie einen nicht-jüdischen Regisseur mit internationaler Reputation, einem Oscar-prämierten Kinofilm und Tonfilmerfahrung in Amerika im Portfolio haben, können wir gerne den nehmen«, sagte Vollmöller.

Hugenberg blickte zwischen dem Produzenten und dem – was war dieser Vollmöller überhaupt, hatte das einen Namen? – hin und her. »Ihr Wort in Gottes Ohr«, sagte er schließlich, »immer vorausgesetzt, versteht sich, dass Jannings einverstanden ist.«

»Das wird er sein«, versicherte Vollmöller, und das war die größte Lüge von allen. Denn wie er Jannings und Sternberg wieder vereinen sollte, wusste selbst Karl noch nicht.

Seit ihrer Zusammenarbeit bei *The Last Command* waren Jannings und Sternberg aufs innigste verfeindet. Um jedes mögliche Missverständnis auszuschließen, hatte Sternberg sich sogar die Mühe gemacht, dem Schauspieler schriftlich davon Mitteilung zu machen. Bevor Jannings den Brief in wildem Furor zerriss, hatte er ihn seinem Freund Vollmöller mit Donnerstimme vorgetragen: *Ich werde mich unter keinen Umständen noch einmal auf das zweifelhafte Vergnügen einlassen, mit Dir einen Film zu drehen, auch wenn Du der letzte noch lebende Schauspieler auf der Welt wärst*, hatte Sternberg geschrieben.

Und doch war Vollmöller überzeugt, dass man die beiden für diesen Film wieder zusammenzwingen musste. In seiner zugegeben zur fixen romantischen Idee geronnenen Vorstellung würden sich die Energien von Sternberg und Jannings beim Aufeinanderprall potenzieren und direkt auf die Leinwand übertragen – wie bei dieser physikalischen Reaktion, die Rutherford vor ein paar Jahren beschrieben hatte: Kernfusion. Nach diesem Prinzip arbeiteten Sonnen.

Doch darüber nachzudenken, würde Karl später noch Gelegenheit haben. Jetzt galt es, den zweiten Zahn zu ziehen. Am besten, man machte es schnell hintereinander, dann fühlte es sich wie ein einziger Schmerz an.

»Im Anschluss an dieses Treffen bin ich mit Jannings verabredet.« Vollmöller inhalierte, tief. Längst hielt er eine neue Zigarette in den Fingern. »Schließlich muss ich ihm ja auch noch beibringen, dass er den Rasputin nicht spielen wird.«

19

Diesmal verstummten sogar die Bauarbeiter vor den Fenstern. Irgendwann war das Läuten eines Telefons zu hören, dann der Nachtigall-Singsang der Vorzimmerdame, die einem Anrufer erklärte, dass Herr Hugenberg nicht zu sprechen sei. Erst nachdem das Gespräch im Vorzimmer beendet war, konnte Hugenberg den Faden wieder aufnehmen.

»Wie war das?«, fragte er.

Unerklärlicherweise war Vollmöller noch nie aufgefallen, wie mächtig Hugenbergs Ohren im Verhältnis zu dessen filigraner Nickelbrille wirkten. Dieser Mann wucherte in sämtliche Himmelsrichtungen.

»Der Rasputin ist Geschichte«, sagte er.

»Der Rasputin ist Geschichte«, wiederholte Hugenberg ungläubig. »Wie, bitte, habe ich das zu verstehen?«

»Ganz einfach«, Karl entließ eine Rauchwolke, »wir werden ihn nicht drehen.«

Hugenbergs Körper bäumte sich auf. »Auf *die* Erklärung bin ich jetzt wirklich gespannt.«

»Ich habe erfahren«, erklärte Vollmöller, »dass Fürst Jussupow bereits mehrere britische Anwälte beauftragt hat, eine Schadensersatzklage wegen Verleumdung und Verletzung der Privatsphäre vorzubereiten – für den Fall, dass jemand eine Verfilmung der Geschichte in Betracht ziehen sollte. Wer auch immer dieses Risiko eingeht, wird sich die Finger daran verbrennen.«

»Verletzung der Privatsphäre …« Hugenberg schien zu überlegen, was damit gemeint sein könnte. Wieder nahmen seine Finger Kontakt mit dem Globus auf. »Dann zahlen wir eben. Was kann uns so eine Klage schon kosten?«

»Das Problem ist: Jussupows Anwälte werden Ihnen nicht nur das letzte Hemd aus dem Schrank klagen, sie werden außerdem dafür sorgen, dass der Film verboten wird. Die warten nur darauf, losschlagen zu dürfen.«

Das war zur Abwechslung mal nicht gelogen. Allerdings wusste Vollmöller bereits seit Monaten, dass Rasputins Mörder in seinem Pariser Exil nichts Besseres zu tun hatte, als darüber nachzudenken, wie er sich an der undankbaren Welt rächen könne. Der Rasputin war also bereits Geschichte gewesen, bevor Vollmöller Jannings extra für diese Rolle nach Deutschland gelockt hatte.

Hugenberg nahm Pommer ins Visier: »Wussten Sie davon?«

»Nein, wusste ich nicht«, gab Pommer zu. Er wandte sich an Vollmöller. »Von wem stammt die Information?«

»Nathan Burkan«, erwiderte Vollmöller, »und Jesse Lasky hat sie mir bestätigt.«

Pommer kannte Nathan, persönlich, einer von Hollywoods besten Anwälten, sicher informiert, verlässlich und loyal.

»Dann ist es bullet proof«, sagte Pommer.

»Soll heißen?«, grollte Hugenberg.

»Der Rasputin ist Geschichte.«

Hugenberg schlug mit der flachen Hand auf den Tisch, ein saftiges, fleischiges Klatschen. Was hier drohte, war nichts Geringeres als Havarie.

»Aber dann haben wir nichts! Gar nichts! Ohne Rasputin keinen Jannings und ohne Jannings keinen Film.« Er stand auf, kam mit schweren Schritten hinter seinem Schreibtisch hervor und postierte sich vor dem mittleren der drei Fenster wie für eine Ansprache ans Volk. »Meine Herren, kommen Sie her, und sehen Sie sich das an!«

Vollmöller trat vor das linke Fenster, Pommer vor das rechte. Von dort unten, wo Karls Daimler stand, musste die

Szene wirken wie aus einem John-Ford-Western: Saloon, oberes Stockwerk, wolkenverhangener Himmel, ein Gewitter kündigt sich an. Drei Fenster, drei Männer. In der Mitte der mit dem Geld, am Ende ziemlich sicher tot.

Karl erinnerte sich: Noch vor wenigen Jahren blickte man von diesem Fenster aus auf eine große Halle und viele Tausend Quadratmeter freies Feld. Da hatte man sehr viel Fantasie und noch mehr Abstraktionsvermögen aufbringen müssen, um sich so etwas wie eine deutsche Filmindustrie vorzustellen. Jetzt beherrschten Baukräne das Bild, und überall wuselten Menschen herum, Bauten, so weit das Auge reichte, alles war in Bewegung. Hier entstand nicht nur ein neues Tonfilmstudio, hier entstand eine eigene Stadt!

Es war klar, weshalb der Ufa-Chef Vollmöller und Pommer an die Fenster beordert hatte. Schräg gegenüber dem Bürogebäude und nur einen Steinwurf entfernt, erhob sich das neu errichtete Tonkreuz.

In dem sumpfigen Becken, das noch vor drei Jahren für die Außenaufnahmen zu *Metropolis* gedient hatte, standen jetzt vier kreuzförmig angeordnete Tonfilmateliers, schwingungsfrei konstruiert, durchdacht bis ins Detail und mit einer Technik ausgestattet, die alles in den Schatten stellte, was Karl bislang aus Amerika kannte. Im Zentrum der vier Studios befand sich ein würfelförmiger Bau, in dem auf mehreren Etagen das Herz und das Hirn der Ateliers untergebracht waren – die Aufnahme- und Abhörstudios. Alles war so miteinander verbunden, dass sich von jedem Raum auf jedes beliebige Studio zugreifen ließ, einfach so, per Knopfdruck. Man würde in mehreren Ateliers zugleich an demselben Film drehen können, ohne für die Aufnahmen ein einziges Mal den Raum wechseln zu müssen. Noch wurde fieberhaft an der Fertigstellung gearbeitet, denn für kommenden Monat hatte die Ufa alle wichtigen Journalisten zu einer Besichtigung geladen. Vollmöller jedoch war bereits in den Genuss einer

Privatführung gekommen, an deren Ende ihm – und das passierte nun wahrlich nicht oft – die Worte gefehlt hatten.

»Wollen Sie mir sagen«, Hugenberg richtete seinen Blick aus dem Fenster, während er sprach, »dass alles, was Sie dort drüben sehen, umsonst gewesen sein soll? Wir holen Jannings aus Amerika zurück, wir bauen das modernste Tonfilmstudio der Welt – und jetzt stehen wir mit leeren Händen da?«

»Im Gegenteil.« Vollmöllers Stimme war die Ruhe selbst. Der zweite Zahn war gezogen, jetzt galt es, Nelkenöl auf die Wunde zu träufeln. Er machte es wie Hugenberg: sah aus dem Fenster, während er sprach. »Wir haben nicht nichts. Wir haben alles: die besten Studios der Welt, den besten Schauspieler und einen erstklassigen Regisseur mit internationaler Tonfilmerfahrung.«

»Aber wir haben keinen Film!«, insistierte Hugenberg.

Vollmöller trat vom Fenster zurück. Er spürte, wie dieses Gespräch ihm in die Hände zu spielen begann. Hugenberg war ihm ausgeliefert.

»Ich schlage vor, wir setzen uns erst mal.«

Vollmöller wartete, bis Hugenberg und Pommer sich wieder gesetzt hatten, er selbst blieb stehen. Dann ließ er sein Etui aufspringen und zog seine letzte Zigarette heraus. Es kam ihm vor, als ziehe er den entscheidenden Pfeil aus dem Köcher.

»Erinnern Sie sich an unser Gespräch im Frühjahr – als wir uns das neue Paramount-Studio an der Melrose Avenue angesehen haben?«

Hugenberg konnte rhetorische Fragen nicht ausstehen. »Worauf wollen Sie hinaus?«

»Wenn ich mich recht erinnere, versprachen Sie bei dieser Unterhaltung, dass, wenn ich einen Stoff besorge, der sich gewaschen hat, Sie in Babelsberg ein Tonstudio bauen lassen würden.«

»Und weiter?«

»Nun«, sagte Vollmöller, »Sie haben Wort gehalten, mehr als das. Das Tonkreuz ist nicht nur ein Tonfilmstudio, es ist *das* Tonfilmstudio. Da wäre ich doch ein schlechter Partner, wenn ich nicht auch mein Wort hielte, meinen Sie nicht?«

»Mein lieber Herr Vollmöller«, Hugenberg hatte sich nur mühsam in der Gewalt, »ich muss schon zugeben: Sie strapazieren meine Nerven!«

Pommer schien Gefallen an der Unterhaltung zu entwickeln. Er war in Gedanken bereits einen Schritt weiter als Hugenberg, lupfte eine Augenbraue und sagte: »Du hast bereits einen Stoff im Sinn.«

»Einen, der sich gewaschen hat«, präzisierte Vollmöller, und weil Hugenbergs elektrisierte Haarpracht gleich das Büro in Brand zu stecken drohte, ließ Karl die Katze aus dem Sack. »Wir drehen *Professor Unrat*.«

Pommer wäre gerne auf der Stelle Feuer und Flamme gewesen, legte jedoch seine Stirn in Falten. »Tut mir leid, Karl, aber daraus wird nichts. Den *Professor Unrat* kannst du getrost vergessen.«

»Und warum?«

»Weil Heinrich niemals die Rechte verkauft.«

»Reden wir hier von Heinrich Mann?«, wollte Hugenberg wissen.

»Eben dem«, bestätigte Pommer. »Und er hat wiederholt bekräftigt, dass er die Filmrechte an seinem Roman keinesfalls veräußern wird. Ich selbst habe schon zweimal versucht, ihn zum Verkauf ...« Der Rest des Satzes wollte sich nicht mehr zu Worten formen. Langsam drehte der Produzent Vollmöller den Kopf zu. »Donnerwetter!«

Statt zu antworten, lächelte Karl nur sein schmallippiges Lächeln. Hugenberg verstand gar nichts. Und das wiederum stimmte ihn verdrießlich.

»Du hast sie ihm bereits abgeluchst!«, rief Pommer und lachte auf, als hätte Karl einen ungemein guten Witz gerissen. »Wie um alles in der Welt hast du das angestellt?«

»Betriebsgeheimnis.«

Hugenberg betrachtete die beiden und verstand gar nichts, fragte sich, was es mit *Professor Unrat* auf sich hatte.

Pommer nahm Fahrt auf. »Jannings als liebestoller Professor, der sich um Kopf und Kragen bringt. Das ist genial!« Wieder schnalzte er mit der Zunge. »Da steckt alles drin: Gesang, Liebe, verräucherte Kaschemmen, das echte Leben. Apropos: Wer soll die Rosa Fröhlich spielen, hast du schon eine Idee?«

»Ideen hab ich viele«, sagte Vollmöller, der erleichtert war, dass wenigstens Pommer sich aus dem Stand für die Idee begeisterte.

»Drehbuch?«, fragte Pommer.

»Zuckmayer.«

Pommer dachte kurz nach: »Kann der Film? Tonfilm? Als Theaterschreiber ist er eine Klasse für sich. Und alles Lehrerhafte ist ihm zuwider – was gut ist. Aber Tonfilm, das ist Neuland für ihn.«

»Es ist Neuland für uns alle. Deshalb werde ich auch von Beginn an am Drehbuch mitarbeiten. Das habe ich Heinrich versprochen. Und Ruth möchte ich ebenfalls im Boot haben.«

Sie redeten, als sei der Film bereits beschlossene Sache. Dass Hugenberg anwesend und dies außerdem sein Büro war, schien vergessen. Es gab wenig, das der Ufa-Chef stärker missbilligte als rhetorische Fragen, aber übergangen zu werden gehörte definitiv dazu.

»Ist dieser Heinrich Mann nicht ein Sozi?«, fragte er scharf.

Vollmöller wünschte sich sehnlichst eine weitere Zigarette. »Wenigstens ist er kein Jude.«

Ironie war für Hugenberg wie ein Laubfrosch im frischen Gras – kaum auszumachen.

»Sollten wir nicht trotzdem etwas von seinem Bruder nehmen?«

Pommer hatte ein verlässliches Gespür dafür, wann es an der Zeit war, die Dinge in seine Hände zu nehmen. Dieser Zeitpunkt war jetzt. Er hatte Blut geleckt, in seinem Kopf waren die Dinge längst in Bewegung geraten. *Professor Unrat* mit Jannings in der Hauptrolle als Verkörperung der Doppelmoral des Bürgertums. Daneben eine Femme fatale, die Jannings ebenso um den Verstand bringen würde wie die Zuschauer. Da musste man gar nichts anstoßen, um der Fantasie auf die Sprünge zu helfen. Diese Geschichte schwang ganz von alleine.

»Herr Hugenberg«, Pommer lehnte sich in dessen Richtung, »natürlich können wir einen Roman von Thomas Mann verfilmen, aber Thomas ist Konsens. *Professor Unrat* war bereits bei seinem Erscheinen ein Skandal, im Grunde war er verboten, ohne verboten zu sein. Nichts ist reizvoller. Sofort nach Erscheinen wurde er in ein Dutzend Sprachen übersetzt. Allein die Wahl dieses Stoffes garantiert uns maximale Aufmerksamkeit, ganz abgesehen davon, dass wir sämtliche Möglichkeiten der neuen Technik ausschöpfen können. Der Stoff verlangt geradezu danach! Rosa Fröhlich wird singen und tanzen, und wir werden ihr nicht nur dabei zusehen, wir werden sie hören! Und für Jannings ist es eine Paraderolle.«

Mit dem letzten Satz hatte Pommer den Finger in Hugenbergs empfindlichste Wunde gelegt und sie zugleich mit Balsam verschlossen. Die größte Sorge des Ufa-Chefs war, dass Jannings abspringen könnte. Was den Stoff anging, war Hugenberg ohnehin auf die Expertise dritter angewiesen. Er wusste nicht, was eine Geschichte besser oder aussichtsreicher machte als eine andere, woher auch? Um ehrlich zu sein, interessierte er sich nicht wirklich für Literatur, verstand oft die Aussage nicht, oder ob es überhaupt eine gab. Wozu dreihundert Seiten mit Text füllen und sie anschließend auch noch lesen, wenn damit am Ende gar nichts ausgesagt wurde? War das nicht von Grund auf widersinnig?

Was und worauf Hugenberg sich verstand, war: Macht. Welche Firmen man kaufte, welche man abstieß, wie man sein Monopol verteidigte und ausbaute. Das war logisch, zielgerichtet, messbar. Was Jannings anging: Der hatte immer wieder betont, dass er für eine andere Rolle als den Rasputin nicht zu haben wäre. Wenn Pommer und Vollmöller der Ansicht waren, dieser *Professor Unrat* sei die Rolle seines Lebens ... Sollten die ihn eben überzeugen.

»Herr Pommer«, verkündete Hugenberg, »ich nehme Sie beim Wort. Aber alles steht und fällt mit Jannings. Ohne Jannings kein Film. Kein Schauspieler verkörpert das Wesen der deutschen Seele vollkommener als Jannings.«

Zum Glück hast du den Roman nicht gelesen, dachte Vollmöller nur.

Karl streifte die weißen Lederhandschuhe über. Pommer und er standen vor seinem Austro-Daimler. Von Süden rollte das Gewitter heran. Die Luft war dick wie Sirup, erstarrte unter der Wolkendecke. Noch kein Tropfen bis jetzt, aber es war nur eine Frage von Minuten, bis es losginge, der Donner war bereits in Hugenbergs Büro zu hören gewesen.

Pommer tippte nachdenklich auf die Pfeilspitze der Kühlerfigur. »Verdeck?«, fragte er mit Blick in die Wolken.

»Nicht nötig«, erwiderte Karl, »mit dem bin ich schneller als der Regen.«

Pommer schien in Anspruch genommen. Die erste Euphorie über das Projekt hatte sich gelegt, jetzt kamen die Fragen.

»Frag ruhig«, ermunterte ihn Vollmöller, »solange du nicht erwartest, dass ich schon auf alles eine Antwort habe.«

Pommer sah ihn an: »Weiß Sternberg schon von seinem Glück – dass er mit Jannings drehen soll?«

»Sobald ich ihm telegrafiere. Das mache ich aber erst, wenn ich mit Jannings gesprochen habe.«

»Also schön. Gesetzt den Fall, du kannst Jannings davon überzeugen, den Unrat zu spielen und nicht den Rasputin. Wie willst du ihn und Sternberg dazu bringen, gemeinsam einen Film zu drehen? Ich denke, die beiden hassen sich.«

Vollmöller sah dem Gewitter entgegen. Jetzt, hier, da er Hugenberg zwei Backenzähne gezogen und der trotzdem sein Einverständnis gegeben hatte, fühlte sich Karl für einen Moment, als könne er kraft seiner Gedanken die Wolken aufhalten, das Gewitter umlenken. Es war von kurzer Dauer. Im nächsten Augenblick platterten die ersten Tropfen herunter, patschten schwer auf die Motorhaube und verdampften postwendend. In zehn Minuten würde sich der Feldweg in eine Matschpiste verwandelt haben. Karl freute sich schon darauf, dem Gewitter über die Avus davonzujagen. Ein bisschen Kind steckte schließlich in jedem Mann, wahrscheinlich sogar in Hugenberg. Wie auch immer man das herausfinden wollte.

Er zog die Mütze auf, fädelte den Riemen ein, stieg hinter das Steuer und ließ den Motor an. Beeindruckt zog Pommer seine Hand zurück.

»Du irrst dich. Sie hassen sich nicht, sie lieben sich!« Vollmöller rückte die Rennbrille zurecht und legte den Gang ein. Er gab Pommer einen Daumen hoch und rief gegen das Motorengeräusch an: »Sie wissen es nur noch nicht!«

20

Berliner Volkszeitung
29. September 1929

Hugenbergs Volksbegehren – Der Wortlaut
Das Ei ist gelegt. Demagogisch betiteln die Kriegsverlierer den Entwurf: »Gesetz gegen die Versklavung des deutschen Volkes«. Die einzelnen Paragraphen lauten:
§ 1 Die Reichsregierung hat den auswärtigen Mächten unverzüglich in feierlicher Form Kenntnis davon zu geben, dass das erzwungene Kriegsschuldanerkenntnis des Versailler Vertrages der geschichtlichen Wahrheit widerspricht, auf falschen Voraussetzungen beruht und völkerrechtlich unverbindlich ist.
§ 2 Die Reichsregierung hat darauf hinzuwirken, dass das Kriegsschuldanerkenntnis des Versailler Vertrags förmlich ausser Kraft gesetzt wird. Sie hat ferner darauf hinzuwirken, dass die besetzten Gebiete nunmehr unverzüglich und bedingungslos geräumt werden.
§ 3 Auswärtigen Mächten gegenüber dürfen neue Verpflichtungen nicht übernommen werden, die auf dem Kriegsschuldanerkenntnis beruhen.
§ 4 Reichskanzler und Reichsminister sowie Bevollmächtigte des Deutschen Reiches, die entgegen der Vorschrift des § 3 Verträge mit auswärtigen Mächten zeichnen, unterliegen den im § 93 Nr. 3 St.G.B. vorgesehenen Strafen.

Vollmöller trat das Gaspedal durch bis zum Anschlag und jagte sein Cabriolet die Avus hinauf. Der Fahrtwind drückte ihm die Brille aufs Gesicht. Das vertäute Verdeck in seinem Rücken knatterte wie ein nervöses Segel. Manchmal half das – Geschwindigkeit. Als trenne sich durch die Beschleunigung das Wesentliche vom Unwesentlichen wie in einer Spindelkelter. Karl sah diesen Film praktisch vor sich, sah ihn auf sich zukommen – so wie in diesem Moment den unlängst erbauten Funkturm: klar und deutlich und in seiner monumentalen Schlichtheit völlig selbsterklärend.

Sämtliche Zutaten lagen vor ihm ausgebreitet: Er hatte Pommer auf seiner Seite, der ihm wiederum Hugenberg vom Hals halten würde. Er hatte die Rechte an *Professor Unrat*. Sternberg würde sich in den Zug setzen, sobald er ihm ein Telegramm schickte, und bei Zuckmayer hatte er bereits vorgefühlt. Fehlte nur noch Jannings.

Gut, Pommer hatte einen offenen Punkt angesprochen: Wer würde die Rosa Fröhlich spielen? Aber das würde sich klären, sobald Zuckmayer und er am Drehbuch arbeiteten. Zuerst Jannings. Sobald der an Bord war, würde es keine Schauspielerin geben, die nicht mit Boxhandschuhen in den Ring steigen würde, um die Fröhlich spielen zu dürfen. Sie mussten nur die richtige Wahl treffen, vielmehr musste Sternberg die richtige Wahl treffen. Und das würde er. Vollmöller setzte in Josefs Intuition beinahe so viel Vertrauen wie in seine eigene. Und am Ende hing alle große Kunst vom Vertrauen in die Intuition ab. Es gab tausend Dinge, die man lernen konnte – Technik, Handwerk, Tonleitern üben, Farben mischen, das richtige Licht einstellen –, aus einer Palette von Möglichkeiten jedoch diejenige auszuwählen, die sich im Rückblick als die einzig Richtige erwies, ohne dass man hätte sagen können, warum ausgerechnet dieses Blau das richtige war, diese Melodie den Text am besten zum Ausdruck brachte, das war ohne Intuition nicht zu machen.

Vollmöller lehnte sich in die lang gezogene Linkskurve und wartete bis zum letzten Moment, bevor er den Fuß vom Gaspedal nahm und den Austro-Daimler in einem gewagten Manöver in die enge Kehre steuerte, die ihn auf die Königin-Elisabeth-Straße und somit ins Herz der Stadt zurückführte. Durchatmen. Von Passanten beäugt ließ er sich die abschüssige Neue Kantstraße hinab- und bis vor zur Wilmersdorfer rollen. In der Unterführung zum Bahnhof Charlottenburg brachte er den Daimler zum Stehen, nahm den Helm und die Brille ab, kämmte sich die Haare zurück und strich sich den Schnurrbart zurecht.

Im Rückspiegel erblickte er sein Gesicht, das im schräg einfallenden Licht der Unterführung wie inszeniert wirkte – von einer tragischen Vorahnung befallen. Sein Äußeres hatte noch nie einen erbaulichen Anblick geboten, und mit den Jahren war es nicht besser geworden. Als er noch Kunst studiert hatte, in Paris, da waren seine Lippen zwar auch schon schmal, seine Nase prominent und sein Körper gedrungen gewesen, aber er hatte diesen Blick gehabt, der zugleich nach außen und nach innen ging, der ihn besonders gemacht hatte, ein junger Mann, der besondere Gedanken hatte und zu besonderen Dingen fähig sein würde. Jetzt war er unübersehbar kein Versprechen mehr, die blonden Haare hatten ihren Glanz verloren, der Ansatz war zurückgewichen, seine Lippen waren noch schmaler geworden, und zwischen den Brauen hatten sich die Falten eines Mannes eingegraben, der zum Lachen gezwungen werden musste. Mein Gott, er hatte ein Buchhaltergesicht.

Das gleichmäßige Grummeln des Motors hallte von den Wänden wider. Karl hätte über das bevorstehende Gespräch mit Jannings nachdenken und sich seine Argumente zurechtlegen sollen, doch der Anblick seines Gesichts ließ ihn unweigerlich an Ruth denken. Und an sein Verlangen nach ihr. Seit Tagen hatte er nichts von ihr gehört oder gesehen, nirgends hatten sich ihre Wege gekreuzt. Wo sie doch behauptete, so gerne von ihm gefunden zu werden. Manchmal war Vergänglichkeit ein Trost – zu wissen, dass nichts auf dieser Welt Bestand hatte –, und manchmal war sie ein Grauen.

Bereits bei ihrer ersten Begegnung vor acht Jahren – Ruth war im Gefolge von Ellenka in seiner Wohnung am Pariser Platz angespült und anschließend dort zurückgelassen worden – hatte sie Karl für alt befunden. Sie hatte sich in sein Bett gelegt, das ja, bekleidet einzig mit einem Seidenschal, hatte den angebotenen Pyjama verweigert, hinreißend jung, der Körper glühend heiß und unterkühlt zugleich. Berühren aber hatte Karl sie nicht dürfen. Du bist alt, hatte sie gesagt. Sie siebzehn, er zweiundvierzig.

Sechs Jahre später war sie noch immer schmerzlich jung gewesen, Karl jedoch nicht länger zu alt für sie. Seither lebten sie wie zwei Radikale, die tagsüber zwischen Atomen umherstreiften, um sich nachts wie zufällig für Stunden zu einem Molekül zu verbinden. Einmal, in einem stümperhaften Moment, hatte Karl die Dummheit besessen, sie zu fragen: Warum, warum er? Du hast mir die Welt aufgeschlossen, hatte sie geantwortet, was ihm auf kindische Weise geschmeichelt und unanständige Fantasien einer gemeinsamen Zukunft beflügelt hatte. Und doch war es absurd anzunehmen, dass Ruth bleiben könnte, dass sie zu einer dauerhaften Verbindung verschmelzen könnten. Dafür waren weder sie noch er gemacht.

Nun ließ Karl den Motor doch verstummen. Dass er überhaupt über ein gemeinsames Leben mit Ruth nachdachte, löste eine Unruhe in ihm aus, die er nicht gebrauchen konnte. Er streifte die Handschuhe ab, warf sie zu Brille und Helm auf den Beifahrersitz und zog sein Zigarettenetui hervor, dessen Leere ihm das Gespräch mit Hugenberg in Erinnerung rief. Kaum auszuhalten dieser Klotz, mit seinem nationalistischen Geschwafel. Karl stieg aus dem Wagen und ging hinüber zum Stuttgarter Platz, um sich im Tabakwarengeschäft an der Ecke mit drei Schachteln Nestor Queen einzudecken.

Zurück in seinem Wagen, Rauch ausstoßend, fiel sein Blick erneut in den Spiegel. Er befand, er sehe aus wie ein bebrillter Knurrhahn. Gegen ihn war Ruth eine Seeanemone. Knurrhahn und Seeanemone – ein wenig origineller Vergleich. Wie dem auch sei: Vielleicht ließe sich ja aus den Gegensätzen etwas destillieren. In Karls Vorstellung würden Zuckmayer und er in Venedig am Drehbuch arbeiten, umgeben von nichts als Schönheit und Vergänglichkeit, die ja das eine ohne das andere gar nicht denkbar waren, und wann immer Karl dieses Bild vor Augen hatte, war sie ebenfalls dort, Ruth, fernab von Berlin, an seiner Seite, sie die Schönheit, er die Vergänglichkeit. Nichts als romantisch verklärte Sehnsucht, da machte er sich nichts vor, kindisch allein aus diesem Grund, und doch, so hoffte er, mehr als nur das: Ruth konnte der Funke sein, der diesen Stoff zum Leuchten bringen würde. Das jedenfalls sagte ihm seine Intuition.

Ruth hatte sich bereits in allen möglichen Dingen ausprobiert. Selbstverständlich auch als Schauspielerin. Alle jungen Frauen mit einem ungebrochenen Glauben an die eigene Einzigartigkeit und dem übersteigerten Bedürfnis, gesehen zu werden, wollten neuerdings Schauspielerinnen werden. Es war wie ein Virus. Und in Berlin war jede Zweite von ihm befallen. Entsprechend tief war sie gestürzt.

Vor zwei Jahren hatte Karl sie in einer Wiener Produktion untergebracht – *Die Schule von Uznach* –, einem Stück von Sternheim, in dem auch Marlene Dietrich mitgewirkt hatte. Ruths Talent jedoch hatte sich als mediokar erwiesen, ihr Bühnentalent, um genau zu sein. Neben Marlene hatte sie unsicher gewirkt, ungelenk, unauffällig, lauter Worte mit »un«. Fürs Theater fehlten ihr sowohl Marlenes Präsenz als auch deren derbe Schnodderigkeit. Marlene musste nur die Bühne betreten, und jeder im Saal fühlte sich herausgefordert. Zu schade, dass sie für den Film nicht zu gebrauchen war. Karl jedenfalls hatte Ruths Selbstwertgefühl nach Absetzung des Stücks mühsam wieder aufrichten müssen und ihr, zurück in Berlin, einen Aushilfsjob bei *Tempo* besorgt, damit sie sich dort als Journalistin versuchen konnte. Inzwischen, sagte sie, arbeite sie an ihrem ersten Roman.

Insgeheim hoffte Karl, dass sich auch Ruths schriftstellerisches Talent als beschränkt erweisen würde. Ihr eigentliches Talent nämlich bestand, wie er fand, darin, Begierden und Sehnsüchte zu entfachen, die Fantasie zu beflügeln. Niemand, der ihr begegnete, blieb davon unberührt. Kurz gesagt: Muse zu sein war Ruths eigentliche Bestimmung. Man konnte ihr nur wünschen, dass sie sterben würde, solange sie noch unsterblich war. Nicht wie Karl, für den »Leben« nicht länger bedeutete, lichterloh zu brennen, sondern zu leben. Und für den »Arbeit« nicht länger bedeutete, jeden Tag die Welt neu zu erschaffen, sondern zu arbeiten. Und der sich in schwachen Momenten wie diesen wünschte, Ruth und er könnten ein Paar sein, das sich selbst genügte, für mehr als drei Nächte hintereinander.

Er startete den Motor. Romantischer Seggel.

Im Gedränge doppelstöckiger Autobusse, zahlloser Taxis, Privatwagen und der den Boulevard mittig teilenden Elektrischen schob er sich, die Gedächtniskirche im Blick, den Ku'damm hinunter. Zu sehen war vom nahenden Gewitter noch nichts, schmecken aber konnte man es schon, die Luft war elektrisiert.

Sie waren im Romanischen Café verabredet, Jannings und er, ausgerechnet dem größten und zuverlässigsten Resonanzraum Berlins. Emil hatte darauf bestanden, was nichts Gutes verhieß, denn für gewöhnlich gefiel Jannings sich darin, auf die »Nationalversammlung der deutschen Intelligenz« herabzublicken und über die »Asphaltliteraten« im Nichtschwimmerbassin die Nase zu rümpfen.

Als »Nichtschwimmerbecken« wurde der Hauptsaal des Cafés bezeichnet. Hier fristeten an über siebzig Tischen die Möchtegern-Kreativen und Intellektuellen auf abgewetzten Bezügen ein karges, aber geistreiches Dasein. Erst kürzlich hatte dieser spitzfedrige Journalist, der neuerdings von sich reden machte – Kästner hieß er –, das Nichtschwimmerbassin als »Wartesaal der Talente« bezeichnet, in dem einige bereits seit zwanzig Jahren auf ihr Talent warteten. So lange existierte zwar das Café noch gar nicht, aber gut, dieser Kästner war auch vergangenes Jahr erst aus Leipzig gekommen. Emil jedenfalls behauptete, die vereinte Erfolglosigkeit dort schlage ihm aufs Gemüt.

Nicht, dass Emil selbst jemals einen Fuß in den Nichtschwimmerbereich gesetzt hätte. Für ihn kam nur das Schwimmerbassin infrage – der Nebenraum mit den zwanzig Tischen, der denen vorbehalten war, die sich im Berliner Intellektuellen- und Künstlerzirkus die ersten Sporen verdient hatten. Wie auch immer: Um ihm zu huldigen, waren Emil offenbar weder die Nichtschwimmer noch die Schwimmer zu schade.

An der Kreuzung Ecke Uhland, die Menschen strömten wie Ameisen aus der U-Bahn, steckte sich Vollmöller die nächste Zigarette an. Auf den breiten Bürgersteigen flanierende Grüppchen, Männlein, Weiblein, getrennt, aber bereit, sich zu mischen. Eine nervös beschwingte Anmut hatte den Ku'damm erfasst, wie immer, wenn sich der Fünfuhrtee und mit ihm der Nachmittagstanz ankündigten. In einer halben Stunde würde sich die Straße merklich leeren und die einschlägigen Höfe würden sich gefüllt haben. Dann schwangen Jung und Alt die noch wachen Tanzbeine, und aus den Durchgängen würde man Gefiedel hören oder, wie seit einiger Zeit immer häufiger, Jazztrompete und Saxofon. Von Gewitter wollte hier noch niemand etwas wissen. Es war die Zeit der Pfauenrad schlagenden Herren und der flirtbereiten Damen, die Zeit der Blickduelle und frisch geschlüpften Versprechen.

Vollmöller erreichte den Auguste-Viktoria-Platz, das Romanische schob sich in sein Blickfeld. Wie würde Jannings reagieren, wenn er ihm sagte, dass der Rasputin gestorben war? Nicht einmal Gussy hätte das zuverlässig prognostizieren können, und die kannte ihren Mann besser als irgendwer.

Alles hing von Emil ab, und Emil liebte es, wenn alles von ihm abhing. Seit er zurück in »seiner« Stadt war, konnte er nicht oft genug gesehen werden. Als wüsste nicht spätestens seit seiner zum Triumphzug geratenen Rückkehr jeder, der noch Augen und Ohren hatte, dass Jannings wieder in »seiner« Stadt war, um für die Ufa einen Film zu drehen. Und doch musste ihr Treffen mitten in der Herzkammer Berlins stattfinden, dem Auguste-Viktoria-Platz, umringt von Gaststätten und Luxuskinos, im Zentrum dieses Zentrums das Romanische, und in dessen Zentrum er, Jannings.

Man musste weder Hellseher noch Gelehrter sein, um zu ahnen, worauf das hinauslief: Jannings wollte die Gerüchteküche anheizen. Er würde dies sagen, das zitieren und jenes abstreiten, einige Namen einfließen lassen, über Amerika dozieren, Rasputin erwähnen. Und morgen würden die Zeitungen voll davon sein. Denn jede Nachricht, die im Schwimmerbassin ihre Runde machte und für ausreichend skandalträchtig befunden wurde, verbreitete sich anschließend schneller in der Stadt als über den Deutschlandsender II.

21

Vollmöller hörte Jannings, noch ehe er ihn sah. Emils Lachen wogte durch den Saal wie das Donnergrollen, das in Kürze über die Stadt hinwegziehen und alles andere verstummen lassen würde. Statt wie verabredet in einer der Nischen auf ihn zu warten, thronte der Schauspieler auf dem Präsentierteller und hielt Hof.

»Karrrl, mein lieber!«, rief er. »Hier ist er! Hier ist dein Emil!«

Und als wäre das nicht genug, winkte er ihm auch noch zu. Diesen Mann konnte nur lieben, wer wusste, dass im Herzen dieser egomanen Walze ein verängstigter kleiner Junge lebte, und dass der eine ohne den anderen niemals einen herausragenden Schauspieler abgegeben hätte.

Um Jannings' Tisch hatte sich eine Traube gebildet. Karl zählte etwa ein Dutzend Personen. Nicht gerade ideale Voraussetzungen, um Emil davon zu unterrichten, dass er statt des Rasputin den Professor Unrat spielen sollte. Als Erste in der Gruppe sah er Ruth, die sich plötzlich materialisiert zu haben schien. Eine verräterische Schrecksekunde lang zweifelte Karl tatsächlich, ob er sich ihr Gesicht nicht nur einbildete. Dann lehnte sie sich in ihrem Stuhl zurück, bog den Rücken durch, ließ den Kopf in den Nacken fallen und sah ihn am Rücken der neben ihr sitzenden Marlene Dietrich vorbei an. Ihr Blick sagte: Hast du mich etwa vermisst?

Unwillkürlich langte Karl nach dem frisch gefüllten Zigarettenetui. Mit Ruth, das war ein ständiges Ringen. Wo kam das her? Warum immer die Oberhand behalten wollen? Besser, er ging diesem Gedanken nicht zu sehr nach. Das Geheimnis, das Warum, würde stets unergründlich bleiben.

Wie die Intuition. Vielleicht sollte Karl ihre Beziehung einfach als ein Kunstwerk ansehen, dessen Schicksal es war, für immer Fragment zu bleiben. Nicht selten waren das die Schöneren. Karl Vollmöller und Ruth Landshoff – Fragment geblieben.

Er inhalierte den Rauch und nickte in die Runde: Gussy saß neben ihrem Mann und zwitscherte angeregt mit ihrer Freundin Claire Waldoff. Schon vor dem Krieg hatten die beiden gemeinsam im Metropol auf der Bühne gestanden. Claire wiederum hatte wie üblich ihre Lebensgefährtin Olga sowie ihre Freundin Marlene Dietrich bei sich. Trude Hesterberg war ebenfalls mit von der Partie, deren Hut eine geflügelte Praline aus ihr machte und die Vollmöller einen ihrer spitzbübischen Blicke zuwarf. Kurz überlegte Karl, ob sie die Richtige für die Rolle der Rosa Fröhlich wäre. Später. Erst Jannings.

Auch Margo Lion saß in der Runde, neben ihr Geza von Cziffra, außerdem zwei Männer, deren Gesichter Karl zu kennen glaubte. Von den übrigen Gästen im Schwimmerbecken hätte er sicher zwei Drittel mit Namen nennen können. In der Ecke neben der Tür saß der in Gedanken versunkene Ossietzky, nur drei Tische von Emil und seiner Entourage entfernt Alfred Kerr. Das bedeutete, jedes offen geäußerte Wort war leichte Beute.

»Damit hat er offenbar nicht gerechnet!«, rief Marlene in die Runde und erntete erheiterte Gesichter.

Karl stand noch immer im Raum. Er erinnerte sich an den bebrillten Knurrhahn, den er im Rückspiegel seines Wagens erblickt hatte. Emil, da er ohnehin aufgestanden war, straffte sich, kam um den Tisch, steuerte seinen Freund an wie ein Mississippi-Dampfer und drohte kurzzeitig, ihn unter seinen Schaufeln zu begraben. Gerade noch im rechten Moment hielt er ihn auf Armeslänge von sich weg.

»Da freut er sich aber, der Emil«, sagte Emil. Und weil er

von Karls Treffen mit Hugenberg wusste, raunte er ihm zu. »Gibt's gute Neuigkeiten?«

Karl machte ein unergründliches Gesicht: »Später.«

Er überlegte, wo in der Runde er sich am wohlsten fühlen würde, zog sich einen weiteren Stuhl heran und schob ihn zwischen Ruth und die Dietrich.

»Einwände?«, fragte er.

»Aber bitte doch«, erwiderte Marlene, die nie um einen kompromittierenden Spruch verlegen war, »manchmal ist ein Mann in der Mitte nicht das Schlechteste!« Erneut allgemeine Heiterkeit.

Marlene sah aus, als sei sie soeben dem Bett entstiegen und auf dem Weg ins Bad zufällig an Jannings' Tisch hängen geblieben: das Gesicht bleich gepudert, die Augen dunkel umrandet, die Haare zu einem stürmischen Unfall frisiert. Ihr cremefarbenes Trägerkleid hätte mühelos als Negligé durchgehen können. Womöglich, überlegte Karl, war außer Emil und ihm selbst niemand an diesem Tisch, mit der oder dem das Revue-Girl noch nicht das Bett geteilt hatte. Die trieb es mit ihrer Lavendelehe bunter als er ohne. Karl kamen Heinrich Mann und Nelly in den Sinn. Die ganze Stadt schien sich seit dem Krieg zu einer Ansammlung ineinander verschachtelter Dreiecke entwickelt zu haben. Im besten Falle litt nur einer, oftmals zwei, nicht selten alle drei.

Karl schätzte Marlenes Vielseitigkeit, die scheinbar gelangweilte Art, mit der sie das Publikum bei der Stange hielt, und ja, sie hatte die längsten Beine der Stadt. Auch sie hatte im Nichtschwimmerbecken angefangen. Was seinen persönlichen Geschmack betraf, war sie ihm zu derb. Emil, das wusste er, befand sie gar für zutiefst ordinär. Aber der war generell nicht an Affären interessiert. Er war zu sehr mit sich selbst beschäftigt, um noch für andere Interesse aufzubringen. Bewunderung ja, aber nur, wenn sie nichts von ihm einforderte.

Ruth nahm Vollmöllers Hand und legte sie auf ihren Oberschenkel. Karl spürte ihr schlankes Bein durch die violette Seide. Einen Moment lang glaubte er sogar, die Farbe zu fühlen. Ihr Bubikopf kitzelte sein Ohr:

»Im Nichtschwimmerbecken«, flüsterte sie, »warten zwei junge Amerikanerinnen darauf, von dir ins Nachtleben eingeführt zu werden. Und sie wollen unbedingt deine Wohnung sehen, von der sie schon so viel gehört haben.«

»Wird dir das nicht etwas eng werden – zu viert in einem Bett.«

»Oh, ich werde nicht dabei sein, leider. Ich hab schon andere Pläne. Aber sie sind ganz zauberhaft – und sehr jung. Du wirst mich keine Minute vermissen, und sie sind wirklich sehr aufgeschlossen. Davon konnte ich mich letzte Nacht überzeugen. Vielleicht komme ich später noch.«

Doch, dachte Karl. Ich werde dich vermissen. Aber so ist das. Er sagte: »Du kümmerst dich wirklich rührend um mich.«

Jannings spürte, dass etwas im Busch war. Mit seinem »Später« hatte Vollmöller ihm einen kleinen Stachel ins Fleisch gesetzt. Als alle um sie herum miteinander beschäftigt waren, raunte er Karl zu: »Du verheimlichst ihm etwas. Das schmeckt ihm gar nicht.«

Karl warf einen Seitenblick zu Alfred Kerr hinüber, der seine Zeitung vor sich ausgebreitet hatte. Der Feuilletonist des *Berliner Tagblatts* führte eine der spitzesten Federn der Stadt.

»Später«, wiederholte Vollmöller nur.

Jannings wurde stutzig. Was konnte Vollmöller ihm so Geheimnisvolles anzuvertrauen haben? »Kann man hier nirgends in Ruhe reden?«

Karl überlegte, ob es besser war, das Gespräch zu vertagen, wusste aber, dass es keine Antwort darauf gab. Emil war ein Springteufel. Man drehte an der Kurbel, bis der Deckel aufsprang und der Jack aus der Box schoss. Dummerweise ließ sich vorher nie sagen, ob es ein Engel, ein Teufel oder ein Clown sein, ob die Hybris einen anschreien oder der Kleinmut sich einem zu Füßen legen würde.

Die Aufmerksameren am Tisch bemerkten, dass zwischen Vollmöller und Jannings unter Verschluss gehaltene Informationen den Besitzer wechseln sollten. Karl machte eine beschwichtigende Geste, stand auf, ging auf die Suche nach Bruno Fiering, dem Betreiber des Romanischen, und fand ihn auf einem Schemel sitzend in der Küche, einen Teller mit Spiegeleiern im Schoß.

Als sich Karls glänzende Budapester Schuhe in sein Blickfeld schoben, hob Fiering den Kopf und grinste mit vollem Mund. »Lass mich raten.« Er schob eine Gabel nach, bevor er geschluckt hatte. »Du brauchst mal wieder mein Vorzimmer.«

Karl überlegte, ob er Bruno erklären sollte, dass es sich diesmal nicht um eine amouröse Angelegenheit, sondern um eine Besprechung handelte, aber im Grunde änderte das nichts, also zog er nur schuldbewusst die Schultern hoch.

Bruno wischte sich die behaarten Hände an der Serviette ab, die er über seine Oberschenkel gebreitet hatte, zog einen Bund mit nicht weniger als einem Dutzend Schlüsseln aus der Weste, trennte einen ab und reichte ihn Karl.

»Den Weg kennst du ja.«

»Danke, Bruno. Du hast einen gut bei mir.«

»Der Witz des Jahres«, erwiderte der Gastronom, wandte sich den Spiegeleiern in seinem Schoß zu und schien Karl bereits wieder vergessen zu haben.

Brunos Büros waren im ersten Stock untergebracht. Man betrat das Vorzimmer, von dem wiederum zwei Türen abgingen: die linke führte in Brunos Privatbüro, hinter der rechten arbeitete die Buchhaltung. Das Vorzimmer enthielt alles, was nötig war, und kein bisschen mehr: einen Schreibtisch mit zwei kompliziert zu bedienenden Telefonen, ein Sofa, zwei Sessel, einen Tisch mit Zeitschriften, eine Garderobe, einen Schirmständer. Vor dem Fenster erhob sich majestätisch der hoch aufragende Turm der Gedächtniskirche.

Jannings nahm wie selbstverständlich das Sofa in Beschlag, setzte sich in die Mitte und breitete die Arme über die Lehne. Vollmöller stellte sich vor eines der Fenster und blickte auf den Auguste-Viktoria-Platz hinab. Der das Gewitter ankündigende Wind trieb eine Zeitung über den Platz. Im Westen war der Himmel bereits bleigrau und undurchdringlich. Karl meinte, einen Blitz durch die Wolken zucken zu sehen.

»Du machst es aber spannend«, sagte Jannings.

Als Karl sich zu ihm umwandte, hatte der Schauspieler das Gesicht eines Lausbuben, der fand, dass er nun endlich sein Geschenk bekommen müsse. Karl wünschte sich, Gussy wäre mit heraufgekommen, doch Claire und sie waren derart damit beschäftigt gewesen, die Lücke zu füllen, die drei Jahre Amerika in ihrer Freundschaft hinterlassen hatten, dass er nicht hatte intervenieren wollen. Es roch nach staubigen Teppichen und welkem Papier.

Karl zog sein Etui heraus, setzte sich seinem Freund gegenüber auf einen der Sessel, gab sich Feuer, inhalierte. »Der Rasputin ist gestorben.«

Jannings war zu keiner Antwort fähig. Das war immerhin besser als ein cholerischer Ausbruch. Vollmöller beugte sich vor, zog sich den Aschenbecher heran und erklärte, was er zuvor Hugenberg erklärt hatte: Fürst Jussupow, die drohende Klage, dass der Film keine Chance hätte, jemals gezeigt zu werden. Der Schauspieler reagierte, wie Vollmöller es erwartet hatte.

»Das ist ihm egal!« Er scheuchte mit dem Arm sämtliche Widerstände aus dem Raum. »Vollkommen gleichgültig ist ihm das!«

»Das mag sein, aber es ändert nichts: Gestorben ist der Rasputin trotzdem.«

Jannings nahm Fahrt auf: »Er hat einen Vertrag!«

»Ganz richtig. Und den wird er auch erfüllen.«

Der Schauspieler geriet ins Stocken. »Was soll das bedeuten?«

»Das bedeutet, du wirst eine andere Rolle spielen, in einem anderen Film.«

»Er will den Rrrasputin!«

»Ohne Film wird das schwierig, meinst du nicht?«

»Dann spielt er nicht.«

»Natürlich wirst du spielen.«

»Und wenn er sich weigert?«

»Dann wäre er ein arger Tor. Denn zum einen wird dich der Film, den wir stattdessen drehen, unsterblich machen, und zum anderen hast du, wie du soeben betont hast, einen Vertrag.«

Natürlich hätte Jannings den Vertrag auflösen können, doch das wäre ihn teuer zu stehen gekommen. Die Sache war die: Was Geld anging, war er ebenso gierig wie geizig. Krankhaft. Jeder wusste von dem Kissen, in das er 100 000 Dollar hatte einnähen lassen und ohne das er keine Reise antrat. Einen Teil der Gage aus dem aktuellen Vertrag hatte er bereits erhalten. Nun verhielt es sich so: Geld nicht zu bekommen, war unter Umständen noch zu verschmerzen, Geld jedoch zurückzahlen, kam einer Amputation gleich.

»Dann will er den Rrrasputin!«

»Davon steht in deinem Vertrag nichts.«

Jannings blitzte seinen Förderer an. Karl hatte ihn in die Defensive gedrängt, was ihm nicht behagte. Um es milde auszudrücken. Einen Jannings drängte man nicht in die Defensive.

Er verschränkte die Arme vor der Brust: »Und was, bitteschön, soll das für ein Film sein?«

Vollmöller lächelte einladend. »Na bitte – du fängst an, die richtigen Fragen zu stellen.«

Karl machte ein Gesicht, das nur eines bedeuten konnte: Die Rolle, die Jannings an Stelle des Rasputin spielen sollte, würde den Rasputin geradezu kümmerlich aussehen lassen. Doch was konnte das sein – Cäsar, Napoleon, Gott?

»*Professor Unrat*«, sagte Vollmöller.

Jannings schien zu überlegen, ob sich die Worte auf dem Weg von Vollmöllers Lippen bis an seine Ohren womöglich transformiert hatten. Immerhin war seine spontane Reaktion ein neuerliches Schweigen.

Auf den ersten Blick gab der *Professor Unrat* wenig her: eine piefige Geschichte, die in einer kleingeistigen Welt spielte und die verlogene Moral des Bürgertums zum Inhalt hatte. *Rasputin* dagegen hatte Größe, der Stoff atmete förmlich, opernhaft! Da tummelten sich schöne Frauen in königlichem Glanz, es gab Wunder zu bestaunen, Überirdisches ... Doch Jannings war erfahren genug, um zu erkennen, welche Herausforderungen die Rolle des Professor Unrat bot. Selbstverständlich hätte er lieber ein Heer befehligt, als sich von aufsässigen Schülern schikanieren zu lassen, doch genau darin – die Größe im Kleinen zu zeigen – lag auch eine Chance.

»Was ist mit Ernst«, fragte er, »zieht der mit?«

Damit hatte Jannings den nächsten Nerv getroffen: die Regie. Vor fünfzehn Jahren, noch im Krieg, hatten Ernst Lubitsch und er gemeinsam am Deutschen Theater auf der Bühne gestanden. Seither hatte jeder für sich Karriere gemacht, der Kontakt zwischen ihnen war jedoch nie abgerissen. Also hatte Vollmöller ihm in Aussicht gestellt, er werde Lubitsch als Regisseur engagieren. Ein Köder, den Emil freudig geschluckt hatte. Wobei »in Aussicht gestellt« den Sachverhalt nur unzureichend wiedergab. »Du versprichst es ihm«, hatte Jannings von Vollmöller verlangt, und der hatte erwidert: »Habe ich dich je enttäuscht?« Emil ging also fest davon aus, dass Lubitsch, ebenso wie er selbst, für die geplante Produktion aus den USA eingeschifft werden würde.

Karl entschied sich für die harte Gangart, die Zügel aus der Hand geben konnte er immer noch: »Lubitsch wird nicht Regie führen«, sagte er. »Aber er hätte auch beim Rasputin nicht Regie geführt. Ernsts Gehaltsforderung war absolut inakzeptabel.«

Schon wieder nur die halbe Wahrheit. Irgendwann, dachte Vollmöller, irgendwann fällt dir das alles auf die Füße, dann gibt es einen großen Knall, und eine Menge Rauch steigt auf. Aber auch der verzieht sich. Die ganze Wahrheit war: Es stimmte, dass Lubitsch ein Honorar gefordert hatte, das die Ufa als überzogen ablehnen musste. Doch Karl selbst war es gewesen, der es ihm eingeflüstert hatte. Er wollte Sternberg, um jeden Preis.

Jannings machte große Augen: »Wie viel wollte er denn?«

»Mehr, als du für die Hauptrolle bekommst.«

Der Schauspieler stemmte die Fäuste in die Hüfte wie Claire Waldoff, wenn sie *Die Männer sind alle Verbrecher* sang. »Das geht natürlich nicht!«, stellte er fest. Kein Drehbuchschreiber, Regisseur oder Schauspieler durfte an einem Film mehr verdienen als er. Folglich war der Ufa gar keine andere Wahl geblieben, als Lubitsch abzulehnen.

Die Fäuste noch immer in den Hüften, sagte er: »Na, du machst mir Spaß.« Vor lauter Schreck vergaß er, in dritter Person von sich zu reden. »Kein Rasputin, kein Lubitsch ...« Er sah Vollmöller an, der sich in seinem Sessel zurücklehnte und die Beine übereinanderschlug. Und wartete. Was hatte das zu bedeuten? Jannings begriff. »Ver-ste-he! Du alter Gauner! Also: Wer wird es machen? Lang? Nein. Wir brauchen einen mit Tonfilmerfahrung. Milestone? Milestone wäre gut. Aber der dreht schon *Im Westen nichts Neues* für die Paramount. Nein, den lassen sie nicht gehen. Also, wer ist der Glückl...« In dem Moment, da Jannings aufging, wen Vollmöller für die Regie vorgesehen hatte, zeigte sich das blanke Entsetzen in seinem Gesicht. »Das«, er sog im Umkreis von zwei Metern sämtliche Luft ein, »kannst du unmöglich ernst meinen!«

Vollmöller war sich bewusst, dass Jannings in diesem Zustand rationalen Argumenten gegenüber nicht zugänglich war. Doch was hätte er sonst tun sollen? Vielleicht konnte er ihn wenigstens dazu bringen, etwas von der Luft wieder abzulassen, die er gerade aus dem Vorzimmer gesaugt hatte.

»Josef ist ein hervorragender Regisseur, er ...«

»Pah!«

»... hat Erfahrung mit dem Tonfilm, und außerdem ...«

»PAH!«

»... außerdem war es *sein* Film, für den du den Oscar bekommen hast.«

»NIE WIEDER!«

Jannings überraschte sie beide, indem er nach dem Aschenbecher griff, ausholte und ihn durch das geschlossene Fenster schleuderte. Karl hörte ihn auf der Straße zu Bruch gehen, zwei Frauen stießen spitze Schreie aus. Die Fensterscheibe regnete in Scherben auf das Vordach des Romanischen hinab. Im nächsten Moment hatte Emil den Aschenbecher bereits vergessen und hob die Fäuste wie zum Kampf.

»›NIE WIEDER!‹ Das waren *seine* Worte, nicht meine! Hast du schon vergessen, was er mir geschrieben hat: ›Und wenn du der letzte noch lebende Schauspieler auf der Welt wärst!‹ So was schreibt der mir. MIR!«

Vollmöller betrachtete die Glut an seiner Zigarettenspitze und antwortete mit einer Stimme, die beinahe gelangweilt klang. »Der Film wird euch beide unsterblich machen.«

»Unsterblich bin ich längst!«

In Ermangelung eines Aschenbechers schnippte Vollmöller die Asche auf den Teppich. »Als Name, in einem Buch: ja. Emil Jannings, Gewinner des ersten Oscars. Bravo, mein Lieber. Eine Auszeichnung, von der keiner weiß, ob sie in fünf Jahren überhaupt noch vergeben wird. Als Schauspieler in einem epochalen Film: nein.« Er ließ Rauch aufsteigen. »Diese Tür, Emil, diese Tür öffnet sich einem Schauspieler nur einmal im Leben. Dieser Film ist nicht einfach ›einer mehr‹. Er wird das Fundament für ein neues Zeitalter legen. Noch steht dir diese Tür offen, doch sie wird sich schließen, und dann bist du entweder hindurchgegangen, oder wirst für immer davor stehen und dich fragen, wie du zulassen konntest, dass dein Stolz und deine Eitelkeit dich davon abgehalten haben, über deinen Schatten zu springen.«

Als hätte er nur auf seinen Einsatz gewartet, tat Jannings genau das: Er sprang auf. Vollmöller hatte gerade noch Gelegenheit, seine Beine wegzuziehen, bevor der Tisch umstürzte und sich die Zeitschriften über den Teppich verteilten.

»Da müsste er schon zu Kreuze kriechen!« Emils Stimme musste durch die zerborstene Scheibe bis auf den Platz zu hören sein. »Auf allen vieren mich um Verzeihung bitten! Emil, müsste er sagen, Emil, ich bitte dich: Verzeih' mir! Dann« – Jannings' Fäuste fuhren gen Himmel auf –, »und nur dann!, wäre der Emil ihm wieder gut.«

Vollmöller aschte ein weiteres Mal auf den Teppich, erhob sich, stellte den Tisch zurück auf die Füße, schob die Zeitungen zusammen. Er trat ans Fenster. Eine Traube von Passanten hatte sich um den zerbrochenen Aschenbecher versammelt und blickte geschlossen zum Fenster auf. Verletzte schien es keine zu geben. Ein Kellner in weißer Schürze kehrte die Scherben zusammen. Bruno Fiering kam unter dem Vordach hervor, besah sich das Malheur, blickte zu Vollmöller empor und machte eine Geste, die besagen sollte: Was kommt als Nächstes? Karl winkte ihm: *Du hast einen gut bei mir.* Der Witz des Jahres.

Eine Entschuldigung also, überlegte Vollmöller. Jannings wollte Unterwerfung von Sternberg. Das sollte sich machen lassen. Aber davon würde Sternberg erst erfahren, wenn er in Berlin wäre. Vollmöller wandte dem Fenster den Rücken zu, ging zum Tisch zurück und streckte dem verdutzt dreinblickenden Jannings den Arm entgegen: »Emil, ich liebe dich! Hand drauf.«

Ruth war schon gegangen. Vielleicht hatte er sie sich tatsächlich nur eingebildet. Der Tisch mit den beiden Amerikanerinnen im Nichtschwimmerbecken war nicht schwer auszumachen. Sie waren, wie Ruth es versprochen hatte: hungrig und aufgeschlossen. Ein wahrer Jungbrunnen. Mein Gott, Karl war älter als die beiden zusammen. Mit ihnen an der Seite würde er sich spätestens um zwei in der Frühe wie ein Greis fühlen. Außerdem hatte er gerade jetzt Dringenderes zu erledigen.

»Ladys, I am awfully sorry, but I will have to excuse myself.«

Draußen pladderten dicke Tropfen schwer auf den Asphalt. Man spürte jeden von ihnen einzeln. Dampf stieg auf. Die Menschen stoben über den Platz wie von unsichtbarer Hand getrieben. Warm. Der Regen war warm. Karl blickte in den Himmel und begann zu lächeln. Ein Tropfen zerplatzte auf seinem Brillenglas. Er zog den Kopf ein, stieg in den Daimler, drehte eine Runde um den Platz und rauschte davon Richtung Mitte. Er musste in die Oranienburger Straße, ins Haupttelegrafenamt. Den Wortlaut des Telegramms, das er gleich an Sternberg schicken würde, hatte er bereits im Kopf: *In Berlin liegen große Aufgaben vor dir. Stop. Jannings bittet um Entschuldigung ...* Irgendwann würde ihm das alles auf die Füße fallen, dann würde es einen großen Knall geben und eine Menge Rauch aufsteigen. Doch auch der verzog sich.

22

Berliner Volkszeitung
21. September 1929

Amerika ist das Land des Films. Tausende von Lichtspielhäusern locken täglich Millionen vor die weisse Wand. New York allein beherbergt 4600 Kinos. »Let's go to the movies!« (Lasst uns ins Kino gehen!) lautet die ständige Redensart bei jung und alt, arm und reich, wenn die Tagesarbeit vollbracht ist. Die Vorstellungen beginnen um 11 Uhr vormittags und werden ununterbrochen bis gegen Mitternacht durchgeführt. Ein Platz in den grössten Theatern kostet am Vormittag 30 Cent, am Nachmittag 60 Cent und abends 1 Dollar. Was hierfür geboten wird, lässt sich mit den deutschen Verhältnissen nicht vergleichen.
Am Broadway bin ich in Kinos gewesen, die fünftausend und sechstausend Besucher aufnehmen. In den Abendstunden steht das Publikum auf der Strasse in langen Schlangen an, obwohl die Räume mit den Kassenschaltern von riesenhafter Ausdehnung sind. Kinopaläste dieser Art führen daher auch in New York die Bezeichnung »Film-Kathedrale«!

Als sie spürte, dass Willi gleich zum Orgasmus kommen würde – sein Körper bäumte sich unter ihren Händen auf und sein treuester Freund, wie er ihn gerne nannte, wurde so hart, dass es schmerzen musste –, ließ Marlene ihn noch etwas zappeln. Sie entließ ihn aus ihrem Mund, legte die Finger um ihn, spürte, wie es in ihm pulsierte. Wie ein Fisch auf dem Trockenen, dachte sie. Es erregte sie, die Kontrolle zu haben, mit der Lust des anderen zu spielen. Und mit Willis Lust zu spielen erregte sie besonders. Im Film und auf der Bühne war er ein Charmeur, der sich seiner Wirkung stets bewusst war. Und sobald er anfing zu singen, gaben auch die Letzten ihren Widerstand auf. Wenn Marlene ihn jedoch unter sich hatte, im Bett, dann war er hilflos und ausgeliefert, und das jagte ihr wohlige Schauer durch den Unterleib.

Sie blickte zu ihm auf, drückte noch eine Spur fester zu, bewegte langsam ihre Hand. Er machte ein Gesicht, als reiße sie ihm die Zehennägel einzeln aus. Beinahe brachte es sie zum Lachen.

»Er wird mir doch nicht explodieren?«, sagte sie.

»Marlenchen, ich bitte dich!« Willis Rücken spannte sich wie ein Bogen. »Erlöse mich endlich, du Biest!«

So hatte sie ihn am liebsten – bettelnd. Sie schob ihre Lippen über seinen treuesten Freund, und keine Minute später begann der lyrische Tenor zu zwitschern wie eine Lerche.

Der Rauch von Willis Zigarette stieg in einer feinen Säule zur Decke auf. Er blies Kringel, die in der Luft schwebten, bis er mit einem ausgestreckten Finger durch sie hindurchwischte. Marlene betrachtete die Stucknymphen, die um den Gasauslass in der Deckenmitte tanzten und den Frühling begrüßten, jung, leichtfüßig und rein. In den Ecken fanden sie sich wieder, verbunden durch eine geflochtene Blumengirlande, die den Raum umspannte. Welche Grazie! Marlene hatte so etwas noch nie gesehen. Es war inspiriert und eigens für dieses Zimmer gefertigt. Der Stuckateur musste Wochen daran gearbeitet haben, Monate womöglich. An dieser Decke, in diesem Zimmer, hatte er sein gesamtes künstlerisches Talent zur Entfaltung gebracht. Und niemand sah es, es sei denn, er lag rücklings in Willis Bett. Wie friedlich das sein musste – ein Künstler zu sein, der sich selbst genügte. Und was für eine Verschwendung.

Willi war Wiener, durch und durch, trug seinen Akzent wie andere ihre Kapitänsbinde. Seit zwei Jahren jedoch pendelte er. Seine Berliner Bleibe war diese noch immer uneingerichtete Zwei-Zimmer-Wohnung in der Nassauischen, keine zehn Gehminuten von Marlenes Wohnung entfernt. Neben der Kommode stand sein halb ausgepackter Koffer mit geöffnetem Deckel. Nicht zum ersten Mal fiel Marlene auf, dass dieser Koffer stets an derselben Stelle lag, und sie fragte sich, ob er tatsächlich mit Willi pendelte, oder ob er einfach nur halb ausgepackt neben der Kommode lag und er in Wien einen zweiten hatte, der halb ausgepackt neben der dortigen Kommode lag.

Sie hatte Maria versprochen, in der Probenpause nach Hause zu kommen und sich von ihr vorführen zu lassen, wie sie ohne Stützräder fuhr. Vor vier Wochen hatte Rudi der Kleinen ein Fahrrad gekauft – ohne konkreten Anlass, das Wetter war so schön –, ein rotes, mit roten Felgen sowie roten Schutzblechen, Stempelbremse und Torpedonabe. Einen Feuerteufel, von Opel, versteht sich. Für seine Tochter war ihm das Beste gerade gut genug. Insgeheim vermutete Marlene, dass es Rudi bei der Entscheidung nicht so sehr um Maria gegangen war als vielmehr darum, auf was für einem Fahrrad sie gesehen werden sollte, wenn er mit seiner Tochter im Tierpark das Fahren übte. Am selben Tag nämlich hatte er sich selbst einen Freizeitanzug gekauft, bei Knize in der Wilhelmstraße, wo sonst. Jetzt flanierten sie gemeinsam durch den Park, Rudi in seinem perlmuttschimmernden Anzug, Maria auf einem Feuerstuhl.

Im Grunde sollte sie dankbar sein, und das versuchte sie

auch. Schließlich kümmerte sich Rudi um das Kind, übte mit ihm Fahrrad fahren, ging mit ihm Eis essen. Und doch hatte Marlene sich nicht verkneifen können, ihm zu sagen, dass sie dankbar wäre, er ließe noch ein bisschen von ihrem Geld übrig. Sie könne nicht noch mehr Arrangements annehmen.

War das ungerecht? Verhielt sie sich Rudi gegenüber unfair? Immerhin ermöglichte sie ihm, Tamara hübschen Schmuck zu kaufen, mit dem die wiederum ihre Spielleidenschaft kurierte. Da war der Lohn, den Marlene ihr als Kindermädchen zusteckte, reine Nebensache. Und dass Rudi den Gockel machte, wenn er mit Maria den Tauentzien entlangstolzierte? Sollte er doch. Im Grunde war sie auch nicht besser. Sie wollten beide mehr sein, als sie waren.

Doch da nagte noch etwas anderes, und sich das einzugestehen wäre jedem schwergefallen. Sie war eifersüchtig. Auf die Nähe zwischen Maria und Rudi, auf ihre Komplizenschaft. Als Maria beim Frühstück erzählt hatte, dass sie jetzt ohne Stützräder fahre, klang das, als teilten Rudi und sie ein Geheimnis: Hier, magst du mal sehen? Aber nicht anfassen, es gehört uns! Marlene, die mal wieder auf dem Sprung war, versprach ihr, sie werde in der Probenpause nach Hause kommen, und dann solle Maria ihr zeigen, wie schön sie schon fahren konnte. Da hatte Maria, statt zu antworten, ihr einfach nur in die Augen geblickt und die Schultern hochgezogen. Einerlei.

Also war Marlene in der Probenpause nicht nach Hause gekommen, sondern hatte sich stattdessen mit Willi im Mutzbauer in der Marburger Straße getroffen, gleich um die Ecke von dessen Wohnung. Und als der Kellner die Teller abräumte und Willi sein Zigarettenetui hervorzog, hielt sie ihn zurück und sagte: »Das Dessert nehmen wir bei dir ein.«

Willi schien wenig überrascht. »Aber Zeit für eine Melange ist schon noch, oder?«

Jetzt lag sie hier, neben diesem Frauenschwarm, der in seiner ganzen Selbstzufriedenheit Rauchkringel aufsteigen ließ, während die Nymphen über ihren Köpfen Ringelrein tanzten. Das Versprechen, das sie Maria gegeben hatte, würde sie nicht halten. Marlene war mit Willi ins Bett gestiegen, um ihrer eigenen Tochter eins auszuwischen. Im Übrigen waren Rudi und Maria nicht die Einzigen, auf die Marlene eifersüchtig war. Tamara gehörte ebenfalls dazu. Sie waren drei gegen eine. Marlene war in ihrer eigenen Familie der Fremdkörper.

Sie wollte zu viel für sich selbst. Sie wollte alles. Josephine meinte ja, die Kunst im Leben bestehe darin, mit dem zufrieden zu sein, was es einem zu geben hatte. Doch das sagte sie nur, um sich über ihre enttäuschten Erwartungen hinwegzutrösten. In Wirklichkeit verhielt es sich andersherum. Das Leben hatte dir nicht ein vorbestimmtes Maß zugedacht, von selbst gab dir das Leben gar nichts. Es gab dir so viel, wie du dir nahmst, und wenn du alles wolltest, musstest du dir eben alles nehmen.

Maria. Grundgütiger, Marlene hatte sie nicht einmal *mit* Stützrädern fahren sehen. Und warum? Aus gekränkter Eitelkeit vermutlich, welchen Grund konnte es sonst geben? Weil sie es nicht ertragen konnte, dass Rudi und Tamara dem Kind näher waren als sie. Sie hatte eine gute Mutter sein wollen, aber ihre Versuche waren so fadenscheinig gewesen wie das Nachthemd ihrer Negerpuppe.

Die Konturen der Stucknymphen verschwammen. Das durfte doch nicht wahr sein, fing sie jetzt das Weinen an, aus Selbstmitleid? Marlene presste die Kiefer aufeinander und zwang die Tränen hinter die Augen zurück.

Willi drehte sich von ihr weg und drückte die Zigarette aus. Das Zeichen zum Aufbruch, zurück an die Arbeit. Am Abend stand er im Deutschen Theater auf der Bühne – Max Reinhardt hatte ihn für die Hauptrolle besetzt –, während Marlene für die nächste Revue probte: Beine zeigen, Hüfte wiegen, schlüpfrige Lieder singen. Ihr imponierte die Leichtigkeit, mit der er Karriere gemacht hatte, wie im Vorbeigehen. Was die Frage aufwarf, ob sie selbst zu verbissen gewesen war. Hatte sie es zu sehr gewollt? *Café Elektric* hatte für sie beide die erste richtige Hauptrolle in einem Kinofilm bedeutet, und sie waren beide nicht gut gewesen, noch dazu in einem schlechten Film. Möglich, dass Marlenes Rolle noch undankbarer gewesen war als Willis, das änderte jedoch nichts daran, dass der Film sowohl in Wien als auch in Berlin durchgefallen war. Seither ging es mit Willis Schauspielkarriere kontinuierlich bergauf, während Marlene sich von Revue zu Revue hangelte, von Jahr zu Jahr.

Wieder spürte sie den Druck hinter den Augen. Was war nur in sie gefahren? Sie kniff sich so fest in den Oberarm, dass sie nach Luft schnappen musste. Sie würde sich Willi nicht in dieser Verfassung präsentieren, keinesfalls würde er sie weinend zu sehen bekommen. Sonst bildete sich dieser Belami noch wer weiß was ein. Sobald irgendwo eine Frau weinte, dachten Männer ja grundsätzlich, es ginge um sie. Na ja, wenn die Frau nicht weinte, ebenfalls. Vier Filme hatte er schon gedreht, allein in diesem Jahr, alles Hauptrollen, alle erfolgreich. Dabei war erst August! Es war nicht so, dass Marlene ihm seinen Erfolg missgönnt hätte, nur hätte sie selbst ihn auch gerne gehabt. Doch es war nicht passiert. Dabei hatte dieses Jahr noch mit einer echten Überraschung aufgewartet.

Im März, da hatte es ein großes Aufatmen gegeben, denn sie war für *Die Frau, nach der man sich sehnt* besetzt worden, mit Kortner als Spielpartner! Ein Wunder, dass man sie überhaupt für die Probeaufnahmen einbestellt hatte. Insgeheim vermutete sie, dass jemand seine Finger im Spiel gehabt hatte, Becce möglicherweise, der für die Musik engagiert war und nie wirklich aufgehört hatte, dem nachzutrauern, was nie zwischen ihnen gewesen war.

Die Uraufführung war im April, und danach übten sich sämtliche Kritiker der Stadt ausnahmsweise einmal in harmonischer Eintracht: Das Spiel des Fräulein Dietrich sei »langweilig und leeräugig«, ein »Schlag ins Wasser«, an keiner Stelle des Films habe sie es verstanden, ihre Figur »zum Leben zu erwecken«. Im Nachhinein kam es Marlene vor, als habe ihr das Schicksal die Rolle allein deshalb in den Schoß geworfen, um ihr endgültig und unmissverständlich vor Augen zu führen, dass sie vor der Kamera nichts zu suchen hatte.

Willi war aufgestanden und kramte in seinem halb ausgepackten Koffer. Eine Haut wie ein Baby, glatt und weich und nirgends eine Falte. Überhaupt hatte er einen zarten Körperbau, schmächtig beinahe, besonders männlich sah das nicht aus. Man fragte sich, wie ein so zartes Männlein eine so kräftige Stimme haben konnte.

»Wirst mir doch nicht weinen, Kindchen?«, sagte er, während er zwischen zwei Hemden wählte.

Na bitte, natürlich dachte er, es gehe um ihn. Männer.

»Da kannst du lange warten«, rief sie ihm zu, »dass ich dir eine Träne nachweine.«

»Brav.« Er streifte das Hemd über, vollführte eine halbe Drehung, lupfte einen imaginierten Hut. »Was probst eigentlich grad' – eine neue Revue?«

Die Frage hatte er ihr bereits beim Mittagessen gestellt, und Marlene hatte ihm lang und breit davon berichtet, hatte es größer klingen lassen, als es war. Ja, wieder eine Revue, nächsten Monat sei Premiere, Mischa habe die Musik komponiert, vielleicht sei wieder ein Kassenschlager dabei. Mit *Wenn die beste Freundin* oder *Es liegt in der Luft* hatte er Marlene ja bereits zwei große Publikumserfolge beschert. Ach ja, und Stern besorge das Bühnenbild, der war ja seit Jahren erste Wahl. Der fesche Albers spiele übrigens die Hauptrolle –

einen ahnungslosen Kellner. Noch so einer, dessen Karriere etwas Spielerisches hatte und der scheinbar völlig mühelos Film und Bühne zugleich bespielte. Sie jedenfalls würde eine verruchte, anzügliche Amerikanerin geben, steinreich, versteht sich, die dem armen Kellner den Kopf verdrehe, bis der ihm abzufallen drohe. Ungefähr eine Stunde war es her, dass Marlene ihm all das gesagt hatte, doch über dem, was in der Zwischenzeit passiert war, schien der gute Willi kurzfristig sein Erinnerungsvermögen eingebüßt zu haben. Vielleicht sollte sie es als Kompliment nehmen.

»Das hab ich dir alles schon beim Mittagessen erzählt!«

Dem Kissen, das sie nach ihm warf, wich er aus wie ein Matador. »Hast du?« Er zwinkerte ihr zu, was in Hemd und Unterhose ein Witz war und auch sein sollte. Willi hatte tatsächlich humoristisches Talent. »Da muss ich mit meinen Gedanken wohl woanders gewesen sein.«

»Ich kann mir schon denken, wo du warst. Und es waren nicht deine Gedanken!«

Sie war sicher, den schwachen Moment überwunden zu haben, doch völlig überraschend spürte sie wieder die Tränen aufsteigen. Sie sah die kleine Maria im Flur stehen, das rote Fahrrad neben sich, und wie Tamara aus dem Salon kam und sie an die Hand nahm.

Willi warf ihr einen fragenden Blick zu. »Sei nicht traurig, Kindchen, in zwei Wochen bin ich wieder da.«

Marlene schluckte die Tränen, streckte ein nacktes Bein in die Luft, strich über die Innenseite. »Komm«, sagte sie, »wir machen's noch mal.«

23

Berliner Volkszeitung
14. September 1929

Wir haben im heutigen Morgenblatt den Wortlaut des nationalsozialistischen Volksbegehrens veröffentlicht, der gestern abend in später Nachtstunde verbreitet wurde.
Niemand hat von dem immer und immer wieder angekündigten Volksbegehren viel erwartet, seine Dürftigkeit übertrifft aber alle Unterschätzungen.
Das Volksbegehren der Hitler und Hugenberg beschränkt sich nur auf die Kriegsschuldartikel des Friedensvertrages sowie die Ablehnung des Young-Plans.
Den Haupttrumpf haben sich die Begehrer für den Schlussparagraphen vorbehalten. Danach sollen die Staatsmänner, die neue Verpflichtungen eingehen, also den Young-Plan akzeptieren, nach § 92 Absatz 3 des Strafgesetzbuches behandelt werden. Der Staatsmann also, der Deutschland Hunderte von Millionen ersparen will, soll wegen Landesverrats angeklagt und mit Zuchthaus nicht unter 2 Jahren bestraft werden!

Pommer zu überraschen war wahrlich keine einfache Übung, doch Vollmöller gelang es immer wieder.
»Du hast *was?*«, fragte der Produzent.

Karl saß ihm gegenüber wie ein Hund in Erwartung von Schlägen, den Rücken zur Wand. Er hatte einen Tisch im hinteren Bereich des Frühstücksraums gewählt, direkt neben dem Durchgang zur Küche. Das dezente Klirren von Silberbesteck auf Porzellantellern erfüllte den Saal, untermalt von babylonischem Gemurmel. An einem anderen Tag hätte Karl die Atmosphäre genossen, schließlich gab es in Berlin keinen zweiten Ort, an dem jeden Tag so viele Menschen aus aller Herren Länder aufeinandertrafen. Er blickte auf das erkaltete Rührei seines Intercontinental-Frühstücks, als frage er sich, wie es dorthin gekommen war. Seit es vor ihm stand, hatte er noch nicht einmal das Besteck zur Hand genommen.

»Sei so gut und lass es mich nicht wiederholen müssen«, bat er.

Er blickte auf seine Omega-Uhr, als ließe sich dadurch die Zeit anhalten. Anschließend bestellte er einen zweiten Kaffee, ohne den ersten angerührt zu haben. Die Zeitung hatte er mehrmals durchgeblättert, zurückgeblieben war ein unappetitlicher Brei diffuser Informationen.

Hinter ihm lag eine schlaflose Nacht, was nicht nur daran lag, dass um halb drei in der Früh eine nackte und erhitzte Ruth unter seine Bettdecke geschlüpft war, sondern sich vor allem dem Umstand verdankte, dass Sternberg um Viertel nach zehn am Lehrter Bahnhof eintreffen würde und es um elf einen Presseempfang im Esplanade geben sollte, gemeinsam mit Jannings. Das bedeutete, in nicht einmal zwei Stunden würde unweigerlich die Bombe platzen, die Karl so sorgsam mit seinen kleinen und weniger kleinen Lügen bemäntelt hatte. Leider war sie dadurch nicht weniger explosiv geworden.

Etwa gegen fünf Uhr hatte sich die Erkenntnis durchgesetzt, dass ohne Pommer an seiner Seite eine Havarie unvermeidlich war, ab kurz nach sechs hatte er versucht, den Produzenten ans Telefon zu bekommen. Der hatte, wie Karl wusste, ebenfalls einen W28-Selbstwählapparat in seiner Villa in Steglitz stehen. Doch es wollte keine Verbindung zustande kommen. Also hatte Vollmöller bei Nacht und Nebel einen Boten mit einer Depeche losgeschickt – er kam sich vor wie im Krieg –, in der er Pommer dringend! ersuchte, ihn um neun Uhr zum Frühstück im Adlon zu treffen.

Vollmöllers Omega zeigte neun Uhr vierundzwanzig an, und er hatte vor dem Produzenten ein umfängliches Geständnis abgelegt: Er hatte Sternberg aus Hollywood nach Berlin gelockt, in dem festen Glauben, Jannings werde sich dem Regisseur auf dem Bahnsteig zu Füßen werfen, um Verzeihung bitten und Besserung geloben. Jedenfalls musste das der Eindruck sein, den Karls Telegramm bei Josef hinterlassen hatte. Jannings wiederum hatte er versichert, Sternberg werde sich ihm gegenüber in Demut üben und ihn anflehen, wieder mit ihm drehen zu dürfen. So in etwa. Und in einer Stunde und ... fünfunddreißig Minuten würden die beiden im Hinterzimmer des bis unter die Decke gefüllten Pressesaals aufeinandertreffen, und dann würde das alles ans Licht kommen.

Bevor er antwortete, bestellte auch Pommer einen zweiten Kaffee, allerdings hatte er den ersten bereits getrunken. »Wenn Hugenberg das wüsste, würde er dir den Kopf abreißen. Nein, er würde dir den Kopf abreißen *lassen*, vermutlich von irgendeinem von Goebbels' SA-Schergen. Aber wer weiß, vielleicht lässt er dich auch laufen, bist ja kein Jud', so wie ich, und ein Sozi bist' auch nicht.«

»Keine Sorge«, Vollmöller übte sich in Galgenhumor, »bevor es dazu kommt, werden das bereits Jannings und Sternberg besorgt haben.«

Ein Schweigen legte sich über den Tisch. Der Kaffee wurde abgestellt. Pommers Bemerkung war als Scherz gedacht gewesen, und vor zwei, drei Jahren hätten sie auch noch darüber gelacht, doch seit Hitler seinen Intimus zum Gauleiter

Berlins ernannt hatte, konnte man vor nichts mehr sicher sein.

»Hugenberg wird schon noch dahinterkommen, mit wem er sich einlässt«, sagte Vollmöller.

Pommer wölbte eine massige Braue, dann deutete er auf die zusammengerollte Zeitung: »Du glaubst, das weiß er nicht?«

Vollmöller erinnerte sich, etwas über Hugenberg gelesen zu haben, während er auf Pommer wartete – dass Hitler nach dessen Pfeife tanze, weil der Konzern-Chef ihn finanziell in der Hand habe. Wusste Hugenberg, mit wem er paktierte? Berechtigte Frage, dachte Karl. Wusste irgendwer, was Hitler eigentlich wollte? Wusste Hitler selbst es?

»Wenn Hugenberg eine Wahl hätte«, zischte Pommer, »würde der unsereinen jedenfalls nicht mit dem Arsch ansehen.«

»Dann sollten wir uns freuen, dass er keine Wahl hat«, beendete Vollmöller vorerst das Thema. Er blickte seine zwei Kaffeetassen an wie Medizin, die eine heiß, die andere kalt: »Was machen wir jetzt – wegen Jannings und Sternberg?«

»Wir?«

»Ja, wir. Alleine schaff ich das nicht.«

So kleinmütig hatte Pommer Vollmöller noch nie erlebt. Er führte die frische Tasse zum Mund. »Nun, ich sehe nicht, dass *wir* viel tun könnten – außer die beiden in einen Raum zu sperren und darauf zu hoffen, dass deine Prophezeiung sich erfüllt.«

»Was für eine Prophezeiung?«

»Dass Jannings und Sternberg sich lieben – nur, dass sie es noch nicht wissen.«

»Das soll ich gesagt haben?«

»Neulich, nach dem Treffen mit unserem Hitler-Freund.«

»Ich wünschte, du wärst etwas vergesslicher.«

Hugenberg hatte das Eintreffen von Sternberg nicht geheim gehalten, es aber auch nicht publik gemacht. Er hatte es für unerheblich befunden. In seiner Vorstellung hing alles von Jannings ab. Jannings gut, alles gut. Hatte er tatsächlich so gesagt. Dass zu einem guten Film, insbesondere einem, der den »Führungsanspruch Deutschlands im internationalen Filmgeschäft zurückerobern« sollte, mehr als nur ein guter Schauspieler gehörte, schien dem Konzernlenker unklar zu sein. Entsprechend klein war das Empfangskomitee. Es bestand aus Vollmöller sowie einer Handvoll Fotografen.

Mit ausgedehntem Schnaufen fuhr der Zug in die Halle ein. Es war dasselbe Gleis, auf dem Jannings drei Monate zuvor ein Empfang bereitet worden war wie Cäsar nach der Schlacht um Alesia. Ursprünglich hatten Pommer sowie Jannings und Gussy Holl den Regisseur und seine Ehefrau bei ihrem Eintreffen willkommen heißen sollen, doch Karl sowie der Produzent waren sich einig, dass es besser sei, er, Pommer, hole Jannings ab und bringe ihn direkt ins Esplanade, wo sie auf Karl und Josef warten würden.

Riza, Sternbergs Frau, hatte mehr erwartet. Als Vollmöller sie in Empfang nahm, blickte sie um sich, als frage sie sich, ob sie im falschen Bahnhof ausgestiegen sei. Doch der Lehrter Bahnhof war ein Sackbahnhof. Endstation. Auch der überdimensionierte Blumenstrauß, den Vollmöller auf dem Weg besorgt hatte und den er ihr jetzt, garniert mit einem warmherzigen Lächeln, in die Arme legte, konnte wenig zur Besserung beitragen. Ihr »Thank you so much, Karl« klang staubtrocken. Ein halbes Dutzend Fotografen und Vollmöller – dafür waren sie und ihr Mann eigens aus Hollywood angereist, und sie hatte zwei Stunden über der Wahl ihrer Garderobe verbracht?

Wie seine Frau war auch Sternberg auffällig gekleidet. Immer. Karl kannte nicht viele Männer, die noch kleiner waren als er, Josef gehörte zu ihnen. Um diese Differenz auszugleichen, kleidete sich der Regisseur noch extravaganter als sein Förderer, was nicht einfach zu bewerkstelligen war, denn Vollmöller mochte es, Dinge zu besitzen, die sonst niemand besaß, seinen Austro-Daimler zum Beispiel, seine Hemden, seine Anzüge, seine Schuhe. Nichts, das nicht extra für ihn angefertigt worden wäre. Sternberg jedoch wollte nicht nur von denen gesehen werden, die eine Maßanfertigung von Stangenware unterscheiden konnten. Selbst an einem Tag wie diesem, im Hochsommer und bei Temperaturen wie im Backofen, trug er einen schwarzen, bodenlangen Samtmantel über seinem weißen Leinenanzug, dazu weiße Schuhe mit schwarzen Kappen. Er sah aus wie ein Trauerfalter.

Sternberg umgab stets die Aura des Verlorenen. Selbst wenn er sein Gegenüber ansah, schien sein Blick in eine schmerzvolle Vergangenheit abzugleiten oder sich in einer unsicheren Zukunft zu verlieren. Vollmöller kam der Gedanke, dass dieser Umstand womöglich dazu beigetragen hatte, dass er so versessen darauf war, ausgerechnet in Josef ein Ausnahmetalent zu erblicken. Hatte Karl eine Schwäche für ihn? Ja, hatte er. Nichts Sexuelles natürlich, da waren seine Präferenzen eindeutig. Eher seelisch, sofern es so etwas gab: eine seelische Schwäche für jemanden haben. Es war schwer zu greifen, und Karl wunderte sich selbst, dass ihm das zuvor nie aufgefallen war, aber Josef brachte eine Saite in ihm zum Schwingen – den Wunsch, ihn zu erlösen.

Was auch immer das über Karl aussagte, die Frage war: Hatte sich Karl in Josef getäuscht? Konnte Sternbergs Begabung möglicherweise gar nicht mit Karls Sehnsucht, in ihm einen Ausnahmekünstler entdeckt zu haben, mithalten? Josefs Bildsprache – der Umgang mit dem Licht, die Art, wie er Räume und Tiefe schuf, wie er Menschen zueinander in Beziehung setzte – war neu und anders. Chaplin hatte das schon vor Jahren erkannt. Er war es auch gewesen, der Vollmöller auf Sternbergs Talent aufmerksam gemacht hatte. Doch das Opus magnum, das all die Versprechen aus Sternbergs früheren Arbeiten eingelöst hätte, hatte er noch nicht abgeliefert. Aber das galt für alle Künstler aller Zeiten – bevor sie ihr erstes großes Werk schufen. Es gab immer ein Davor.

Sternberg mochte verloren wirken, doch sein Gespür für atmosphärische Schwingungen funktionierte wie ein Wiechert'scher Seismograf. »Did I miss out on something?«, fragte er. Ist mir etwas entgangen?

»We will talk in my car«, gab Vollmöller zur Antwort.

Rasch noch ein Dutzend Fotos – in der Abendausgabe des *Tagblatts* würde das Grüppchen wie eine Trauergemeinde aussehen, ermattet, leer, sprachlos –, dann setzte Vollmöller Riza in eine Limousine, die sie zum Adlon bringen würde, Sternberg und er begaben sich in seinen Daimler zum Esplanade.

Sie fuhren entlang des Friedrich-Karl-Ufers, mit offenem Verdeck und unter wolkenlosem Himmel. Die Sonne zerplatzte auf der Spree in gleißende Scherben. Ein voll besetzter Ausflugsdampfer, die *Freia*, tuckerte vorüber. Als er den weißen Austro-Daimler am Ufer glitzern sah, tippte sich der Kapitän, dessen obere Hälfte aus dem Kabinendach ragte, an die Stirn, als seien sie alte Bekannte. In der Zeitung war zu lesen gewesen, dass heute der möglicherweise heißeste Tag des Jahres bevorstand. Sternberg hüllte sich dennoch in seinen schwarzen Samtüberwurf. Hochsensibel, dachte Vollmöller, und dann: Was habe ich mir nur dabei gedacht?

Er reichte dem Regisseur einen zusammengefalteten Zettel mit einigen Stichworten und einer Handvoll ausformulierter Sätze. »Für die Pressekonferenz«, erklärte Vollmöller. »Die werden wissen wollen, was wir vorhaben. Es ist gut, wenn du betonst, wie sehr du dich auf die Arbeit freust, auf Jannings, keine Details zum Film, dafür ist es zu früh, lieber die Möglichkeiten des Sprechfilms in den Vordergrund stellen, die neue Technik, die Zukunft, solche Dinge ...«

Josef warf einen flüchtigen Blick auf den Zettel und faltete ihn wieder zusammen. Sein Blick ging in die Ferne, wie immer. »Was ist los?«, fragte er.

Er war in Wien geboren, aber seine Eltern waren früh nach Amerika ausgewandert. Jetzt klang sein Wienerisch, als habe es jemand mit dieser neuen Kaugummisorte verrührt, Dubble Bubble.

Statt Vollmöllers Antwort abzuwarten, fuhr Sternberg fort: »It is Jannings.«

Das war keine Frage.

»Ich muss dir etwas beichten«, erwiderte Vollmöller. »I need to make a confession.«

Das Fahren schien ihn sehr in Anspruch zu nehmen. Inzwischen bewegten sie sich auf der Wilhelmstraße in Richtung Leipziger. Vollmöller umkurvte einen stehenden Pferdewagen, von dem herab ein Straßenhändler Kartoffeln und Mohrrüben verkaufte.

»He hates me«, sagte Sternberg.

»Unsinn, er hasst dich nicht. Und ich bin fest davon überzeugt, dass wir gemeinsam einen großen Film auf die Beine stellen werden. Die Ufa hat uns völlig freie Hand gegeben, und warte, bis du die neuen Studios in Babelsberg siehst, die sind unglaublich.«

»He hates me. And you want me to shoot a movie with him.« Josef schien sich in seinen Mantel einspinnen zu wollen. »You lied to me, Karl. He isn't going to apologize, is he?«

»Sagen wir so ...«

»You lied to me!«

Mein Gott. »Sagen wir so: Es wäre hilfreich, wenn du versuchen könntest, möglichst nachsichtig mit ihm zu sein.«

Sie hatten den Potsdamer Platz erreicht. Vor dem Haupteingang des Esplanade herrschte das übliche Kommen und Gehen. Bereits jetzt, am Vormittag, waren die Pagen in ihren Livreen dankbar für den Schatten, den der rote Baldachin spendete. Vollmöller steuerte die Einfahrt mit dem Rundbogen am Ende des Gebäudes an.

»We are going in through the back door«, erklärte er.

»Like prisoners«, erwiderte Sternberg.

Pommer hatte das fensterlose Besprechungszimmer mit den beiden Türen, von denen eine in den Saal führte und die andere auf den rückwärtigen Flur, bereits ordentlich eingeräuchert. Die Wände waren mit gebeiztem Holz verkleidet, in der Mitte stand ein ovaler Glastisch mit drei sternförmig angeordneten Beinen, deren Durchmesser so schmal waren wie der von Karls Ringfinger. Eine Kristallkaraffe, vier Gläser, ein Aschenbecher, eine Vase mit weißen Lilien, drei Polstersessel auf ebenfalls zu dünnen Beinen und mit Bezügen, deren Muster Karl schwindeln machte.

Pommer lehnte an der Wand, die Rechte in der Hosentasche, die Linke eine Zigarette haltend. Jannings hatte es sich in einem der Sessel bequem gemacht, die Beine übereinandergeschlagen. Bereits an dem gedämpften Brodeln, das durch die andere Tür drang, hörte Karl, dass der Saal voll besetzt war. Da wartete eine Meute. Er blickte Pommer an, der eine kaum erkennbare Geste machte, die Karl mit »frag nicht mich« übersetzte. Vollmöller sah auf seine Uhr: fünf Minuten vor elf.

Als Josef den Raum betrat, blickte er um sich, als suche er nach einem möglichen Fluchtweg. Vollmöller schloss die Tür. Jetzt galt es, er war der Zeremonienmeister. Mit einem Gesicht, das nichts als pure Freude zum Ausdruck bringen sollte, sagte er:

»Josef, Emil, Erich – ich schätze mich mehr als glückl–«

Jannings war aufgestanden, strahlte wie ein Kind. Noch

immer im festen Glauben, Sternberg habe den ganzen Weg aus Hollywood auf sich genommen, um sich ihm zu Füßen zu werfen, breitete er die Arme aus:

»Da ist er ja, der reuige Sünder!«

Sternberg blickte Vollmöller mit schockgeweiteten Augen an: »This is all a great misunderstanding.«

Karl legte dem Regisseur freundschaftlich eine Hand auf die Schulter: »Ich denke, zunächst einmal sollten w–«

Doch da hatte Sternberg ihn bereits zur Seite geschoben und war in den Flur geflohen.

Jannings stand im Raum wie ein Gekreuzigter. »Aber was hat er denn?«

Pommer lehnte unverändert an der Wand. Als Karl sich ihm zuwandte, zog er nur eine Augenbraue in die Höhe.

24

»Bitte«, Karl legte beschwörend die Handflächen aufeinander, »ihr dürft auf mich schimpfen, ihr dürft mich sogar hassen – für den Rest eurer Leben –, aber *miteinander* müsst ihr Frieden schließen!«

»Du hast ihn belogen«, protestierte Jannings zum wiederholten Mal.

Nach diversen Anläufen und mithilfe verschiedener Beschwörungsformeln hatte Vollmöller den Regisseur bewegen können, ins »Verhandlungszimmer« zurückzukehren, doch seitdem hatten sich der Schauspieler und sein Regisseur keinen Millimeter aufeinander zubewegt. Inzwischen war es kurz vor halb zwölf. Der Saal brummte wie ein Bienenstock.

»Ich habe euch alle belogen – ja. Vielmehr: Ich habe jedem nur die halbe Wahrheit gesagt. Schuldig. Ja. Aber das musste ich tun, sonst hätte ich euch doch niemals zusammenbekommen! Und ICH WEISS, dass wir diesen Film machen müssen. Und dass er großartig werden wird. Dass er für sich stehen wird. Aber das wird er nur, wenn *ihr* ihn macht und niemand sonst! Was also hätte ich anderes tun sollen?«

»Er ist verrückt«, verteidigte sich Sternberg in seinem Kaugummideutsch, »crazy! Nobody, who is in his right mind, would work with him.«

Direkt mit Jannings zu sprechen hatte er aufgegeben. Oder umgekehrt. Beim letzten Versuch hatte Jannings demonstrativ die Arme vor der Brust gekreuzt und den Kopf abgewandt: »Mit ihm spricht er nicht«, hatte er verkündet. Pommers Mahnung klingelte Karl in den Ohren: »In einem Ensemble ist immer nur Platz für eine Diva.« Der Produzent saß scheinbar ungerührt in einem Sessel und schien die Katastrophe bereits akzeptiert zu haben. Karl jedoch war nicht bereit aufzugeben, er würde einfach so lange auf sie einreden, bis sie alle einander die Hände reichten.

»Ein bisschen verrückt sind wir doch alle«, beschwor er den Familiengeist, »um Filme zu machen, muss man ein bisschen verrückt sein.«

»He is not only a *little* crazy.«

Jannings, der seit Minuten in der Pose des betrogenen Liebhabers verharrte, beugte sich drohend über den Regisseur. »Ach, du glaubst, er sei verrückt?«

»›Du glaubst, er sei verrückt‹«, äffte Sternberg ihn nach und blickte zwischen Vollmöller und Pommer hin und her. »Am I the only one in here who hears this?«

Vollmöller hätte gerne vermittelt, doch jetzt gab es nur noch Jannings und Sternberg. Vor allem Jannings.

»Er ist also verrückt, ja?« Sein Kopf lief rot an, er war nicht mehr einzufangen. »Da wird er ihm einmal zeigen, wie verrückt er ist!«

Jannings beugte sich jäh über den Tisch, zog die Lilien aus der Vase, biss ihnen der Reihe nach die Köpfe ab und zerkaute sie genüsslich, während er den Strauß in die Luft warf und die Blumen auf sich niederregnen ließ, anschließend ergriff er die Vase, goss sie über seinem Kopf aus und – Sternberg wich zurück und presste schützend die Hände auf die Ohren – schleuderte sie auf den Tisch, der in unzählige Scherben zerbarst. Nur die drei sternförmig angeordneten Beinchen standen noch. Jannings schluckte die zerkauten Blüten, dann war Ruhe.

Sternberg hielt sich noch immer die Ohren zu, als Pommer mit dem Fuß die Scherben beiseiteschob und nach dem Aschenbecher langte. Allgemeine Ratlosigkeit.

Dann war es das wohl, dachte Vollmöller. Er hatte hoch gepokert, all in, und verloren. Er würde vor die Presse treten, die Konferenz absagen, nach Hause fahren, seine Sachen packen und einen ausgedehnten Urlaub antreten.

Pommer, der die ganze Zeit über wortlos in seinem Sessel verharrt und das Schauspiel verfolgt hatte, zog sein Etui heraus und entnahm ihm eine Zigarette. Es war nicht zu sagen, was daran so bedeutsam war, aber für einen Moment richteten sich sämtliche Blicke auf ihn, verfolgten, wie er seine Zigarette anzündete, den Deckel seines Feuerzeugs zuschnappen und es in seine Westentasche gleiten ließ.

Er inhalierte, dann drehte er die Zigarette so lange im Aschenbecher hin und her, bis er die Glut zu einer Pfeilspitze geformt hatte.

»Karl«, er klemmte sich die Zigarette zwischen die Lippen, blickte durch den Rauchschleier, »würdest du mich für einen Moment mit den Herrschaften allein lassen, bitte.«

Vollmöller wollte etwas erwidern, wusste jedoch selbst nicht, was, sagte, er werde auf dem Flur warten und verließ den Raum. Das Letzte, was er hörte, bevor er die Tür hinter sich schloss, war das Knacken von Fingerknöcheln.

Eine halbe Zigarette lang waren auf dem Flur nur Vollmöllers hin und her wandernde Absätze zu hören. Das durch die hohen Fenster einfallende Mittagslicht schnitt leuchtende Quadrate aus dem Parkett. Ein schwebendes Band aus Rauch folgte ihm von einem Lichtbalken zum nächsten. Im Hof, zurückgezogen in einer Nische, erblickte er ein heimlich knutschendes Pärchen, sie in Küchenschürze, er in Livree. Karl fühlte sich alt, spürte seine Knie. Dazu dieses Stechen im Nacken. Die Erschöpfung steckte ihm wie Blei in den Gliedern. Er versuchte, sich die Worte zurechtzulegen, mit denen er gleich vor die Presse treten würde. Vergeblich.

Pommers sonore Stimme war zu vernehmen, allerdings konnte Karl keine einzelnen Worte ausmachen. Er trat an den Standaschenbecher, drückte seine Zigarette aus, ging zur Tür zurück und wollte sein Ohr gegen das Holz pressen, als Pommers Stimme ihn durch die Tür hindurch anschrie, klar und deutlich und absolut unmissverständlich.

»Ihr hört auf der Stelle auf, euch wie verhätschelte Buben zu benehmen!« Ein Feldmarschall war nichts dagegen. »Was glaubt ihr, für wen Karl das alles getan hat? Dieser Film ist für euch beide die Chance eures Lebens! Und ihr habt die Unverfrorenheit, so zu tun, als sei Karl der Bösewicht in diesem Spiel! Wie kommt ihr dazu – weil er mehr Vertrauen in eure Fähigkeiten hat als irgendwer sonst? Karl habt ihr es zu verdanken, dass die Ufa mit euch drehen will. Er hat euch durchgeboxt, und das war – besonders in deinem Fall, Josef – alles andere als einfach. Er hat eure Gagen verhandelt, die nicht einmal du, Emil, beanstanden kannst. Noch nie ist die Ufa solche Risiken für einen Film eingegangen oder hat derartige Investitionen getätigt. Und was macht ihr – zankt euch wie die Waschweiber. BESCHÄMEND ist das!«

Karl war sicher, wenn er die Hand auf die Tür legte, würde sie vibrieren. Sollte Pommer im Saal so gut zu verstehen sein wie hier auf dem Flur, hatte die Presse ihren Skandal, bevor der erste Nagel in die Wand geschlagen war.

»Ihr solltet dankbar sein«, donnerte Pommer, »jeder von euch – dass die Ufa, dass Karl und ich ein derart großes Vertrauen in euch setzen. Eine Million Reichsmark! Wollt ihr nicht? Bitte sehr! Geht zurück nach Amerika, wo du, Emil, in keinem Sprechfilm mehr besetzt werden wirst, es sei denn, ein anderer spricht für dich die Dialoge. Und du, Josef, willst du das ewige Talent bleiben und nie einen großen Film gedreht haben? Los, haut ab! Aber bildet euch nicht ein, dass in Deutschland jemals wieder jemand mit euch drehen wird!«

Es entstand eine Pause. Karl konnte vor sich sehen, wie Pommer seine Zigarette ausdrückte. Weder Jannings noch Sternberg wagten es, das Wort zu ergreifen. »Ich gebe euch drei Minuten«, schloss Pommer, »drei Minuten, um euch die Hände zu reichen und für die Dauer dieser Produktion Frieden und Kooperationsbereitschaft zu schwören – ab jetzt! Wenn ihr dazu nicht imstande seid, seid ihr gefeuert, beide, und ich gehe da raus und verkünde, dass wir Lubitsch und Kortner als Stars für die erste deutsche Tonfilmproduktion von Weltformat anheuern. Weil ihr zwei Streithähne euch nicht die Hände reichen konntet. Die stehen nämlich schon bereit.«

Interessant, dachte Vollmöller. Er war also nicht der Einzige, der sich geschmeidige Lügen ausdachte, um zu bekommen, was er wollte. Wer hätte gedacht, dass sich in Pommer ein kleiner Machiavelli verbarg?

»Da liegt ein Haufen Arbeit vor uns«, verkündete der jetzt, »da ist kein Platz für die Kindereien von EITLEN FATZKEN! Benehmt euch wie Erwachsene, Herrgottnochmal, mehr noch, benehmt euch wie das, was ihr vorgebt zu sein: Profis!«

Vollmöller hatte gerade noch Gelegenheit, einen Schritt zurückzuweichen, bevor Pommer die Tür aufriss, mit hochrotem Gesicht in den Flur trat und sie mit demonstrativem Schwung hinter sich zuknallte.

»Gibt's doch nicht«, murmelte er.

»Zigarette?«, fragte Vollmöller, der bereits nach dem Etui suchte.

»Bitte.«

Karl ließ eine Anstandsminute verstreichen, zu mehr war er nicht in der Lage. »Und?«

Pommer erwiderte seinen Blick, wölbte die buschigen Brauen. »Fifty fifty.« Er lockerte seinen Krawattenknoten. »Ich könnte einen Schnaps gebrauchen.«

Karl deutete auf seine Zigarette. »Mehr hab ich gerade nicht zu bieten.«

»Besser als nichts.«

Vollmöller konnte sich ein Schmunzeln nicht verkneifen. »Lubitsch und Kortner stehen also schon bereit, ja?«

Pommers Hand sauste durch die Luft, dass die Glut seiner Zigarette aufleuchtete. »Ich glaube nicht, dass du in der Position bist, mir Vorwürfe zu machen.«

»War nicht als einer gedacht.«

Vollmöller spürte, wie sehr er das Scheitern des Projekts bedauern würde, ein Ziehen in der Brust. So klar war ihm das nie bewusst gewesen. Es ging um mehr als seine persönlichen Eitelkeiten, seine Wünsche, das Spielerische. Viel mehr. Er glaubte so sehr an diesen Film, an den Stoff, an Emil, an Sternberg. Das hier konnte groß werden, bedeutend. Er wusste es, Intuition. Ein Scheitern griffe weit über ihn selbst hinaus, es wäre ein Verlust für alle Zeit, als hätte Papst Julius nicht Michelangelo die Sixtinische Kapelle ausmalen lassen, sondern einen beliebigen Fassadenschmierer.

Karl näherte sich der Tür. »Nichts.«

Pommer schwieg.

Als sie ihre Zigaretten ausdrückten, sagte Karl: »Die drei Minuten sind um.«

»Gib mir noch eine«, bat Pommer, dem tatsächlich der Schweiß auf der Stirn stand.

Sie rauchten noch eine, schweigend.

»So.« Vollmöller hielt es nicht länger aus. Er rammte seine Zigarette in den Aschenbecher. »Jetzt reicht's.«

In diesem Moment schwang die Tür auf, und Jannings erschien, rahmenfüllend, ein Gesicht wie ein Steinbruch. Seitlich hinter ihm, im Halbdunkel, der reuige Sünder.

II

25

Werbung
1929

Verständige Worte über das Alter darf auch der Vierziger, der Mann in den besten Jahren, schon anhören. Denn die Jugend ist ein Reichtum, der auch vergeudet werden kann, vorschnell und sinnlos.
Ein alterndes Organ braucht nicht geschont zu werden, wenn es durch eine zweckmässige Kräftezufuhr stark bleibt. Es muss aber ein Nährstoff sein, der schnell aufnahmefähig für den Körper und leicht verdaulich ist. Dieser Nährstoff heisst: Biomalz mit Lecithin.

Mit halb geschlossenen Lidern saß Vollmöller im Garten seines Palazzo Vendramin, rauchte die erste Zigarette des Tages, erwartete den Sonnenaufgang und dachte, dass es keinen schöneren Ort zum Sterben geben konnte als diesen. Leider hatte das vor ihm bereits Richard Wagner besorgt – im Hofzimmer im zweiten Stock –, folglich würde sich Karl notgedrungen einen anderen Ort zum Sterben suchen müssen.
Verschlafen leckte das Wasser an der Außenmauer. Erstes Licht überzog das Gesims mit einem rosigen Schimmer und ließ die Figuren aus dem Fries hervortreten. Es war ein bemerkenswertes Schauspiel, wenn die aufgehende Sonne die Bögen, Säulen und Kapitelle der Renaissancefassade zum

Leben erweckte. Ein Schauspiel, das sich seit Jahrhunderten wiederholte, geräuschlos und unbemerkt, bevor der Canal Grande sich mit Rufen und Gesang füllte, und das sich auch noch vollziehen würde, wenn Vollmöller schon lange tot und zu Erde geworden wäre.

Sergej war gestorben, Sergej Djagilew, Karls Freund über viele Jahre, drüben am Lido, im Hotel des Bains. Ein Infarkt hatte ihn von den Füßen und aus dem Leben gerissen, seit Langem schon zehrte die Diabetes an ihm. Nur wenige Jahre hatten ihn von Karl getrennt, sechs, um genau zu sein. Vollmöller hatte tatsächlich die Empfindung, ein Loch klaffe in seinem Herzen. Sergejs Tod hinterließ eine Leerstelle, die sich nicht füllen würde, ebenso wenig wie sich die Leerstelle gefüllt hatte, die Wedekinds Tod bei ihm hinterlassen hatte.

Karl hatte den russischen Impresario so sehr gemocht, ihn geliebt. Jeder gemeinsam verbrachte Abend, jedes Gespräch war eine Bereicherung gewesen. Vor vielen Jahren schon hatte er Sergej ins Herz geschlossen, dessen Begeisterung und Enthusiasmus so viele Menschen inspiriert hatten. Nur das Neue hatte ihn interessiert, das noch nie gemalte, das Unerhörte, das Ungedachte, wohingegen ihm jede Wiederholung ein Graus gewesen war. »Verwundere mich!«, lautete sein Credo, immer und immer wieder. Sergej hatte die Welt reicher gemacht. Und gestern hatten sie ihn zu Grabe getragen.

Aus sämtlichen Himmelsrichtungen waren sie herbeigeeilt. So war der Trauerzug zu einer Ansammlung exotischer Vögel aus aller Welt geraten – natürlich war Karl als Mann mit ausschließlich heterosexueller Orientierung deutlich in der Minderheit gewesen –, und alle schienen Sergejs Credo vernommen zu haben, »verwundert mich!«, hatten zu Ehren ihres Freundes die prächtigen Gefieder gespreizt, traurig und schön und sakral, eine Beschwörung des Lebens im Angesicht des Todes.

Bei der Beerdigung hatte Karl gedacht, dass Sergejs »verwundere mich!« eine gute Inschrift abgegeben hätte. Der aber hatte die Anwesenden verwundert, indem er »Venedig, ständige Anregerin unserer Besänftigungen« in den Grabstein hatte meißeln lassen, auf Russisch, verstand sich. In gewisser Weise, dachte Karl jetzt, passte das sogar noch besser zu Sergej. Man musste nicht schlau daraus werden. Das Unergründliche hatte seinen Freund stets viel mehr interessiert als das Eindeutige.

Während Karl sich fragte, was er wohl noch vom Leben zu erwarten hatte, zeichnete die aufgehende Sonne eine erste feine Linie auf die Fassade. Inzwischen spiegelte sie sich in dem geöffneten Fenster, hinter dem bereits Wagner hingeschieden war und hinter dem jetzt Zuckmayer schlief. Sicher, es war eine theatralische Geste gewesen, dem Autor ausgerechnet Wagners Sterbezimmer herrichten zu lassen, doch auf eigentümliche Art war sie Vollmöller angemessen erschienen, als hoffte er, dass im Schlaf etwas von den maßlosen Ambitionen des Verstorbenen auf Zuckmayer übergehen würde.

Ein bisschen hoffte er es tatsächlich. Alles zu wollen, die ganze Welt einzufangen, konnte der Arbeit am *Professor Unrat* nicht schaden. Sie dachten, sie fühlten noch zu klein für das, was Vollmöller mit dem Film vorhatte. Außerdem hatte Karl für theatralische Gesten durchaus etwas übrig. Eine Stunde noch, überlegte er, die er den Garten für sich allein hätte, vielleicht noch etwas länger.

Nahezu lautlos kam Carmen an den Tisch. »Buongiorno, Carlo.«

Sie stellte einen Kaffee sowie ein noch warmes Cornetto vor dem Hausherrn ab und legte ihm eine Hand auf die Schulter. Wie jeden Morgen, ganz gleich, ob Karl in Venedig war oder nicht, hatte sie sich ihre Spitzenschürze umgebunden und die ergrauten Zöpfe zu einem strengen Knoten frisiert. Eine Frage des Berufsethos.

Wo sie um diese Zeit das Cornetto aufgetrieben hatte, konnte Karl sich denken. Ihr Schwiegersohn war Bäcker in der Panetteria in der Calle Colombina, der besten Bäckerei Cannaregios. Gegen halb fünf in der Frühe nahm er seine Arbeit auf, da genügte auf dem Weg in den Palazzo ein Klopfen ans Fenster.

Direkt nach der Pressekonferenz im Esplanade waren sie nach Venedig aufgebrochen: Zuckmayer, Sternberg, Ruth und er. Bei ihrem Eintreffen am nächsten Morgen hatten Karl und seine Haushälterin einander in die Arme geschlossen wie Mutter und Sohn. In Gedanken hatte sich Vollmöller bereits seit Wochen mit dem Drehbuch beschäftigt, sein Kopf barst vor Ideen, jetzt wollten sie in eine Form gegossen werden. Pommer hatte bei ihrer Abreise erleichtert gewirkt, und Gussy Holl hatte das einzig Richtige getan: Sie hatte sich Emil geschnappt und war mit ihrem Mann nach St. Moritz gefahren, wo sich sein Gemüt abkühlen und er außerdem, von Gussy verordnet, eine Fastenkur machen sollte, um sich bei seinem ersten großen Tonfilm in tadelloser Verfassung vor der Kamera zu präsentieren.

Mit der Geschmeidigkeit einer Tänzerin bewegte sich Carmen am Brunnen vorbei und verschwand im Erdgeschoss. Kurz nach dem Krieg, als Vollmöller die Villa, die für Jahre zu seinem Hauptwohnsitz werden sollte, gepachtet hatte, war sie es gewesen, die ihm das erste Mal die Türen geöffnet hatte. Keine Stunde später bat er sie, ob sie nicht bitte auch mit ihm als neuem Pächter im Palazzo bleiben könne. Dass der Palazzo einmal ohne Carmen weiterexistieren sollte, war sehr viel schwerer vorstellbar, als das bei Vollmöller der Fall war. Anders als seine Haushälterin nämlich war Karl hier lediglich zu Gast, auch wenn sich stets ein Gefühl von »nach Hause kommen« einstellte, sobald sich das Boot dem Steg näherte. Carmen mochte nicht in der Villa wohnen, doch sie war hier mehr zu Hause als er. Es gab Menschen, die verwuchsen mit ihren Gebäuden. Karl verwuchs mit gar nichts.

Sternberg, der sein Fenster streng geschlossen hielt, schlief ebenfalls noch. Den Regisseur umgab nicht nur etwas Verlorenes, sondern auch etwas Hypochondrisches. Bei der Vorstellung, nachts könne unbemerkt etwas Unheilvolles durch sein Fenster hereinwehen und ihn befallen – die Pest etwa oder die spanische Grippe –, konnte er kein Auge mehr zu tun. Und eine Wespe, die sich seinem Rührei näherte, brachte ihn mühelos dazu, sein Frühstück abzubrechen und ins Haus zu fliehen. Dafür konnte er die Emotionen seiner Schauspieler dirigieren, wie es nur die wenigsten konnten, sah Dinge, die andere nicht sahen.

Natürlich schlief auch Ruth noch, sie würde wie immer als Letzte aufstehen. Von dem nervösen Ziehen des Alters wusste sie noch nichts. Karl hatte sie in der Nacht lange betrachtet, die Silhouette ihres schlafenden Körpers, den matten Glanz ihrer Haut, hatte gewartet, bis der Schmerz dieses Anblicks ihm die Brust zuschnürte, bevor er endlich aufstand. Gerne hätte er sie fotografiert, seinen Schmerz konserviert, doch es war zu dunkel. Viertel nach vier.

Als ruderte er auf einer Wolke, schwebte der erste Gondoliere hinter der Brüstung vorüber, der Heckschnabel seiner Gondola träge auf- und abfedernd. Er summte eine bekannte Melodie, doch Vollmöller wollte der Name nicht einfallen.

Zuckmayer setzte sich ihm gegenüber. »Ich habe noch nie in etwas geschlafen, das weicher war.«

»Freut mich zu hören«, erwiderte Karl.

Er hätte gerne aufmunternd geklungen, war aber noch zu sehr in sich selbst gefangen. Nach dem gestrigen Abend und der darauffolgenden Nacht musste er erst wieder einen Zugang zum Rest der Welt finden.

Mit flachen Händen strich Zuckmayer über seine Oberschenkel und legte die Stirn in Falten. Es war offensichtlich, dass er sich unwohl fühlte. Vollmöller wollte ihm sagen, dass er sich nicht grämen solle, sie würden es schon noch richten. Doch er konnte sich nicht überwinden.

Unter anderem war es der Luxus, der Zuckmayer unangenehm war, die barocken Gemälde, die Teppiche, das Geschirr, der Marmor ... Als laufe er in einer gestohlenen Uniform herum. Ruth machte ihn ebenfalls nervös, die Selbstverständlichkeit, mit der sie sich im Palazzo bewegte, ihre Barfüßigkeit, das Wissen, dass sie unter dem Morgenmantel keine Unterwäsche trug. Am meisten aber verunsicherte Zuckmayer, dass sie mit dem Drehbuch nicht vorankamen, dass sie jeden Tag den Schritt des Vortags wieder zurückgehen und von vorne anfangen mussten: bei den Figuren. Zuckmayer fühlte sich schuldig deswegen, was er nicht war oder nur zum Teil, überhaupt war das keine Frage von Schuld.

Für manche Aspekte hatte sich der junge Autor durchaus als die richtige Wahl erwiesen. Sein Gespür für Dramaturgie zum Beispiel hatte ihnen geholfen, die großen Bögen zu spannen. Wann immer jedoch zwei Figuren aufeinandertrafen, geriet etwas aus dem Gleichgewicht. Auch waren seine Figuren ausnahmslos zu geschwätzig. Als bezahlte ihn die Ufa pro Zeile. Zuckmayer schien zu glauben, nur weil sie einen Tonfilm drehten, dürften die Figuren niemals schweigen. Dieses Problem allerdings würde sich später noch aus der Welt schaffen lassen. Karl würde einfach vor Drehbeginn die eine Hälfte der Dialoge kürzen, die andere Hälfte streichen. Reduktion. Das Einfache, hatte Paul Cassirer einmal zu ihm gesagt, war immer das Letzte. Und das Schwierigste.

Das größere Problem bestand darin, die Figuren selbst in

den Griff zu bekommen. Im Falle des Professors gelang das schon ganz gut. Sie hatten eine klare Vorstellung von ihm, ein Gefühl für die Figur, außerdem wussten sie, wer ihn spielen würde. Das half. Professor Rath, wie er im Film heißen sollte, stand sinnbildhaft für den elitären Anspruch des Bildungsbürgertums, seine Sprache war bemüht, manche Aussagen klangen wie Übersetzungen aus dem Griechischen oder Lateinischen. Auch hierfür war Zuckmayer mit seinem Groll gegen alles Belehrende gut zu gebrauchen. Er ließ den Professor zwar zu viel reden, legte ihm aber die richtigen Worte in den Mund.

Was die anderen Figuren anging, lag die Sache komplizierter. Sie trafen den richtigen Ton nicht, mühten sich zu sehr ab, waren sich uneins darüber, wie eine Figur in einer bestimmten Situation reagieren, was sie sagen würde. Und das konnte nur bedeuten: Sie hatten die Figuren in ihrem Wesen noch nicht erfasst. Die Rosa Fröhlich war das beste Beispiel. Sobald sie den Mund aufmachte, wurden die Dialoge hölzern und klangen ausgedacht. In Manns Roman umflorte sie etwas Biederes und Naiv-Unschuldiges. Alle waren sich darin einig, dass sie diesen Charakter für den Film aufbrechen und eine größere Fallhöhe schaffen mussten. Doch was für ein Typ war sie?

Sternberg war auf etwas Laszives aus, eine Varieté-Tänzerin à la Toulouse-Lautrec, Zuckmayer wusste nicht so recht und wartete auf Anweisungen, Ruth hatte die Berlinerin von heute im Sinn, selbstbewusst, kokett, abenteuerlustig. Vollmöller dachte immer wieder an die Lulu seines verstorbenen Freundes Wedekind, auch wollte er sie berechnender als die Rosa des Romans, fataler, tödlich. Im Grunde müsste die Rosa Fröhlich des Films – der Name sollte ebenfalls geändert werden, wie ihm auffiel – mit Professor Rath das machen, was die gute Nelly Kröger mit Heinrich Mann veranstaltete: ihn lustvoll in den Ruin treiben, vorsätzlich oder zumindest billigend und nicht ohne Genugtuung. Vielleicht, so Vollmöllers Kalkül, würde es ihnen leichter fallen, sobald sie die Rolle besetzt hätten. Manchmal musste man erst die Schauspielerin finden, um ihr anschließend die Rolle auf den Leib zu schneidern.

Kommende Woche würden sie nach Berlin fahren, außerplanmäßig. Bei dieser Gelegenheit würden sie sich einen ganzen Tag lang im inzwischen fertiggestellten Tonkreuz einschließen und zwei Dutzend Schauspielerinnen durch das Studio 2 schleusen, ein Marathon. Sternberg, Ruth und Vollmöller hatten sie unter Pommers scharfem Blick aus einem Koffer voller Bewerberinnen ausgewählt. Danach würden sie hoffentlich klarer sehen. Ein kleines Wunder wäre hilfreich, ein Mirakel, wie Karl es gerne nannte, das Unerwartete, das die Entscheidung überflüssig machte.

Der eigentliche Anlass für ihren Abstecher nach Berlin war allerdings ein anderer: Aus irgendeinem Grund hatte sich Zuckmayer in den Kopf gesetzt, Hans Albers in dem Film unterzubringen. Wann immer die Besetzungsliste zur Sprache kam, versicherte er Sternberg, dass für die Rolle des Mazeppa kein Besserer zu finden sei als Albers. Also hatte Sternberg eingewilligt, sich diesen Albers anzusehen, der in Berlin gerade in einer Revue spielte: *Die zwei Krawatten*. Kommende Woche würde also die gesamte Reisegruppe nach Berlin aufbrechen, um sich erst diese Revue und tags darauf die Schauspielerinnen anzusehen.

Vollmöller und Zuckmayer hörten den Regisseur durch die Halle kommen, noch bevor er sich zeigte. Mit jedem zweiten Schritt klickte die Spitze seines von Chaplin abgeschauten Gehstocks auf die Marmorintarsien. Als er in den Hof trat, kniff er demonstrativ die Augen zusammen, dabei lag der Garten noch im Schatten. Wie üblich verbreitete er den

Eindruck, er streife in seinem eigenen Sanatorium umher. Er hielt inne und fingerte eine Sonnenbrille aus seinem Morgenmantel. Die andere Tasche wurde von einer Dose Biomalz mit Lecithin ausgebeult. Ein ganzes Dutzend dieser Dosen hatte Sternberg mitgebracht, er ernährte sich praktisch davon. Der Mann war fünfunddreißig und sorgte sich um seinen Teint. Vollmöller war sich seiner eigenen exzentrischen Ader durchaus bewusst, er pflegte sie sogar. Zwischen Jannings und Sternberg jedoch fühlte er sich erschreckend normal.

Nur wenig später trat Ruth in den Garten. Die zeitliche Distanz zu Sternberg war so kurz, dass Vollmöller sich unwillkürlich fragte, ob die beiden sich wohl gerade miteinander vergnügt hatten. Ruth hatte durchblicken lassen, dass sie einer Ménage à trois mit Sternberg nicht abgeneigt wäre. Vollmöller dagegen schon. Sex mit zwei Frauen: durchaus. Sex mit Mann und Frau: kein Bedarf. Und mit dem Regisseur des Films, den sie gerade vorbereiteten, schon gar nicht. Da wurden Dinge miteinander verrührt, die nichts miteinander zu tun hatten. Doch das war eine müßige Überlegung. Wer sein Herz an eine Frau wie Ruth hängte, überlebte das nur, wenn er zu teilen bereit war.

Wortlos ging sie zwischen ihnen hindurch, mit der Hand Karls Schulter streifend, und ließ sich auf der Balustrade nieder. Sie zog die Beine an, legte den Kopf auf den Knien ab und blickte auf den Canal hinaus. Eine Nixe, dachte Karl. Ihr bunter Seidenkimono ließ ihn an den Vorabend denken, an Sergejs Beerdigung und an die Nacht, an Ruths nackten Körper im fahlen Licht, an die Vergänglichkeit von allem, das lebt, und wie man sich dagegen auflehnt, obwohl man doch weiß, wie sinnlos das ist.

Ruth hob den Kopf, wandte ihn Karl zu und legte ihn wieder auf den Knien ab. Sie sah ihn an. Carmen hatte Kaffee gebracht. Erst jetzt wurde Karl bewusst, wie lange sie bereits schweigend im Garten saßen. Er blickte von einem zum anderen. Alle spürten, dass er etwas zu sagen hatte.

»Ich glaube, der Professor muss sterben.«

Auf dem Canal herrschte inzwischen reges Treiben. Ein Lastenkahn tuckerte vorüber, kurz darauf klatschten Wellen gegen die Mauern. Zuckmayers massiver Kopf nickte zögerlich. Im Roman starb der Professor am Ende nicht, zudem würde es dem Drehbuch eine ganz neue Richtung geben. Aber es würde dem Stoff auch eine neue Qualität verleihen, eine andere Gravitation, einen tragischen Sog.

»Stark«, befand er.

»Could make a good final shot«, überlegte Sternberg. »The Professor dying. Nothing more to say.«

Wie Ruth darüber dachte, blieb ihr Geheimnis.

26

Berliner Volkszeitung
5. Oktober 1929

Spardiktat des Magistrates
Den Ernst der Berliner Finanzlage beleuchtet der Magistratsbeschluss vom 11. September, der den Bezirksbürgermeistern zugegangen ist.
Der Magistrat hat beschlossen:
1. Neubauten dürfen nicht mehr begonnen werden.
2. Erneuerungs- und Umbauten dürfen nicht in Angriff genommen werden.
3. Die Verlängerungsbauten über die Seestraße hinaus, in Tempelhof und in Pankow werden nicht begonnen bzw. eingestellt.

»Was schaust so skeptisch«, fragte Marlene. »Bist nicht zufrieden?«

Die Lenci-Puppe saß auf ihrem seidenbestrumpften Knie und streckte ihr die Arme entgegen.

»Nein, ich nehme dich nicht auf den Arm. Schau dich um«, forderte Marlene sie auf. »Ist doch nicht schlecht, oder? Die vielen Schminksachen, der Sessel, Vasen für die Blumen und da drüben, der Tisch, ist der nicht hübsch? Eine eigene Lampe hat er auch. Was beschwerst du dich also?«

Ihr liebster Talisman, eine Negerpuppe mit Baströckchen und einem schielenden Auge, blickte sie hilfesuchend an. Marlene setzte sie vor dem Garderobenspiegel ab.

»Ich weiß.« Sie betrachtete ihr Spiegelbild. »›Zufrieden‹ ist nicht, was wir wollten. Aber was hätte ich machen sollen?«

Es klopfte an die Tür: »Zehn Minuten!«, rief Frederike.

»Bin auf dem Sprung!«, erwiderte Marlene.

Ein Dreijahresvertrag am Berliner Theater. Es hätte sie durchaus schlechter treffen können. Andere leckten sich die Finger nach einem dauerhaften Engagement. Doch auch diese Medaille hatte zwei Seiten. Drei Jahre. Marlene hatte lange überlegt, ob sie sich darauf einlassen sollte, und war bis zuletzt unschlüssig gewesen. Claire, die schließlich die Geduld mit ihr verlor, hatte es auf den Punkt gebracht: »Unterschreib den Vertrag, oder lass es.«

Marlene hatte gehofft, dass sich die Zweifel nach der Unterzeichnung verflüchtigen würden, doch das Unbehagen war geblieben. Als hätte sie sich in diesen Vertrag eingemauert, ohne es zu merken. Andererseits versprach ihr das Engagement Sicherheit. Etwas, das sie nie gewollt hatte. So weit war es gekommen: Sie sehnte sich nach Sicherheit. Diese drei Jahre würden ihre letzten sein, das spürte sie. Danach wäre Schluss. Mit zweiunddreißig und nach zehn Jahren auf sämtlichen Bühnen dieser Stadt wollte dich niemand mehr sehen. So viel zum Thema Sicherheit. Vielleicht würde sie früh sterben, dann wäre alles gut. Das dachte sie oft – dass sie früh sterben würde. Und wenn man früh starb, dann waren doch drei Jahre noch ganz schön viel, oder?

Den Vertrag hatte Marlene einem Zufall zu verdanken. Auf der Suche nach unverbrauchten Talenten für sein Berliner Theater war der neue Direktor Doktor Klein nach Wien gereist und hatte sie in *Broadway* gesehen – wobei fraglich blieb, ob er an dem Abend mehr von ihr sah als die Beine. Gekommen war er, um die Friedl Haerlin zu begutachten, die machte gerade viel von sich reden. Dann aber betrat

Marlene die Bühne, ganz Fleisch und Blut, in einem geschnürten, perlmutt schimmernden Strampelanzug mit lamettaartigen Fransen, die ihre Beine nur notdürftig bedeckten, umringt von Saxofon, Trompete und Banjo und mit offensichtlich großer Lust an der Musik sowie ihrem Körper, und schon war es um den guten Doktor Klein geschehen. Die Friedl dagegen befand er für spröde. Wie dem auch sei: Was immer Robert gesehen hatte oder gesehen zu haben meinte, es hatte ihn »fasziniert«, wie er versicherte, und war ihm einen Dreijahresvertrag wert.

Das Berliner Theater konnte nicht mit dem überwältigenden Raumgefühl der Scala protzen oder mit dem Ruf des Wintergartens aufwarten, ebenso wenig mit dem Anspruch des Deutschen Theaters, doch auf eine melancholische Art mochte Marlene den Ort. Ja, das Theater befand sich in der Charlottenstraße, parallel zur Friedrichstraße, die ja seit einigen Jahren die touristische Einflugschneise der Stadt bildete. Entsprechend bestand das Publikum zu großen Teilen aus amüsierwilligen Nicht-Berlinern, während die Berliner die Gegend um den Ku'damm bevorzugten. Doch auch das passte zum Charakter des Hauses. Außerdem war Robert wild entschlossen, das Theater in eine neue Ära zu führen.

Mitte des vorigen Jahrhunderts gebaut, hatte es zunächst dem Circus Renz als Veranstaltungsort gedient, und bis heute schien dem Innenraum etwas von diesem artistischen Charakter anzuhaften – als hätten sich erst am Nachmittag Trapezkünstler von einem Balkon zum nächsten geschwungen. Die Vorhänge hatten schon bessere Zeiten gesehen, hinter der Bühne muffte es nach Schweiß, aber die Logen und Galerien erzählten von glanzvollen Tagen.

Robert hatte Georg Kaiser mit dem Stück beauftragt, der sich für die Story vom täglichen Leben hatte inspirieren lassen, wie er behauptete. Die Idee für *Die zwei Krawatten* sei ihm gekommen, nachdem er einen Krawattenverkäufer auf der

Straße beobachtet habe. Tatsächlich hatte er schon Besseres geschrieben. *Die zwei Krawatten* war ein Revuestück in neun Bildern, eine Verwechslungs- und Verwicklungsgeschichte um einen Kellner und eine amerikanische Millionenerbin, bei der ein unglaublicher Zufall den nächsten jagte. Wie zu erwarten, hatte Stern ein großartiges Bühnenbild entworfen – Teile der Geschichte spielten an Bord eines Schiffes –, das Beste aber war: Wenn Georg Kaiser ein Stück schrieb, war Spoliansky nicht weit, um die Musik dazu zu komponieren. Das war ihm auch diesmal hervorragend gelungen. Ob eins der Lieder das Zeug zum Kassenschlager haben würde, war noch nicht raus, auf jeden Fall trafen sie in ihrer Mischung aus Berliner Schnauze und lässiger Eleganz ganz den Geschmack des Publikums.

Marlene gab die Mabel, besagte Amerikanerin. Ihre Aufgabe bestand im Wesentlichen darin, einer gelangweilten Katze gleich so lange mit dem armen Hans Albers zu spielen, der in der Rolle des arglosen Kellners wirklich hinreißend jung und unschuldig wirkte, bis sie ihn verspeiste. Sie hatten bereits gemeinsam vor der Kamera gestanden, in *Eine Dubarry von heute* und vergangenes Jahr in *Prinzessin Olala*. Zwei weitere Filme mit ihr, die keinen interessiert hatten. Jetzt also gemeinsam auf der Bühne. Und dort kam noch eine ganz andere Qualität von Albers zum Vorschein: Er konnte singen! Das heißt, eigentlich konnte er nicht singen, Stimme hatte er keine, aber wenn er es dennoch tat, wollte man sich ihm sofort an den Hals werfen.

Abseits der Bühne war er ein tadelloser Gentleman, da kam der Hanseat in ihm durch. Dabei war sein Vater mitnichten ein Edelmann, sondern Schlachter, und er selbst von der Schule verwiesen worden, weil er einem prügelnden Lehrer Saures gegeben hatte. Jedenfalls hatte er Manieren, und das, nun ja, es reizte Marlene, hatte sie schon bei den Dreharbeiten im vergangenen Jahr gereizt. Noch hatte sie nicht entschieden, ob sie Albers auch im wahren Leben verspeisen würde, aber so, wie die Dinge lagen, hätte sich schon ein guter Grund finden lassen müssen, es nicht zu tun.

Plötzlich wurde es laut auf dem Flur. Marlene meinte, Roberts Stimme herauszuhören. Der Direktor im Garderobenflur, fünf Minuten, bevor der Vorhang hochgezogen wurde. Das war zumindest ungewöhnlich.

»Marlene!«

Ja, das war er.

»Du hältst die Stellung«, mahnte sie ihre Lenci-Puppe, erhob sich, prüfte die Glamourösität ihrer frisch ondolierten Haare, gefiel sich in dem Ballkleid, das sie im ersten Bild trug – wenn sie noch drei Jahre hatte, bevor das alles vorbei war, sollte sie jeden Tag davon genießen –, und öffnete die Tür.

Auf dem schmalen Gang ging es zu wie im Taubenschlag, und mittendrin Robert Klein, der seinem Namen alle Ehre machte und von sämtlichen Haupt- und Nebendarstellern überragt wurde. An den Köpfen der anderen vorbei warf Albers ihr einen fragenden Blick zu, den sie nur erwidern konnte. Sie wusste auch nicht mehr als er.

»Ruhe, alle Mann!« Klein klatschte in die Hände. Augenblicklich wurde es still. Robert breitete die Arme aus: »Wir haben Besuch!«

Das bedeutete im Normalfall, dass sich die Presse angemeldet hatte. Doch die Premiere lag schon eine Woche zurück, wer jetzt noch über *Zwei Krawatten* schrieb, hatte den Schuss nicht gehört.

Klein ließ die Katze aus dem Sack: »Linke Orchesterloge: Karl Vollmöller, Zuckmayer, Josef von Sternberg und Erich Pommer. Ihr könnt euch denken, warum.«

Natürlich. Alle konnten sich denken, warum. Jeder in der Stadt wusste, dass die Ufa den größten Coup der Filmgeschichte plante, indem sie mit einem Donnerschlag die Ära des deutschen Tonfilms einläutete. Wenn der Produzent des Films gemeinsam mit dem Regisseur nebst Vollmöller und dem Drehbuchautor in der Orchesterloge auftauchte, konnte das nur eins bedeuten:

»Hans!«, rief Marlene über die anderen hinweg. »Die wollen dich!«

»Auf jeden Fall«, nahm Klein den Faden auf, »sind die Herrschaften eigens aus Venedig angereist, um Hans auf der Bühne zu erleben. Offenbar ist man der Ansicht, er sei für eine der Rollen die Idealbesetzung. Also!« Wieder klatschte er in die Hände. »Erhöhte Aufmerksamkeit – und lasst unseren armen Kellner gut aussehen!«

Marlene drängte an den anderen vorbei und legte Albers die Arme um den Hals. Sie freute sich so sehr für ihren Kollegen, dass sie nicht anders konnte.

»Toi toi toi«, flüsterte sie ihm ins Ohr.

Eigentlich musste man Hans kein Glück wünschen, er war im Filmgeschäft kein Unbekannter. Aber ganz groß herausgekommen war er eben auch noch nicht. Und für einen wie ihn – mit dieser unverwechselbaren Stimme und dieser komischen Art zu singen –, wer weiß, womöglich konnte der Tonfilm den Weg nach ganz oben bedeuten. Marlene küsste ihn auf den Mund, vor allen. Albers' Rückgrat wurde steif wie ein Bootsmast. Süß.

Wie auf ein Fingerschnippen schlüpfte sie in die Rolle der unterkühlten Männerverschlingerin und legte Hans einen ausgestreckten Zeigefinger unters Kinn: »Denen zeigen wir's«, versprach sie. »Heute werde ich dir den Kopf verdrehen wie noch nie. Danach hast du die Rolle, mein Süßer, versprochen.«

»Zwei Minuten!«, rief jemand.

Sie eilten hinter die Bühne. Noch einmal tief Luft geholt und kollegial die Hand gedrückt, ein Zwinkern – du machst das! –, das Rascheln von Stoff, dann setzte die Musik ein.

Marlene wünschte sich, Klein hätte nichts gesagt. Der Direktor hatte sie mit seiner Ansprache motivieren wollen, tatsächlich hatte er die Nervosität im Ensemble gesteigert. Und nicht nur dort. Marlene stand seitlich hinter dem Vorhang, wartete auf ihren Auftritt und schnippte mit den Fingern die Eins und die Drei mit, als könne sie dadurch etwas Schwung in die Sache bringen. Spoliansky hatte als Stimmungsmacher vorweg einen schmissigen Foxtrott geschrieben, der die Zuschauer einstimmen und ihnen Lust auf den Ball machen sollte. Der war es, auf dem die Verwechslungsgeschichte ihren Anfang nahm: tanzende Paare, eine vertauschte Krawatte und der damit verbundene Hauptgewinn der Tombola: eine Amerikareise auf einem Luxusdampfer. Doch die Alt-Saxofone klangen zu schrill, die Trompeten zu spitz, und das Schlagzeug ... Als spiele der Ärmste um sein Leben. Das war meilenweit von der Heiterkeit und Nonchalance entfernt, die die Revue an den vorangegangenen Abenden ausgestrahlt hatte.

Marlene spähte seitlich am Vorhang vorbei. Tatsächlich saßen in der Orchesterloge ihre Freundin Ruth, daneben, unverkennbar, Vollmöller, der sie stets an ein Tier erinnerte, ohne dass sie gewusst hätte, an welches, das Schlitzohr Pommer nebst Ehefrau, Zuckmayer und, wie zusammengefaltet zwischen Vollmöller und dem Produzenten, ein kleiner Mann in einem zu großen Frack und mit einer Blume am Revers, die ihn vor dem Ertrinken hätte retten können. Das musste dieser Sternberg sein, den die Ufa aus Amerika hatte einfliegen lassen, der mit Jannings *Betrayal* gedreht hatte und der sich jetzt demonstrativ die Ohren zuhielt. Na, das konnte ja was geben.

Es wurde nicht besser. Alle waren zu bemüht. Selbst Albers, der Star des Abends und erfahrener als irgendwer sonst im Ensemble, ließ sich von der Nervosität anstecken, sang mit gepresster Stimme und gestikulierte zu viel. So würde der Funke nicht überspringen, und ohne ein Publikum, das sich willig mit auf die Reise nehmen ließ, verkam das Stück zur Posse. Sternberg wurde kleiner und kleiner.

Du willst zu viel, hätte Marlene ihrem Kollegen gerne zugerufen, doch Hans war erfahren genug, selbst zu merken, wenn er nicht bei sich war. Da bewirkten gute Ratschläge allenfalls das Gegenteil. Nein, das Beste, was sie für ihren Kollegen tun konnte, war, ihm die Ruhe und Sicherheit zu geben, die ihm helfen würde, sein Spiel auf Normalmaß zu stutzen. Gleich war ihr Auftritt, Mabel, die millionenschwere Erbin einer Corned-Beef-Fabrik, würde die Bühne betreten, ganz Hochmut und gepflegte Langeweile. Nicht zu viel, wie Claire ihr eingeschärft hatte, gib ihnen nur nicht zu viel. Marlene horchte in sich hinein. Der Puls schlug nicht höher als sonst. Keine Nervosität in Sicht. Sie hatte noch drei Jahre, und die würde sie auskosten. Es würden drei gute Jahre sein, sie würde Spaß haben, und zwar bei jeder einzelnen Vorstellung. Hans musste sich einfach nur in ihr Kielwasser begeben.

Auftritt. Im Trubel des Ballgeschehens taucht Mabel an der Seite des gewissenhaften und feschen Kellners Jean auf, deutet auf seine Eintrittskarte: »Sie haben nicht zufällig das große Los gezogen?« Albers blickte sie an, als habe er seinen Text vergessen. Marlene zwinkerte ihm unbemerkt zu: Keine Sorge, du bekommst die Rolle.

Spätestens ab Mitte des vierten Bildes – ein Zwischenrufer unterbrach die Aufführung und wurde lässig von Marlene abgefertigt – begriff auch der Beleuchter, was auf der Bühne längst alle gemerkt hatten, nämlich dass Sternberg an Marlenes Beinen sehr viel mehr Interesse zeigte als an Albers' Schauspielkünsten. Wann immer Mabel an der Reling des Luxusdampfers entlangstolzierte, kippte Sternberg in seinem

Sitz nach vorne, sein Blick gierte, und sein Hals reckte sich. Am liebsten hätte er Marlene von der Bühne gezogen. Albers spielte, als sei er über Bord gegangen und kämpfe gegen übermächtige Wellen an.

Nach dem siebten Bild hatte er endgültig die Nase voll. Wutschnaubend – vorne trötete das Orchester, während auf der Bühne umgebaut wurde – machte er sich Luft: »Da kommen die Herrschaften extra in die Vorstellung, um mich spielen zu sehen, und die ganze Zeit über macht dieser Rotzlöffel nichts anderes, als dir unter den Rock zu glotzen! Was dem einfällt!«

Seine Augen funkelten vor Zorn, und wäre es nicht so traurig gewesen, weil offensichtlich war, dass Sternberg ihn nicht besetzen würde, hätten sie sich gemeinsam darüber amüsiert.

»Komm«, Marlene nahm seine Hände, »das ist uns jetzt egal. Wir haben noch zwei Bilder. Lass ihn glotzen, wohin er will. Hauptsache wir haben unseren Spaß.«

»Einen Teufel lass ich den! Unverfrorener Hosenmatz. Wenn der dir noch einmal unter den Rock glotzt, piss ich ihm von der Bühne herab auf den Kopf!«

Nun konnte sich Marlene ihr Lächeln nicht länger verkneifen. Hans war nicht nur verärgert, er war eifersüchtig. Das schmeichelte ihr. Als hätte er ihr gerade ein Kompliment gemacht. Hatte er vermutlich sogar. Heute, überlegte sie. Heute nach der Vorstellung würde sie ihn verspeisen.

»Wenn du das machst«, erwiderte Marlene, »werden auf jeden Fall alle ihren Spaß haben – abgesehen von Sternberg.«

Es kam nicht dazu. Sternberg schaute ihr nicht noch einmal unter den Rock, und Albers pinkelte nicht von der Bühne. Ohnehin wäre es ein schwieriges Unterfangen gewesen, über das Orchester hinweg die Loge zu treffen. Doch all diese Überlegungen hatten sich zu Beginn des achten Bildes von selbst erledigt, denn Vollmöller und Sternberg waren gegangen. Immerhin fiel endlich die Anspannung von Albers ab, und für den Rest der Revue hatten sie tatsächlich Spaß auf der Bühne.

Im Garderobengang, vor seiner Tür, schmiegte sie sich an ihn: »Lass uns feiern gehen, ja? Zu Schwannecke.«

Die Vorstellung, nach diesem Abend noch in Schwanneckes Weinstuben, der Dependance der deutschen Dichterakademie, vorbeizuschauen, löste bei Albers keine Euphorie aus. »Wir sollen darauf anstoßen, dass ich die Rolle nicht bekommen habe?«

Sie gab ihm einen schnellen Kuss auf den Mund, einen, bei dem man so tun konnte, als wäre er nicht passiert. Oder ihn als Einladung verstehen. »Fällt dir ein besserer Grund ein?«

»Marlene«, er fasste sie an den Schultern, »du bist wirklich unzerstörbar.«

Ein zweifelhaftes Kompliment, das jedoch Einverständnis signalisierte. Sie gab ihm noch einen Kuss, nicht ganz so kurz wie den vorherigen. »Also: In zwanzig Minuten am Künstlereingang.«

Sie wandte sich ab, ging mit wiegenden Hüften zu ihrer Garderobe, öffnete die Tür und hörte sich sagen: »Das hatte ich jetzt nicht erwartet.«

27

Berliner Volkszeitung
18. August 1929

Bewaffnete Nazi-Terroristen
Gestern abend fand in einem Lokal in Lichtenberg eine nationalsozialistische Versammlung statt, in der der Nationalsozialist Mossakowski gegen den Young-Plan sprach. Nach Schluss der Versammlung griff plötzlich die Kriminalpolizei ein und nahm eine Durchsuchung der Versammlungsteilnehmer vor. Insgesamt wurden den Nationalsozialisten 3 Pistolen, 4 Dolche, 1 Gummiknüppel, 5 Totschläger, 3 Stahlruten, 2 Schlagringe und eine Schreckschusspistole abgenommen. 41 Versammlungsteilnehmer wurden wegen unerlaubten Waffenbesitzes und Widerstands von der Polizei festgenommen und der Abteilung Ia im Polizeipräsidium vorgeführt.

Der Abend drohte in einem Desaster zu enden. Vollmöller spürte es wie eine Welle im Rücken. Die Stimmung in seiner Reisegruppe war am Tiefpunkt angelangt. Da konnte Ruth sich noch so sehr bemühen, allen das Gefühl zu geben, sie seien unentbehrlich. Jedenfalls fühlte es sich wie der Tiefpunkt an. Wusste man ja immer erst hinterher – ob das schon der Tiefpunkt gewesen oder ob es danach noch weiter bergab gegangen war. Dabei war Jannings noch nicht einmal zurück in Berlin.

Karl hatte lange mit Gussy telefoniert, und sie waren übereingekommen, dass es klug wäre, Emil so lange wie möglich in Sankt Moritz zu belassen. Der schien sich dort auch rundherum wohlzufühlen, brachte die Zimmermädchen zur Verzweiflung, indem er Daunenkissen in vier unterschiedlichen Härtegraden verlangte, und echauffierte sich darüber, dass die Leitung des Kurhotels sich weigerte, das Schwimmbad für die anderen Hotelgäste zu sperren, wann immer er ins Wasser wollte. Darüber hinaus hatte die frische Bergluft einen Appetit bei ihm entfacht, den Gussy als »zügellos« bezeichnete, den Emil selbst jedoch als »gesund« empfand. Aus der angekündigten Diät würde also nichts werden, dafür stand zu hoffen, dass Jannings in versöhnlicher Stimmung nach Berlin zurückkehren würde.

Für die angespannten Nerven in Vollmöllers Reisegruppe waren andere Ursachen verantwortlich. Zum einen die Tatsache, dass sie mit nahezu leeren Händen aus Venedig gekommen waren. Daran allerdings störte sich Vollmöller sehr viel weniger als Pommer.

»Glaubst du, unsere beiden Diven machen uns nicht schon genug Arbeit?«, hatte der Produzent gefragt. »Soll unser genialer Freund« – gemeint war Sternberg – »jetzt auch noch ohne Drehbuch drehen?«

Es gebe zwar noch kein Drehbuch, das diesen Namen verdiente, erwiderte Karl, aber es sei bereits viel gedankliche Arbeit in das Projekt geflossen. Früher oder später würden sie den Schlüssel finden, die Geschichte würde ihren Widerstand aufgeben und ihnen sagen, was zu tun war. Über vieles hatten sie sich bereits Klarheit verschafft, es war nur noch nicht zähl- oder sichtbar. Genau das war es, was Pommer mit den Knöcheln knacken ließ. Der Mann war Produzent, für den existierte nur, was man auf einen Tisch legen und zählen konnte: Geldscheine, bedruckte Seiten, Bilanzen, Filmrollen. Dass etwas ohne konkreten Nachweis existieren sollte – der

Einfluss von Sternbildern etwa, oder Radioaktivität –, erregte seinen Argwohn.

Dann die Zugfahrt nach Berlin: zäh, mühsam, nervenzehrend, länger als geplant und mit viel Stillstand auf der Strecke. Stillstand konnten sie im Moment überhaupt nicht gebrauchen. Zuckmayer, der ihnen diesen Ausflug überhaupt erst eingebrockt hatte mit seiner unermüdlich hervorgebrachten Forderung, man müsse nach Berlin, um sich »den Albers« in dieser Revue anzusehen, hatte alle mit seiner Nervosität infiziert. Als hinge der Erfolg des Films von der Besetzung des Mazeppo ab. Das Auf-der-Stelle-Treten beim Drehbuch hatte den Schriftsteller verunsichert, er verbiss sich in Details, die ohne Probleme im nächsten oder übernächsten Arbeitsschritt geklärt werden konnten oder sich bis dahin von selbst erledigt haben würden.

Drei Tage, bevor sie in Venedig den Zug bestiegen, hatte Zuckmayers seelischer Zustand schließlich einen körperlichen Ausdruck gefunden. Er war mit einem Ekzem an Hals und Händen erwacht, an dem er seither mit einer Hingabe kratzte, als wolle er sich die Haut abziehen. Vollmöller ließ ihm ein anderes Zimmer herrichten – vielleicht war Wagner doch zu viel für ihn – und beim farmacista in der Calle del Preti eine Salbe anrühren, dabei war allen klar, dass das Ekzem nicht von außen zu behandeln war. Vollmöller musste sich eingestehen, dass er mit der hemmungslosen Egomanie von Sternberg sehr viel besser umgehen konnte als mit der kompensierten Unsicherheit Zuckmayers. Außerdem wollte er nicht nach Berlin zurück. Wie ein störrischer Junge mochte er in seinem Palazzo bleiben, am Drehbuch arbeiten, mit Ruth an seiner Seite und mit Carmen, die ihm bei Sonnenaufgang Kaffee in den Garten brachte und im Vorbeigehen eine Hand auf die Schulter legte. Den Mazeppo konnten sie später noch besetzen.

Es war Ruth, in der Nacht vor der Abfahrt, die aussprach, was Vollmöller bis dahin nur zu denken gewagt hatte. Sie hatten miteinander geschlafen, hatten ihre über Tag erhitzten Körper gereinigt, vor Schweiß glänzte die Haut zwischen Ruths Brüsten. Vollmöller hätte weinen mögen vor Glück.

Sie lag neben ihm, auf dem Rücken, den Blick auf einen unbestimmten Punkt gerichtet. Das nächtliche Flüstern des Canal Grande drang durch die geöffneten Fenster. Vollmöller musste dringend Fotos von ihr machen, mit der großformatigen Kamera. Es wäre nur ein Pfahl in der Brandung, das Wasser konnte er so nicht aufhalten, niemand konnte das. Aber es wäre ein Pfahl.

»Er behindert die Arbeit mehr, als er sie voranbringt«, sagte sie.

Vollmöller zündete sich eine Zigarette an, Glut in der Dunkelheit. »Verrätst du mir jetzt auch noch, wie ich das ändern kann?«

»Es liegt nicht an dir.«

»Woran liegt es dann?«

»Er hat noch nie für jemand anderen gedacht oder geschrieben als für sich selbst. Er ist Einzelkämpfer, kein Mannschaftsspieler.«

Vollmöller reichte ihr die Zigarette. Das durch die Jalousie einfallende Licht schnitt den aufsteigenden Rauch in Scheiben.

»Und weshalb bin ich da nicht schon längst von selbst drauf gekommen?«

Die Glut erhellte kurz ihr Gesicht. »Gern geschehen.«

So waren sie nach Berlin aufgebrochen: Sternberg, der sich langsam zu fragen schien, weshalb Vollmöller ihn überhaupt nach Deutschland geholt hatte; Karl, der hoffte, in Berlin den Schlüssel zu finden, der ihnen den Film aufschließen würde, ohne zu wissen, wo sie danach suchen sollten, und der außerdem auf den richtigen Moment wartete, um Zuckmayer zu sagen, dass sie ohne ihn nach Venedig zurückkehren würden; Zuckmayer, der sich am Hals kratzte und hinter verschlossener Tür murmelte: »Wieso kann ich das nicht?«

Die Handlung von *Die zwei Krawatten* entsprach Vollmöllers Erwartungen: Sie war an den Haaren herbeigezogen. Er war dankbar, dass Sternberg den Text nur bröckchenweise verstand. Wäre sein Deutsch besser gewesen, hätte er spätestens nach dem zweiten Bild unter Protest das Theater verlassen. Die Musik immerhin war ansprechend, schmissig, prickelte angenehm unter den Fußsohlen, auch wenn das forsche Orchester sein Bestes gab, das Prickeln in ein Hämmern zu verwandeln. Sternberg hielt sich die Ohren zu. Immerhin: Die erste Gesangsnummer ging zum einen Ohr rein und zum anderen wieder heraus, ohne unangenehme Empfindungen zu erzeugen. Alle wünschten sich, sie hätten es bereits hinter sich.

Karl dachte an den nächsten Tag, an »the two dozen«, wie Sternberg sie nannte. Josef, Pommer und er würden zwei Dutzend Schauspielerinnen begutachten wie Dressurpferde, sie singen, tanzen, ihre Beine zeigen lassen und mit ihnen Gespräche führen, ihnen erklären, was die Rolle erforderte, um sich dann von allen vierundzwanzig anzuhören, dass sie die perfekten Voraussetzungen mitbrächten und somit die Idealbesetzung darstellten.

Erhöhte Aufmerksamkeit lag auf dem Favoritinnentrio aus Hesterberg, Helm und Mannheim. Trude Hesterberg hatte in den vergangenen Wochen jede sich bietende Gelegenheit genutzt, um durchblicken zu lassen, dass sie davon ausging, die Rolle zu bekommen. Als ehemalige Geliebte von Heinrich Mann glaubte sie, ein Anrecht darauf zu haben. Außerdem hatte Heinrich selbst ihr zugesichert, sich für sie einzusetzen, und hatte das auch getan. Vollmöller fand sie gut, aber zu harmlos. Brigitte Helm war durch ihre Rolle in *Metropolis* zur Kultfigur geworden. Obwohl noch sehr jung, war sie bereits zum Star und zur Femme fatale gereift. Zudem hatte sie einen Zehn-Jahres-Vertrag mit der Ufa. Vollmöller selbst favorisierte Lucie Mannheim. Die konnte, wenn sie wollte, durchaus etwas Ordinäres haben, außerdem konnte sie singen, und Gesang – überhaupt Musik! – sollte in dem Film nicht nur vorkommen, er sollte eine integrale Rolle spielen. Kein Orchester mehr vor der Leinwand, das die Handlung illustrierte, der Film selbst würde Musik sein!

Doch dass die Wahl auf eine der Favoritinnen fiel, war alles andere als ausgemacht. Sternberg war skeptisch, Vollmöller ebenfalls. Die Rolle erforderte viel. Wenn es gut lief, blieben am Ende des Tages ein halbes Dutzend in der engeren Auswahl, mit denen sie Probeaufnahmen machen, sie unterschiedlich beleuchten und in Mikrofone singen lassen würden. Wenn es schlecht lief, würden sie ohne Kandidatin dastehen und müssten von vorn beginnen.

Hugenberg, der das Leben im Allgemeinen wie im Besonderen als einen Eroberungsfeldzug zu begreifen schien, schwebte ein Film mit Jannings als Star sowie einer Entourage aus Schauspielern vor, deren Aufgabe im Wesentlichen darin bestand, ihn strahlen zu lassen. Vollmöller hingegen wollte eine weibliche Hauptrolle, die auf Augenhöhe mit Jannings agierte, ihn forderte, die seiner körperlichen Präsenz etwas Adäquates entgegenzusetzen hätte. Ohne eine wirklich starke weibliche Hauptfigur würde der Film zusammenfallen wie ein Soufflé, niemand würde verstehen, weshalb Professor Rath sich für eine blasse Rosa Fröhlich selbst in den Ruin trieb.

Vollmöller war so wenig bei der Sache, dass es bis zur Mitte des vierten Bildes dauerte, ehe er bemerkte, dass Sternberg ganz gebannt das Geschehen auf der Bühne verfolgte. Und er bemerkte es auch nur, weil etwas vorgefallen sein musste. Die Schauspieler hatten ihr Spiel unterbrochen. Ein Zwischenruf aus dem Publikum, Karl hatte etwas gehört, aber nur mit halbem Ohr. Offenbar aber war es von der Art, die man nicht überspielen konnte. Jetzt standen alle wie versteinert, das Orchester schwieg, das Publikum lauerte.

»Marlene, ick will dir!«, rief ein Mann aus dem Parkett und erntete Gelächter. In den vergangenen Jahren war es zur Mode geworden, bestimmten Künstlerinnen anzügliche Dinge zuzurufen, um deren Schlagfertigkeit zu testen. Claire Waldoff zum Beispiel lieferte sich praktisch bei jedem Auftritt Wortgefechte mit den Zuschauern.

Marlene, an Deck des Schiffes, unterwegs nach Amerika, war mitten in einem Dialog mit Albers unterbrochen worden. Sie blinzelte in den abgedunkelten Zuschauerraum. Albers' Körper spannte sich. Marlene trat an die Reling, schob ihr Spielbein durch den Schlitz ihres Kleides, blieb ganz in ihrer Rolle der überlegen kühlen Mabel, zog an ihrer Zigarette mit Spitze und blies in aller Ruhe den Rauch in Richtung des Rufers. Das macht der Spaß, dachte Vollmöller.

Schließlich sagte sie gelangweilt: »Ich hab hier oben genug zu tun, dem Albers den Kopf zu verdrehen, da kann ich mich nicht auch noch um dich kümmern.« Sie hakte sich bei Albers ein und legte ihm einen ausgestreckten Zeigefinger unters Kinn: »Komm, mein Kleiner, ich zeig dir meine Kabine. Da wirst du Augen machen.«

Das Publikum johlte, Marlene gab dem Dirigenten ein Zeichen, und während sie mit Albers in den Kulissen verschwand, mischten sich die Stimmen von Trompete und Posaune in den Applaus.

Sternberg lehnte sich zu Karl: »Who is she?«

»Marlene? Oh, she has quite a reputation as a revuegirl. But failed as an actress.«

Sternberg war noch immer gebannt, dabei war Marlene längst hinter der Bühne verschwunden. »Is she on for the shooting?«

»Marlene Dietrich? Tomorrow?« In dem Koffer mit den Fotos der Schauspielerinnen waren auch Aufnahmen von Marlene gewesen, doch Sternberg hatte sie aussortiert, ohne einen zweiten Blick darauf zu werfen. »You sorted her out.«

»Did I?«

»I showed you pictures, you said there was nothing about her, nothing at all.«

Sternberg schien seine Erinnerungen zu durchforsten, erfolglos.

Vollmöller sagte: »Rittau, who will be your cameraman, worked with her before. He says she is impossible to film.«

Sternberg knetete den Knauf seines Gehstocks. »I want to be in her wardrobe, when this is over. Can you arrange that?«

Vollmöller fragte sich, ob Sternberg auf ein amouröses Abenteuer aus war, oder ob er tatsächlich erwog, Marlene für die Rolle vorsprechen zu lassen. Eine mehr würde kaum einen Unterschied machen. »Of course«, erwiderte er. »But what about Albers? He is the reason we came here.«

Albers als bescheidener Kellner Jean war soeben aus Mabels Kabine zurückgekehrt und bemühte sich, die Lücke zu überspielen, die durch seinen verfrühten Abgang entstanden war. Die Musik setzte ein, er begann zu singen.

Sternberg blickte zur Bühne. Bislang schien er noch keinen Gedanken auf Albers verschwendet zu haben. »We might as well take him. Or not. Either way.«

Es war ihm gleichgültig. Vollmöller lächelte in sich hinein. Für diese zwei kümmerlichen Sätze hatten sie die Reise aus Venedig auf sich genommen: We might as well take him. Or not.

Die Garderobentür wurde geöffnet. Marlenes Gesicht war erhitzt, ihr ganzer Körper dampfte. Als sie Karl, umkränzt von Glühbirnen, vor dem Schminkspiegel sitzen sah, hielt sie inne. Vollmöller in ihrer Garderobe. Das ergab keinen Sinn.

»Das hatte ich jetzt nicht erwartet.«

Karl erhob sich, ging ihr entgegen: »Guten Abend, Marlene.«

Sie schloss die Tür hinter sich. Küsschen links, Küsschen rechts. »Was verschafft mir die Ehre?«

Karl blickte an ihrer Schulter vorbei in die Ecke mit dem Sessel. »Darf ich dir meinen guten Freund Josef von Sternberg vorstellen?«

28

Berliner Volkszeitung
13. September 1929

Das wahre Gesicht der N. S. D. A. P.
Gerade zur rechten Zeit erscheint eine vom Bundesvorstand des Reichsbanners herausgegebene Broschüre »Das wahre Gesicht des Nationalsozialismus« (Preis 0,50 Mark). Auf die Frage: »Wie arbeitet die Partei im Volke« wird folgende Antwort gegeben:
»Sie schildert zunächst einmal in ihren Versammlungen, in ihren Zeitungen, in ihren Flugschriften und Plakaten das Elend im deutschen Volk. Man rechnet mit der durchschnittlichen Unerfahrenheit des einfachen Mannes, man erregt sein Verlangen und verspricht dann, wir werden euch aus dem Elend retten, und zwar mit Gewalt. Aber man verhüllt sorgfältig vor den Augen des einfachen Bürgers, wie diese Rettung erfolgen soll. Auf die Juden häuft man Verleumdungen und Beschimpfungen. Aber in die Versammlungen lässt man sie nicht hinein, weil man weiß, dass sonst die Lügen widerlegt würden.«
Den Ausschreitungen des politischen Kampfes, die sich die Nationalsozialisten zuschulden kommen lassen, sind die Behörden bisher nicht überall mit der nötigen Energie entgegengetreten. Wir hoffen, das wird jetzt anders werden.

Henny versuchte, ihr Unbehagen zu greifen. Seit bald einer Stunde führte Hugenberg sie jetzt über das Filmgelände, immer einen Schritt voraus, sodass sie ihm die ganze Zeit hinterherlaufen musste. Entweder er verfolgte ein Ziel, mit dem er bewusst hinter dem Berg hielt, oder sein forsches Voranschreiten war einfach nur schlechten Manieren geschuldet.

Sämtliche Ateliers des Tonkreuzes hatte er ihr zeigen müssen, die Aufnahmestudios eingeschlossen, hatte ihr erklärt, dass es nirgends auf der Welt etwas Vergleichbares gebe. Anschließend die Werkstätten, die Schneideräume, Labors. Es war offensichtlich, dass er sie zu beeindrucken versuchte. Doch zu welchem Zweck?

Endlich kehrten sie zum Verwaltungsgebäude, dem Ausgangspunkt ihres Rundgangs, zurück. Ein halbes Dutzend Wagen parkte vor dem Klinkerbau. Zwei Chauffeure unterhielten sich, die Hände in den Hosentaschen, nahmen jedoch augenblicklich Haltung an, als sie erkannten, wer sich ihnen näherte.

Zum ersten Mal, seit er Henny in Empfang genommen hatte, blieb Hugenberg stehen. Mit ausholender Geste beschrieb er die Grenzen seines Reichs. »Wie Sie sehen, haben wir die Reihen geschlossen.«

»In der Tat«, erwiderte Henny.

Auch ohne Hugenbergs Führung wäre sie beeindruckt gewesen. Vor einem Jahr noch hatte sich eine Handvoll Gebäude wie zufällig um die große Halle verteilt, jetzt gab es ein richtiggehendes Straßennetz, ein Gebäude reihte sich an das nächste. Man konnte es nicht erkennen, aber man spürte die Vision, den Masterplan, der all dem zugrunde lag.

Dass Hugenberg sie persönlich »eingeladen« hatte, ihn auf dem Filmgelände zu besuchen, war an sich schon ungewöhnlich. Im Grunde gab es kaum Berührungspunkte zwischen ihnen. Seit Wilhelm und Henny vor fünf Jahren die Henny Porten-Film GmbH gegründet hatten, produzierten sie ihre Filme auf eigenes Risiko, und die Ufa zeigte sie als Kooperationspartner in ihren Kinos. Da gab es eigentlich nichts zu bereden.

Hugenberg warf einen Blick auf seine Uhr, nickte zustimmend. »Frau Porten, ich bin hocherfreut, dass Sie es einrichten konnten.«

Sollte es das jetzt gewesen sein? Er ließ Henny Porten nach Babelsberg herauskommen, einzig um ihr zu zeigen, wie er die Reihen geschlossen hatte?

»Und jetzt«, Hugenberg ließ den Deckel seiner klobigen goldenen Uhr zuschnappen und verstaute sie in der Westentasche, »nachdem ich Ihnen die Zukunft des Films gezeigt habe, sollten wir über die Ihre sprechen.« Er wies auf den Eingang des Verwaltungsgebäudes: »Bitte, nach Ihnen.«

Henny schnaufte innerlich. Erst lief er eine Stunde vor ihr her, dann hieß es plötzlich »nach Ihnen«.

Hugenbergs Büro war geräumiger, als man es dem Gebäude von außen zugetraut hätte. Hinter dem Schreibtisch hing der alte Fritz und inspizierte mit stahlblauen Augen jeden, der den Raum betrat. Ein irritierender Geruch lag in der Luft, säuerlich. Die Erklärung hierfür erhielt Henny, als sie sich umsah. Neben dem Besprechungstisch mit den Sesseln war eine Art Buffet aufgebaut.

Hugenberg bemerkte Hennys Blick. »Ich habe mir erlaubt, einen kleinen Imbiss vorbereiten zu lassen. Bitte, greifen Sie doch zu.«

Inzwischen war Henny überzeugt, dass sein sonderbares Verhalten während des Rundgangs nicht auf schlechte Manieren zurückzuführen war, sondern dass hier etwas anderes im Busch war. Bouletten, sauer eingelegte Gurken, Kartoffelsalat, Senf. Sie nahm sich einen Teller und tat sich gerade so viel Kartoffelsalat auf, dass es einerseits nicht unhöflich wirkte und es andererseits nicht auffiele, wenn sie nichts davon aß.

»Bitte, bitte!« Hugenberg wies ihr einen Sessel zu. »Fühlen Sie sich wie zu Hause. Ganz zwanglos.«

Sie setzte sich, breitete die bereit liegende Stoffserviette über die Knie.

Hugenberg seinerseits nahm sich reichlich Kartoffelsalat, stapelte vier der rundlichen Bouletten zu einer Pyramide auf und fand noch Platz auf dem Teller, um einen kleinen Senfteich anzulegen.

Demonstrativ gut gelaunt setzte er sich Henny gegenüber. »Wünsche guten Appetit.«

Mit diesen Worten spießte er die obere Boulette auf, tunkte sie in den Senf, schob sie sich in den Mund und begann zu kauen. Henny befand seine schauspielerische Leistung für laienhaft. Sie stellte den Teller auf dem Tisch ab, faltete ihre Serviette und war im Begriff, Hugenberg um eine Erklärung zu bitten, als es an der Tür klopfte und die überschminkte Vorzimmerdame im Büro erschien: »Er ist da, Herr Hugenberg!«

Hugenberg warf Henny einen konspirativen Blick zu, schluckte die Boulette herunter und erwiderte: »Immer herein mit ihm!«

Aus dem Vorzimmer näherten sich harte aber ungleichmäßige Schritte, dann stand der Mann im Raum, den Henny als letzten erwartet hätte.

Goebbels streckte die Arme vor: »Henny Porten! Welch eine Ehre!« Er ging schnurstracks auf sie zu – Henny blieb gar keine Wahl, als sich eiligst aus dem Sessel zu erheben –, ergriff ihre Hand, führte sie zum Mund, verneigte sich. »Sie ahnen ja gar nicht ...« Er sah sich um, ihre Hand zwischen seinen. »Wie ungestüm von mir. Bitte, Frau Porten, setzen wir uns doch erst einmal.«

Goebbels griff nach der Lehne des benachbarten Sessels, drehte ihn so, dass er direkt auf die Schauspielerin ausgerichtet war, setzte sich, lächelte und faltete verlegen die Hände im Schoß.

»Frau Porten, zunächst einmal möchte ich Ihnen versichern, wie froh ich über die Gelegenheit bin, einmal in Ruhe mit Ihnen unter vier, Entschuldigung, sechs Augen sprechen zu können. Sie ahnen ja gar nicht, wie groß meine Verehrung für Sie ist – als Mensch wie als Schauspielerin. Das Gleiche gilt übrigens für Herrn Hitler, der Ihnen die herzlichsten Grüße ausrichten lässt. Wir haben alle Ihre Filme gesehen.«

Goebbels' kindlich-naive Begeisterung schlug bei Henny augenblicklich eine mitfühlende Saite an. Und dann noch dieser Aufzug: Er hatte sich gekleidet, als hoffe er, von ihr zum Ritter geschlagen zu werden. Die Knöpfe seines etwas zu groß geratenen Zweireihers glänzten, und seine perfekt gebundene Seidenkrawatte schillerte wie der Flügel einer Libelle. Seine Handgelenke wirkten sehr zerbrechlich. Man schrieb und redete schlimme Dinge über ihn, doch in diesem Augenblick, davon war Henny überzeugt, hätte er keiner Fliege etwas zuleide getan.

»Da hatten Sie aber viel zu tun«, scherzte sie.

»Sie beschämen mich, Frau Porten. Jede Minute davon war gut investiert. Und eine Wohltat. Sehen Sie …« Goebbels presste seine Lippen aufeinander. Was jetzt kam, war wohlüberlegt. Augenblicklich verschärfte sich seine Tonlage. »Keine andere Schauspielerin verkörpert die Tugenden der deutschen Frau so großartig wie Sie. Und genau das ist es, wessen dieses Land nach all den Erniedrigungen der letzten Jahre so dringend bedarf: Vorbilder. Die deutsche Frau braucht ein moralisches Vorbild wie Sie. Eine Frau, die ihre Opferbereitschaft lebt und mit einem unbeugsamen Willen zur Pflichterfüllung ausgestattet ist, die die Interessen der Nation über ihre eigenen stellt, die …«

»Wenn ich an dieser Stelle kurz unterbrechen darf«, schaltete sich Hugenberg ein.

»Natürlich«, versicherte Goebbels, »Entschuldigung.«

»Es ist Ihnen anzusehen, Frau Porten, dass Sie sich schon länger fragen, weshalb wir Sie hierher eingeladen haben. Das ist nur allzu verständlich. Nun, ich glaube, es ist an der Zeit, den Schleier zu lüften und Sie nicht länger auf die Folter zu spannen. Es verhält sich nämlich so, dass Herr Goebbels eine, wie wir finden, ganz großartige Idee hatte, und die wollten wir Ihnen gerne gemeinsam unterbreiten ...«

Fräulein Rosencranz hatte noch nicht einmal Gelegenheit, aufzustehen und ihren Rock zu richten, so schnell rauschte ihre Chefin durchs Vorzimmer.
»Frau Po–«
»Ich muss zu meinem Mann«, schnitt Henny ihr das Wort ab.
Adele Rosencranz, genannt Rose, war zwar noch immer ein Fräulein, ging jedoch stramm auf die sechzig zu, und das bedeutete, ihre Menschwerdung hatte sich im Deutschen Kaiserreich vollzogen. Da stand man auf, wenn der Chef hereinkam. Oder neuerdings die Chefin. Unter Wilhelm II. hatte es so etwas noch nicht gegeben, Chefinnen, von Wilhelm I. gar nicht zu reden, jedenfalls nicht dass Rose sich daran erinnern könnte. Doch die Zeiten hatten sich geändert, heute konnte es durchaus vorkommen, dass eine Frau eine GmbH gründete und ihr Mann lediglich Teilhaber war, wodurch diese Frau dann zur Chefin wurde. Aber wie die Zeiten auch sein mochten, es gab bestimmte Regeln, und diese Regeln, fand Rose, waren einzuhalten, auch und gerade, wenn man die Chefin war, denn mit dem Chefsein verband sich ja immer auch eine gewisse Vorbildfunktion. Eine dieser Regeln besagte, dass man seine Vorzimmerdame grüßte, wenn man in die Firma kam, Chefin hin oder her, und sie nicht einfach überging.
»Gnädige Frau, ich glaube, Ihr Mann ...«
Henny hob abwehrend die Hand. »Nicht jetzt, Rose.«

29

Sichtlich gut gelaunt saß Wilhelm hinter seinem Schreibtisch, auf dem diverse Papierstapel zu einem rechteckigen Gebilde angeordnet waren. Er hielt sich den Telefonhörer ans Ohr, während seine freie Hand über der Kristallschale mit den Pralinés schwebte, von denen eine in seinem Mund verschwinden würde, sobald er das Telefonat beendet hätte. Sein einziges Laster: Sawade-Konfekt. Das ließ er sich per Kurier aus dem Stammhaus Unter den Linden eigens in die Firma liefern. Der Blick aus seinem Büro ging auf die Hochbahn, die über dem Brillengeschäft am Dennewitzplatz durch zwei Häuser hindurchführte.

»Mein lieber Carl«, Wilhelm klemmte sich die Sprechmuschel unters Kinn und warf seiner Frau diesen Blick zu – den Ärzteblick, wie Henny ihn nannte –, möglichst neutral, um der Patientin nicht von vornherein das Gefühl zu geben, sie sei ein pathologischer Fall, während er in Wahrheit bereits darüber nachdachte, wie hoch die Scopolamin-Dosis anzusetzen war. »Ich werde das gleich mit ihr besprechen, denn sie ist in dieser Sekunde durch die Tür gekommen. Ja, das wünsche ich dir auch. Auf bald.« Begleitet von einem vorsichtigen Klicken legte er den Hörer auf die Gabel. Das Konfekt ließ er Konfekt sein. »Liebes ...«

Jedes weitere Wort erübrigte sich. Hier würde gleich ein Sturm losbrechen, das hätte ein Blinder gespürt. Draußen ratterte die Hochbahn vorbei.

»Helmi«, rief sie, »du machst dir keine Vorstellung!«

»Und dann?«, fragte Wilhelm.

Henny, die im Kreis gelaufen war wie ein Hund im Zwinger, blieb stehen. Einigermaßen überstürzt hatte sie ihrem Mann berichtet, was sie in Babelsberg erlebt hatte, die Führung, Hugenberg, das Buffet, Goebbels und dass sie ihr diese Idee hatten unterbreiten wollen. Jetzt schien sie vorübergehend die Orientierung verloren zu haben. An der Wand prangte das gerahmte Filmplakat von *Mutterliebe*.

»Liebes ...«

Henny wandte sich ihrem Mann zu. »Was?«

»Möchtest du dich nicht wenigstens hinsetzen?«

»Ausgeschlossen. Wo war ich?«

Jetzt machte Wilhelm es doch – nahm sich ein Konfekt, schälte es aus dem Stanniolpapier und schob es sich in den Mund. »Goebbels und seine Idee«, antwortete er.

»Richtig. Aus heiterem Himmel also unterbreitet mir Hugenberg das Angebot, ich solle zur Ufa zurückkehren, und zwar exklusiv. Bei der Ufa hätte meine Karriere schließlich begonnen. Und Goebbels ruft dazwischen: ›Gemeinsam könnten wir so viel erreichen!‹ Was hat denn der mit der Ufa zu tun, frage ich dich?«

Wilhelm hatte eine weitere Praline ausgewählt, sie entblättert und wie eine schwimmende Seerose zwischen den Papierstapeln hindurch auf Hennys Tischseite hinübergeschoben.

Reflexhaft griff Henny danach und stopfte sie sich in den Mund. »Was schaust du so?«

»Ich bin neugierig auf deine Antwort.«

»Na, das kannst du dir doch wohl denken. Dass ich eine eigene Produktionsfirma hätte, habe ich gesagt, und dass wir doch eine sehr schöne Kooperation hätten, die Ufa und die Porten GmbH, zu beiderseitigem Nutzen, weil die Ufa ja gut mitverdiene an meinen Filmen. Und da wirft der Goebbels dem Hugenberg einen Blick zu, so nach dem Motto: Wer soll es ihr sagen, du oder ich? Und was denkst du, der Hugenberg streicht sich über seinen Walrossbart und sagt: ›Nun, diese Kooperation ist nicht in Stein gemeißelt.‹ Und im nächsten Moment holt er zu einem Vortrag aus und beginnt mir zu erklären, dass der Stummfilm ja keine Zukunft mehr habe – wer entscheidet das eigentlich, frage ich mich – und dass die Zukunft des deutschen Films praktisch allein in den Händen der Ufa liege, denn, und davon hätte ich mich ja nun hinlänglich überzeugen können, keine andere Produktionsfirma könne mit den Möglichkeiten aufwarten, die die Ufa böte.

Bestimmt zehn Minuten hat das gedauert, und die ganze Zeit über redet der mit mir wie mit einem Kind, als hätte ich nicht schon Dutzende Filme gedreht, und neben mir rutscht Goebbels wie ein Pennäler auf seinem Stuhl hin und her, und ich merke schon, dass er nur darauf wartet, dass Hugenberg endlich fertig ist mit seiner Ansprache, und in dem Moment ruft er, dass jetzt die Gelegenheit gekommen sei, dank der Ufa aus dem größten deutschen Stummfilmstar den größten deutschen Tonfilmstar zu machen.

Was denn dann aus meiner Produktionsfirma werden solle, hab ich gefragt, und da sagt Hugenberg, da mein Vertrag mit der Ufa ja ein Exklusivvertrag sei, schlage er vor, sie aufzulösen. Und dann sagt er noch, dass die Firma ja nicht nur meine Firma sei, sondern dass ich ja einen Teilhaber hätte, und da hätte man sich längerfristig ohnehin eine andere Lösung überlegen müssen.« Henny stützte sich auf zwei Papierstapel, als wollte sie sie zusammenpressen. »Da bin ich natürlich völlig perplex, und während ich noch überlege, wie ich darauf reagieren und was ich darauf überhaupt antworten soll, da merke ich, wie Goebbels nach meiner Hand greift und sie drückt, und dann hat der plötzlich wieder eine Stimme wie Honig und sagt, er wolle mich einladen, übers Wochenende – er nannte irgendein Jagdschloss –, um mit mir einmal in Ruhe über meine Zukunft zu reden, es solle nicht zu meinem Nachteil sein. Und dieser Ton. Das war keine Einladung, Helmi, das war ein Befehl, da konnte er seine Stimme noch so sehr mit Zuckerguss überziehen.«

Wilhelm versuchte, nicht auf Hennys Hände zu sehen. Wenn sie fortfuhr, sich auf diese Weise ihre Halskette um den Finger zu schlingen, würde dieses Gespräch entweder mit einem Erstickungsanfall enden oder damit, dass sie beide auf dem Boden herumkrochen, um die versprengten Perlen einzusammeln.

»Und wie hast du auf den Befehl reagiert?«, fragte er.

»Was denkst du denn? Ihn verweigert natürlich! Dass mir das für eine verheiratete Frau doch sehr unziemlich erscheine, hab ich gesagt. Und weißt du, was Goebbels da sagt?« Henny verstärkte den Druck auf die beiden Papierstapel. »Auch darüber sollte ich einmal in aller Ruhe nachdenken. In Hitler hätte ich den größten Bewunderer, den man sich nur wünschen könne, und Hitler sei der kommende Mann, daran könne niemand einen Zweifel haben. Und da hab ich erst verstanden, was dieses ganze Schmierentheater soll. Helmi! Die wollen, dass ich unsere Firma verkaufe, weil du Jude bist!«

»Ehrlich gesagt«, Wilhelm legte seine Fingerspitzen aneinander, »verstehe ich deine Verwunderung nicht. Einer, der glaubt, die Juden seien für jegliches Elend in der Welt verantwortlich, der hat natürlich ein Problem mit mir.«

»Der nimmt keine Rücksicht, Helmi, auf nichts und niemanden, das hat er selbst gesagt ...«

»Ich weiß, was er sagt. Aber nun male mal den Teufel nicht an die Wand, sonst wird er am Ende noch lebendig. Sieh es doch mal so: Wann wäre es jemals einfacher gewesen, sich auf die richtige Seite zu stellen? Jeder, der noch halbwegs bei Verstand ist, sieht doch, was die vorhaben.«

»Helmi! Du hättest ihn erleben müssen. Impertinent war das! Was hat Hugenberg überhaupt mit dem zu schaffen? Dem gehört doch ohnehin schon alles.«

»Vergiss nicht, Liebes: Hugenberg ist nicht nur Nationalist, er hat auch nie einen Hehl daraus gemacht, dass er die Demokratie für einen Irrweg hält.«

»Aber das ist doch ungeheuerlich! Wie kann der zulassen, dass sich Goebbels in seinem Büro breitmacht und mich dann auch noch auf irgendein Jagdschloss einlädt, um mit mir ›einmal in aller Ruhe über meine Zukunft‹ zu reden.«

»Deiner Karriere wäre das womöglich förderlich«, überlegte Wilhelm, »ein Exklusivvertrag mit der Ufa.«

»Helmi, das ist nicht lustig!«

»Es war auch nicht lustig gemeint.«

»Stell dir bitte einmal für einen Moment vor, du wärst an meiner Stelle. Würdest du dich von mir lossagen – weil ich Jüdin wäre? Nein, niemals!«

»Wie könnte ich?«, erwiderte er, »schließlich bin ich ohne dich nur die Hälfte.«

Plötzlich hatte er wieder dieses Schelmengesicht. Als sei alles halb so schlimm, und er hätte bereits die Lösung parat.

»Was machen wir denn jetzt?«, fragte Henny.

»Ich glaube, Hugenberg hat recht«, setzte Wilhelm an.

»Wie bitte?«

»Was die Zukunft des Films betrifft. In zwei, drei, vielleicht auch vier Jahren wird der Tonfilm den stummen Film abgelöst haben.«

»Das kannst du nicht ernstlich glauben, Helmi. Ich will ja gar nicht abstreiten, dass sich der Tonfilm durchsetzt, aber dass er den stummen Film verdrängen soll, kann ich beim besten Willen nicht glauben. Auch in zwanzig Jahren wird der stumme Film seine Zuschauer finden, das kann gar nicht anders sein.«

»Froelich sieht das anders. Mit dem habe ich übrigens gerade telefoniert, als du hereinkamst, und er ist, anders als ich, der Ansicht, dass es nicht drei oder vier Jahre dauern wird, sondern bestenfalls zwei. Sobald die großen Lichtspielhäuser auf dem entsprechenden technischen Stand sind, werden die kleinen nachziehen oder sterben, und wer über die technischen Möglichkeiten verfügt, Tonfilme zu zeigen, der wird sich nicht länger mit stummen Filmen abgeben.«

»Abgeben? Ist jetzt von einem Tag auf den anderen unsere Arbeit der letzten zehn Jahre etwas, mit dem man sich abgibt, ja?«

»Das habe ich nicht gesagt.« Wilhelm lächelte. »Ich sagte, man wird sich nicht *mehr* damit abgeben.«

»Na, du bist mir ja ein loyaler Geschäftspartner! Ich frage mich, was es da zu schmunzeln gibt?«

»Henny, Liebes, das ist doch ganz naheliegend: Die Henny Porten-Film GmbH wird ihren ersten Tonfilm drehen. Mit Henny Porten in der Hauptrolle.«

»Das ist ein Scherz.«

Keine Antwort.

»Das ist kein Scherz«, folgerte Henny.

Wilhelm schob sich das zweite Konfekt in den Mund. Oder war es bereits das dritte? Anschließend stand er auf und kam um den Tisch, befreite Hennys Hand aus der Perlenkette und nahm sie in seine. »Welche Rolle wolltest du immer schon spielen – mehr als jede andere?«

»Luise?« Es klang wie eine Frage. Als wüsste Henny nicht selbst, welche Rolle sie seit Jahren ersehnte.

»Luise, Königin von Preußen.« Wilhelms linke Hand versah den Titel mit einem Schriftzug. »Henny Portens erster Tonfilm.«

Sie zog ihre Hand zurück. »Aber das ... Hast du eine Vorstellung davon, wie teuer das wäre?«

»Eine ungefähre. Aber der Zeitpunkt war nie besser als jetzt. Nach dem Erfolg von *Mutterliebe* ist unsere Kasse gut gefüllt.«

»Bis wir mit den Dreharbeiten beginnen. Danach wäre sie bestenfalls noch halb gefüllt.«

»Da muss ich dich berichtigen, Liebes. Sie wird leer sein, bis auf den letzten Heller.«

»Du willst schon wieder unser gesamtes Vermögen riskieren?«

»Ich erinnere mich daran, diese Diskussion schon einmal mit dir geführt zu haben – bevor wir *Mutterliebe* gedreht haben. Und meine Antwort war: Es ist nicht unser privates Vermögen, sondern das unserer Firma.«

»›Es ist nur Geld, Liebes‹ – das war es, was du gesagt hast.«

»Korrekt.«

»Du kannst doch nicht für alles immer gleich eine Lösung haben! Wo zum Beispiel sollen wir drehen, hast du dir das mal überlegt? Im Tonkreuz sicher nicht. Da bringen mich keine zehn Pferde mehr rein, ganz zu schweigen davon, dass ich mich vorher verpflichten müsste, künftig exklusiv für die Ufa zu arbeiten.«

»Deshalb drehen wir ja auch in Froelichs Studios. Der rüstet gerade alles auf Tonfilm um.«

Carl Froelich hatte schon in Messters Studio hinter der Kamera gestanden, bei *Meißner Porzellan*, Hennys allererstem Film. Wie alt war sie damals gewesen, 15, 16? In jedem Fall war es lange vor dem Krieg gewesen, in einer anderen Zeit. Und sie eine andere Frau. Auch nach dem Krieg, Carl arbeitete längst nur noch als Regisseur, hatten sie gemeinsam Filme gemacht. Inzwischen genoss er höchstes Ansehen und unterhielt ein eigenes Studio.

»Würde Carl auch die Regie übernehmen?«, fragte Henny vorsichtig.

»Das wünscht er sich, sehnlich. Er hält dich nämlich für eine herausragende Schauspielerin.«

Henny traten Tränen in die Augen. Sie blickte zum Fenster hinaus und hinüber zum Dennewitzplatz, wo eine weitere U-Bahn im zweiten Stock des Eckhauses verschwand.

»Was, wenn ich es nicht kann?«, fragte sie. »Was, wenn die Kritiker recht haben, die sagen, ›na ja, also da sieht man's ja, für den stummen Film war die Porten großartig, aber für den Tonfilm, da reicht's eben nicht?‹ Was dann, Helmi?«

Wilhelm wartete, bis Henny nichts anderes mehr übrig blieb, als seinen Blick zu erwidern. »Statt nach Möglichkeiten zu suchen, wie wir den Film verwirklichen können, suchst du nach Gründen, weshalb wir ihn nicht machen sollten.«

»Und das bedeutet?«

»Dass du Angst hast. Und Angst …«

»… ist ein schlechter Ratgeber, ich weiß.«

30

Berliner Volkszeitung
16. August 1929

Hitler kapituliert vor Hugenberg
Als vor einigen Wochen der Reichsausschuss für ein Volksbegehren unter der Aegide Hugenbergs konstituiert wurde, da erregte es einiges Erstaunen, dass auch Adolf Hitler mitmachte, denn er hatte bis dahin seine agitatorischen Erfolge in erster Linie durch antikapitalistisches Geschwätz, also auch auf Kosten Hugenbergs bestritten.
Dass all diese hochtönenden Phrasen nur agitatorisches Mittel sind, wird nunmehr ganz klar, nachdem man erfährt, dass Hugenberg ein Ultimatum an Hitler gerichtet, und dass Hitler glatt kapituliert hat. Das Ultimatum richtete sich dagegen, dass in den Hitler-Blättern und Versammlungen noch immer die altgewohnten Agitationsphrasen von einem prima Hitlerschen Sozialismus ausgegeben werden. Das Wort Sozialismus schmeckt Herrn Hugenberg natürlich nicht, hat ihm noch nie geschmeckt und wird ihm nie schmecken.
Man nahm an, wenn Adolf die Geldkassen Hugenbergs erst einmal in der Nähe geschnuppert habe, würde er ihnen nicht so bald wieder den Rücken kehren. Und man scheint sich nicht verrechnet zu haben. Adolf hat kapituliert. Adolf muss das Wort Sozialismus aus seinem üppi-

schen Sprachschatz ausmerzen. Diese Forderung stellte Herr Hugenberg, und wenn Hitler sie ablehnte, wäre weiter gar nichts geschehen, als dass die Subventionen aus Hugenbergs Kasse eingestellt worden wären. Ist das nicht wenig? Für Adolf Hitler scheint es alles zu sein, Adolf Hitler hat sich jedenfalls unterworfen, er bleibt bei Hugenberg, er kriegt weiter sein Geld – er darf nur nicht mehr von Sozialismus reden.

Die Glienicker Brücke kam in Sicht. Lubinski musste den Wagen an zwei stehenden Omnibussen vorbeisteuern und einer Gruppe blindlings über die Fahrbahn trottender Fußgänger ausweichen. Überhaupt: Ein Menschenauflauf war das!

»Was wollen die nur alle hier?«, fragte Marlene.

»Na, Dampfer fahrn«, gab der Chauffeur zurück und erklärte: »Omnibuslinie P. Ist neu. Also relativ. Seit sie die eingerichtet haben, ist hier richtig was los. Da vorne, wo der Rauch aufsteigt, da legen sie ab.«

Marlene blickte von oben herab auf die Anlegestelle. Ein Ausflugsdampfer, voll bis auf den letzten Platz, legte soeben ab. Links der Brücke, entfernt auf einem Hügel thronend, badete das Schloss Babelsberg in der Mittagssonne.

»Schön ist das ja«, sagte Marlene.

Der Chauffeur antwortete nicht. Streng genommen hatte sie ihn auch nichts gefragt.

Marlene betrachtete seinen mageren Hals. Wie ein Suppenhuhn sah der aus. Seit sie – wann war das gewesen, vor einem halben Jahr? – diese sonderbare Unterredung vor der Scala geführt hatten, da überlegte sie jedes Mal, wenn er sie irgendwo hinfuhr, ob ihr Chauffeur sie nicht insgeheim verachtete. Und ob nicht vielleicht auch die Besucher, die ihretwegen in die Revue kamen, sie insgeheim verachteten. Dass sie kamen, um sie zu verachten. Und zu begehren natürlich. Das schloss einander ja nicht aus.

Sie wollte nicht, dass Lubinski schlecht über sie dachte, dass er dachte, sie hätte keine Moral. Sie hatte nämlich durchaus Moral, nur vermutlich nicht die ihres Chauffeurs. Dabei hätte ihr egal sein sollen, wie er über sie dachte, er war ihr Chauffeur, Himmel noch mal, es war völlig gleichgültig, wie er über sie dachte.

»Wollen Sie gar nicht wissen, weshalb wir heute den ganzen Weg nach Babelsberg rausfahren?«

Lubinski war soeben dem Wegweiser »Universum Film AG« gefolgt und von der Königstraße auf die Nuthestraße eingebogen. »Wird um einen Film gehen, nehm' ich mal an.«

Marlene beugte sich vor. »Die Ufa will ein ganz großes Ding drehen, einen Tonfilm, mit Jannings in der Hauptrolle. Der Film soll zugleich auf Deutsch und auf Englisch gedreht werden. Für den internationalen Markt. Der Regisseur – von Sternberg heißt er – hat mich zum Vorsprechen eingeladen.«

»Dann sollen Sie da also mitspielen«, schloss Lubinski.

Marlene prüfte den Sitz ihres Hutes und blickte aus dem Fenster. Sie würden gleich die Einfahrt zum Filmgelände erreichen. »Heute ist erst einmal Vorsprechen.«

»Verstehe.«

Verstehe. Das war alles?

»Was sagen Sie dazu?«, fragte Marlene.

»Klingt ganz schön anstrengend.«

War das möglich? Überlegte sie die ganze Zeit, wie Lubinski über sie dachte, und am Ende war sie ihm völlig gleichgültig? Gab es Menschen, die sich überhaupt nicht dafür interessierten, wer sie war und was sie machte?

Lubinski brachte den Wagen zum Stehen. Der Pförtner, der damit beschäftigt war, die schwarze Marmorplatte mit der

Aufschrift »Universum-Film Aktiengesellschaft« zu wienern, kam herüber und nahm Haltung an.

»Herr von Sternberg erwartet mich.«

»Und Sie sind?«, fragte der Pförtner.

»Marlene Dietrich.«

Statt das Tor zu öffnen, marschierte der Mann im Stechschritt zu seinem Pförtnerhäuschen, um für Minuten darin zu verschwinden.

Endlich kam er zurück. »Entschuldigen Sie die Verzögerung, Frau Dietrich. Ihr Name war nicht auf der Liste vermerkt.«

Na wunderbar, dachte Marlene, und dann: Zeitverschwendung. Dieser ganze Tag ist Zeitverschwendung. Gestern Abend, als Vollmöller und Sternberg sie in ihrer Garderobe abgepasst hatten, das hatte ihr natürlich geschmeichelt. Aber es bedeutete nichts. Regisseure. Salbten dein Ego mit Honig, und am nächsten Tag vergaßen sie, dich auf der Namensliste zu vermerken.

Der Pförtner öffnete das Tor, legte drei Finger an die Mütze. Lubinski steuerte den Wagen auf das Filmgelände.

Bis sie hinter der großen Halle angelangt waren, hatte Marlene sich vorgenommen, das Vorsprechen einfach nur hinter sich zu bringen. Im besten Fall würde ihr doch wieder nur irgendeine Rolle als Kokotte oder Lebedame zufallen, und sie dürfte dreimal halb nackt durchs Bild laufen und Jannings einen lasziven Blick zuwerfen. Da war jegliche Nervosität verschwendet. Was immer Sternberg mit ihr vorhatte, falls er überhaupt etwas mit ihr vorhatte, etwas Großes konnte es nicht sein. Allerspätestens bei den Probeaufnahmen würde ihm auffallen, was bislang noch allen aufgefallen war, nämlich, dass sie nicht in Szene zu setzen war und – wie hatte es dieser Rotzlöffel beschrieben? – im Dekolleté erschreckend vierschrötig aussah.

Marlenes Stimmung hellte sich auf, als sie am Garderobengang von einer sehr hübschen, jungen Frau mit sehr dicken Brillengläsern empfangen wurde, die den Eindruck erweckte, sie trage diese absurde Brille in Wahrheit nur, um mögliche Verehrer abzuwehren. Eine, die sich vor sich selbst zu schützen versuchte. So wie die Porten damals. Mit diesen Beinen solltest du es lieber als Revuegirl versuchen, hatte sie gesagt. Doch jetzt war Marlene hier, zum Vorsprechen für einen großen Film. Wer hatte eigentlich bestimmt, dass man nicht beides werden konnte, Revuegirl und Schauspielerin?

»Guten Tag, gnädige Frau.« Das Mädchen deutete einen Knicks an und löste das Klemmbrett von ihrer Brust. Marlene hätte sie am liebsten vom Fleck weg in ein Separee gezogen. »Ihren Namen, bitte.«

»Dietrich. Marlene Dietrich.«

Sie ging die Liste auf dem Klemmbrett durch. »Hab Sie!« Sie lächelte schüchtern und deutete mit dem Arm in den hinter ihr liegenden Flur. »Dritte Tür, bitte. Viel Glück.«

Der Garderobengang verlief parallel zu einem der neuen Studios. Es roch nach feuchtem Mauerwerk, frischer Farbe und Puder. Marlene hatte das Tonkreuz noch nicht von innen gesehen, doch man erzählte sich wahre Wunderdinge darüber, zum Beispiel, dass man geräuschlos arbeitende »Bewetterungsanlagen« installiert hatte. Unter denen konnte sich zwar niemand etwas Konkretes vorstellen, doch offenbar sorgten sie dafür, dass die Raumtemperatur konstant blieb. Wie das funktionieren sollte? Ein Rätsel. In den alten Studios war das kein allzu großes Problem gewesen, weil man zum Beleuchten Kohlebogenlampen benutzt hatte. Die aber waren zu laut, weshalb, so hieß es, im Tonkreuz nur noch Glühlampen verwendet werden durften, und die hätten die doppelt und dreifach isolierten Studios innerhalb kürzester Zeit in Backöfen verwandelt. Jedes der Studios sollte zudem über eine eigene Abhörkabine verfügen, und wenn es stimmte, was man sich erzählte, konnte der Tonmeister bereits aufzeichnen, wenn irgendwo in der Halle jemand eine Stecknadel fallen ließ.

Von den vier nebeneinander stehenden Schminktischen waren drei besetzt. An einem saß Anny Ahlers, an einem Lia Elbenschütz, die Marlene nach dem Bühnenunfall den Arm verbunden hatte, am dritten, umflort von kommendem Ruhm, Lucie Mannheim. Die hatte soeben in London *Atlantic* abgedreht, einen Tonfilm, der im Oktober in die Kinos kommen sollte und der bereits viel von sich reden machte. Lia und Anny standen auf und begrüßten Marlene mit einer Umarmung, Lucie warf ihrer Kollegin nur einen abschätzigen Blick zu und sagte, »Hello, Marleen«, als habe sie in London Deutsch zu sprechen verlernt. Marlene fand, Lucie hatte einen harten Zug um den Mund, wie eine betrogene Ehefrau, die weder den Mut hat, ihren Mann ebenfalls zu betrügen, noch ihn zu verlassen. Gefangen. Werd bloß nicht so, nahm sie sich vor. Was auch immer passiert: keine Verbitterung.

»Sagt mal«, fragte Marlene in die Runde, »weiß eine von euch eigentlich, für welche Rolle sie vorsprechen soll? Ich hab gar keinen Text.«

»Wir haben alle keinen«, erwiderte Anny.

»Das heißt, für uns geht's um nichts«, schloss Marlene und dachte: Wenn sie eine Sekretärin suchen, sollten sie Lia nehmen.

»Ich weiß nicht«, sagte die. »Offenbar hat niemand einen Text, auch Trude und Brigitte haben keinen. Und Lucie auch nicht. Die tun hier alle ziemlich geheimnisvoll.«

Die junge Frau mit der Verehrerabwehrbrille streckte ihren Kopf zur Tür herein. »Frau Dietrich, bitte.«

Marlene folgte ihr in den Flur, wo sie mit der in Gedanken versunkenen Trude Hesterberg zusammenstieß.

»Du bist auch hier?«, fragte Trude.

»Es hat ganz den Anschein.« Marlene senkte die Stimme. »Sternberg war gestern in der Revue, in der ich gerade spiele. Danach wollte er, dass ich heute vorbeikomme.«

»Na, dann wünsche ich viel Vergnügen.«

Marlene sah sie an: »Ist es nicht gut gelaufen?«

»Woher soll ich das wissen?« Trude blickte zurück zur Tür, durch die sie gerade gekommen war. »Komischer Vogel, dieser Sternberg. Sitzt die ganze Zeit da wie ein steinerner Adler und sagt nichts. Ich bin mir nicht einmal sicher, ob der überhaupt weiß, dass ich gerade da drin war. Soll aber morgen zu Probeaufnahmen kommen.«

Marlene fragte sich, was das zu bedeuten hatte. An Trude war nach ihrer Einschätzung kein Vorbeikommen, mit oder ohne Unterstützung ihres Ex-Geliebten Heinrich Mann. Seit letztem Jahr hatte sie über vierhundertmal als Lustige Witwe im Großen Schauspielhaus das Publikum begeistert, ein sensationeller Erfolg. Zweimal hatte Marlene sich die Operette selbst angesehen. Die Leichtigkeit, mit der ihre Kollegin dabei die Salon- und Tanzszenen meisterte und wie nebenbei einen neuen Frauentyp prägte, hatte ihr sehr imponiert. Und Spaß gemacht. Endlich einmal eine Frau, der man gerne dabei zusah, wie sie sich in der Männerwelt durchsetzte, weil sie nicht verbissen kämpfte, sondern erotisch spielte.

»Bestimmt war schon vorher entschieden, dass sie Probeaufnahmen mit dir machen würden«, meinte Marlene.

»Möglich. Aber dann hätte dieser von Sternberg doch wenigstens Interesse vortäuschen können.«

Marlene erinnerte sich an den gestrigen Abend: wie Sternberg sich erst die Ohren zugehalten und wie er Marlene später angestarrt hatte. Und anschließend in ihrer Garderobe. Seine Bewegungen hatten etwas Dandyhaftes, und wenn er sprach, sollten alle anderen schweigen. Schwierig einerseits, spannend andererseits.

»Frau Dietrich?« Das Fräulein mit dem Klemmbrett rieb züchtig die Handflächen gegeneinander. Trude war verschwunden. »Wenn Sie mir bitte folgen würden.«

Vor der Tür zum Regieraum, in dem das »Kennenlernen« stattfinden sollte, hielt Marlene inne. Nervosität? Nein. Sie befragte sich noch einmal. Wirklich nicht? Nein. Sie würde eine weitere Kokotte spielen oder es lassen. So oder so hatte sie noch drei Jahre.

»Wann immer sie so weit sind, Frau Dietrich.«

Die Hübsche mit dem Klemmbrett. Stand neben ihr und wartete artig, keine Armlänge entfernt. Marlene lächelte sie an, legte ihr eine Hand unters Kinn, und noch ehe das Mädchen begriff, was gerade geschah, drückte Marlene ihr einen samtweichen Kuss auf die Lippen.

»Ich bin so weit.«

Vollmöller begrüßte sie mit ausgebreiteten Armen. Küsschen links, Küsschen rechts, Pariser Schule. Offensichtlich sollte sie sich wohlfühlen. »Hallo, Marlene, schön, dass du es einrichten konntest.«

Hinter einem Tisch mit lauter darin eingelassenen Knöpfen und einem Strang von Kabeln so dick wie ihr Arm war ein riesiges Fenster eingelassen, durch das man von oben herab das Studio überblicken konnte. Der Platz hinter diesem Tisch, so schien es, war für Gott reserviert. Gib ihnen nicht zu viel, ermahnte sich Marlene.

Sie lächelte: »Wer hätte bei *dieser* Einladung Nein sagen wollen?«

Pommer war ebenfalls anwesend. Und natürlich Sternberg. Der hatte jede ihrer Bewegungen bereits beim Betreten des Raumes unters Mikroskop gelegt. Pommer begrüßte sie mit seiner ewig hochgezogenen Augenbraue und einem freundlichen Kopfnicken, und dann stand Sternberg vor ihr, so dicht, als wolle er sie einatmen. Weiße Schuhe, weiße

Hose, schwarzes Nadelstreifensakko, schweres Parfum. Der Mann war tatsächlich ein Dandy.

»I'm glad you could come«, sagte er, blickte in die Runde und sagte: »Why don't we all take a seat.«

Es gab eine Sofaecke, inklusive Tisch und zwei Sesseln, es wäre also Platz für alle gewesen, doch Sternberg wies Marlene das Sofa zu, er und Vollmöller nahmen gegenüber in den Sesseln Platz, Pommer hielt sich im Hintergrund und machte es sich auf der Kante des Regietischs gemütlich.

Ob sie wisse, worum es gehe, fragte Sternberg. Marlene erwiderte, dass die ganze Stadt über das große Ding spreche, Jannings, *Professor Unrat*, der Tonfilm, und dass sie wohl kaum hier wäre, wenn nicht Frauenrollen zu besetzen wären.

»Wir suchen nicht irgendwelche Frauenrollen«, präzisierte Vollmöller und hielt ihr sein aufgeklapptes Zigarettenetui hin. Marlene winkte ab. »Wir suchen *die* Frauenrolle: Rosa Fröhlich. Wobei sie im Film sicher anders heißen wird.«

31

Marlene musste all ihr schauspielerisches Talent aufbieten, um sich ihre Überraschung nicht anmerken zu lassen. Die Rosa Fröhlich? Es war Jahre her, dass sie *Professor Unrat* gelesen hatte. Sie versuchte sich zu erinnern. Der ganze Roman hatte diesen provinziellen Mief veratmet, und das sollte er ja auch. Die Figur der Rosa war Marlene dabei als abgehalftert in Erinnerung geblieben, ordinär und glanzlos. Hm.

Sternberg kreuzte die Hände über dem Knauf seines Gehstocks. Marlene hatte noch nie derart perfekt manikürte Nägel gesehen. Er habe sich einige ihrer Filme angesehen, erklärte er. »I've seen some of your films.«

Sie glaubte ihm kein Wort. Wann sollte das denn passiert sein, über Nacht? Und wo?

»The latest one«, fuhr Sternberg fort, »the one with Kortner ...«

»*Die Frau, nach der man sich sehnt*«, half Vollmöller aus.

»Rischtig. And this other one – *Café Electric* it was?«

Vollmöller nickte.

Marlene kannte Karl seit Jahren. Er hatte sie das ein oder andere Mal protegiert, hatte ihr in Wien ein Engagement verschafft. Sollte es in diesem Raum jemanden geben, dem sie vertrauen konnte, dann war es vermutlich er. Außerdem waren sie nie miteinander im Bett gelandet. Manchmal vereinfachte das Beziehungen. Immer eigentlich. Sie warf Vollmöller einen trägen Blick zu: Stimmte das? Karls schmale Lippen kräuselten sich: Was soll ich sagen ... Es war eine lange Nacht.

Also gut. Offenbar war dies nicht das tausendundeinste Vorsprechen für eine namenlose Nebenrolle. Offenbar hatte

Sternberg etwas in ihr gesehen. Oder eher an ihr? Wie auch immer, die Frage war: Tat sich hier gerade eine Möglichkeit auf? Sternberg, die Ufa, der große deutsche Tonfilm, in den Hauptrollen Emil Jannings und Marlene Dietrich? Je mehr es in ihr arbeitete, umso ruhiger wurde sie äußerlich. Als Vollmöller diesmal sein Etui aufspringen ließ, nahm sie sich eine.

Der aufsteigende Rauch verschleierte ihr Gesicht. »Wer wird die Kamera machen?«

»Rittau.«

Dann war es aus. Rittau hatte Marlene schon wiederholt vor dem Kurbelkasten gehabt und jedes Mal verkündet, sie sei für den Film in jeder Hinsicht unbrauchbar. Wieder suchte sie in Gedanken Rat bei ihrer Freundin Claire: Tu so, als wärst du zu haben – aber nicht interessiert.

»Then you should not waste your time with me«, sagte Marlene.

Das erste Mal, seit sie den Raum betreten hatte, suchte Sternberg ihren Blick. Seiner war durchdringend, dunkel. Das nenn ich Schwerkraft, dachte Marlene.

Sternberg wollte wissen, wie sie darauf kam: »Why is that?«

»I've worked with Rittau«, erwiderte sie. «He is good, maybe the best, congratulations. But he says it's impossible to make me look good on film.«

Sternbergs Augen gruben sich einfach immer tiefer. Als sei da gar kein Widerstand. »I am of the same opinion«, orakelte er. »Rittau is very qualified.«

Er bat sie aufzustehen, ließ sie in den Raum treten, betrachtete sie von allen Seiten und aus allen erdenklichen Winkeln, legte sich auf den Boden, um ihr unter den Rock zu starren, stieg auf den Tisch, rückte ihre Schulter in Position, schob an ihrer Hüfte herum, ließ sie unterschiedliche Beinstellungen einnehmen wie beim Ballett, umkreiste ihr Gesicht. Fleischbeschau, ein anderes Wort wollte Marlene partout nicht einfallen.

»I want to see you in motion«, sagte er.

I bet you do, dachte Marlene, die sich zwingen musste, ernst zu bleiben. Mit langen Schritten durchmaß sie den Raum, machte kehrt. Pommer hatte seinen Spaß, so viel war sicher.

»Last night, in that show ...«, setzte Sternberg an.

Darauf also lief es hinaus: Der Herr Regisseur wollte sehen, was er gestern auf der Bühne gesehen hatte. Laszivität. Kannst du haben, dachte Marlene, schob mit jedem Schritt die Hüfte vor, verlangsamte die Frequenz, hielt die Zigarette mit abgespreizten Fingern.

Nachdem sie zur Freude Pommers zweimal von einer Wand zur anderen gelaufen war, kam ihr eine spontane Idee: Wenn Sternberg so erpicht darauf war, sie so zu sehen, wie er sie gestern gesehen hatte, dann wollte er vielleicht auch so behandelt werden, wie Mabel ihren Jean behandelte. Sie hatte keine Vorstellung davon, was für ein Typ Frau Sternberg für die Rosa Fröhlich vorschwebte – er selbst schien danach zu suchen –, aber eins war klar: Es würde um Macht gehen, um Macht und Unterwerfung. Sie stellte sich so vor den Regisseur, dass sie ihn so eben nicht berührte, öffnete die Lippen und ließ den Rauch entweichen.

»It's this, that you want, isn't it?«

Niemand im Raum hätte sagen können, ob ihre Laszivität nur gespielt war, ob Marlene sie angedreht hatte wie einen Lichtschalter, oder ob sie Sternberg tatsächlich im nächsten Moment küssen würde. Nicht einmal sie selbst wusste es. Vollmöller und Pommer hielten den Atem an.

Sternberg befreite sich aus der erotischen Umklammerung, indem er Marlene anwies, in dieser Position stehen zu bleiben, sich einen der beiden Stühle heranzog, darauf stieg und in ihren Haaren zu wühlen begann.

Marlene wandte sich an Vollmöller: »Was zum Teufel macht der da?«

Karl verzog die Lippen. »Er untersucht dein Haar auf kahle Stellen. Ist eine Marotte von ihm.«

Sternberg, noch immer mit Marlenes Haaren beschäftigt, sagte: »I understood both of you.« Er hielt kurz inne. »What does ›Marotte‹ mean?«

Pommer, der die bühnenreife Szene bislang mit einem Schmunzeln verfolgt hatte, schien innerlich die Augen zu verdrehen.

Marlene sprach in den Raum hinein: »Ich hoffe, er lässt mich nicht noch wiehern wie ein Pferd.«

Sternberg verstand nicht. »What did she say?«, wollte er wissen.

Marlene antwortete selbst: »I hope I don't have to ...« – sie kannte das englische Wort für Wiehern nicht, falls es dafür überhaupt ein englisches Wort gab – »... make horse sounds.«

Sternberg stieg vom Stuhl herab. »Would you?«

Hatte er sich gerade einen Scherz erlaubt? Bis jetzt hatte niemand angenommen, dass er dazu überhaupt in der Lage war. Er grinste.

Marlene stemmte eine Hand in die Hüfte, nahm wieder ihre Rolle ein: »Oh, sweetie, I make all kinds of sounds. In fact, I make any sound you want – if you treat me right.«

Marlenes zur Schau gestellte Überlegenheit provozierte Sternberg dermaßen, dass er, ohne es zu merken, mit der Zunge schnalzte. »Why do you think is your reputation as an actress so bad?«

Warum sie als Schauspielerin so einen schlechten Ruf hatte? Marlene hätte alles Mögliche antworten können, das Naheliegende wäre gewesen, nach Gründen zu suchen, äußere Umstände ins Feld zu führen. Aber das Naheliegende war vor allem eins: naheliegend.

»Well«, sie drückte ihre Zigarette aus, »you have seen two of my movies.«

»I have.«

»They were bad movies. And I didn't play well. It is always difficult to look good in a bad movie, even if you play good. Which I did not.«

Sternberg legte den Kopf schief, und dann überraschte er sie alle, indem er laut zu lachen anfing. Dass er so etwas schon einmal getan hätte, laut lachen, daran konnte sich niemand erinnern. »Are you trying to convince me, *not* to take you?«

»No.«

»But you just told me, that you are a bad actress.«

»I did not.« Marlene sah ihn. Es war wie beim Poker, wenn dir das Geld ausging: double or quits. Doppelter Einsatz, oder das Spiel war beendet. »What I tried to tell you was this: If you want to make me look good in a movie, you have to be a really good director.«

Pommer murmelte etwas, Marlene meinte das Wort »Donnerwetter« zu hören.

Am Abend, die nächste Aufführung von *Zwei Krawatten* lag hinter ihr, tat Marlene das, was sie bereits am Vorabend hatte machen wollen: nahm den schlecht gelaunten Albers unter den Arm wie einen Schoßhund und schleifte ihn zu Schwannecke. Hans sträubte sich, doch sie ließ nicht locker. Natürlich würde die Hälfte der Gäste sie erkennen, die um diese Zeit dort ihr Gefieder spreizten, schlau daherredeten, Pläne schmiedeten und ihre Egos mit Champagner aufschäumten. Schon gut gelaunt war das nicht Albers' Disziplin.

»Wie ist es gelaufen?«, fragte er.

Sie saßen im Fond, während Lubinski den Wagen den nächtlichen Tauentzien hinauflenkte. Natürlich hatte Hans von ihrem nachmittäglichen »Kennenlernen« mit Sternberg erfahren. Jeder im Ensemble war bereits im Bilde. Nicht einmal auf dem Santa Monica Boulevard reisten dieser Tage Neuigkeiten schneller als zwischen Babelsberg und Berlin.

»Nicht wichtig.« Marlene lehnte sich an ihn. »Am Ende nehmen sie sowieso die Hesterberg.«

Marlene sah die Leuchtreklamen vorbeiziehen, die Autos, alles im Fluss. Sie liebte diese Stadt, die bei Nacht noch weicher war als bei Tag, an die man sich anschmiegen konnte wie an einen guten Freund.

»Jetzt sag schon.«

Hans wieder. Konnte es nicht lassen. Bei ihm hatte sich nach dem gestrigen Abend niemand von der Ufa gemeldet.

»Eigenartig«, gab Marlene zur Antwort.

Albers kaute auf ihrer Antwort und beschloss, dass sie ihm nicht schmeckte. »Sonst noch was?«

Marlene rückte von ihm ab. »Stell dir vor: Er hat sich auf einen Stuhl gestellt und meine Haare auf kahle Stellen untersucht.«

Dass Sternberg sie außerdem zu Probeaufnahmen einbestellt hatte, verschwieg sie lieber. Hans war in dieser unheilvollen Verfassung, in der einem jeder Grund recht war, um sich nur ja weiter in seinem Groll suhlen zu können. Wenn er morgen davon erfuhr, war das früh genug.

»Pisser«, befand er.

Es war, wie von Marlene erhofft und von Albers befürchtet: Im Schwannecke, dem Bienenstock der Eitelkeiten, herrschte Hochbetrieb. Und Marlene kannte sie alle. Einer aufgeschichteten Torte gleich hing der Rauch in mehreren Lagen unter der Decke.

Es wurde umso lauter geredet, diskutiert und gelacht, da Spoliansky am Klavier saß und Willi Forst begleitete. Als der Marlene hereinkommen sah, tippte er Spoliansky auf die Schulter, deutete zur Tür, und augenblicklich begann Mischa,

»wenn die beste Freundin« anzustimmen. Margo Lion, die am großen Runden in der Ecke saß, sah ihre Freundin und kam herüber, alle wussten, was nun folgte: Marlene und Margo gesellten sich zu Willi ans Klavier und gemeinsam sangen sie das Lied, mit dem sie vergangenes Jahr diesen Kassenknüller gelandet hatten. Applaus, Verbeugungen, Pfiffe, Gläserkirren.

Schließlich wurde am großen Runden zusammengerückt, damit für Marlene und Hans auch noch Platz war. Claire war da, Hubsi Meyerinck, wie immer mit illustrer Kopfbedeckung, Margot, der stets zerknittert dreinschauende Grosz, Curt Riess und auch Billy Wilder, von dem niemand genau wusste, was er eigentlich trieb, aber bei dem ein Blick in die Augen genügte, um zu begreifen, wie blitzgescheit er war.

Hubsi bestellte eine Flasche Riesling nach der anderen, und nachdem man aufgehört hatte, die Gläser zu zählen, die man bereits getrunken hatte, legte Riess seine Denkerstirn in Falten und fragte Marlene. »Wie man hört, waren Sie heute in Babelsberg.«

Marlene war in Zwitscherlaune, sah sich nach Willi um, der an einem anderen Tisch hängen geblieben war, suchte unter dem Tisch nach Albers' Hand, drückte sie und sagte: »So, erzählt man sich das.«

Riess, durchdrungen vom Ernst des Lebens, sagte: »Das wäre ein Sprung ...«

Marlene wusste, was er meinte: Jannings, Sternberg, der große Tonfilm, die hohen Erwartungen. Ja, es wäre ein Sprung, und was für einer. Da blickte man besser nicht nach unten, sonst wurde einem ganz schwindelig.

»Ich werde die Rolle ohnehin nicht bekommen. Ausgeschlossen. Und um ganz ehrlich zu sein: Vermutlich ist das ganz richtig so.«

»Unsinn!« Claire rief quer über den Tisch. Sie klang, wie sie immer klang, wenn sie einen im Tee hatte: kratzig, herausfordernd und eine Spur zu laut. »Du Schisser! Natürlich bekommst du die Rolle, Kindchen. Alles, was du tun musst, ist, den Herrschaften das Gefühl geben, dich erobern zu müssen, damit du die Rolle annimmst. Glaub mir, ich kenn mich aus mit die Männers!«

Riess blickte Marlene von der einen Seite an, Wilder von der anderen: »Zu groß?«, fragte Wilder.

Ja, dachte Marlene, die Rolle ist eine Nummer zu groß für mich, zwei Nummern. Außerdem weiß ich nicht, ob ich nach der Pleite mit Kortner noch so einen Tiefschlag verkrafte.

»Ich habe noch drei Jahre«, sie nahm ihr Glas wie um einen Toast auszubringen, »die werde ich feiern. Und dann jung sterben!«

32

> I'm wild about you,
> I'm lost without you,
> You give my life its flavor,
> What sugar does for tea,
> That's what you do for me.
> You're the cream in my coffee,
> You're the salt in my stew
> You will always be my necessity,
> I'd be lost without you.
>
> »You're the Cream in My Coffee«
> *Lew Brown*, 1927

Die Regiekabine ragte wie ein gläserner Balkon in die Halle hinein, doppelt verglast inklusive Luftkissen zwischen den Scheiben. Vollmöller sah, wie zwei Männer das Klavier in die Halle rollten, miteinander sprachen. Doch er hörte nichts, gar nichts.

Fritz Thiery, der Tonmeister, krauchte unter dem Regietisch herum. Er war nur zwanzig Jahre jünger als Karl, schien aber einer anderen Welt entsprungen zu sein. Fritzi war blass, seine Augen lagen tief. Seine Haare strebten stets wie elektrisiert in sämtliche Himmelsrichtungen. Niemand wusste, wann er das letzte Mal mit Tageslicht in Berührung gekommen war. Niemand sah ihn kommen, niemand sah ihn das Gelände verlassen. Womöglich schlief er in einem der Kabelschächte, schwebend in einem elektromagnetischen Feld.

Er wand sich unter dem Tisch hervor und reichte Karl eine

Hörmuschel, deren Kabel in einer holzverkleideten Wand mit verwirrend vielen Knöpfen und Reglern verschwand.

»Möchten Sie Mäuschen spielen, Herr Vollmöller?«

Karl presste sich die Hörmuschel aufs Ohr, wurde still, sehr still, vergaß seine Zigarette und blickte ungläubig ins Studio hinab. Das geringste Räuspern konnte er vernehmen, er hörte, wie sich Menschen im Raum bewegten, die er gar nicht sah, dennoch hätte er sie im Studio lokalisieren können, mein Gott, er hörte, wie der Pianist das Pedal niederdrückte!

»Grundgütiger!«, sagte er zu Fritz.

»Warten Sie, bis ich Ihnen für das andere Ohr auch noch eine gebe.«

Pommer lief irgendwo auf dem Gelände herum oder sah Hugenberg und Klitzsch beim Essen zu und erklärte ihnen, was für großartige Fortschritte der Film mache. Kein Wort darüber, dass das Drehbuch nicht voranging und die Rolle der Rosa noch nicht gefunden, noch kein Lied geschrieben war. Doch im Moment war das Vollmöllers geringste Sorge. Pommer war Weltmeister in der Disziplin »großflächige Einseifung«, der würde es schon richten.

Sternberg hatte die Halle für sich reklamiert, nur er, ein Beleuchter, hinter der Kamera Rittau, ein Klavier und ein Pianist. Und die jeweilige Schauspielerin. 600 Quadratmeter schienen ihm dafür gerade groß genug. Vollmöller würde die Aufnahmen aus der Kabine verfolgen und war froh darüber. Sternberg war auf eine Weise exzentrisch, die von Karl einen Langmut einforderte, der ihm seine Grenzen aufzeigte.

Er vermisste Ruth. Morgen, bei der Sichtung der Aufnahmen, würde sie an seiner Seite sein, aber gerade jetzt hätte er gerne das Geheimnis dieser Hörmuschel mit ihr geteilt, die Entdeckung gemeinsam mit ihr gemacht, neues Land betreten. Er drückte die Zigarette aus und blickte ins Studio hinunter. Zwei Lichtkegel, die sich in der Mitte des Raumes vereinigten, im Schatten Sternberg, das Klavier im Licht, die Kamera, Rittau. Der Rest der Halle lag im Dunkel. Sternberg wollte es so, Konzentration auf einen Punkt. Vollmöller hatte gescherzt, die Schauspielerinnen würden sich fühlen wie bei einem Verhör durch die Abteilung III b, aber bitte: Sie sollten sich schließlich beweisen.

Nach dem gestrigen Kennenlernen waren fünf Schauspielerinnen übrig geblieben, die sie zu Probeaufnahmen geladen hatten. Vollmöller betete, dass die Richtige unter ihnen war. Die eine. Sonst müssten sie von Neuem stapelweise Fotos durchsehen, einschätzen, unter die Lupe nehmen, die Spreu vom Weizen trennen. Jede von ihnen sollte ein Gesangsstück eingeübt haben, Sternberg wollte sie singend, gab Rittau Anweisungen, aus welchem Winkel sie zu filmen wären, anschließend schritt er einmal im und einmal gegen den Uhrzeigersinn den beleuchteten Kreis um das Klavier ab, fand zwei Haare auf dem Boden, wedelte sie in den Schatten und ließ die erste Schauspielerin hereinholen: Trude Hesterberg.

Trude war sauber, solide, routiniert. Man merkte ihr die 400 Aufführungen der *Lustigen Witwe* an. Die brachte nichts aus der Ruhe. Sie sang »Wer wird denn weinen«, ein Lied, das in Berlin seit Wochen an jeder zweiten Straßenecke gepfiffen wurde. Dazu wackelte sie mit der Hüfte, wodurch sie allerdings eher an eine kesse Primanerin erinnerte als an eine verruchte Femme fatale. Die ganze Zeit über vernahm Vollmöller ein Knarzen und dachte, es müsse ein technischer Defekt sein – bis ihm klar wurde, dass Sternberg auf seinem Stuhl herumruckelte. Sobald Hesterberg fertig und aus der Halle war, erhob er sich von seinem Regiestuhl, trat aus dem Schatten in den Lichtkegel und blickte zur Glaskabine empor.

»Can you hear me!«, rief er.

Vollmöller riss sich die Muschel vom Ohr. Ebenso gut

hätte Sternberg auf seiner Schulter sitzen können. Er nickte in die Halle hinab.

»We can take her«, verkündete der Regisseur, »if the movie plays in a home for the blind!«

Nur wenn der Film in einer Blindenanstalt spielte also. Damit war Hesterberg raus. Rittau sah zu Karl empor und zog entschuldigend die Schultern hoch.

»Next!«, rief Sternberg, und Karl hörte unsichtbare Absätze auf den Dielen, von denen er wusste, dass sie der Frau mit dem Klemmbrett gehörten.

Als zweite betrat Anny Ahlers den Raum. Sternberg war nach fünf Minuten fertig mit ihr, trat in den Lichtkegel: »For her we would need a graveyard!«

Erst Blindenheim, jetzt Friedhof.

Als Nächste war Lucie Mannheim an der Reihe. Bereits ihre Schritte machten sich den Raum untertan. Unglaublich, was man aus einem einfachen Geräusch alles heraushören konnte. Niemand, der jetzt an Karls Stelle gewesen wäre, hätte noch länger daran gezweifelt, dass dem Tonfilm die Zukunft gehörte.

Lucie kam nicht allein, sondern hatte ihren eigenen Pianisten mitgebracht, Friedrich Hollaender. Karl kannte ihn, wie ihn jeder kannte, der sich im Berliner Kulturkarussell mitdrehte. Seit Jahren komponierte und textete der unprätentiöse Mann für diverse Revuen. Karl schätzte ihn. Sobald er zu spielen anfing, spürte man augenblicklich, dass ihm die Musik im Blut lag, wörtlich gesprochen. Hollaenders Vater war ebenfalls Komponist, die Mutter Sängerin. Der war mit Musik gestillt worden.

Lucie war ganz Glitter und Glamour, trug weiße T-Straps mit schwindelerregenden Absätzen, darüber ein silbernes Paillettenkleid und eine weiße Pelzstola. Sie schien zu glauben, die Rosa Fröhlich sei ein Society-Star. Doch sie bewegte sich gut – nicht zu viel und nicht zu wenig, sang hervorragend, strahlte Macht aus und unterkühlte Lust. Ans Klavier gelehnt sang sie »Ich tanze um die Welt mit dir«, das Hollaender für eine aktuelle Revue geschrieben hatte. Er stützte sie, wo sie geführt werden musste, und überließ ihr den Raum, wo sich ihre Stimme auf sicherem Boden bewegte. Scheinbar mühelos trug sein Spiel sie durch den Song.

Karl drehte sich zu Fritz um, der ebenfalls mit einer Hörmuschel auf dem Ohr vor der Glaswand stand. Der Tonmeister sah aus, als sei er dabei ertappt worden, wie er heimlich von der Hochzeitstorte naschte. Schuldig, aber mit Genuss. Das war exakt, was die Rosa Fröhlich beim Zuschauer erzeugen sollte: lustvolle Schuldgefühle. Unten, in der Halle, trat Sternberg in den Lichtkegel, blickte zu Karl auf, zog einen imaginären Bowler und deutete eine Verbeugung an. Vollmöller atmete auf: Sie hatten ihre Rosa Fröhlich!

Marlene war als Vierte an der Reihe. Von oben, mit fünfzehn Metern Luftlinie zwischen ihnen, wirkte sie wenig aufsehenerregend. Sie trug ein dezentes Kostüm, Handschuhe, einen kleinen Hut, grau in grau. In diesem Aufzug hätte sie eine passable Schreibkraft abgegeben. Sternbergs Stuhl begann zu knarzen. Das war nicht, was er sich vorgestellt hatte. Er kam aus dem Dunkel, zupfte hier, drehte dort und rief, man solle ihm ein paar Abendkleider aus dem Fundus bringen, now! Marlene nahm es gleichmütig zur Kenntnis.

Rittau hantierte mit der Kamera. Offenbar war auch er unzufrieden. Am Klavier saß wieder der Pianist, der bereits Trude Hesterberg begleitet hatte. Alles wartete. Endlich wurde die Rollgarderobe mit den Kleidern hereingeschoben. Sternberg stürzte sich darauf, wählte ein violettes Fransenkleid, warf es Marlene zu und befahl: »Try this!« Dann kam der erste Schock.

Ohne die geringste Regung erkennen zu lassen, mitten im Lichtkegel und umgeben von 600 Quadratmeter Dunkelheit, streifte Marlene ihren Rock und ihre Bluse ab. Danach trug sie nichts weiter als ihre Absatzschuhe. Nackt. Keine Unterwäsche. Ihr Schamdreieck brannte förmlich. Vollmöller hörte ein dumpfes Geräusch neben sich, als die Hörmuschel des Tonmeisters gegen die Scheibe schlug.

»Entschuldigung.«

Sternbergs Regiestuhl gab keinen Mucks mehr von sich. Vollmöller schmunzelte. Marlene war nicht sein Typ, aber sie war *ein* Typ. Mannomann. Als hätte sie geahnt, dass Sternberg sie ein anderes Kleid würde anprobieren lassen.

Sie streifte das violette Kleid über, rückte es zurecht und nahm sich obszön viel Zeit dafür. Schließlich sah sie Sternberg an, als sei nichts geschehen.

»Better?«

»What will you sing for me?«, wollte Sternberg wissen.

Sie hatte sich nicht vorbereitet oder gab vor, sich nicht vorbereitet zu haben. Vollmöller konnte spüren, wie ihre Gleichgültigkeit Sternberg aus der Fassung brachte.

»Well, sing something, for god's sake. Anything!«

»Du hast es gehört«, sagte Marlene zum Pianisten, »spiel einfach irgendwas.«

Der Pianist klimperte unsicher drauf los – *Wer wird denn weinen* –, den Song, den zuvor Trude gesungen hatte. Marlene lehnte sich abwesend gegen das Klavier, begann, die Melodie zu summen, stieg im Refrain mit dem Text ein, als singe sie nur für sich, brach abrupt ab und klopfte auf den Klavierdeckel.

»Was anderes will dir nicht einfallen?«, sagte sie.

Vollmöller konnte den Pianisten tatsächlich schlucken hören. »Was denn?«, fragte er.

»Wie wär's mit«, sie beugte sich sehr weit vor, »›You're the Cream in My Coffee‹. Kannste das?«

»Versuchen kann ich's.«

Der Pianist, inzwischen völlig von der Rolle, stolperte los, verspielte sich, setzte von Neuem an. Unterdessen schlenderte Marlene zur Rollgarderobe hinüber, lupfte einen Seidenstrumpf von der Stange. Der Pianist fing sich.

»Geht doch«, sagte Marlene.

Mit verträumter Stimme hauchte sie »I'm wild about you, I'm lost without you!« in die sie umgebende Dunkelheit, streifte ihre Schuhe ab, zog sich am Klavier hoch und setzte sich darauf. Vorübergehend ließ Vollmöller die Ohrmuschel sinken. Hätte er den Zustand beschreiben wollen, der sich manchmal seiner bemächtigte, nachts, wenn Ruths Abwesenheit, ihr Nicht-da-sein, sich wie eine Grabplatte auf seine Brust legte, dann so: Marlene Dietrich, die einsam in einer riesigen, dunklen Halle »I'm wild about you, I'm lost without you« sang.

Marlene winkelte, auf dem Klavier sitzend, ein Bein an, und das Kleid legte wie von Geisterhand ihren Oberschenkel bloß.

Vollmöller erwartete, den Pianisten im nächsten Moment von seinem Schemel kippen zu sehen. Wenn eine Frau direkt vor deinen Augen ihre Beine übereinanderschlug, war das eine Sache. Zu wissen, dass sie dabei keine Unterwäsche trug, eine andere.

Unweigerlich rückte der Refrain näher. Marlene ließ ihren Kopf in den Nacken sinken, ihre Haare fielen über die Schulter, und während sie sehr langsam den Strumpf ihr Bein hinaufrollte, legte sie Sternberg die Zeilen zu Füßen:

> »*You're the cream in my coffee,*
> *You're the salt in my stew*
> *You will always be my necessity,*
> *I'd be lost without you.*«

Nachdem sie die Halle verlassen hatte, blieb der Lichtkegel leer. Rittau wischte mit einem weißen Tuch über die offenbar beschlagene Linse, der Pianist blickte betreten auf seine Tastatur herab.

Sternberg rührte sich nicht.

Irgendwann hörte Vollmöller ihn sagen: »We are done here.«

Von Gegenüber kam die Stimme der Frau mit dem Klemmbrett: »But there is another actress waiting.«

»I said we are done!«

Karl verließ die Kabine, stieg die Treppe hinab, öffnete erst eine, dann noch eine Tür und fand sich im Studio wieder. Sternberg eilte ihm entgegen, wollte wissen, wie bald sie sich die Aufnahmen ansehen könnten.

»Tomorrow«, erwiderte Karl.

»Good«, antwortete Sternberg. »Then I need Pommer, Jannings and you. Tomorrow.«

Das würde nicht einfach zu bewerkstelligen sein. Vollmöller hätte gerne erwidert, dass Jannings und Gussy noch in St. Moritz weilten, doch er wusste, wie Sternbergs Antwort lauten würde.

33

Vollmöller saß hinter seinem Schreibtisch und betrachtete Kokoschkas Lithografie. Schweren Herzens hatte er sie aus dem Schlafzimmer verbannt und ins Arbeitszimmer gehängt. Ruth mochte sie nicht. Jetzt sah Karl die Zeichnung, wann immer er von seinen Unterlagen aufblickte. Musste sie sehen. Die anderen warteten im Salon. Ruth war nicht gekommen.

Josef hatte schließlich ein Einsehen gehabt. Vierundzwanzig Stunden, um Jannings nach Berlin zu holen, waren zu wenig. Also hatte sich der Regisseur mit zwei Tagen einverstanden erklärt, aus denen Jannings, wie zu erwarten, drei gemacht hatte, denn einerseits schmeichelte es Emil, gerufen zu werden, andererseits musste er natürlich die Bedingungen diktieren, insbesondere wenn es Sternberg war, der rief. Vollmöller hatte sich längst damit abgefunden, dass kaum eine Entscheidung bei diesem Projekt nicht zwischen Regisseur und Hauptdarsteller ausgefochten werden würde. Blieb zu hoffen, dass die beiden sich erst zerfleischen würden, nachdem der Film bereits abgedreht war.

Die beiden Tage vor Jannings' Anreise hatte Vollmöller genutzt, um den Salon seiner Wohnung von Fritz in einen Vorführraum umbauen zu lassen, inklusive Lautsprechern und Leinwand. Viermal waren die Sicherungen durchgebrannt, vorübergehend hatte das gesamte Haus keinen Strom gehabt. Jetzt lagen überall in der Wohnung Kabel herum oder hingen von der Decke. Ein absurder Aufwand. Doch Karl war überzeugt davon, dass der heutige Abend über das Schicksal des Films entschied, und wenn es nach ihm ging, würde das nicht in Babelsberg geschehen. Die Räume dort hatten Augen und Ohren, und Hugenbergs teutonischer Geist konnte hinter jeder Ecke lauern. Zudem war es das erste Aufeinandertreffen von Sternberg und Jannings seit der unsäglichen Pressekonferenz, da konnte der Rahmen nicht harmonisch und privat genug sein.

Er fragte sich, wo Ruth blieb, ob sie noch kommen würde. *Es wäre schön, du könntest dabei sein.* Sie musste wissen, wie wichtig es ihm war. Er betrachtete Kokoschkas Zeichnung und versuchte, in ihren Augen zu lesen, doch wie all die Male zuvor wurde sein Blick nicht erwidert. Ruth starrte an ihm vorbei ins Nichts.

Karl erinnerte sich an die Nacht, in der Oskar das Porträt angefertigt hatte, würde sich immer daran erinnern. Auch das war schon wieder Jahre her. Das Mädchen an der Wand hatte nur noch entfernte Ähnlichkeit mit der Ruth von heute. Doch das war nicht der Grund, weshalb sie ihn gebeten hatte, das Bild aus dem Schlafzimmer zu entfernen. Der Grund war, dass es sie daran erinnerte, welche Angst Oskar ihr in dieser Nacht eingejagt hatte.

Um drei Uhr morgens war der Maler praktisch in Karls Wohnung eingebrochen, einen Zeichenblock unter dem Arm, eine Flasche nicht etikettierten Wein in der einen Hand und eine Pistole in der anderen. »Wenn ich sie nicht auf der Stelle zeichnen darf«, hatte er ausgerufen und sich die Pistole an die Schläfe gehalten, »dann schieße ich mir eine Kugel in den Kopf, hier und jetzt!«

»Komm erst mal rein«, hatte Karl erwidert.

Und so hatte Ruth ihm Modell gesessen, auf der Bettkante, verschlafen und hellwach zugleich, wie nach zu viel Kokain, den Blick unablässig auf die Pistole gerichtet, die Kokoschka neben sich auf die Kommode gelegt hatte. Eine Stunde später hatte er die Flasche geleert und sein Geist sich beruhigt. Er stand auf, nickte ihr zu und ging. »Was ist mit der Pistole?«, fragte Ruth. Oskar warf einen Blick zur Kommode, als könne er sich nicht erinnern, sie mitgebracht zu haben. Er klopfte auf seinen Zeichenblock. »Die brauch' ich jetzt nicht mehr.« Er war auf eine Weise verrückt, dass man keine andere Wahl hatte, als ihn ins Herz zu schließen.

Mit den Jahren schien die Lithografie ein problematisches Eigenleben entwickelt zu haben. Was sollte Karl mit ihr anstellen – sie verkaufen? Unmöglich. Abhängen? Eine Sünde. Sie aus seinem Sichtfeld verbannen und in den Keller stellen? Ausgeschlossen. Doch sie anzusehen war kaum auszuhalten. Er nahm den gemusterten Seidenschal, den er aus Venedig mitgebracht hatte, und drapierte ihn umsichtig über den Rahmen, sodass Ruths Gesicht verhängt war. Schon sonderbar – dass man glaubte, sich ausgerechnet von dem befreien zu müssen, das man am meisten liebte.

Die elektrische Türglocke klingelte, wie nur einer sie zum Klingeln brachte.

Karl marschierte durch den langen Flur, öffnete die Tür und breitete die Arme aus: »Schön, dass du gekommen bist.«

»Was blieb ihm anderes übrig?«, erwiderte Jannings.

Jetzt waren sie vollständig, abgesehen von Ruth. Rittau, Pommer, Sternberg, Jannings und er. Zuckmayer war raus. Karl nahm Emil Hut und Mantel ab und führte ihn in den Salon. Ein kurzer Moment, als Sternberg und er voreinander standen und Karl sich fragte, ob die Sicherungen gleich zum fünften Mal durchbrennen würden.

Schließlich sagte Pommer: »Nicht so stürmisch, die Herren!«

Jannings streckte die Hand aus: »Josef.«

Sternberg nahm sie: »Emil.«

Waffenstillstand. Ob er den Abend überdauern würde, blieb abzuwarten. Karl zog die dunkelgrünen Samtvorhänge zu, nahm das Whiskytablett, ging von einem zum anderen.

Dann setzten sie sich. Er hatte für jeden einen Sessel zurechtgerückt. Es war Zeit, dass die Herren begriffen, um was es bei diesem Projekt ging.

Zunächst war das Staunen größer als das Bestaunte. Endlich, dachte Vollmöller, endlich kapieren sie es. Trude Hesterberg. Ihr Gesang. Als stehe sie direkt vor ihnen. Reihum fielen die Groschen, und sie begannen zu begreifen, was für eine Veränderung der Tonfilm bedeuten würde, dass sie gerade dem Beginn einer neuen Zeitrechnung beiwohnten. Schluss mit den Taschentuchfilmen à la Henny Porten.

Pommer kratzte sich im Nacken, leerte sein Whiskyglas, drehte sich zu Vollmöller um und blies die Backen auf. Das war gut. Respekt. Bislang war Film etwas gewesen, das einem nie zu nahe kam, das man sich ansah, während man, begleitet von ein paar Streichern, glücklich ein paar Tränchen verdrückte oder mit dem Nebenmann sprach, sich dabei aber immer in Sicherheit wusste. Film hatte nichts Bedrohliches. Gehabt. Das hier war gefährlich! Es war auf eine Weise unmittelbar, der man nicht entrinnen konnte. Durch die Vereinigung von Ton und Bild sprangen dem Zuschauer die Schauspieler praktisch direkt auf den Schoß! Ihr gemeinsames Vorhaben, dieser Film, würde womöglich der erste deutsche Film sein, der Macht über seine Zuschauer hätte.

Während Fritz damit beschäftigt war, die zweite Filmrolle einzulegen, fragte Vollmöller, ob noch jemand Whisky wolle. Alle wollten.

Ruth erschien exakt in dem Moment, da die Rolle mit der Aufnahme von Lucie Mannheim eingelegt war. Sie trug einen Herrenanzug, Schlips, amerikanischer Schnitt. Außerdem hatte sie Karls Lieblingsparfum aufgelegt.

Sie ging reihum, grüßte jeden, nahm sich ein Whiskyglas und ließ sich auf der Armlehne von Karls Sessel nieder. Er legte ihr eine Hand auf den Oberschenkel, sie ihm einen Arm um die Schulter. Früher oder später würde sie ihn verlassen, oder er sie, das war noch nicht ausgemacht. Aber ihre Wege würden sich trennen, das stand außer Frage. An diesem Tag würde er ihr Bild in tausend kleine Stücke reißen und es verbrennen.

Lucie Mannheim war wie gemacht für den Tonfilm, sie hatte dieses zarte, ovale Mädchengesicht, konnte aber sehr verführerisch aus Schlafzimmeraugen blicken und kokett die Schulter drehen. Sie wusste, aus welchem Winkel ihre Schokoladenseite am besten zur Geltung kam, sang beinahe zu gut, bewegte sich spielerisch, leicht, die Zuschauer würden ihr zu Füßen liegen, keine Frage. Jannings tat es schon jetzt. Karl sah es an der Art, wie er sich in seinem Sessel nach vorne lehnte. Bei der Vorstellung, Lucie als Filmpartnerin zu haben, lief ihm das Wasser im Mund zusammen. Außerdem würde sie ihm nicht gefährlich werden, dafür forderte sie zu wenig ein. Sie würde ihn strahlen lassen und er ihr angemessen verfallen.

Als Fritz die Filmrollen wechselte und alle kurz aufstanden, um eine Zigarette zu rauchen, sagte Jannings: »Das wird ein Fest!«

»Sie war wirklich herausragend«, bestätigte Pommer.

»Ein ästhetisches Vergnügen«, meinte Rittau.

Sternberg interessierte etwas anderes: »This guy – the piano player – who is he?«

Vollmöller erklärte ihm, dass es sich bei dem Pianisten, den Lucie mitgebracht hatte, um Friedrich Hollaender handelte, einen der besten Musiker der Stadt und längst kein Unbekannter mehr. Sternberg blickte in die Runde: Und warum ist er dann nicht längst für die Filmmusik engagiert?

»Das wär'n Ding!«, skandierte Jannings.

Blick in die Runde. Vollmöller schlug sich innerlich mit der flachen Hand gegen die Stirn. Weshalb war er da nicht längst selbst drauf gekommen? Rosa Fröhlich, singend, lasziv, verführerisch, in einem zwielichtigen Etablissement – wer verstünde sich darauf besser als Hollaender?

»Da kümmer' *ich* mich drum.« Pommer wandte sich an Karl: »Kann ich mal dein Telefon benutzen?«

Zehn Minuten später saßen alle wieder einträchtig vor der Leinwand, Pommer hatte Hollaender aufgetrieben, der bereits auf dem Weg war. Wir sind bei Vollmöller, mehr hatte der Produzent gar nicht sagen müssen. Jeder in der Stadt schien Karls riesige Wohnung am Pariser Platz zu kennen. Durchs Brandenburger Tor und dann links, war die gängige Beschreibung, wenn jemand zum ersten Mal zu einem seiner illustren Abende geladen war. Dann einfach den Ohren nach.

»Next is this Missus Dietrik, right?«, fragte Sternberg.

»Marlene Dietrich?«, fragte Jannings ungläubig.

Im Vergleich zu Lucie Mannheim hatte Marlene etwas Verbotenes an sich. So etwas gehörte sich nicht! Aber manchmal fand man ja auch etwas, ohne danach gesucht zu haben.

»Uiuiui!«, rief Jannings, »die hat's ja faustdick hinter den Ohren!«

Er sprach von ihr wie von einer Jahrmarktattraktion, einem Feuerschlucker oder Jongleur. Dass sie seine mögliche Filmpartnerin sein könnte, schien ihm nicht in den Sinn zu kommen.

Etwas an ihr war schwer zu greifen, und Vollmöller wusste nicht, ob das gut oder schlecht war. Sie bot sich dar, blieb aber unnahbar. Sie spielte mit dem Zuschauer, ohne sich in die Karten gucken zu lassen. Waren da überhaupt Gefühle im Spiel, oder war alles nur Illusion? Es blieb ihr Geheimnis, sie gab es nicht preis. Möglich, dass sie ihr Herz an dich verloren hatte, dass sie sich dir hingeben und bis ans Ende der Welt folgen würde, um jeden Preis. Oder dich zertreten wie eine Fliege.

Rittau sah sie mit den Augen des Kameramanns. Sie passte nicht ins Bild, schien zu groß, zu viel Frau und auf eigentümliche Weise überproportioniert. Das Gesicht zu breit und zu flach, die Bewegungen brüsk. Vollmöller erinnerte sich daran, wie sie ihren Rock hatte fallen lassen und was das mit Sternberg gemacht hatte. Von einer Dame zu sprechen, war also in Marlenes Fall ohnehin verfehlt. Aber ging es darum – damenhafte Konventionen? Oder sollte es ihnen darum gehen, die Konventionen zu brechen?

Auch jetzt, bei der Sichtung der Aufnahmen, war Sternberg sofort im Eroberungsmodus. Er schien nicht unterscheiden zu können zwischen der Frau, die er besitzen wollte, und der, die in seinem Film spielen sollte. Und vielleicht bestand darin ja ebenfalls eine Qualität. Wichtig war, was sie mit einem machte, nicht, wie gut sie spielen konnte. Nur leider bestätigte sich auch diesmal Rittaus Urteil: Bei aller gelangweilten Laszivität wirkte Marlenes Körper im Film plump, und sie hatte ein Pfannkuchengesicht. Da war nichts zu machen.

Licht an, Vorhänge zurück. Alle waren noch befangen, mussten sich erst wieder einfinden.

»Lucie Mannheim«, entschied Jannings, »oder gibt es da noch irgendwelche Zweifel?«

»Unbedingt«, bekräftigte Rittau. »Sie wird das Publikum im Kino ebenso verzaubern wie den Professor Rath im Film.«

»Ruth«, sagte Vollmöller, »was meinst du?«

Ruths Blick driftete ins Ungewisse: »Die Mannheim hat etwas Märchenhaftes. Das ist sehr schön anzusehen. Ich hatte mir die Rosa eher als eine moderne Frau gedacht, selbstbewusst, unabhängig. Stark, nicht gefügig.«

»Die Berlinerin von heute«, sagte Vollmöller.

»Wenn du so willst ...«

»Aber die Mannheim ist perfekt«, insistierte Jannings, »da

sitzt jede Silbe und jede Bewegung. Die Hesterberg käme noch infrage, aber gegen die Mannheim wirkt sie etwas blass, findet ihr nicht?«

»Was ist mit Dietrich?«, gab Vollmöller zu bedenken.

»Sie ist erfrischend ordinär, aber ...« Jannings winkte ab. »Um ehrlich zu sein: Sie erinnert an eine kalbende Kuh.«

»Die Berlinerin von heute«, gab Karl zu bedenken.

»Die ist doch noch nicht einmal eine richtige Schauspielerin! Dreimal hat Reinhardt sie abgewiesen.«

Vollmöller überlegte, ob er lieber schweigen sollte, aber dann sagte er es doch: »Mein lieber Emil: Auch du hast keine Schauspielschule besucht.«

Jannings spreizte seine Finger: »In seinem Fall wäre das ja wohl auch Zeitverschwendung gewesen.«

»Sie ist und bleibt unfotografierbar«, meinte Rittau, was schwerlich zu entkräften war.

Die Reihe war an Pommer. »Meine Dame«, er nickte in Richtung Ruth, bevor er sich den anderen zuwandte, »meine Herren: Die Entscheidung liegt bei euch. Ich werde mich nicht einmischen. Ich möchte schließlich auch nicht, dass mir irgendwer in meinen Finanzen herumpfuscht. Aber eins gebe ich zu bedenken: Wenn ihr euch für die Dietrich entscheidet und Hugenberg diese Aufnahme zu sehen bekommt, fliegt uns das Projekt schneller um die Ohren, als wir das Weite suchen können.«

Bis auf Sternberg, der die Diskussion bislang regungslos verfolgt hatte, waren längst alle aufgestanden. Nun stand auch er auf. Und zog sofort sämtliche Aufmerksamkeit auf sich. Er stellte sich vor die anderen, als sei er der Gastgeber und dies seine Wohnung, bohrte die Spitze seines Gehstocks in den Teppich und räusperte sich.

»Thank you all for coming.«

34

Berliner Volkszeitung
8. September 1929

**Verstand überflüssig!
Wie der vollkommene Nationalsozialist aussieht.**
Bei den Prügeleien, die schon seit langem der unentbehrliche Bestandteil nationalsozialistischer Kundgebungen sind, spielen besonders die Angehörigen der S.A. (Sturm-Abteilung) der nationalsozialistischen Arbeiterpartei eine bedeutsame Rolle.
Diese S.A.-Leute werden von vornherein systematisch so erzogen, dass sie blindlings die Befehle ihrer Vorgesetzten ausführen. Dass man absichtlich die Sturmabteilung zu willenlosen Werkzeugen in der Hand ihrer Führer macht, ergibt sich beispielsweise aus der Nummer 32 des »S.A.-Mann«. Darin schreibt ein gewisser Erich Maul:
»Es ist nicht richtig, dass ein jeder S.A.-Mann möglichst die Schriften der Bewegung durcharbeiten soll. Der S.A.-Mann erblickt in erster Linie seine Aufgabe darin, auf die Strasse zu gehen und zu demonstrieren. Die Rechtfertigung jeder Tat liegt einzig und allein in der Gesinnungsfrage, ob sie im Dienste unseres Volkes notwendig und berechtigt war. Erst die Gesinnung und dann der Verstand!«

Marlene saß in einer der erhöhten Logen, überblickte den sich langsam füllenden Raum, wippte mit dem übergeschlagenen Bein, hatte soeben den ersten sämtlichen Mut erfordernden Flirtversuch eines drahtigen Grünschnabels abgewehrt und nippte an ihrem zweiten 3 Mile Cocktail. Das Gemisch aus weißem Rum, Cognac, Grenadine und Zitronensaft gab sich redlich Mühe, konnte aber ihren Groll nicht besänftigen. Bis jetzt. Zur Not würde sie eben einen Dritten trinken und hätte bereits Schlagseite, bevor die ersten Freunde eintrafen. Einerlei. Oh weh, auch das noch: einerlei. Sie nahm einen weiteren Schluck. Mit samtener Wucht detonierte der Cocktail in ihrem Magen. Einerlei. Ihre Freunde würden verstehen. Dafür waren Freunde schließlich da. Freunde verstanden.

Die Bar Silhouette stellte alles bereit, was für ein paar Stunden der Selbstvergessenheit erforderlich war: Johnny, den Türsteher, der dich selbstverständlich an der Schlange vorbeiwinkte, einen garantierten Augenflirt, ein Maß an Exklusivität, das einen vor ausfälligen Übergriffen bewahrte, blauen Dunst, Behaglichkeit, schwere Stoffe, Swing. In den vorhanglosen Logen war man stets unter sich und doch immer Teil des illustren Treibens, die Kapelle war nie zu laut, aber stets so gut aufgelegt, dass man trotz der Enge gerne das Tanzbein schwang oder zumindest dabei zusah, wie andere es taten. Zu guter Letzt lag die Bar abseits der touristischen Pfade und keine zehn Minuten Fußweg von Marlenes Wohnung entfernt. Die hatte hier, in dieser Loge, schon zahllose nächtliche Streifzüge in angenehmer Gesellschaft ausklingen lassen. Das war, was die Bar Silhouette am besten konnte: dich mit einer wärmenden Umarmung ins Bett schicken. Heute jedoch war sie früh dran, zu früh, um Freunde zu treffen und viel zu früh für den zweiten 3 Mile Cocktail.

Marlene hatte einen Tag spielfrei, endlich. Folglich hätte sie es sich zu Hause gemütlich machen, ein Bad nehmen und ein Buch lesen können. Franz Hessels »Heimliches Berlin« wartete seit Monaten auf ihrem Nachttisch. Erschöpft genug war sie. Doch dann hatte sie beobachtet, wie ihr Göttergatte vor dem Spiegel stehend seine Haare in Pomade tränkte und sich den Schlips gerade zog, hatte die Ameiseninvasion in ihrem Blut gespürt und gewusst, dass es sie nicht in der Wohnung halten würde.

Rudi schien einmal mehr sehr einverstanden mit seinem Erscheinungsbild, was kein Wunder war angesichts der Tatsache, dass er schon wieder einen neuen Anzug trug, von Knize wohlgemerkt, jedenfalls meinte Marlene, den Anzug an ihm noch nicht gesehen zu haben. Sie hatte den Überblick verloren. Das Hemd mit dem Stehkragen war auf jeden Fall ungetragen. Den leichten Mantel darüber und das Einstecktuch gerichtet, so ritt er vom Hof, um irgendeiner vermeintlichen Dame beim Tanz schöne Augen zu machen und, nachdem der Appetit ihm ordentlich das Wasser im Mund zusammengespült hätte, sich in Tamaras bereitwillige Arme zu begeben.

Maria schlief bereits. Oder auch nicht. Marlene wagte nicht nachzusehen. Wenn sie abends noch einmal nach ihrer Tochter sah, gab es zwei Möglichkeiten: Maria gab vor zu schlafen, oder sie gab ihrer Mutter das Gefühl, ein Eindringling zu sein. »Ist noch etwas«, sagte sie dann oder »mir geht es gut, Mama«. Oder sie spielte mit ihren Puppen und ignorierte sie einfach.

»Gute Nacht, liebe Frau Mama«, hatte sie vorhin gesagt, in ihrem Spitzennachthemd einen albernen Knicks vollführt, sich eilig abgewandt, um Marlene – ihrer eigenen Mutter, Herrgott noch mal! – keinen Kuss geben zu müssen und sich eilig zu der in der Tür wartenden Tamara zu flüchten. Nachdem das Kind ins Bett gebracht war, schlich Tamara wie ein

Fuchs durch die Wohnung, in der Hoffnung, irgendwo eine dringend erforderliche Arbeit zu finden, die sie davon abhielte, sich zu Marlene in den Salon setzen zu müssen. Schließlich hatte Marlene die arme Tamara ebenso erlöst wie sich selbst und war – viel zu früh – in die Bar Silhouette abgedampft.

Sie wusste, dass sie bei den Probeaufnahmen übertrieben hatte, mit allem: ihrer Nacktheit, ihrer Gleichgültigkeit, dem Hochmut gegenüber dem Pianisten. Sie hatte Rittaus Miene beim Blick in den Guckkasten gesehen, und die hatte Bände gesprochen. Drei Jahre noch, Marlene. Genieß sie, und lass dir einen Drink mixen.

Sie blickte hinüber zur Bar, wo Francine, der dunkelhäutige Kellner mit den gertenschlanken Fingern, wie immer von seinem Fanclub angehimmelt wurde – drei gleichfalls gertenschlanken Männern in Frauenkleidern, die an der Bar saßen und um die Gunst des Barkeepers wetteiferten. Als er aufblickte, signalisierte Marlene ihm, reif für den dritten 3 Mile Cocktail zu sein, woraufhin Francine eine Hand in die Hüfte stemmte und mit erhobenem Zeigefinger in ihre Richtung schimpfte: böses Mädchen, du. Marlene drehte eine Handfläche nach oben: Kennst mich doch.

Um dreiviertel elf wurde Marlene endlich gerettet. Die Combo dämpfte nicht länger die Instrumente. Die Gäste drängten sich so dicht, dass Johnny neue Gäste nur noch einließ, wenn andere gingen. Die Tanzenden hatten sich zu einem wogenden Teppich verknotet.

Es war Albers, ausgerechnet, einen Tross von Schauspielern und Musikern hinter sich herziehend. Er lachte laut, seine Gesten hatten einen ungewöhnlichen Radius, offenbar war er in Feierstimmung. Marlenes Herz vollführte einen kleinen, balletthaften Hüpfer. Manchmal wünschte man sich Dinge, von denen man gar nichts wusste, bis sie sich erfüllten. Abend für Abend standen Hans und sie gemeinsam auf der Bühne, und kaum hatten sie einen Tag frei, liefen sie sich zufällig in derselben Bar über den Weg.

Hans' Gesicht sprühte Funken, als er Marlene in der Loge erblickte. Er winkte ihr, ließ sich von Francine ein Tablett mit Sektkelchen sowie einen Eiskübel nebst zwei Flaschen Krug geben, und dann führte er, ganz der Kellner Jean, das Tablett über Kopf die Polonaise an, die sich durch die Menge hindurch auf Marlene zubewegte.

Marlene kannte beinahe jeden in Hans' Truppe, zumindest vom Sehen. Schauspieler die meisten, zwei, drei Musiker, Hildenbrandt vom *Tagblatt* war dabei und dieses Trüffelschwein Kästner, der nie weit war, wenn etwas nach einer Meldung roch. Es gab ein großes Hallo, dann wurde es eng in der Loge. Albers drückte sich neben Marlene, ihre Oberschenkel berührten sich, ihre Schultern. Er bemerkte ihren verwunderten Gesichtsausdruck – was ist passiert? Gestern noch hatte der Groll seine Stirn in Falten gelegt.

»Gleich.«

Der erste Korken schoss aus der Flasche, flog in hohem Bogen durch den Raum und versank in der tanzenden Menge. Albers goss allen ein und hielt Marlene sein Glas zum Anstoßen hin.

»Ich bin schon betrunken«, sagte Marlene.

»Keine Sorge, mein Mädchen, ich schließe auf.«

Sie stießen an.

Marlene ließ nur selten zu, dass der Alkohol ihr die Zügel aus der Hand nahm. Kontrollverlust war ihr zuwider. Heute jedoch … Sie genoss, wie alles um sie herum weicher wurde, sich die Ecken abrundeten, auch bei der Musik, den Geräuschen, dem Geschmack, selbst ihr Körper – wie mit Daunen gefüllt.

Sie legte Hans eine Hand an die Wange, die, wie sie feststellte, ebenfalls ganz weich war. »Jetzt sag schon!«

Er strahlte sie an, das Gesicht ganz nah vor ihrem. Sie konnte bis in seinen Rachen blicken, lustig. »Ich hab die Rolle!«

»Nicht im Ernst!«, rief Marlene aus.

Mein Gott, sie musste wiehern wie ein Pferd. Sie dachte an Sternberg, wie er in ihren Haaren gewühlt und in ihrer Garderobe gewartet hatte. Und wie Hans hinter der Bühne gedroht hatte, ihm im nächsten Bild auf den Kopf zu pissen. Jetzt würden die beiden ausgiebig Gelegenheit haben, einander auf den Zahn zu fühlen.

»Vor zwei Stunden hat Karl Vollmöller mich angerufen«, erklärte Albers. »Ich soll den Artisten spielen, mit dem die Rosa anbändelt. Mazeppa. Morgen soll ich unterschreiben!«

»Was hab ich dir gesagt – wenn ich erst mit dir fertig bin, hast du die Rolle!« Vor Freude warf Marlene ihren Kopf in den Nacken, stieß einen Juchzer aus, verschluckte sich, schnellte wieder nach vorne, klammerte sich an Hans' Arm und sagte: »Ach, herrje!«

»Was hast?«, fragte Albers.

Sie hielt sich an ihm fest. Er war stark, zäh, fest. »Ich fürchte, die Loge hat sich soeben in ein Karussell verwandelt.«

Albers stürzte lachend sein Glas hinunter und schenkte sich nach. Marlene sah Schaum aus dem Kelch quellen und wie der Champagner über seine Hand lief. »Ich folge, so schnell ich kann!«

Wie sehr sich Marlene für ihn freute! Er war so verletzt gewesen, nachdem es aussah, als hätten sie kein Interesse an ihm. Heute Nacht, dachte sie, heute Nacht gehört er mir. Sie würde ihn nicht noch einmal entwischen lassen. Sie dürfte nur nicht noch mehr Champagner trinken, und auf keinen Fall noch einen 3 Mile Cocktail.

Sobald sich die Loge nicht länger drehte und Marlene

wieder ebenen Boden unter ihren T-Straps hatte, stand sie auf, winkte Francine mit einer leeren Champagnerflasche und rief über die Menge: »Noch zwei davon!«

Francine, dessen geschickte Hände einzig zu dem Zweck gemacht schienen, silberne Shaker durch die Luft zu wirbeln, verdrehte nur die Augen. Die Trompete setzte ein, mit diesem punktierten Rhythmus, den jeder kannte und der seit Jahren zuverlässig jede Tanzfläche in Bewegung brachte, und im nächsten Moment tanzte die gesamte Loge zu »The Charleston«, auf dem Teppich, den Sitzen, dem Tisch. Marlene nahm sich vor, diesen Moment nie zu vergessen: Der freudentaumelnde Albers, wie er, die Hände über Kopf, gemeinsam mit ihr in der Loge der Bar Silhouette Charleston tanzte.

Es dauerte eine Weile, bevor Marlene begriff, dass die männliche Stimme zu ihrer Linken mit ihr sprach. Sie wandte den Kopf und blickte in das Gesicht von Kästner, der, selbst wenn er ernst dreinschaute, inwendig zu lächeln schien. Hübscher Kerl, dieser Kästner, war ihr so noch nie aufgefallen. Einer, dem man ansah, dass er schon in der Schule schlauer gewesen war als die anderen. Schönes Haar hatte er auch, so voll. Marlene hätte gerne hineingegriffen. Mein Gott, sie war wirklich haltlos heute Nacht. Was hatte er wissen wollen?

»Wie steht es mit Ihnen?«, wiederholte Kästner seine Frage. »Sie waren zu Probeaufnahmen geladen, wie man hört.«

»Da haben Sie ganz recht gehört«, erwiderte Marlene lachend. »Allerdings hatte es doch sehr den Anschein, als hätte man lieber nur meine Beine gefilmt, ohne den Rest. Die konnte ich aber schlecht alleine schicken.« Sie streckte ein Bein aus und führte es langsam über Kopf. Ein Schauspiel, das sich niemand in der Loge entgehen ließ. »Sie müssen zugeben, Herr Kästner, die sind sehr ansehnlich. Meine Tante hat mir bereits als Kind prophezeit, dass diese Beine es einmal weit bringen werden, und schauen Sie: Müssten die Ärmsten nicht die ganze Zeit den Rest von mir herumtragen, dürften sie jetzt sogar an der Seite von Jannings über die Leinwand laufen.«

Kästner wollte noch etwas sagen – vielleicht sagte er es auch –, doch Marlene war schon wieder abgelenkt, denn aus irgendeinem Grund kam Bewegung in die Loge, es wurde noch enger. Gleich würden sie übereinanderliegen. Immer druff, dachte Marlene.

Von hinten berührte sie eine Hand an der Schulter. Hollaender, Friedrich Hollaender! Marlene war so überrascht, dass sie einige Sekunden benötigte, um das so liebenswert verknitterte Gesicht richtig einzuordnen.

»Friedrich, du hier!«

»Ich, hier!«

»Wie kommt's?«

Hollaender wandte sich an Kästner: »Darf ich mal?«

Kästner rückte ein Stück zur Seite, Hollaender hielt seine Krawatte fest, stieg über die Lehne und quetschte sich zwischen die beiden. Was hatte das nun wieder zu bedeuten? Friedrich und Marlene kannten sich – so, wie man sich eben kannte: im Vorbeigehen, aus dem Augenwinkel, von einer illustren Runde bei Schwannecke. Dieser Abend trieb wahrlich eigenwillige Blüten.

»Du errätst nicht, wo ich gerade herkomme«, begann Hollaender.

Albers, der rechts von Marlene saß, beugte sich vor. Das begann auch ihn zu interessieren.

»Aus der Wohnung von Karl Vollmöller!«, rief Hollaender.

»Der hat mich vorhin angerufen!«, rief Albers zurück.

»Ich weiß, ich saß im Nebenzimmer«, sagte Hollaender.

Marlene verstand nur Bahnhof.

»Ich soll den Mazeppa spielen!«, johlte Albers.

»Wie gesagt«, entgegnete Hollaender, »ich saß im Nebenzimmer.« Er schien sich zu fragen, wie viel von dem, was er ihnen zu sagen hatte, wohl noch ankam. »Obacht!«

Und dann erzählte der Pianist, wie Pommer ihn angerufen habe, der große Produzent persönlich, und ihn gebeten habe, sofort zu Vollmöller zu kommen. Wie ein Notfall habe sich das angehört, als sollte Hollaender helfen, eine Leiche zu beseitigen, na, und als er dann eintraf, war da ein Streit im Gange, der war nicht ohne, Donnerstimmen hallten durch die Wohnung, und plötzlich stolperte Jannings in den Flur, der große Jannings, hochroten Hauptes, und bevor Hollaender wusste, wie ihm geschah, verhedderte sich Jannings' Fuß in einem der Kabel, die überall herumlagen, und er schlug der Länge nach auf den Boden, genau zu Hollaenders Füßen, doch dann rappelte er sich auf und brüllte, dass sie das mit ihm nicht machen könnten, und dann hatte er Hollaender auch schon zur Seite geschubst, unter Protest die Wohnung verlassen und die Tür hinter sich zugeschlagen. Hollaender fragte sich, ob es das bereits gewesen war, ob sie ihn geholt hatten, um Jannings' denkwürdigen Abgang zu erleben, aber da kam Vollmöller in den Flur und sagte, schön, dass er da sei – als sei nichts geschehen –, und bat Hollaender in den Salon, wo bereits Rittau und Pommer und dieser amerikanische Starregisseur Sternberg ihn erwarteten. Und dann erklärte Vollmöller ihm in aller Ruhe, dass sie sich die Probeaufnahmen angesehen hätten, auf denen ja auch er, Hollaender, zu sehen und zu hören gewesen sei, weil er doch die Lucie Mannheim begleitet habe, und da sei Josef die Idee gekommen, ob er, Hollaender, nicht die Musik zu dem neuen Ufa-Tonfilm komponieren könne, der gerade in Vorbereitung sei, denn das solle ja etwas völlig Neues werden, und die Musik sei da ganz wesentlich, weshalb sie unter gar keinen Umständen dieses Streichergedudel wollten, sondern richtige Musik, moderne Musik, zeitgemäß, Songs, die für sich stehen würden!

In Hollaenders Atempause hinein reichte Albers ihm ein Glas Champagner, das dieser in einem Zug leerte.

»Also frage ich ...«, setzte er zu einer weiteren Erklärung an, doch Marlene konnte nicht länger an sich halten.

»Das gibt's doch gar nicht! Was ist denn heute nur los?«, rief sie aus. »Erst bekommt Hans den Mazeppa, und jetzt kommst du und erzählst uns, du komponierst die Filmmusik. Das ist so großartig! Wo bleibt der Champagner?«

Hollaender deutete auf den Eiskübel mit den zwei Flaschen, der gerade von Hand zu Hand ging und über die Köpfe gereicht wurde. »Ist unterwegs«, sagte er. »Aber was ich ...«

Albers hatte noch Restbestände aufgetrieben, sie auf Hollaenders, Marlenes und sein Glas verteilt. Kästner bekam ebenfalls noch etwas ab. Sie stießen an, tranken, Marlene in der Mitte.

»Eigentlich wollte ich ...«, nahm Hollaender einen dritten Anlauf, doch da hatte Marlene bereits mit ihren Lippen seinen Mund versiegelt.

»Herzlichen Glückwunsch!«, sagte sie, drehte sich zu Albers, um mit ihm dasselbe zu machen und auch ihn auf den Mund zu küssen. Es sprudelte nur so aus ihr heraus. Kurz streifte sie der Gedanke an einen Dreier, doch ob sie heute noch zu etwas Derartigem in der Lage sein würde, war mehr als fraglich. Mit zwei Frauen und einem Mann, darüber hätte sich reden lassen, aber mit zwei Männern – das fühlte sich nach zu viel sportlichem Ehrgeiz an. Einerlei. Es kam, wie es kam.

Sie stellte ihr Glas ab, so gut es ging, immerhin traf sie den Tisch, blickte von einem zum anderen, legte beiden einen Arm um die Schulter: »Ich bin sooo stolz auf euch!«

»Marlene!« Hollaender klang regelrecht empört.

»Ja doch«, erwiderte sie.

»Ich versuche die ganze Zeit, dir etwas zu sagen, aber du unterbrichst mich andauernd.«

Marlene wandte sich an Albers: »Ist das wahr, Hans? Unterbreche ich ihn?«

Albers schien zu überlegen: »Ja, das ... könnte man so sagen.«

Sie drehte ihren Kopf wieder Hollaender zu, der Raum drehte sich mit. »Mein lieber Friedrich, ich bin ganz Ohr.«

»Also«, begann Hollaender, »– und du bist jetzt mal für einen Moment still, Marlene –, ich sitze also mit Vollmöller und Herrn von Sternberg zusammen, und wir sprechen darüber, was für Musik sie sich vorstellen, ob es bereits konkrete Ideen gibt, und da sagt mir Vollmöller, dass ich in jedem Falle schon einmal über zwei Sologesangsnummern für die Rosa Fröhlich nachdenken sollte ...«

»Großartig!«, rief Marlene.

»Wirst du wohl für einen Moment still sein!«, schimpfte Hollaender. »Du verdirbst alles.« Er trank. »Und dann sagt mir Vollmöller noch etwas, und zwar, dass, wenn ich über diese Songs nachdächte, ich dabei die Stimme von der Frau Marlene Dietrich im Ohr haben sollte.«

35

Marlene blickte in den Spiegel und sah ihr verzerrtes Gesicht, das zugleich lachte und weinte. Und panisch war. Und euphorisch! Sie wischte sich den Mund ab, die Tränen, die Schminke. Ihr Gesicht war ein Desaster. Kein Wunder der Welt würde das heute Nacht noch richten können. Einerlei. Ihr Kleid schien, soweit sie das in ihrem Zustand feststellen konnte, unversehrt zu sein.

Drei Atemzüge hatte es gedauert, bis Hollaenders Worte ihre ganze monumentale Wucht entfaltet hatten, dann war Marlene aufgesprungen und auf die Toilette geeilt. Sie wusste nicht, wie, aber es war ihr gelungen, sich erst zu übergeben, nachdem sie sich bis hierher durchgekämpft hatte. Mit einer Hand hatte sie sich an der Wand abgestützt, mit der anderen die Fransen ihres Kleids an die Brust gepresst. Dann sprudelten diverse Champagner und Cocktails aus ihr heraus und direkt in die Schüssel.

Und jetzt? War es Wirklichkeit geworden: Sternberg, die Ufa, der große deutsche Tonfilm. In den Hauptrollen: Emil Jannings und Marlene Dietrich. Alles, was gestern noch undenkbar gewesen war. Sie spürte ihre Beine nachgeben. »Was mache ich denn jetzt?«, flüsterte sie. Als hätte ihr irgendwer eine Wahl gelassen.

Und wer kam ihr als Erstes in den Sinn? Rudi. Das war doch verrückt. Oder nicht? Maria auch, die Tochter, die Marlene so gerne gehabt hätte, die Mutter, die sie so gerne gewesen wäre. Deine Rolle hat dich einfach noch nicht gefunden, hatte Rudi gesagt. Der treue, gute, verlässliche, angeberische Gernegroß. Und jetzt das. Sie konnte nicht aufhören zu lachen. Und zu weinen. Die anderen fragten sich sicher schon, wo sie so lange blieb. Der große deutsche Tonfilm, Jannings und Dietrich. Sie stürzte zurück in die Kabine und übergab sich erneut.

Alle in der Loge sahen zu ihr auf, die Combo spielte sich die Seele aus dem Leib, Arme flogen durch die Luft, Lichter zuckten über die Tanzfläche. Die Stimmung hatte diesen Punkt erreicht, der eine Steigerung unmöglich machte, jetzt galt es, sich so lange wie möglich am Gipfelkreuz festzuhalten, bevor man notgedrungen den ernüchternden Abstieg würde antreten müssen. Das lag in der Natur des Gipfels: Man durfte ihn immer nur vorübergehend in Besitz nehmen.

Marlene blickte in erschrockene Gesichter. Sie wusste, wie dramatisch sie aussah, selbst Lubitsch hätte sie nicht tragischer in Szene setzen können. Niemand am Tisch schien zu verstehen, was diese Rolle für sie bedeutete, dass soeben eine Welt eingestürzt war und jetzt eine neue gebar, dass ihr Leben sich später einmal teilen würde in ein Leben vor diesem Abend und eines danach. Kästner, der machte möglicherweise eine Ausnahme. Dessen Blick war nicht überrascht, eher neugierig. Und warm. Der wusste, was in ihr vorging.

Albers' Gesicht tauchte vor ihr auf, nah genug, um ihn zu küssen. »Lenchen«, rief er, »stell dir nur vor – wir beide, in einem Tonfilm!«

Sie versuchte zu lächeln. »Ja«, sagte sie, »ich weiß.«

Er nahm ihre Hand: »Lass uns tanzen. Du oder keine!«

Marlene schwankte, hielt sich an ihm fest. Sie dachte an Rudi und Maria. »Tut mir schrecklich leid, Hans, aber ich muss jetzt gehen.«

Seine Enttäuschung war nicht zu übersehen. Marlene zog ihn zu sich heran, schlang ihm die Arme um den Hals. Irgendwer rief: »Achtung Hans, jetzt wird's gefährlich!«

Sie brachte ihre Lippen an sein Ohr, die Musik war so laut,

dass sie ihre eigenen Worte kaum hören konnte. »Du musst mir etwas versprechen, Hans.«

»Alles«, flüsterte er zurück.

»Versprich mir, dass du dich nicht in mich verliebst. Das darfst du dir nicht antun.«

Er schob sie sanft von sich weg, sah ihr in die Augen. Dann nahm er ihre Hände in seine, als wolle er ihr einen Heiratsantrag machen. Ein Lächeln schlich sich an: »Also schön, Marlene, weil du es bist: Ich verspreche es.«

Diesmal geriet ihr das Lächeln nicht zur Fratze. »Und jetzt muss ich gehen, Hans, ich muss einfach. Aber wir sehen uns morgen, ja?«

»Wird sich kaum vermeiden lassen.« Und weil sie ihn nur leer anblickte. »*Die zwei Krawatten!* Morgen bist du wieder Mabel und ich wieder dein Jean!«

Sie stolperte das Trottoir entlang. Die Nachtluft umfing sie wie in einem Kühlhaus, Gänsehaut an den Armen, den Beinen, im Nacken. Die Luft blähte ihr den Kopf auf. An der Kreuzung hielt sie inne, lehnte sich an eine Laterne, hoffte, dass der Schwindel nachließ. Sie schloss die Augen, hörte leise das Gas über sich rauschen.

Sie versuchte das Straßenschild zu entziffern. Ansbacher Straße. Sie musste in die falsche Richtung gelaufen sein, was eigentlich unmöglich war. Den Weg von der Bar Silhouette zu ihr nach Hause hätte sie blind gefunden, im Schlaf. Aber offenbar nicht betrunken.

Von irgendwo näherten sich Schritte, dann tauchte der Umriss einer Frau aus der Dunkelheit auf. Die Frau blieb stehen, hielt Abstand, musterte sie. Marlene fürchtete, sie habe wieder zu schwanken begonnen, doch dann erkannte sie, dass es die Frau mit dem züchtigen Hut und dem hochgeschlossenen Mantel war, die schwankte. Sie wiegte ein Baby in den Armen. Marlene dachte an Tamara. Die war nachts manchmal mit Maria im Arm um den Block gelaufen, als die ihre ersten Zähne bekam. Jetzt dieser Frau dabei zuzusehen, wie sie ihr Kind hielt, brachte sofort die Übelkeit zurück. Marlene wünschte, die Frau würde einfach weitergehen.

Mit dem Kinn wies die Frau Richtung Wittenbergplatz: »Zum Tauentzien geht's da lang.«

Marlene verstand nicht, sah sie nur fragend an.

»Na, hier kannst du lange auf Freier warten. Das hier ist 'ne anständige Gegend. War sie jedenfalls mal.«

Marlene riss sich zusammen. »Seh' ich etwa aus wie ein Tauentzien-Girl?«

»Und betrunken noch dazu! Mensch, Mädchen, wie kann man sich nur so gehen lassen: Keinen Fuß kriegst du mehr vor den anderen. Und dieser Fummel ...«

»Ich geb' dir gleich Fummel!«, rief Marlene in einer Lautstärke, dass die Frau ihr Kind an sich drückte und in die Dunkelheit zurückwich. »Blöde Kuh!«, gab ihr Marlene mit auf den Weg. Und dann noch: »Ich bin Schauspielerin!«

Bis sie in die Kaiserallee und nach Hause gefunden hatte, war es kurz nach halb drei. Sie schloss die Wohnungstür so leise wie möglich, lehnte sich mit dem Rücken dagegen, streifte im Dunkel die Schuhe ab. Sie spürte ihren Körper wie nach einer Doppelvorstellung. Ohne irgendwo Licht zu machen, schlich sie durch den Salon und in den hinteren Flur, legte ihr Ohr an Marias Zimmertür.

Maria schlief, tief und fest. Natürlich. Es war halb drei Uhr morgens, was hätte ihre Tochter sonst tun sollen? Marlene kniete sich vor ihr Bett, roch heimlich an ihr, berührte ihre Locken. Nur wenn Maria schlief, konnte sie ihrer Tochter so nah sein. Sie ließ ihre Hand unter die Bettdecke gleiten, legte sie der Kleinen auf die Brust und spürte ihren Herzschlag, schnell, wie sie befand. Aber das war normal. Kinderherzen schlugen schneller als die von Erwachsenen.

Marlene küsste ihren Zeige- und Mittelfinger und gab den Kuss an Marias Stirn weiter.

Rudi schlief, ebenso Tamara, die einen Arm über seine behaarte Brust gelegt hatte. Rudi war stolz auf seine Männerbrust, selbst jetzt, im Schlaf, streckte er sie heraus. Marlene verharrte unschlüssig in der Tür. Das Schlafzimmer des anderen war tabu. Sie hatten das nie ausgesprochen, aber das war auch nicht nötig gewesen. Er ging nicht in ihr Schlafzimmer, sie nicht in seins. Jetzt tat sie es dennoch.

Sie stand vor Rudis Bett, betrachtete seinen schlafenden Körper, daneben die schmächtige Tamara mit ihren zarten Armen und den kleinen Brüsten. Dafür schnarchte sie wie ein Mann. Marlene wollte gehen, aber etwas hielt sie zurück. Sie wünschte sich, Rudi würde aufwachen. Aber er tat es nicht. Statt ihre unausgesprochene Vereinbarung zu respektieren und das Zimmer zu verlassen, setzte sie sich auf die Bettkante. Nicht einmal das konnte ihm eine Reaktion entlocken. Sie sollte gehen. Sie hatte kein Recht darauf, ihn zu beanspruchen.

Als sie seine Hand nahm, durchlief endlich ein Zucken seinen Arm. Rudi schlug die Augen auf, fragte sich, ob er träumte. Marlene legte einen Finger auf die Lippen. Nicht Tamara wecken. Vorsichtig schob Rudi deren Arm von seiner Brust. Tamara wandte sich ab, ohne ihr Schnarchen zu unterbrechen.

Es war ihm unangenehm – er und das nackte Kindermädchen neben sich. Das sollte es nicht. Rudi zog die Decke hoch, verhüllte Tamaras Hüfte. Marlene wusste, dass sie die Nächte an seiner Seite verbrachte und oft erst im Morgengrauen das Haus verließ. Und Rudi wusste, dass sie es wusste. Und Tamara wusste es ebenfalls.

»Entschuldige«, flüsterte Marlene.

Sich selbst dieses Wort sagen zu hören, ließ sie auf der Stelle in Tränen ausbrechen.

Rudi setzte sich auf. Tamara schien er Veronal gegeben zu haben. Die Glückliche.

»Um Himmels willen – was ist passiert?«

»Es ist alles in Ordnung«, versicherte Marlene und wischte sich die Tränen aus dem Gesicht.

»Aber ...«

Sie bedeutete ihm, still zu sein, und dann tat sie etwas, was sie sehr lange nicht mehr getan hatte: beugte sich vor und legte ihren Kopf an seine Schulter.

»Marlenchen ...«, flüsterte er.

Jetzt legte sie den Finger auf seine Lippen. »Ich hab die Rolle«, flüsterte sie.

Offenbar hatte Rudi es für ebenso unwahrscheinlich gehalten wie sie selbst, sonst hätte er jetzt nicht gefragt: »Was für eine Rolle?«

»Die Rosa Fröhlich.«

Er verschluckte sich fast. »Aber Marlene ...«

Sie löste sich von ihm. »Psst. Lass sie schlafen, bleib liegen. Es tut mir leid, dass ich dich geweckt habe, aber ... Ich musste es dir unbedingt sagen, vermute ich. Entschuldige.«

»Aber das ist ja großartig!«

»Ja, das ist es wohl. Aber es ist auch meine letzte Chance, Rudi. Und ich hab solche Angst, dass ich es wieder vermassele. Und dann ist es endgültig aus.«

Rudi strich ihr über die Wange. »Aber das wirst du nicht! Hast du schon vergessen, was ich dir gesagt habe: Deine Rolle hat dich einfach noch nicht gefunden.«

»Und du glaubst, das ist sie?«

»Natürlich ist sie das!«

»Ich wünschte, ich hätte etwas mehr von deinem Gottvertrauen.«

Marlene blickte in den Hof hinunter. Sie war zugleich sterbensmüde und völlig aufgekratzt. In ihrem Rücken wartete ihr Bett auf sie. Ihre Beine waren schwer. Sie sollte sich hinlegen, dringend. Morgen, nein heute, stand wieder die Revue auf dem Programm. Zwei Vorstellungen. Da musste sie konzentriert sein. Auf keinen Fall durfte sie sich noch einmal den Arm brechen. Oder auch nur umknicken. Die letzten vertrockneten Blätter der Kastanie raschelten in der Nachtluft. Keines der Fenster war erleuchtet.

III

36

Berliner Tageblatt
23. September 1929

Tonfilmblamage mit Überfallkommando
Nach der gewaltsamen Zerstörung der amerikanischen Tonfilmapparaturen (laut Gerichtsbeschluss liess die Klangfilm in allen Berliner Kinos, in denen Western Electric-Maschinen standen, die Leitungen zerschneiden), ist Berlin ohne Tonfilm. Die Amerikaner verzichten bekanntlich darauf, ihre Filme durch die schlechten deutschen Wiedergabeapparate in Misskredit bringen zu lassen. Wie recht sie damit haben, bewies die gestrige Tonfilmvorführung im Universum.
Schon der »Kulturfilm« wurde entrüstet abgelehnt. Man darf behaupten, etwas derartig Minderwertiges noch nie gehört zu haben. Die synchronisierte Begleitmusik klingt wie Grammophon vor dreissig Jahren. Wie zu erwarten war, erregte der englische Film, die Hauptattraktion des Abends, ebenfalls Missfallen. Die von der Tobis hereinkomponierten deutschen Sprechszenen waren unverständlich und scheusslich anzuhören. Das Publikum sah sich veranlasst, sein Geld zurückzuverlangen. Es gab einen furchtbaren Spektakel. Die Leitung des Universums sah sich veranlasst, das Überfallkommando zu alarmieren. Das Publikum zerstreute sich schliesslich laut schimpfend.

Karl erwachte vor ihr, roch die Salzluft, hörte, wie die Gondolieri einander etwas zuriefen. Am Lido war ein toter Hai angespült worden, hieß es. Durch die geschlossenen Lider hindurch spürte Karl den Sonnenstrahlen nach. Der Morgen war längst vergangen, es musste Mittag sein, der Wärme nach zu urteilen schon zwei oder drei. Er hätte auf seiner Uhr nachsehen können, aber dafür hätte er die Augen öffnen und seine Lesebrille suchen müssen, und wo die abgeblieben war, würde sich erst noch zeigen müssen. Er konnte sich nicht einmal daran erinnern, auf welchem Weg er ins Bett gekommen war.

Für eine Weile hielt er noch die Augen geschlossen. Kein Grund zur Eile. Er fühlte sich gesund, kathartisch, hörte Dinge, die er lange nicht gehört hatte – das Ticken seiner Omega auf der Marmorplatte –, roch den venezianischen Herbst, der bereits in der Luft lag und nachts in die Ritzen des Mauerwerks kroch, spürte die Gravitation von Ruths Körper auf der anderen Bettseite. Er war tot eingeschlafen und lebendig erwacht.

Sie lag neben ihm, bäuchlings, ein Bein angewinkelt, die Haare über dem Gesicht. Vorsichtig schob er die Strähnen zur Seite. Ruth atmete, wie sie nur atmete, wenn sie so tief schlief, dass kein Geräusch der Welt sie zu wecken vermochte. Vorsichtig schlug er die Decke zurück, betrachtete ihren atmenden Rücken, ihren Po, den blonden Flaum in der Lende.

Sie waren fertig, jetzt wusste er es wieder. Hatten das Drehbuch vollendet, *Der blaue Engel* würde der Film heißen, nach der Kaschemme in Manns Roman, hatten letzte Nacht das letzte Wort getippt, ENDE, und waren ins Bett gefallen und eingeschlafen, zu erschöpft für Sex oder Alkohol oder auch nur einen Blick auf den Kanal.

Er hatte versäumt, Fotos von ihr zu machen. Das letzte Mal schon und jetzt wieder. Die schönsten und erfülltesten vierzehn Tage seines Lebens lagen hinter ihm, er spürte es so deutlich wie eine Akupunkturnadel im Kopf. Heute Abend würden sie den Nachtzug besteigen. Und Karl würde sie wieder nicht fotografiert haben. Er setzte sich auf.

Es war noch besser gelaufen, als er erhofft hatte. Um ehrlich zu sein: Die vergangenen zwei Wochen hätte Karl nicht zu träumen gewagt. Seit entschieden war, dass Marlene Dietrich die Rosa Fröhlich spielte, im Film würde sie den Namen Lola Lola tragen, stand ihnen die Figur mit einem Mal klar vor Augen. Dasselbe galt für den Mazeppa sowie den Kiepert, den Gerron übernehmen würde. Valetti würde die Guste spielen. Ein großartiges Ensemble. Jeder von ihnen fühlte sich richtig an. Sogar die Dietrich.

Zuckmayer hatte wenig überrascht gewirkt, vielleicht sogar ein wenig erleichtert, als Karl ihm mitteilte, dass er von jetzt an alleine am Drehbuch weiterschreiben und deshalb ohne ihn nach Venedig zurückkehren werde. Zuckmayer interessierte vor allem eins: Was war mit seinem Honorar? Der Vertrag sah vor, dass er nach Beendigung des Drehbuchs 15 800 Reichsmark erhalten sollte. »Bekommst du«, hatte Vollmöller versichert, »und dein Name wird ganz oben stehen.«

Die Fahrt nach Venedig hatte Ruth und Karl ausgereicht, um sämtlichen Figuren auf den Grund zu gehen. »Mein Gott, wir haben sie!«, rief Vollmöller aus, als sie in den lang gestreckten Bahnhof einfuhren. Sternberg hatte mit Marlene die richtige Wahl getroffen. Alles machte plötzlich Sinn. Intuition.

Von da an hatten Ruth und Karl nichts anderes mehr getan, als Vollmöllers Schreibtisch zu umkreisen und am Drehbuch zu arbeiten. Es war keine bewusste Entscheidung, sie entschieden nicht, zu arbeiten oder nicht zu arbeiten. Die Geschichte führte sie, galoppierte vorweg, war in ihnen. Die größte Schwierigkeit bestand darin, mit ihr Schritt zu halten, ihr die Zügel anzulegen.

Selbst wenn sie aßen oder Sex hatten, schien sich das Drehbuch weiterzuentwickeln. Karl hätte sich nicht gewundert, die Schreibmaschine klackern zu hören, ohne dass jemand im Raum war. Einmal, Ruth saß auf der Bettkante, und Karl befühlte ihre Wirbelsäule mit einem Blick durch noch halb geschlossene Lider, als die Glocken von Santa Sofia den Beginn des Arbeitstages einläuteten und sie unvermittelt ausrief: »Ich weiß, wie wir's machen: Rath wird zum Clown!«

Gelegentlich hatte Karl auf die Uhr geblickt und sich gefragt, ob sie stehen geblieben war. Halb vier, nachts? Manchmal vergaß er sogar zu rauchen. Wann war ihm das je passiert? Dann, ohne es abgesprochen zu haben, hatte es drei oder vier Tage gegeben, da schliefen sie nur noch im Wechsel. Als sei das Drehbuch ein fiebriger Patient, dem man nicht von der Seite weichen durfte. Und jetzt: ENDE. Zwei Wochen im Wahn.

Vollmöller fand den richtigen Winkel erst, nachdem er den Fensterladen zugeklappt hatte und die Lamellen das schräg einfallende Licht in Streifen schnitten. Ruth schlafend, auf dem Bett. Er montierte die Kamera, wählte die Belichtungszeit, stellte die Schärfe so ein, dass er im Sucher die Härchen in der Mulde ihrer Lende sehen konnte, bedauerte für einen Moment, kein Maler zu sein, und drückte den Auslöser.

Die einzigen Unterbrechungen, die Karl während der Arbeit am Drehbuch zugelassen hatte, waren die Telefonate mit Pommer gewesen, der ihn einmal täglich über den Fortgang der Ereignisse auf dem Laufenden hielt. Einen Film zu drehen bedeutete ja jedes Mal aufs Neue, gemeinsam die Welt zu umsegeln, auf unbekannten Gewässern und mit einem

Schiff, von dem keiner wusste, wie es auf unerwartete Strömungen reagierte.

Der blaue Engel war bereits kurz nach dem Ablegen in die ersten Stromschnellen geraten. Pommer war kein Steuermann, der sich leicht aus der Ruhe bringen ließ, dennoch klang er, als habe er bereits alle Hände voll zu tun.

Zunächst Sternberg. Der hatte es fertiggebracht, innerhalb weniger Tage sämtliche Studiomitarbeiter gegen sich aufzubringen und genoss das zu allem Überfluss auch noch. Ständig brüllte er Anweisungen auf Englisch, die den Beleuchtern erst übersetzt werden mussten, nichts ging ihm schnell genug. Je mehr er an der Arbeit der anderen auszusetzen fand, umso besser ging es ihm selbst. Aber, das musste auch Pommer zugeben: Sternberg wusste, was er wollte, und wenn er es bekam, gaben die Ergebnisse ihm recht.

Was Marlene anging: Seit Tagen stritten Sternberg und Rittau darüber, wie sie zu beleuchten sei, von oben nämlich, wie Sternberg meinte, higher, higher! Eine Einigung sei nicht in Sicht. Sternberg machte alle ganz wuschig wegen ihr. Als sei die Dietrich der Star, nicht Jannings. Um es geradeaus zu sagen: Der Kerl war verrückt nach ihr, ließ ihre Garderobe täglich mit neuen Blumen ausstaffieren, erklärte ihr stundenlang, wie genau er sich ihre Rolle vorstellte, wie sie sich bewegen, ihren Kopf halten, sprechen sollte, nur um sich am Ende von ihr anzuhören, dass sie sich an seine Vorgaben nicht halten werde – »I don't think, I'm going to do that« –, was ihn nur umso verrückter machte.

Jannings schmorte derweil in der Garderobe, und kaum ließ Sternberg ihn endlich holen, um gemeinsam mit Rittau das Licht einzurichten, da war nach zehn Minuten auch schon alles vorbei. Wenn Jannings sich beschwerte, was er jedes Mal tat, speiste ihn Sternberg ab, indem er ihm versicherte, er sehe einfach bei jedem Licht gut aus. Kurzum: Jannings fühlte sich bereits vor Beginn der eigentlichen

Drebarbeiten zurückgesetzt und vernachlässigt, und was das für die Stimmung am Set bedeutete, müsse er, Pommer, Vollmöller ja gar nicht erst erklären.

Hollaender sei von allen noch der Normalste, ein Segen, dieser Mann. Ein gewissenhafter Handwerker, dem die Herausforderung offenbar große Freude bereitete, beflissen wie ein Buchhalter, stets eine Aktentasche mit Noten unter dem Arm. Wann immer Pommer der Trubel im Filmstudio zu viel wurde, schaute er bei Hollaender in der Aufnahmekabine vorbei. Der saß stets unbeirrbar am Flügel, freute sich über Besuch und trug dem Produzenten seine neuen Ideen vor. Der Mann war ein Springbrunnen! Und immer klang es, wie es sollte: tausendmal gehört und dennoch neu und anders.

Was Hugenberg und Klitzsch betraf: Sollten sie diese Weltumsegelung lebend überstehen, schulde Vollmöller ihm, Pommer, ein Galadinner, im Horcher, Faisan de presse und Jahrgangschampagner inklusive. Und eine Flasche werde da kaum reichen. Selbst am Telefon konnte Karl hören, wie Pommers Atem schwerer ging, sobald er auf die Ufa-Chefs zu sprechen kam.

Klitzsch und Hugenberg also. Pommer hatte ihnen die abschließende Kalkulation auf den Tisch gelegt: eine Million Reichsmark, plus vierhunderttausend für die englische Fassung, die sie parallel drehen würden, mit denselben Schauspielern. Nicht wie die Amerikaner, die ihre Tonfilme für den internationalen Markt in Frankreich in anderer Sprache und mit anderen Darstellern nachdrehten, ein Verfahren, das noch niemals gute Filme, sondern immer nur seelenlose Fließbandware hervorgebracht hatte. Eine Million daher, plus vierhunderttausend für die englische Fassung.

Hugenberg war zunächst rot angelaufen, hatte anschließend eine Art Anfall erlitten, der im Grunde nur als cholerisch zu bezeichnen war, hatte Pommer über den Tisch hinweg angespuckt, war an einer unbekannten Infektion erkrankt, hatte drei Tage lang mit höchstem Fieber das Bett hüten müssen, mit den Beinen gestrampelt wie ein Wickelkind, im Traum die wüstesten Beschimpfungen und Flüche ausgestoßen und – eingewilligt.

Das Beste aber komme noch, und jetzt, wo Pommer darüber nachdenke, gelange er zu dem Schluss, dass *ein* Galadinner möglicherweise nicht ausreichen werde, um Vollmöllers Schuld bei ihm abzutragen. Denn nachdem Hugenberg sichtbar gezeichnet von seiner Krankheit genesen war – sogar der Hemdkragen unter seinem Kinn war wieder zum Vorschein gekommen –, ging es nun darum, ihm den Vertrag für die Dietrich aus den Rippen zu leiern. Sie hatten ja befürchtet, dass der Ufa-Chef sich querlegen könnte, was ihr Engagement betraf, schließlich hatte die Dietrich in Berlin einen Ruf, der ... nun, mehr müsse Pommer dazu wohl nicht sagen.

Glücklicherweise stellte sich heraus, dass Hugenberg der Name Marlene Dietrich zwar geläufig war, aber mehr eben auch nicht, also drehten sie schnell ein kleines Filmchen mit Hollaender und der Dietrich, wie sie züchtig und schön und wunderbar von oben beleuchtet am Klavier lehnte und ein Liedchen trällerte, ein bisschen keck, ein bisschen lasziv, im Grunde aber ganz keusch. Dieses Filmchen führten sie Hugenberg vor, während Pommer dem Ufa-Chef wiederholt versicherte, dass alle der Überzeugung waren, sie sei der kommende Star, da gebe es keinen Zweifel. Und was machte Hugenberg?

Nun, nachdem er das größte Budget der Filmgeschichte bereits zugesagt hatte, interessierte ihn zunächst einmal, ob die Gage für die Dietrich in der Kalkulation bereits berücksichtigt gewesen sei, was der Fall war, sodann ließ er sich das Filmchen ein zweites Mal zeigen, während Pommer ihm erneut versicherte, sie sei der kommende Star. Das ging so lange, bis in Hugenberg die Überzeugung gereift war, in der

Dietrich einen ungeschliffenen Diamanten vor sich zu haben, besser noch, eine todsichere Aktie, an der man sich dringend Anteile sichern musste, weshalb er darauf bestand, ihr nicht nur einen Vertrag für den *Blauen Engel* zu geben, sondern sie darüber hinaus vertraglich zu verpflichten, einen Anschlussfilm für die Ufa zu drehen.

Vollmöller wurde der Arm schwer. Die Kamera und das Stativ wogen zusammen sicher fünf Kilo. Das Hotel des Bains, in dem Sergej neulich gestorben war, erhob sich in der Ferne aus dem Dunst wie eine Fata Morgana.

Von einem Hai war nichts zu sehen. Gut möglich, dass er lediglich der Fantasie eines Fischers entsprungen war. Vom Lido aus betrachtet erschien einem ja die ganze Stadt wie ein Traum. Atlantis. In tausend oder zweitausend Jahren würden die Menschen von Venedig reden wie von einem Mythos, und Abenteurer würden im Meeresboden nach Relikten dieser Legende graben.

»Was ist?«

Ruth war vorausgegangen, vielmehr war Karl stehen geblieben. Der Wind wehte ihre Worte aufs Meer hinaus. Sie hatten ihre Schuhe ausgezogen, Karl sich die Hose hochgekrempelt. Das Wasser ging ihm bis über die Knöchel.

»Alles in Ordnung?«, rief Ruth.

So würde es kommen, dachte Karl. Nicht heute und nicht morgen, aber sehr bald. Er würde zurückbleiben, und sie würde weitergehen. Und so, wie es kommen würde, wäre es richtig.

Er klappte die Beine des Stativs auseinander, ließ sie ins Wasser gleiten und drückte sie in den Sand. Anschließend montierte er die Kamera darauf. Er war Perfektionist, aber heute, in diesem Moment, erschien es ihm unpassend, die Kamera waagerecht auszurichten. Folglich ignorierte er die ins Stativ eingelassene Wasserwaage. Das Leben befand sich nur für seltene Augenblicke in der Waagerechten, so wie selbst eine stehen gebliebene Uhr zweimal am Tag die richtige Zeit anzeigte: wenn die Zeit durch sie hindurchging. Für die restliche Dauer war es in Bewegung.

»Genau da!«, rief Karl.

Sie tauchte einen Fuß ins Wasser, ließ Tropfen aufspritzen. »Soll ich mich ausziehen?«

Mein Gott. Karl zündete sich eine Zigarette an: »Wenn dir danach ist!«

37

Berliner Volkszeitung
28. September 1929

Schüsse aus Goebbels' Auto

Im Laufe des gestrigen Sonntags ist es anlässlich eines Demonstrationszuges der Nationalsozialisten zu schweren Zusammenstössen gekommen. Als die Nationalsozialisten die Luisenbrücke passierten, entstand ein Gedränge, wobei die Demonstranten mit Andersdenkenden in eine Schlägerei gerieten.

Der Führer der Demonstranten, Reichstagsabgeordneter Dr. Goebbels, war zusammen mit noch vier seiner Getreuen in einem Kraftwagen dem Demonstrationszug gefolgt. Als das Auto von einer Menschenmenge umringt wurde, sah sich einer von ihnen veranlasst, mehrere Schüsse abzufeuern.

Die Polizei nahm daraufhin Dr. Goebbels und seine Begleiter fest. Bei den Vernehmungen gab einer der Automobilisten zu, in Notwehr die Schüsse abgegeben zu haben. Ausserdem wurde in dem Kraftwagen Dr. Goebels' noch eine Walther-Mehrladepistole gefunden, deren Eigentümer aber nicht festgestellt werden konnte. Gegen sieben Uhr abends wurde Goebbels wieder entlassen.

Sternberg ließ seine Reitgerte durch die Luft sirren. Vollmöller hörte es zischen. Wie schon bei den Probeaufnahmen stand er in der Glaskabine und blickte in die Halle hinab. Fritz saß hinter ihm am Tisch und lauschte in seine Hörmuschel hinein, als empfange er Signale von Außerirdischen.

Vollmöller sah den Regisseur aus dem Schatten treten. »Stop this!«

Und wieder war ein Dutzend Meter wertvoller Film im Eimer. Jannings' erste Szene, und Sternberg hatte bereits hundert Meter Film durch den Kamin gejagt. Dabei hatte Jannings noch keine Zeile gesprochen. Wenn Sternberg in diesem Tempo weitermachte und außerdem jede Szene achtmal drehen ließ, wäre in zwei Wochen die gesamte Mannschaft mit den Nerven am Ende, und Pommer müsste Hugenberg und Klitzsch seine dritte Kalkulation vorlegen. Wenn ihnen der *Blaue Engel* nicht gleich zu Beginn der Dreharbeiten um die Ohren fliegen sollte, musste er mit Josef reden. Und mit Jannings. Einzeln.

Die Aufbauten waren großartig gelungen. In Raths Stube roch es förmlich nach intellektueller Selbstbefriedigung. Sternberg ging darin herum, als nehme er sie in Besitz. Jannings mit seiner randlosen Brille und dem über Stunden angeklebten Bart stand wie ein tumber Klotz im Zimmer und schwieg. Ilse Fürstenberg, ein junges Schauspieltalent ohne jegliche Filmerfahrung, das sie für die Rolle als hemdsärmelige Hauswirtschafterin engagiert hatten, wischte sich die Hände an ihrer Schürze ab. Niemand in Studio 4 – von der Maske bis zum Beleuchter – wagte sich von der Stelle.

Sternberg schwieg, ging auf harten Absätzen hin und her, blickte zu Boden und zog mit seiner Gerte unsichtbare Linien hinter sich her. Endlich begriff Vollmöller diesen albernen Aufzug, ein Regisseur in Reitstiefeln und mit Gerte. Josef verstand sich als Dompteur, und so wollte er auch aussehen.

»Everything you do is too much.«

Er machte dabei das, was Emil so sehr hasste wie kaum etwas anderes: Er sprach mit ihm wie mit einem ungelehrigen Schüler.

»Explain me this!«, erwiderte Jannings.

Sternberg platzierte seine Gerte auf Raths Frühstückstisch, setzte sich und hob die Kanne an, in die sie jetzt zum achten Mal den Kaffee zurückschütten würden, den sich Professor Rath in seine Tasse gießen sollte.

»Rath sits down and pours himself a coffee«, erklärte Sternberg. »That's the scene, right?«

Jannings blähte seine Brust: »Right!«, befahl er.

»Simple«, befand Sternberg. »But when your Professor does it, he does it like this.«

Sternberg hielt die Kanne wie eine Ming-Vase, goss sich geziert den Kaffee ein, ließ die Tasse überlaufen, entleerte die gesamte Kanne, höher und höher stieg sie auf, der Kaffee lief über die Tasse, die Untertasse, spritzte über den Tisch und plitschte schließlich in einem Rinnsal über die Kante und auf den Boden.

Die Kanne kopfüber haltend, blickte Sternberg zu seinem Star auf.

Vollmöller meinte, es knistern zu hören. Wie um alles in der Welt war er auf die Idee verfallen, ausgerechnet diese beiden für den *Blauen Engel* zusammenzubringen? Richtig: Intuition. Konnte auch nach hinten losgehen.

Sternberg sagte: »Everything about you yells: look here, Rath is pouring himself a coffee! Look, Rath is turning his head! Look, Rath is sitting down!«

»So-o?«

»So-o«, wiederholte Sternberg. »You don't have to *act* like you pour yourself a coffee anymore. These times are over. Just do it. Pour yourself a coffee, don't show that you do it. Do it.«

Jannings nahm die Brille ab, rang um Fassung, zog ein Taschentuch aus seiner Westentasche und tupfte sich den

Schweiß vom Nasenrücken. Einfach tun? »I don't know what you want from him!«

Vollmöller verdrehte die Augen.

Sternberg spürte die nahende Havarie. Noch einen Schritt weiter, und Jannings würde endgültig den Rollladen runterlassen. Er stand auf, legte dem Schauspieler die Hände auf die Oberarme.

»You are fantastic, Emil. Really. Don't worry. You just act too much. Don't act so much and everything will be fine.«

»But he is an actor!«

»Yes, he is. And he acts too much.«

»So you want your actor to not act.«

»Exactly.«

Vollmöller überlegte, ob sich aus dem Konflikt zwischen Sternberg und Jannings Kapital schlagen, etwas Schönes machen ließe, Kunst. Emil war verunsichert. Das war schlecht für ihn, aber möglicherweise gut für die Rolle. Auch Professor Rath sollte sich in Selbstzweifel verstricken.

Sternberg hatte recht, in allem: Emil war fantastisch als Professor Immanuel Rath. Die Art, wie er sich bewegte, die Haltung. Die Rolle war ihm bereits jetzt in Fleisch und Blut übergegangen. Jannings *war* Professor Rath. Sobald er aus der Maske kam, hatte sich der Schauspieler Emil Jannings in seine Figur transformiert. Aber: Sternberg lag auch mit seiner Kritik richtig. Jannings spielte, wie er im Stummfilm gespielt hatte – mit einer Art von Theatralik, die im Tonfilm nichts mehr verloren hatte.

Im neuen Medium würde es ums Weglassen gehen, immer ging es ums Weglassen. So paradox es klang: Die Möglichkeiten des Tonfilms bedeuteten, das Spiel zu reduzieren, selbst dann, wenn nicht gesprochen wurde. Erst der Sprechfilm machte es möglich, Schweigen auszudrücken.

Für mehr als eine Dekade hatten Filmschauspieler den

Verlust der Sprache kompensiert, hatten Monolog und Dialog in Mimik und Gestik übersetzt. Jetzt waren neue Ausdrucksformen gefordert. Noch paradoxer: Sogar die Sprache war zu reduzieren. Sobald man nach Belieben Gebrauch von ihr machen konnte, verlieh jedes Wort, das man wegließ, den anderen zusätzliches Gewicht. Schlechte Kunst kam immer vom Zuviel. Nie vom Zuwenig. Freilich konnte man nur weglassen, wenn Substanz vorhanden war. Über die allerdings verfügte Jannings.

Ilse Fürstenberg schien sich dieses Problems gar nicht bewusst zu sein, was nicht daran lag, dass für die Rolle der Hauswirtschafterin kein Text vorgesehen war. *Der Blaue Engel* war ihr erstes Filmengagement. Sie war die nächste Generation, die Ablösung. Wenn sie später einmal auf ihr Leben zurückblickte, würde sie nie in einem Stummfilm gespielt haben. Der Stummfilm würde vor ihrer Zeit gewesen sein.

Werde ich gerade Zeuge davon, dachte Vollmöller, wie Schauspieler wie Jannings oder die Porten aussterben? Blicke ich in diesem Moment aus meinem Glaskasten heraus in das Film-Terrarium einer aussterbenden Spezies? In jedem Fall würde sich Jannings als Schauspieler neu erfinden müssen, wollte er den Tonfilm überleben oder gar mitgestalten. Über die Substanz verfügte er, fraglich war, ob er auch die Möglichkeiten besaß.

Ein weiteres Problem, dessen Tragweite sich erst abzuzeichnen begann, war die englische Fassung des Films. Sie hatten beschlossen, jede Szene, sobald sie im Kasten war, direkt noch einmal auf Englisch zu drehen, mit denselben Schauspielern. Albers' Englisch war mangelhaft, aber dafür hatte Vollmöller bereits eine Lösung gefunden. Sie würden in der englischen Fassung des Films einen Franzosen aus ihm machen, was seinen fremden Akzent erklärte. Außerdem hatte Vollmöller Albers' ohnehin schmalen Text auf das Allernotwendigste eingedampft.

Doch was war mit Jannings? In der ersten Szene vor seiner Klasse sollte der Professor Englisch unterrichten, ausgerechnet, und einen seiner Schüler schikanieren, weil der »the« nicht richtig aussprach – was Jannings selbst nicht zuwege brachte. Wie sollte das erst auf Englisch funktionieren? Ein Englisch sprechender Englischlehrer, der »the« nicht richtig artikulieren konnte?

Doch vielleicht ließe sich auch daraus etwas machen. Der Professor könnte seinen ungelehrigen Schülern zum Beispiel als Strafarbeit aufbrummen, einhundertmal »the« zu schreiben, weil er selbst es nicht auszusprechen vermochte. Hübsche Idee eigentlich – schriftliche Strafarbeiten zur Verbesserung der Aussprache.

Sie hatten das Geschirr gesäubert, ein neues Tischtuch organisiert, frischen Kaffee eingefüllt, das Licht eingerichtet. Rittau hantierte mit der Kamera und signalisierte »OK«, die Mikrofone waren in Position. Film ab.

Zum neunten Mal wedelte Professor Rath seine Rockschöße auseinander, setzte sich an den Tisch und goss sich Kaffee ein, während er mit zwei abgespreizten Fingern den Deckel auf die Kanne drückte. Es war immer noch zu viel, zu gespielt. Aber es war ... im Rahmen. Vollmöller erwartete, Sternbergs Reitgerte zischen zu hören, doch diesmal blieb es still. Cut.

»Perfect!«, rief Sternberg aus. Ein Aufatmen ging durchs Studio.

Eine Lüge, eine »white lie«, wie die Amerikaner das nannten. Doch manchmal erwies sich eine Lüge als das beste Schmiermittel, das zu haben war.

Sternberg hatte während der Szene hinter der Kamera gestanden und Rittau über die Schulter geblickt. Jetzt eilte er in Raths Stube und schloss den perplexen Emil in die Arme.

»I told you! Don't act so much and everything will be fine!«

38

Berliner Volkszeitung
29. September 1929

Hakenkreuz-Umzüge verboten
Für den kommenden Sonntag hatten die Nationalsozialisten, die unter der Führung des meistens sehr provokatorisch auftretenden Dr. Goebbels stehen, einen Werbemarsch durch Berlin geplant. Zugleich hatte auch der Stahlhelm für den kommenden Sonntag einen sternförmigen Propagandafeldzug durch Berlin geplant. Der Berliner Polizeipräsident hat nunmehr, um blutige Zwischenfälle zu vermeiden, sämtliche für den kommenden Sonntag geplanten Umzüge verboten.

Sie fuhren entlang des Botanischen Gartens Richtung Südosten. Die meisten Bäume warfen bereits ihr Laub ab, die jungen Eichen jedoch wussten noch nichts vom Herbst. Das Licht brach sich in den Kronen und tanzte auf dem Asphalt. Marlene sah ihr flirrendes Spiegelbild in der Seitenscheibe, das Hemd mit dem englischen Kragen, die schillernde Seidenkrawatte. Da war niemand gewesen, der nicht große Augen gemacht hatte, als sie in diesem Aufzug bei Hocke herausmarschiert war.

Seit sie vom Hausvogteiplatz aufgebrochen waren, hatte Lubinski kein Wort von sich gegeben. Hatte sie es übertrieben, ihn beschämt? Und weshalb überhaupt hatte sie diesen

Gedanken? Es war ja nicht so, dass ihr Chauffeur an anderen Tagen durch Redseligkeit aufgefallen wäre.

Sie hatte nicht vorgehabt, sich einen Anzug zu kaufen, Einreiher samt Hose, dazu Herrenschuhe, ein weißes Hemd und die gepunktete Krawatte. Alles vom Feinsten. Eine Dame in Herrenkleidern. Sie mochte es. Sollten sie reden. Sollten sie alle, alle sich die Mäuler zerreißen! Ab sofort würde Marlene ihren eigenen Stil kreieren. Wie hatte Rudi gesagt: Sei die, die du bist, und sie werden dich erkennen. Nun, heute war sie eine Frau in Anzug und Krawatte, und sie fand, er stand ihr ausgezeichnet.

Lubinski hatte gehustet, auf diese Art, bei der man automatisch die Ohren spitzte und sich fragte, ob da eine Lungenentzündung lauerte. Es sei nichts, versicherte er, er habe sich nur verkühlt. Und warum? Weil sein Hemd nicht rechtzeitig trocken geworden war. Also hatte er es feucht angezogen, er besaß nämlich nur das eine. »Mehr is nu mal nicht drin«, sagte er, und: »reicht ja auch eigentlich. Außer, wenn's nicht rechtzeitig trocken wird.«

Der Mann konnte sich kein zweites Hemd leisten, und was schenkte Marlene ihm zu Weihnachten? Ein Nobelfeuerzeug, das er noch dazu nicht versetzen konnte, weil Marlene erwartete, dass er ihr damit Feuer gab. Dabei rauchte er nicht einmal. Kein Wunder, dass er sie nicht mochte.

Sie wies ihn an, zum Hausvogteiplatz zu fahren, dorthin, wo sich die Modegeschäfte aneinanderreihten. Es regnete. Blätter wirbelten über den Platz und schoben sich vor dem Rinnstein zu nassen Haufen zusammen. Die Menschen gingen geduckt, stellten ihre Mantelkrägen auf, stemmten sich gegen den Wind.

Lubinski hielt in zweiter Reihe vor dem Haus zur Berolina. »Ick warte einfach hier, und wenn eener wat sacht, dreh ick 'ne Ehrenrunde.«

»Dit machen'se genau nich«, entgegnete Marlene und bat ihn, auf der anderen Seite des Brunnens zu parken.

»Und nu?«, fragte Lubinski, nachdem er den Wagen abgestellt hatte und der Motor verstummt war.

»Nu nehm ick Sie mit.«

So war sie mit Lubinski bei Hocke rein und hatte ihrem Chauffeur ein zweites Hemd gekauft, mit einem nicht zu weiten Kragen, was nicht so einfach gewesen war, denn Lubinskis Hals hatte den Durchmesser eines Armreifs. Wie ein Roter sah der aus, und wer weiß, vielleicht war er ja einer. Das würde auf jeden Fall erklären, weshalb er sich in seinem neuen Hemd so unwohl fühlte.

Als der Verkäufer Marlene fragte, ob er sonst noch etwas für sie tun könne, antwortete sie: »Jetzt will ich einen Anzug. Für mich.« Beinahe wären dem Ärmsten die Augen aus dem Kopf gefallen.

»Dit war sehr anständig von Ihnen«, sagte Lubinski, als er sich mit einer Hand die zu große Chauffeursmütze auf den Kopf drückte und ihr mit der anderen die Tür aufhielt. Nicht »nett« oder »freundlich« oder »großzügig«, nein, »anständig« war das Wort, das er wählte. Seither Funkstille.

Der Spiegel auf ihrem Schminktisch wurde von zwei Dutzend Chrysanthemen verdeckt. Die Luft in der Garderobe war schwer von ihrem Duft. Sternberg hatte eine Karte im Strauß vergraben:

Bloom for me. J. S.

Marlene stellte die Vase auf den Boden, löste den Krawattenknoten, legte sich den Binder um die Schultern, drehte sich in Position, betrachtete ihre Nackenpartie. Kinn höher, aber nicht zu hoch. Die Selbstsicherheit der Lola Lola musste von innen kommen, durfte nicht aufgesetzt wirken.

Josef wollte, dass sie für ihn erblühte? Konnte er haben. Vorausgesetzt, er versaute es nicht. Make me blossom, dachte sie. Make me! Erschaffe mich!

Es klopfte, zaghaft beinahe.

»Tür ist offen!«, rief Marlene.

Im Gegenlicht konnte sie Sternbergs Gesicht kaum ausmachen, doch seine Haltung verriet äußerste Anspannung. Marlene ließ ihren Stuhl eine halbe Drehung vollführen, dann waren sie face to face. Sie lehnte sich zurück, stützte sich mit den Ellbogen auf dem Schminktisch ab. Sternberg kam in die Garderobe wie von einem Magneten gezogen.

»You look fantastic«, sagte er.

In seinen Augen war derselbe Hunger, den Marlene in sich verspürte, er wollte sich beweisen, es allen zeigen, seine Kritiker Lügen strafen.

Marlene stieß mit der Schuhspitze gegen die Vase: »Thanks for the flowers.«

Der Plan für diesen Tag hatte vorgesehen, ihre Gesangsszenen zu besprechen: die Auftritte im *Blauen Engel*, der Kaschemme, in der Lola Lola abends den Schülern des Professors die Köpfe verdrehte.

Die Aufbauten für die Szene waren abgeschlossen. Sternberg hatte dies kritisiert und das bemängelt, hatte die Bühne, auf der Lola Lola sich präsentierte, dreimal verändern, dann schließlich ganz abreißen und neu bauen lassen, hatte alle erdenklichen Blickwinkel eingenommen und alle möglichen Sichtachsen bedacht. Dort, in diesem modrigen Kellergewölbe mit den von der Decke hängenden Fischernetzen, würde Lola Lola ihr Lied singen und der Professor ihr verfallen.

Heute wollten sie Kostüme ausprobieren, das richtige Licht finden, den richtigen Winkel für die Kamera. Ebenso wie Vollmöller war auch Sternberg davon überzeugt, dass der Auftritt von Lola Lola ein Paukenschlag sein musste. Nicht nur für Professor Rath, sondern auch für das Kinopublikum. Das Problem war: Hollaender hatte den richtigen Song für den großen Auftritt noch nicht gefunden. Er hatte einen Haufen Ideen, viele schöne und eingängige Melodien, einige brauchbare Lieder, aber keinen Kassenschlager, nicht das eine Lied, das den Professor unausweichlich mit seinen eigenen unterdrückten Sehnsüchten konfrontieren würde.

Wie selbstverständlich nahm Sternberg Marlene an die Hand und zog sie hinter sich her erst aus der Garderobe, dann aus dem Gebäude. Mit ineinander verschränkten Fingern eilten sie über die Wiese. Der Herbstregen wehte ihnen ins Gesicht. Marlene versuchte ihre Irritation zu greifen. Josef beanspruchte Privilegien für sich, ohne zu fragen. Nahm Dinge in Besitz. Etwas daran imponierte Marlene, zog sie an. Zugleich forderte es ihren Widerstand heraus. Der Gedanke streifte sie, dass es möglicherweise genau das war, was sie anzog: dass es ihren Widerstand herausforderte. Ich lasse mich von niemandem vereinnahmen, dachte sie. Auch von dir nicht. Aber versuch' es ruhig.

Das feuchte Gras glitt unter ihr weg. Marlene befreite ihre Hand, wirbelte mit den Armen und fing ihren Sturz ab, indem sie einen Spagat vollführte und gleich darauf wieder in den Stand federte.

Sie blickten einander an, Regen im Gesicht, in den Haaren, auf den Handrücken.

»Nicht schlecht, was?«, lachte Marlene.

Sternberg hätte nicht überraschter aussehen können, wenn sie sich den Kopf abgenommen und unter den Arm geklemmt hätte. Versuch es ruhig, dachte Marlene wieder, und in diesem Moment, da ihre Absätze in das feuchte Gras einsanken und die Tropfen auf ihrem Gesicht zerplatzten, da begriff sie, dass sie aufeinander angewiesen waren. Ihre

Zukunft hing ebenso von Josef ab wie seine von ihr. Das Schicksal hatte sie zusammengenäht.

Er streckte seine Hand aus. »Come!«

Vollmöller stand am Flügel und redete auf Hollaender ein, während Pommer an der Wand lehnte, rauchte und einen wunderbar weichen, champagnerfarbenen Hut trug. Als Sternberg und Marlene hinzukamen, sagte der Produzent: »Jetzt wird's kuschelig.«

Tatsächlich war in dem Schuhkarton, wie Hollaender die Kabine nannte, in der er seit Wochen über den Tasten brütete, kaum Platz für drei Personen, geschweige denn für fünf. Die Luft war jetzt schon zum Schneiden.

Wie immer freute sich Marlene, den Komponisten zu sehen. In seiner Gegenwart fiel stets etwas von ihr ab.

»Marlene«, sagte er, unaufgeregt wie immer. »Gut, dass du da bist.«

Sie legte ihm eine Hand auf die Schulter: »Hallo, Friedrich.«

Sie warfen einander einen Blick zu. Menschenliebe. Das war es. Hollaender verbreitete eine Herzenswärme, die nur bei Menschen zu finden war, die sich selbst nicht zu wichtig nahmen. Und im Filmgeschäft gehörten die zu den Ausnahmen.

Sie suchten also nach dem einen Song. Aber alle im Raum wussten auch, dass Inspiration sich nicht erzwingen ließ. Man konnte ihr nur den Boden bereiten und auf das Beste hoffen.

»Komm ...« Der Komponist klopfte auf das Pult, wollte sie bei sich haben. »Stell dich hierhin.«

Marlene nahm den Platz ein, den zuvor Vollmöller innegehabt hatte.

Hollaender schob Notenblätter hin und her und spielte ihnen ein halbes Dutzend Lieder vor, die er in den zurückliegenden Wochen komponiert hatte. Sie waren alle gut, doch an den Gesichtern der Anwesenden war nach jedem Lied dieselbe Unschlüssigkeit abzulesen.

»Genau das ist das Problem«, erklärte Hollaender, ohne dass einer im Raum etwas gesagt hätte. Er schob die Notenblätter zusammen, nahm sie vom Pult und ließ sie neben dem Klavierhocker zu Boden fallen. »Das ist alles ganz eingängig, berlinerisch, frech. Nur leider nicht ... zwingend.«

»Aber Friedrich«, rief Pommer von hinten, »Schnulzen kannst du doch!«

Hollaender blickte zu Marlene auf. Die wusste, was er sagen wollte: Eine Schnulze alleine reichte nicht.

»Es muss etwas Verträumtes haben«, der Komponist sprach Marlene direkt an, »etwas Verklärtes, das dir und der Musik Raum gibt. Zugleich aber darf es nicht läppisch sein, muss Rhythmus haben, etwas Drängendes. Spätestens, wenn das Lied in den Refrain mündet, müssen die Zuschauer im Kino den Atem anhalten. Ein Dreier wahrscheinlich, aber langsam, die Melodie absteigend, schicksalhaft eben ...«

Er sah Marlene an, als habe er etwas zu beichten. Pommer, Vollmöller und Sternberg fanden sich unversehens in der Rolle als Zuschauer wieder.

»Was?«, fragte die.

»Ich hab da was, aber ...«

»Aber?«

»Es wäre in deiner Stimmlage, aber ... Ich hab versucht, einen Text dafür zu finden, aber da singt sich nichts drauf. Rein gar nichts.«

Marlene beugte sich vor, stützte sich auf die Ellbogen. »Lass mal hören.«

Nur notdürftig durch ein paar angedeutete Akkorde gestützt, spielte Hollaender mit der Rechten eine tropfende Melodie, der etwas Wiegendes innewohnte, wie Fernweh oder eine Erinnerung an etwas, das unwiderruflich vergangen war.

Marlene legte eine Hand unter das Kinn. »Spiel's noch mal.«

Während Hollaenders Finger die Tasten drückten, betrachtete Marlene sein weiches Profil, die fliehende Stirn, die großen Ohren. Ihr Respekt vor ihm war grenzenlos. Ein wahrer Künstler, einer, der mit den Händen, dem Kopf und dem Herzen arbeitete. Und so voller Musik. Ihre Mutter kam ihr in den Sinn, Josephine, die sich so sehr gewünscht hatte, eine Konzertgeigerin aus ihr zu machen. Doch das wäre nicht recht gewesen. Schau dir Hollaender an, dachte Marlene: Der besteht aus Musik.

»Noch mal.«

Diesmal summte Marlene die Melodie von Beginn an mit. Das war auf jeden Fall ein gutes Zeichen – wenn man ein Lied nach dem ersten Hören gleich mitsummte.

Als Hollaender das Ende des Melodiebogens erreichte, sang Marlene auf die letzten absteigenden Töne: »... rein ... gar ... nichts!«

Der Komponist blickte entschuldigend zu ihr auf.

Unvermittelt sagte Pommer: »Ist doch nicht schlecht für den Anfang: gar nichts.«

Hollaender zog nur die Schultern hoch.

»Komm«, ermunterte ihn Marlene, »da machen wir einen Schimmel draus.«

Das bedeutete, sie würde versuchen, einzelne Worte auf die bestehende Melodie zu singen, in der Hoffnung, dass diese zueinanderfanden wie Puzzleteile.

»Aus ›gar nichts‹?«, fragte Hollaender.

»Klar doch!« Diesmal summte sie nicht, sondern sang: »La la ... Lalalaaa ...« Und am Ende: »... rein ... gar ... nichts!«

»Liebe muss da rein!« Pommer schon wieder.

»Lie-ebe«, griff Marlene auf. »Und sonst gar nichts.«

Hollaender nahm Witterung auf. Noch mal.

»La la ...«, sang Marlene, »auf Liebe eingestellt ...«

Hollaender übernahm: »... das ist meine Welt ...«

»Und sonst gar – nichts.«

Pommer wollte schon wieder einen Einwurf machen, doch Vollmöller bedeutete ihm, nicht dazwischenzufunken.

Noch mal.

Noch mal.

Pommer, Sternberg und Vollmöller waren verstummt. Alles, was sie noch zum Gelingen beitragen konnten, war, die Kreise der beiden nicht zu stören.

»Lie-be«, sang Marlene, »das ist meine Natur.«

Wieder übernahm Hollaender, »Natur ... ich kann halt Lie-be nur.«

Und gemeinsam: »Und sonst gar nichts.«

Noch mal.

Noch mal ...

Eine Zigarettenlänge später richtete Marlene sich auf. »Jetzt noch mal von Anfang!«

Hollaender spielte zwei Takte vorweg, damit sie richtig einsetzen konnte. Über den Kopf des Pianisten hinweg blickte Marlene ihren Regisseur an. Make me, dachte sie. Und dann sang sie:

> »*Ich bin von Kopf bis Fuß*
> *Auf Liebe eingestellt,*
> *Denn das ist meine Welt.*
> *Und sonst gar nichts.*
>
> *Das ist, was soll ich machen,*
> *Meine Natur,*
> *Ich kann halt lieben nur*
> *Und sonst gar nichts.*«

Vorsichtig löste Hollaender die Finger von den Tasten. Stille füllte den Schuhkarton bis in den hintersten Winkel.

Fragend blickte der Komponist in die Runde. »Ist nur ein Schimmel ...«

»Du weißt nicht!«, Pommer kam aus seiner Ecke und schlug dem Komponisten schwungvoll auf die Schulter, »aber ich weiß: Det isset, Mensch!«

39

»Zeitverschwendung.«

Rittau hatte noch nie ein Problem damit gehabt hatte, Marlene wissen zu lassen, wie ungeeignet ihr Gesicht für den Film war. Aus seiner Warte war er der Künstler und sie ein ordinäres Revuegirl wie hundert andere in der Stadt, nur verrufener.

Seit bald zwei Stunden ließ Sternberg sie auf der Bühne des *Blauen Engels* hin und her gehen, ließ sie in den Vordergrund treten, in den Hintergrund, wollte sie sitzend, stehend, liegend. Insgesamt vier Kameras hatten sie aufgebaut, in unterschiedlichen Winkeln und unterschiedlichen Entfernungen zur Bühne. Ein immenser Aufwand, doch da der Ton sich nicht schneiden ließ, ohne die Synchronität mit dem Film zu verlieren, musste man, wenn man später Schnitte einfügen wollte, mit allen vier Kameras zugleich drehen. Riesige Dinger waren das, wie Marlene sie noch nie gesehen hatte. Sternberg hatte ihr erklärt, dass die Kameras, die sie bis dahin kannte, zu laut für den Tonfilm waren und man sie deshalb in schallgedämmte Kästen einbauen musste, Schwitzkästen, wie Rittau sie nannte. Marlene hatte das Gefühl, aus sämtlichen Himmelsrichtungen zugleich beschossen zu werden.

»Was für ein Brimborium!«, beschwerte sich Jannings. Als würde der Beschuss von vier Kameras nicht ausreichen.

Er war aus dem Nachbarstudio herübergekommen, wo er seit Stunden darauf wartete, die Szene zu drehen, in der Professor Rath morgens seine Wohnung verlässt. Ein Kinderspiel. Er musste nur möglichst gravitätisch eine Treppe hinabsteigen. Das hätte längst im Kasten sein können. Stattdessen tüftelte Sternberg wie vernagelt an dieser Gesangsszene herum. Geräuschvoll stiefelte Jannings im Hintergrund auf und ab. Für keine seiner bisherigen Szenen hatten sie mehr als zwei Kameras benötigt.

»So kommen wir nie zu Potte«, knurrte er.

Sternberg tat, als höre er ihn nicht. Lolas Gesangsszenen, darin waren sich der Regisseur und Rittau zur Abwechslung einig, sollten zugleich schräg von unten und aus einiger Distanz sowie leicht erhöht und aus nächster Nähe gedreht werden. Durch die Position von schräg unten würde die Kamera den Blick des Zuschauers einnehmen. Lola Lolas Beine würden noch länger werden, zugleich bekäme die Sängerin etwas Entrücktes, Unerreichbares. Doch Marlenes Beine waren, wie immer, nicht das Problem.

Es ging um die Nahaufnahmen. Rittau hatte die Kamera bereits oberhalb von Marlenes Augenhöhe angebracht, wodurch ihr Gesicht weniger rund wirken sollte. Doch was immer der Kameramann auch unternahm, er bekam keine Kontur hinein. Beleuchtete er sie frontal, bekam sie ein Mondgesicht, beleuchtete er sie seitlich, stach ihre Nase hervor wie ein Erker.

Sternberg stieg auf die Klappleiter und blickte in den Sucher. Marlene sah direkt in die Kamera, Sternberg direkt in ihre Augen. Du hast mich ausgewählt, sagte ihr Blick. Mach was draus.

Rittau wartete das Urteil des Regisseurs gar nicht erst ab. »Ich hab von Anfang an gesagt: Es ist sinnlos.«

Sternberg ignorierte den Einwurf seines Kameramanns, konzentrierte sich stattdessen ganz auf Marlene und hob seine rechte Hand. »Don't look into the camera! Look at my hand.«

»Als würde das irgendeinen Unterschied machen.« Jannings sprach gerade so laut, dass es niemand überhören konnte.

Er ließ sich auf einem der Stühle im Gastraum nieder und stieß geräuschvoll Luft aus.

Marlene folgte Sternbergs Anweisungen, hob den Kopf ein wenig, spürte, wie das Licht ihr Gesicht noch flacher machte.
»It's the light«, sagte Sternberg.
»It is her face«, bemühte Rittau sein Schulenglisch.
»I'm certain it's the light.«
»I tried everything with her. Her face is flat like ... a Tortenboden!«

Auf der Leiter stehend blickte der Regisseur zu seinem Kameramann hinab. »I've been told you are the best.« Ich dachte, du wärst der Beste.

Rittau blies die Backen auf. »Du kannst einen Frosch beleuchten, wie du willst – da wird kein Prinz draus.«
Jannings schnaufte befriedigt.

Und du kannst einen Hornochsen bemalen, wie du willst, da wird keine Giraffe draus, wollte Marlene erwidern, schluckte jedoch ihren Ärger. Sie hatte schon so einen schweren Stand. Jannings hatte in der Stadt verlauten lassen, was für eine Zumutung es sei, an Marlenes Seite spielen zu müssen, wie wenig sie vom Schauspielern verstand. Dabei hatten sie noch nicht eine gemeinsame Szene gedreht. Wenn sich Marlene jetzt auch noch Rittau zum Feind machte, würden die beiden sie gegen die Wand klatschen, flat like a Tortenboden.

Sternberg warf sich die Haare aus der Stirn, blickte auf Rittau hinab und, als er sicher war, die Aufmerksamkeit aller im Studio auf sich gezogen zu haben, sagte: »Maybe even you can learn.« Dann vertiefte er sich erneut in den Sucher.

Marlene setzte sich auf das Weinfass, das als Bühnendekoration diente, streifte die Schuhe ab und begann, ihre Füße zu massieren. So viel Zwist, dabei hatten die eigentlichen Dreharbeiten mit ihr noch gar nicht begonnen.

»Stay!«, rief Sternberg. Bleib so. Nichts lieber als das, dachte Marlene. »Now – bring the keylight closer to her face.«

Das Grundlicht wurde stets direkt hinter der Kamera postiert. Jetzt wollte Sternberg, dass man es vor der Kamera platzierte.

»Aber ...«, setzte Rittau an.

»Don't give me reasons«, schnitt Sternberg ihm das Wort ab, »when what I want is opportunities.«

»Aber so hängt die doch ins Bild!«

Jannings erhob sich, sein Stuhl kippte um: »Eine Farce ist das!« Er ließ den Stuhl liegen und stapfte aus den Aufbauten.

Während zwei Beleuchter sich daran machten, das Keylight vor der Kamera zu postieren, ließ Sternberg für keinen Augenblick den Sucher aus den Augen.

»Closer to her face!«, befahl er.

Über ihren Köpfen wurden Stangen umgesetzt, Schrauben gedreht, Halterungen montiert, Kabel gezogen.

Als Sternberg befand, dass der Hauptscheinwerfer nah genug an die Bühne herangerückt war, rief er: »Now up! Hoch!«

Der Scheinwerfer wurde in die Höhe gezogen.

»Slowly!« Der Regisseur reckte seine Arme zur Decke, die Finger gespreizt, dann, abrupt, schloss er die Hände zu Fäusten. Der Scheinwerfer blieb an Ort und Stelle. »Marlene«, rief er in einer Lautstärke, als müsste seine Stimme den Umweg über die Kamera nehmen. »Stand up and look at the audience!«

Sie stellte sich auf die Markierung, Blick in den Gastraum. Sternberg sah vom Sucher auf, überprüfte, was er dort erblickte, vergewisserte sich noch einmal im Sucher, stieg in Herrschermanier von der Leiter herab, deutete vor Rittau eine Verbeugung an und wies auf die Leiter.

Sprosse für Sprosse näherte sich der Kameramann dem

Sucher, blickte hinein. Und erstarrte. Wie zuvor Sternberg sah er zwischen der Bühne und dem Sucher hin und her, vergewisserte sich, keiner optischen Täuschung aufgesessen zu sein. Selbst Marlene auf der Bühne spürte die Schockwellen, die von ihm ausgingen, glaubte zu fühlen, wie sich ihr Gesicht verformte.

»Dieses Gesicht«, sagte Rittau, »sehe ich zum ersten Mal.«
»Meaning what?«, fragte Sternberg.

»Ich geb es nur ungern zu, aber ...« Rittau blickte auf den Regisseur herab und rief aus, was von da an und für die Dauer der gesamten Dreharbeiten zu einem geflügelten Wort werden sollte. »It *is* the light!«

»Ha!« Sternberg warf sich den schwarzen Umhang über die Schulter.

In diesem Moment hörte man Jannings' Stimme von jenseits der Aufbauten: »Der reinste Kindergeburtstag ist das!« Schritte hallten durch das Studio, eine Tür wurde zugeschlagen. Stille.

»Now!« Sternberg schirmte mit einer Hand die Augen ab und suchte nach seinem Assistenten. »Get me Friederick in here! I want to see and hear her sing – on film. Meanwhile«, er wandte sich an Marlene, »you put on same fancy dress and« – an Rittau gerichtet – »we are going to do the scene with Jannings in the other studio – before he starts eating his beard!«

40

Berliner Filmzeitung
2. Oktober 1929

Nach einem Jahr zahlreicher Versuche wird sich in dieser Woche der erste abendfüllende deutsche Tonfilm vorstellen – »Melodie des Herzens«. Unendlich viel hängt davon ab, wie Presse und Publikum es aufnehmen. Erweist es sich als nicht publikumsreif und nicht konkurrenzfähig mit den amerikanischen Tonfilmen, so ist es gleichbedeutend mit einem Todesurteil.
Was man bisher von deutschen Tonfilmen gehört und gesehen hat, war freilich wenig ermutigend. Es war zum Teil so schlecht, dass man sich fragte, wie denn das deutsche Publikum an dergleichen Gefallen finden soll.

Licht an, Schärfe ziehen, Ton läuft, Kamera ab! Zum fünften Mal betrat Lola Lola ihre Garderobe, schloss die Tür hinter sich und schickte sich an, ihr Kostüm zu wechseln, als Professor Rath die Wendeltreppe heruntergestolpert kam, die zum Schlafzimmer der Sängerin führte.
»Nanu.« Lola zeigte sich gänzlich unbeeindruckt. Als sei sie es gewohnt, dass fremde Männer sich Zutritt zu ihrem Schlafzimmer verschafften. Dabei machte der Professor Jagd auf seine Schüler, die sich in dieser verruchten Hafenspelunke herumtrieben. »Was haben Sie denn in meinem Schlafzimmer verloren?«

Schon dieser eine Satz zeugte von einer Selbstsicherheit, die das Selbstbewusstsein der meisten Männer ins Wanken gebracht hätte.

Der kompromittierte Professor, gefangen zwischen moralischer Entrüstung und kindlichem Schuldbewusstsein, begann, mit seinem Gehstock herumzufuchteln. »Sie sind also«, stotterte er, »diese Künstlerin.«

Lola Lola zündete sich gelangweilt eine Zigarette an, blies den Rauch in seine Richtung. Im Aufnahmestudio hätte man eine Nadel fallen hören können. Sie wollte hinter ihren Paravent verschwinden, stellte fest, dass sich dort einer von Raths Schülern versteckt hielt und zog sich kurzerhand vor den Augen des Professors um.

»Und Sie«, während Rath nach Atem rang, rollte Lola einen Strumpf ihr Bein hinauf, »haben Sie genug gesehen?«

»Ich bin«, der bloßgestellte Professor flüchtete sich in den Angriff, »Doktor Rath. Professor am hiesigen Gymnasium!«

Lola Lola taxierte ihren ungebetenen Gast. Einer, der sich wichtig nahm. Na, die mochte sie ja besonders. »Aber den Hut abnehmen in meiner Garderobe könn'se nich.«

»Cut!« Sternberg, der Hans Schneeberger, dem zweiten Kameramann neben Rittau, über die Schulter geblickt hatte, trat in die Kulisse.

Jannings griff sich an die Stirn: »Was denn nun schon wieder, um Himmels willen?«

Vollmöller, der sich ins Halbdunkel zurückgezogen hatte, blickte auf seine Schuhe. Ein halbes Dutzend ausgetretener Zigarettenstummel lag bereits dort versammelt. Beim neben ihm stehenden Pommer, der wie üblich eine Hand in der Tasche vergraben hatte, sah es kaum besser aus.

Das ging in die falsche Richtung. Die Chemie stimmte nicht. Als hätten sie versucht, Seife anzurühren und aus Versehen Nitroglyzerin hergestellt. Dabei stand viel auf dem

Spiel heute. Sie drehten die erste Szene mit Lola Lola und zugleich die erste Szene, in der die laszive Sängerin und der verklemmte Professor aufeinandertrafen. Da war Nitroglyzerin eigentlich ganz willkommen.

Vollmöller überlegte, ob es an Marlene lag. Einerseits wurde sie – mit Ausnahme von Jannings – von allen am Set gemocht, zumindest akzeptiert. Andererseits brachte ihre Anwesenheit das Kräfteverhältnis im Studio gehörig durcheinander. Plötzlich sah sich Jannings mit einem Gegenüber konfrontiert, einer Frau noch dazu, die sich nicht damit begnügte, ihm einfach nur zuzuspielen.

Und doch überraschte die Gehässigkeit, mit der er Marlene anfeindete, ihr ins Gesicht sagte, er habe noch nie mit einer talentfreieren Schauspielerin als ihr vor der Kamera gestanden. Jannings besaß geschulte Instinkte, was die Leinwandpräsenz seiner Kollegen betraf. Wenn er in Marlene eine Bedrohung witterte, hieß das im Umkehrschluss, dass Sternberg mit ihr die richtige Wahl getroffen hatte.

Möglich auch, ging es Vollmöller durch den Kopf, dass es mit Riza Royce zu tun hatte, Sternbergs Frau. Weshalb die sich ausgerechnet den heutigen Tag ausgesucht hatte, um erstmals am Set aufzutauchen, konnte sich jeder denken: Sie wollte sich ein Bild davon machen, wer diese Marlene Dietrich war, über die so viele skandalöse Anekdoten in Umlauf waren: dass sie Männer wie Frauen begehrte, dass sie ins Bett ging wann und mit wem sie wollte, dass sie keine Unterwäsche trug, dass sie jahrelang als »Mädchen vom Ku'damm« mit umgelegter Pelzstola den Kurfürstendamm rechts hinauf- und links hinunterstolziert war in der Hoffnung, jemand möge sie entdecken. Riza wollte sehen, wie ihr Mann mit dieser »Schauspielerin« umsprang. Oder die mit ihm.

Eigentlich hätte Rizas Anwesenheit im Studio keinen Einfluss auf die Arbeit am Set haben sollen. Sternberg hatte seiner Frau aus einer anderen Kulisse einen Sessel herbeischaffen und ihn in sicherer Entfernung zum eigentlichen Geschehen platzieren lassen. Jetzt saß sie im Halbdunkel und rührte sich nicht.

Vollmöller konnte undeutlich den Sessel ausmachen und wahrte freundliche Distanz. Einige Male hatte er ein Gespräch mit Riza in Gang zu bringen versucht, doch er schien sie stets so befangen zu machen, dass er sie nach wenigen Minuten von seiner Gegenwart erlöst hatte. Sie war von etwas umgeben, das Ruth »die Aura der Bedürftigkeit« nannte und das ihrer Gesamterscheinung etwas Tragisches verlieh. Eine Fragilität, die zumindest für den Stummfilm vielversprechend hätte sein können, wie Vollmöller fand. Man konnte sich gar nicht vorstellen, dass sie auch mal den Mund aufmachte. Dafür hatte sie einen ständigen Begleiter, der auf den Namen Luna hörte, einen Havaneser mit großen braunen Knopfaugen, der am liebsten in ihrem Schoß saß und sich von ihr kraulen ließ.

Sternberg war an Lola Lolas Schminktisch getreten. Er, Marlene und Jannings bildeten ein Dreieck. Marlenes Interpretation ihrer Rolle war ihm noch immer zu herrisch. »Your Lola is still much too dominant!«

Marlene, mit nichts als halterlosen Strümpfen, einem Mieder und einem Schlüpfer bekleidet, stemmte eine Hand in die Hüfte: »Nee, isse nich!«

Die Selbstverständlichkeit, mit der sie praktisch nackt durchs Studio lief, war beinahe noch skandalöser als die Selbstverständlichkeit, mit der sie sich vor der Kamera auszog. Als sei es ihr gar nicht bewusst.

»Eine Zumutung ist das, wirklich!« Jannings kreuzte die Arme vor der Brust: »Aus der wird nie eine Schauspielerin!«

Marlene warf ihrem Kollegen einen Blick zu, dann wandte sie sich an Sternberg: »Du sagst mir immer, du willst eine selbstbewusste Frau, dass Lola Lola unabhängig sei. Aber kaum siehst du eine, die wirklich unabhängig ist, ist sie dir nicht devot genug!«

»English, please!«

»Lola is a woman of self-defence«, erklärte Marlene. «She is strong. She doesn't look up at Rath, just because he is a professor.«

Wie zuvor Rath in der Szene begann jetzt Sternberg mit seinem Stock herumzuwirbeln. Die Parallelen waren unübersehbar. Aus dem Augenwinkel meinte Vollmöller wahrzunehmen, wie Riza im Sessel ihre Position änderte.

»The natural impulse for a woman is to obey«, erklärte Sternberg.

»So *you* are telling me about *my* natural impulses now, do you?«

Marlene nahm den Schlüpfer, den der Professor in der Szene unbewusst einstecken sollte, und schleuderte ihn in Sternbergs Richtung. Er landete zu Füßen des Regisseurs, der ihn mit seinem Stock aufspießte.

»Deep in her heart«, sagte er, »Lola Lola wishes for a prince to come and take her away.«

Marlene warf Jannings einen Blick zu. »Und *dieser* Professor soll ihr Prinz sein?«

Das verstand sogar Sternberg. »Probably.«

»Never«, entgegnete Marlene. »Deep in her heart, Lola Lola knows, all she is ever going to get from life is what she takes from it. So whatever she sees in this professor – it's not a prince.«

»But this is not how I see her!«, protestierte Sternberg.

»This is how I play her!«

»I am the director!«

»Fine. You play her, then.«

Sollte er sie doch spielen.

Jannings ertrug es nicht länger. »Es reicht ihm!« In stummfilmhafter Theatralik riss er sich den in mühevoller Kleinstarbeit angebrachten Bart ab und klatschte ihn auf Lola Lolas Schminktisch, wo er kleben blieb und auf den ersten Blick wie ein Nagetier aussah. »Lola hier, Lola da. Sag einfach deinen Text auf, und steh mir nicht im Weg. Mehr ist es nicht, Kindchen!«

Pommer und Vollmöller sahen einander an. Der Produzent musste seinem Blick keine Worte hinzufügen. Vollmöller wusste auch so, dass er einzugreifen hatte. Dann machte Pommer es doch, nur um sicherzugehen: »Wenn das so weitergeht«, raunte er Vollmöller zu, »stampft uns Hugenberg das Projekt nächste Woche ein. Der bereut jetzt schon, worauf er sich eingelassen hat. Alles, was der wollte, war eines der üblichen seichten Ufa-Melodramen, nur mit brillantem Ton und Jannings in der Hauptrolle.«

Vollmöller nickte und trat in den Ring: »Josef!«

Der Regisseur warf seinen Kopf herum: »What is it?«

»Auf ein Wort, bitte.«

Sternberg pflückte den Schlüpfer von seinem Stock und warf ihn auf Lolas Schminktisch, wo er den Bart des Professors unter sich begrub. »Break!«, rief er. »Pause! Fifteen minutes. And could somebody please put Emils beard back on!«

Sie gingen hinauf in die Tonkabine. An jedem anderen Ort im Tonkreuz hatte man das Gefühl, belauscht zu werden. Fritz Thiery war ebenfalls anwesend und stöpselte an irgendetwas herum, doch am Tonmeister störte sich keiner. Der gehörte zum Inventar.

»This woman!«, setzte Sternberg an.

Vollmöller unterbrach ihn auf der Stelle. Keine Tiraden über unbeugsame Schauspielerinnen jetzt, sie mussten sich auf das konzentrieren, was vor ihnen lag.

Er wisse, dass Sternberg alles unter Kontrolle haben wolle, versicherte Karl, dass er das Maximum aus jeder Szene herausholen wolle, in jedem Moment. Und das sei gut. Grundsätzlich gesprochen. Doch wie in aller Kunst gebe es auch hier den Moment, da strebe der Aufwand gegen unendlich und der Ertrag gegen null. Schlimmer noch, ab einem bestimmten Punkt ließ sich ein Werk nur noch »verschlimmbessern«. By trying to make it perfect, you make it worse. Pommer, der sich im Hintergrund hielt, deutete ein Nicken an.

Als mahnendes Beispiel rief Vollmöller seinem Freund den neuesten Fritz-Lang-Film in Erinnerung: *Frau im Mond.* Vergangene Woche hatten sie sich gemeinsam die Uraufführung im Ufa-Palast angesehen. Technisch rangierte der Film, gemessen daran, dass es ein Stummfilm war, auf höchstem Niveau. Sogar dieser Nobelpreisträger, Einstein, hatte sich die Premiere nicht entgehen lassen. Doch Lang hatte seine Hauptdarstellerin Gerda Maurus so eng geführt, dass von ihren schauspielerischen Fähigkeiten am Ende nichts mehr zu sehen gewesen war.

»At some point, Josef«, schloss Vollmöller, »you have to let go. Otherwise you get nothing. And that means, we all get nothing.«

»I know, Karl, I know«, winselte Sternberg. Während Vollmöllers Ausführungen hatte er zweimal den Gürtel seines schwarzen Kaschmirmantels fester gezogen. Jetzt bekam er kaum noch Luft. »You see: she drives me crazy.«

Vollmöller blickte aus der Glaskabine in die Halle hinab. Jannings war in die Maske geführt worden, wo man seinen Bart neu fixierte, Marlene saß halb nackt in ihrer Kulisse und hatte ihre langen Beine auf dem Tisch gekreuzt, weiter hinten, im Schatten, Riza, die in ihrem Sessel versank. In diesem Moment begriff Karl: Marlene war alles, was Josefs Frau nicht war. Natürlich bist du verrückt nach ihr, dachte er. Marlene ist die erste Frau, die nicht nach deiner Pfeife tanzt, und das macht dich rasend.

»Herr Vollmöller ...?«

Fritzi. Den Tonmeister hatten wirklich alle vergessen. Er nickte in Richtung der Hörmuschel, die vor Vollmöller an einem Haken hing. Karl nahm sie.

41

Berliner Filmzeitung
2. Oktober 1929

Es wird natürlich fieberhaft am Aufbau einer lohnenden deutschen Tonfilmproduktion gearbeitet. Vor einigen Tagen empfing die Ufa die Berliner Presse, um ihr die grossen Tonfilmateliers auf dem Babelsberger Gelände zu zeigen. In der Begrüßungsansprache gab Direktor Correll zu, dass es heute unmöglich sei, selbst den besten stummen Film in England oder Amerika laufen zu lassen. Die grossen ausländischen Theater spielen nur noch Tonfilme. Da sich eine Filmproduktion nur innerhalb Deutschlands nicht rentiert und die deutschen Grossfilme auf den Verkauf ins Ausland angewiesen sind, so hat man sich entschlossen, die Produktion ganz auf Tonfilm umzustellen.

Jannings musste ins Studio zurückgekehrt sein, wahrscheinlich hielt er sich irgendwo hinter den schallschluckenden Filzbahnen versteckt, die rund um die Kulisse von der Decke hingen. Offenbar glaubte sich der Schauspieler unbeobachtet – was er auch war –, aber eben nicht ungehört.

»Der hat dieses Tauentzien-Girl doch nur engagiert, um ihm eins auszuwischen«, zischte der Schauspieler, unhörbar für alle außer Vollmöller. »Einzig um ihn zu quälen, hat er das gemacht. Das nackte Bein immer schön aufs Trittbrett und die

Strumpfhalter zeigen, das kann sie, dieses talentlose Flittchen!« Jannings sprach mit einer Stimme, die Vollmöller noch nie von ihm gehört hatte. Rumpelstilzchen. »Er hasst dich, Emil, er hasst dich! Das darf er sich nicht bieten lassen.«

Marlene saß keine zehn Meter entfernt in ihrer Kulisse, als sei sie dort vergessen worden. Sobald die Dreharbeiten unterbrochen wurden, löschte man sämtliche Lampen, die der Beleuchtung der Aufbauten dienten, zum einen, um Energie zu sparen, zum anderen, um die Halle nicht unnötig aufzuheizen. Jetzt schimmerten ihre nackten Schultern im Halbdunkel, und die Frau, die eben noch »a woman of self-defence« gespielt hatte, wirkte mit einem Mal sehr fragil. Vollmöller hätte diesen Moment gerne als Standbild eingefangen, fürs Leben. Wie neulich, mit Ruth, in Venedig.

»Na, die Herren!«

Es war Marlenes Stimme, die aus der Hörmuschel drang. Sie war aufgestanden und blickte zu Karl, Sternberg und Pommer empor, als hätte sie jedes Wort ihrer Unterredung mitgehört, als gehe es in beide Richtungen. Was, soweit Vollmöller wusste, ein Ding der Unmöglichkeit war. Obwohl ... Sonderbare Zeiten waren das. Man wusste nicht mehr, was möglich war und was nicht. Am einen Tag hieß es »ausgeschlossen«, am nächsten »überholt«! Die Welt erfand sich jeden Morgen neu.

Marlene sah, dass Vollmöller sich noch immer die Hörmuschel aufs Ohr drückte. »Können wir langsam mal weitermachen?«

Vollmöller betrachtete Marlene, die Hände in die Hüften gestemmt, Jannings, wie er wutschnaubend in die Kulisse zurückkehrte, weiter hinten, schon fast außer Sicht, Riza. Das geht nicht gut aus, dachte er und überlegte, was das für die Dreharbeiten bedeutete. Eine müßige Frage. Sie segelten längst auf hoher See, gefangen auf demselben Schiff. Runter kam hier nur noch, wer über Bord ging.

»You are right«, unterbrach Sternberg seine Überlegungen.

Natürlich habe ich recht, dachte Vollmöller. Wenn Josef Marlene nicht den Freiraum ließ, den sie einforderte, stünden sie am Ende mit leeren Händen da.

»I will let her have her way.«

Er würde ihr ihren Willen lassen.

»Halleluja«, sagte Pommer.

Im Treppenhaus, der Produzent war vorausgegangen, nahm Sternberg seinen Vertrauten beiseite. »It's just« – Josefs Stimme war ein Flehen – »she is unlike any woman I have ever met!«

Die nächste Klappe saß. Marlene wagte sich noch weiter hinaus als bisher, doch Sternberg ließ sie gewähren. Jedes Wort von Lola eine Selbstbehauptung, jede Bewegung ein Zeugnis ihrer Unangreifbarkeit, jeder Zentimeter nacktes Fleisch eine Provokation. Und je selbstsicherer Lola Lola wurde, desto hektischer strampelte der Professor.

Oben in der Kabine hob Fritz den Daumen: Der Ton saß. Rittau nickte: »Besser wird's nicht.«

Sternberg nickte erschöpft: »Done for the day.«

Der Schock kam am Abend. Ebenso die Erkenntnis. Statt einen der neuen Vorführräume auf dem Gelände zu nutzen, um die fertige Szene zu sichten, fanden sich Sternberg nebst Ehefrau Riza, Pommer, Ruth, Rittau sowie Fritzi erneut bei Vollmöller ein. Der hatte seinen Salon nach der Sichtung der Probeaufnahmen erst gar nicht wieder zurückbauen lassen und genoss inzwischen sogar die heimliche Genugtuung, die es ihm bereitete, in einem Provisorium zu leben, dessen Zweck in konspirativen Treffen bestand. Seine Wohnung im Schatten des Brandenburger Tors schien der einzige Ort in der Stadt zu sein, an dem sie vor Hugenberg sicher waren.

Dessen politische Ambitionen wurden von Woche zu

Woche wirrer und uferloser. Allein die Verbortheit, mit der er, Seite an Seite mit Seldte und Hitler, sein Volksbegehren gegen die »Kriegsschuldlüge« durchzupeitschen versuchte, verhöhnte jeden gesunden Menschenverstand. Wer um alles in der Welt konnte ernstlich fordern, Stresemann, der gerade in monatelangen Verhandlungen die Räumung des besetzten Rheinlands erreicht hatte, wegen Landesverrats vor Gericht zu stellen? Am liebsten, so hatte man den Eindruck, hätte Hugenberg mithilfe des Stahlhelms und der Nazis ganz Deutschland in ein militaristisch-nationalistisches Bollwerk verwandelt.

Da ihm das auf die Schnelle nicht gelingen konnte, schien er wenigstens die Ufa im Eiltempo nach seiner Ideologie formen zu wollen. Und da sich sein Medienkonzern die Filmgesellschaft nach ihrer Beinahe-Pleite einverleibt hatte, konnte der Herr Geheimrat schalten und walten wie es ihm beliebte.

Entsprechend rüde war sein Gebaren. Ständig ließ er verlauten, dank ihm und seinem Paladin Klitzsch befinde sich die Ufa endlich »auf dem Weg in die Freiheit«. Gemeint war die Freiheit von der »Überfremdung« durch die angeblich deutschfeindlichen Filme aus den USA. Bereits vergangenes Jahr, als er den Vorsitz der Deutschnationalen übernahm, hatte er bei seiner Antrittsrede erklärt, seine Medienpolitik verfolge das Ziel, »ins Schwanken geratene Kräfte der nationalen Sache zuzuführen«. Die nationale Sache. Eine befriedigende Erklärung, was genau darunter zu verstehen war, hatte Vollmöller noch von keinem vernommen.

Nicht nur im Tonkreuz wurde man also neuerdings das Gefühl nicht los, eingemauert zu sein. Das gesamte Ufa-Gelände verwandelte sich in eine Festung. War man in der einen Woche noch gemütlich über Kopfsteinpflasterwege gerumpelt, glitt man in der nächsten auf asphaltierten Straßen dahin. Im Umkreis der neu errichteten Studios schossen in einem fort Gebäude aus dem Boden. Als werfe das Tonkreuz einen unsichtbaren Samen ab, der über Nacht Keime trieb: die Werkstätten mit den Tonfilm-Schneidetischen, die neuen Vorführräume, fünf an der Zahl, das Trickatelier sowie die neue Kopieranstalt. Alles in nicht einmal drei Monaten aus dem Lehm gestampft. Dem Senat fehlte das Geld, um auch nur die dringendsten Reparaturen am U-Bahnnetz ausführen zu lassen, aber in Babelsberg tanzten die Baukräne Ballett.

Im Moment wurde vordringlich an neuen Werkstätten gebaut, alles, was auf -ei endete: Schneiderei, Schlosserei, Tischlerei, Glaserei. Hinzu kamen Schmiede-, Maler-, Elektro- und Dekorationswerkstätten. Gebaut wurde rund um die Uhr, bei Regen und, wenn es nach Hugenberg ging, und es ging nach ihm, demnächst bei Schnee und Eis. Das war nicht die Atmosphäre, in der sich unvoreingenommen über Kunst reden ließ. Pommer und Vollmöller waren auf die Ufa angewiesen, zugleich versuchten sie, Klitzsch und Hugenberg möglichst viel von ihrem eigenen Projekt vorzuenthalten. Noch so eine Sache, die nicht auf Dauer gut gehen konnte.

Riza hatte die zarteste Hand, die Karl je gedrückt hatte. Unwillkürlich fragte man sich, ob überhaupt Knochen in der Haut steckten. Ruth, die Rizas Verlorensein in der Welt augenblicklich erspürte hatte, versuchte ihr das Gefühl zu geben, willkommen zu sein, ihre Befangenheit ablegen zu können. Ihre Erfolge allerdings blieben überschaubar. Immerhin: Als Riza den anderen vorgestellt wurde, die sie bislang nur im Studio an sich hatte vorbeigehen sehen, rang sie sich ein Lächeln ab. Anschließend aber zog sie sich in Karls Lesesessel zurück, nahm Luna aus der Tasche, setzte sich den Hund in den Schoß und versuchte, möglichst unbemerkt zu bleiben.

Von Fritz abgesehen, der seinen Platz hinter dem Projektor einnahm, besetzten die anderen das Sofa und die Stühle, die Karl in angemessener Entfernung vor der Leinwand postiert hatte. Der für Riza blieb leer. Karl reichte Whisky und Zigaretten, Rauchsäulen stiegen auf. Als das gleißende Rechteck aufleuchtete und die Lautsprecher zu knistern begannen, verstummten die Gespräche. Karl löschte die Lichter, schloss die Tür zum Flur, genoss den Moment. Sich heimlich mit Ruth, Pommer und Sternberg die ersten entscheidenden Szenen in seinem Salon anzusehen, gab ihm das Gefühl, an der Zukunft zu basteln, die Weichen zu stellen. Wie in der *Ilias*, dachte er: Das letzte Lagerfeuer vor der großen Schlacht. Er streichelte mit seinem Blick Ruths Nacken, anschließend nickte er Fritz zu. Der Projektor begann zu surren. Dann kam der Schock. Und mit ihm die Erkenntnis.

Zunächst das Technische: Eine Tonqualität wie diese hatte noch keiner von ihnen jemals erlebt – nicht einmal in Amerika. Jede Nuance, jede Schattierung wurde von den Lautsprechern wiedergegeben, dazu diese perfekte Synchronizität mit dem Film! Man hatte tatsächlich den Eindruck, sich mit Professor Rath und Lola Lola in einem Raum zu befinden. Sagenhaft.

Wenn das bei den Gesangsstücken mit der Musik ebenso funktionierte und noch dazu das Kino über die entsprechende Wiedergabetechnik verfügte, würden die Zuschauer bei der Premiere reihenweise in Ohnmacht fallen. Das Unglaublichste aber war: Die Technik war nur Nebensache! Außer Fritz und vermutlich Rittau dachte niemand darüber nach, weil alle gebannt das Geschehen verfolgten. Von nichts anderem hatten Vollmöller, Sternberg und Pommer geträumt: einem Film, der die technischen Möglichkeiten nutzte, um sie vergessen zu machen!

Es war Marlene – mehr als Jannings. Ihre Lola Lola war so lebensnah, so echt, so unaufgeregt. Sie schien sich ihrer eigenen Wirkung jederzeit bewusst zu sein, und genau deshalb musste sie gar nicht viel tun. Sie überspielte an keiner

Stelle, übertrieb es mit keiner Geste und mit keinem Gesichtsausdruck, verließ sich ganz auf ihre Präsenz. Jannings dagegen steckte – bei allem Bemühen – noch immer mit beiden Beinen im Stummfilm fest, gestikulierte zu viel, machte aus jedem Blick einen Monolog.

Als das Rattern des Projektors verstummte und das leuchtende Rechteck erlosch, blieb es lange still. Hatten die anderen gesehen, was Karl gesehen hatte? Gläser klackten auf dem Tablett, Zigaretten wurden ausgedrückt. Allgemeines Ausatmen. Karl stand auf, schaltete das Licht ein.

Rittau fand als Erster seine Sprache wieder: »Ich nehme alles zurück, was ich jemals über diese Frau gesagt habe.«

»Wie macht die das?« Pommer war der Empörung nahe. »Ich war doch dabei! Aber das hab ich nicht gesehen. Die spielt unser teuerstes Rennpferd an die Wand – dabei tut sie gar nichts!«

Vollmöller ließ sein Zigarettenetui aufschnappen. Pommer hatte recht, und das bedeutete: Sie mussten dafür sorgen, dass Jannings die Szenen mit Marlene so spät wie irgend möglich zu sehen bekam, sonst würde er sie aus dem Bild drängen, wo er nur konnte. Wenn Jannings es sich in den Kopf setzte, konnte er mühelos den gesamten Film ruinieren. Und Hugenberg dürfte die Szenen mit Marlene überhaupt erst zu sehen bekommen, wenn eine Umkehr zwangsläufig den Untergang bedeutete. Vollmöller inhalierte, tief. Mit ihrer ersten Szene hatte Marlene bereits den gesamten Film über den Haufen geworfen. Und zugleich neu erschaffen.

»Jesus«, Sternberg griff sich an die Stirn. »I had no idea.«

»Ruth?«, fragte Vollmöller.

Sie wandte ihm den Kopf zu, er liebte diese Bewegung. »Vorsicht, zerbrechlich«, sagte sie. Jeder im Raum verstand: Macht es nicht kaputt.

Vollmöller hörte, wie sich die Wohnungstür schloss,

blickte sich um und stellte fest, dass sein Lesesessel leer war. Ohne dass es jemand bemerkt hatte, war Riza gegangen. Wie Vollmöller vermutete, hatte Sternbergs Frau soeben auf der Leinwand das Ende ihrer eigenen Schauspielkarriere erblickt.

Das folgende Schweigen beendete Sternberg, indem er sich Whisky nachgoss, »women« sagte und trank.

Pommer hatte sich gefangen: »Eine Chance wie diesen Film bekommen wir nie wieder«, sagte er. »Das macht Hugenberg kein zweites Mal mit.«

Alle waren sich einig: Sie mussten dieses Eisen schmieden, solange es heiß war, und sie mussten sehr genau darauf achten, was davon nach außen drang.

Plötzlich richteten sich alle Blicke auf Fritz. Der hatte noch gar nichts gesagt. Der Tonmeister drehte eine Justierschraube zwischen Daumen und Zeigefinger. Karl dachte einen Moment, er brüte über seiner Antwort, bevor ihm klar wurde, dass er um Worte rang.

»Endlich weiß ich«, sagte Fritz schließlich, »wofür ich all die Jahre geschuftet habe.«

42

Mit meiner Schwester ist nichts zu machen
Die ist gefühllos – oh, wie modern!
Sie int'ressiert sich für tausend Sachen
Bloß nicht für Liebe und nicht für Herr'n
Man könnte meinen
Sie hätte einen
So 'nen ganz kleinen
Geheimen Hang, so nach der andern Seite
Leider ein falscher Einwand
Denn nur die Leinwand
Die regt sie auf
Meine Schwester
Liebt den Buster
Liebt den Keaton
Und sie sieht'n
In jedem Mann.
Alle Männer sind nur Nieten
Gegen Keaton
Und sie sieht'n
Sich täglich an.

»Meine Schwester liebt den Buster«
Victor de Kowa, Friedrich Hollaender

Natürlich war es illusorisch gewesen anzunehmen, sie könnten unter dem Dach der Ufa ein derart heißes Eisen schmieden, ohne dass etwas davon nach außen drang. Vollmöller selbst hatte zu keinem Zeitpunkt genug Naivität aufbringen können, um sich davon zu überzeugen. Da half auch die Intimität seiner Wohnung nicht. Vermutlich waren sich alle in seinem Salon im Klaren darüber gewesen, dass es nur eine Frage der Zeit sein würde, bis jemand den Deckel lüftete und die Kunde sich verbreitete.

Buster Keaton war auf Europatournee. Und wo Buster war, war die Presse nicht weit, besonders nicht, wenn er einen Abstecher nach Berlin machte, nur so, um Bekannte und Freunde wie zum Beispiel Friedrich Hollaender zu treffen. An dessen Arbeit zeigte Keaton stets großes Interesse, und das nicht erst, seit Hollaender im Vorjahr für die Revue *Es kommt jeder dran* den Song »Meine Schwester liebt den Buster« komponiert hatte.

Also hatte Hollaender seinen amerikanischen Freund mit auf das Ufa-Gelände genommen, ihm die neuen Studios gezeigt, die Weitläufigkeit, die Hybris. Und seinen Schuhkarton mit dem Bechstein. Auf dem hatte er Keaton vorgespielt, woran er gerade arbeitete und in einer Drehpause Marlene hinzugebeten, die dem Gast aus Amerika sogleich die englische Version der »Feschen Lola« vorsang, ihrer ersten Gesangsnummer im *Blauen Engel*.

»You sing this – in a movie?«, fragte der Mann, der wegen seines stoischen Gesichtsausdrucks auch »The Great Stoneface« genannt wurde.

»Sure I do«, erwiderte Marlene. »Only in the movie I'm half-naked.«

Keaton musste schlucken: »You are not.«

»Want to see it?«, fragte Marlene und lud Keaton kurzerhand für den Abend in Vollmöllers Wohnung ein, wo ein weiteres konspiratives Treffen angesetzt war, mit Marlene, aber ohne Jannings.

Um Punkt halb neun erschien The Great Stoneface mit einem riesigen Blumenstrauß für Marlene und einer Flasche Single Malt für den Hausherrn, von der Keaton einen nicht unwesentlichen Teil gleich selbst trank. Er sah sich an, was an Szenen bereits fertiggestellt war, verabschiedete sich von den Anwesenden mit Handschlag, verbeugte sich tief vor Marlene, schloss seinen Freund Hollaender in die Arme, nahm die halb leere Whiskyflasche vom Tablett und war verschwunden.

Hollaender klatschte in die Hände: »Dieser Film kann nur noch ein Hit werden!«

Die anderen warfen einander Blicke zu.

»Habt ihr's nicht gesehen?«, fragte Hollaender. Und da keiner wusste, worauf er anspielte: »Er hat gelacht! Bei der Szene, als Jannings in die Bar kommt und sich in den Fischernetzen verfängt – da hat er gelacht!«

»Das Lachen von Keaton ist wie die Königin der Nacht«, murmelte Pommer, »blüht nur einmal im Jahr. Und ich hab's verpasst.«

Die erste Gesangsszene der Lola Lola war eine Sensation, darin waren sich alle einig. Selbst Pommer verstand sofort, weshalb Sternberg darauf bestanden hatte, mit vier Kameras gleichzeitig zu drehen, koste es, was es wolle. Die Hafenkneipe wirkte so echt und so mit Leben erfüllt, dass der Zuschauer augenblicklich glaubte, den Raum zu kennen, sich in ihm orientieren zu können. Hätte Vollmöller die Kulissen nicht mit eigenen Augen gesehen, hätte er selbst daran gezweifelt, dass es Aufbauten waren.

Und Lola Lola? War keine Schauspielerin, unmöglich. Diese Lola war nie etwas anderes gewesen als eine vom Leben desillusionierte, aber gut gelaunte Hafenkneipensängerin. Als sie während der Gesangspause zu einer am Bühnenrand sitzenden Kollegin ging, um von deren Bier zu trinken, spürte man förmlich, wie ihr der Schaum die Kehle hinunterrann.

Vollmöllers erster Gedanke überraschte ihn selbst: Die ist eine Nummer zu groß für das Deutschland, von dem Hugenberg träumt. Die nationale Sache. Lächerlich. Marlene würde sich nie in ein ideologisches Korsett zwingen lassen.

Weintraubs Syncopators machten »den Sack zu«, wie Pommer es beschrieb. Es war Hollaender, der die Idee mit den Syncopators hatte. Noch so eine Eingebung, von der man sich hinterher fragte, wie man je etwas anderes hatte erwägen können.

Weintraubs Syncopators waren unbestritten Berlins beliebteste Kult-Kapelle. Seit ihrer Gründung vor fünf Jahren hatten sie wie keine andere Combo den Muff aus den Berliner Tanzsälen geblasen. Ein Haufen verrückt-genialer Alleskönner, die, wo immer sie auftraten, ihr Publikum faszinierten und zugleich für ausgelassene Stimmung sorgten. Sie wälzten sich auf dem Boden, während sie Soli spielten, sangen mit Tierstimmen, spielten auf Kochtöpfen und Bratpfannen. Und sie beherrschten jeden Stil, überall: Klassik, Chanson, Jazz, ob auf der Bühne im Wintergarten, auf der Treppe der Bar Silhouette oder als tanzende Begleitband von Josephine Baker.

Seit zwei Jahren war Hollaender fester Bestandteil der Combo, wobei »fest« bei einem amorphen Gebilde wie den Syncopators die Sache nur unzureichend beschrieb. Als Kapelle für eine heruntergekommene Hafenkneipe jedenfalls hätte man im Grunde gar keine andere Combo anheuern können.

Schon aus tontechnischen Gründen wurden die Musiker – mit Hollaender am Klavier – direkt vor der Bühne platziert, was sich gleich in mehrfacher Hinsicht als Glücksgriff erwies. Zum einen gewann die Szene dadurch an Authentizität, zum anderen funktionierte die Kommunikation mit Marlene derart reibungslos, dass die Schauspielerin zusätzlich an Sicherheit gewann.

Sie hatten die Szene nicht ein einziges Mal proben müssen. Die Syncopators waren einfach ins Studio marschiert, hatten ihre Instrumente ausgepackt und losgelegt. Marlene hatte sich ganz der Musik überlassen, war hineingesprungen wie in ein 50-Meter-Becken und losgeschwommen. Sternberg war sprachlos, als er begriff, wie viel Musikalität in seiner Neuentdeckung steckte.

Die Einzige, die nach der Sichtung der Szene etwas auszusetzen hatte, war Marlene selbst. Ausgerechnet die, der man schauspielerisch am wenigsten zugetraut hatte.

»Da lässt sich noch mehr rausholen.«

Alle fragten sich, was damit gemeint sein könnte. Wollte sie nackt über die Bühne laufen? Klitsch und Hugenberg würden sich auch so schon die Haare raufen.

»Na ja«, orakelte Marlene, »ich habe ja noch die Szene, in der ich ›von Kopf bis Fuß‹ singe.« Sie fragte Sternberg: »Josef, for ›falling in love again‹ – can I bring my own costume?«

Auf diese Idee war noch nie jemand verfallen. Schauspieler, die sich ihre eigenen Kostüme schneiderten. Sämtliche Augen im Raum richteten sich auf Sternberg.

»Surprise me, then«, sagte er. Überrasch mich.

Dass der Deckel gelüftet worden war, erfuhren sie am darauffolgenden Abend. Sternberg hatte Vollmöller angefleht, irgendetwas zu organisieren, ihn und Marlene einzuladen, ganz gleich zu was. Die Vorstellung, von ihr getrennt zu sein, war dem Regisseur inzwischen unerträglich. Er wich Marlene nicht mehr von der Seite, konnte es nicht. Keine zweistündige Drehpause verstrich, ohne dass er nicht wenigstens einmal an ihrer Garderobentür geklopft hätte. Und jeden Tag frische Blumen, am liebsten weiße Orchideen. Jeder am Set wusste, dass Sternberg seiner Hauptdarstellerin Avancen machte – um es vorsichtig auszudrücken.

Es war Ruth gewesen, die die Idee mit dem Minigolf hatte. Im Eden. Das Hotel gegenüber dem Zoo-Aquarium beherbergte unter dem Dach nicht nur eine exklusive Bar mit exklusiven Preisen, sondern auch eingebettet in eine Kunstrasenlandschaft mit echten Palmen, eine Minigolfbahn. Der perfekte Ort, um sich ungezwungen zu geben, über den Dächern der Stadt eine gute Figur zu machen, ausgelassen zu lachen und im Anschluss an die Bar zu wechseln.

Marlene, Ruth, Vollmöller und Sternberg bildeten ein kolossal elegantes Ensemble. Ruth, deren Bubikopf stets ihren langen Hals betonte, hatte ein japanisches Seidenkleid mit Blumenmuster gewählt, Marlene trug einen weißen Anzug mit dunkler Krawatte, weißen Schuhen und weißer Mütze, Sternberg hatte sich wie immer in Schwarz gehüllt.

An der letzten und zugleich schwierigsten Bahn – der kleine Ball musste eine Rampe hinauf, einen Miniaturteich überfliegen und anschließend durch einen Reifen springen –, verzweifelten alle. Außer Marlene, die zu diesem Zeitpunkt längst uneinholbar das Feld anführte. Die Zigarette im Mundwinkel kniff sie die Augen zusammen, holte aus und drosch den Ball scheinbar mühelos und im perfekten Winkel über die Distanz. Es sah aus, als könnte sie den Schlag nach Belieben wiederholen.

»Können wir langsam mal an die Bar?«, sagte sie.

Es fehlte nicht viel, und Sternberg wäre vor ihr auf die Knie gefallen.

Sie hatten kaum ihre Schläger abgegeben und sich gesetzt, als ein Mann an ihren Tisch trat.

»Guten Abend, die Herrschaften. Ich hoffe, nicht zu stören.«

Marlene hätte ihn mit geschlossenen Augen an seinem breiten Wienerisch erkannt: Alfred Polgar. Der Journalist musste bereits auf der Lauer gelegen haben. Sein Blick haftete an Marlene deutlich länger als an den anderen.

Er war noch nicht lange in Berlin, schrieb vor allem für das *Tagblatt*, hatte Marlene jedoch vor zwei Jahren in Wien in

Broadway gesehen. Seither verfolgte ihn die Erinnerung an diesen Abend, wie er ihr gestanden hatte, was Marlene einerseits schmeichelte, andererseits nicht genug, um mit ihm ins Bett zu gehen. Nicht, dass Marlene nicht eine oder mehrere Schwachstellen für gestandene Männer gehabt hätte – die waren nicht so leicht zu verunsichern, und wenn doch, dann gab es ihr ein Gefühl der Überlegenheit –, dreißig Jahre Altersunterschied allerdings machten auch für Marlene aus dem »gestandenen« Mann schnell einen »abgestandenen«.

»Herr Polgar«, grüßte sie ihn.

»Wie man hört«, der Journalist blickte von einem zum anderen, »ist auf dem Ufa-Gelände gerade eine tektonische Plattenverschiebung im Gange.«

Marlene überließ Vollmöller die Antwort: »Also gestern schien mir noch alles an seinem Platz zu sein.«

Polgar lächelte: »Aber morgen vielleicht nicht mehr?«

Marlene schlug die Beine übereinander. In ihrem weißen Anzug mit den gelegentlich aufblitzenden Manschettenknöpfen sah sie wirklich hinreißend mondän aus. »Wer kann schon sagen, was morgen sein wird?«

»Von einer tektonischen Plattenverschiebung«, sagte Vollmöller, »habe ich jedenfalls noch nichts bemerkt.«

»Das wundert mich«, gab der Journalist zurück. »Bei dem, was mir zu Ohren gekommen ist, scheint es sich um eine Art Kontinentaldrift zu handeln.«

»Die Kontinentaldrift, Herr Polgar«, erwiderte Vollmöller, und seine schmalen Lippen kräuselten sich zu einem Lächeln, »ist, wie Ihnen bekannt sein dürfte, eine unbewiesene Hypothese. Ich würde dem nicht allzu viel Bedeutung beimessen.«

Als Jannings am nächsten Morgen im Studio eintraf, warteten bereits drei Journalisten vor der Garderobe des Oscar-

Preisträgers. Dabei hatten die auf dem Filmgelände eigentlich nichts verloren. Hatte dem Pförtner sicher ein hübsches Trinkgeld eingebracht.

Im Grunde natürlich schmeichelhaft, dass die Journaille extra den Pförtner bestach, um dem internationalen Star des Ensembles vor der Garderobe aufzulauern. Und da man sich ja als Filmschauspieler niemals ganz selbst gehörte, hatte die Öffentlichkeit in gewisser Weise ein Anrecht darauf, dass dieser Star sich Zeit für neugierige Frager nahm, mochten ihre Fragen auch noch so lästig sein.

Jannings zog sein Jackett straff und trat vor die Reporter. »Also schön, meine Herren.« Er blickte auf seine in Amerika erworbene Rolex Oyster, die erste wasser- und staubdichte Armbanduhr der Welt. »Sie haben fünf Minuten. Mehr kann ich beim besten Willen nicht gewähren.«

Die Herren schienen vor Verlegenheit ihre Fragen vergessen zu haben. So gehemmt kannte Jannings die Berliner Journaille sonst gar nicht.

»Nur nicht so schüchtern.« Auf seinem Gesicht breitete sich ein Lächeln aus. »Wo Sie schon so viele Umstände auf sich genommen haben ...«

Der Jüngste sah von seinem Block auf. Ein Lausbubengesicht, noch grün hinter den Ohren. »Wissen Sie, wann Frau Dietrich kommt?«

Der neben ihm stehende Kollege biss sich auf die Lippen. Während Jannings noch zwischen Unglauben und Contenanceverlust schwebte, bemühte sich der Journalist, den Affront abzumildern: »Herr Jannings: Wie ist das so – mit Frau Dietrich zusammenzuarbeiten? Ich meine, sie ist ja noch nicht so erfahren wie Sie, und Sie haben ja auch noch nie gemeinsam ...«

Weitere Fragen erübrigten sich. Jannings hatte soeben die Tür hinter sich zugeschmettert.

Eine gute Stunde später mühten sich Sternberg, Rittau und Marlene noch immer vergeblich, Jannings dazu zu bewegen, seine Garderobentür zu öffnen.

»Ich gehe rüber in die Verwaltung und lasse Vollmöller anrufen«, entschied Rittau, dem es zu bunt wurde.

Eine weitere Stunde verstrich, ehe Karl eintraf.

»Emil, ich bin es. Es ist niemand anderes bei mir.« Das war eine Lüge. Am Ende des Gangs lauerten Sternberg und Marlene. »Du machst jetzt augenblicklich die Tür auf und lässt mich rein, oder ich rufe Gussy an und sage ihr, dass sie sich herbemühen muss, weil ihr infantiler Gemahl sich weigert, seine Garderobe zu verlassen.«

Keine Reaktion.

»Weil er sich verkrochen hat wie ein Kaninchen in seinem Bau.«

Nichts.

»Emil: Du sabotierst gerade die teuerste deutsche Filmproduktion aller Zeiten. Jede Stunde, die wir deinetwegen nicht drehen können, kostet uns fünftausend Reichsmark.« Die Zahl war frei erfunden, aber wer mit Jannings pokerte, konnte kaum zu hoch pokern. »Wenn du mit diesem Unsinn nicht auf der Stelle aufhörst, werde ich persönlich dafür Sorge tragen, dass dir für jede Stunde, die wir deinetwegen nicht drehen können, 5000 Reichsmark von deinem Honorar abgezogen werden.«

Beinahe unhörbar drehte sich der Schlüssel. Mit einer Handbewegung verscheuchte Vollmöller Marlene und Sternberg.

Emil saß in sich zusammengesunken im Sessel und umklammerte mit beiden Händen den Griff von etwas. Im Halbdunkel erkannte Karl es erst auf den zweiten Blick: eine Peitsche aus schwarzen Spaltlederriemen, die wie eine ausgefranste Perücke Emils Knie bedeckte. Besser nicht darauf eingehen, dachte Vollmöller. Emil sah mitleiderregend aus, krank.

»Er bringt sie um.« Versonnen strich Jannings die Riemen seiner Peitsche glatt. »Eines Tages bringt er sie um.«

»Du bringst niemanden um.«

Jetzt erst blickte Jannings auf. Er hielt Karl die Peitsche hin. »Schlag ihn.«

Vollmöller ging vor Jannings in die Hocke. Auf der Fahrt die Avus hinunter war er noch voller Groll gegen seinen Schützling gewesen, Emil jetzt in diesem Zustand zu erleben, machte, dass sich Karls Groll in Mitgefühl wandelte.

»Ich werde dich nicht schlagen, Emil. Und *du* wirst niemanden umbringen.«

»Glaubst du, sie hat die bezahlt? Sie hat die bezahlt, oder?«

»Wovon redest du?«

»Also weißt du es!«

Vollmöller legte Jannings eine Hand auf den Arm. »Emil, bitte, reiß dich zusammen.«

»Sie hat sie bezahlt, dieses Journalistenpack. Um *mir* aufzulauern und dann nach *ihr* zu fragen. Oh, dieses durchtriebene Miststück. Und wie er sie umbringen wird!«

»Das Einzige, was du jetzt tun wirst, ist, in die Maske zu gehen, dir deinen Bart ankleben zu lassen und deine Szene zu spielen. Hier wird niemand umgebracht, und kein Mensch außer dir würde auf die absurde Idee verfallen, Journalisten dafür zu bezahlen, dass sie jemandem auflauern, um nach dir zu fragen.«

Jannings würgte mit beiden Händen den Peitschengriff. »Dann verlange ich, dass der Pförtner gefeuert wird, und zwar auf der Stelle! Sonst komme ich nicht raus, ganz gleich, wie viel du mir von meiner Gage abziehst.«

»Wie bitte? Was hat denn der Pförtner damit zu tun?«

»Der hat diese Flitzpiepen aufs Gelände gelassen. Er besteht darauf, dass der Pförtner gefeuert wird, vorher kommt er nicht heraus!«

Vollmöller nahm Jannings die Peitsche aus der Hand und hängte sie über den Garderobenhaken. Er öffnete die Tür.
»Ich kümmere mich darum. Aber *du* gehst *jetzt* in die Maske und lässt dir deinen Bart ankleben!«
Jannings murmelte etwas Unverständliches in seinen noch nicht angeklebten Bart.
»Wie bitte!?«
»Ja.«

43

Selbstverständlich ließ Vollmöller den Pförtner nicht feuern. Es gab ja kaum noch Arbeit in der Stadt. Stattdessen hielt er mit seinem Austro-Daimler neben der Schranke und winkte ihn zu sich. Es goss in Strömen, Herbstregen in Berlin. Selbst in geschlossenen Räumen war man versucht, den Kopf einzuziehen. Auf den unbebauten Flächen staute sich das Wasser, kleine Teiche auf den Wiesen. Der Scheibenwischer mühte sich redlich.

Der Pförtner trug einen olivgrünen Poncho aus schwerem Ölzeug, von seiner Kapuze lief in Rinnsalen das Wasser herab. Karl kurbelte das Fenster herunter. Der Pförtner legte zwei Finger an die Schläfe und schlug die Hacken zusammen. Von seinen Schuhen spritzte Wasser auf. Hugenberg wäre begeistert gewesen. Schon sonderbar, diese Sehnsucht nach Gehorsam. Und wofür? Alles nur, um die Verantwortung für das eigene Handeln an eine höhere Instanz weiterzureichen. Oder war da noch mehr? Die Aussicht auf Belohnung? Bravo, Fähnrich, hervorragend im Schlamm gerobbt. Vollmöller würde nie dahinterkommen.

»Herr Vollmöller!«, bellte der Pförtner.

»Heute ist Ihr Glückstag«, erklärte Karl. »Sie haben das große Los gezogen!«

Der Pförtner schien zu überlegen, was das Protokoll in einem solchen Fall vorsah und schlug erneut die Hacken zusammen. »Herr Vollmöller.«

»Ich habe mit Ihrem Vorgesetzten gesprochen. Sie sind ab sofort für sechs Wochen beurlaubt.«

Damit hatte Karl den Mann endgültig aus der Bahn geworfen. »Beurlaubt?«

»Korrekt. Sechs Wochen. Hier.« Er reichte ihm einen Umschlag.
»Herr Vollmöller?«
»Da ist Ihr Verdienstausfall drin, in bar.«
»Jawohl, Herr Vollmöller.«
»Haben Sie eine Frau, Familie?«
»Frau ja, Familie noch nicht.«
»Dann versaufen Sie es nicht.«
»Jawohl, Herr Vollmöller.«

Natürlich hatte die Beurlaubung des Pförtners auf die kommenden Ereignisse keinen Einfluss mehr. Nachdem Keaton Lola Lolas Gesangsszene gesehen und Alfred Polgar den ersten Artikel über die »Neuerfindung des Tonfilms hinter den Toren von Babelsberg« veröffentlicht hatte, war die tektonische Plattenverschiebung nicht mehr aufzuhalten.

Beinahe täglich fanden sich neue Gesichter am Set ein. Zuerst kamen die Journalisten – unter ihnen Kästner, Wilder, Hildenbrandt –, in deren Gefolge zog es die Kunstschaffenden nach Babelsberg, die wiederum neue Journalisten mit sich brachten. Und diese versammelten sich vorzugsweise vor Marlenes Garderobe.

Jannings bebte. Die steigende Aufmerksamkeit für seine, wie er befand, talentlose Kollegin, schnürte ihn ein wie eine Gürtelrose. Wahlweise beleidigte er Marlene oder versuchte sie gegen Sternberg aufzubringen, beschimpfte den Regisseur persönlich und bestrafte, hinter verschlossenen Türen, sich selbst.

Im Romanischen streute er derweil Gerüchte: In Babelsberg sei eine Verschwörung gegen ihn im Gange, Sternberg versuche ihn zu diskreditieren, die Dietrich habe den Regisseur erst mit ihren langen Beinen um den Verstand gebracht und arbeite jetzt gemeinsam mit diesem Schwachkopf daran, ihn, Jannings, lächerlich zu machen. Allein seiner Verbundenheit mit Deutschland und der Ufa sowie seinem unerschütterlichen Pflichtbewusstsein sei es zu danken, dass er nicht längst hingeworfen habe.

So konnte das nicht weitergehen. Vollmöller musste einschreiten. Wenn Hugenberg davon erfuhr, dass sein Star glaubte, Opfer einer Verschwörung geworden zu sein, wäre der Schaden nicht mehr zu beheben. Er besprach sich mit Pommer, der, wie Karl, der Ansicht war, sie sollten es zunächst mit Zuckerbrot versuchen, bevor sie die Peitsche vom Haken nahmen. Doch wie konnte dieses Zuckerl aussehen? Es war Jannings selbst mit seiner Verschwörungstheorie über Marlene, der Vollmöller auf die Idee brachte, wie er dessen Groll besänftigen könnte.

Karl wählte aus dem Journalistentross ein halbes Dutzend Personen aus, die er für halbwegs verschwiegen hielt, und bezahlte sie unter der Hand dafür, Jannings, wo immer er sich zeigte, mit Fragen zu seiner schauspielerischen Arbeit und seinem aktuellen Projekt zu bombardieren. Inzwischen kam sich Vollmöller wie ein Jongleur vor, der permanent fünf brennende Reifen in der Luft hielt. Außerdem begann er sich zu fragen, ob, wenn er weiterhin Pförtner in Urlaub schicken und Journalisten bestechen musste, am Ende der Dreharbeiten von den 23 000 Reichsmark, die ihm die Ufa für seine Arbeit als »dramaturgischer Mitarbeiter« zugesichert hatte, noch etwas übrig sein würde.

Zum Glück schlug die Fremdbestätigungskur für Jannings augenblicklich an. Bereits an Tag eins, nachdem Vollmöller die ausgewählten Journalisten instruiert hatte, ließ Jannings die Kollegen nicht stundenlang auf seinen Auftritt warten, erschien pünktlich und mit aufgerichteter Wirbelsäule am Set und beschenkte zudem ausgesuchte Handwerker und Beleuchter mit einem jovialen Lächeln. Die Havarie war abgewendet. Für den Moment.

Noch ehe das Licht oder der Ton eingerichtet und lange bevor die Musiker und Komparsen auf ihren Positionen waren, herrschte große Nervosität im Studio. Vollmöller erkannte es an der Emsigkeit, mit der die Handwerker sich durch die Aufbauten bewegten, hörte es an der Geschwindigkeit, mit der die Absätze über den Boden klackten. Jeder spürte es, Jannings eingeschlossen.

Als Vollmöller den Schauspieler in der Maske aufsuchte, wo ihm in der üblichen Zeremonie der Bart angeklebt wurde, fragte Jannings: »Was ist denn heute nur los? Die laufen ja alle wie die Hasen.«

»Mann ist da«, erklärte Karl. »Er will sich vergewissern, dass wir seinen Roman nicht verhunzen.«

»Mann darf gespannt sein«, orakelte Jannings.

Das stimmte. Heinrich Mann war im Studio, zusammen mit einem Haufen Journalisten, die alle versprochen hatten, keinen Mucks von sich zu geben und den Atem anzuhalten, sobald das Klingeln verkündete, dass Bild und Ton synchron liefen.

Vollmöller hatte den Schriftsteller vorgestern in einem der Restaurants im Kempinski getroffen, wo er Nelly mit traurigen Augen dabei zugesehen hatte, wie die einen Königsberger Klops anknabberte, den sie im Ganzen auf die Gabel gespießt hatte. Natürlich hatte auch Mann inzwischen davon gehört und gelesen, dass man in Babelsberg im Begriff war, den Grundstein für eine neue Ära zu legen. Also hatte Vollmöller ihn eingeladen, sich die Grundsteinlegung anzusehen, am besten übermorgen, wenn sie mit vier Kameras synchron die wichtigste Gesangsszene des Films drehen würden: *Von Kopf bis Fuß*.

Doch Mann war nicht der einzige hohe Besuch am Set. Es gab einen weiteren Mann, der, wenn er angesprochen wurde, stets nur freundlich lächelte, da er kein Deutsch verstand, der einen dieser sehr weichen Hüte trug und dessen Krawattenstreifen von links oben nach rechts unten verliefen, was ihn als Amerikaner auswies. Sein Name war Benjamin Schulberg. Außer Sternberg, Pommer und Vollmöller wusste niemand auf dem Gelände etwas mit ihm anzufangen. Die drei dafür umso mehr.

Als junger Mann hatte Benjamin, der aus Connecticut stammte, die Schule abgebrochen und war nach Hollywood gegangen, wo er sich zum Drehbuchautor und PR-Agenten hochgearbeitet hatte. Das lag lange zurück. Seit vielen Jahren war er inzwischen eine feste Größe im US-amerikanischen Filmgeschäft. Die letzte Stufe der Karriereleiter hatte er vergangenes Jahr erklommen, als Zukor ihn zum Chefproduzenten der Paramount gemacht hatte.

Jetzt war Schulberg eigens aus Amerika gekommen, um sich anzusehen, was in den neuen Ufa-Studios vor sich ging. Und er hätte diese kräftezehrende Reise wohl kaum auf sich genommen, hätte er nicht eine Mission gehabt.

Nachdem sie sich in seinem Salon Lolas erste Gesangsszene angesehen hatten, hatte Karl lange über seinen Gedanken nachgegrübelt: *Die ist eine Nummer zu groß für Deutschland.* Der Satz wollte ihm nicht aus dem Kopf. Er sprach mit Ruth darüber, als alle gegangen waren, auf dem Sofa sitzend, zwischen Kabeln, dem Projektor und der Leinwand, beide nackt, sie trinkend, er rauchend. Die ist eine Nummer zu groß für Deutschland.

Ruth streckte ihre Hand aus. »Was genau meinst du?«

Karl schob ihr die Zigarette zwischen Zeige- und Mittelfinger. »Hugenberg hat sie für zwei Filme verpflichtet, aber sobald der begreift, wen er sich da ins Haus geholt hat, wird sie nur noch gegen Wände rennen. Bei der Ufa hat die keine Zukunft.«

»Also?«

Karl sah Ruth fragend an.

Die gab ihm lächelnd die Zigarette zurück. »Ich denke, du bist der Zauberer.«

Vollmöller steckte sich die Zigarette zwischen die Lippen, blickte Ruth durch den aufsteigenden Rauch hindurch an, inhalierte.

»Danke.«

»Immer gerne.«

Früh am nächsten Morgen – Ruth schlief so fest, wie nur ein Mensch schlafen konnte, der noch nichts von seiner eigenen Endlichkeit wusste – gab Vollmöller das Telegramm an Zukor auf: *Dear Adolph, I suggest you send somebody over to take a look at what is happening in the new Ufa-Studios. This is out of the ordinary. You don't want to miss out. Promise.*

Vollmöller wäre bereits zufrieden gewesen, wenn der Chef der Paramount einfach irgendwen geschickt hätte. Wobei ... Zukor hatte ein feines Näschen. Karl war zuversichtlich, dass er jemanden auf die Reise schickte. Dass es jedoch gleich ein Schwergewicht wie Schulberg sein würde, damit hatte er nicht gerechnet.

Viele Jahre später erst sollte Zukor seinem Freund Vollmöller berichten, was genau ihn dazu veranlasst hatte, so zu handeln: der Nachsatz in Karls Telegramm. *Promise.* Manchmal entschied ein einziges Wort über ein ganzes Leben.

Während Weintraubs Syncopators ihre Instrumente stimmten, führte Sternberg Jannings durch der Kulisse und schärfte ihm ein, wie sich Professor Rath während der Szene durch den Raum zu bewegen hatte und wann er die grob gezimmerte Empore besteigen würde, wo ihm noch exakt anderthalb Minuten blieben, um sein Herz unwiederbringlich an Lola Lola zu verlieren. Es würde der dramaturgische Höhepunkt des Films sein, die Schlüsselszene. Danach durfte es im Kinosaal keinen Zuschauer mehr geben, der nicht begriffen hatte, dass Raths Schicksal besiegelt war.

Die Journalisten drängten sich neugierig an der Absperrung, bestaunten die vielen Kameras, die Mikrofone, das Licht.

»Tach, die Herren!« Das gesamte Studio hielt den Atem an. »Darf ich mal?«

Marlene hätte außen herum gehen oder einen anderen Zugang wählen können, doch sie zog es vor, sich durch die Menge zu schieben. Mit verträumtem Schwung durchstreifte sie den Gastraum, berührte im Vorbeigehen Stuhllehnen wie in Erinnerung an alte Zeiten, bestieg die Bühne.

»Grundgütiger«, murmelte Jannings.

Sternberg verschlug es die Sprache.

Marlene lächelte auf die beiden herab. »Surprise!«

»Indeed«, bestätigte der Regisseur.

»Das kann die doch nicht machen«, schimpfte Jannings, »das ist ... So was Unverfrorenes gibt's doch gar nicht!«

Marlenes Kostüm bestand zuallererst und im Wesentlichen aus Marlenes Beinen. Die steckten in Seidenstrümpfen, die mit sichtbar getragenen Haltern befestigt waren. Das Kleid darüber war im Grunde Nebensache und diente vor allem dazu, so kurz geschnitten zu sein, dass die Unterwäsche hervorlugte. Die Füße steckten in Pumps. Als Krönung des Ganzen hatte sich Marlene einen perlmutt schimmernden Zylinder aufgesetzt. Die Stifte der Journalisten begannen eilig über ihre Blöcke zu kratzen.

Heinrich Mann, für den Vollmöller einen zweiten Regiestuhl ans Set hatte bringen lassen, blickte Marlene auf eine Art an, wie Karl das von ihm nur in Gegenwart von Nelly Kröger kannte: mit blutendem Herzen.

Schulbergs Brauen wölbten sich:

»Really?«, flüsterte er. Ist das euer Ernst?

Ansco Bruinier, Mitglied von Weintraubs Syncopators, griff sich sein Saxofon und stimmte den Refrain an, einfach so, aus Lust. Marlene setzte sich auf ein Weinfass, winkelte ihre

Beine an und begann, leise zu singen. Ein einzelner Spot hob sie hervor. Statt seinem amerikanischen Gast zu antworten, schmunzelte Vollmöller nur.

Der Produzent richtete seinen Blick zurück auf die Bühne. Sie hatten noch nicht begonnen zu drehen, nur Marlenes leise Stimme und ein einsames Saxofon verloren sich in den Kulissen. Und doch hing bereits das gesamte Studio an ihren Lippen.

Die Szene nahm den gesamten Tag und die halbe Nacht in Anspruch. Sternberg achtete auf das kleinste Detail, zupfte an Marlenes Kleid, wo es nichts zu zupfen gab, ließ x-mal den Winkel des Hauptscheinwerfers verändern. Es war, als hinge seine gesamte Zukunft von der Einstellung eines einzelnen Scheinwerfers ab.

Die ersten beiden Versuche scheiterten, weil die Journalisten Hintergrundgeräusche verursachten, also jagte Sternberg sie aus dem Studio. Einzig Mann durfte in seinem Regiestuhl sitzen bleiben, wo er über Stunden keine Regung erkennen ließ. Vollmöller und Schulberg begaben sich hinauf in die gläserne Kabine.

Als die deutsche Fassung der Szene endlich im Kasten war und alle im Studio reif für eine ausgedehnte Pause waren, verlangte Sternberg, die englische sofort im Anschluss zu drehen. Man müsse die Energie einfangen. Rittau rieb sich den Nacken und verdrehte die Augen. Jannings knurrte etwas von »Folterlager«. Marlene streifte die Pumps ab, machte einen Spagat, streckte ihre Wirbelsäule und sagte: »Kann losgehen.« Keiner konnte ahnen, dass die englische Version noch mehr Zeit in Anspruch nehmen würde als die deutsche.

Sternberg trieb die Mannschaft vor sich her wie eine Viehherde, bis zur völligen Erschöpfung. *Falling in Love Again* würde der Song heißen, und statt *Männer umschwirren mich, wie Motten das Licht* sang Lola Lola *Men cluster to me, like moths around a flame*. Marlene hatte alles Menschenmögliche getan, um den von Sternberg erwünschten American accent zu erlernen, doch das »th« in moths wollte ihr einfach nicht über die Lippen gehen.

Als Sternberg nach vier Stunden und ungezählten Metern vergebens belichtetem Film noch immer unzufrieden war, erhob sich Hollaender, der noch nie über etwas geklagt hatte, von seinem Klavierhocker und ging zu ihm. Es war lange nach Mitternacht, Weintraubs Syncopators waren am Ende ihrer Kräfte und am Ende ihrer Geduld, Marlene drohte ihre Stimme zu verlieren, Jannings hatte seit Stunden mit niemandem mehr ein Wort gewechselt. Keiner konnte nachvollziehen, weshalb der Regisseur das Gelingen dieser Szene und womöglich des gesamten Films einem »th« zu opfern bereit war.

Hollaender flüsterte Sternberg etwas ins Ohr. Der warf seine Arme empor: »In God's name – yes!« Und an die Übrigen gewandt: »One last time!«

Hollaender zählte ein, sie spielten, Marlene sang. Volle Konzentration. Als sie an die Stelle kamen, an der Lola Lola »*moths around a flame*« zu singen hatte, rief Hollaender: »Ein Bier, ein Bier!«

Die Musiker packten ihre Instrumente zusammen, Marlene rieb sich die Füße, Sternberg plumpste in seinen Regiestuhl. Jannings, dem die Szene körperlich im Grunde nicht viel abverlangt hatte, schien einem Zusammenbruch nahe. Doch es war nicht die körperliche Anstrengung, die ihn mit hängenden Schultern und schlurfenden Schrittes die Kulisse verlassen ließ. Er war frustriert. Einzig die Müdigkeit verhinderte, dass er nicht alles kurz und klein schlug. Was Sternberg für einen Aufwand betrieb, um die Dietrich in Szene zu setzen, das war unerhört! Zweiundvierzig Klappen – für die Gesangsszene einer Nebendarstellerin!

Sicher ein halbes Dutzend Mal hatte Jannings gedroht hinzuwerfen, und zwar endgültig, hatte sich auf dem Boden gewälzt, den Bart abgerissen, mit Requisiten geworfen, sich Lola Lolas Schlüpfer über den Kopf gezogen und war mit ausgebreiteten Armen durch den Gastraum geirrt.

Einzig Vollmöllers anhaltende Beteuerungen, dass der gesamte Film von ihm, Jannings, abhänge, dass er unmöglich zu ersetzen wäre, dass er sich mit diesem Film einen festen Platz in der Geschichte des Films erspielen würde, hatten Jannings davon abhalten können, abzubrechen.

Am Ausgang traf Jannings mit Mann zusammen: »Sie glauben nicht«, polterte er los, »was man als Schauspieler von Format bei dieser Produktion für Opfer zu bringen hat.«

»Ohne Ihnen zu nahetreten zu wollen, Herr Jannings. Aber sollte dieser Film tatsächlich ein Erfolg werden, wird das kaum Ihrem schauspielerischen Talent geschuldet sein.«

44

> Reichsaussenminister
>
> # Gustav Stresemann †
>
> Reichsaussenminister Dr. Gustav Stresemann ist heute früh 5 ½ Uhr unerwartet verschieden. Dr. Stresemann hatte in den letzten Tagen sich mit besonderer Hingabe an der Ueberwindung der innerpolitischen Krise beteiligt. Der tragische Tod des deutschen Staatsmannes, der in der bevorstehenden Ratifizierung des Young-Planes einen gewissen Abschluss seines europäischen Verständigungswerkes hätte erblicken dürfen, hat im In- und Ausland tiefe Erschütterung hervorgerufen.

Berliner Volkszeitung
3. Oktober 1929

Marlene spürte ihre Beine nicht mehr. Von den Knien abwärts alles taub. Vierzehn Stunden in Pumps, die ihr nicht passten, achtzigmal das gleiche Lied. Ihr Rachen fühlte sich roh an, ihr Nacken war ein Brett. Auf dem Weg von Babelsberg nach Hause waren ihr mehrfach die Augen zugefallen. Danach hatte ihr jedes Mal ein Stück Wegstrecke gefehlt.

Sie fühlte, wie allein sie in ihrem Zimmer war, körperlich. Als falle sie. Wie eine Diebin hatte sie sich in Marias Zimmer gestohlen, hatte ihr die Hand auf die Brust gelegt, dem Atem nachgespürt. Liebend gerne hätte Marlene sich zu ihrer Tochter gelegt, doch sie wusste, wie egoistisch dieser Wunsch war. Sie hätte es nicht aus Liebe zu Maria getan, sondern um ihrer selbst willen.

Im nächtlichen Zwielicht erschien Marlene der ovale Stuckkranz an ihrer Zimmerdecke wie eine Trauergirlande. Sie erinnerte sich an die Nymphen in Willis Schlafzimmer, an die Leichtigkeit, den Tanz, und wie sie den Künstler beneidet hatte, der sich selbst genug gewesen war.

Sie vermisste Rudi, der zwei Zimmer weiter in seinem Bett lag und einen selbstgerechten Schlaf schlief. Neben ihn hätte sie sich legen dürfen, der hätte ihre Einsamkeit verstanden. Doch sie wagte sich nicht in sein Zimmer, sicher war Tamara noch bei ihm. Sie hätte so gerne ihr Gefühl geteilt. Nicht ihre Einsamkeit, sondern ihr Glück. Sofern Glück überhaupt ein Gefühl war. Heute nämlich hatte sich eine Veränderung vollzogen, in ihr. Sie hatte ein Tor durchschritten, eines von der Sorte, die man nur einmal im Leben durchschreitet und hinter die es kein Zurück mehr gibt.

Sternberg und Marlene hatten eine Übereinkunft getroffen. Sie befolgte seine Anweisungen – solange es darum ging, wie sie sich bewegen, zum Licht stellen, in welche Richtung sie blicken und in welches Mikrofon sie sprechen sollte. Die Interpretation der Rolle dagegen blieb ihr überlassen. »You have to trust me on this«, hatte sie gesagt. »I know who she is, I feel it.« Sternberg hatte eingewilligt, widerstrebend. Er wollte alles kontrollieren, aber hier musste er sie gehen lassen. Das wiederum hatte dazu geführt, dass sich sein Kontrollzwang einen anderen Weg suchte und wilde Blüten trieb. Meistens gereichte das dem Film zum Vorteil. Manchmal nicht.

Vollmöller hatte recht behalten: Sternberg war ein Genie. Marlene hatte sich nichts anmerken lassen, doch als sie ihre Lola Lola in Vollmöllers Salon auf der Leinwand gesehen hatte, war ihr die Luft weggeblieben. In keinem ihrer Filme hatte sie jemals auch nur annähernd so authentisch gewirkt, so echt, hatte so überzeugend gespielt. Sie hatte sich selbst kaum wiedererkannt und sich dabei ertappt, wie sie Lola Lola folgte und darüber vergaß, dass sie selbst es war, die sie spielte.

Josef hatte sich völlig verrannt, sich in Details verbissen, hatte das große Ganze aus dem Blick verloren und x-mal wegen irgendwelcher Kleinigkeiten die Szene abgebrochen. Einmal saß ihm Marlenes Zylinder zu schief, ein andermal drehte sie ihre Schulter nicht weit genug in die Kamera. Noch schlimmer aber traf es Jannings. Dem fuhr die Kritik direkt ins Mark. »You still act too much!« »You don't need to be an entire orchestra!« »I assure you, Emil: we can all see you, even if there is somebody in the picture beside you!« Noch nie war Emil derart an die Kandare genommen worden.

Und dann kam die Sache mit dem »th«. Moths. Zum Lachen eigentlich. Sternberg aber konnte nicht locker lassen. Moths, Moths, Moths!!! Irgendwann hörte Marlene selbst nicht mehr, worin ihre Aussprache sich von seiner unterscheiden sollte. Schließlich schlug er vor, seine Frau Riza ans Set zu holen. Sie könne Marlenes Part in ein externes Mikrofon singen, während Marlene auf der Bühne synchron die Lippen dazu bewegen sollte. Alles nur wegen eines »ths«! Marlene war schockiert, denn in einer Hinsicht war sie genau wie Sternberg: Sie hasste Niederlagen. »Don't do this to me!« Tu mir das nicht an.

Hollaender war es, der dem Spuk schließlich ein Ende bereitete. Er stand auf, sprach mit Sternberg, setzte sich zurück ans Klavier, instruierte die Syncopators, begann zu spielen. Sein Blick ruhte auf Marlene, lächelnd, ein weicher Fels. In diesem Moment legte sich etwas um ihre Schultern, sie spürte, wie ihr Körper biegsam wurde und ihre Stimme frei. Sie reichte Hollaender die Hand und ließ sich führen.

Als die Stelle näher rückte, an der sie »moths« zu singen hatte, dachte sie nicht einmal darüber nach. Erst später erzählte ihr Sternberg, dass Friedrich bei »moths« »ein Bier!« gerufen hatte. Nachdem das Lied verklungen war, zwinkerte ihr der Komponist zu. Sie wussten es beide: Diesen Song konnte ihnen keiner mehr nehmen.

Heinrich Mann, der als einziger Nicht-Beteiligter bis zum Ende geblieben war, erhob sich. Marlenes und sein Blick trafen sich. Er deutete eine Verneigung an, wich ins Dunkel zurück und war verschwunden. Vollmöller und dieser Amerikaner, Schulberg, von dem es hieß, die Paramount habe ihn geschickt, um zu sehen, wie Sternberg arbeitete, waren schon vor Stunden gegangen. Womöglich war Sternberg auch seinetwegen heute noch dünnnerviger gewesen als sonst. Marlene wusste, dass seine Zukunft bei der Paramount fraglich war. Zudem hing die Finanzierung am seidenen Faden. Gestern hatte Klitzsch eine Szene ruiniert, indem er unangemeldet ins Studio gepoltert war und Pommer beschimpft hatte, er werde ihm eigenhändig den Saft abdrehen, wenn er es wage, der Ufa-Führung eine weitere Forderung zu unterbreiten.

Jannings stapfte von dannen. Hollaender klappte den Tastaturdeckel herunter. »Wir sehen uns morgen.« Damit ging er. Die Syncopators packten ihre Instrumente ein. Rittau legte die Filmrollen vorsichtig auf einen Wagen und schob sie aus dem Studio. Sternberg war in die Regiekabine hinaufgegangen.

Marlene setzte sich auf den Bühnenrand. Das Licht erlosch. Jemand rückte Stühle zurecht. Im Dunkel rann ihr eine Träne aus dem Augenwinkel. Sie war das, was sie immer hatte sein wollen – Schauspielerin. Mit jeder Faser ihres Körpers.

Auch den anderen blieb Marlenes Häutung nicht verborgen, alle bemerkten es. Plötzlich erschien morgens eine andere Frau auf dem Gelände. Jannings litt wie ein gedemütigter Dackel und bellte wie ein wild gewordener Dobermann. Seit Mann ihm bescheinigt hatte, dass es nicht seine Leistung war, die über den Erfolg des Films entscheiden würde, spürte er die Bedrohung, die von Marlene ausging, wie eine im Dunkel auf ihn gerichtete Pistole. Und wie die Kontrollsucht bei Sternberg, so trieb die Eifersucht bei Jannings wilde Blüten.

Die Beleidigungen waren eine Sache – wenn er Marlene als Dummchen bezeichnete, ihr sagte, bei ihr sei alles Bemühen vergebens. Das konnte sie wegstecken. Sie wusste jetzt, wer sie war. Und Jannings wusste es auch. Manchmal tat er ihr beinahe leid. Eine andere Sache waren die Gerüchte, die er in der Stadt in Umlauf setzte. Die konnte Marlene nicht ohne Weiteres an sich abprallen lassen. Dass ihr jedes Mittel recht sei, um mehr Spielzeit zu bekommen. Dass er, Jannings, mit eigenen Augen gesehen habe, wie sie in einer Drehpause auf der Wiese hinter dem Studio auf allen vieren durchs Gras gepirscht sei, um Laubfrösche zu fangen, die sie später verspeist habe!

Marlene traf Claire im Topp-Keller, besser gesagt: Sie suchte ihre Freundin dort auf. Neben dem Eldorado oder dem Femina nahm sich die Souterrain-Bar wie das lesbische Schmuddelkind der Stadt aus. Im Bermudadreieck zwischen Bülowstraße und Winterfeldtplatz gelegen, verbarg sich das Etablissement in einem Hinterhof in der Schwerinstraße. Den Eingang erkannte man, weil er von Flaschen und Amphoren umrankt war. Stieg man die steilen Stufen zum ehemaligen Kohlenkeller hinab, musste man den Kopf einziehen. An hitzigen Abenden, wenn man für 30 Pfennig Eintritt auf dem Tanzboden kniend Cognac-Polonaisen zelebrierte, tropfte zu später Stunde kondensierter Schweiß von der Decke.

Claire bezeichnete den Topp-Keller entweder als ihre »gut geheizte Wohnstube« oder das »verschwiegene Eldorado«, womit gemeint war, dass es in keinem Reiseführer auftauchte. Hier probierte sie seit Jahren ihre neuen Lieder am »lebenden Objekt« aus, bevor sie sich mit ihnen auf die große Bühne wagte. So auch heute.

»Er ist nach mir ganz doll«, schmetterte Claire, auf der Theke stehend, begleitet von einer dreiköpfigen Frauenkapelle. Als sie Marlene hereinkommen sah, deutete sie mit dem Finger in ihre Richtung und rief: »Du kommst mir jrade recht!« Großes Gejohle.

Marlene dachte an die vielen Nächte, die sie hier zugebracht hatte, an Anita Berber, deren Tod auch nach einem Jahr noch immer etwas Unbegreifliches hatte, an Celly und die schöne SuSu. Nächte, die in eine andere Zeit gehörten. Das bin nicht mehr ich, dachte Marlene, lächelte ins Publikum, grüßte bekannte Gesichter und fühlte sich nicht wie hinein-, sondern wie zurückgeworfen.

Stand sie auf einer Bühne – und das konnte eine Weinkiste sein –, gab Claire sich laut, ordinär und trug ihre Verachtung für die verlogene Welt der Hochwohlgeborenen wie einen Orden. Abseits der Bühne war sie eine loyale Freundin und mit einem feinen Sensorium für die Befindlichkeiten anderer ausgestattet. Auch heute genügte ihr ein Blick, um zu erkennen, dass Marlene nicht gekommen war, um mit ihr ein Duett zu singen oder am Wettbewerb um die schönsten Damenwaden teilzunehmen, den sie bei früheren Gelegenheiten bereits zweimal für sich entschieden hatte.

»Komm«, sagte Claire nur, »wir gehen ins Eckchen.«

Das Eckchen war eine Nische neben dem Durchgang zu den Toiletten, mit zwei Sesseln und einem Schemel als Tisch. Sie setzten sich. Marlene berichtete Claire von den Schwierigkeiten mit Jannings und dass sie sich seine Intrigen nicht länger bieten lassen könne.

»Schon vernommen«, sagte die Sängerin und warf sich eine Handvoll Erdnüsse in den Mund. »Was ist denn mit Pommer und Sternberg? Können die dir nicht beispringen?«

»Natürlich können sie. Aber das möchte ich nicht. Ich will nicht die sein, die sich Hilfe holen muss. Aber ich weiß mir keinen Rat mehr. Jannings hasst mich.«

»Nu brauch ich doch was zu trinken.« Claire verließ das Eckchen und kam mit zwei randvollen Biergläsern zurück, die sie vorsichtig auf dem Schemel abstellte. An den Seiten lief der Schaum herab. »Der Egon meint's immer zu gut mit mir«, erklärte sie. »Seit Jahren versucht er, mich so betrunken zu machen, dass ich vergesse, dass ich lesbisch bin.«

Gleichzeitig beugten sie sich vor, um den Schaum abzuschlürfen. Es tat gut, mit Claire zu reden. Tat es immer. Ihre Affäre lag Jahre zurück, hatte aber zu keinem Zeitpunkt zwischen ihnen gestanden. Das gelang bei den wenigsten. Marlene betrachtete ihre Freundin und fragte sich, was an Claire so anders war. Vielleicht, dass sie keine Forderungen stellte, dich nicht mit stummen Erwartungen konfrontierte.

»Schau nicht so.« Claire leckte sich den Schaum von der Oberlippe. »Sonst wird mir noch ganz flau im Becken.«

Marlene lächelte, trank noch einen Schluck. »Was mach' ich denn jetzt?«

»In der Causa Jannings, meinst du?«

»Eine andere hab ich gerade nicht zu verhandeln.«

Claire rollte mit den Augen, ihr Markenzeichen. »Schätzchen, eins musste begreifen: Er hasst dich nicht, er fürchtet dich.«

»Ich will einfach nur die nächsten sechs Wochen überleben, solange die Dreharbeiten andauern. Danach kann er von mir aus machen, was er will.«

»Auch Lügen über dich verbreiten?«

»Ich wüsste nicht, was ihn davon abhalten sollte.«

»Unterschätze niemals die Macht, die du über die Männer hast.«

»Das trifft vielleicht auf andere zu, nicht aber auf Jannings.«

»Unsinn, Schätzchen. Du hast ihn in der Hand. Sonst müsste er doch nicht herumziehen wie ein Hinterhofsänger und Ammenmärchen über dich verbreiten. Im Grunde kannst du mit ihm machen, was du willst. Also: Was willst du mit ihm machen?«

Marlene dachte nach. »Ihm die Luft rauslassen.«

»Da gibt's zwei Möglichkeiten.« Claires Glas war praktisch leer. Wo ging das nur alles hin? »Du kannst ihm das Ventil rausdrehen oder den Reifen einstechen.«

»Reifen einstechen mag ich nicht.«

»Gut. Also die sanfte Tour: Sei nett und devot zu ihm, gib ihm in allem recht und himmel ihn an. Dann wird er dich machen lassen und dich unterstützen, wird goutieren, wie du spielst, auch wenn er es eigentlich unmöglich findet. Und er wird aufhören, wilde Geschichten über dich in Umlauf zu bringen.«

»Ich soll mich ihm unterwerfen?«

»Du sollst ihm das Gefühl geben, unerreichbar über dir zu stehen. Dann wird er dich lieben. Er ist ein Mann, vergiss das nicht. Noch dazu einer, der von sich selbst niemals genug bekommt.« Claire grinste über das ganze Gesicht. »Weißt du, was der Unterschied ist zwischen Jannings und Gott?«

Marlene dachte nach: »Gott muss sich seinen Bart nicht vor jedem Auftritt ankleben lassen?«

»Gott weiß, dass er nicht Jannings ist.«

Marlene dachte über Claires Vorschlag nach. Es dauerte nicht lange. »Was habe ich als Alternative?«

»Na det Messer: drohen, schreien, fluchen, beißen und kratzen. Und niemals nachgeben, nicht für eene Sekunde. Muss man aber wollen, sonst geht einem nach der vierten Runde selbst die Luft aus.«

»Was rätst du mir?«

»Sei lieb und devot. Die harten Bandagen kannst du später noch auspacken. Andersrum wird's schwierig. Wenn du erst die Bandagen anlegst, musst du über die volle Distanz.«

45

Berliner Volkszeitung
7. Oktober 1929

An einem Sonntag hat Berlin und das deutsche Volk von Gustav Stresemann Abschied genommen. So konnten die Hunderttausende, die das Gefühl bewegte, dass das deutsche Volk einen bedeutenden Staatsmann und Führer verloren hat, teilnehmen an dem feierlichen Staatsbegräbnis. Schon um 9 Uhr vormittags begannen riesige Menschenmengen dem Platz der Republik zuzuströmen. Und als der Trauerzug über das Brandenburger Tor und über die Wilhelmstrasse zum Luisenstädtischen Friedhof sich hinbewegte, umsäumten dichte Menschenketten die Straßen. Viele mag die bange Sorge erfüllt haben, dass den verwaisten Ministersitz ein Nachfolger einnehmen möge, der das Erbe Stresemanns mit demselben Erfolge zu betreuen versteht.

Drei Tage, immerhin. Den Trauerzug hatte der Herr Geheimrat noch abgewartet. So lange übten sich Hugenbergs Zeitungen in Respektsbezeugungen, erkannten die Bemühungen des verstorbenen Außenministers an und bescheinigten ihm, aus Überzeugung gehandelt zu haben. Schließlich war keinem deutschen Staatsmann international mehr Achtung entgegengebracht worden als Stresemann. Und keiner hatte außenpolitisch mehr erreicht. Der Dawes-Plan, die Aufnahme in den Völkerbund, die Räumung des Rheinlands. Unter diesen Umständen, das war sogar Hugenberg klar, durfte man nicht sofort die bereitstehenden Geschütze in Stellung bringen, sondern musste warten, bis das Ziel nicht länger von nationaler und internationaler Anteilnahme verstellt war.

Drei Tage. Dann ging es los. Am Montag nach Stresemanns Beisetzung war die Räumung des Rheinlands schon nicht mehr das mühevoll errungene Verdienst des Reichsaußenministers, sondern »eine zwangsläufig sich vollziehende Entwicklung«. Weitere drei Tage später war der Young-Plan eine »nationale Schande«. An Stresemann war kein Vorbeikommen gewesen. Jetzt aber witterten die Deutschnationalen und die Nazis ihre Chance, an den Pfeilern der Demokratie zu rütteln.

Hugenberg also hatte alle Hände voll zu tun. Und doch fand er die Zeit, sich über den Fortgang der Filmarbeiten in Babelsberg zu sorgen. Ging es ums Geld oder die Nationale Sache, war er sofort hellwach. Und im Falle des *Blauen Engels* ging es um beides.

»Meine Herren, ich habe bereits zweihunderttausend Reichsmark zusätzlich bewilligt.«

Sie saßen um den massiven Tisch in Hugenbergs Büro am Pariser Platz: Klitzsch, Pommer, Vollmöller. Hugenberg stand am Fenster und blickte auf den Brunnen mit der aufschießenden Fontäne hinab. Wann immer sie eine Besprechung in einem seiner Büros hatten, stellte sich der Geheimrat vor ein Fenster und blickte auf etwas hinab. Offenbar glaubte er, auf diese Weise seinem Bild von sich selbst am ehesten zu entsprechen.

Auf dem windigen Platz herrschte die übliche Betriebsamkeit, Menschen eilten die Boulevards entlang, die neuen Doppeldeckerbusse mit den Reklameschriftzügen an den

Seiten zuckelten schwerfällig durch das Brandenburger Tor. Von dem scheinbar endlosen Trauerzug, der fünf Tage zuvor in geisterhafter Langsamkeit über den Platz geschlichen war, kündeten nur noch die schwarzen Schleifen an den Laternenmasten.

Gestern hatte Pommer dem Ufa-Generaldirektor eine weitere, geänderte Kalkulation für den *Blauen Engel* vorgelegt. Aus der ursprünglich kalkulierten Million waren erst eins Komma zwei, dann eins Komma vier und jetzt eins Komma sechs Millionen geworden. Unter der Hand hatte der Produzent Vollmöller bereits anvertraut, dass auch die nicht reichen würden, aber mit Kalkulationen, meinte Pommer, verhielt es sich wie mit Arsen: In den richtigen Dosen verabreicht, ließ es den Patienten ruhig schlafen, nahm man zu viel auf einmal, drohte der Herzstillstand.

Vollmöller fragte sich, warum er hinzugebeten worden war. Die Finanzierung des Films ging ihn nichts an. Dennoch schienen Hugenberg und Klitzsch auf der Suche nach Verantwortlichen für das drohende Desaster auch ihn ausgemacht zu haben. Er zündete sich eine Zigarette an und lehnte sich zurück.

»Wir können den Film zu den ursprünglichen Konditionen drehen«, erklärte Pommer, »aber dann wird es keine zwei Fassungen geben, und wir verbauen uns einen möglichen internationalen Erfolg.«

»Ludwig?«, sagte Hugenberg zu seinem Fenster. Der Westwind wehte Blätter aus dem Tiergarten durch das Brandenburger Tor.

Klitzsch paffte an seiner Zigarre. Er war ein Karrierist und Schlaukopf. Hugenberg und er verstanden sich blendend. Reichte man Klitzsch die Hand und sah ihm dabei in die Augen, wusste man sofort, dass man auf der Hut sein musste. Er wollte, dass man es wusste. Unterschätz mich nicht, sagte sein Blick.

Für Klitzsch bedeutete jede zwischenmenschliche Begegnung eine Verhandlung, ganz gleich, ob mit seiner Frau oder einem Hemdverkäufer. Und alles drehte sich darum, den bestmöglichen Abschluss zu erzielen, das Maximum für sich herauszuholen. Das war anstrengend, aber es gab Menschen, die wollten es nicht anders.

»Kein deutscher Film spielt eins Komma zwei Millionen Reichsmark im eigenen Land ein«, sagte Klitzsch.

»Sehe ich auch so«, bestätigte Pommer.

Selbst von seinem Sessel aus konnte Vollmöller erkennen, wie sich die Haut in Hugenbergs Nacken zusammenzog. Entweder er deckelte die Kosten des Projekts und besiegelte den finanziellen Misserfolg des Films, bevor er abgedreht war, oder er bewilligte die nächste Tranche, und danach die nächste und vermutlich die übernächste und steigerte mit jeder neuen Tranche das Risiko auf ein Desaster. Er wusste, wozu Pommer fähig war, die Zahlen von *Metropolis* hatten sich ihm als ewige Mahnung ins Gedächtnis gebrannt. Und jetzt hatte er die Wahl zwischen Pest oder Cholera. Niemand saß gerne in der Zwickmühle, aber für einen wie Hugenberg bedeutete es einen nicht zu tolerierenden Affront.

Er nahm Pommer ins Visier. »Und das wollen Sie vorher nicht gewusst haben!«

»Selbstverständlich habe ich das gewusst«, entgegnete Pommer seelenruhig. »Was ich nicht kalkuliert habe, ist, wie –«

»Ja?«, rief Hugenberg dazwischen.

»Womit ich nicht gerechnet habe«, setzte Pommer wieder an, »ist, mit welcher Akribie Sternberg die Umsetzung seiner künstlerischen Vision verfolgen würde.«

»Künstlerische Vision!?«

»Wir drehen einen Film. Das ist Kunst. Kunst ist nie bis ins letzte Glied kalkulierbar. Ebenso wenig –«

»Ja, ich höre!?«

»Ebenso wenig, wie sich vorhersagen lässt, wie viele Ferkel eine Sau wirft. Sie sehen, dass sie trächtig ist und haben Erfahrung, und trotzdem sind sie nicht vor Überraschungen gefeit.«

Hugenberg trat an den Tisch. »Wie wir schmerzvoll am Beispiel von *Metropolis* zu spüren bekommen haben, nicht wahr?«

Es sollte Pommer beleidigen, doch Pommer zu beleidigen war praktisch unmöglich. Der Produzent zuckte mit den Schultern. »Sicher.«

»Millionen hat der Film damals verschlungen, dabei waren achthunderttausend veranschlagt!«

»Ist mir bekannt«, entgegnete Pommer, »schließlich habe ich ihn produziert.«

Hugenberg stand kurz vor der Detonation. Die Gelassenheit, mit der Pommer angesichts des drohenden Desasters im Sessel lehnte, schien sich gegen ihn persönlich zu richten.

Klitzsch unternahm einen Vermittlungsversuch. Er war es schließlich gewesen, der die Personalie Pommer maßgeblich unterstützt hatte.

»Ich gebe zu bedenken, Alfred, dass die Presse bereits vor Wochen Witterung aufgenommen hat und inzwischen beinahe täglich über die kommende Sensation und den Beginn einer neuen Filmära berichtet. Alles unter der Ägide der Ufa. Das strahlt auf unser gesamtes Unternehmen ab. Die Paramount hat extra einen Agenten aus den USA geschickt, um sich anzusehen, was bei uns los ist. Der ist nur gekommen, um zu prüfen, ob der *Blaue Engel* die Kriterien für den amerikanischen Markt erfüllt. So etwas ist meines Wissens noch nicht vorgekommen.«

»Wenn ich das richtig verstehe«, Hugenberg strich über seinen Bart, »willst du mir sagen, dass wir uns ohne die englische Fassung den möglicherweise größten Absatzmarkt verbauen.«

»In der Tat.« Klitzsch legte die Fingerspitzen aneinander. Er war so einer. Hugenberg blickte auf Plätze hinab, Klitzsch legte die Fingerspitzen aneinander. »Davon abgesehen, redet alle Welt neuerdings über das Fräulein Dietrich und dass in unseren Studios gerade ein neuer Star geboren wird. Das ist eine Aktie auf die Zukunft. Eine Aktie, die wir halten, zumindest ...«

»... für einen weiteren Film, ich weiß«, schnitt Hugenberg ihm das Wort ab. Er wandte sich an Pommer: »Stimmt das? Die Paramount hat exklusiv einen Agenten geschickt, um sich anzusehen, was bei uns passiert?«

»Schulberg ist kein Agent«, mischte Vollmöller sich ein, »aber ja, er war hier, um zu prüfen, ob sich die Paramount um den Vertrieb des *Blauen Engels* in Amerika bemühen sollte.«

Sonderbar, wie einfach Vollmöller in Gegenwart von Hugenberg die Lügen über die Lippen kamen. Als würde der Ufa-Chef angelogen werden *wollen*. In Wirklichkeit war Schulberg gekommen, weil Vollmöller Zukor telegrafiert hatte, und er war vor allem gekommen, um sich Marlene anzusehen.

»Und?« Hugenberg wippte tatsächlich auf den Zehenspitzen. Ein tänzelnder Panzer. »Lassen Sie sich nicht wieder alles aus der Nase ziehen, Herrgott nochmal.«

»Ich kann nur berichten, dass Herr Schulberg bei seiner Abreise hochzufrieden wirkte.«

»Und ich soll jetzt zweihunderttausend zusätzliche Reichsmark bewilligen, weil irgendein Hollywood-Jude bei seiner Abfahrt hochzufrieden gewirkt hat?«

Vollmöller musste sich zwingen, nicht zu Pommer hinüberzusehen. Der überlegte vermutlich bereits im Stillen, wann er Hugenberg die nächste Kalkulation unterschieben würde.

»Schulberg ist nicht irgendein Hollywood-Jude«, erwiderte Vollmöller so ruhig wie möglich, »sondern Chefproduzent der Paramount. Und ich bin nicht in der Position, Ihnen zu sagen, was Sie zu tun haben.«

»Allerdings nicht!«

Der tänzelnde Panzer fuhr einmal im Kreis durch sein Büro. Dann stand er wieder vor dem Tisch, unschlüssig, auf wen er seine Kanone richten sollte. »Wieso reden plötzlich alle über dieses Fräulein Dietrich. Ich dachte, wir drehen einen Jannings-Film!«

Da nicht erkennbar war, an wen sich die Frage richtete, antwortete Vollmöller: »Weil sie gut ist. Neu. Anders. Noch nie da gewesen. Und ja, wir drehen einen Jannings-Film.«

»Und weshalb erfahre ich erst jetzt, dass da amerikanische Agenten über das Filmgelände laufen, um sich anzusehen, was in unseren Studios passiert?«

Er ist kein Agent, dachte Vollmöller.

»Du warst in den vergangenen Wochen sehr in Anspruch genommen, Alfred«, erinnerte ihn Klitzsch.

Hugenberg hielt seine Hände auf Kopfhöhe, die Finger gespreizt. Es sah aus, als elektrisiere er seine Haare. »Ich will sehen, was wir an fertigen Szenen haben. Morgen Vormittag, zehn Uhr. Ludwig, du sorgst dafür, dass alles bereit ist. Herr Pommer, meine Erwartungen sind hoch. Sollten sie nicht erfüllt werden, drehe ich morgen Mittag, zwölf Uhr, den Geldhahn zu. Ein Desaster wie *Metropolis* wird die Ufa mit mir als Eigentümer kein zweites Mal erleben.«

»Ich bin sicher«, sagte Pommer, »dass wir Ihren Erwartungen voll und ganz entsprechen werden.« An dem Produzenten war wirklich ein Pokerspieler verloren gegangen.

Vollmöllers Gedanken waren bereits vorausgeeilt: Was sollten sie Hugenberg und Klitzsch morgen präsentieren?

Zu spät bemerkte Karl, dass sich sämtliche Blicke im Raum auf ihn richteten. »Ja«, sagte er. »Auch ich bin diesbezüglich ganz … zuversichtlich.«

Sie hätten um die Ecke ins Adlon gehen können, um sich zu besprechen, oder einfach quer über den Platz und in Vollmöllers Wohnung, doch der Anlass verlangte nach Konspiration, und so fanden sich Pommer und Vollmöller im geschlossenen Fond von Pommers chromglänzenden Mercedes Nürburg 460 wieder.

»Gehen'se mal'n bisschen frische Luft schnappen«, hatte Pommer seinen Chauffeur angewiesen, der daraufhin den Kragen hochgeschlagen, sich die Mütze in die Stirn gezogen und unter die Passanten gemischt hatte.

Vollmöller hielt Pommer das geöffnete Zigarettenetui hin. Die Situation erschien ihm so prekär, dass er das Gefühl hatte, sie sollten die gleichen Zigaretten rauchen. Pommer dagegen war wenig beunruhigt.

»Was machen wir jetzt?«, fragte Vollmöller.

Pommer stieß den Rauch aus, schmeckte dem Aroma nach. »Die sind gut«, stellte er fest.

»Übersee«, erwiderte Karl. »Ich lasse sie mir kommen. Wenn du möchtest, bring ich dir das nächste Mal welche mit. Aber jetzt sag mir: Was sollen wir Hugenberg morgen zeigen?«

»Na was schon: Wir präsentieren ihm einen Jannings in Bestform und zeigen ihm Marlene von ihrer Schokoladenseite.«

»In Strapsen?«

»Bist du von allen guten Geistern verlassen? Wenn er die Dietrich in ihrem Gesangsfummel sieht, ist der Film gestorben. Wir schneiden Hugenberg einfach ein hübsches Potpourri aus den besten Szenen zusammen, alles ganz züchtig. Hauptsache, die Handlung ist nicht nachvollziehbar.«

»Das könnten wir – wenn wir eine Szene hätten, in der Lola Lola mehr trägt als Unterwäsche.«

Pommer verschluckte sich am Rauch der Zigarette: »Das kann nicht dein Ernst sein.«

»Es gibt Szenen, da trägt sie weniger, doch die werden uns kaum von Nutzen sein.«

»Bist du sicher?«

»Ich hab das Drehbuch geschrieben«, entschuldigte sich Vollmöller.

Pommer sprang aus dem Wagen, warf die Zigarette in den Rinnstein, spähte nach seinem Chauffeur, der sich, wie er vermutete, vor dem Regen in Sicherheit gebracht hatte, indem er zur Untergrundbahn hinabgestiegen war und jetzt ziemlich sicher auf dem Bahnsteig stand, jungen Frauen hinterhersah und eine Bratwurst verzehrte.

Pommers Haare hatten sich im kreisenden Lufstrom zu einem Wirbel geformt. »Nirgends zu sehen, der Lümmel!«, rief er.

Vollmöller war ebenfalls ausgestiegen. Jetzt öffnete er die Fahrertür. »Steig ein«, erwiderte er, »ich fahre!«

46

Berliner Volkszeitung
28. Oktober 1929

Das hervorstechendeste Merkmal der gestrigen badischen Landtagswahl ist der Zusammenbruch der Deutschnationalen. Von acht Mandaten hat die Partei des Herrn Hugenberg glücklich noch drei behalten! Das ist eine Katastrophe, wie sie in diesem Ausmasse noch selten eine Partei erlebt hat. Es mag ein schwacher Trost für die Herren um Hugenberg sein, dass die Nationalsozialisten sechs Mandate erhielten und damit doppelt so stark sind wie ihre Nährväter vom Volksbegehrensblock. Herr Hugenberg kann daraus erkennen, wohin es führt, wenn man durch verlogene Demagogie die Massen aufputscht. Sie laufen dann zu dem, der die schärfsten Töne findet und in der Hetze am skrupellosesten ist.

Für die Dauer einer knappen Woche sah es so aus, als könnte Claires Plan aufgehen: Sei nett und devot, dann wird er dich machen lassen. Marlene lobte Jannings nach Kräften, dankte ihm für seine Langmut und seine Ratschläge, auch wenn sie diese nicht befolgte, und rührte ihm in den Drehpausen – ganz wie Lola Lola es bei ihrem Professor tat – die gewünschten drei Stück Zucker in den Kaffee.

Dann kam der Tag, an dem Pommer und Vollmöller praktisch ins Studio einfielen, die Dreharbeiten unterbrochen wurden und Sternberg nach einer kurzen Unterredung mit dem Produzenten verkündete, dass es eine Planänderung gebe und sie heute noch vier Szenen mit Professor Rath und Lola Lola drehen müssten.

»Four Scenes«, Rittau glaubte, sich verhört zu haben, »in one day?«

»It is going to be a long night«, erwiderte Sternberg und nahm Marlene beiseite. «You need to get on a decent dress. Something that makes you look like a German housewife.«

Jannings ließ sich in einen Sessel plumpsen. Er hasste Planänderungen beinahe so sehr wie Improvisation. »Vier Szenen?« Er griff sich ans Herz. »Das kannst du unmöglich von ihm verlangen!«

Marlene gab Sternberg ein Zeichen, dass sie sich um Jannings kümmern werde. Sie ging zu ihm, wollte ihm sagen, dass, wenn sie es gemeinsam angingen, sie es schon bewältigen würden. Derart zusammengesunken jedoch, wie Jannings da im Sessel kauerte, brauchte er etwas anderes. Sie zog sich einen Stuhl heran, setzte sich, stützte den Kopf in die Hände und versuchte, betroffen auszusehen.

»Was ist?«, fragte Jannings schließlich.

»Emil«, sie überwand sich und griff nach seiner Hand, »ich weiß, das darf ich eigentlich nicht von dir verlangen, aber ...«

»Was?!«

»Vier Szenen! Ich weiß nicht, wie ich das ohne dich schaffen soll.« Jedes Wort von ihr richtete ihn mehr auf. »Wenn du mir nicht die Sicherheit gibst, dass ich das bewältigen kann, dann ... halte ich das nicht durch.«

»Mädchen«, er tätschelte ihre Hand, »lass dich von Josef nicht bange machen. So schnell kriegst du einen Schlachtkreuzer Jahrgang 84 nicht versenkt.«

Sie stellten drei der vier Szenen fertig: Professor Rath, wie er seiner Angebeteten den Antrag machte; die Hochzeit; der frischgebackene Bräutigam im Gespräch mit seiner Braut, die halb hinter einem Vorhang verborgen gerade so viel von ihrer Nacktheit preisgab, dass zwar nur ihr Dekolleté zu sehen war, die Fantasie des Zuschauers aber auf unerhörte Weise befeuert wurde.

Danach brachen sie ab. Marlene sah, wie mühsam Jannings die Filzbahnen beiseite schob, wie schwer sein Gang war. Jetzt, da das Licht erlosch, wirkte er vorzeitig gealtert. Sonderbar, wie viel Kraft jemand daraus schöpfen konnte, gebraucht zu werden. Heute Mittag war Jannings drauf und dran gewesen, das Handtuch zu werfen, dann hatte Marlene ihm versichert, auf seine Hilfe angewiesen zu sein, und plötzlich hatte er die Kraft und den Willen aufgebracht, bis zur völligen Erschöpfung zu arbeiten.

»Emil!«

Er blieb stehen, drehte sich um. Der angeklebte Bart schimmerte matt. Ein alter Mann.

»Danke«, sagte Marlene und war überrascht, als sie merkte, dass es von Herzen kam. »Du warst großartig. Ohne dich wär' ich heute untergegangen.«

Er wollte etwas antworten, fing an zu husten, hob mühsam den Arm und verschwand in seiner Garderobe.

Marlene zog sich in ihre Garderobe zurück, setzte sich vor den Spiegel und hielt Zwiesprache mit ihrer Negerpuppe.

»Das war ein Tag, was?«

Jenseits der Zwischenwand wollte Jannings nicht aufhören zu husten, minutenlang ging das so. Es war von einer Theatralik, dass Marlene sich fragte, ob Jannings sich selbst etwas vorspielte oder ob er ihr etwas vorspielte.

»Was machen wir denn mit dem?«

Die Lenci-Puppe starrte sie aus ihrem einen Auge an.

»Meinst du?«, sagte Marlene nachdenklich. »Also gut. Aber verdient hat er's nicht.«

Pommer hatte darum gebeten, dass sich alle maßgeblich Beteiligten am nächsten Morgen um halb zehn in Vorführraum Nummer zwei einfanden. Es sollte eine Art Privatvorstellung ausgewählter Szenen in Gegenwart von Klitzsch, Hugenberg sowie Ernst Hugo Correll stattfinden. Letzterer war von Hugenberg zum Produktionsdirektor berufen worden und sollte die Neustrukturierung des Konzerns voranbringen.

Als Marlene eintraf, war der Vorführraum noch verschlossen. Jannings wartete allein im Foyer wie ein Sextaner vor der mündlichen Lateinprüfung.

»Was macht dein Husten?«, erkundigte sich Marlene zur Begrüßung. »Das klang ja furchtbar gestern Abend.«

»Ach der«, Jannings schlug sich mit der flachen Hand auf die Brust und fing gleich wieder an zu husten. »Irgendwie wird es schon gehen. Es muss einfach.«

»Hier.« Sie zog ein in rotes Seidenpapier eingeschlagenes Päckchen aus der Handtasche.

»Für mich?« Jannings sprach so laut, dass es bis in den Vorraum zu hören sein musste.

»Pack es aus.«

Ein Schal, silbergrau, kam zum Vorschein. Marlene nahm ihn Jannings aus den Händen, legte ihn ihm um den Hals und zupfte hier und da. Dann trat sie einen Schritt zurück.

»Sehr schick«, befand sie. »Ist er schön warm?«

»Sehr.«

»Das sollte er auch. Merino. Die Wolle hab ich von Braun & Co.«

»Den hast du selbst gestrickt?«

»Was denkst du denn? War aber ganz einfach: Eine Seite rechte Maschen, auf der Rückrunde dann linke.«

Jannings lachte wie ein Bub. »Rechts, links, rechts, links...«

»... und fertig ist der Schal.«

»Wann hast du das gemacht?«

»Heute Morgen, beim Frühstück.«
»So schnell geht das?«
»War ein etwas längeres Frühstück.«
Emil befühlte ungläubig die Wolle. Er war beherrscht von dem Gedanken, dass alle Welt ihm sein Talent und seinen Erfolg neidete und insbesondere Kollegen deshalb ständig auf Abstand zu halten waren. Dass nun ausgerechnet Marlene ...
»Danke«, brachte er hervor.

47

Berliner Börsenzeitung
28. Oktober 1929

Unter den Auslandsbörsen stand in den letzten Tagen wieder die New Yorker Börse im Brennpunkt des Interesses. Nachdem die Haltung seit einiger Zeit unsicher geworden war, kam es am Donnerstag zu einer regelrechten Börsenpanik. Wie sich die Stützaktion der Banken auswirken wird, und ob nicht auch in New York, wo in einer mehrere Jahre hindurch fast ununterbrochen anhaltenden Aufwärtsbewegung eine durch nichts gerechtfertigte Ueberbewertung der Aktien entstanden ist, eine Rückbildung erfolgen wird, lässt sich noch nicht übersehen.

Es war fünf Uhr dreißig in der Frühe, als Vollmöller den Produzenten vor dessen Haus in Steglitz absetzte. Sie fuhren in Pommers Wagen, Vollmöller saß am Steuer. Mit dem Verstummen des Motors wurde es ruhig wie in einer Gruft. Die Stämme der entlaubten Bäume glänzten feucht im Scheinwerferlicht.

Berlins malerischster Villenbezirk war erst zehn Jahre zuvor in die Stadt eingemeindet worden, man schätzte die Abgeschiedenheit, die weitläufigen Gärten, den Abstand zum Nachbarn. Pommers Haus, ein massiger Bau mit einem Balkon zur Straße hin und einer, wie Vollmöller wusste, ausgedehnten Terrasse zum Garten, lag im Dunkel.

Sie waren zu müde zum Reden. Die Nacht hatten sie mit Rittau, Sternberg und Sam Winston in einem der neuen Schneideräume zugebracht, hatten schachtelweise Zigaretten geraucht und – mit Ausnahme von Winston – alle zwei Stunden eine Prise Kokain geschnupft.

Winston war der Cutter, den Sternberg aus den USA mitgebracht hatte. Er war wie der Regisseur fünfunddreißig, hatte jedoch die Haut eines Zwanzigjährigen und den Blick eines Zwölfjährigen. Am Ende hatten alle außer dem Cutter rot geränderte Augen, und der Tonschneidetisch sah vor lauter weißen Krümeln aus, als hätten sie dort Plätzchen gebacken.

Pommer, dem ja stets etwas Zerknittertes anhaftete, wirkte, als müsse man seine Lider erst einmal glatt ziehen, bevor er wieder etwas sehen könnte. Sein verschmitztes Lächeln jedoch hatte ihm auch diese Nacht nicht austreiben können.

»Willst du mal Kinder haben«, fragte er unvermittelt. »Du weißt schon – Familie und so.«

Karl ließ sein Etui aufspringen. »Eine geht noch.«

Pommer bediente sich. Sie rauchten, umgeben von Dunkelheit in unterschiedlichen Schattierungen.

»Und?«, hakte Pommer nach.

»Kinder, meinst du?«

»Hm-m.«

Vollmöller entließ den Rauch in die Nacht. »In schwachen Momenten.«

»Dafür würde es sich lohnen, oder?«, überlegte Pommer. Und weil er merkte, dass das nicht ausreichte, erklärte er: »Für Momente wie diesen. Von denen könnte man ihnen erzählen. Wie wir uns eine ganze Nacht um die Ohren gehauen haben, um für Klitzsch und Hugenberg etwas zusammenzuschneiden, damit sie uns das Projekt nicht unter dem Hintern wegziehen. Wie der Film später mal ganz groß rauskam. Und wie wir im Auto gesessen und eine letzte Zigarette geraucht haben. Das wär' doch schön. Dann wäre nicht alles gleich wieder vorbei.«

»Festhalten kannst du sowieso nichts.«

»Bla bla bla.«

Sie schmunzelten, gemeinsam und jeder für sich.

»Weißt du was.« Vollmöller umfasste das Lenkrad. »Ich glaube, dieser Film wird möglicherweise größer, als wir uns das vorstellen können.«

»Dann müsste er schon *sehr* groß werden.«

»Und Hugenberg dürfte dir nicht den Geldhahn abdrehen.«

»Plötzlich ist es mein Geldhahn, ja?«

Sie grinsten einander an. Zwei Spitzbuben im fortgeschrittenen Alter am Ende ihrer Kräfte.

»Keine Sorge«, fuhr Pommer fort. »Hugenbergs Risikobereitschaft wiegt schwerer als seine Angst vor einer versenkten Million.«

»Ich leih mir dein Auto, wenn es recht ist, und hol' dich um neun wieder ab, damit wir pünktlich in Babelsberg sind.«

»Du kannst auch gerne im Gästezimmer schlafen. Und nachher gebe ich dir ein frisches Hemd. Gertrud macht einen Kaffee, der Tote zum Leben erweckt.«

Vollmöller dachte an seine Wohnung, an die Leinwand, die vielen Kabel und daran, dass er mit etwas Glück die schlafende Ruth in seinem Bett antreffen und er sich an sie schmiegen würde. Zwei kostbare Stunden. Wo sie doch so gerne von ihm gefunden wurde. Dieses eine Mal noch.

Was für ein sentimentaler Gedanke: dieses eine Mal noch. Es würde nicht das letzte Mal sein, dass er sich an sie schmiegte. In schwachen Momenten jedoch fühlte es sich so an, und in letzter Zeit hatte er vermehrt schwache Momente. Möglich, dass es am *Blauen Engel* lag. Oder an Ruth. Oder einfach an diesem Leben, dessen Ende so schamlos schnell auf einen zuraste.

»Um neun bin ich wieder hier, einverstanden?«
»Ganz, wie du willst.«
Schwerfällig stieg Pommer aus dem Wagen, stützte sich am Autodach. Wieder dieses Schmunzeln.
»Verrückt«, stellte er fest.
»Schon«, sagte Vollmöller.

Der Vorführraum, den Klitzsch reserviert hatte, war in der Vorwoche erst fertiggestellt worden. Es roch so, dass man nicht wagte, etwas anzufassen, aus Angst, anschließend klebe einem Farbe an den Fingern. Pommer und Vollmöller trafen als Letzte ein, Vollmöller mit einer neuen Prise Kokain in der Nase, Pommer mit einem Faltengebirge um die Augen.

Hugenberg zog seine Taschenuhr hervor. Sein Blick sagte: Meine Herren, Sie sind zu spät. Er reichte Pommer die Hand. »Ich dachte schon, Sie drücken sich.« An Vollmöller gewandt, sagte er: »Sind Sie sicher, dass Sie nicht doch die Schwindsucht haben?«

»Herr Hugenberg«, erwiderte Karl.

Die Frage ließ er unbeantwortet. Hier ging es um etwas, das größer war als er. Da hatten sich persönliche Befindlichkeiten hintanzustellen.

Die gesamte Führungsriege der Ufa war zugegen. Das bedeutete: Klitzsch, Hugenberg nebst Ernst Hugo Correll. Letzterer fühlte sich, wie seine Mitstreiter, der Nationalen Sache verpflichtet und hatte sich als Vorstandsmitglied der SPIO, der Spitzenorganisation der Filmwirtschaft, bereits ordentlich die Finger schmutzig gemacht, indem er geheime Rüstungsprojekte mitfinanzierte. Beruflichen Schaden hatte er dadurch nicht erlitten, im Gegenteil: In Hugenbergs Augen schien sich Correll damit als Ufa-Produktionsdirektor geradezu zu empfehlen. Er hatte Finger so dick wie Zigarren und die feisteste Lache der Stadt. Marlene war die einzige Frau im Raum.

Das Studio sollte intime Behaglichkeit vermitteln, und das tat es auch. Rechts und links des Mittelgangs gruppierten sich in drei Reihen jeweils zwei Sesselpaare, insgesamt also ein Dutzend. Die Seitenwände waren mit dunkelroter Seide bespannt, elektrisch betriebene Wandlampen verströmten unaufdringliches Licht.

Marlene, die ein schlichtes und vor allem züchtiges Kostüm trug, zwinkerte Vollmöller zu. Sie hatte bereits verstanden, worum es heute gehen würde, als Sternberg ihr am Vortag zugeraunt hatte, sie solle sich ein anständiges Kleid anziehen. Aber Marlene war eben auch schlauer als die meisten, vielleicht sogar schlauer als Pommer oder Vollmöller selbst.

Abgesehen davon schien sie sich zu verändern, oder dieser Film veränderte sie. Weltläufigkeit war das Wort, das Vollmöller in den Sinn kam, wenn er es zu greifen versuchte. Marlene war stets zuverlässig und pünktlich gewesen, diszipliniert, auf den Punkt. Sie beschwerte sich nicht, wenn es zwei Stunden länger dauerte, nie, erwartete keine Vorzugsbehandlung und war dem Beleuchter gegenüber ebenso freundlich wie Vollmöller oder Pommer. Doch da war noch etwas anderes: ihr Gang, ihre Haltung. Sogar ihre Kleiderwahl. Weltläufigkeit.

Ruth war es gewesen, die Karl darauf aufmerksam gemacht hatte – nachdem sie sich in Karls Wohnung gemeinsam mit Buster Keaton die Gesangsszene angesehen hatten.

»Sie zieht sich zurück.«

Die letzten Gäste waren verabschiedet, sie standen im Flur und blickten die Wohnungstür an, als erwarteten sie, dass sie sich im nächsten Moment wieder öffnete.

»Inwiefern?«, fragte Karl.

»Je vulgärer sie als Lola Lola zu sein hat, desto stärker nimmt sie sich abseits der Bühne zurück. Als wären es zwei Seiten derselben Frau.«

Jannings und Hugenberg standen vor der Leinwand und versicherten einander ausgiebig, wie sehr sie den jeweils anderen schätzten und wie glücklich sie waren, über diesem Projekt wieder zueinandergefunden zu haben. Der Schauspieler wirkte wie frisch verliebt, seine Stimme eine halbe Oktave höher als gewöhnlich. Vollmöller wandte den Blick ab. Carmen, seine Haushälterin im Palazzo Vendramin, hätte gesagt, Jannings gehöre zu der Sorte Mann, die genau wisse, wo es »warm rauskommt«. Das Kalkül des Schauspielers war augenscheinlich: Solange er Hugenberg auf seiner Seite hatte, würde eher der Regisseur ausgetauscht werden als er.

Endlich setzten sich Jannings und der Konzernlenker in die vordere Sesselreihe, und auch die übrigen Anwesenden durften ihre Plätze einnehmen. Das Licht erlosch, Vollmöller schloss die Augen. Was für eine Nacht.

Neun Szenen wurden gezeigt, sechsmal Professor Rath, dreimal Rath mit Lola Lola: Rath beim Frühstück, Rath mit seiner Haushälterin, Rath vor seiner Klasse, Rath mit einem ungelehrigen Schüler, Rath mit der Postkarte von Lola Lola, Rath, wie er in den *Blauen Engel* geht. Als der Professor seinem ungelehrigen Schüler vergeblich das »th« beizubringen versuchte, rief Hugenberg aus, »das ist ja köstlich!«, und Corrells unvergleichliche Lache schmetterte durch den Raum.

Es folgten die drei Szenen, die sie gestern in aller Eile gedreht hatten: Professor Rath, wie er seiner Angebeteten den Antrag machte, die Hochzeit, der frischgebackene Bräutigam im Gespräch mit seiner Braut. Es war Sternbergs Einfall gewesen, die Sängerin ihren Kopf durch die zwei Bahnen eines Vorhangs strecken zu lassen. Ein Geniestreich. Wenn eine wie Lola Lola sich vor ihrem eigenen Mann mit einem Vorhang bedeckte, konnte sie nur nackt sein. Und der Zuschauer spürte diese ungezähmte Nacktheit wie ein lauerndes Tier hinter dem Stoff. Insgeheim hoffte jeder darauf, dass

Lola der Vorhang entgleiten und sie gänzlich entblößt dastehen würde. Stattdessen aber geschah etwas noch viel Schockierenderes, und das war, wie hätte es anders sein können, eine spontane Eingebung Marlenes gewesen: Am Ende des Dialogs drückte sie ihren Körper in den Vorhang und zog den Stoff so straff um ihre Hüften, dass sich ihre Brustwarzen abzeichneten und ihr Venushügel sichtbar wurde. Jenseits des Mittelgangs schnappte Correll nach Luft.

»Heiliger Bimbam!«, rief Hugenberg aus.

Pommer lehnte sich zu Vollmöller und flüsterte: »Du kannst die neue Kalkulation als bewilligt ansehen.«

Die Ufa-Riege zeigte sich mehr als zufrieden. Nachdem die Schauspieler aus dem Raum komplimentiert worden waren, standen sich nurmehr Sternberg, Pommer und Vollmöller auf der einen, Hugenberg, Correll und Klitzsch auf der anderen Seite gegenüber. Insbesondere Jannings' Leistung wurde gewürdigt. Der Oscar-Preisträger, der, wie Hugenberg meinte, das Wesen der deutschen Seele verkörpere wie niemand sonst, sei in der Rolle des Professors förmlich aufgegangen. »Das war ganz große Schauspielkunst!«, befand der Ufa-Chef.

Was das Tamtam betraf, das um das Fräulein Dietrich gemacht wurde – nun, richtig nachvollziehen könne er es nicht, gestand Hugenberg, aber Geschmäcker seien bekanntlich verschieden, und es solle ihm recht sein, wenn sie mit dieser Rolle groß rauskomme, schließlich habe die Ufa einen Exklusivvertrag mit ihr, zu festgeschriebenen Konditionen.

Allerdings: »Dass mir das mit der Freizügigkeit nicht zu weit geht!« Offenbar inspiriert von Professor Rath fuhr Hugenberg einen mahnenden Zeigefinger aus. »In der letzten Szene waren ihre entblößten Schultern zu sehen. Ich hoffe, das kommt nicht zu oft vor.«

»Keine Sorge«, erwiderte Pommer gut gelaunt, »das verkraftet das Publikum schon. Außerdem werden in den anderen Szenen vor allem ihre entblößten Beine zu sehen sein. Da achtet keiner auf die Schultern.«

Vollmöller stockte der Atem, dann fing Correll an zu lachen. Hugenberg und Klitzsch stimmten mit ein. Schließlich lachten auch Pommer und Sternberg. Der Regisseur hatte zwar den Witz nicht verstanden, merkte aber, dass auch er sich amüsiert zeigen sollte. Einzig Vollmöller verzog keine Miene.

Hugenberg schlug ihm auf die Schulter: »Gehen Sie mal zum Arzt, Mann!«

Pommers Chauffeur, der ihnen gestern abhandengekommen war, hatte sich im Verlauf des Vormittags wieder in Babelsberg eingefunden. Der Produzent ließ sich vor seiner Villa absetzen und wies ihn an, Vollmöller in die Stadt zurückzubringen. Als sie die Schloßstraße hinauffuhren, die zur Verbindungsachse Berlin – Potsdam gehörte, staunte Karl darüber, wie viele Kinos in den letzten Jahren in der Einkaufsstraße entstanden waren. Er kam nicht oft in diese Gegend, aber wenn, erblickte er jedes Mal ein neues.

Das Metropol-Lichtbild-Theater, das Flora-Kino sowie die Filmburg hatten bereits vor dem Krieg existiert, neben dem Schloßparkkino, den Park-Lichtspielen oder gar dem Titania-Palast, der sich in architektonischer Machtentfaltung den gesamten Boulevard unterwarf, nahmen sich die alten Kinos jedoch mickrig aus. Wenn es so kam wie prophezeit und der Tonfilm den stummen Film verdrängte, würden die kleinen Kinos die kommenden drei Jahre nicht überleben.

Vollmöller lehnte sich in die Polster. Seine Gelenke fühlten sich an wie nach einer überstandenen Grippe. Mit jedem Kilometer, den sie sich von Babelsberg entfernten, fühlte er sich ein Stückchen leichter. Ihr Schiff war nicht, wie befürchtet, mit voll gesetzten Segeln auf Grund gelaufen. Vorerst nicht.

Noch immer gab es Momente, in denen Vollmöller sich

wunderte, wie sehr dieses Projekt ihn in Anspruch nahm. Finanziell gab es für ihn nichts zu gewinnen, und wenn, wäre es ihm gleichgültig gewesen. An Geld hatte es ihm nie gemangelt. Seine Besorgnis hatte eine andere Ursache.

Es war die Gewissheit, dass bestimmte Dinge sich nur in vorbestimmten Momenten ereignen konnten. Dass sich ein Film wie dieser nicht noch einmal drehen lassen würde, dass er letztes Jahr noch nicht möglich gewesen wäre und nächstes Jahr schon nicht mehr möglich sein würde. Ebenso, wie Goethe seinen *Werther* nur in den sechs Wochen nach seiner Rückkehr nach Frankfurt hatte schreiben und so, wie Mozart sein *Requiem* nur im Angesicht seines bevorstehenden Todes hatte komponieren können. Sie mussten den *Blauen Engel* hier und jetzt drehen, oder er würde nie gedreht werden.

Was Marlene betraf: Hugenberg und sein Gefolge sahen es nicht, aber mit ihr würde der Film endgültig den biedermeierlichen Muff der vergangenen zwanzig Jahre ablegen und im Jetzt ankommen. Eine Figur wie Lola Lola hatte noch kein Regisseur je gewagt, und keine Schauspielerin hätte sie sich zugetraut. Die drei Szenen, die sie gestern gedreht hatten, stellten es zusätzlich unter Beweis: Marlene war eine herausragende Schauspielerin, nicht nur in Unterwäsche. Dass sie bislang auf der Leinwand nur Misserfolge erlebt hatte, lag eindeutig daran, dass weder sie noch ihre Regisseure ihr Potenzial erkannt hatten. Da musste erst einer wie Sternberg kommen.

Sie passierten den Titania-Palast, eine gigantische, steinerne Behauptung. Die angrenzenden Häuser, gerade einmal zwanzig Jahre alt, gehörten bereits einer vergangenen Epoche an. Vollmöller schloss die Augen. Sofort hatte er Ruths Geruch in der Nase. Ob sie noch da wäre, wenn er nach Hause kam? Sie mussten diesen Film beenden, und anschließend mussten sie ihn irgendwie in die Kinos bekommen. Nur wie, das wusste er noch nicht.

Ruth war gegangen. Doch lange konnte sie noch nicht fort sein. Als Karl sich ins Bett fallen ließ, war ihr Geruch überall, in den Kissen, im Laken, der Decke. Er hüllte sich darin ein. Keine drei Minuten später schlief er.

48

Berliner Volkszeitung
29. Oktober 1929

Auch ein schwarzer Montag in New York
Sehr schnell ist an der Effektenbörse auf den schwarzen Donnerstag ein schwarzer Montag gefolgt, dessen Ursachen zum Teil in den Auswirkungen des letzten Kurseinbruches zu suchen sind. Bei wiederum großen Umsätzen gaben die Kurse um bis zu 45 Dollar nach. Im Verlaufe der Börse einsetzende Stützungsversuche der Banken erwiesen sich als erfolglos.

Sie hatten sich im Romanischen verabredet, Hans und sie, gestern Abend. Wochenlang hatten sie in *Die zwei Krawatten* auf der Bühne gestanden, hatten sich angefreundet, geflirtet, heftig geküsst und mehrmals gerade so nicht miteinander geschlafen, und dann, plötzlich, hatten sie sich nicht mehr gesehen. Albers' Rolle im *Blauen Engel* jedoch war klein, sein Mazeppa trat erst gegen Ende der Geschichte in Erscheinung. Morgen endlich wäre es so weit, und um das gebührend zu feiern, trafen sie sich im Romanischen.

Marlene fand sich zuerst ein, ließ sich an einen Tisch führen. Jeder im Raum bemerkte ihr Erscheinen, niemand wagte, sie anzusprechen. Sie zupfte sich die weißen Handschuhe von den Fingern. Das Leben war doch eine Wundertüte. Es war noch nicht lange her, da hatte sie Tage am Stück im Nichtschwimmerbecken verbracht, in der Hoffnung, irgendjemand möge sie sehen, sie erkennen. Jetzt sollte sie plötzlich die Königin des Schwimmerbeckens sein? Endlich kam Hans durch den Bogen, lässig wie immer mit seinem ungeschliffenen Charme, und Marlene war erleichtert, als sie merkte, dass er ebenso erfreut über ihr Wiedersehen war wie sie.

Sie bestellten eine Flasche Sekt und waren noch dabei, die Lücke seit ihrer letzten Begegnung zu füllen, als Ernst Toller hereinkam, der Unbeugsame, feierlich und düster. Marlene wusste nicht, woher Hans und der Dramatiker sich kannten, aber es verwunderte sie nicht, als Albers ihn heranwinkte und ihm einen Platz anbot.

»Wenn ich nicht störe«, erwiderte Toller.

»Unsinn«, versicherte Hans, »das wird sowieso gleich ganz gesellig, wirst sehen.«

Toller nahm sich einen Stuhl. »Na, dann kann ich ja immer noch gehen.«

Kurz darauf erschien Renée Sintenis in ihrer androgynen, erhabenen Feingliedrigkeit. Marlene begegnete ihr nicht oft, aber wenn, geriet jedes Mal etwas in ihr aus dem Gleichgewicht. Am liebsten hätte sie sich direkt auf sie geworfen. Die Bildhauerin wiederum kannte Toller, hatte vor drei Jahren eine Büste von ihm angefertigt. Marlene hatte sie in einer Ausstellung in der Nationalgalerie gesehen und war hingerissen gewesen. Tollers Standhaftigkeit, sein schöner Ernst, die Überzeugung ... Alles da.

In einer einzigen fließenden Bewegung setzte sich Renée zu ihnen an den Tisch. Dabei starrte Marlene sie auf eine Weise an, dass Hans ihr seine Hand auf den Arm legte und sagte: »Mensch Marlene, der Abend hat doch grad erst angefangen.«

Claire und Olga sowie ein paar andere waren gekommen, die dritte Flasche Wein stand auf dem Tisch, Toller war trotz aller Geselligkeit noch nicht gegangen, und ihre Spirituosen-Freischar, wie Hans die Runde nannte, war auf elf Personen angewachsen, als unversehens die Gespräche im Raum verstummten. Jannings, ausgerechnet, und Gussy Holl in seinem Windschatten.

Inzwischen wusste ganz Berlin über die fortgesetzten Kollisionen in Babelsberg Bescheid, hatte von der »heimtückischen Verschwörung« gehört, die gegen Jannings in Gang sei. Nicht verwunderlich also, dass sich sämtliche Augen in diesem Moment wechselweise auf Jannings und Marlene richteten. Die suchte unter dem Tisch nach einem Halt und fand die Hand von Albers.

Dass ausgerechnet Jannings heute hier auftauchte, konnte kein Zufall sein. Er musste erfahren haben, dass Marlene hier war, und jetzt war er gekommen, um, ja, warum? Mit absurder Anstrengung ignorierte er ihre Gruppe und steuerte zielstrebig einen Tisch am anderen Ende des Raumes an. Gussy folgte ihm loyal, aber widerstrebend, warf im Vorbeigehen einen Blick in die Runde und verdrehte entschuldigend die Augen.

Es war eine Kraftprobe, und Gussy war seine Verstärkung. Jannings wollte sich und aller Welt, vor allem aber wollte er Marlene beweisen, wer von ihnen mehr Zugkraft besaß, wer das größere Interesse auf sich zog. Marlene hoffte inständig, dass ihr Kollege als Sieger aus diesem kindischen Duell hervorginge. Dann könnte er sich morgen von der versöhnlichen Seite zeigen und den gezähmten Löwen geben. Doch sie konnte nicht verhindern, dass die versammelte Prominenz sich um ihren Tisch scharte.

Derjenige, der das Dutzend an Marlenes Tisch vollmachte, war Billy Wilder. Der junge Mann war ein Mysterium. Vor zwei Jahren zu Besuch aus Wien gekommen, hatte er kurzerhand entschieden, in Berlin zu bleiben und nicht wieder zurückzukehren. Es hieß, neben den Artikeln, die er für diverse Zeitungen verfasste, arbeite er heimlich als Ghostwriter und schreibe im Auftrag namhafter Autoren deren Drehbücher. Dabei war er erst dreiundzwanzig.

Schön anzusehen war er übrigens nicht. Trotz seines jugendlichen Alters hatte Wilder bereits schütter werdendes Haar, außerdem waren seine Nase schief und seine Unterlippe prominenter als die Oberlippe. In puncto Attraktivität, fand Marlene, waren vorspringende Unterlippen im Grunde nicht wettzumachen.

Er trat vor die Gruppe, die um Marlene und Hans herumgewachsen war und rief, »die Stars von morgen!«, was nichts anderes bedeutete, als dass am anderen Ende des Raums der Star von gestern saß.

»Zieht noch einen Tisch ran!«, gab Hans zur Antwort.

Ihre Gruppe war auf fünfzehn angewachsen, dominierte den kleinen Raum und übertönte alle anderen Gespräche, Claire war soeben zum zweiten Mal aufgestanden, hatte Olga ungestüm auf den Mund geküsst und »Die Männer sind alle Verbrecher« angestimmt, keiner zählte mehr die Flaschen, und Marlene hatte die Gegenwart von Jannings erfolgreich verdrängt, als das Quietschen von massigen Tischbeinen auf dem teuren Marmorboden Claires Gesangsvortrag unterbrach.

Im nächsten Moment splitterte Glas, Scherben prasselten auf die Fliesen. Jannings hatte seinen Tisch derart schwungvoll von sich gestoßen, dass die Flasche, die Gläser sowie der Aschenbecher auf dem Boden zerschellt waren. Er kam auf Hans und Marlene zu. Die Scherben knirschten unter seinen Sohlen. Toller und Tucholsky lehnten sich neugierig zurück, der Rest verharrte. Gussy versuchte sich unsichtbar zu machen.

»Eine Posse ist das«, rief Jannings in die Runde, »eine Farce!« Ohne Marlene direkt anzusehen, verkündete er mit erhobenem Zeigefinger: »Keine vier Wochen nach der Premiere wird alle Welt vergessen haben, wer dieses Fräulein Dietrich einmal gewesen ist.«

Gussy fasste ihn am Arm. »Das reicht, Emil.«

Er riss sich los, beachtete sie nicht. »Keine noch so teuflische Intrige wird daran etwas ändern, kein noch so perfider Plan!!«

»Das reicht jetzt aber wirklich!«, zischte Gussy. »Du machst dich ja lächerlich!«

Widerstrebend ließ Jannings sich aus dem Raum führen. Er hätte gerne noch mehr von seiner Galle verspritzt, wusste jedoch nichts mehr zu sagen. Im Durchgang fiel ihm noch etwas ein. Er drehte sich um, hob die Arme in einer Beschwörungsgeste.

»Da können du und dieser sogenannte Schauspieler neben dir und dein speichelleckender Amerikaner noch so sehr gemeinsame Sache machen. Einen Emil Jannings bringt *ihr* nicht zu Fall!«

Erst, als ein Kellner damit begann, die Scherben zusammenzufegen, kam wieder Leben in die Gruppe. Claire, noch immer stehend, warf Marlene einen Blick zu, griff nach ihrem Glas und nutzte die Gelegenheit für einen Toast.

»Ab jetzt: harte Bandagen!«

Marlene nahm zögerlich ihr Glas. Die anderen taten es ihr nach. Der Kellner kam mit einem Kehrblech voller Scherben vorbei.

»Bringen Sie die Rechnung, bitte«, bat Marlene, »der Abend geht auf mich.«

Seit seinem Eintreffen auf dem Filmgelände hatte Jannings an niemanden ein Wort gerichtet. Die wenigen Menschen, die ihn zu Gesicht bekommen hatten, waren erschrocken ob seines Anblicks. Seine Füße scharrten über den Boden, seine Bewegungen schienen verlangsamt. Dass man ihn überhaupt schon erblickt hatte, war einzig dem Umstand geschuldet, dass er zunächst ins falsche Studio gelaufen war und dort ratlos vor den fremden Aufbauten verharrt hatte.

Endlich im richtigen Studio, stolperte er zunächst über die Stufe zum Garderobengang, obwohl die kaum eine Handbreit hoch war. Die herbeigeeilte Annemarie, die ihm allmorgendlich mit ihrer Engelsgeduld den Bart anklebte, hatte er angeknurrt wie ein Schäferhund. Und nun ließ er wieder einmal alle auf sich warten. Seit anderthalb Stunden. Dabei stand heute eine Schlüsselszene auf dem Drehplan.

Nachdem der liebeskranke Professor Rath seinen Beruf als Lehrer an den Nagel gehängt hatte, um sich mit Lola Lola zu vermählen, war er mit der drittklassigen Revue-Truppe umhergetingelt. Jahre sind seither vergangen. Er hat Versuche unternommen, seine Würde zu wahren, doch nachdem seine finanziellen Reserven aufgezehrt waren, sah er sich gezwungen, bei den Vorstellungen frivole Postkarten seiner Geliebten feilzubieten – etwas, das er um jeden Preis hatte vermeiden wollen. Als auch das zu wenig abwarf, blieb ihm keine andere Wahl, als selbst zur Revuenummer zu werden: ein tragischer Clown, der sich Eier aus der Nase ziehen ließ, die der Zauberkünstler, gespielt von Kurt Gerron, anschließend auf seiner Glatze zerschlug, woraufhin der ehemalige Professor jedes Mal einen Hahnenschrei ausstieß.

Am Ende dieses Abstiegs angelangt, kehrt die Truppe schließlich mit ihrer Revue in Raths Heimatstadt zurück, wo sich der Professor als tragischer Clown vor seinen ehemaligen Schülern endgültig im Staub winden und zertreten lassen soll. Da er zudem erleben muss, wie während seines Auftritts Lola Lola ihn abseits der Bühne mit dem fesch-forschen Mazeppa hintergeht, dreht er endgültig durch, stolpert von der Bühne, stellt die Ehebrecherin, würgt sie und flüchtet orientierungslos in die Nacht hinaus.

Marlene und Hans saßen fertig geschminkt und in ihren Kostümen mit den Syncopators zusammen. Um ihnen die Zeit und außerdem die bösen Geister zu vertreiben, stimmte ab und zu einer der Musiker eine Melodie an, und Marlene, Albers oder auch beide gemeinsam, sangen dazu. Sternberg durchstreifte unterdessen das Studio wie ein tollwütiger Fuchs. Den Versuch, Normalität zu simulieren, hatte er aufgegeben.

Marlene hatte durchaus Verständnis für Josefs Verfassung. Die Finanzierung des Films stand auf der Kippe, zum Jahreswechsel endete seine Beurlaubung von der Paramount, die Zeit lief ihnen davon, und Jannings war kaum noch zurechnungsfähig.

Die Vertrautheit zwischen ihr und dem aufstrebenden Schauspieler machte Sternberg rasend. Natürlich hatte er gewusst, dass sie einander kannten, gut kannten, schließlich hatte er sie in *Die zwei Krawatten* gesehen – an dem Abend, als alles anfing und er in ihr die künftige Lola Lola erblickte. Aber diese Nähe ...

Sternberg war ein Seismograf. Erstaunlich eigentlich bei jemandem, der so sehr um sich selbst kreiste. Vielleicht lag genau in diesem scheinbaren Widerspruch seine besondere Qualität begründet: ein gigantisches Ego gepaart mit extremer Empfindsamkeit. Was für ein grausames Leben, brennen müssen, immerzu. Dementsprechend hatte es keine drei Minuten gedauert, bis der Regisseur begriffen hatte, dass, was immer Marlene und Hans verband, Marlene und ihn nie verbinden würde. Was auch immer geschehen oder nicht geschehen würde, nie würde es sich so natürlich und unverstellt anfühlen wie bei Hans und Marlene, niemals könnten sie einfach Freunde sein.

Vor einigen Tagen hatte Josef in der Intimität ihrer Garderobe zum ersten Mal mit Marlene über die Zeit nach dem *Blauen Engel* gesprochen, hatte ihr gestanden, dass er sich eine Zukunft ohne sie nicht vorstellen könne. »I don't want it to end!« Dabei schien ihm selbst nicht klar zu sein, was unter »it« zu verstehen war. Er war ihr Regisseur und sie seine

Schauspielerin, beide verheiratet und nicht miteinander. Das musste nichts bedeuten, aber – mon dieu! – bis jetzt hatte sie ihm noch nicht mehr von sich preisgegeben, als jeder sehen würde, der sich nächstes Jahr den *Blauen Engel* im Kino ansah.

Zum x-ten Mal schritt Sternberg die Aufbauten ab, rückte Stühle zurecht, die später nicht zu sehen sein würden, machte Bemerkungen über das Licht, zog sich hinter die Kulissen zurück. Sternberg zuliebe hätte Marlene sich Hans gegenüber reservierter geben können. Doch zum einen, fand sie, hatte sie genug Rücksichten genommen, zum anderen sollte sie als Lola Lola später, in der Szene, dem Drängen Mazeppas nachgeben. Da konnte es nicht schaden, sich vorher ein bisschen in Stimmung zu bringen. Außerdem, kindisch, aber wahr, verschaffte es ihr eine gewisse Genugtuung, Sternberg derartig eifersüchtig zu erleben.

Annemarie erschien im Studio, eine Puderdose zwischen den nervösen Fingern. Wie verheult sie war, sah man erst, als sie den Kopf hob.

Marlene nahm ihre Hände: »Was ist denn?«

»Es tut mir leid«, Annemarie schniefte, »aber ... Ich glaube, ich kann das nicht mehr.«

Es dauerte Minuten, ehe sie sich so weit im Griff hatte, dass sie berichten konnte, was in der Maske vorgefallen war. Offenbar hatte Jannings sie derart getriezt und sie so oft wegen ihrer Hasenscharte herabgewürdigt, dass sie sich keinen Ausweg mehr wusste, als weinend aus dem Raum zu fliehen.

»Ich kann da nicht wieder rein«, sagte sie.

»Natürlich nicht«, erwiderte Marlene. »Das wäre ja noch schöner.«

Jannings musste in die Schranken gewiesen werden. Marlene wechselte einen Blick mit Albers.

Der stand auf, setzte sich in Bewegung. »Ich mach das.«

In diesem Moment jedoch – und Marlene hätte jede Wette

angenommen, dass er bereits auf Position gestanden hatte – teilten sich die Filzbahnen, und der zum Clown geschminkte Jannings erschien. Er trug das Kostüm, das Professor Rath endgültig zur tragischen Lachnummer degradierte, seinen Bart hatte er sich offenbar selbst angeklebt.

»Bringen wir es hinter uns!«, rief er. Seine Augen irrten umher. »Kikerikiii!!«

Marlene fragte sich, wo Jannings aufhörte und wo seine Rolle anfing, ob es überhaupt noch eine Trennlinie gab.

»Finally!«, rief Sternberg.

Für einige Augenblicke bildeten sie ein schicksalhaftes Dreieck: Sternberg, Jannings, Marlene. Ring frei.

49

Berliner Volkszeitung
29. Oktober 1929

Das Barometer stand an den Weltbörsen in der letzten Zeit auf »Sturm«. Sowohl in New York wie auch an den europäischen Börsenplätzen erfolgten heftige Kurseinbrüche. Diese Entwicklung beruht teilweise auf der engen Verbindung der internationalen Börsen, die es mit sich bringt, dass ein Umschwung von einer Börse auf die andere übergreift. Soweit die europäischen Effektenmärkte in Frage kommen, wurde die Berliner Börse zweifellos am stärksten in Mitleidenschaft gezogen. Es hat allmählich eine so grosse Beunruhigung und Nervosität Platz gegriffen, dass zeitweise ein völliger Zusammenbruch unabwendbar schien.

Das Licht war eingerichtet, Rittau und Schneeberger hatten die Kameras vorbereitet, Fritz hatte sicher ein Dutzend Mal den Ton kontrolliert. Auch Pommer und Vollmöller, den man immer schon von Ferne erkannte, weil er schmaler war als alle anderen, hatten den Weg auf sich genommen, standen oben in der Kabine und hüllten sich in Nebel. Allen war bewusst, wie entscheidend diese Szene war. Raths ganzer Schmerz, alle Verzweiflung und aller Wahnsinn sollten in ihr zum Ausdruck kommen.

Sternberg stand mit Gerron und Jannings auf der Bühne

des *Blauen Engels* und besprach mit ihnen die Szene. Wie viele seiner Anweisungen bei Jannings ankamen, hätte niemand sagen können, vermutlich nicht einmal Jannings selbst. Noch immer wirkte er völlig abwesend.

Mitten im Satz schnitt er Sternberg das Wort ab: »Enough!«, brüllte er den Regisseur an. »I know what to do, idiot!«

Für einige atemlose Sekunden fragte sich die Crew, ob dies das Ende bedeutete. Dann verließ Sternberg ohne ein weiteres Wort die Bühne. At some point you have to let go. Sein Schiff war havariert, vielleicht schon vor Tagen, jetzt konnten sie nur noch auf das Beste hoffen. »Whenever you are ready, Emil!«, sagte er.

»He is ready!«

Jannings war großartig. Sternberg und er hassten einander inniglich, seine schauspielerische Leistung jedoch schmälerte das nicht im Geringsten. Noch nie hatte Marlene ihn so intensiv erlebt. Um ehrlich zu sein: Sie hatte keinen Schauspieler jemals derart intensiv erlebt. Professor Rath hatte sich selbst zugrunde gerichtet, jetzt stand er auf der Bühne seiner Heimatstadt wie der einzige Überlebende einer sinnlosen Schlacht. Als Kurt Gerron das hervorgezauberte Ei an seinem Kopf zerschlug und ihm das Eigelb über das Gesicht rann, spürte er das nicht einmal. Und alles ohne ein Wort, ohne eine einzige Dialogzeile. Kein Theater der Welt konnte das leisten. Cut.

Sternberg, der sich vor Anspannung gar nicht erst hingesetzt hatte, sprang in die Kulisse. Der »Idiot« war vergeben und vergessen.

»Marvellous!« Großartig! Er schwang sich auf die Bühne, stellte sich vor Jannings: »Unbelievable, you were unbelievable!«

Jannings' Bewegungen waren mechanisch: »Was he?«

Sternberg wandte sich dem Team zu, schirmte mit der Hand die Augen ab, suchte nach seinem Kameramann. »Rittau! Let's capture this. Keine Pause. Next scene, please! Quick! Marlene! Hans!«

Der Ablauf musste nicht besprochen werden: Der orientierungslose Professor würde Lola Lola abseits der Bühne in den Armen von Mazeppa erblicken, sie in ihrer Garderobe stellen, sie würgen und, nachdem sie sich von ihm befreit hätte, aus dem *Blauen Engel* flüchten. Albers und Marlene nahmen ihre Positionen ein, Rittau baute in aller Eile die Kameras auf.

Seit Jannings vergangene Nacht wutschnaubend aus dem Romanischen getürmt war, hatte er noch kein Wort an Marlene gerichtet. Offenbar hatte er beschlossen, sie einfach nicht mehr zur Kenntnis zu nehmen. Marlene hatte keine Einwände. Ging es nach ihr, könnten sie den Rest des Films abdrehen, ohne noch ein einziges Mal miteinander zu reden. Die übrigen Szenen sahen ohnehin keine Dialoge mehr vor. Also bitte schön, Herr Jannings, ganz nach Wunsch.

Die Szene war eingerichtet, Fritz, oben in seinem Glaskasten, hob den Daumen. Vollmöller sowie Pommer standen hinter der Scheibe wie Punktrichter.

Jannings musste an Marlene vorbei auf die Bühne: »Er hasst dich. Wirklich und wahrhaftig: Er hasst dich!«

Marlene sah ihn an. Harte Bandagen: »Kann's kaum erwarten.«

Alle waren auf ihren Plätzen, die Sirene ertönte, Ton und Film liefen synchron. Ab.

Marlene spürte eine Veränderung. Ihr Atem. Der Puls. Sie war sich ihres Körpers bewusster als sonst. Hans vielleicht. Unerheblich. Einerlei. Sie war Lola Lola jetzt und er Mazeppa. Eng umschlungen und einander innig küssend standen sie am Fuß der Treppe, die zur Bühne führte, als Professor Rath plötzlich die Stufen herunterpolterte. Jetzt!

In letzter Sekunde reißt sich Lola von ihrem Liebhaber los, flüchtet in die Garderobe. Doch Professor Rath hält nichts mehr, die Tür fliegt auf, er stürzt herein. Lola, eingemauert hinter ihrem Paravent, starrt den verrückten Clown mit schreckgeweiteten Augen an, erkennt ihren Gemahl nicht wieder, in drei Schritten ist er bei ihr, packt sie an der Kehle, schleudert sie herum, drückt sie auf die Truhe, schüttelt sie. Lola will schreien, doch ihr bleibt die Luft weg, Rath ist von Sinnen, verzweifelt schlägt sie um sich. Ihr Körper zuckt, schließlich drehen sich ihre Augen nach oben in die Höhlen hinein, ihr Arm erschlafft ...

»My God!!«

Sternberg begriff als Erster, was vor sich ging. Er stieß seinen Regiestuhl um, im hohen Bogen flog sein Gehstock durch den Raum. Mit zwei Sätzen war er bei dem über Marlene gebeugten Jannings, warf sich auf ihn und zog seinen Kopf nach hinten. Eine Sekunde später stürzten alle drei zu Boden, rissen den Paravent mit sich, um sie herum stummes Entsetzen.

Die leblose Marlene klatschte neben der Truhe zu Boden wie ein Sack Kartoffeln, Jannings dagegen fiel weich, denn er begrub Sternberg unter sich. Orientierungslos stützte er sich auf, erkannte, wer da unter ihm lag, holte aus und schlug dem Regisseur mit der Faust ins Gesicht, einmal, zweimal, ein Geräusch wie wenn man ein Schnitzel weichklopfte. Sein Arm schnellte zum dritten Mal in die Höhe, als ihn ein Nierenhaken traf und ihn mit einem Keuchen nach vorne sacken ließ.

Sternberg, der nicht genug Kraft besaß, sich von Jannings zu befreien, strampelte wie ein Käfer – bis Albers den Schauspieler an der Schulter packte, ihn zur Seite riss und von Sternberg herunterzerrte. Breitbeinig stellte er sich über ihn, einen Fuß links, einen rechts. Die Hand zur Faust geballt, beugte er sich vor.

»Rühr sie noch mal an, und ich brech dir das Genick!«

Marlene begann zu husten, erlangte ihr Bewusstsein wieder. Sternberg setzte sich auf, befühlte seinen Kiefer. Jannings, der Marlene einen Augenblick zuvor mit nie gekannter Kraft die Luft ausgepresst hatte, implodierte vor aller Augen und begann zu wimmern. Schließlich schlug er die Hände vors Gesicht, ein winselndes Kind.

»Lasst ihn«, rief er durch seine Finger hindurch, »geht weg!«

Im Laufschritt eilten Pommer und Vollmöller in die Kulisse, blieben vor der Bühne stehen und besahen sich den Schlamassel. Marlene befühlte ihren Hals, atmete stoßweise. Albers stand noch immer über Jannings gebeugt, den rechten Arm in Anschlag.

Pommer, unaufgeregt wie immer, sagte: »Sieht mir nicht so aus, als würde von dem noch eine nennenswerte Gefahr ausgehen.« Da Albers nicht reagierte, wandte er sich direkt an den Schauspieler: »Hans?«

Albers sah ihn an. »Hm?«

Mit einer Kopfbewegung gab Pommer ihm zu verstehen, dass er Jannings gehen lassen konnte.

Albers tippte Jannings mit der Schuhspitze an, so wie man einen Hund anstupst, damit er sich einen anderen Platz sucht.

Die Hände noch immer vors Gesicht geschlagen, drehte Jannings seinen schwerfälligen Körper von ihm weg und kam auf die Beine. Anschließend stolperte er durch Stuhlreihen, tauchte ins Halbdunkel ab und verschwand schließlich zwischen den Filzbahnen.

Marlene saß gegen die Truhe gelehnt. An ihrem Hals hatten sich bläuliche Hämatome gebildet, darüber hinaus schien sie keine sichtbaren Blessuren davongetragen zu haben. Vollmöller hatte einen Stuhl für sie herbeigeschafft, doch sie blieb einfach sitzen. Sternberg, Vollmöller, Albers und Pommer saßen im Halbkreis um sie herum, wie um sie abzuschirmen. Rittau hatte die Filmrollen ins Labor gebracht, der Rest der Crew war nach Hause geschickt worden.

Marlene blickte in die Runde. Jeder schien darauf zu warten, dass der andere etwas sagte. Nein, das stimmte nicht. Alle warteten darauf, dass sie etwas sagte. Sternberg blickte ungläubig auf den abgebrochenen Backenzahn in seiner Hand. Vollmöller hatte ihm bereits angeboten, wegen des Zahns nach Zürich zu Professor Gysi zu fahren. Der sei der Beste, seine Zahnprothesen schöner als jedes Original. Begreifen wollte Sternberg dennoch nicht, dass Jannings ihm tatsächlich einen Zahn ausgeschlagen hatte.

»Wir sind am Ende, oder?«, sagte Marlene.

Sie wollte für Sternberg übersetzen, doch der hatte auch so verstanden. Vollmöller machte ein betretenes Gesicht, Pommer kratzte sich an der Stirn.

Vollmöller reichte sein Zigarettenetui herum, jeder nahm sich eine.

Marlene legte Nachdruck in ihre Stimme. »Oder?«, wiederholte sie.

Niemand schien eine Antwort zu haben.

»It's up to you«, erklärte Sternberg, nachdem alle ihren ersten Zug getan hatten. »If you say it's over, it's over.«

Ein dumpfes, metallisches Klacken war zu vernehmen, das keiner von ihnen einordnen konnte. Im nächsten Moment waren sie von undurchdringlichem Schwarz umgeben. Niemand schien überrascht oder beunruhigt. Im Wechsel leuchtete die Glut ihrer Zigaretten auf.

Irgendwann fragte Albers: »Bleibt das jetzt so?«

Es war Pommer, der die Antwort hatte: »Ganz vergessen.« In der Dunkelheit bekamen ihre Stimmen etwas Geisterhaftes. Die Akustik. Jedes Wort verschwand, sobald man es aussprach. »Hugenberg hat heute die Nachfinanzierung abgelehnt. Ich fürchte, uns wurde gerade der Strom abgedreht.«

Vollmöller, Sternberg und Marlene standen im Garderobenflur, jeder mit einer Kerze in der Hand. Albers hatte darauf verzichtet, sich umzuziehen, war direkt zu Pommer ins Auto gestiegen und hatte sich mit in die Stadt nehmen lassen.

»Emil, mach auf!« Vollmöller bedeutete Sternberg und Marlene, dass sie ruhig sein und sich in ihre Garderobe zurückziehen sollten. »Mach die Tür auf, Emil, oder ich trete sie ein.«

Mittig vor Jannings' Garderobenspiegel brannte eine einzelne Kerze. Die Szenerie hatte etwas Sakrales an sich. Jannings saß zusammengekauert auf einem Holzschemel. Sein Clownsgesicht war verschmiert, der Bart hing von seinem Kinn wie ein herabgerissener Vorhang. Das Verstörendste jedoch war: Er war nackt – was auch immer ihn dazu veranlasst hatte.

Seine Hände klemmten zwischen den Knien und zwischen den Händen wiederum klemmte die schwarze Lederpeitsche, die Vollmöller bereits kannte. Nicht schon wieder, dachte der. Andererseits: Offenbar wollte Jannings Buße tun. Da würde Vollmöller nicht im Wege stehen. Hauptsache, er erwartete anschließend keine Absolution.

»Diesmal bist du zu weit gegangen«, sagte Vollmöller, »endgültig.«

»Er weiß«, japste Emil, »das hätte er nicht tun sollen.«

»Hör auf, dich selbst zu bemitleiden. Um dich geht's hier nicht. Es geht um den *Blauen Engel*. Du hast soeben die teuerste deutsche Filmproduktion aller Zeiten ruiniert. Aber das ist nicht mal das Schlimmste. Das Schlimmste ist: Du hast ein einmaliges Kunstwerk blindwütig zertrampelt. Glückwunsch. Ich hoffe, du bist zufrieden!«

Jannings schrumpfte noch weiter zusammen. »Das wird er sich nie verzeihen können, nie!«

Vollmöller konnte seinen Zorn unmöglich länger unterdrücken. Warum sollte er auch? »Du weißt, dass das gelogen ist. Es gibt nichts, das du dir nicht zu verzeihen bereit wärst.

Und hör endlich auf, dich selbst zu bemitleiden. Du widerst mich an!«

Jannings wandte ihm den Kopf zu. Sein Gesicht war ein Desaster. Bei anderer Gelegenheit hätte Vollmöller Mitleid gehabt.

»Du wirst dir verzeihen«, rief Vollmöller, »wie du es immer getan hast. Aber ich nicht!«

Jannings' Hände lösten sich aus der Umklammerung seiner Knie. Mit zitterndem Arm streckte der Schauspieler Vollmöller die Peitsche entgegen.

»Tu es«, bettelte er. »Er hat es wahrlich verdient.«

Marlene betrachtete sich im Spiegel. Seit Sternberg in ihren Sessel gesunken war, hatte er noch keinen Mucks von sich gegeben. Sein Blick ging nach innen. Normalerweise mochte sie das – wenn er Dinge sah, die andere nicht sahen. Seine Pupillen waren so groß und schwarz, dass es Löcher hätten sein können.

Im Schein der Kerzen untersuchte sie die bläulichen Stellen an ihrem Hals. Man hätte sie überschminken können, aber wen interessierte das jetzt noch? Für Josef hätte der *Blaue Engel* das Rückfahrticket nach Hollywood sein sollen, für Marlene der späte Beginn einer erfolgreichen Schauspielkarriere. Ein Sprichwort kam ihr in den Sinn, das Josephine gelegentlich benutzte: Vor Gericht und auf hoher See bist du in Gottes Hand.

Aus der benachbarten Garderobe hörten sie Vollmöller, wie er Jannings anherrschte – dass er aufhören solle, sich selbst zu bemitleiden.

Marlene begann sich abzuschminken. »I'm sorry, Josef«, sagte sie, »for all of us – except Emil.«

»I don't know what to do.« Sternberg suchte ihren Blick. »Without you, I mean.«

»Our ways would have parted anyway, wouldn't they?«

»Not necessarily.«

Als hätten sie jemals über eine gemeinsame Zukunft nachgedacht.

Marlene brachte ihr Gesicht nahe an den Spiegel heran: »Moths«, sagte sie. »Moths, moths, moths.« Sie drehte sich um. »How did that sound.«

»Perfekt«, erwiderte Sternberg in seinem gebrochenen Deutsch. »Ein-wand-frei.«

Vollmöllers Worte aus der Nachbargarderobe waren deutlich zu vernehmen: *Du wirst dir verzeihen, wie du es immer getan hast Aber ich nicht!*

Plötzlich stand Sternberg hinter ihr, legte ihr die Hände auf die Schultern. Zwei, die Abschied nehmen müssen, obwohl keiner gehen will, dachte Marlene.

»I love you«, sagte er.

Liebe. Josef stand in den Trümmern seines eigenen Films, und das war, was er hatte retten können: Liebe. Oder was er dafür hielt. Im Grunde war Liebe immer ein zu großes Wort, ganz gleich für was. Fehlte nur noch, dass er einen Ring hervorzog und vor ihr niederkniete.

»What about your wife?«

»What about her?«

Marlene bereute ihre Frage. Riza hatte hiermit nichts zu tun. »Sorry. Just asking.«

»Seriously«, sagte Sternberg mit Nachdruck, »I am addicted to you.«

Ich weiß, dachte Marlene. I know. Sie griff nach ihrer Schulter, legte eine Hand auf seine, versuchte sich an einem Lächeln.

»A little late now, don't you think?«

Danach war nur noch das scharfe Klatschen von Leder auf nackter Haut zu hören, gefolgt von Jannings' Aufschrei.

IV

50

Es war Rittau, der sich vom Filmgelände aus mit Pommers Anschluss verbinden ließ. Ausgerechnet derjenige, der zu Beginn ihrer Odyssee am wenigsten auf den *Blauen Engel* gegeben hatte – nicht zuletzt wegen Marlene, die, wie er geglaubt hatte, als Filmschauspielerin »in jeder Hinsicht völlig unbrauchbar« sei.

Die zuletzt gedrehten Szenen seien fertig entwickelt, ließ er Pommer wissen. Ob der sie in Augenschein nehmen wolle? Wozu noch, dachte Pommer, aber da war etwas in Rittaus Stimme. Also hatten sich Rittau, Fritz Thiery, Sternberg und Pommer zu einem finalen Treffen bei Vollmöller eingefunden und sich die letzten Szenen mit Jannings und Marlene angesehen, die Würgeszene eingeschlossen.

Anschließend, die Filmrolle war durchgelaufen und auf der Leinwand brannte nur noch ein gleißendes Rechteck, starrten sie gemeinschaftlich in ihre Whiskygläser. Soeben hatten sie einige der eindrücklichsten Filmszenen gesehen, die jemals gedreht worden waren. Marlene Dietrich mit einer Sparsamkeit der Mittel, die sich nur erlauben konnte, wer sich seiner Wirkung auf der Leinwand in jeder Sekunde vollkommen sicher war; ihr Gegenspieler Jannings, gefangen in einem tragischen Schicksal, das niemanden unberührt lassen konnte. Vollmöller goss sich Whisky nach. Es gab absolut keinen Grund, sich nicht zu betrinken.

Fritz baute den Projektor ab, Rittau packte die Filmrollen ein, Sternberg hüllte sich in seinen Mantel. Kurz darauf waren die drei verschwunden, zurück blieben Pommer und Vollmöller. Mit steifen Gelenken ließen sie sich auf dem Sofa nieder und streckten im Dämmerlicht der Stehlampe die

Beine aus, blickten dahin, wo nichts mehr zu sehen war. Als die Flasche geleert war, holte Karl eine neue.

Sie sprachen über Dinge, über die es im Grunde nichts zu sagen gab: den Trauerzug bei Stresemanns Beerdigung; Hugenbergs Volksbegehren; die Überstürztheit, mit der die Amerikaner plötzlich ihr Geld aus Deutschland abzogen. Zwischendurch nickten sie wechselweise ein, aber weder trat Pommer den Heimweg an, noch ging einer von ihnen ins Bett. Als gebe es noch immer etwas zu behüten.

Das Haus auf der anderen Straßenseite begann Konturen anzunehmen. Madrugada, wie die Spanier das nannten. Morgendämmerung. Wenn die Fischer von ihren nächtlichen Streifzügen zurückkehrten. Es gab kein deutsches Wort dafür, vielleicht fehlte in Deutschland der Geschmack dazu, das Meeresrauschen. Vollmöller öffnete das Fenster. Schneeregen, dazu der Geruch nach feuchtem Mauerwerk und fauligen Kartoffeln, der aus den Kellern emporstieg. Statt einem Meeresrauschen oder dem Schmatzen des Canal Grande drangen die Motorengeräusche der ersten Autos auf dem Pariser Platz herüber, das Schlurfen der Doppelstockbusse auf nassem Asphalt. Es gab keinen Grund, länger auf dem Sofa auszuharren. Aber trennen mochten sie sich auch nicht. Abschied. Keiner von ihnen wollte es wahrhaben.

»Komm«, Vollmöller reichte Pommer seinen Hut, »ich bring dich nach Hause.«

Katerkaffee, so nannte ihn Gertrud. Der Kaffee, von dem Pommer meinte, er erwecke Tote zum Leben. Große Worte, doch nach dem zweiten Schluck hielt Vollmöller das für grundsätzlich möglich. Karl war noch mit hereingekommen, auf einen letzten Kaffee, eine letzte Zigarette. Erich und er blickten hinaus in den trüben Berliner Novembermorgen. Die Bäume in Pommers Garten glichen düsteren Vorahnungen, auf den Steinen der Terrasse klebte nasses Herbstlaub.

»Ist der Kaffee so schlecht?«

Die Männer wandten sich um. Sie hatten Gertrud nicht hereinkommen hören.

»Ihr seht aus wie nach einer Beerdigung«, erklärte sie.

»Schiffbruch«, erklärte Vollmöller. Und dann: »Der Kaffee ist genau richtig. Danke.«

»Nur, dass nach einem Schiffbruch ...« Pommer ließ die Worte austrudeln. Es gab wirklich nichts weiter zu sagen.

Gertrud verschränkte die Arme vor der Brust. »Wollt ihr zwei mich vielleicht mal darüber aufklären, was eigentlich los ist?«

Pommer klärte sie auf. Als lege er ein Geständnis ab: Jannings, wie er Marlene gewürgt und Albers ihm einen Nierenhaken verpasst hatte, wie Jannings anschließend aus dem Studio geflohen war und wie schließlich die Lichter erloschen waren. Vollmöller ersparte sich, hinzuzufügen, dass er Jannings später auf dessen Wunsch hin ausgepeitscht hatte. Nicht ohne eigene Genugtuung, wie er bei dieser Gelegenheit festgestellt hatte.

»Na, dem würde ich Feuer unterm Kessel machen«, bemerkte Gertrud. Damit drehte sie sich um und verließ das Zimmer. Im Hinausgehen sagte sie: »Wenn ihr noch Kaffee wollt – steht auf dem Tisch.«

»Danke«, erwiderten Vollmöller und Pommer wie aus einem Mund.

Sie blickten in den Garten und tranken in kleinen Schlucken.

»Ist das Regen oder Schnee?«, fragte Pommer.

»Schneeregen, würde ich sagen.«

Als ihre Tassen geleert waren, fragte Pommer: »Möchtest du noch ...?«

»Danke, nein.«

So wenig man ausschließen konnte, dass Gertruds Kaffee Tote zum Leben zu erwecken vermochte, so wenig ließ sich ausschließen, dass er Lebende umbringen konnte. Die Menge entschied zwischen Medizin und Gift, das hatten bereits die alten Griechen gewusst. Auf den Scheiben bildeten sich schmale Rinnsale.

»Doch eher Regen, oder?«, fragte Pommer.

»Scheint so.«

Pommer ging zum Tisch, goss sich nach, kehrte zur Terrassentür zurück. Der war den Kaffee gewohnt.

»Jetzt sieht es wieder nach Schnee aus.«

»Vielleicht eine Frage der Betrachtung.«

Pommer verrührte den Zucker. »Weißt du, was ich gerade überlege?«

»Natürlich weiß ich das.«

Pommers Löffel stockte in der Bewegung.

Kinderspiel, dachte Karl. Wenn Jannings ihr Mann wäre, hatte Gertrud gesagt, dann würde sie ihm Feuer unter dem Kessel machen. Nun, es gab jemanden, der Jannings Feuer unter dem Kessel machen konnte: seine Frau Gussy. Jannings und sie waren wie Zeus und Hera. Er mochte der Herrscher des Olymp sein, doch sich seiner Frau zu widersetzen wagte er nicht. Und Gussy und Gertrud widerum verband eine alte Freundschaft.

Vollmöller blickte den Produzenten an. »Wenn wir noch eine Chance haben wollen, das Projekt zu Ende zu bringen, dann müssen wir die Frauen ins Boot holen.«

»Du siehst es genauso?«

Statt zu antworten, zündete sich Vollmöller eine Zigarette an.

Pommer wandte sich zur Tür: »Gertrud!«

Bis Vollmöller Pommers Villa verließ, hämmerte sein Puls gegen seine Schläfen. Er hatte vier Tassen von Gertruds Kaffee intus. Doch noch war er am Leben. Und sie hatten die Aufgaben verteilt: Gertrud würde sich am Nachmittag mit Gussy im Café Reimann am Ku'damm treffen; Pommer, von neuer Zuversicht durchströmt, würde Hugenberg, Klitzsch und Corell auseinandersetzen, dass die Ufa entweder eins Komma acht Millionen Reichsmark durch den Schornstein blasen oder ein letztes Mal zweihunderttausend nachschießen konnte, um einen Film zu erhalten, der, wie Hugenberg es immer gefordert hatte, neue Maßstäbe setzen würde; Vollmöller selbst würde sich auf die Suche nach Josef und Marlene begeben. Und nach Ruth. Er wollte sie bei sich haben, dringend. Die Leerstelle auf seinem Beifahrersitz drohte ihn zu verschlingen. Wenn sie bei ihm war, dann konnte alles noch einmal gut werden.

Er fand Marlene in Babelsberg in ihrer Garderobe. Sie hatte ihre Kleider von der Stange genommen, faltete sie sorgsam zusammen und legte sie in einen von zwei Koffern. Als Vollmöller hereinkam, hielt sie in der Bewegung inne und wandte ihm den Kopf zu. Ihr Gesicht war wie ein abgebautes Zirkuszelt, von dem nur noch das Gestänge übrig war. Sternberg kauerte im Sessel, ein trauerndes Tier mit schwarz glänzendem Fell.

Vollmöller schloss die Tür: »Ich muss mit euch reden.«

Drei Tage später saßen Jannings und Marlene auf den gut gepolsterten Stühlen der Kanzlei von Rechtsanwalt Doktor Doktor Erich Frey. Aufgereiht hinter ihnen lehnten Vollmöller, Ruth, Pommer sowie Gussy Holl an der Wand.

Hugenberg hatte zähneknirschend weitere zweihunderttausend Reichsmark bewilligt, nicht allerdings, ohne Pommer von folgender Entscheidung in Kenntnis zu setzen:

»Sobald dieser Film fertiggestellt sein wird, können Sie sich als entlassen betrachten.«

»Das wird schwierig«, erwiderte der Produzent.

Die Hände des Ufa-Chefs ballten sich zu Fäusten, seine Haare schienen zur Decke zu streben.

»Ich bin nirgends angestellt«, erklärte Pommer.

»Was auch immer Sie sind oder zu sein glauben: Einen weiteren Auftrag der Ufa für Sie wird es nicht geben.«

Das hatte Pommer schon einmal gehört – nach dem finanziellen Desaster mit *Metropolis*. »Kann ich mit leben.«

Doktor Doktor Frey hatte die Unterlassungsvereinbarung verlesen, stellte die fünf Finger seiner rechten Hand darauf ab wie die Tentakel eines Kraken und schob sie Jannings über den Tisch. Anschließend verschwanden die Tentakel in seinem Jackett, kamen mit einem Füllfederhalter wieder zum Vorschein und reichten ihn Jannings.

Frey war möglicherweise nicht Berlins bester, fraglos aber Berlins berüchtigster Anwalt. Vergangenes Jahr hatte er für den wegen Doppelmordes angeklagten Primaner Paul Krantz einen Freispruch erwirkt, und Lola Bach, Deutschlands erste Nackttänzerin, war dank ihm mit einem Monat auf Bewährung davongekommen.

»Herr Jannings?«, sagte Frey.

Ruth griff nach Vollmöllers Hand, drückte sie.

Jannings nahm den Füller, drehte die Kappe ab. Mit seiner Unterschrift verpflichtete er sich rechtsverbindlich dazu, *jedwede üble Nachrede und verleumderische Beleidigung Frau Dietrich betreffend fürderhin zu unterlassen* sowie jeglichen Körperkontakt zu vermeiden. Er unterschrieb.

Frey setzte sich sein Monokel ein, begutachtete Jannings' noch feuchte Unterschrift und zog seine Augenbraue hoch, wodurch sein Monokel wieder heraus- und in seine Hand fiel. Vor Gericht war er berühmt für diesen Trick. Im Grunde genommen, dachte Vollmöller, war Frey ebenfalls Schauspieler, nur dass er sich als Bühne den Gerichtssaal erwählt hatte.

»Ihnen ist klar, Herr Jannings, was das bedeutet.« Die Kanten seiner Worte waren scharf geschliffen. »Bei Zuwiderhandlung bringe ich Sie wahlweise ins Zuchthaus, oder Sie dürfen sich von der Füllung Ihres Kopfkissens verabschieden.« In Filmkreisen hatte Jannings' mit 100 000 Dollar gefüttertes Reisekissen mythische Dimensionen angenommen. »Und es werden nicht Sie sein, dem die Entscheidung darüber obliegt, welches von beiden Mitteln zur Anwendung gelangt.«

»Selbstverständlich.«

»Gut. Dann können Sie jetzt gehen.«

Marlene blickte zu Vollmöller hinüber. »Wir sind noch nicht fertig.«

Ein Schweigen legte sich über die Anwesenden. Alle wussten, worauf sie anspielte. Ruth hatte recht gehabt. Über der Arbeit am *Blauen Engel* war Marlene eine andere Frau geworden.

Das Schweigen war inzwischen solide wie eine tragende Eisschicht. Es brauchte Gussy, um es zu brechen.

»Emil!«

Jannings erhob sich. Marlene tat es ihm nach. Er streckte ihr die Hand hin.

»Er entschuldigt sich in aller Form für seine ... schlimme Tat.«

»Wer er?«, fragte Marlene.

»Der Emil«, erwiderte Jannings, »also ich. Ich entschuldige mich bei dir.«

Marlene nahm die Hand: »Angenommen.«

51

Berliner Filmzeitung
4. Dezember 1929

Draussen in Babelsberg lebt und schafft man nur noch im Zeichen des Tonfilms. In alten und neuen Hallen tönt und klingt es, und sogar tönenden Freiaufnahmen kann man bei günstigem Wetter zusehen, wenn die Franzosen unter Napoleon die Preussen über die Saale jagen. Eine Heidenarbeit ist das, Hunderte von Komparsen so an den Mikrofonen vorbeizutreiben, dass der akustische Eindruck richtig wird.
Sinkt die Sonne, wird im Atelier weitergedreht. Da spricht und spielt zum Beispiel Emil Jannings im neu errichteten Tonkreuz den Professor Unrath unter Sternbergs Regie für Deutschland und Amerika. Nur ein Haus weiter, da geht es ganz hoch her. Da steht ein ganzes Theater und ein festliches Publikum lauscht einer Opernaufführung.
Nur Henny Porten bleibt bisher noch stumm. Alles singt und spricht ... nur Henny schweigt.

Henny wurde sich erst bewusst, dass sie angekommen waren, als der Wagen hielt und nicht mehr weiterfahren wollte. So gut wie angekommen, besser gesagt. Noch trennten sie ein halbes Dutzend Wagenlängen vom roten Teppich. Was für ein Gedränge! Die Schaulustigen stauten sich zurück bis zum Auguste-Viktoria-Platz. Henny sah Menschen aus dem U-Bahn-Ausgang strömen, die sich mit Vehemenz den Weg durch die Menge bahnten.

Ein junger Mann mit Portiersmütze und weißen Handschuhen trat an den Wagen heran. Henny klappte das Ausstellfenster hoch.

»Sie gehören zu den Ehrengästen?«

Henny stockte der Atem. Der hatte Nerven. Dann wurde ihr klar, dass der Einweiser sie tatsächlich nicht erkannte. Vielleicht kannte er nicht einmal ihren Namen. Keine achtzehn Jahre war der, eine Haut wie ein Säugling. Die nächste Generation. Die Harvey, die hätte er unter Garantie erkannt, oder die Helm. Von der Dietrich gar nicht zu reden, nach der war ja neuerdings alle Welt verrückt. *Der Blaue Engel.* Dabei hatten sie den Film noch nicht einmal abgedreht.

Nach dem, was Rose, Hennys Vorzimmerdame, ihr zugetragen hatte, war noch lange nicht ausgemacht, ob der Film jemals fertig werden würde, denn zwischen Jannings und der Dietrich sollte es furchtbar gekracht haben. Eine Affäre mit Sternberg wurde ihr ebenfalls nachgesagt – alles andere hätte für Verwunderung gesorgt –, was ja immer ein willkommener Anlass für Intrigen und Gerüchte war und zu Spannungen beim Dreh führte. Außerdem sollte die Finanzierung auf der Kippe stehen. Der Börsenkrach in Amerika hatte die deutsche Filmwirtschaft erreicht, was Pommer freilich nicht davon abhielt, weiterhin mit vollen Händen das Geld aus dem Fenster zu schaufeln.

Wilhelm lehnte sich herüber und reichte die Einladungen durch die Luke. Der Milchbart warf einen Blick darauf, gab sie zurück.

»Fünf noch, dann sind Sie an der Reihe.«

Er tippte sich an die Mütze und ging zum nächsten Wagen.

Henny suchte den Blick ihres Mannes, den Beistand. Bei Helmi würde sie immer vor Anker gehen können.

»Der wusste nicht, wer ich bin«, sagte sie.

Wilhelm machte sein Patientengesicht. Nein, das war unfair. Es war nicht sein Patientengesicht. Es war sein Gesicht. Er war einfach ein durch und durch empathischer Mensch. Er blickte an Henny vorbei zum Trottoir hinüber.

»Die da wissen es.«

Eine Gruppe von Frauen, alle mittleren Alters und alle in Mänteln und mit Absatzschuhen – als ginge es zum Tanzen – steckten ihre Köpfe zusammen und blickten verstohlen zu Henny hinüber. Als sie merkten, dass sie »entdeckt« worden waren, winkten zwei von ihnen schüchtern mit behandschuhten Händen.

»Warum winkst du nicht zurück?«, fragte Wilhelm.

Sie tat es, mechanisch. Und ließ dankbar den Arm sinken, als der Wagen einige Meter weiterrollte.

Die in Flammen stehende Fassade des Ufa-Palasts überstrahlte die gesamte Straße. Selbst von hoch oben, aus einem Flugzeug, musste sie zu sehen sein. Selbst vom Mond aus.

Helmi nahm ihre Hand und legte sie in seine. Sie liebte es, wenn er das tat. Eine Geste, die mehr sagte als tausend Worte. Dafür jedenfalls hätten sie den Tonfilm nicht erfinden müssen. Im Grunde ihres Herzens würde sie immer dem Stummfilm den Vorzug geben. Nicht jede Entwicklung war ein Fortschritt, beileibe nicht.

»Solange du nicht damit herausrückst«, sagte Wilhelm, »wird es nicht aufhören, dir Bauchschmerzen zu bereiten.«

Das stimmte. Aber wo sollte sie anfangen? Sie griff nach dem ersten losen Faden.

»Letztes Jahr, weißt du noch? Da haben sie den Filmball im Esplanade gefeiert, ein gesetztes Essen für dreihundert Gäste, mit Blumen und Tischdecken. Und jetzt? Ein Schaulaufen in Deutschlands größtem Kino. Zweitausendeinhundert Plätze. Mit Lichtorgel und einem Eau de Cologne zerstäubenden Zeppelin, der unter der Decke seine Kreise zieht. Wen haben die eingeladen – das britische Königshaus? Ganz Hollywood inklusive der Gärtner und Pooljungen?«

»Dich stört, dass der Ball im Ufa-Palast stattfindet.«

»Allerdings stört mich das!« Sie konnte ihre Hand nicht länger in Helmis belassen. »Sieh dir doch nur mal diese Fassade an: Was haben die vor? Wollen sie das Kino heute Nacht ins Weltall schießen? Was dieses Brimborium noch mit Kunst zu tun haben soll, möchte ich gerne mal wissen.«

»Ich fürchte, Liebes, Bescheidenheit gilt nicht länger als eine Tugend. Heute geht es darum, wer am lautesten brüllt.«

»Und ich – muss ich da mitbrüllen?«

»Immerhin hast du deinen größten Erfolg in diesem Kino gefeiert.«

»Nur den lautesten.«

Wieder rollten sie eine Position vor, der Baldachin rückte in ihr Blickfeld. Großer Gott, wie viele Fotografen da Spalier standen!

Wilhelm wartete. Er wusste, Henny war noch nicht fertig.

»Wir haben noch nie mehr als – was? Hundertfünfzigtausend? – für einen Film ausgegeben.«

»Hundertsiebzig.«

»Hundertsiebzigtausend! Wie viel verdient Rose im Monat?«

»Ihr Gehalt beträgt zweihundertachtzig Mark, wenn ich nicht irre.«

»Und wir geben hundertsiebzigtausend für einen Film aus – für etwas, das im Grunde keiner braucht. Das ist doch an sich schon ein Wahnwitz. Im Wedding und in Neukölln können sich die Menschen kein Dach mehr über dem Kopf leisten, jeden Tag ist zu lesen, dass die Arbeitslosigkeit steigt, die Banken haben sich lauter Luftschlösser gebaut, die über Nacht verschwinden. Und wir geben hundertsiebzigtausend für einen Film aus! Und das ist ja noch gar nichts. Durch den

Tonfilm wird alles noch einmal so teuer, das hast du selbst gesagt.«

»Ich widerspreche auch nicht.«

»Weißt du, wie hoch die Ufa die Produktionskosten für den *Blauen Engel* veranschlagt hat?«

»Auf eine Million.«

»Wie bitte?«

»Plus vierhunderttausend für die englische Fassung. Inzwischen sind sie aber schon auf eins Komma sechs Millionen geklettert.«

Henny hielt sich am Türgriff fest. Eins Komma sechs Millionen für einen Film, dessen Hauptdarstellerin noch immer den Beweis schuldig war, ob sie überhaupt zu schauspielern verstand.

»Ich wünschte, ich hätte nicht gefragt«, sagte Henny, konnte es aber nicht lassen. »Was hast du denn für *Luise* veranschlagt?«

»Vierhunderttausend.«

»Aber dann sind wir ja ruiniert!«

»Nur, wenn er seine Produktionskosten nicht einspielt.«

»Und du glaubst, das wird er?«

»Davon bin ich überzeugt.«

Henny wollte widersprechen, vielmehr wollte sie restlos überzeugt werden. »Als Produktionsleiter musst du das ja auch sein.«

Wilhelm schmunzelte. »Sagen wir so: Wäre ich nicht davon überzeugt, hätte ich nicht die Produktionsleitung übernommen.«

»Aber vielleicht kannst du das gar nicht richtig einschätzen, objektiv, meine ich, weil du, wie sagt man, befangen bist. Weil du mich liebst und glaubst, ich kann das. Weil du willst, dass ich das kann, weil ich deine Frau bin und du mich liebst.«

»Auch das ist ganz sicher richtig.«

Sie sah ihn an, Empörung im Blick, ganz die Stummfilmdiva. Das würde sie noch ablegen müssen. »Das sagst du mir einfach so ins Gesicht?«

»Nur, weil ich befangen bin, bedeutet das nicht, dass ich falschliege.«

»Aber die *Luise* ist so ...«, beinahe hätte sie angefangen, an den Nägeln zu kauen, »... sie ist so durch und durch moralisch.«

»Wenn ich mich recht erinnere, war das immer einer der Gründe, weshalb du sie unbedingt spielen wolltest.«

»Aber was, wenn das keiner mehr sehen will? Du sagst ja selbst, es kommt nur noch darauf an, wer am lautesten brüllt.«

»Was wäre die Alternative?«

»Aufhören. Eine andere Alternative gibt es nicht. Ich kann mich nicht von meiner Moral trennen, ebenso wenig, wie ich mir nach Belieben den Arm abnehmen und wieder annähen kann. Das ist ein Teil von mir. Als Schauspielerin, da habe doch auch eine Verpflichtung – oder was ist daraus geworden? Ich verstehe das nicht mehr, Helmi. Ich glaube manchmal, ich verstehe die ganze Welt nicht mehr. Ein Film, den schauen sich Millionen Menschen an, da muss ich mir doch überlegen, was für eine Botschaft der transportiert, alles andere ist in meinen Augen verantwortungslos. *Der Blaue Engel* ... Ich habe Sachen gehört! Da soll die Dietrich halb nackt in einer Hafenspelunke auf einem Weinfass sitzen und zur Belustigung der angeheiterten Gäste singen, sie sei von Kopf bis Fuß auf Liebe eingestellt. Und sonst gar nichts. Zu was einen das erziehen soll, frage ich dich. Sicher nicht zu moralischem Handeln.«

»Und – möchtest du aufhören?«

»Niemals! Ich bin Schauspielerin.« Und als sei ihr das erst in dem Moment klar geworden: »Schauspielerin ist alles, was ich bin!«

»Folglich gibt es keine Alternative. Und du musst dir keine Sorgen machen.«

»Und wenn ich es nicht kann?«

»Tonfilm, meinst du.«

»Natürlich meine ich Tonfilm.« Erneut fing Wilhelm ihre flatterhafte Hand ein. Sie ließ es zu. »Ich habe in so vielen Filmen gespielt, Helmi, ich weiß gar nicht, was meinst du, wie viele waren das – fünfzig?«

»Müsste ich raten, würde ich sagen, es waren siebzig.«

»Da siehst du mal. Siebzig Filme, und nie musste ich über das Sprechen nachdenken, und schon gar nicht musste ich in eine Richtung gucken und in eine andere reden. Vielleicht haben die Zeitungen ja recht, die schreiben, für den Tonfilm reicht es bei der Porten nicht.«

»Gestern, im Vorführraum, hast du anders geklungen.«

»Du hast recht.« Sie drückte seine Hand, biss sich auf die Lippen. »Du hast recht, Helmi.«

Natürlich hatte er das. Und wie sie anders geklungen hatte. Sie hatte sich auf Leinwand gesehen *und* gehört, vollkommen synchron! Aufgeschrien wie ein kleines Mädchen hatte sie da. Als hätte sie zum ersten Mal beim Kasperletheater das böse Krokodil erblickt.

Lange hatte sie an sich gezweifelt, hatte geübt, zu Hause, im Geheimen, vor dem Spiegel, mit Lehrer, im Studio, immer wieder. Ein Problem war, dass sie die Technik nicht begriff. Ein Klavier spielte sich anders, wenn man wusste, wie der Ton erzeugt wurde, wenn man wusste, dass mit der Taste ein Hammer bewegt wurde, der eine Seite anschlug. Die Technik des Tonfilms aber wollte sich ihr nicht erschließen.

Wie konnte es sein, dass man gefilmt wurde und dabei in ein Mikrofon sprach, das an einem absurd langen Galgen über einem baumelte? Und eben in dieses Mikrofon sollte dann die eigene Stimme hineingehen, und am Ende war beides gleichzeitig zu sehen und zu hören? Ein Ding der Unmöglichkeit.

Dann waren da die technischen Unzulänglichkeiten, ständig funktionierte etwas nicht, und wenn alles ging, vergaß sie vor lauter Aufregung, ihren Text zu sprechen. Lehrgeld. Neuland. Bis gestern. Da war Henny plötzlich von dem Gefühl durchströmt worden, als Schauspielerin ein zweites Mal geboren worden zu sein. »Das ist ja gar nicht zu fassen!« Vor Schreck hatte sie die Hände vor dem Mund gekreuzt. »Die Königin von Preußen hat meine Stimme!«

Unvermittelt wurde die Wagentür geöffnet. Henny erschrak. Wilhelm drückte ein letztes Mal ihre Hand. »Dein Auftritt.«

Sie stieg aus dem Wagen, Menschen applaudierten. »Hier herüber, bitte!«, rief ein Reporter.

»Frau Porten, hier!«, ein anderer.

Henny drehte sich lächelnd im Kreis, pendelte von einer Absperrung zur anderen. Wo sie auch hinsah – immer fiel ihr Blick in eine Linse. Im Sekundentakt klickten die Auslöser.

»Stimmt es, dass Ihr nächster Film ein Tonfilm sein wird?« Ein Reporter, irgendwo in der Menge.

»Das ist richtig«, antwortete Henny.

»Wann wird es so weit sein?«

Sie wusste nicht, ob es derselbe war, sprach ins Ungefähre: »Bald, denke ich, sehr bald.« Wilhelm hielt sich im Abseits, lächelte ihr zu. »Genau genommen müssten Sie das meinen Mann fragen, aber die Vorbereitungen sind im Grunde abgeschlossen, und das Drehbuch ist praktisch zu Ende ent–«

Ein plötzlich aufbrandender Jubel riss ihr die Worte von den Lippen. Sie spürte, wie sich die Augen der Kameras neu ausrichteten. Im nächsten Moment brach ein Blitzlichtgewitter über sie herein, die Menge schwoll zu einem riesigen Raunen an, Pfiffe ertönten, es wurde gegrölt, gerufen, geschrien.

»Frau Dietrich! Hier!« Hundertfach, aus allen Richtungen. Jeder Ruf eine Ohrfeige. »Frau Dietrich!! Hierher, hier, hier!«

52

Völkischer Beobachter
30. April 1928

Wir gehen in den Reichstag hinein, um uns im Waffenarsenal der Demokratie mit deren eigenen Waffen zu versorgen. Wir werden Reichstagsabgeordnete, um die Weimarer Gesinnung mit ihrer eigenen Unterstützung lahmzulegen. Wenn die Demokratie so dumm ist, uns für diesen Bärendienst Freifahrkarten und Diäten zu geben, so ist das ihre eigene Sache. Uns ist jedes gesetzliche Mittel recht, den Zustand von heute zu revolutionieren.
Wir kommen nicht als Freunde, auch nicht als Neutrale. Wir kommen als Feinde! Wie der Wolf in die Schafherde einbricht, so kommen wir!
Leitartikel von Joseph Goebbels

»Frau Porten!«
Um Himmels willen.
Die Dietrich bewegte sich mit einer Selbstsicherheit auf Henny zu, als sei sie bereits als Säugling auf roten Teppichen herumgekrabbelt. Und sie war riesig. Keine drei Meter hätte Henny auf diesen Absätzen durchgestanden. Mit vorgestreckten Armen rauschte sie heran, ganz in weißer Seide, bodenlang, die Schultern bedeckt und doch unverschämt aufreizend. Ein Versprechen, das umso erotischer pulsierte, je stärker es sich verhüllte.

Bevor Henny irgendetwas tun konnte, lagen die Hände, die eben noch Wilhelms Zuversicht in sich aufgesogen hatten, bereits in denen von Marlene.

»Wer hätte das gedacht, oder?«, rief sie gegen den Stimmenchor an. »Dass wir beide einmal gemeinsam auf dem roten Teppich stehen würden!«

Henny war sich bewusst, wie unmöglich sie aussehen musste. Wie ein verschrecktes Nagetier. Die körperliche Berührung mit Marlene hatte sie bewegungsunfähig gemacht. Es ließ sich nicht abschütteln.

Plötzlich war alles wieder da – wie konnte das sein? –, Marlene, wie sie ihren Po umfasste und Henny selbst, die widerstandslos dem Druck ihrer Finger nachgab, einfach so, gehorchte, sich der Führung der jungen Frau überließ, während die ihren Oberschenkel zwischen Hennys Beine schob.

Marlene legte Henny einen Arm um die Taille und zog sie zu sich heran, drehte sie nach rechts, nach links, schob sie über den roten Teppich, scherzte mit den Fotografen. Henny lächelte unbeholfen, spürte jede Falte ihres Kleides, spürte, wo sich ihrer und Marlenes Körper berührten. Unwillkürlich presste sie unter dem Kleid ihre Knie zusammen. Sonst knickten ihr am Ende noch die Beine weg. Das wäre was, gestützt von Marlene Dietrich über den roten Teppich geschleift zu werden.

Manchmal – verrückt war das! – erinnerte sich der Körper an Dinge, die der Kopf längst vergessen hatte. Da zeigte sich dann, wie wenig der Mensch sich in der Gewalt hatte. Im täglichen Normalbetrieb, da konnte man sich leicht der Illusion hingeben, man handele nach freiem Willen, und der Körper führe aus, was der Kopf ihm befiehlt. Kaum aber wurde man mit einer Situation konfrontiert, die der Verstand nicht zu greifen vermochte, verlor man augenblicklich jede Kontrolle über sich, und der freie Wille winkte einem aus der Ferne mit dem Taschentuch.

»Lilian!«, hörte sie Marlene rufen.

Plötzlich war der Arm um Hennys Hüfte verschwunden, sie stolperte haltlos zwei Schritte und wurde von erfreuten Schaulustigen am Zubodengehen gehindert, die ihre Einlage für einen Scherz hielten. Bis sie wieder ihre sieben Sinne beisammen und ihre Beine unter sich hatte, war längst Lilian Harvey an ihre Stelle gerückt und posierte gemeinsam mit Marlene für die Fotografen. Henny blieb nur die Flucht ins Foyer.

Wie sich herausstellte, war sie dort zwar vor den Schaulustigen sicher, dafür aber schutzlos den Blicken der Kollegen ausgeliefert. Und die waren da, alle, ausnahmslos. Maria Paudler, Gerda Maurus, die Riefenstahl, Liane Haid, die Helm – Himmel, sah die gut aus! –, Willi Forst, der Fritsch, Veidt, Lee Parry ... Wirklich alle, die in den vergangenen zwanzig Jahren in irgendeinem Atelier Hennys Weg gekreuzt oder auch nicht gekreuzt hatten.

Der Einzige, den sie nicht ausmachen konnte, war Wilhelm. Ausgerechnet ihr Mann schien sich verflüchtigt zu haben. Auf der Suche nach ihm taumelte Henny von Gruppe zu Gruppe, schüttelte Hände, ließ sich auf die Wangen küssen, trudelte auf dem fingerdicken Teppich an Hugenberg und seinen Fingerpuppen Klitzsch und Correll vorbei und rettete sich auf die Damentoilette.

Schwer atmend legte sie die Hände auf die kühlen Fliesen. Dieses Kleid, es schnürte ihr die Luft ab! Ihre Handflächen brannten, die Unterarme, der Hals, alles juckte. Am liebsten hätte sie sich die Haut aufkratzen mögen. Lag das am Stoff? Sie hatte sich das Kleid extra für den Ball anfertigen lassen und es, genau wie der Dietl, ihr Schneider, für wunderschön befunden. Na ja, was hätte der auch sagen sollen, schließlich hatte er es entworfen. Jetzt fühlte sie sich darin wie eine ungeschälte Kartoffel, muffig und formlos. Atmen, gleichmäßig atmen. Ein. Aus. In einem langen Bogen. Das war das

Bild, das Wilhelm benutzt hatte, damals, in seinem Sanatorium in den Bergen. In einem langen, gleichmäßigen Bogen den Atem aus dem Körper entlassen. Ein. Auuuuus.

»Aber das sind ja Sie!«

Henny blickte in ein Gesicht, das ihr vertraut war, eine Schauspielerin, berühmt wie sie selbst, Augen wie zwei Silbermünzen. Doch der Name fehlte ihr. Grundgütiger, unzählige Male hatte Henny sie gesehen, auf der Leinwand wie im Leben. Und jetzt wollte ihr partout der Name nicht einfallen.

Die Frau legte ihren Kopf schief. »Ist Ihnen nicht wohl, Frau Porten?«

»Nein, es ... geht sicher gleich wieder. Es ist nur ... So viele Menschen, da ist mir kurz die Luft weggeblieben ...«

Die Kollegin legte ihr eine Hand auf den Oberarm. »Ganz schön blass ums Näschen«, befand sie. »Sie sollten sich mit einer Prise Koka behelfen. Ich hab welches dabei, warten Sie ...« Sie begann, in ihrer Handtasche zu kramen.

»Ich ... Um Himmels willen!«, wehrte Henny ab. Sie klang panisch, der Situation völlig unangemessen. Als sollte sie zur Schlachtbank geführt werden. »Ich ... Es geht schon wieder, danke.«

»Sind Sie sicher?«

Als die Schauspielerin ihre Hand öffnete, erschien eine Pillendose. Der Deckel war mit einem Seerosenmosaik verziert. Es sah aus, als strecke sie Henny eine Blüte hin.

»Wenn der Kreislauf in den Keller geht, gibt es nichts Wirksameres. Sagt im Übrigen auch mein Arzt.«

Sie machte eine auffordernde Geste.

»Ich glaube nicht ...«, setzte Henny an.

»Unsinn.«

Die Frau klappte den Deckel zurück. Die Dose war etwa zur Hälfte mit weißem Pulver gefüllt, das ebenso gut Mehl oder Salz hätte sein können und das tatsächlich völlig harmlos wirkte.

»Ich ... Wie nimmt man das denn überhaupt?«, fragte Henny.

Die Schauspielkollegin riss ihre ohnehin riesigen Augen auf. »Sie haben noch nie Koka geschnupft? Also das ist doch ...« Mit dem überlangen Nagel ihres linken kleinen Fingers schaufelte sie eine Prise des weißen Pulvers aus der Dose, die mit einer beiläufigen Bewegung in ihrem linken Nasenloch verschwand. Die gleiche Prozedur wiederholte sie mit dem rechten Nasenloch.

»Sie sehen ja ganz besorgt aus?«, sagte die Schauspielkollegin.

Lil! Lil Dagover! Sie hatte die Jane in *Doktor Caligari* gespielt. Jetzt, da Henny ihr Name wieder eingefallen war, erschien es umso unverständlicher, dass sie ihn hatte vergessen können.

»Wenn's Zyankali wäre, wär ich längst hinüber«, scherzte Lil.

Als dürfe sie schon aus Höflichkeit nicht ablehnen, nahm Henny eine kleine Prise zwischen Daumen und Zeigefinger, hielt den Daumen unter die Nase und sog die Luft ein. Bitter. Besonders hinten im Rachen. Hatte sie etwas falsch gemacht? In der Nase ein scharfes Kribbeln.

Lil stemmte die freie Hand in die Hüfte: »Auf einem Bein steht sich's schlecht.«

Schnell die andere Nase, bevor noch jemand hereinkam. Der gleiche Geschmack. Sie hätte ihn gerne hinuntergespült, mit Minztee oder Salbei.

Lil ließ den Deckel zuschnappen: »Na dann«, die Dose hüpfte wie von selbst in ihre Handtasche, »angenehmen Abend noch.«

Henny betrachtete sich im Spiegel. Ihr Gesicht schien unverändert. Wilhelm hatte ihr einmal dargelegt, dass Kokain ein wirksames Lokalanästhetikum war. Das erklärte zumindest den betäubten Rachen, die lahme Zunge. Sie rieb sich die Nase. Von der viel beschworenen euphorisierenden Wirkung jedoch ... Oder war da etwas? Ein leichter Druck hinter den Augen, wie nach einem Wettrennen. Die Kopfhaut juckte, ausgerechnet. Die einzige Stelle, an der sie auf keinen Fall kratzen durfte. Hildegard hatte eine kleine Ewigkeit gebraucht, um sie zu frisieren, hatte onduliert und geflochten, und jetzt trug Henny dieses Monstrum auf dem Kopf, eine eigenwillige Kreuzung aus Biedermeier und Avantgarde. Sie spürte ihren Puls, am Hals und sonderbarerweise im Daumen. Immerhin das war neu. Von irgendwo breitete sich eine Wärme in ihr aus. Die war nicht eingebildet, sie sah es an ihren Wangen, die wieder Farbe bekommen hatten. Also bitte, der Kreislauf war aus dem Keller. Jetzt musste sie nur noch Wilhelm finden.

Als sich die Toilettentür hinter ihr schloss und sie wieder in das Bassin gedämpfter Stimmen und perlenden Gelächters eintauchte, fühlte sich Henny ihrer Aufgabe deutlich besser gewachsen als noch zehn Minuten zuvor. Irgendwo spielte eine Jazzkapelle – die hatte sie vorhin gar nicht wahrgenommen. Dicke Schwaden bläulichen Zigarrenrauchs krochen in die schweren Vorhänge.

»Verehrteste!«

Goebbels. Er war hinter einer der gerafften Stoffbahnen hervorgekommen und verbeugte sich. Ein Anflug von Belustigung, als Henny klar wurde, dass er ihr aufgelauert hatte und ihr also bereits beim Gang auf die Toilette gefolgt sein musste.

Er griff nach ihrer Hand und drückte ihr einen Kuss auf den Handrücken. »Wie gut, dass ich Sie hier zufällig antreffe.«

Zufällig? Wo um Himmels willen steckte Wilhelm?

»Nun«, Goebbels verschränkte seine Daumen und Zeigefinger ineinander wie zwei untrennbare Ringe, »ich hoffe, Sie hatten Gelegenheit, sich unser Angebot in aller Ruhe durch den Kopf gehen zu lassen.«

»*Ihr* Angebot?«

»Wie Sie sich erinnern werden, haben Herr Hugenberg und ich Ihnen das Angebot unterbreitet, exklusiv zur Ufa zurückzukehren – vorausgesetzt, Sie erklären sich mit einigen Rahmenbedingungen einverstanden.«

Hennys Blick tanzte an Goebbels' schmächtigen Schultern vorbei durch den Raum. »Aber mein lieber Herr Goebbels, ich habe Ihnen doch bereits bei unserem letzten Gespräch gesagt, dass ich mich nicht von meiner Produktionsfirma zu trennen gedenke – und von meinem Mann schon ga– Huch!«

Goebbels hatte so schnell nach ihren Händen geschnappt, dass Henny zusammenfuhr. In der Falle, dachte sie. Dabei hatte er die Hände eines Primaners. Mein Gott, der hatte in seinem Leben noch keinen Hammer in der Hand gehalten. Kein Wunder, dass er sich bei den Aufmärschen seiner SA im Wagen hinterdrein kutschieren ließ.

»Meine liebe Frau Porten, machen wir uns nichts vor: Stresemann ist tot, wer soll uns jetzt noch aufhalten? Die Regierung Müller etwa? Ich gebe Ihnen mein Wort, Frau Porten. In drei Monaten ist die jetzige Regierung passé – eine Regierung, die im Namen einer verhängnisvollen und unterwürfigen Ideologie verantwortungslose Politik gegen das eigene Volk betreibt. Dann werden wir bereitstehen. In vier Wochen sind Landtagswahlen in Thüringen, das wird ein Weckruf für die gesamte Nation. Danach wird Weimar von einer Politik der reinen, ehrlichen und tief begründeten Vaterlandsliebe regiert werden. Wir brauchen Sie! Der desolate Zustand unserer Nation verlangt nach starken deutschen Frauen, leidensprobt, unbeugsam, tapfer, standhaft, mit einem Wort: heroisch. Noch können Sie entscheiden: Wollen Sie Deutschlands künftige Königin sein, oder wollen Sie dem Vergessen anheimfallen?«

Er blickte sie an, als suche er nach einem Spalt, in den er

einen Keil treiben konnte. Größenwahnsinnig. Einerseits. Dann wieder auf hündische Weise devot. Und wie seine Finger miteinander rangen. Es war bekannt, dass Goebbels – der Schrumpfgermane, wie er von manchen genannt wurde – wegen seiner Behinderung im Krieg für nicht wehrdiensttauglich befunden worden war. Er hätte alles getan, um gegen den Feind kämpfen zu dürfen. Doch sie hatten ihn nicht gelassen.

Henny straffte sich. »Mein lieber Herr Goebbels, nun muss ich Ihnen einmal etwas sagen: Ich verstehe gar nicht, weshalb Sie mit mir bei jeder sich bietenden Gelegenheit über meine berufliche Zukunft sprechen wollen.«

»Aber sehen Sie das denn nicht!« Die ersten Gäste drehten ihre Köpfe. Goebbels dämpfte seine Stimme, so weit er es vermochte. Viel war es nicht. »Niemand verehrt Sie mehr als Hitler – außer vielleicht ich selbst, doch dieser Liebhaberei entsage ich willig. Hitler ist der Mann, der dieses erniedrigte Land in seine glanzvollste Zukunft führen wird, kein anderer. Nur unter seiner Führung wird die deutsche Nation wieder den Rang einnehmen, der ihr gebührt.«

»Was Sie da andeuten, Herr Goebbels, empfinde ich, ehrlich gesagt, als Affront. Wenn ich recht informiert bin, hat sich an meinem Vertrag mit der Ufa nichts geändert. Mein Mann und ich produzieren auf eigenes Risiko, die Ufa übernimmt den Vertrieb. Außerdem stehen wir mit der *Luise* praktisch vor Drehbeginn. Und was meine Ehe betrifft, so –«

»Ich flehe Sie an – seien Sie doch nicht so naiv! Von Ihrem Mann werden Sie sich früher oder später ohnehin trennen müssen. Besser Sie tun es sofort, es wäre ja nicht nur zu Ihrem, sondern auch zu seinem Besten. Noch kann er gehen, wohin es ihm beliebt, so steht er Ihnen und Ihrem künftigen Ruhm nicht länger im Weg. Was Ihren Film angeht – die Königin von Preußen –, da sind sich der Ufa-Vorstand und ich völlig einig: Der lässt sich noch immer unter dem Dach der Ufa produzieren. Mit einer Königin, wie sie die Welt noch nicht gesehen hat: kämpferisch und unbeugsam, eine deutsche Heldin!«

Henny lachte auf, was blieb ihr übrig? »Unter diesen Umständen, fürchte ich, würde die Ufa an meiner *Luise* wenig Vergnügen finden.«

Ihr Lachen war Goebbels zuwider, und wie! Es fuhr ihm direkt ins Mark. Hätten sie ihn mal gelassen, dachte Henny. Kämpfen, im Krieg. Im Austausch gegen Curt.

»Wie hab ich das zu verstehen?«

»Schauen Sie: So, wie wir die Luise angelegt haben, wird sie zwar am Ende ihren Stolz behalten, dennoch wird sie zutiefst gedemütigt sein im Angesicht von Preußens dunkelster Stunde. Sie wird nicht ins Heroische wachsen, sondern als Frau und Mutter mit ihrem Volk mitleiden. Kurzum: Wir haben ein pazifistisches Ende vorgesehen.«

»Aber das ist ja grotesk! Wir Deutschen sind gewappnet gegen Schwäche und Anfälligkeit, und Schläge und Unglücksfälle des Krieges verleihen uns nur zusätzliche Kraft.« Seine Finger bewegten sich wie Hummerscheren. »Wir Patrioten haben alle dasselbe Leiden in den Knochen und dienen derselben Sache, deshalb muss ich es hier noch einmal in aller Deutlichkeit aussprechen: Unser einst so stolzer Staat befindet sich in einem Stadium der Zersetzung. Ich frage Sie, Frau Porten: Wie soll diese ehemals so stolze Nation zu alter Größe emporsteigen – und darüber hinaus! –, wenn wir uns in Mitgefühl ergehen? Wir –«

»Helmi!«

Nie war sie dankbarer gewesen, ihren Mann zu erblicken, als in diesem Augenblick. Sie salbte Goebbels mit dem freundlichsten Lächeln ihrer zwanzigjährigen Schauspielerfahrung.

»Sie sind mir nicht bös, Herr Goebbels, nicht wahr? Mein Mann erwartet mich.«

53

Berliner Volkszeitung
9. Dezember 1929

Hitlers Sieg über Hugenberg.
Die Zunahme der Nationalsozialisten bei der gestrigen Landtagswahl in Thüringen um beinahe 300 Prozent ist ausserordentlich hoch. Sie konnte aber in Thüringen nicht überraschen. In einigen Städten tauchen die Verluste sämtlicher Parteien restlos bei den Hitler-Leuten auf.

Marlene hörte sie die Stufen heraufkommen, Rudi, Maria und Tamara. Ob die drei sie vermissen würden? Rudi sicher – von Zeit zu Zeit, wenn er sich an der Hausbar einen romantischen Moment gestattete. Und wie steht es mit Tamara? Schwer zu sagen. Solange Rudi und Marlene verheiratet waren, würde Marlene ihr immer im Weg stehen, würde ihr Rudi nie ganz allein gehören. Und Maria? Vielleicht von allen dreien am wenigsten. Ein Jahr, höchstens, und Marlene wäre zu einer schwer greifbaren Erinnerung verblasst.

Ausgelassenes Gelächter erfüllte das Treppenhaus, wurde lauter, je näher sie der Wohnung kamen. Vornehmlich das von Maria, die besonders aufgekratzt schien. Kurz dachte Marlene an Flucht, wünschte sich, die vor ihr liegenden Minuten wären bereits vergangen und würden nicht länger den Blick auf den Horizont versperren, ihren Horizont, das Meer und, unsichtbar noch, die Welt dahinter.

»*Ich* will!«, hörte Marlene ihre Tochter rufen.

Das Klacken von Metall, als sie nach der richtigen Position für den Schlüssel suchte.

»Hab's!«

Die Tür schwang auf.

So viel war an den Gesichtern der drei abzulesen: Mit einer Marlene, die am Sonntagnachmittag mit verschmierter Wimperntusche und Zitterhänden vor der Hausbar stand, hatte keiner von ihnen gerechnet.

Maria fing sich als Erste: »Wir waren im Kino«, rief sie, »und haben einen Film gesehen.«

Marlene versuchte sich für sie zu freuen: »Ihr wart also nicht nur im Kino, sondern habt auch noch einen Film gesehen?«

Maria war zu aufgedreht, um die Ironie zu bemerken. »Dick und Doof! *Dick und Doof in* ... Papa, wie hieß der Film noch gleich?«

Rudi strich ihr über den Kopf. Eine Geste, die bei Marlene jedes Mal gemischte Gefühle hervorrief. Liebevoll einerseits, andererseits ... Wem man so über den Kopf strich, den nahm man nicht ernst. »*Dick und Doof auf Heimaturlaub*«, half er aus.

»Auf Heimaturlaub, genau«, sagte Maria. Es war deutlich, dass ihr die Bedeutung des Wortes nicht klar war. »Es war sooooo lustig!«

»So?«

»Ja, weißt du, da waren zwei Frauen, und die standen an einem Kaugummiautomaten – so was gibt's bei uns gar nicht, und die wollten da Kaugummis rausholen, aber das hat nicht geklappt, und dann kam Olli und wollte denen helfen, und dann sind die gaaaanzen Kaugummis über die Straße gekullert!«

»Ui, das klingt aber wirklich lustig.«

»War es auch. Und Olli ist dann über den Boden gekrabbelt und hat die sich alle ins Hemd gesteckt, uarghh!« Maria streckte angeekelt die Zunge heraus. Dann kam ihr ein Gedanke. »Spielst du auch mal in einem lustigen Film? Ich würde so gerne mal über dich lachen!«

»Aber ...« Marlene ging vor Maria in die Hocke. Wie gerne sie sich mit ihrer Tochter verbündet hätte. Wann hatte sie das verpasst, und warum hatte sie es nicht gemerkt? »Warum nicht?«, erwiderte sie. »Ich kann auch sehr lustig sein, weißt du?«

»Ja? Das würde ich wirklich gerne sehen.«

Immer diese verdammte Hilflosigkeit. Waren sie einander so fremd, dass ihre Tochter wie selbstverständlich davon ausging, dass, sollte sie Marlene jemals lustig erleben, dann bestenfalls auf einer Kinoleinwand?

»Weißt du was: Ich rede mit Josef – das ist der Regisseur, mit dem ich gerade drehe – und frage ihn, ob er nicht als Nächstes einen lustigen Film mit mir machen will. Und dann spiele ich so lustig, dass du vor Lachen keine Luft mehr bekommst.«

»Versprochen?«

Marlene nahm die Hände ihrer Tochter in ihre. »Versprochen.«

Maria forschte im Gesicht ihrer Mutter nach Indizien: glaubwürdig oder unglaubwürdig? Im Allgemeinen pflegte Marlene ihre Versprechen nicht zu halten, diesmal allerdings war etwas anders. Hatte ihre Mutter wirklich die Absicht, ihr Versprechen einzulösen?

»Glaub ich nicht«, entschied Maria. Besser, man war gewappnet.

Marlene erhob sich wieder, blickte zu ihrer Tocher herab.

»Maria, Liebes, warum gehst du nicht mit Tamara in dein Zimmer und spielst ... mit dem Puppenhaus? Dein Vater und ich, wir haben etwas zu besprechen, weißt du?«

Maria heftete ihren Blick auf sie. »Also ist es gar keine Frage, ob ich gehe oder nicht.«

Mein Gott. »Nein«, gab Marlene zu. »Bitte geh mit Tamara auf dein Zimmer.«

Ein letzter Blick, ein letzter Stich, dann wandte Maria sich ab: »Du hast es gehört, Tami. Spiel mit mir.«

Hand in Hand verließen sie und Tamara den Salon.

Marlene atmete geräuschvoll aus, besann sich ihres Whiskys und nahm einen Schluck, einen großen. Jetzt, da Maria und Tamara aus dem Zimmer waren, rutschte die Anspannung an ihr herab wie ein gelöstes Korsett. Rudi stand, wie er hereingekommen war, die Stirn in Falten.

»Brauch ich auch einen?«

»Besser wär's«, erwiderte Marlene.

Er kam an die Bar, goss sich einen Whisky ein, bemerkte das Telegramm auf der Wurzelholzablage. Sie stießen an, tranken. Die Krawatte war neu, jedenfalls meinte Marlene sie an ihm noch nicht gesehen zu haben. Amerikanischer Schnitt. Knize-Rasierwasser. Sie widerstand dem Impuls, Rudis Frisur durcheinanderzubringen, den akkurat gezogenen Seitenscheitel, die streng gekämmten Haare.

»Lies schon«, forderte sie ihn auf.

Er nahm das Blatt. Ungewöhnlich viel Text für ein Telegramm.

»Aus Hollywood?«

»Lies einfach.«

»Von Zukor persönlich?«

»Lies endlich.«

WUERDEN UNS FREUEN, SIE IN DIE GLANZVOLLE REIHE DER PARAMOUNT-SCHAUSPIELER AUFNEHMEN ZU DÜRFEN STOP BIETEN SIEBENJAHRESVERTRAG MIT ANFANGSVERTRAG VON FÜNFHUNDERT DOLLAR DIE WOCHE MIT STEIGERUNG BIS ZU DREITAUSENDFÜNFHUNDERT DOLLAR DIE WOCHE IM SIEBTEN JAHR. GRATULATION STOP BITTE KABELN SIE IHR EINVERSTÄND-

NIS STOP UNSER BERLINER BUERO WIRD DIE ABFAHRT ERSTER KLASSE ARRANGIEREN UND IHNEN FUER ALLE WEITEREN FRAGEN ZUR VERFUEGUNG STEHEN.

»Sieben Jahre?«

Marlene konnte nicht antworten. Die Tränen schossen ihr in die Augen.

»Unglaublich.« Rudi stellte das Glas ab, umfasste Marlenes Arme. »Liebes: Das ist alles, was du dir immer erträumt hast!«

»Nein, Rudi. *Das* zu träumen, wäre mir nie in den Sinn gekommen.«

Er schüttelte sie: »Du wirst ein Hollywood-Star!«

»Red doch nicht so. Sag mir lieber, was ich machen soll.«

»Was du machen sollst? Na, steht doch da – dein Einverständnis kabeln!«

»Aber was, wenn sie sich irren? Wenn sie etwas sehen, das gar nicht da ist? Schau, meine Schauspielkarriere in Deutschland war doch praktisch schon erledigt. Und da soll ich jetzt ... Außerdem hab ich doch den Vertrag mit der Ufa, exklusiv, für mindestens einen weiteren Film. Ich *kann* gar nicht weg. Und was ist mit dir? Und mit Maria?«

Rudis Hüfte, seine Füße begannen zu tanzen, er merkte es nicht einmal. »Na, wir kommen mit – wenn du willst. Oder du holst uns nach. Was immer am besten ist. Oder willst du nicht, dass wir mitkommen?«

»Rudi, bitte bleib mal stehen.«

Er versuchte es, sein Gesicht ein einziges Leuchten.

»Es ist mir ernst, Rudi. Ich weiß noch gar nicht, was ich will. Und bin ich nicht viel zu alt? In Amerika steht doch längst die nächste Generation Schlange, alle zehn Jahre jünger als ich und mit akzentfreiem Englisch. Ich kann doch nicht mit fast dreißig noch einmal ganz von vorne anfangen – und schon gar nicht in Hollywood!«

Rudi ging gar nicht erst darauf ein. Und mit dem Stillhalten war es auch vorbei. »Ein Siebenjahresvertrag mit der Paramount!« Er nahm Marlene das Glas aus der Hand, legte ihr einen Arm um die Taille, fing an, zu einer unhörbaren Musik einen Foxtrott mit ihr zu tanzen. Marlene schloss die Augen, Tränen liefen ihr über die Wangen. Ob sie wollte oder nicht, sie tanzte mit.

54

Berliner Volkszeitung
3. Januar 1930

Starke Zunahme der Arbeitslosigkeit
Die Belebung durch das Weihnachtsgeschäft ist in Fortfall gekommen. Verschärft wurde der Rückgang dadurch, dass wichtige Industriebetriebe sich entschlossen haben, über Weihnachten und Neujahr für einige Wochen Entlassungen auszusprechen. Diese Form kurzfristiger Entlassungen tritt leider bei schwachem Geschäftsgang immer mehr an die Stelle des früher üblichen tageweisen Aussetzens der Arbeit. In der Landwirtschaft liegt der Arbeitsmarkt ganz still. Auch der Baumarkt ist in weitem Umfang stillgelegt.

Dieses Bild würde Vollmöller nicht so bald vergessen: Jannings, wie er gesenkten Hauptes unter dem ausladenden Kronleuchter des Konferenzzimmers von Doktor Doktor Erich Frey stand und Marlene mit ausgestreckter Hand um Entschuldigung bat. Sie kannten einander jetzt so lange, Emil und er – ihre Freundschaft hatte praktisch eine eigene Biografie –, doch so gedemütigt wie nach der Unterzeichnung der Unterlassungsvereinbarung hatte Karl ihn zum ersten Mal erlebt.

Möglich, dass es an Ruth gelegen hatte, die neben Karl gestanden und ihre Finger mit seinen verschränkt hatte, jedenfalls war Vollmöller bei Jannings' Anblick Carmen in den Sinn gekommen: »Non tutto il male viene per nuocere«, hatte er sie einmal sagen hören. Nicht jedes Übel kommt, um zu schaden. Vollmöller hätte nicht sagen können, wie oder warum, doch im günstigsten Fall, so dachte er, würde sich Emils erzwungene Kapitulation noch als Glück für den Film erweisen.

Zehn Tage. So viel Zeit blieb ihnen, um den Film endgültig abzudrehen. So lange musste das fragile Konstrukt zwischen Jannings, Marlene und Sternberg Bestand haben. Eine Verlängerung war ausgeschlossen. Nach Ablauf dieser Frist endete Josefs Beurlaubung von der Paramount, außerdem hatte Klitzsch mehrfach unmissverständlich zu verstehen gegeben, dass an Tag elf die Lichter im Studio endgültig erlöschen würden.

Pommer ließ sich während dieser Zeit praktisch nur noch stundenweise nach Hause fahren, um sein Hemd zu wechseln und sich von Gertrud die bakelitummantelte Isolierkanne mit genug frischem Kaffee auffüllen zu lassen, um die kommenden 18 Stunden zu überstehen.

Sternberg leistete Unglaubliches. Er arbeitete die zehn Tage nicht nur durch, sondern war in jedem Moment voll konzentriert, wusste exakt, wie jede Szene zu inszenieren war, sah sie vor sich, bevor sie gedreht war. »Keine Experimente mehr«, hatte Pommer als Devise ausgegeben, und Sternberg hielt sich daran. Jeder im Studio wusste: Es geht um alles. Etwaige Fehler würden sie Kopf und Kragen kosten.

Den Preis für Sternbergs Konzentration zahlte freilich Vollmöller, in bar, wenn er sich gegen fünf Uhr nachmittags die Beine vertrat, um an der Pforte den Sohn seines Apothekers zu treffen und vierundzwanzig Reichsmark gegen drei Gramm Kokain zu tauschen. Acht Mark das Gramm, ein stolzer Preis. Dafür garantierte der Apotheker höchsten Reinheitsgrad.

Niemand wusste, wann genau Marlene dem Drängen ihres Regisseurs nachgegeben hatte, aber offenbar hielt sie nach dem Friedensschluss mit Jannings den Zeitpunkt für gekommen, Josef zu erlösen und ihm das Gefühl der erfolgreichen Eroberung nicht länger zu versagen. Im Grunde interessierte sich niemand dafür, was die beiden in Marlenes Garderobe noch alles anstellten, wenn Sternberg sich in den Drehpausen mit ihr für eine »Besprechung« zurückzog. Mit Ausnahme der Presse natürlich. Die war dankbar für jeden hingeworfenen Brocken.

Entsprechend groß war die Aufregung, als Marlene für »Die Dame« ein Interview gab und von der Journalistin nach dem Verbleib von Josefs Ehefrau Riza Royce von Sternberg befragt wurde. Die habe man seit Wochen nicht gesehen, man frage sich, ob sie überhaupt noch in Berlin weile oder ob sie nicht bereits abgereist sei, und wenn ja, ob Marlene eine Erklärung für ihren überstürzten Aufbruch habe. Nein, gab Marlene zur Antwort, eine Erklärung habe sie nicht, sie habe aber den Eindruck, dass es um die Beziehung zwischen Josef und seiner Frau schon vorher nicht zum Besten bestellt gewesen sei.

Vorher? Vor was?

Mehr wolle sie dazu nicht sagen.

Vollmöller verneigte sich insgeheim vor Marlene. Ein kleiner Eheskandal flankierte die Werbemaßnahmen für einen neuen Film sehr viel effektiver und vor allem kostengünstiger als großflächige Plakataktionen an Litfaßsäulen. Die es natürlich dennoch geben würde.

Gelegentlich wunderte Karl sich noch immer darüber, wie es zwischen Josef und Marlene derart hatte knistern können, und insgeheim fragte er sich, wie viel Berechnung von Marlenes Seite dahintersteckte, denn Josef entsprach schon rein äußerlich nicht dem Typ Mann, auf den sie sonst ansprang. Wenn schon ein Mann, dann ein richtiger. Sternbergs männliche Attribute jedoch musste man mit der Lupe suchen. Er war klein, pausbäckig, sein Körper weich, Finger wie Spinnenbeine. Sich ihn vorzustellen wie Willi Forst: schmissig, charmant, singend gar ... nicht zu machen. Und doch hatte Marlene sich ihm geöffnet, sich ihm entgegengestreckt. Josef war es, der sie erkannt und ans Licht geholt hatte. Und jetzt sahen es alle. Als hätte sie 28 Jahre in einem Kokon verbracht, um jetzt, endlich, ihre Flügel auszubreiten. Auch darin konnte man sich verlieben – erkannt zu werden.

Sternberg und Pommer waren übereingekommen, dass Vollmöller, der den maßgeblichsten Einfluss auf Jannings hatte, dem Hauptdarsteller während der letzten zehn Tage möglichst nicht mehr von der Seite weichen sollte. Karl willigte ein, natürlich.

Und tatsächlich bewahrheitete sich, was Vollmöller durch den Kopf gegangen war, als Emil die Vereinbarung unterschrieben hatte: Nicht jedes Übel kommt, um zu schaden. Die erlittene Schmach, so sah es auch Sternberg, befähigte Jannings dazu, das Abgleiten von Professor Rath in den Wahnsinn zu dem Erlebnis zu machen, das es wurde.

Natürlich hieß es für Vollmöller auch weiterhin: Zuckerbrot und Peitsche. Zuckerbrot, wenn Jannings wimmernd in seiner Garderobe hockte und darüber klagte, dass niemand »den Emil« lieb hatte und Sternberg einzig darauf aus sei, ihn zu quälen. Dann rollte Vollmöller den Plakatentwurf vor ihm aus: Jannings' Name in riesigen Lettern, ganz oben, unten rechts und nur halb so groß der von Marlene, außerdem Jannings' Konterfei das einzige auf dem Plakat. Der Schauspieler konnte nicht wissen, dass Karl diesen Entwurf eigens zu diesem Zweck hatte anfertigen lassen. Zuckerbrot. Niemand hatte vor, ihn tatsächlich in Druck zu geben.

Peitsche, wenn Jannings sich den Clownskragen vom Hals riss, anfallartig drohte, doch noch alles hinzuwerfen, sich in neuerlichen Beleidigungen erging. Dann ließen Pommer oder Vollmöller oder auch beide die Tür zu Emils Garderobe knallen, erinnerten ihn daran, dass sein Honorar das Zehnfache seiner Kollegin betrug – Jannings: »Der Emil bekommt nur, was ihm zusteht« – und ermahnten ihn, dass Hugenberg persönlich dafür sorgen werde, dass er, der Emil, als Schauspieler erledigt sei, wenn er jetzt noch hinwerfe.

»Dann geht er zurück nach Amerika!«, wehrte sich Jannings. »Schließlich hat er den Oscar gewonnen!«

»Die drehen keine Stummfilme mehr«, musste ihm Karl ins Gedächtnis rufen. »Die Zeiten sind vorbei. Und kein Produzent und schon gar kein Regisseur Hollywoods wird dich je wieder für eine Sprechrolle besetzen. Hast du vergessen, was mit *Betrayal* passiert ist? Weißt du nicht mehr, wie sie gelacht haben? Die dachten, das sei eine Komödie!«

Dort, am Boden liegend, ging es dann wieder von vorne los: Keiner hat den Emil lieb.

Am Ende aber fügte sich auch Jannings. In dem Maße, wie Professor Rath der Lebensmut verließ, schwand Jannings' Kampfgeist. Er erschien am Set, wenn er gefordert war, wortlos und gebeugt wie seine Figur, und gab, was er zu geben hatte. Und das war viel. Die abschließenden Szenen, in denen aller Ausdruck, alles Empfinden allein aus seiner Mimik und Gestik, aus seiner Haltung und Bewegung entstehen musste, wurden zu den stärksten seiner Karriere. Als hätte man ihm erst die Möglichkeit des Sprechfilms eröffnen müssen, um darauf verzichten zu können. Weglassen. Schweigen. Was beim stummen Film als Manko empfunden worden war, jetzt war es ein Gewinn.

Das Ende der Dreharbeiten vollzog sich lautlos und unbemerkt. Für zehn Tage hatte man sämtliche Reserven mobilisiert und persönliche Befindlichkeiten hintangestellt, jetzt erlosch das Licht, die Aufbauten wurden zu schemenhaften Erinnerungen, die allgemeine Erschöpfung machte jede Bewegung zu einer Kraftanstrengung. Vollmöller kam es vor, als ziehe sich ein Tier mit letzter Kraft in seinen Bau zurück.

Sternberg machte seine Runde, bedankte sich bei Rittau und Schneeberger, den Beleuchtern, Thiery. Jannings war direkt nach dem letzten »cut« aus dem Studio geschlichen, Marlene war dem Filmgelände bereits seit Tagen ferngeblieben. Ihre Szenen waren abgedreht, ihre Garderobe würde sie erst abholen, wenn nicht länger die Gefahr bestand, dass Jannings' und ihre Wege sich kreuzten. Pommer war ernsthaft erkrankt und hütete das Bett.

Sternberg und Vollmöller verabschiedeten sich auf dem Parkplatz vor dem Tonkreuz. Eine letzte gemeinsame Zigarette um halb zwei in der Frühe. Vorne an der Pforte, im Licht einer einzelnen Laterne, waren der Umriss eines Mannes und seines Hundes auszumachen. Reinhard, der Nachtwächter, und Fürst, sein Schäferhund. Nie sah man den einen ohne den anderen. In der neu errichteten Tischlerei brannte Licht, eine elektrische Säge kreischte in der Nacht. Vollmöller meinte den entfernten Geruch von frischer Farbe und Holzstaub wahrzunehmen. Innerhalb von drei Tagen mussten sie sämtliche Kulissen zurückgebaut und das Studio geräumt haben. Dann würde der nächste Trupp anrücken.

Sie waren zu leer für ein Gespräch, Vollmöller war sogar zu erschöpft, um zu rauchen. Sie traten ihre Zigaretten in den halb gefrorenen Lehm, Atemwolken vor den Gesichtern.

»Thanks«, sagte Sternberg. »For everything.«

Eben, als sie Jannings' Garderobe passiert hatten, schien Josef nicht einmal mit dem Gedanken gespielt zu haben, sich von seinem Hauptdarsteller zu verabschieden, den er, gut möglich, in seinem Leben niemals wiedersehen würde. Sternbergs Koffer warteten gepackt im Hotel, morgen um acht Uhr fünfzig würde er den Zug nach Hamburg besteigen.

»Don't you want to …«, setzte Vollmöller an.

»No«, erwiderte Sternberg. »I don't. Last time I told him I would never work with him again. This time it's for sure.«

Der Chauffeur hielt seit Minuten die Tür geöffnet. Und fror. Vollmöller selbst empfand weder Kälte noch sonst irgendetwas. Sternberg stieg ein.

55

Wenn ich mir was wünschen dürfte,
Käm' ich in Verlegenheit,
Was ich mir denn wünschen sollte,
Eine schlimme oder gute Zeit.
Wenn ich mir was wünschen dürfte,
Möchte ich etwas glücklich sein,
Denn wenn ich gar zu glücklich wär'
Hätt' ich Heimweh nach dem Traurigsein.

»Wenn ich mir was wünschen dürfte«
Friedrich Hollaender

Josef hatte sich auf die Seite gedreht, ihre Gesichter waren nur zwei Handbreit voneinander getrennt. Abwechselnd zogen sie an derselben Zigarette, seine Finger fahrig, ihre ruhig. Da war eine Unruhe in ihm, die einfach nicht weichen wollte. Wie wenn man nach zwei Wochen auf See an Land ging und die Füße noch auf schwankenden Schiffsplanken standen, auch wenn es längst fester Boden war.

»I want you to come with me. You *have* to.« Er klang wie ein Bub, der gewaltsam von seiner Mutter getrennt wurde. »Let's leave together, in the morning.«

Marlene antwortete nicht. Dieses Thema hatten sie bereits besprochen.

Er war umgezogen. Seine Koffer, die gesamte, sich jedem gesunden Menschenverstand widersetzende Garderobe hatte sich in einer Prozession aus Kleiderwagen aus dem Adlon kommend in Richtung Schloss in Bewegung gesetzt und war nach fünfzig Metern im Bristol eingekehrt. Vier Wochen lag das zurück. Seitdem bewohnte er diese Zwei-Zimmer-Suite im dritten Stock, inklusive eines Balkons, von dem aus man den gesamten Boulevard vom Brandenburger Tor bis zum Schloss unter sich hatte.

Riza Royce, die nicht, wie von manchen vermutet, die Stadt verlassen hatte, bewohnte weiterhin ihre Suite im Adlon. Wenn man sich ein wenig über die Brüstung von Sternbergs Balkon lehnte, war auch die zu sehen. Riza verließ sie nur selten, und wenn, dann unter einem Hut von solcher Extravaganz, dass mögliche Frager von vornherein abgewehrt wurden.

Als Josef vorhin von seinem letzten Drehtag zurückgekehrt war – um halb drei Uhr in der Frühe –, da hatte Marlene in einem schwarzen Spitzennegligé und mit einem angewinkelten Bein auf dem Kanapee gelegen, eine rote Schleife um die Taille.

»I'm your farewell present«, begrüßte sie ihn.

Josef hatte sich auf sie geworfen wie ein Ertrinkender.

»How am I supposed to do another movie«, fragte er jetzt, »if I can't have you as the starring role?«

Auch das hatten sie ausgiebig besprochen. Josef wollte um jeden Preis mit ihr drehen, in Hollywood. Am liebsten, so klang es, nur noch mit ihr. In Marlene habe er die Schauspielerin gefunden, die er, ohne sich dessen bewusst gewesen zu sein, immer gesucht hatte. Eine Vorstellung, der sich Marlene in schwachen Momenten länger überließ, als gut für sie war. Nur leider war diese Vorstellung – wie sagten sie in Amerika? – out of reach.

Marlene stand exklusiv für einen weiteren Film plus Option bei der Ufa unter Vertrag. Dieser Vertrag, der ihr bei der Unterzeichnung wie der größte Glücksfall ihres Lebens erschienen war, hing ihr jetzt am Bein wie ein Mühlstein, kettete sie an dieses Land. Die Ufa war bekannt für ihre wasserdichten Knebelverträge, was Rudi jedoch nicht davon hatte abhalten können, Marlenes Vertrag von gleich zwei Juristen prüfen zu lassen. Beide waren zu demselben Ergebnis gelangt: nicht einmal Houdini hätte sich aus diesem Vertrag befreien können.

Sollte Marlene vertragsbrüchig werden oder versuchen, ihn anzufechten, wäre sie ruiniert. Und auf eine einvernehmliche Lösung durfte sie nicht hoffen. Klitzsch hatte kategorisch ausgeschlossen, den Vertrag aufzulösen, ganz gleich zu welchem Preis. Aus Sicht der Ufa war das durchaus nachvollziehbar. Der Film war noch nicht geschnitten, und doch war er bereits jetzt mit einem riesigen Versprechen aufgeladen. Sollte der fertige Film dieses Versprechen einlösen, würde Marlenes Wert in die Höhe schnellen wie der einer Aktie, wenn eine Eisenbahngesellschaft beim Verlegen der Gleise versehentlich auf Öl stieß.

Vielleicht, wer weiß, würde die Ufa sie nach dem nächsten Film ziehen lassen. Doch dann wäre das Angebot verfallen, und die Paramount pflegte Angebote wie dieses kein zweites Mal zu machen. Dafür war Zukor zu eitel. Außerdem: Wer konnte vorhersagen, was in einem halben Jahr sein würde? Alles war ungewiss.

»Come with me, please.«

Marlene wandte sich ab, drückte die Zigarette aus und stand auf. In einer Hinsicht unterschied sich Josef kein bisschen von anderen Männern. Nach ausreichend Unterwerfung, Dominanz, Hingabe sowie einer deftigen Portion Fellatio wurde er anhänglich wie ein Hundewelpe.

»You know I can't.«

Sie tat das, was keine Frau auf der Welt mit derselben provozierenden Gleichgültigkeit hinbekam wie sie: zog sich ihre Strümpfe an.

»What are you doing?«

»Leaving.«

»You can't just leave me.«

Sie glitt in ihr Kleid, sah ihn an. Im fahlen Licht der Straßenlaterne waren seine Augen nur zwei glänzende Punkte in der Dunkelheit. Die Rolle der sich sehnsüchtig verzehrenden Geliebten stand ihr nicht. Weshalb musste man sich als Frau immer zur Wehr setzen? Männer nahmen sich, Frauen wehrten sich.

»I'm not going to give you the devastated crying wife waving her beloved good-bye with a handkerchief«, stellte sie klar.

Aufrecht in Bett sitzend, die Haare zerzaust, sah er tatsächlich aus wie ein störrisches, verwöhntes Kind.

»Come with me, then.«

Marlene wurde so unvorbereitet von mütterlichen Gefühlen überrascht, dass sie einen Moment lang nur dastehen und nach Luft ringen konnte. Trauer, Wut, Begehren, Lust – alles ließ sich kontrollieren. Doch wenn Muttergefühle in ihr aufstiegen, dann war sie denen wehrlos ausgeliefert. Also gut, ging es ihr durch den Kopf, let's go. Let's do it!

»I told you before, it's impossible. And you know that.«

Sie winkte ihm zum Abschied, mit weiß behandschuhten Fingern. Drei Schritte zwischen ihr und dem Bett. Näher durfte sie ihm nicht kommen. Es war ja nicht nur Josefs Gravitation, der sie standhalten musste, zugleich musste sie ihren Träumen Adieu sagen.

»Marlene – don't!«

Leise zog sie die Tür ins Schloss, passierte lautlos die anderen Suiten, stieg die Treppe ins Erdgeschoss hinab – vorbei am Nachtportier, der sich gerade von zwei betrunkenen, aber erstklassig gekleideten Engländern in Begleitung zweier mit Halbedelsteinen behängten Damen bestechen ließ –, durchschritt die nach Zedernholz duftende Halle und trat hinaus in eine Nacht, die ihr einen eisigen Wind ins Gesicht blies.

Nur vier Stunden später schreckte sie aus dem Schlaf auf. Halb neun. In diesem Moment wurden Josefs Koffer verladen, in zwanzig Minuten würde sein Zug den Lehrter Bahnhof verlassen. Wenn sie das Auto nähme, könnte sie in einer Viertelstunde am Gleis sein. Sie sprang aus dem Bett. Zwei Minuten später war sie angekleidet und hatte alles beisammen, was sie brauchte: Reisepass, Bargeld, ihre Lenci-Puppe, das rote Büchlein mit sämtlichen Namen und Adressen. Sie legte ein Ohr an Rudis Schlafzimmertür und vernahm ein vertrautes Schnaufen. Tamara und Maria waren ausgeflogen. Hut, Mantel, Handschuhe, der Messingknauf. Blick zurück. Es war immer schon eher die Wohnung von Rudi, Tamara und Maria gewesen als ihre eigene.

Mit aufjaulendem Motor wendete Marlene den Wagen und steuerte die Kaiserallee hinauf, überholte Busse und Fuhrwerke, bog am Kurfürstendamm ab, schlingerte im Zickzack über den Auguste-Viktoria-Platz, vorbei am Romanischen, die Budapester hinauf, die Hofjägerallee zum Großen Stern, weiter zur Invaliden, von da aufs Friedrich-Wilhelm-Ufer und unter der S-Bahntrasse hindurch. Als sie den Wagen vor dem Bahnhof zum Stehen brachte, zeigte die Uhr über dem Seiteneingang acht Uhr siebenundvierzig.

Marlene umfasste das Lenkrad, das weiße Leder ihrer Handschuhe spannte über den Fingerknöcheln. Warum hatte sie ausgerechnet die ausgewählt, die waren uralt, stammten noch aus der Zeit, als sie mit einem Bauchladen auf dem Ku'damm Handschuhe in Kommission verkauft hatte. Und warum fragte sie sich das? Ihre Lenci-Puppe saß auf dem Beifahrersitz. Was, dachte sie, was? Sie ließ die Handbremse einrasten, blickte zur Puppe, zum Eingang. Der Motor lief.

»Was, Herrgott noch mal!? Was, was, WAS!?«

Sie ließ den Kopf auf die Handrücken sinken.

Es klopfte an der Seitenscheibe. Mit einer kreisenden Bewegung des Zeigefingers bedeutete ihr der Schupo, dass sie hier, direkt vor dem Eingang, nicht stehen bleiben könne.

Eine Stunde später, kurz vor zehn, zog der Pförtner des Ufa-Geländes in Babelsberg das Tor für sie auf. Sie musste einen Schlussstrich ziehen, sofort, unter alles: Jannings, den *Blauen Engel*, Sternberg, Hollywood. Musste sich besinnen. Rudi, Maria, Berlin, der nächste Film. Anders könnte sie nicht weiterleben. Sie parkte den Wagen vor dem Tonkreuz, suchte auf direktem Weg ihre Garderobe auf, nahm die beiden bereits gepackten Koffer, den Zylinder, drehte sich einmal um die eigene Achse, verbeugte sich vor ihrem Spiegelbild, schloss die Tür. Im Garderobengang der Blick in zwei Richtungen. Links der Ausgang, rechts die Tür zur nächsten Tür und dann ins Studio. Zwei Handwerker trugen Lampen an ihr vorbei. Sie hatte auf keinen Fall ins Studio gehen wollen, doch vielleicht wäre es gesund, reinigend. Schlussstrich.

Die rote Leuchte über der Tür war aus, natürlich. Sie bauten die Kulissen ab, da wurde nicht gedreht. Marlene schob die Filzbahnen beiseite.

Zeit ihres Lebens würde die Erinnerung an den *Blauen Engel* mit diesem Geruch nach elektrisiertem Staub, frisch geschnittenem Holz und erhitztem Metall verbunden sein. Ein Geruch zum Schmecken. Dazu der dumpfe Klang der Schritte auf dem Schwingboden, die Musik, die Stille. »Quiet!« Ruhe! Zigmal, jeden Tag. »Qui-et!!!«

Handwerker zerlegten die Kulisse, stapelten Holzlatten aufeinander. Von Lola Lolas Zimmer stand nurmehr das Skelett. Die Requisiten waren bereits in Kisten verpackt. Hier hatte Jannings sich auf sie geworfen, sie gewürgt, auf die Truhe gedrückt – bis Hans eingeschritten war. Sie ging hinüber in die Kulisse des *Blauen Engel*. Übereinandergestapelte Stühle, die Tische Platte auf Platte, die Beine der oberen in die Luft gestreckt. Auf der Bühne öliger Staub, der an den

Kuppen ihrer weißen Handschuhe haften blieb. Alles um sie herum zerfiel.

Sie hatte zu summen begonnen, vielleicht, um die Einsamkeit zu vertreiben, eine absteigende, gestaltlose Melodie.

»Wenn ich mir was wünschen dürfte ...«

Eine Stimme in ihrem Rücken sagte: »Was wäre dann?«

»Friedrich!«

Hollaender stand vor ihr. Das dichte Haar in der Stirn, als sei er gerade erwacht, die Haut um die müden Augen zerknittert. Noch ein Abschied.

Sie umarmten einander. »Was machst du hier?«

»Hatte noch ein paar Sachen in meinem Schuhkarton.« Er deutete auf die Mappe, die neben ihm auf dem Tisch lag. »Was wäre dann?«

»Was meinst du?«

»Na, wenn du dir was wünschen dürftest?«

Marlene lehnte sich gegen die Bühne, stützte die Hände auf, zog sich hoch, ließ die Beine hängen. Die Empore, auf der Professor Rath seiner Lola Lola verfallen war, löste sich vor ihren Augen in ihre Bestandteile auf.

»Dann käm ich in Verlegenheit«, überlegte sie.

»Wenn ich mir was wünschen dürfte«, summte Hollaender, »käm ich in Verlegenheit ...«

»Was schaust du so?« Sie lachte. »Hab ich was Dummes gesagt?«

»Klingt nach moll, meinst du nicht? Cis vielleicht, oder E, dann würde es besser zu deiner Stimmlage passen.«

»Du bist ja verrückt.«

»Wir können es auch in A versuchen, aber dann ist es zu tief für dich.«

»Das meinst du nicht ernst.«

Er sang es noch einmal, dirigierte dazu mit einem Zeigefinger: »Wenn ich mir was wünschen dürfte ... Komm, wir probieren es aus. Oder hast du es eilig?« Ohne ihre Antwort abzuwarten, streckte er ihr den angewinkelten Arm hin, die Aufforderung, sich unterzuhaken. »Wenn Sie mir in meinen Schuhkarton folgen würden, gnädige Frau.«

56

Berliner Volkszeitung
28. März 1930

RÜCKTRITT DES REICHSKABINETTS
Am gleichen 27. März, an dem vor zehn Jahren Hermann Müller zum Reichskanzler ernannt wurde, ist das Kabinett Müller gestürzt.
In der heutigen Kabinettssitzung beschloss das Reichskabinett, dem Reichspräsidenten die Demission der Reichsregierung zu unterbreiten. Der Reichskanzler begab sich darauf zu dem Reichspräsidenten, um ihm den Rücktritt der Regierung anzuzeigen. Der Reichspräsident nahm den Rücktritt entgegen.

Marlene hatte sich tief in eine andere Welt hineingeträumt, dennoch wurde sie dort aufgespürt. Ein Schrillen. Quiet, dachte sie, noch im Halbschlaf gefangen, qui-et! Doch nicht der Drehbeginn einer neuen Szene wurde eingeläutet. Es war das Telefon. Um sieben in der Frühe. Es musste im gesamten Haus zu hören sein. Sie drehte sich auf den Bauch und zog sich das Kissen über den Kopf. Sollte Rudi rangehen. Der Fernsprechapparat war schließlich seine Idee gewesen.
Noch so eine technische Errungenschaft, die von ihrem Gatten als für den modernen Mann für unerlässlich befunden wurde. Was war eigentlich mit der modernen Frau? Wo blieb die? Konnte die keine Wählscheibe bedienen? Wie auch immer: Pünktlich zu Weihnachten waren sie in den Genuss

eines schwarzen Bakelitkastens mit vernickelter Wählscheibe und einem Zifferblatt aus weißem Emaille gekommen: Modell Frankfurt, ein Bauhaus-Entwurf. Einen »Bauhäusler« zu haben war sehr in Mode, wie Rudi wusste. Die nächste »Investition«, Rudi hatte sie bereits vorsichtig avisiert, würde den Namen Odeon Favorit tragen und ein passend zur Hausbar furnierter Schallplattenschrank mit ausziehbarem Plattenteller und Röhrenverstärker sein.

Aussichtslos, natürlich. Das Telefon schrillte vor sich hin wie ein stolzer Hahn. Rudi hätten keine zehn Pferde aus dem Schlaf geholt, und Tamara hatte sich wie üblich gegen vier Uhr aus der Wohnung geschlichen. Sie schlug die Decke zurück, schlüpfte in die Pantoffeln, warf sich den Morgenmantel über.

»Hallo? Hallo?«, tönte es aus dem Knochen.

Marlene suchte noch nach ihrer Stimme. »Ja«, sie räusperte sich, »hallo?«

»Marlene?«

»Wer spricht denn da?«, fragte sie zurück.

»Hier spricht Karl.«

»Welcher Karl?«

»Karl Vollmöller. Mensch, Marlene, schläfst du noch?«

»Jetzt nicht mehr.«

»Gut, dann hörst du mich?«

»Natürlich höre ich dich.«

»Ich meine, du verstehst, was ich sage?«

Marlene rieb sich die Augen: »Ist was passiert?«

»Kann man so sagen. Hast du die Absage an die Paramount schon gekabelt?«

Nein, hatte sie nicht, hatte es nicht über sich gebracht. Doch sie würde es tun, direkt nach dem Frühstück. Irgendwann musste sie den Schlussstrich ziehen, endgültig.

»Marlene?«

»Ja? Ich meine: Nein. Ich wollte nach dem Früh–«

»Gut. Hör zu.« Kurze Pause. »Hörst du mir zu?«

»Ja!« Herrgott.

»In einer halben Stunde bin ich bei dir. Bis dahin tust du nichts, hast du verstanden? Du nimmst keinen Anruf entgegen und gehst nicht aus dem Haus. Du wartest. Marlene?«

»Ja!«

»Du wartest auf mich!«

»Ich glaube, das war unmissverständlich. Aber einen Kaffee darf ich in der Zwischenzeit schon trinken, hoffe ich.«

»Besser, du wartest auch damit.«

Die folgenden fünfundzwanzig Minuten verbrachte Marlene damit, in ihrer Wohnung umherzustreifen – halb in der Hoffnung, Rudi möge davon aufwachen, halb hoffend, er möge weiterschlafen. Maria musste irgendwann aufgewacht und zu ihm ins Bett gekrochen sein. Das machte sie oft. Dann ließen sich die beiden vor halb neun nicht blicken.

Wiederholt sah Marlene aus dem Fenster. In der heraufziehenden Dämmerung begann die noch träge Stadt ihre nächtliche Starre abzuschütteln. In den Schaufenstern der Geschäfte prangten so viele Rabattversprechen wie noch nie. Inventurausverkauf. Das Weihnachtsgeschäft musste desaströs gewesen sein. Wertheim, Tietz, alle überboten einander mit ihren Rabatten. Demnächst würden sie einem Geld dafür geben, dass man ihnen die Lager leer räumte.

Schon von ferne sah sie Karls Austro-Daimler die Kaiserallee herunterkommen. Ein weißer Elefant mit Scheinwerfern hätte kaum unauffälliger sein können. Und ja: Er hatte es offenbar eilig.

»Marlene!«

Als sei er überrascht, sie in ihrer Wohnung anzutreffen. Sie trat einen Schritt zurück, ließ ihn herein. Schwer zu greifen, dieser Vollmöller, auch nach all den Jahren. Überall mischte er mit, ohne dass man wusste, worin er eigentlich seine Aufgabe sah.

»Darf ich uns *jetzt* einen Kaffee machen?«, fragte Marlene.
Er hatte seinen Mantel abgelegt, seine beschlagene Brille trocken gewischt und wieder aufgesetzt. Dünn wie ein Hering war er.
»Jetzt«, sagte er, »ist exakt der richtige Zeitpunkt.«
Sie führte Karl in den Salon, überließ ihn dem anbrechenden Tag, verschwand in der Küche und kehrte wenig später mit einem Tablett zurück. Sie setzten sich an den niedrigen Tisch mit den vier Sesseln. Die Sofagruppe schien unpassend. Offenbar ging es um etwas Geschäftliches.
Karl rührte ausgiebig Zucker in den Kaffee, streifte den Löffel ab, blickte Marlene an. »Bereit?«
»Ich warte seit Minuten darauf, dass du endlich anfängst.«

Letzte Nacht war das Pendel zurückgeschwungen. Irgendwann musste das ja passieren. Pommer und vor allem er selbst, Vollmöller, hatten zu viele Lügen aufeinandergetürmt. Und jetzt war das ganze schöne Lügengebäude in sich zusammengestürzt.
Bereits als Karl am Abend nach Babelsberg hinausgefahren war, hatte ihn ein warnendes Gefühl begleitet. Hugenberg hatte ihn praktisch dorthin zitiert. Dabei stand Vollmöller offiziell lediglich als Dramaturg unter Vertrag.
»Vorführraum Nummer zwei«, begrüßte ihn der Pförtner. »Die Herren erwarten Sie.«
So war es. Hugenberg, Klitzsch und Corell nebst einem halben Dutzend weiterer Herren aus den Chefetagen standen Zigarre rauchend im Vorraum. Pommer – und in diesem Augenblick verschärfte sich das warnende Gefühl noch –, hatte sich entschuldigen lassen. Er sei krank. Schon wieder.
Bei der Begrüßung noch erwartungsvolle Gesichter. Hugenberg schlug Vollmöller auf die Schulter. Karl würde niemals begreifen, was es war, das diesen Reflex bei ihm auslöste.

»Geht's Ihnen nicht gut?«

Als Nächstes würde er unter Garantie wieder mit der Schwindsucht anfangen. »Es geht mir bestens, Herr Hugenberg, danke der Nachfrage.«

Der Ufa-Chef grinste in die Runde: »Dann kann es ja losgehen.«

Winston hatte eine erste Rohfassung des *Blauen Engels* fertiggestellt. Und jetzt wollten die Herren in Augenschein nehmen, wofür die Ufa zwei Millionen Reichsmark ausgegeben hatte. Und Pommer war krank, aber sicher.

Zu Beginn zustimmendes Gemurmel. Jannings als Professor Rath, das war was! Auch die Szenen vor seiner Klasse wurden goutiert, wagemutig, etwas kühn vielleicht, aber bitte: Das war eben die künstlerische Freiheit. Dann die erste Szene im *Blauen Engel*, Lola Lola auf der Bühne, singend, tanzend und praktisch in Unterwäsche. Es wurde sehr still.

Bis zur zweiten Gesangsnummer hielt Hugenberg durch – bis sich Marlene auf das Fass setzte, die nackten Beine anwinkelte und zu singen anfing: »Ich bin / von Kopf bis Fuß / auf Liebe eingestellt ...« Keine Macht der Welt hätte Hugenberg danach noch auf dem Sitz gehalten.

»Aufhören!« Er blinzelte ins Licht des Projektors, während Lola Lola unbeirrt davon sang, dass sie nichts dafür könne, wenn Männer sich an ihr verbrannten. »Halten Sie augenblicklich den Film an!« Der Film wurde angehalten, Marlenes nackte Beine auf Hugenbergs Gesicht. »Niemals – ich wiederhole: niemals! – wird die Ufa ihren Namen durch ein solches Machwerk besudeln. Dreck ist das! Moralisch verkommen, ordinär und obszön.« Und dann kam es. Er schirmte die Augen ab. »Vollmöller, wo stecken Sie?«

»Herr Hugenberg?«

»Da haben Sie sich ein hübsch abgekartetes Spiel ausgedacht. Aber daraus wird nichts werden. Kann endlich jemand das Licht anmachen!«

Lola Lolas Beine verschwanden von Hugenbergs Gesicht, die Saalbeleuchtung ging an.

»Alfred ...«, wagte Klitzsch einzuwenden, aber Hugenberg war längst außer Kontrolle.

»Wir reden später«, kanzelte er seinen Generaldirektor ab. Dann fuhr er seinen Zeigefinger Richtung Vollmöller aus: »Kein Kino in diesem Land wird diesen Film zeigen, dafür werde ich persönlich Sorge tragen. Und Sie, Herr Vollmöller, haben das letzte Mal Ihren Fuß auf dieses Gelände gesetzt!«

In nur drei Minuten hatte Marlenes Gesichtsausdruck von Neugier zu Besorgnis zu Entsetzen gewechselt. »Sie wollen den Film nicht zeigen?«

»Hugenberg will ihn nicht zeigen. Aber Erich meint, er wird seine Meinung schon noch ändern. Ich bin letzte Nacht noch bei ihm gewesen. So krank schien er mir übrigens gar nicht. Jedenfalls glaubt Erich nicht, dass Hugenberg mit seiner Entscheidung durchkommt. Die Ufa kann es sich nicht leisten, zwei Millionen abzuschreiben, schon gar nicht in diesen Zeiten. Das würde den Konkurs der Firma bedeuten. Keine Bank der Welt stützt die Ufa im Moment mit einem Kredit in dieser Größenordnung. Ich war aber noch nicht fertig.«

Karl erzählte, wie Hugenberg ihn praktisch vom Hof gejagt und ihm angedroht hatte, er werde nicht erlauben, dass Vollmöller je wieder einen Fuß auf das Gelände setze.

Er sah Marlene an, ein Lächeln in den Augenwinkeln.

»Was?«, fragte Marlene.

»Und dann hat Hugenberg noch etwas verkündet, nämlich dass er dieses ›liederliche Fräulein Dietrich‹ auch nie wieder zu sehen wünsche. Gleich heute früh werde er veranlassen, dass der Vertrag mit dir aufgelöst wird. Und dass ich dir das gerne ausrichten könne. Ich zitiere: ›Noch einen Film mit der Ufa wird es für Frau Dietrich nur über meine Leiche geben‹.« Vollmöller setzte seine Tasse ab. »Nach Erichs Einschätzung wird Hugenberg *diese* Androhung auf jeden Fall wahr machen.«

Es gelang Marlene, ihre Tasse abzustellen, ohne sie zu zerbrechen. »Aber das bedeutet ja ...«

»Genau das bedeutet es«, erwiderte Vollmöller.

»Ich hätte der Ufa gegenüber keinerlei Verpflichtungen mehr zu erfüllen.«

Karl grinste längst von einem Ohr zum anderen, goss sich Kaffee nach und zog sein Silberetui heraus.

Marlene sprang auf: »Rudi!« Sie eilte in den Flur. »Rudi, wach auf!«

57

Berliner Filmzeitung
1. Januar 1930

Das tönende Publikum
Nicht nur künstlerischer Art sind die Probleme, vor die uns die neue Kunst Tonfilm stellt. Auch das Publikum muss sich umstellen. Je stummer der Film war, desto eher konnte man mit seinem Nachbarn mal ein Wort wechseln oder seine Meinung austauschen. Die Kapelle spielte ja. Der tönende Film jedoch verlangt ein stummes Publikum. Wenn die Brocken einer Unterhaltung mitten in eine Sprechszene hineinklingen, so hebt sofort ein Zischen an, das wieder von Neuem stört. Es wird lange dauern, bis das Publikum so weit erzogen ist, dass ein Tonfilm wirklich einmal ohne solche Störungen ablaufen kann.
Auch mit dem Applaus und mit dem Lachen über einen Witz geht es nicht mehr so wie einst. Vor allem müsste nun endlich einmal die Claque aufhören, die viele Meter sprechenden Films unverständlich werden lässt, weil ihr Beifall die Zuschauer stört, die ja neuerdings auch Zuhörer sind.

Klee hatte die Stelle gefunden, legte den Film ein, fixierte ihn. Er drückte den Hebel, das Messer trennte die beiden Bilder genau an der Stelle, die er zuvor montiert hatte. Den breitkrempigen Hut wie üblich bis zum Haaransatz zurückgeschoben, blickte er zu Vollmöller auf.

»Wie viele Meter wollen Sie?«

Walter Klee war der Cutter, der gemeinsam mit Winston den Film montiert hatte. Schnell im Kopf und geschickt mit den Fingern. Winston selbst befand sich längst auf dem Weg zurück nach Hollywood, also Klee. Der hatte nicht schlecht gestaunt, als er gemeinsam mit zwei Kollegen bei Aschinger in der Friedrichstraße Bierwurst aß und Vollmöller plötzlich an seinem Tisch stand.

»Herr Vollmöller!« Klee schluckte die halb zerkaute Wurst herunter. Natürlich dachte er sofort an den *Blauen Engel*. Der lag frisch geschnitten und fertig montiert in Babelsberg. »Ist was mit dem Film?«

»Besitzen Sie ein Automobil?«

»Steht vor der Tür. Ist aber nur'n Kommissbrot.«

»Das nehmen wir. Besser man sieht meinen Wagen nicht auf dem Gelände.«

»Wir fahren nach Babelsberg? Jetzt gleich?«

Vollmöller ließ sein Etui aufspringen. »Die Wurst können Sie noch aufessen.«

Sie zuckelten auf der Potsdamer Richtung Süden, als Karl sich endlich erklärte: Er nahm an – ach was, er war sicher! –, dass das Publikum morgen bei der Premiere nach Marlenes Gesangsnummern applaudieren werde. Es musste einfach so sein. Also würden sie nach den Gesangsnummern einfach einige Meter Schwarzfilm einkleben. So konnte das Publikum in Ruhe seine Begeisterung zum Ausdruck bringen, ohne dass die Zuschauer etwas vom Film verpassten. Das bleibt unter uns, Klee.

»Was meinen *Sie*?«, fragte Vollmöller. »Wie viel sollen wir nehmen?«

Klee maß den Schwarzfilm ab. »Sechs Meter?«

»Entspricht?«

»Zwanzig Sekunden.«

Vollmöller probierte es aus, blickte auf seine Omega und applaudierte zwanzig Sekunden lang. Einsam und allein im Schneideraum kamen einem zwanzig Sekunden sehr lang vor. Wie aber würde es morgen sein, bei der Premiere im ausverkauften Gloria-Palast und in Anbetracht der Tatsache, dass die Emotionen schon seit Wochen hochkochten?

»Wie wär's mit zehn?«

»Entscheiden müssen Sie's. Ich montiere Ihnen da so viel rein, wie Sie wollen. An Schwarzfilm mangelt's nicht.«

»Dann nehmen wir zwölf.«

Jetzt kratzte sich Klee doch kurz im Nacken. »Zwölf Meter nach jedem Gesangsauftritt von Lola Lola? Vierzig Sekunden?«

»Haben Sie nicht eben gesagt, ich sei es, der entscheiden müsse?«

»Schon ...«

Vollmöller hatte es geträumt, hatte die Zuschauer gesehen, die Gesichter in ekstatischer Verzückung. Und da war ihm die Idee mit dem Schwarzfilm gekommen. Außer Ruth hatte er niemanden eingeweiht, nicht einmal Pommer. Intuition, verlass mich nicht.

»Wir nehmen fünfzehn.«

Zur Generalprobe am nächsten Morgen erschienen sämtliche am Film beteiligte Personen mit Ausnahme der Ufa-Riege sowie Marlene. Hugenberg, Klitzsch und Corell hatten sich zwar darauf einigen können, den Film in die Kinos zu bringen, behandelten ihn aber wie das, was er war: ein Kuckucksei. Marlene behauptete, von den letzten Reisevorbereitungen in Anspruch genommen zu sein. Vollmöller hatte eher den Eindruck gewonnen, die bevorstehende Premiere mache ihr Angst. Niemand hatte den fertig geschnittenen Film bislang zu sehen bekommen. Was, wenn er die Erwartungen enttäuschte? Es war zu spät, um noch etwas zu ändern. Die Premiere am Abend wäre Aufregung genug.

Jannings hatte Gussy mitgebracht, Zuckmayer seine Frau Alice, Liebmann war da, der ebenfalls am Drehbuch mitgewirkt hatte, Pommer, Hollaender, Rittau und Schneeberger, Thiery, Albers, Gerron, Valetti ... Das Augenmerk sollte vor allem dem Ton gelten, schließlich war die Technik noch ungewohnt und das Kino jüngst erst umgerüstet worden. 1200 Gäste würden am Abend hier Platz finden, die wollten beschallt werden. Den jetzt Anwesenden ging es natürlich einzig um den Film.

Der enttäuschte die Erwartungen keineswegs. Höchstens die von Jannings. Als die Leinwand nach Lola Lolas erstem Gesangsauftritt schwarz wurde, sprang ein kollektiver Schluckauf durch die Reihen. War der Film gerissen, der Projektor defekt? Nach einigen Sekunden noch ein Schluckauf. Dann rief Hans Albers: »Das ist für den Applaus!« Schlagartig löste sich die Anspannung, die Anwesenden applaudierten und riefen: Bravo, bravo!

Jannings erhob sich demonstrativ: »Was soll dieses Affentheater? Wer ist für diesen Unsinn verantwortlich?«

Vollmöller wollte gerade zu einer Erklärung ansetzen, als Klee erwiderte: »Das war ich.«

»Was fällt dir ein, Laffe?«

Jannings marschierte umständlich auf den zwei Reihen hinter ihm sitzenden Klee zu. Vollmöller wollte einschreiten und erklären, dass Klee nur seine Anweisungen ausgeführt hatte, doch Ruth hielt ihn zurück.

»Mach's ihm nicht kaputt«, flüsterte sie.

Vollmöller brauchte einen Moment, um zu begreifen, dass sie Klee meinte.

Der hatte sich nun ebenfalls erhoben. Jannings und er standen Nase an Nase.

»Er verlangt«, brüllte Jannings, »dass die Verstümmelung dieses Films bis heute Abend rückgängig gemacht wird.«

Der Saal hielt den Atem an.

Klee straffte sich. Jannings war Jannings. »Mein lieber Herr Jannings, es tut mir seh–«

Jannings Ohrfeige schnitt ihm das Wort ab. Eine saftige Ohrfeige, die Klees Kopf traf wie ein Fausthieb. Klees schief sitzender Hut landete in der Sitzreihe vor ihm.

Gussy sprang auf: »Emil! Herrgott noch mal!«

Vollmöller wollte es ihr gleichtun, doch Ruth hielt ihn erneut zurück.

Klee befühlte seine Lippe, nahm Haltung an: »Herr Jannings, Sie haben sich soeben ein Nein eingehandelt.«

58

Sie hatte versucht, sich zu beruhigen, hatte mit Rudi und Maria eine Runde im Hindenburgpark gedreht und war allein auf dem Hinweg an nicht weniger als drei Litfaßsäulen vorbeigekommen, die sämtlich mit ihren Filmplakaten beklebt waren, in Farbe! Maria immer vorneweg auf ihrem roten Fahrrad, das ihr jetzt, nach dem Winter, beinahe schon wieder zu klein war. Die feuchten Wiesen waren mit Narzissen übersät, Frühling in Berlin, das große Erwachen. Marias blonde Haare wehten im Wind. Sie hatte sich geweigert, eine Mütze aufzuziehen, liebte es, wenn die Haare an ihrem Kopf zogen. Dann fühlte sie sich auf ihrem Rad gleich noch einmal so schnell.

Während des gesamten Spaziergangs hielten Rudi und Marlene einander an den Händen. Albern im Grunde, eine romantische Sehnsucht. Du kannst nicht an etwas festhalten, das längst vergangen ist. Sie versuchten, einen Phantomschmerz zu stillen.

»Jetzt ist es doch so gekommen.«

Marlene. Noch immer musste sie es sich vorbeten, um es zu glauben. Dabei gab es gar nichts zu glauben. Sie hatte die Billets in der Tasche.

»Bist du bange?«, fragte Rudi.

Sie hätte den ganzen Tag weinen mögen, schrecklich war das. Wer sollte mit so vielen unterschiedlichen Gefühlen auf einmal klarkommen?

»Das fragst du noch?«

Kaum waren sie in die Wohnung zurückgekehrt, und Marlene hatte die zwei Dutzend Koffer gesehen, die jeden Moment abgeholt werden würden, fingen ihre Finger zu zittern an. Fünfundzwanzig, um genau zu sein. Fünfundzwanzig Koffer. Sie war ein Wanderzirkus.

Es war eingetreten, was Pommer vorhergesagt hatte: Am Tag nach der internen Vorführung hatte die Ufa sämtliche Verträge mit Marlene fristlos gekündigt. Hugenberg machte es zur Bedingung dafür, dass der Film gegen seinen Willen doch noch in die Kinos kam. Andernfalls wäre er, eingenagelt in seinem Furor, imstande gewesen, seine eigene Firma in den Konkurs zu treiben, einfach nur, weil er nicht ertragen konnte, an der Nase herumgeführt worden zu sein. Mit Doktor Klein, bei dem Marlene ebenfalls noch unter Vertrag gestanden hatte, einigte man sich. Vollmöller verhandelte in alle Richtungen, am Ende bot man Klein 20 000 Mark Abfindung an. Der Theaterdirektor fühlte sich übervorteilt, protestierte und unterschrieb. Die Zahlung wurde von der Paramount beglichen.

Marlene konnte sich weder zu Rudi auf das Kanapee setzen, noch konnte sie stehen bleiben. Zum Glück kam in diesem Moment Annemarie, die gute Annemarie, um sie für die Premiere zu frisieren.

Von nun an blieb keine Zeit mehr für Bedauern oder Melancholie. Noch während Annemarie an ihrem Kopf herumhantierte, wurde Marlenes Kleid gebracht, und zwei junge Männer trugen die Koffer aus der Wohnung. Dann stand Lubinski in der Tür, die Mütze in Händen, für ihre letzte gemeinsame Fahrt. Er trug das Hemd, das Marlene ihm gekauft hatte, als er sie für das Vorsprechen nach Babelsberg gefahren hatte. An den banalsten Dingen klebten neuerdings Erinnerungen. Der Kragen saß noch, dünner war sein Hals also nicht geworden. Wäre ja auch kaum möglich gewesen. Marlene hatte mit Rudi vereinbart, Lubinski für den April noch auszubezahlen, danach würde er hoffentlich eine neue Stelle gefunden haben. Sie hatte ihn empfohlen. Schwierige Zeiten.

Tamara, Rudi und Maria würden der Premiere fernbleiben. Rudi selbst hatte es vorgeschlagen. Mitten im Premierenrummel ließ sich nicht gut Adieu sagen.

Abschied also, jetzt.

»Du siehst fesch aus, Mama«, bemerkte Maria.

Sie mochte aufwendige Frisuren und weiße, raschelnde Kleider.

»Gefalle ich dir also?«, erwiderte Marlene.

»Du wirst sehr bewundert werden.«

»Oh, das hoffe ich.«

»Ich weiß. Das hoffst du immer.«

Marlene ging vor ihrer Tochter in die Hocke. Schon wieder hätte sie losweinen mögen. Sollte Maria ebenfalls Trennungsschmerzen verspüren, ließ sie nichts davon nach außen dringen. Dabei wusste sie sehr genau, dass dieser Abschied kein gewöhnlicher Abschied war. Sie hatten es ihr mehrfach erklärt – Amerika –, hatten ihr den Globus gekauft und Los Angeles und Berlin mit einem Markierstift gekennzeichnet. Bald wäre Mama auf der anderen Seite der Welt. »Ach so«, hatte Maria geantwortet und dem Globus den Rücken gekehrt.

Marlene würde sie nachkommen lassen: sie, Rudi und Tamara. Auch das hatte sie Maria erklärt. Auf die andere Seite der Welt. Sie würden sich wiedersehen, sobald Marlene sich in Amerika eingelebt hätte, versprochen. Außerdem werde sie so oder so bald zurückkommen. Ihr Vertrag sicherte ihr sechsundzwanzig drehfreie Wochen pro Jahr zu. Zog man davon die Reise ab, blieben immer noch zwanzig. Sie würden sich wiedersehen, bald, ganz bestimmt, versprochen. Maria ersparte ihnen Nachfragen.

Maria rang sich ein Lächeln ab. Offenbar hatte sie beschlossen, lieb zu ihrer Mutter zu sein, ihr nicht den Abschied zu erschweren. Sicher hatte Rudi sie darum gebeten. Sei lieb zu deiner Mutti, wenn sie heute abreist. Sie hat dich sehr lieb, weißt du? Sie legte Marlene drei zarte Finger auf die Wange. Als verzeihe sie ihr. Verstörend war das. Marlene musste es durchbrechen. Sie schloss ihre Tochter in die Arme, drückte sie an sich.

Auch Maria legte ihr die Arme um den Hals: »Toi, toi, toi, liebe Mama. Alles Gute.«

Rudi brachte sie hinunter zum Wagen. »Steigen Sie ruhig schon ein, Herr Lubinski.«

Ein kurzer Moment zu zweit, auf dem Bürgersteig.

Rudi lächelte sein Charmeurslächeln. Mit dem hatte er sie

zum ersten Mal zum Tanz aufgefordert. In Gedanken sah er seine Frau bereits in Amerika, in Hollywood, mit Sternberg. Die Affäre zwischen ihr und dem Regisseur war seit Wochen das am schlechtesten gehütete Geheimnis Berlins.

»Ein bisschen spät, um jetzt noch eifersüchtig zu werden, oder?«

Marlene erwiderte sein Lächeln. »Sollen wir jetzt anfangen, uns gegenseitig Szenen zu machen?«

»Du hast recht«, sagte Rudi. »Das hat unsere Freundschaft nicht verdient. Aber ich liebe dich, das weißt du. Ich hab dich immer geliebt.«

»Wenn auch auf«, Marlene suchte das passende Wort, »eigenwillige Weise.«

»So wie du.«

»Habe nichts Gegenteiliges behauptet.«

Sie umarmten einander. Keine Küsse, damit brächte Rudi nur das Gesamtkunstwerk durcheinander.

Er hielt ihr die Tür wie ein Galan. »Toi toi toi.«

Statt zu antworten streckte sie ihrem Mann die Zunge heraus und fächelte sich Luft zu. Als Lubinski anfuhr, hatte jeder von ihnen ein Lächeln für den anderen. Marlene nahm sich vor, das Bild zu verwahren wie in einem Amulett, um es bei Bedarf hervorzuholen und sich daran zu erinnern. Doch sie wusste, dass die Bilder in ihrem Erinnerungsamulett von kurzer Haltbarkeit waren.

»Mon dieu!«

Lubinski war von der Joachimsthaler auf den Kurfürstendamm abgebogen, und jetzt ging nichts mehr.

»Fahren Sie rechts ran, schnell.«

Es war zu erwarten gewesen, dass die Premiere im prunkvollsten und üppigsten Lichtspielhaus Berlins, dem Gloriapalast, nicht unbemerkt vonstatten gehen würde. Doch mit einem Andrang dieser Größenordnung hatte offenbar auch die Ufa nicht gerechnet. Der gesamte Kurfürstendamm war verstopft. Sicher zwei Dutzend Tschakos eilten zwischen den Karossen hin und her und versuchten, das Chaos in geordnete Bahnen zu lenken. Aussichtslos. Marlene zog eine Zigarette aus ihrem Etui, ließ sich ein letztes Mal von Lubinski Feuer geben. Als geschehe alles zum letzten Mal.

Die Foyers waren derart überfüllt, dass die Ordner alle Mühe hatten, den Star des Abends unversehrt ins Kino zu geleiten. Kaum betrat Marlene endlich die Vorhalle, brandete Applaus auf. Jetzt sterbe ich wirklich, dachte sie. Zugleich aber fühlte sie etwas ganz anderes: Hier ist mein Platz, hier, in der Mitte, leuchtend wie ein Komet. Sie verneigte sich wie eine Ballerina, dann waren Ruth und Karl da, Gott sei Dank, Pommer ebenfalls, mit seinem siegessicheren Grinsen, nahmen sie in ihre Mitte und führten sie hinauf in die Loge.

Bevor die Lichter im Saal erloschen, wagte Marlene einen Blick hinunter ins Parkett. Die saßen alle wie auf Reißzwecken, drehten die Köpfe. Ein Raunen hob an. Schnell zog sie sich zurück. Ihr Platz und der von Jannings waren so weit voneinander getrennt, wie es die schmale Loge zuließ. Marlene sah ihn schräg von hinten, stoisch, geschlagen. Sie wusste von dem Eklat bei der Generalprobe am Vormittag und hätte sich gerne mit ihm ausgesöhnt, doch sie wusste auch, dieser Wunsch war lediglich ihrer augenblicklichen Verfassung geschuldet. Im Moment hätte sie am liebsten jeden umarmt. Sie lehnte sich zurück, die Lichter erloschen.

»Egal, was kommt, ihr bringt mich nachher zum Bahnhof«, vergewisserte sie sich bei Ruth.

»Versprochen ist versprochen«, erwiderte ihre Freundin, doch sie klang, als hätte sie einen geheimen Plan, als lächelte sie im Dunkeln.

Sobald Lola Lola das erste Mal auf der Leinwand erschien, stieg der Geräuschpegel im Saal merklich an. Marlene kannte diese Melange nur zu gut, hatte es als Revuegirl immer wieder erlebt. Das Publikum verlangte nach Entladung. Dann die Gesangsnummer, Lola Lola halb nackt, ordinär, dem Publikum ihren Hintern zudrehend, vollständig unglamourös und doch voller Selbstbewusstsein. Eine Provokation, ein Skandal. Eine Sensation. Der Saal hielt den Atem an. Dann wurde es schwarz.

Eine Schrecksekunde, zwei, Marlene hörte das Blut in ihren Ohren rauschen. Dann brach ein Jubelsturm los. Marlene rutschte tiefer in ihren Sessel.

»Ich sterbe«, flüsterte sie Ruth zu. Zugleich rief ihre innere Stimme: »Hier, hier!«

Sie würde immer mehr wollen, alles. Und noch mehr.

Vollmöller blickte auf seine Omega, verfolgte gebannt den fluoreszierenden Sekundenzeiger. Fünfzehn Meter Schwarzfilm, fast eine Minute. Eine Ewigkeit. Er musste von Sinnen gewesen sein.

Der Saal tobte weiter, es wurde gepfiffen, gerufen, gejohlt. Die fünfzehn Meter, sie reichten nicht aus. Als der Film wieder einsetzte, gingen die ersten Dialoge im Zischen des Publikums unter. Erleichtert tastete Vollmöller nach seinen Zigaretten. Derweil hatte Jannings sein Gesicht zu einer Faust geballt.

Der Tumult nach der zweiten Gesangsszene geriet noch größer. Lola Lola, wie sie auf dem Fass sitzend, ein Bein angewinkelt, den Professor um den Verstand sang, war unerhört und von einer weiblichen Selbstermächtigung, wie sie die Welt noch nicht gesehen hatte. Die Kinobetreiber fürchteten um ihr Mobiliar. Am Schluss, nach der letzten Gesangsnummer, formten sich Sprechchöre im Saal. Vorne im Parkett nahm es seinen Anfang, sprang von dort auf das restliche Kino über. Marlee-ne, Marlee-ne! Am Ende ging der tragische Tod von Professor Rath gänzlich in Marlee-ne, Marlee-ne-Rufen unter.

Schluss.

Erlösung.

Jannings war zerstört, ein Fossil, doch der Saal erhob sich, alle drehten sich zur Loge, Marlee-ne, Marlee-ne, Applaus, nicht enden wollend. Marlene stand auf, trat vor, streckte ihrem Publikum die Arme entgegen. Hier, hier, ich, ich, ich!

Ruth zupfte sie am Ärmel: »Ihr müsst runter, auf die Bühne.«

Nach ungezählten Vorhängen trug eine Woge aus Marleene-Rufen sie aus dem Kino und hinaus in die kühle Frühlingsnacht, überall Menschen, was für ein Chaos, und dort, am Bordstein, inmitten von Hunderten Kinobesuchern und umringt von hilflosen Schupos, stand der Lastwagen mit ihren Koffern, fünfundzwanzig an der Zahl, und auf der offenen Ladefläche saß – Marlene musste zweimal hinsehen, um es zu glauben – Hollaender in einem weißen Anzug an einem weißen Klavier.

Marlene bewegte sich ohne ihr Zutun, Hände ergriffen sie, und dann verlor sie tatsächlich den Boden unter den Füßen, stieg auf in die Nacht, unter sich ein Meer aus Gesichtern. Ihr Blick irrte umher, Lubinski, auf dem Trottoir, die Mütze lupfend, Pommer, Rittau, alle waren sie da, Freunde, Kollegen, Weggefährtinnen, Willi Forst, Adieu, mein Lieber. Da, bei der Laterne, war das Henny Porten? Und hatte sie Marlene tatsächlich zugewunken? Das konnte doch unmöglich ... Wo ...? Zu spät, auch dieser Moment schon wieder vergangen. Sterben vor Glück hätte sie mögen, und vor Trauer, jede Sekunde zugleich ein Abschied und ein Rausch.

Als Marlene wieder Boden unter den Füßen spürte, war es die Ladefläche des Lastwagens. Friedrich lächelte ihr zu, wie nur der liebe Gott hätte lächeln können, allwissend, und fing an zu spielen. E-moll. Das passte besser für ihre Stimmlage. Noch bevor der Gesang einsetzte, geriet der Boden unter ihren Füßen in Bewegung, und sie zogen im Gänsemarschtempo los Richtung Bahnhof, eine riesige Menschentraube hinter sich herziehend. Friedrich nickte ihr kurz zu: Einsatz.

Wie von einer Souffleuse geflüstert kamen die Worte zu ihr, wie in die Ohren geträufelt, immer schon da gewesen. Sie schluckte einmal, zweimal, wandte sich ihrem Publikum zu, ihrer Stadt, spürte einen feinen Regen auf dem Gesicht, ein Regen wie Sommersprossen, wie der Beginn von etwas Schönem.

Wenn ich mir was wünschen dürfte,
Käm' ich in Verlegenheit,
Was ich mir denn wünschen sollte,
Eine schlimme oder gute Zeit.

Wenn ich mir was wünschen dürfte,
Möcht' ich etwas glücklich sein,
Denn wenn ich gar zu glücklich wäre
Hätt' ich Heimweh nach dem Traurigsein.